从 | 长 | 安 | 出 | 发

从长安到拉萨 /上/

唐蕃古道全程探行纪实

王蓬 著

陕西新华出版传媒集团

太 白 文 艺 出 版 社

图书在版编目（CIP）数据

从长安到拉萨：唐蕃古道全程探行纪实 ：全2册 /
王蓬著. — 西安：太白文艺出版社，2018.2 (2018.8重印)
（从长安出发）
ISBN 978-7-5513-1336-0

Ⅰ．①从… Ⅱ．①王… Ⅲ．①纪实文学—中国—当代
Ⅳ．①I25

中国版本图书馆CIP数据核字（2017）第279174号

从长安出发

从长安到拉萨：唐蕃古道全程探行纪实

CONG CHANG'AN DAO LASA：TANG-BO GUDAO QUANCHENG TANXING JISHI

作　　者	王　蓬
责任编辑	彭　雯　曹　甜
封面设计	王　洋
出版发行	陕西新华出版传媒集团
	太白文艺出版社（西安北大街147号 710003）
	太白文艺出版社发行：029-87277748
经　　销	新华书店
印　　刷	虎彩印艺股份有限公司
开　　本	787mm×1092mm　1/16
字　　数	540千字
印　　张	32.25
版　　次	2018年8月第1版 第2次印刷
书　　号	ISBN 978-7-5513-1336-0
定　　价	96.50元（全二册）

名家推荐

陈忠实（中国作家协会原副主席，著名作家）

  王蓬近十几年潜心于历史文化研究，由蜀道到丝绸之路，硕果累累，不下百万字的作品，奠定了由学者到作家的基础，完成了一次升华式的蜕变。

何宗英（西藏自治区社科院副院长，著名藏学家）

  西藏是中国不可分割的领土，藏族是祖国 56 个民族大家庭中重要的一员，王蓬先生这部《从长安到拉萨》对于维护祖国版图的完整和统一，对于提高我们民族凝聚力有十分重要的历史意义和现实意义，其价值是不可估量的。

贾平凹（陕西省作协主席，著名作家）

  要推举汉代之风，汉代的艺术竟能在原石之上，略凿一些流利线条，一个石虎石马之形象就凸现出来，这才是艺术的极致。王蓬近期的一系列作品是朝这个方向在努力并取得显著成效，陕西的作家应该向他学习，更应该使我效法。

邓　贤（四川省作协副主席，著名作家）

王蓬笔下千年历史与万里河山交融纵横，丰富的知识与优美的文笔融为一体。他属于那种终身孜孜不倦地热爱着写作的学者型作家，让人敬重。

聂鑫森（湖南省作协副主席，著名作家）

这部作品不是一般意义上的文化散文或文化随笔，而是表现出了王蓬学养上的扎实功力，融实地勘查、史乘考证、文字叙述于一体，浪漫的抒情与严谨的辨析相携而行，久远的历史与亲近的现实息息相关，情境、文境、史境互为叠合，摇曳多姿。

赵本夫（江苏省作协副主席，著名作家）

在王蓬的作品中，我感到一种可贵的东西，就是敬畏。对历史、对山川、对百姓、对一切应当敬畏的事物的敬畏。一个狂妄自大、不知天高地厚、张牙舞爪的人，其实是浅薄的。而一个有着敬畏之心、平静而憨拙的人，才真正是聪明而有力量的。我有理由相信，王蓬会走得更远。

1

目录

序一

何宗英

▲作者与藏学专家何宗英

　　青藏高原位于我们伟大祖国的西南，巍然高耸，气势磅礴，是世界上面积最大、海拔最高的高原，素有"世界屋脊"的美誉。在这"屋脊"之上，海拔超过7000米的山峰便多达50多座，超过8000米的有11座。著名的有喜马拉雅群峰、昆仑山、唐古拉雪山和各拉丹冬雪山，终年被冰雪覆盖，正是这些延绵不尽的雪峰，自古难融的冰川，蕴含着巨大的水量，成为多条江河的源头，尤其是中华民族母亲河黄河与长江的源头。从这点来说，对青藏高原的作用和贡献，怎么估计都不过分。不仅如此，从青藏高原发源的河流，不仅润泽了中华大地，还催生了亚洲许多国家的文明，比如，雅鲁藏布江和澜沧江，流经了印度、越南、缅甸、老挝、泰国和柬埔寨，所以，青藏高原也素有"中华水源"和"亚洲水塔"的美誉。

　　青藏高原面积辽阔，如果把西藏的120万平方公里、青海的72万平方公里，再加上甘肃、四川、云南的边缘部分，总面积要超过200多万平方公里，占全国总面积的五分之一。它的西南部与缅甸、印度、不丹、尼泊尔等国接壤，国境线长达4000公里，拱卫着祖国的西南边陲。

　　青藏高原虽号称"雪域"，但并非完全为冰雪覆盖，而是绵亘着众多巨大的山脉，奔腾着无数的河流，分布着无数蔚蓝晶莹的高原湖泊。尤其是雅鲁藏布江与拉萨河谷气候温润，水量充沛，适宜种植各种作物；辽阔的高原生长着密密的牧草，适于放牧；林芝地区及东南河谷由于海拔低于3000米，植物多样茂密呈垂直分布，有"雪域江南"之称。丰富多样的地形，也蕴藏着丰富多样的自然资源，为先民的生存和活动提供了必要的条件。从历史文献和位于昌都西南约12公里的卡若遗址等多处遗址看，数千乃至数万年前青藏高原就有人类活动，从发掘的旧石器、新石器和陶器、青铜器来看是以农业为主，兼有畜养、狩猎等文化类型。专家们还认为，西藏卡若文化更多是受到甘肃、青海境内马家窑与齐家文化的影响，与中原仰韶文化一脉相承。在青藏高原生活的藏族是一个土生土长的民族，在藏族形成的过程中，从历史上就被称为"藏羌走廊"的三江并流河谷及穿越青藏高原的唐蕃古道，吸收了氐羌、蒙古、回、汉等民族的成分，与中华大地其他众多的民族同根同源。

　　青藏高原无论从地理、历史的角度还是从民族、文化的角度来看，都是一个精深的世界，有着研究不完、探究不尽的课题。于此，我有深切的体会。20世纪60年代，我从中央民族学院藏语言专业毕业，当年进藏，至今已快半个世纪，从事西藏历史、宗教、民族文化的翻译与研究工作。学习、探究了近半个世纪，却没有稍事懈怠。至今仍感只揭开藏学冰山一角，略窥其风光，只觉其瑰丽无比，精深无限，需要大批有志于藏学者继续跟进，把藏学向更广更高的领域推进。对此，凡每见有涉足西藏的作品和作家，总会引起我的兴趣，王蓬先生便是其中一位，他是跨文学和史学两界的作家和学者，同时还是一位旅行家。

大约是2009年5月，西藏电视台的同志带他看望我，我们共同探讨了关于西藏的一些问题，他还告诉我，他与曾在西藏工作多年取得不小成绩的秦文玉、范向东、马丽华等是北大作家班的同学。这几位同志我都熟悉，他们对西藏都很有感情，写出过不少关于西藏的作品，比如马丽华的《走过西藏》，在读者中产生很大影响。我赠送了我和罗广武共同编著的《西藏地方史通述》，这部著作上下两卷150万字，概括了西藏从上古到现代的历史，是西藏自治区的重点项目，也是我多年研究的课题。王蓬带回家认真阅读，来信谈了感想并回赠了他的新著《从长安到罗马——汉唐丝绸之路全程探行纪实》，我才了解到王蓬曾用10年时间，探访穿越秦巴大山的七条蜀道，又用十几年时间20次西行，考察从长安到罗马的新丝绸之路。由此可以看出，他是遵循古代先贤的教诲，行万里路，读万卷书，遵守历史，尊重事实，许多作品都是建立在对历史事件发生之处的实地考察和史料的充分研究，吃透消化后才用文学的笔法写作完成的。同时，他还告诉我，他正在写作的作品是《从长安到拉萨——唐蕃古道全程探行纪实》，并希望我能够审阅作序。王蓬先生给我留下的印象深刻，我感到他是一位刻苦学习，勤奋敬业，写作态度严谨的作家。

没有想到事隔两年，王蓬先生竟背着他刚完成的作品《从长安到拉萨——唐蕃古道全程探行纪实》来拉萨找我了。这使我很受感动，没有理由推辞，于是抓紧时间阅读书稿。给我留下印象最深的是这几个方面：首先，我感到王蓬先生写这部作品与他的蜀道系列和丝路系列一样，同样下了很大功夫，做了充分准备。多年来，他曾十几次沿青藏线、川藏线、滇藏线深入藏区，到过前藏和后藏，藏北和藏东南，参观过藏传佛教六大寺院和许多重要的建筑，对许多历史事件都要实地考察，亲身感受。比如，当年文成公主远嫁吐蕃赞普松赞干布而开启的和平友谊之路唐蕃古道，王蓬先生几乎全程探访，甚至到达松赞干布迎娶文成公主之地古柏海，即今日黄河源鄂陵湖，海拔将近5000米，没有毅力和吃苦耐劳精神是做不到的。蒙古汗国王子阔端与萨迦派首领贡嘎坚赞商谈西藏归附蒙古汗国之地武威白塔寺，清末赵尔丰在川边推行改土归流的许多县份，他都前往考察和感受。还有临津古渡、嘉陵源头、藏羌走廊、三江河谷、折多雪山、茶马古道、松山战场、松潘古城、羌村藏寨、彝乡回镇……他都曾不止一次深入现场体味。

因此，在阅读他的书稿时就能获得种种真切感受。这与那些在校园蹲资料室，守在书斋中写出的作品是不一样的，王蓬先生的作品中充满了现场感，有各种实物的描写和细节的体现，还能感受到作者饱满的情绪与种种联想，并以此感染读者。我想这就是王蓬先生作品深受读者欢迎和成功的重要原因。

这就又引发我的一点联想，近些年来，到西藏来观光旅游、摄影写作的人不少，也出版了许多关于西藏的行走类作品，浮光掠影，猎奇观光者居多，很少有从根本上把西藏说透的。当然，要说透也不容易，非下功夫不可。王蓬先生这部作品让人感到他涉足藏区、藏学、藏族、藏事是从根本上着眼的，至少是朝这个方向努力的。这就涉及许多问题，比如青藏高原如何形成，藏族的起源，达赖、班禅两大活佛灵童转世，金瓶掣签的起始由来，清末改土归流的历史作用，近代西藏经历了哪些风险，川边、滇边过渡地段藏区独特的史地文化风俗、土司制度、母系遗风等，几乎每一个课题，都需一个学者花毕生的精力去研究、去学习。在王蓬先生的这部作品中，对以上问题都有涉猎。王蓬先生深有感触地说："西藏是除了月亮之外最神秘的地方，也由于地域、历史、民族、宗教是当今世界最敏感的地方，这就需要下功夫去了解和认识，更需要足够的真诚和勇气去面对。"他这么说，也认真地这么做了，书中提到的问题在我看来也基本讲清楚了。

这个"清楚"，是建立在作者对藏学著作的大量研读上，不仅是各种史书上对唐太宗、松赞干布、文成公主、禄东赞、宗喀巴、历代达赖与班禅、仓央嘉措、赵尔丰、陈渠珍、吴忠信等历史人物的记载，他对20世纪初就深入藏区的一批堪称我国藏学先驱的学人，比如任乃强、朱绣、马鹤天、柳陞祺、庄学本、孙明经、牙含章等史学家、教育家、摄影家们的著作都广泛阅读，对藏族学者更敦群培、索甲仁波切的著作也十分熟悉。更重要的是王蓬先生在对待这些藏学著作方面，采用的是我国历史地理学的开创者和奠基人谭其骧院士的"大中国观"，那就是：

"我们是如何处理历史上中国这个问题呢？我们是拿清朝完成统一以后，帝国主义侵入中国以前的清朝版图，具体说，就是从18世纪50年代到19世纪40年代鸦片战争以前这个时期的中国版图作为我们历史时期的中国范围。所谓历史时期的中国，就以此为范围。不管是几百年也好，几千年也好，在这个范围活动的民族，我们都认为是中国历史上的民族；在这个范围之内所建立的政权，我们都认为是中国历史上的政权。"

谭其骧先生的这一观点，因为符合历史事实，简明扼要，早为我国历史地理方面的学者接受，也可以说是研究我国历史地理、民族问题的指南。阅读这部作品，我认为王蓬正是用谭其骧先生的"大中国观"来对待和观察西藏的历史问题和民族问题的，是健康和阳光的，也是正确和符合事实的，这对于广大读者了解西藏的历史、民族、宗教无疑是有裨益和帮助的。这也是他遵循"读万卷书，行万里路"，不懈地努力探索、不懈地努力写作完成的一部力作。

"以史学的视角看西藏，以文学的笔法写雪域。"这大概是王蓬努力的方向，我觉得他基本做到了。历史的基本功用是提供教训，史学的基本功用是梳理清楚历史事实，把真相告诉人民。如果再能用简洁、准确、生动的语言表达出来，感染读者，那就是文学的作用了。

西藏是中国不可分割的领土，藏族是祖国56个民族大家庭中重要的一员。王蓬先生这部《从长安到拉萨——唐蕃古道全程探行纪实》对于维护祖国版图的完整和统一，对于提高我们民族凝聚力有十分重要的历史意义和现实意义，其价值是不可估量的。他邀请我写序言，于情于理都义不容辞。写下这些话，表达我对王蓬先生这位学者型作家和这部厚重作品出版的最衷心的祝贺！

06

2011 年 9 月于拉萨

　　何宗英，著名藏学家，北京市人，1964 年中央民族学院藏语言专业毕业，当年进藏至今。先后拜多位藏族老学者为师，继续深造藏语、藏文、西藏历史、地理、民俗、民谚、宗教等方面的知识。曾在农村当过区干部、小学教师。在拉萨市有线广播站任翻译、编辑。1980 年，考入西藏自治区社会科学院，做过图书资料工作，《西藏研究》的编辑、副编审、编辑部副主任，宗教研究所副所长、所长。1996 年调到西藏自治区档案馆，任研究馆员。1998 年，调回西藏自治区社会科学院，任副院长。

序二
王蓬丝路三作的文学特色

杨建民

▲杨建民与作者探寻古道

▲左起田孟礼、武妙华、王蓬、杨建民在兰州黄河铁桥

一

笔者获悉，王蓬用 20 多年时间，完成的《从长安到罗马》《从长安到拉萨》《从长安到川滇》（原《中国蜀道》增订本）等三部六卷系列丝路作品在出版后获得多种奖项，《从长安到拉萨》翻译版在国外出版之后，又听取各方面意见，进行全面修订，即将由太白文艺出版社重新打造，隆重推出。这自然引起各方面关注，有必要对王蓬丝路三作的文学特色与成就做一番研究和梳理。

王蓬的文学创作活动已 40 多年，可以清晰划分为两个阶段，即文学创作和文史创作，大约各占 20 多个年头。第一个阶段为 1970 年至 1992 年。前几年应属练笔阶段，虽然也在省级报刊《延河》《群众艺术》乃至上海《朝霞》发表过《谷生记工》《春笋岭》《假日》等 10 多篇小说或散文，或因稚嫩或受时代局限，没有引起太大反响。王蓬真正发挥生活积累与个性优长是与新时期文学同步，并呈现井喷状态。一批带着鲜明艺术特色与强烈个性的作品相继展现，《批判会上》（《人民文学》1979 年 11 期）、《油菜花开的夜晚》（《人民文学》1981 年 3 期）、《银秀嫂》（《延河》1981 年 1 期）、《庄家院轶事》（《北京文学》1982 年 3 期）、《老楸树下》（《延河》1981 年 8 期）等 10 多个短篇小说，及在《人民日报》连续发表的多篇散文，获奖或被转载或引发评论，形成王蓬创作的第一个高潮。

这些作品充满浓郁的陕南生活气息，传递出底层农村农民的生存状态。用贾平凹的话说："观事观物富于想象，构思谋篇注重意境，用笔轻细，色彩却绚丽，行文舒缓，引人而入胜。"总之，这位带着秦巴韵致与汉水风采的文学新人引起了文学界与读者的热切关注，以不容置疑的文学成绩进入了由陈忠实、路遥、贾平凹、莫伸、京夫等人组成的陕西作家行列。1982 年，34 岁的王蓬在省市各界关怀下，告别 18 年的务农生涯，破格调进汉中市群艺馆。他的第一个短篇小说集《油菜花开的夜晚》由陕西人民出版社出版，更重要的是他在全国 600 余位青年作家中脱颖而出，进入仅录取 44 人的中央文学讲习所（后更名"鲁迅文学院"）；之后又进北大首届作家班，在京学习四五年之久。在此期间，王蓬创作的中短篇小说结集为《隐秘》《黑牡丹和她的丈夫》，散文结集为《京华笔记录》，关键是捧出了两部沉甸甸的长篇小说《山祭》《水葬》。不仅开陕南长篇小说创作风气之先，更被陈忠实誉为"是写那个时代生活最杰出的长篇小说，是生活的教科书与历史的备忘录，应该留给这个民族的子孙，以为鉴戒和警示。王蓬当是最前趋的思想者和最具勇气的探索者之一"。王蓬还被称为"描写山区风俗风情画与山村女子的能手"（王汶石语）。由此奠定了王蓬在文学界的地位。1993 年 6 月王蓬当选陕西省作家协会副主席，连任几届，任职长达 20 年。

二

从 1992 年始至今，王蓬的创作由纯文学转型文史作品，知识家庭的文化优长展示出来。诚如王蓬所言："受喜爱文史的父亲影响，从小对历史的兴趣不在文学之下。"王蓬母亲受过高等教育，而且家族中有多位长辈进入方志。这就足以解释他何以有信心历时 10 年全程踏访穿越秦巴大山的七条蜀道，创作出全面反映蜀道历史文化、风物民情的皇皇专著《山河岁月》（上下两卷 60 万字）与《中国蜀道》。陕西省作协与太白文艺出版社曾专题研讨，多位蜀道专家认为作品"史料翔实，内涵宏富，观点有卓识"。由王蓬撰稿，赵忠祥解说的专题片《栈道》在中央电视台播出，影响巨大广泛，直接引发川陕蜀道申遗。以文物专家罗哲文为首的九名专家提案，采用了王蓬作品中对蜀道概括的六项功能：生命之路、智慧之路、邮传之路、贸易之路、战争之路、石刻之路。陕西出版集团也以"中国蜀道"申请基金，组织写作学术版蜀道。

之后，王蓬又20次西行，全程探访丝绸之路与唐蕃古道。以史学的视角看丝路，以文学的笔法写历史，多角度、多侧面、多层次揭示古道起始，通塞变迁，穿插进重大历史事件与人物，钩沉出曾经辉煌又消失的王国和民族；并对古道沿途地理现象及瑰丽景观，宗教建筑及风俗民情做了精彩描述。历时10年，不避寒暑创作出70万字的《从长安到罗马——汉唐丝绸之路全程探行纪实》(太白文艺出版社2011年1月出版，以下称《从长安到罗马》)，60万字的《从长安到拉萨——唐蕃古道全程探行纪实》(西安出版社2012年4月出版，以下称《从长安到拉萨》)。文史兼备，图文并茂，描写生动，引人入胜，迭获奖项，深得专家好评与读者喜爱。

诚如西北师范大学教授、《丝绸之路》主编季成家在《从长安到罗马》序言中所说：《从长安到罗马》全书5卷100章，500余幅图片，50余万字，可以说包容了丝绸之路重要历史人物、重大历史事件的方方面面，从而使得这部书线繁、面广、人众、事多，有厚重之感，无浮泛之嫌。

西藏自治区社科院副院长、著名藏学家何宗英在《从长安到拉萨》序言中说：西藏是中国不可分割的领土，藏族是祖国56个民族大家庭中重要的一员。王蓬先生这部《从长安到拉萨》对于维护祖国版图的完整和统一，对于提高我们民族凝聚力有十分重要的历史意义和现实意义，其价值是不可估量的。

在我的阅读视野中，还没有见到有哪位作家像王蓬这样，敢于涉足蜀道、丝绸之路、唐蕃古道这样广博复杂的领域。诸多古道由于起始年代不同，承担的功能不同，发挥的作用亦不同，涉及许多重大的历史事件，重要的历史人物，且因年代久远，遗迹湮没，要梳理清楚再讲述明白是很不容易的事情。一些专门学者，往往一个领域便要付出毕生精力。比如蜀道石门石刻，唐宋以降，研究者代不乏人。遗憾的是学人著述，过于专业，难免枯燥，只在业内流传，很难普及。

那么王蓬是如何解决要雅俗共赏这个问题的？我以为基于五点：

一是王蓬涉足古道时，已是一位形成自己作品鲜明特色的成熟作家，能够把握全局，往往寓政治风云于风情画中，语言清新隽永、通晓畅达，善于叙事。二是王蓬原本对历史就有浓厚兴趣，为涉足古道做了充分准备。他讲在北大学习时看到美国作家房龙写的《房龙地理》，用文学手法描写山川河流、乡村城镇，乃至一个国家，就被这种手法吸引，并成功运用到古道创作之中。三是王蓬的阅历。10岁随家迁陕南乡村24年，务农18年。王蓬回忆："父亲经'四清'、历'文革'、遭歧视、受屈辱，更曾拉车、伐薪、筑路、挨饿，历九死而一生，非坚韧无以图存。"何尝不是写他自己。他从苦难中收获的是坚韧和毅力。苦难反而使他宽容豁达，我见到的王蓬每张照片都微笑着，仿佛苦难与他毫不相干。探寻古道需要吃苦、持久、战胜孤寂与枯燥，王蓬无一不备。四是王蓬的天性敏锐、热情，对任何新鲜事物都充满好奇，有种追根寻底的精神。按说，童年是培养兴趣与志向的最好时光，偏偏王蓬10岁就失去童年。庆幸的是他没有被苦难击倒，好奇的天性反而促成他在特殊的社会角色中远距离观察和辨识事物的清醒。这种清醒在他身上沉淀下来，运用到创作之中。每每把要描写的对象当作第一次看到的新奇事物来表现，突出新鲜感和现场感，把他的发现与感受传递给读者，形成王蓬文史行走作品的一大特色。五是得力于不断地探索学习。我们在《从长安到罗马》《从长安到拉萨》《从长安到川滇》中都看到书尾附有大量参考书目。否则，也不可能把枯燥复杂的史地知识讲述得通晓明白。但我以为关键还是王蓬在文字上下足了功夫。几乎每篇作品、每个章节都讲究谋篇布局，注重跌宕，绝不重复。王蓬始终认为文字是文学根本，他崇敬的作家都是创造过经典文本的作家，托尔斯泰、契诃夫、梅里美、鲁迅、沈从文、孙犁等。王蓬文学作品语言清新简洁，优美朴素，如行云流水；文史作品则蕴深旨远，凝重隽永，如风俗长卷，充满艺术感染力。

我以为这五条便是王蓬探寻古道文史结合取得成功的根本原因。其积极作用是在学术著作与广大读者之间架起桥梁，用优美简洁的文笔把枯燥复杂的历史、民族和宗教问题叙说明白，传播给读者，唤起人们对祖国大好山河的热爱，对塞外古道边陲大漠的兴趣，对先贤拓土开疆丰功伟业的敬重，把金戈铁马和霓裳歌舞，大漠孤烟和边塞秦月的浪漫吟唱转换为具体场景和可读故事，随着岁月推移，意义会益发彰显。

在 20 多年寻叩行走中，王蓬行程 10 多万公里，跨越东西半球，对一个作家来讲，延伸扩展其心胸器量，酿就一种大气度、大视野、大胸襟亦至关重要。我们在王蓬的《从长安到罗马》《从长安到拉萨》《从长安到川滇》中已看到这种端倪风采，这是成就一个大作家必备的条件。

三

当初，王蓬担任汉中市文联主席、作协主席时不少人担心，会不会当官影响写作？因确有人如孙犁曾痛斥"以文求名，以名求官，以权术代学术，混迹文坛"的现象。王蓬以党外人士身份主持汉中市文联工作达 15 年之久，争取编制，申请经费，办刊物、出丛书，购置办公楼与公务用车，策划文学奖项，大力扶持新人，引领了汉中文艺界生动活泼的大好局面。

但我查阅，在王蓬出版的 50 多本著作中，28 本是在这 15 年中写成。熟悉王蓬的人都知道他的勤奋与毅力常人不可比拟。40 多年，无日不读，无日不写，写了千万字，至今不会电脑，全系手写，幸亏他在农村练就了一副强健体魄。

我们要庆幸的是王蓬在进行文史写作时并未丢掉文学精神，他以小说家善于塑造人物的敏感，及时发现到一批几乎被岁月湮没的人物。包括修筑第一条穿越秦岭的公路时，保护石门石刻的工程师张佐周，开发大西北的先驱安汉，抗战时写出街头剧《放下你的鞭子》的作者左明，延续百年的石门石刻拓片世家，蛰居古城的章草大师王世镗，率先保护敦煌文化遗产的王子云、何正璜夫妇，破译"西夏天书"的李范文教授，国画大家方济众，巴山茶痴蔡如桂，古建专家卢惠杰等等。诚如西北大学教授、文学评论家杨乐生所说：这是一些大写的人，这是一些历史不能也不应该忘记的人，这是一些中华民族应该引以为骄傲的人，也是一些在精神上获得永生的人。王蓬花了大量心思，推出自强不息的知识分子典型，可谓适得其时，功莫大焉。王蓬创作思想敏感，有学术文化思考的慧眼，在当代作家中便一下子显出了自己的素养、胆识和个性。

▲杨建民与藏族姑娘在甘南草原

其实,任何领域凡有建树的专家,学识学养均有积累过程。王蓬在采写诸多大家过程中,受其感染影响,或者说他与他们原本就声息相通,比如执着、坚守、独立不惧、孤往不悔,否则也不会敏锐发现和采写这批被岁月湮没的学人。

王蓬采写这批学人长达20多年,熟悉了诸多领域,比如古道、古建、金石、拓印、书法、绘画乃至抗战史、民国史、西夏学、敦煌学等,不仅是学识积累,更有人格影响。最终我们在王蓬身上看到了知识分子应该具备的执着和追求,锲而不舍,宠辱不变,风雨不惊,保持书生本色,坚守学人风范。也就是史学泰斗陈寅恪所倡导的"自由之思想,独立之精神"。

难能可贵的是王蓬在采访这些人物时,满含真诚,倾注心血。他倡导为已逝世半个多世纪的左明修陵;为血战台儿庄的敢死队队长王范堂赶写传记,使这位民族英雄在临终前看到作品清样;为方济众故居立碑;协助拓片世家申遗;为古建专家卢惠杰藏书提供方便;使保护石门的张佐周骨灰安葬褒谷;而他发在《人民日报》整版的《巴山茶痴》则促进了蔡如桂冤案的解决。没有谁要求他这么做,正直、真诚、侠肝义胆不是谁想有就能有,那是血脉、基因、阅历、性格乃至一个时代所造就。

由20篇人物传记构成的《中国的西北角——多位学人生涯的探寻与展示》(西安出版社2011年1月出版)这部上下两卷的厚重力作一出版便深得各界好评,短短两年,发行28000多套,并获得全国25届城市出版社优秀作品一等奖。最近,王蓬又以亲历、亲见、亲闻的角度创作出《横断面:文学陕军亲历纪实》(西安出版社2016年7月出版),真实展现陕西文坛老一辈作家胡采、柳青、王汶石、杜鹏程、李若冰及陈忠实、路遥、京夫、邹志安、蒋金彦等为了创作文学精品,生命不息,奋斗不止的精神,引起各界媒体和读者强烈反响,仅新华网三天浏览量就超过30万次。

▲杨建民教授

　　在经历 20 多年行走探寻、文史写作之后，王蓬又对《从长安到罗马》《从长安到拉萨》《从长安到川滇》(原《中国蜀道》增订本)等丝路系列在听取各方面意见的基础上，进行全面修订。依王蓬现在的修养器局，我们有理由对他修订后的丝路系列充满期待。

　　多年来，王蓬勤奋耕耘，新作不断，结集超过 50 本，获得多项荣誉和奖励。国务院和陕西省政府为表彰其"为发展我国文化事业做出的突出贡献"，先后授予其"享受政府特殊津贴专家"(1993 年)和陕西省"有突出贡献专家"(2005 年)的称号，以及陕西省德艺双馨艺术家、2011 年"陕西文化面孔"等。王蓬还连续四届当选全国作代会代表。2011 年，国家为科技人员评定职级，王蓬获评国家一级作家二级岗位(两院院士为一级)，获此殊荣陕西文学界仅两人，另一位是著名作家陈忠实。这是一个作家能够获得的极高待遇，也是国家和社会对王蓬这样一个勤奋创作 40 多年，诚实劳动者公允公正的评价。诚如江苏省作协副主席、著名作家赵本夫说：在王蓬的作品中，我感到一种可贵的东西，就是敬畏。对历史、山川、百姓、对一切应当敬畏的事物。一个有着敬畏之心，平静而憨拙的人，才真正是聪明而有力量的。我深信，王蓬会走得更远。

（原载《秦岭》2013 年春之卷，本次有修订）

　　杨建民，汉中行政学院教授(三级)、文学评论家。400 多篇作品在《人民日报》《光明日报》《中华读书报》《新华文摘》刊登。散文曾入选全国年度排行榜。著有《昨日文坛的别异风景》等。

引 言

地理学委实是门了不得的学问，能告诉我们许多生命的奥秘。它严格准确地区分了经纬、物候、寒暖、河流、植被、动物乃至国家与民族。那些代表着各种地形，长长短短、弯弯曲曲的线条引导我们情不自禁地在偌大的地图上寻找自己生活的那火柴头大小的地域。刹那间脑海会有众多莫名其妙的问题涌出：我是谁？人世上为何有我？天地间为何有我？我怎么生活在这里而不是那里？我怎么属于这个国家这个民族而不是别的国家和民族？惶惑之间，你的目光会由熟悉的乡土伸向广袤无垠的原野与丛林，伸向那些名声显赫的国家和都市。你会发现，并非所有的地方都对人产生诱惑，它们或因遥远或因陌生都不重要。吸引你的可能是从小就耳熟能详的地方，比如长城，比如运河，比如神秘的青藏高原。

但是，去任何地方都需要道路和交通工具来实现。在科技发达的今天，我们可以乘坐火车、汽车乃至飞机去任何地方。但历史上在漫长的岁月中，这一切都如梦境。手边几则史料便能说明问题：东汉名将班超，坐镇西陲，守护边关达30个春秋，由于路途遥远，其间不曾也无法回家，70岁时才要求返乡。他在《求代还疏》中说："臣不敢望到酒泉郡，但愿生入玉门关。"最后以71岁高龄荣归故里，不久即在洛阳辞世。公元640年，唐蕃交好，文成公主远嫁吐蕃赞普松赞干布，从唐都长安到蕃都逻些（今拉萨）3000公里，车行马载，历时一年。仅仅百多年前，林则徐流放新疆，由儿子陪同，雇用牛车10辆，乘马三匹，从西安出发，沿丝绸古道，走了整整四个半月。20世纪40年代，蒙藏委员会委员长吴中信代表国民政府，进藏主持十四世达赖喇嘛认定与坐床仪式，时值抗战，交通不便，竟绕道印度，

▲青藏高原鸟瞰

加之需签证，前后历时很久，才到达拉萨。那么，当初汉唐人开辟丝绸之路，古道初开，并无驿站，衣食住宿，必备物品，是依靠什么来解决的呢？从多种史料记载看，最初只能依靠马力。关山阻隔，车马不易，古人出门是件很不容易的事情。在中华民族的文明史上，交通曾起着十分重要的作用。汉唐时期，不仅有通向全国各地的驿道，有沟通中西的丝绸之路，有通往四川和西南的蜀道，还有沟通雪域高原的唐蕃古道。20世纪80年代中期，我从文学写作转入文史研究，由蜀道而丝绸之路，很自然地关注到唐蕃古道。这条古道因延伸至印度与尼泊尔，也被学者们认为是丝绸之路的组成部分，是一条不仅驰驿发诏、和亲纳贡的官驿大道，更是一条承载汉藏交好，科技传播的"文化运河"，千百年间，在维护祖国版图完整，民族团结，国家统一中起了举足轻重的作用。

我与青藏高原的第一次邂逅，当追溯至1985年。其时正在北京中央文讲所8期学习，假期应四川《青年作家》邀请参加阿坝藏区笔会，访古老羌寨，游松潘古城，引发了对青藏高原的浓厚兴趣。之后，多次去青藏高原，曾环绕青海湖一周，穿越祁连山腹地，到达海拔5400米的雪峰，还去阿坝、红原、玛多、玛曲、碌曲、桑科、若尔盖、日月山、倒淌河、海北州等藏区草原。到过属于藏传佛教的六大寺院哲蚌寺、色拉寺、甘丹寺、扎什伦布寺、塔尔寺、拉卜楞寺以及

▲青藏高原孕育了中华民族的母亲河——黄河

郎木寺、马蹄寺、木梯寺、禅殿寺、金塔寺、北禅寺、黑错寺、禅金寺等大大小小几十座寺院。惊叹这些建筑庄严巍峨，各种佛塑金碧辉煌，栩栩如生；千万盏佛灯一齐点亮的神奇光芒；酥油花的精致精彩，美轮美奂；唐卡壁画的艳丽多彩，绚烂夺目。也见到了开名车的僧侣，打手机的喇嘛；还曾沿着那如箭般射向草原深处的青藏线无止境地奔驰，考验适应高原的耐力；在年过六旬时冒着高寒缺氧的风险探访黄河源头，赤足站立于黄河第一曲寒冷清冽的水中，感受母亲河在青春期的体温；参加甘南香巴拉旅游艺术节和肃南裕固族自治县成立50周年庆典，目睹十几万穿着节日盛装的藏族裕固族同胞，霓裳浪涌，长袖舞动，如彩云飘落草原的壮阔情景。多次在青藏腹地行走的成果是拥有超过3000张的藏区图片。拍摄过前藏与后藏的雪峰原野，布达拉宫与大昭寺、小昭寺的朝晖落霞，八廓街川流不息的转经人群，高耸入云的雪峰和蔚蓝色的湖水，深切的峡谷和雅丹地貌，藏族同胞放牧、转场、跳锅庄、奶孩子、打酥油茶、转经念佛等日常物质和精神生活。再就是珍稀的藏羚羊和飞奔的藏野驴，还有鹿群、藏犬、旱獭、黑颈鹤、斑头雁等高原禽兽构成的动物世界……

每次去都有新的收获与发现，都有新的感受与震撼。在色拉寺，一位老藏医仅靠把脉，就告诉我血脂偏高，需预防心脑血管疾病，与医院专家诊断一模一样，我由此对藏医藏药有了兴趣。去藏药厂，了解到茫茫草原，牧民若是生病，只需用牛角把尿接下，让家人骑马跑几十上百公里找藏医，藏医则根据尿的色味下药，便会药到病除。藏区高寒，植物不曾污染，又经千年积淀，藏医藏药成为我国医学宝库中的奇葩，也深受世界医学界重视。

不仅是藏医藏药，一叶知秋，藏族在文学、宗教、建筑、音乐、舞蹈、绘画等许多方面都有深厚的积淀，有许多卓有成就的大师。藏族创作的长诗《格萨尔》能够说唱数日而不重复，是公认的史诗，这是有着悠久历史和高度文明的民族才会有的艺术成就。在探索青藏高原的过程中，随着视野扩展，疑惑也不断产生，比如青藏高原如何形成，藏族有哪些族源，达赖班禅两大活佛，灵童转世制度的由来始末，清代改土归流的历史作用，近代西藏经历的种种风险以及三江并流、藏羌走廊、土司制度、母系遗风等等，无异于闯入一片广阔博大的世界。

"读万卷书，行万里路"是古代先贤教诲我们在任何领域取得一星半点建树的唯一途径。多年来伴着行走的便是阅读，每到一地，书店与书摊是必去之地。通过寻找方志与文史资料，了解到一批20世纪初就深入藏区的学者，比如青海的朱绣、周希武、更敦群培，分别著有《西藏六十年大事记》《宁海纪行》《更敦群培文集精要》。曾任班禅返藏行署参赞的马鹤天，在甘、青、康滞留三年，写有《甘青藏边区考察记》。我国现代藏学开拓者与奠基人之一的任乃强，他早年深入康藏，娶藏妇为妻，撰写《康藏史地大纲》《西康图经》，书中论点成为西康建省依据。再是柳陞祺，原为国民政府驻拉萨英文秘书，在藏五年，热心调查社会，真切关注民生，著有多种文字，成为我国著名藏学家。摄影家庄学本在20世纪30年代就徒步穿越西康青藏，拍摄大量藏羌照片，在报纸连载《羌戎考察记》，在成都举办《西康影展》，并参与班禅返藏。还有一位孙明经教授，民国时曾独立拍摄各类纪录影片49部，是我国电影教育的开创者之一。抗战时，他曾深入西康拍摄大量图片，"文革"中散失，后从工宣队退还的资料中，山东出版社选编出版一册《1939：走进西康》，我

▲青藏高原

亦有幸购得。

以上所举均可谓中国近代走进藏区的先驱。他们无不学有专长，术有专攻，性格光彩，阅历传奇，具备中国知识分子执着认真、历经坎坷、百折不改其志的优秀品质，均为中国的民族史、边疆史、康藏史做出过填补空白式的贡献。可惜，他们均已作古。我对他们怀着一种虔诚的敬意，每每在合适的章节中介绍他们的事迹，传承他们的精神，这么做亦是对先贤的怀念。

2009 年赴藏时，我专门拜访西藏社会科学院副院长何宗英先生。他系北京人，1964 年中央民族学院毕业来西藏，娶藏族姑娘为妻，在拉萨生活了快半个世纪，成为一位著名藏学家。那次他赠送我由他和罗广武先生编著，多达 150 万字的《西藏地方史通述》，对于我写这部作品，帮助多多。他还仔细审阅拙作并写出序言，更感激不尽。

不仅中国学者，国外的学者从 18 世纪就不断去雪域探险考察。英国的福格森著有《青康藏区的冒险生涯》。法国神甫古柏察经历十分传奇，1844 年，他从热河出发，穿越蒙古高原，经过宁夏、甘肃、青海到达拉萨，成为第一个进入西藏腹地的欧洲人。驻藏大臣琦善震惊之余驱逐古柏察出藏，使这位法国神甫又有幸充分享受沿途驿站供给，由川藏线至成都，用 18 个月时间在中国 11 个省进行了长途旅行，返回后写出《鞑靼西藏旅行记》，成为西方最早介绍西藏的一本名著。美国学者梅·格尔斯坦研究西藏长达 40 年之久，娶了藏族妻子，熟练地掌握了藏语，写出名著《喇嘛王国的覆灭》。他甚至出版了一部《现代藏英词典》，藏学著作达 20 余种，成为国际上著名的藏学家。加拿大学者谭·戈作夫写有《现代西藏的诞生》。美国女学者阿吉兹也于 20 世纪 60 年代，在珠穆朗玛峰山下，海拔超 5000 米的定日县，历时一年，考察藏族的家庭与婚姻，女性及生态，写出《藏边人家》。还有许多中外学者关注西藏民间艺术系列，西藏宗教经典系列……

不难看出，尽管国籍不同，时代不同，境遇不同，但有一点共同之处，那就是只要走进西藏，中外学者莫不为这片神奇的土地所吸引，然后执着地倾其毕生的精力去了解这片土地，再尽其力地写出自己的见解和认识。其实，人类的所有文明，也正是这样一点一滴积累起来的。

接触到这些，深深感到像刚开始阅读一本无尽的大书，也启迪自己用历史意识、文化意识来认识藏区雪原，来对待一次次的行走，来拍摄一幅幅图片和写作一篇篇文字。小心翼翼，尽可能无愧于藏族同胞世代在雪域高原的辛勤劳动和伟大创造，无愧于历代先贤对这片土地的了解和发现，更无愧于那些随处可见的牧民灿烂的笑容和儿童纯真的目光。

拙著《从长安到拉萨——唐蕃古道全程探行纪实》是我继《从长安到川滇——秦蜀古道全程探行纪实》《从长安到罗马——汉唐丝绸之路全程探行纪实》之后，完成的第三部文史行走系列作品。断断续续，历时 10 年之久，由七卷 60 篇作品近 500 余幅图片构成，全书 60 万字，全面展示的便是这个探寻的过程。在具体写作中以史学的视角看西藏，以文学的笔法写雪域，是我遵循的原则。力求尽可能勾勒出雪域高原的历史事件、人物剪影、风物风情和今昔风貌，尽可能表达出自己亲历、亲见、亲闻的种种感受和心路历程，让人们看出从长安到拉萨这个巨大空间中丰富的历史文化内涵。我深信，读者只要打开这本书，便会欣赏感受到从青藏、川藏、滇藏不同路线进入雪域高原的不同风貌与风景，深入了解西藏社会的历史与现实、宗教及民情、风俗与美景，更会欣赏感受到一幅幅关于青藏高原百科全书式的人文景观，并由此开启您的青藏之旅……

卷一／汉藏交好开通衢

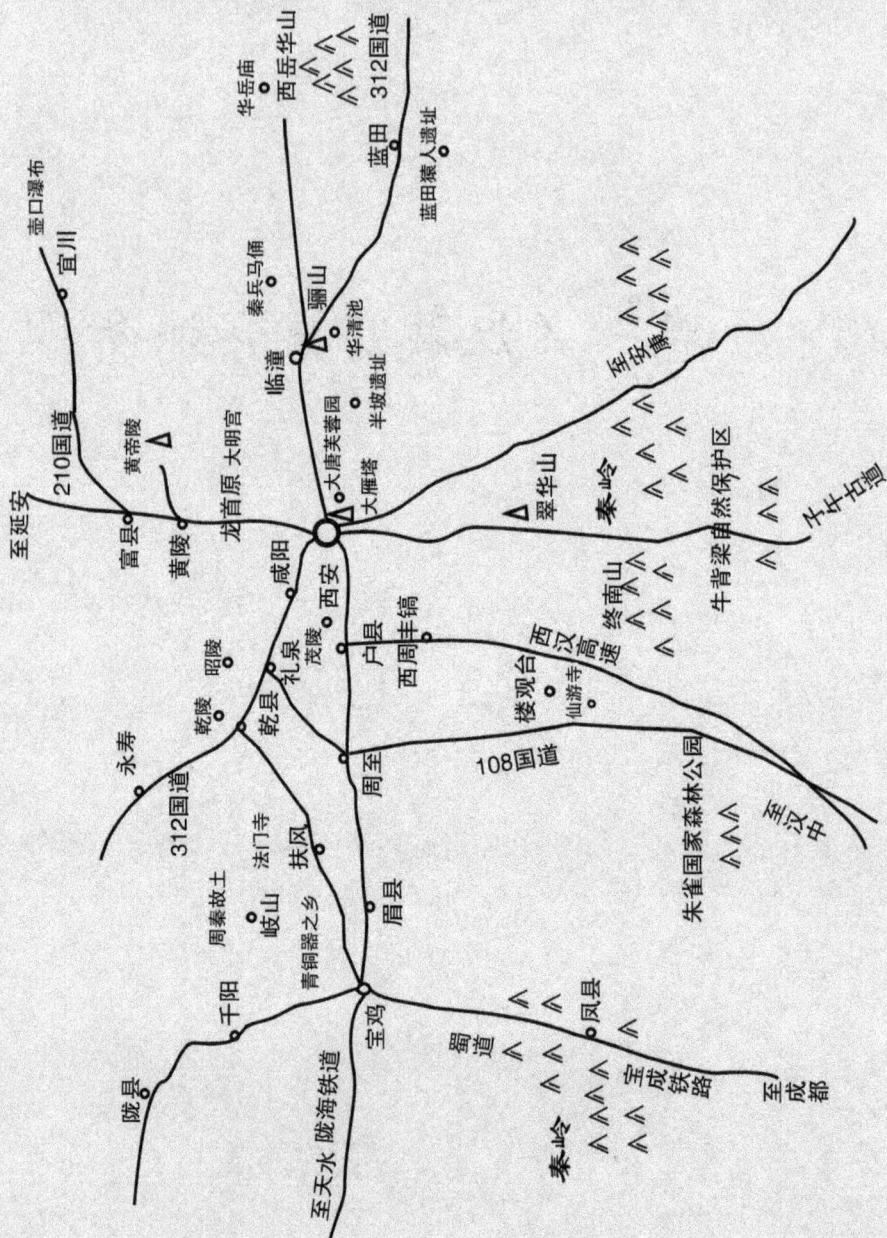

西安周边旅游线路示意图

▲陕西历史博物馆一角

乾坤初定·盛世前夜

天下大势

在中华大地五千年的文明史中，唐代无疑占有重要且光彩的一页。在此之前，"自从盘古开天地，三皇五帝到如今"，华夏民族历经夏、商、周的迁徙整合，相济相融，春秋战国，合纵连横，争相称霸，诸子百家，学术争鸣，把一个伟大民族的文治武功、学识智慧，开发得淋漓尽致，孔子、孟子、庄子、韩非子的学说与西方同时期苏格拉底、柏拉图的哲学思想遥相呼应，共同丰富发展了人类的文明。之后，群雄争霸、秦扫六合，在中华大地首次创建大一统的秦王朝，设置郡县，统一文字、筑长城、戍五岭，广修驰道，海内为一。秦虽短暂，却为华夏民族的统一做出了奠基式的贡献。

"汉承秦制"，定都长安，吸取秦代修筑豪陵、滥征民力，引发动乱的教训，汉初朝野上下都接受黄老哲学清静无为的思想，朝廷轻徭薄赋，百姓休养生息，仅用半个世纪，国库充盈，社会安定，这便是垂范后世的"文景之治"。到汉武帝时，又重用董仲舒、桑弘羊、张骞、卫青、霍去病等一批思想家、外交家、军事家，冶铁煮盐，兴修水利，打击匈奴，交好西域，把中国古代社会推向第一个峰巅。其时，汉代疆域东南至海，西北至今哈萨克斯坦的巴尔喀什湖，包括了今属阿富汗的 300 公里的瓦罕走廊及中亚许多国家地域，西南至越南中部，东北则至朝鲜半岛。是当时世界上幅员辽阔、实力充盈、四方辐射、万国来朝的第一号强盛大国。而且，两汉持续时间长达400年之久，制定典章，拓展疆域，开通丝路，沟通亚欧，对后世的影响既深且巨，绝无仅有。华夏民族正是经历了汉王朝才结束了齐、楚、燕、韩、赵、魏、秦等列国争雄局面，类如秦人章邯，楚人项羽等杂称，开始定型使用"汉族"这一称谓。先是"汉人、汉朝人"被周边国家和少数民族所确认，且不同于"胡人、蛮夷"带有贬义。相反，汉人、汉语、汉字、汉风、汉俗、大汉天子、汉家威仪……均被周边国家和少数民族部落仰慕，这也是世界各国对这种文明的认同与肯定。

然而，盛久必衰，东汉末年，群雄割据、三国鼎立，又历魏晋南北朝、五胡十六国，乱哄哄，你方唱罢他又登场：联群英以伐董卓，挟天子以令诸侯，智胜官渡，火烧赤壁，六出祁山，蜀汉兴亡，同室操戈，萁豆相煎，西晋东晋，淝水之战，主少国疑，骄奢亡国……整整三个世纪，华夏大地陷入金戈铁马、割据动乱之中，直到公元581年，北周重臣杨坚趁周宣帝荒唐暴死，夺取天下，建立隋朝，才结束动乱恢复统一。

隋代奠基

提到隋代，人们便会想到暴君隋炀帝，荒淫无耻，挥霍无度，大兴土木，滥征民力，开凿运河，扬州看花，引发各种矛盾，导致烽火遍地。从公元581年隋朝建都长安到公元618年李渊父子创建大唐，仅仅38年，便结束了这个短命的王朝。

但细观历史，隋朝虽然短暂，却在中国历史上有着举足轻重的地位。首先是隋代结束了西晋末年以来长达300年之久的藩镇割据、军阀混战、南北割裂的状态，创建了继秦、汉以后第三次大统一的政治格局。再就是三省六部制在隋朝开创和定型且垂范后世，打破世袭贵族垄断仕途的局面，采取面对社会，广纳贤才的科举制度，也是在隋代开创，延续千年之久。即是暴君隋炀帝也还有个不容抹杀的历史功绩，那便是亲征吐谷浑，使青海首次划归中原王朝，巡幸河西，使西域长时间维持了稳定，也为唐王朝建立打下基础。隋炀帝几次征发百万男女开凿沟通渭河、黄河、淮河、长江、钱塘江五大水系，把京城长安与东都洛阳以及幽州、扬州、杭州等商贸重地、省府要郡连接在一起的京杭大运河，真正发挥作用却是在唐代。隋朝制定《开皇律》，整顿户籍赋役，推行较为公平的均田制，使大一统的中央集权制度获得活力与发展，社会经济一度繁荣，国库充盈。

正是在这个基础上，隋王朝没有沿袭西汉之后，前赵、前秦、后秦、西魏、北周仍以汉长安城为国都的旧习，而是在汉长安城东南龙首原下新修了一座国都，这便是举世闻名的大兴城，由至今都被推崇为世界级的建筑大师宇文恺主持修建。大兴城规模宏大、布局合理、结构严谨、宏伟壮丽，用我国建筑大师傅嘉年的话说，"大兴城是人类进入资本主义社会以前所建的最大的城市"。李渊父子创建的唐王朝取代了短暂的隋朝，也完整地接收几乎崭新的大兴城，正是在大兴城的基础上，唐王朝又先后修建了大明宫、兴庆宫、大小雁塔、东市西市，使

▲大雁塔和玄奘雕像

唐长安城总面积达到 84 平方公里，不仅成为当时世界上一流的最大都市，也把盛唐气象展示得淋漓尽致。

但这都是后话，隋文帝修筑大兴城是开皇二年（582 年），又过了 16 年，即开皇十八年，李世民才诞生于时任陇州刺史的李渊故宅，其地在今关中武功西南渭河北岸，为李渊第二个儿子，这个在褓褓之中的婴儿时称"二郎"，距日后鼎鼎大名的唐太宗和他载誉青史的"贞观之治"，还有长长的充满荆棘的坎坷之路要走。

晋阳起兵

公元 604 年，隋代开国皇帝隋文帝去世，隋炀帝杨广继位。尽管社会有一定积累，但隋炀帝好大喜功，炫耀武力，四处征战，修建东都，开凿运河，到处巡游，每月役丁二百余万，且督役甚急，严刑酷法，役丁死者十之四五，装载死尸的车辆竟延绵百里不绝。《隋书》记载"转输不息，徭役无期，士卒填沟壑，骸骨蔽原野。黄河以北则千里无烟，江淮之间，则鞠为茂草"。隋炀帝的横征暴敛，引发了大规模的农民起义，此起彼伏，渐成燎原之势，其中杜伏威领导的江淮起义军，窦建德领导的河北起义军和李密、翟让领导的瓦岗军攻城略地，声势极为

浩大，但最终给隋王朝致命一击的却是李渊、李世民父子，他们在晋阳起兵直逼长安，结束了隋王朝的天下。

李氏家族世代为官，是关陇贵族的代表，李渊的祖父李虎为西魏的唐国公，父亲李昞北周时位至柱国大将军；母亲家族也极显贵，与隋文帝皇后是亲姐妹。有如此显赫的家世，李渊15岁便进入官场，且仕途亨通，先后任郡太守、殿内少监、卫尉少卿等要职。隋末动荡时节，李渊受命防御北突厥，在战略要地太原留守。此时，不仅李渊久历宦海、胸有城府，几个儿子李建成、李世民、李元吉也都长大成人，羽翼丰满。

尤其二子李世民年仅18岁，却已在雁门勤王的战役中崭露头角。大业十一年（615年），隋炀帝北巡雁门，遭到突厥重兵围困，李世民应募勤王，并献疑兵之计"旌旗十里不绝"，突厥生疑果然退兵。此时李世民随父镇守的太原，也曾受到农民起义军的围攻，在数次交战中，不仅使李世民经受到血与火的战场磨炼，更亲身感受到广大民众不满暴政，推翻隋王朝的巨大力量。面对各地农民起义的熊熊烈火，天下大势的急剧变化，李渊父子已清楚地看到隋王朝大厦将倾，面临灭顶之灾，但鹿死谁手尚未可知，李渊父子一方面紧密关注形势，一方面厉兵秣马，积极做好起兵准备。大业十三年（617年），各路义军已把隋军主力分割包围，尤其是李密的义军与隋军相持于洛阳，无法分身。一时间，鹿死谁手？历史进入了一个关键时刻。李渊抓住这个千载良机，从太原起兵，挥师南下，一路攻霍邑，下临汾，势如破竹。李渊原本就是关陇贵族的代表，在关陇一带有极大的号召力，诚如史书记载："三秦士庶，衣冠子弟，郡县长吏，豪强弟兄，老幼相携，来者如市。"待到攻占隋都长安时，李渊父子已拥有20万兵马，成为当时最为强大的军事力量。初进长安，为号令天下，李渊把年仅13岁的杨侑扶立为帝，遥尊隋炀帝为太上皇。仅隔一年，隋炀帝在江都被杀的消息传来，李渊认为隋王朝气数已尽，立刻废掉杨侑，在太极殿登极称帝，国号大唐，改隋大兴城为长安。由此开启了唐代近300年的历史，中国历史也由此进入一个朝气蓬勃的时期。

玄武门之变

李渊定都长安，创建大唐，天下却并未太平，军阀刘武周占据马邑，隋将王世充盘踞洛阳，义军窦建德控制河北，薛举父子陈兵金城（兰州），威胁长安，全国形势依然复杂严峻。在之后的七八年中，唐王朝一直处于东征西讨，荡平群

▲西安钟楼

雄，统一国家的战争状态之中。李世民自从 18 岁雁门勤王，20 岁随父晋阳起兵，攻陷霍邑，挺进关中，占领长安，所有战役都曾参与，而且襄赞军中献计献策，胆识过人，谋略远大，展示出其杰出的军事和政治才能。在唐王朝建立后，李世民更是独当一面，亲率大军指挥了平定薛举父子的浅水塬之战，一举解除了西北方向对长安的威胁。武德四年（621 年），李世民又率兵马出征，几乎是同时面对两股势力最为强大的对手，河北的窦建德与洛阳的王世充，战争旷日持久，洛阳城坚，久攻不下，窦建德又大举增援，唐军将士疲惫不堪，一些将领心存畏怯，眼看要陷进无法收场的僵局……

关键时刻，李世民却看清对方破绽，破釜沉舟，孤注一掷，采取围城打援战略，击败窦建德，逼降王世充，为唐王朝统一战争的最后胜利奠定了基础，也使李世民功劳声誉如日中天，威震四海，但也为他带来一系列危及生命的灾难。李世民并非长子，排行第二，按封建体制并不能继承大统。事实是李渊定都长安，建立大唐后，哥哥李建成已被立为太子，李建成并非平庸之辈，作为皇储，法定接班人，他协助李渊安定后方，处理国事，曾带兵平定"司竹群盗"，还于武德五年（622 年）击败刘黑闼义军，稳定了山东局势，表现出一定的军事和政治才干。同时，李建成还获得了弟弟李元吉的支持，李元吉虽然没有哥哥们的政治军事谋略，却武艺高强，骁勇善战，是唐王朝的猛将之一，只有尉迟敬德等少数悍将可与之匹敌。面对声誉日隆的李世民，太子李建成深感一种威胁。一次，李建成兄弟与李渊外出打猎，李建成有意让李世民骑一匹烈马，李世民刚跨上马背，就被掀翻在地。还有一天夜里，李建成与李元吉邀李世民去东宫饮酒，却在酒中下毒，

▲西岳华山

李世民回府大口吐血，幸亏解救及时才保住性命。至此，李氏兄弟已形同水火，双方均剑拔弩张，兄弟间的杀戮已不可避免。

终于，在武德九年（626年）六月四日发生了玄武门之变。李世民在与多年交结引为心腹的一批文臣武将房玄龄、杜如晦、长孙无忌和尉迟敬德等人的精心谋划之下，买通玄武门守将，李建成、李元吉早朝经过玄武门，分别被早有准备的李世民、尉迟敬德射杀。尽管李建成、李元吉也已准备好东宫的两千卫士于这天动手，且在人数上占有优势，但毕竟晚了一步，气势汹汹赶来的将士如今见主子已命丧黄泉，当即作鸟兽散。面对既成事实，玄武门之变后的第三天，李渊便下诏立李世民为太子，同年八月传帝位于李世民，这便是鼎鼎大名的唐太宗。

盛世前夜

武德九年（626年）八月九日，李世民在东宫显德殿登极称帝，是为唐太宗，并改元贞观。

唐太宗与贞观盛世是中华历史长河中光彩夺目的一页，即便在千百年后的今天，依然受到中外人士的瞩目，称颂之声不绝于耳，研究的学者代不乏人，贞观君臣的施政要领也为许多政治家所青睐借鉴。但贞观盛世并非一蹴而就，还有漫长的坎坷之路要走。当初，李世民接手的几乎是一个千疮百孔的破烂摊子：一方面，经历隋末长期战乱，社会经济受到严重破坏，土地荒芜，人口锐减，市井萧条，粮食匮乏。据《贞观政要》载，洛阳至山东几百里路长满荒草，看不见人烟，来往者必需带足食物结伴而行；河北、山东、河南人口不足70万户，不到隋代

▲西安大唐不夜城雕塑——贞观君臣　▲唐代妇女礼佛图

七分之一。苟活的群众缺衣少食，更无力恢复生产，全国范围除巴蜀、江南稍安定平稳之外情况大致相同。另一方面，玄武门之变，李世民侥幸获胜，但李建成、李元吉多年形成的党羽心腹却遍布朝野，甚至逃匿全国各地，观望时局，伺机而动，埋有极大的政局隐患。再是李渊虽已退位，但一批元老重臣仍手握权柄，身居高位，如何处理父皇与原太子李建成、齐王李元吉的余党，以稳定朝野政局，就成为摆在刚刚登上皇位的唐太宗面前一道亟须解决的难题。

　　毕竟是一代英主，出手就展示出超人的胸襟与气度。兼听则明，年仅 28 岁的唐太宗听取尉迟敬德等大臣建议，兼顾亲情孝道，让李渊仍旧居住皇宫，过着嫔妃群拥的安乐日子直到三年后李渊执意移居弘义宫，安抚了老一辈元勋。太宗对待太子、齐王余党，更以诏书形式，发布大赦："自余党与，一无所向。"对太子党中有才能者，如魏徵、薛万彻，太宗更是亲自宽慰，委以重任，日后在贞观改革中，均因贡献杰出成为一代名臣。由于在玄武门之变后，采取了宽大为怀的策略，京城长安和全国政局迅速得到稳定。

　　在贞观元年（627 年）六月，面对经济凋零，如何恢复生产，唐太宗即与群臣研讨治国之策，尖锐提出为何周朝治世长久而安定，秦虽统一却很短暂。由于历经隋末动乱，目睹滥征民力，强征豪取的恶果，太宗认为："周得天下，增修仁义；秦得天下，益尚诈力。"并接受魏徵提出的顺应人心思治、人心思定，对老百姓要实行"王道"即教化方针。然而，就在贞观君臣齐心协力，讨究开创一个空前盛世的前夜，在大唐帝国的西南，远横于天边的一抹高耸入云的黛苍，却有一个叫吐蕃的民族迅速崛起，成为唐王朝必须面对的一支不容忽视的势力。

▶ 大美青藏

巍峨青藏·吐蕃崛起

神奇青藏

茫茫宇宙、亿万星辰，人类有幸生息繁衍的地球，浩瀚海洋、雪峰冰川、戈壁大漠、星光雷电，不知有多少已知或未知的奥秘吸引着我们的神经与目光。平均海拔超过 4000 米的青藏高原，宛如一抹黛苍隆起于地球表层，素有"世界屋脊"的美誉。在这"屋脊"之上，仅是海拔超过 7000 米的山峰多达 50 多座，超过 8000 米的则有 11 座。终年为亘古不消的积雪冰川覆盖，晶莹剔透、银光闪烁，蓝天映衬，薄雾缠绕，宛如一个个含娇带羞、眸子顾盼、风情万种的妙龄少女，召唤着多少血性男儿挑战的欲望与征服的决心。

这片世界上海拔最高、面积最大的高原是如何形成的呢？各国科学家有不同的说法。

大陆漂移说：这是奥地利地球物理学家魏格纳（1880—1930）在其著作《海陆的起源》中提到的见解。他认为大陆原本连在一起，然后像漂移的冰山一样逐步分离开来，形成高山、湖泊与平原。我国长期从事青藏高原考察的地质学家郑锡澜在其著作《世界屋脊的崛起》中认同这个说法。

海底扩张说：是美国地球物理学家赫斯（1906—1969）提出的论点，主要内容是大洋中的海岭是新地壳的诞生地，高温岩浆沿着海岭的裂隙向上溢出增高。

但又有资料证明海底岩石不过两亿年，而地球最古老的岩石已经 45 亿年了。

板块构造学说：是美国科学家摩根、法国科学家勒比雄与英国的麦肯齐共同提出的论点，他们把地球分为六大板块，板块交界的地方是地壳活跃的地带，常有地震、火山活动，因而造成下沉或隆起。青藏高原便是交界地带隆起的结果。

20 世纪 50 年代以来，中国科学院在青藏高原先后组织了多次科学考察，考察队队长、中国科学院院士孙鸿烈在他主编的《青藏高原形成演化与发展》一书中写道："青藏地区在新生代期间大致经历了三期地面抬升期，它们分别在3000 万年以前，2300 万年—1500 万年和距今 340 万年以后。前两期地面抬升造成的青藏高原平均高度可能不超过 2000 米。距今 340 万年以来大量山麓扇砾岩堆积和山间断陷盆地的形成记录了青藏高原地面强烈抬升，正是这一期地面抬升形成了我们现在看到的青藏高原。"

不管科学家们各自以怎样的学说和理由来解释这隆起于地球的青藏高原，我们委实得感谢大自然的神奇，把神奇美丽、蕴含丰富的青藏高原赐予了华夏大地和中华儿女，它巍峨高大，雄浑延绵，恰到好处地雄踞于中国的西南，如同不可逾越的屏障，拱卫起华夏大地的内陆与腹地。

我们可以做这样的假设，如果青藏高原不是在现在的位置，而是整体北移至祁连山与河西走廊的位置，那么将会因纬度偏高，临近寒带，就会终年为冰雪覆盖，过度的严寒因无法生长植物而不适合人类生存；再假如青藏高原不是巍然高耸 4000 米，而仅仅是几百米，以现在的纬度，可能炎热得如同伊朗、伊拉克等中东地区，举目皆是荒漠和戈壁。现在的青藏高原纬度虽然偏低却巍然高耸，气候因地形而多样。雅鲁藏布江与拉萨河谷气候温润、水量充沛、草木茂盛，适应种植各种谷物和蔬菜，辽阔的山坡高原则适宜于游牧。林芝地区及东南河谷由于海拔低于 3000 米，植物多样茂密且垂直分布，呈现出让人惊讶的江南景象。由于海拔高，日照充分，每年太阳照射超过 3000 个小时，拉萨便有太阳城之称，即便严冬，只要太阳升起，一览无余地照射下来，人们便会感到温暖。人类的生存环境并不像想象中的那般恶劣。

当然，气候恶劣的地区也有，比如藏北羌塘草原，大部分在海拔 4500 米以上，无霜期仅两个月，冬季严寒漫长，大部分地区常年为冰雪覆盖，甚至有40 多万平方公里的无人区。至于海拔超过 6000 米的昆仑山、唐古拉雪山、各拉丹冬雪山和喜马拉雅群峰，更是终年冰雪覆盖，但又恰是这些延绵不尽的雪峰，亘古难融的冰川，蕴含的巨大水量，淙淙消融，汇纳不尽，成为华夏大地的汇河之源。

▶雄奇的雪域高原

江河之源

　　当今世界，没有哪个国家和民族不重视生态、环境和资源，尤其是水的资源。中东许多地区水比油贵并非神话，作为世界上人口最多的国家，中国水情并不乐观，人均占水量仅是世界人均占水量六分之一、发达国家十分之一。全国 600 个以上的城市缺水，尤其中国政治、经济、文化中心的北京地区，京畿之地严重缺水，"南水北调"已经刻不容缓。从这个背景和视角来看青藏高原，由于有众多常年被冰雪覆盖的雪域成为多条江河的源头，尤其有中华民族母亲河黄河与长江的源头，对青藏高原的作用和贡献怎么评价都不过分。如果再扩展视野还会发现，从青藏高原发源的河流，不仅惠泽了中华大地，还直接催生了亚洲许多国家文明的诞生。打开地图就可清楚地发现发源于青藏高原东南的狮泉河是巴基斯坦主脉印度河的上源；雅鲁藏布江流至印度成为布拉马普特拉江；澜沧江进入越南称湄公河，那更是条流淌南亚多个国家缅甸、老挝、泰国、柬埔寨的国际大河；怒江进入了缅甸改称萨尔温江，水量是黄河的 1.6 倍，使缅甸成为东南亚的米仓。发源于青藏高原的这些江河是亚洲几十亿人民的生命源泉，孕育了古代光辉的文明，也是现代文明得以为继和发展的根本保证。

　　当然，我们最关注的还是孕育了长江、黄河的那片雪域，由于还邻近澜沧江源，所以经常见著于媒体报刊的是三江源。这里位于青藏高原的腹地，平均海拔4000 米以上，坐落纵横着巴颜喀拉山、可可西里山、阿尼玛卿山及唐古拉山。这些高大雄浑的山脉海拔均在五六千米以上，覆盖着终年不化的积雪，是中国冰川集中分布的主要地区。目前被划进三江源地区的有 30 多万平方公里，这一带

▲青藏高原素有中华水塔美誉

溪流密布，湖泊众多，是世界上海拔最高、面积最大、湿地类型最为齐全的地区，能够为大江大河提供必备的水源。约占长江总水量的25%，黄河总水量的49%和澜沧江总水量的15%，是我国乃至亚洲重要的水源地。三条著名大河发源于同一地区，在世界地理上也绝无仅有，所以三江源素有"中华水塔"和"亚洲水塔"的美誉。

养育一个国家的大江大河之源是否在本国国土之内至关重要，尤其是国际竞争日趋激烈的今天，笔者在考察丝绸之路时就曾了解到因水源引起的国际纠纷。比如新疆克拉玛依是我国重要的石油产区，又是极端的缺水干旱城市，解决缺水是能够发展乃至生存的首要问题。克拉玛依以北300公里有发源于我国北疆的额尔齐斯河，水量充沛，水质清冽，但却是条流入哈萨克斯坦和俄罗斯又进入北冰洋的国际河流，为了在额尔齐斯河干流上修筑水库，向克拉玛依供水，根据国际公约，我国与俄罗斯的谈判竟达10年之久，才征得同意，得以引水成功，挽救了这座石油城。

由此观之，假设长江、黄河的源头不在我国境内的青藏高原，而是国外的什么地方，不仅悠久灿烂的文明失去源头，这种文明得到延续和可持续发展是不堪设想的事情。稍稍细想，在抹去额头冷汗的当口，值得庆幸：我们拥有了多么重要且宝贵的三江源区，也拥有了多么重要宝贵的青藏高原。

藏族起源

青藏高原虽因高峻，号称"雪域"，抹上种种神秘色彩，撩开面纱，深入探

▲雅鲁藏布江河谷千年古树

▲卡若遗址出土文物

究仍不难发现雪域并非亘古蛮荒，仍然密布着辽阔的草原，温润的河谷，茂密的森林和蔚蓝的湖泊，栖息活跃着野牦牛、藏羚羊、林麝、盘羊、旱獭、雪鸡、血雉、苍鹰等各种珍禽异兽。青藏高原的多处新旧石器时代的文化遗迹表明，人类自古便在青藏高原繁衍生息。关于藏族的起源，各种典籍记载，有"印度迁入说""卵生说""猕猴与罗刹女结合衍生藏人说"等。

这些都是伴着佛教传入或是史前神话，《西藏通史》《藏族史要》等重要史籍及藏族著名学者更敦群培（1903—1951）都曾予以批驳和否定，从位于昌都西南约12公里的卡若遗址发掘的细石器、陶器和磨制石器，代表了西藏高原东部地区以农业为主，兼有畜养、狩猎经济文化类型，专家们认为西藏卡若文化更多是受到甘肃、青海境内马家窑及齐家文化的影响，与中原仰韶文化一脉相承，据碳元素断代属公元前3300年—公元前2050年，距今约5000年，充分说明西藏人的祖先曾经在这里生活。历史文献与藏北那曲、藏西阿里大量的古代出土文物证明，数千乃至万年前在青藏高原就有人类活动，藏族是土生土长的一个民族，绝非来自其他地方。

如果从民族族源来讲，在藏族形成的过程中，从相邻地区，比如历史上便被誉为"藏羌走廊"的金沙江、怒江、澜沧江三江并流的河谷及穿越青藏高原的唐蕃古道吸收了氐羌、蒙古、回、汉等民族的成分。另外，科学证明，从人种来讲，藏族人不属于欧罗巴人种（白种人），也不属于尼格罗人种（黑种人），而是属于蒙古人种的东亚种族。藏族学者更敦群培在其《更敦群培文集精要》中著专章论证藏族属于蒙古人种，蒙古人种包括蒙古、汉、藏、缅甸等民族。目前史学界绝大部分学者都赞成这样的基本结论。

　　另外，对"氐羌北来说"，不少藏学家认为羌族是藏族族源组成部分，从历史和现实生活都有较充分的证据。羌是我国古老的民族之一，在甲骨文中就有了记载，《后汉书》已有《西羌传》专章，是生活在我国西部的高山与河谷的游牧民族。耐严寒，崇尚刚强，重视生育，种族繁盛，人口膨胀迅速。秦汉之后，不断东移的羌民融进汉族。其中一支党项羌世居宁夏，宋时壮大，占据宁夏、陕北、河西等广大地区，建立起西夏王朝，创造文字与典章制度，立国近200年，在国际上留下一门几乎与敦煌学齐名的西夏学。西夏国后来在成吉思汗大海波涛般汹涌的蒙古铁蹄下灭亡，近百万百姓不知去向。尤其是西夏王族消失得无影无踪，也成为日后西夏学研究的重要课题，有多位学者认为西夏遗民沿着祁连山多条孔道，进入青藏高原与川西北河谷，融进了当地藏族。目前，陇南、川西九寨沟一带的白马藏族，丹巴、理县一带的嘉绒藏族在服饰、民族、饮食、婚丧习俗中明显带着氐羌人的印痕。

　　我国藏学先驱任乃强在其《羌族源流探索》中认为，历史上的"西羌"是上古时期对生活于西部及青藏高原一带古老民族的泛称，他们包括藏族的先民，也包括东迁成为汉族及其他民族的先民，并提出青藏高原是人类发祥地之一，是中华文明的一个根，藏族的先民包括古代氐羌。氐与羌原是一个民族，氐是羌的一支，汉代时才分化出来。为什么呢？随着人口增加，生活地域和方式产生分化，羌者牧羊人也，所居地高；氐者低也，进入了较低的河谷从事农耕，即低地之羌，简称氐羌或氐。氐羌融进藏族，也把放牧或农耕方式带进藏区，邻近青藏高原，信仰了藏传佛教。现代流行的藏语中却有许多西夏文的发音元素，因为西夏文就是羌人的一支党项人创造的。我国著名西夏学专家李范文为破译西夏文，编写《夏汉字典》，曾在川西北一带嘉绒藏寨发掘出6000多个单音字母，也足以证明藏族中有氐羌民族，包括西夏遗民（党项羌）的融入。

　　笔者阅读多种可靠的史料，多次去西藏博物馆参观，那儿陈列的典籍及多处文化遗址、多种出土文物都无可争辩地表明藏族与中华民族同根同源，是祖国56个民族中不可分割的重要成员。

吐蕃崛起

　　公元6世纪，西藏高原上，小邦林立，寨堡遍布，由于奴隶制的发展，相互兼并，最后形成吐蕃、象雄、苏毗三个部落鼎立的局面。由于吐蕃地处西藏山南地区，河谷开阔，雨水较多，气候温暖，有优越的地理条件和稳定的农业基础，

松赞干布出生地

部落首领松赞干布进行了一系列改革，显示出咄咄逼人的优势，兼并征讨，统一了西藏。吐蕃的名称按藏族藏学大师更敦群培的说法是：我们这个地区，在自己的语言中被称为蕃域，在地理位置为上方，吐蕃也就是上蕃，日后建立的王朝也就称吐蕃，史称吐蕃王朝。

《西藏通史》中说，松赞干布在位之时，正式确定了"吐蕃"这个名称作为民族的称呼。这个民族团结一致，智慧勇敢，将势力扩展到四方。松赞干布是一个眼界开阔、有政治远见的人物，他从相邻的廓尔喀（今尼泊尔）迎娶尺尊公主，从苯教改奉普度众生的佛教，他派大臣到印度，创造古代的藏族文字。他对于有着几千年悠久历史的中原文化十分仰慕，采取的是热情欢迎、努力仿效的态度。用他掌握的权力大胆地引进外族，首先是汉族先进的经济、文化，来发展吐蕃社会生产力。

《汉藏史集》记载了松赞干布设置行政区划的情况，他吸纳各种意见，把全吐蕃划分为四个"茹"，再划分若干个千户，并在四方设禁军，在马匹身上彩绘条纹区别军队。把溪水引进池塘，再用水渠灌溉农田，把山上居民迁到河谷，开垦平川为耕地，划分田界。统一划定升、斗、称等量具。把边地小邦和游牧人群全部纳入治下，百姓纷纷来归，平安乐康。吐蕃强盛时期，四"茹"系仿唐王朝典制的军事组织，约40万兵力。《新唐书》亦记载吐蕃"胜兵数十万"，日后吐蕃在大非川战胜唐代名将薛仁贵率领的10万唐兵，绝非偶然。

我国历史地理学的开创者和奠基人谭其骧院士在《历史上的中国和中国历

▲吐蕃王朝崛起与占据马上优势紧密相关

代疆域》一文中阐明了一种大历史观，他认为："19 世纪 40 年代鸦片战争以前的中国版图作为我们历史时期中国的范围。在这个范围内活动的民族，我们都认为是中国历史上的民族，在这个范围所建立的政权，我们都认为是中国历史上的政权。"用这种大历史观来看公元 7 世纪初，在中华大地上崛起的两个生机勃勃的政权，一个是中原内陆中心建都长安的大唐帝国，一个在气势磅礴的青藏高原拉萨河谷建立的吐蕃王朝，都处于朝气蓬勃的上升阶段，开疆拓域，四方辐射，这两个王朝的交往是必然的也是不可避免的。事实是在唐王朝的近 300 年历史中，经历了盛唐、中唐、晚唐三个时期，这三个时期与吐蕃王朝的盛期、中期、晚期大体相当。更有意思的是，无论是大唐帝国的君主李世民，还是吐蕃王朝的赞普松赞干布，都已被历史证明并公认为雄才大略、建树丰厚的一代英主。而这两位英主尽管在世时间相差较大，李世民（598—649）寿 51 岁，松赞干布（617—650）寿 34 岁，但执政时间却几乎同时：公元 626 年，28 岁的唐太宗登基，在位 23 年，开创了被称颂千载的贞观盛世；仅隔 3 年，公元 629 年，13 岁的松赞干布登上赞普王位，执政 21 年，统一青藏高原，创建强盛的吐蕃王朝。中华大地为两位英雄君主施展抱负、开创业绩提供了广阔的天地，他们之间的交往也成为中国历史上的精彩华章。双方使臣来往 191 次，其中唐使吐蕃 66 次，吐蕃使唐 125 次。双方还共同努力，踩踏出一条维护汉藏交好、民族团结的和平友谊之路——唐蕃古道。不过有趣的是最初的来往不是通商交好，而是兵戎相见。

◇喜迎公主◇

公元 641 年，大唐皇室文成公主远嫁吐蕃赞普松赞干布，开辟了一条承载汉藏和平友谊的唐蕃古道。文成公主在雪域高原生活了整整 40 年，为传播中原文明、汉藏千年交好做出了重大贡献。但这位出生在中原的女子，再也没有返回故乡。也许，文成公主生前也不会想到，她远嫁雪域 1365 年之后，一直怀念着她的故乡人民举办了一场盛大的活动，把公主又迎回了她魂牵梦绕的故乡——长安。

这件盛事由西安的广仁寺与美籍华人齐茂椿先生联手策划并实施，历时一年，购置名贵紫檀，延请雕刻高手，复制原在长安由

▲文成公主像

文成公主带走，至今仍供奉在拉萨大昭寺的释迦牟尼 12 岁等身佛像与文成公主的雕像。再与拉萨大昭寺联系，按照佛家佛理，这两尊新仿制雕像运往大昭寺，请高僧大师为其举行开光典礼，然后再沿当年文成公主进藏路线迎回，千年一回，意义重大。

2006 年 10 月 15 日，拉萨大昭寺广场桑烟腾空，法号鸣响，一场专为释迦牟尼 12 岁等身像与文成公主雕像举办的开光仪式隆重举行，大德高僧云集，经声震响四方。之后，在西安各界组织的庞大迎亲团簇拥护送下，踏上千年后回乡路，穿越藏北羌塘高原、黄河源头、日月山口、秦陇河湟，于 10 月 27 日安抵西安。下午 3 时南门广场人山人海，锣鼓震响，号角长鸣，省市领导、佛家代表、各界群众，用最隆重的中国第一入城仪式欢迎"文成公主"回到娘家。规模宏大，盛况空前，在场群众无不动容，许多老人泪流满面感叹：咱公主回到娘家了。

▲ 历史上的唐蕃古道

唐蕃交兵战松潘

古道开启

公元 618 年，是中国历史上一个非同寻常的年份，因为这一年，一个非同寻常的王朝创立并在长安建都，这就是我们今天都为之自豪骄傲的唐朝。唐代在近 300 年的历史中，经济繁荣，文化昌盛，国力强大，声威远播，修有四通八达的驿道，仅是水陆驿站便有 1639 所，不仅有沟通中西亚欧的丝绸之路，有穿越秦巴大山，由天梯云栈构成的蜀道，还有一条通往雪域高原的官驿大道——这便是举世闻名的唐蕃古道。可以这样推断，在唐蕃古道正式开启之前，长安与青藏高原之间应该有先民自然踩踏和自然发现开创的道路，从长安到青海河湟，早在汉代就有驿道相通。《汉书》载西汉名将赵充国驻守河湟，距长安 900 公里，向朝廷奏报军情，往返 1800 公里，七天就得到指令。说明长安到河湟间的驿道畅通，设施完备，驿力充足。至于河湟与西藏，自古就是游牧民族生活的地方，游牧民族"逐水草而居"，在游牧中自然踩踏出道路是很正常的事情。

从西藏卡若文化遗址出土的石器与陶罐都明显带着甘肃、青海马家窑和齐家文化的特点，说明古道的开启相当久远，可以上溯到 6000 年前的新石器时代。从吐蕃多次遣使向唐求婚来看，唐初就存在一条比较可靠畅通的交通路线。只不过唐蕃之间由求婚到通婚，由交兵到交好，多次往来，驰驿发诏，设置驿站，使唐蕃之间的道路更加规范和畅通。

唐蕃古道从汉唐古都长安出发，穿越秦陇河湟，登上中国西部农牧业的分界线青海日月山，经玛多、玉树境内的江河之源，越唐古拉山口，经藏北那曲、当雄，最终到达雪域圣城拉萨。跨越今陕西、甘肃、青海、西藏四个省区，全程约

▲高大雄伟的松潘古城　　▲岷江绕城而过

3000 公里。之后，还曾延伸到印度与尼泊尔，商贸往来，十分繁荣，所以也有专家称其为丝绸之路的南线。千百年来，这条被视为汉藏交好、民族团结的和平友谊之路，生发的初衷却并非通商交好，而是兵戎相见。战场并非长安，而在遥远的边城松潘。

求婚之战

若去甘南草原或是阿坝草原，无论是从兰州或成都出发，都会途经高原古城松潘。这是一座名副其实的古城，老远便能看见高大雄伟的城墙，巍峨高耸的城楼。远处是白雪皑皑的山峰，城边是奔腾湍急的岷江，更把这座高原古城衬托得无比雄奇，无比壮丽。

走近松潘县城，首先让你惊讶的是这座古城竟保存得如此完好。城墙根基是巨大的条石砌就，墙体为黄土筑就青砖砌衬，严丝合缝，随着地形山势蜿蜒连绵。数百年风雨侵蚀，墙体已凹凸不平，杂草小树也从砖缝中蔓生，使古城平添一种厚重与沧桑。

从拱圆形的城门洞进去，两扇厚重的大门依然存在，历数百年之久而无腐蚀损坏，足见当年修建之结实。据说松潘县城修筑过程达 60 年之久，信不虚传。穿越深达 15 米的城门洞，给人一种进入院落的感觉，一种安全感油然而生。环顾四周高山激流，回首历史漫长岁月，为保一方百姓平安，民族和睦，你会觉得古城修得恰到好处，十分必要。

事实也确如此。松潘由于地处四川、甘肃、青海三省交界地带，是青藏高原、甘陇、河西进入四川盆地的必经之处，历史上草原游牧民族吐蕃、党项、鲜卑、突厥，以及蒙古铁骑都曾由此入侵川西平原。所以汉唐以来，历代中原王朝都很重视松潘防务，设关卡，驻精兵，严加防范，不敢稍事懈怠。从北周天和元年，即公元 566 年起，就在此设县级治所。

在李渊、李世民父子起兵反隋，建立大唐王朝的时候，遥远的雪域高原，也有一个部落王朝迅速崛起。史料记载，当时西藏山南地区的部落王子，年仅 13 岁的松赞干布，在干练的大臣辅佐之下，治理有方，组成一支能征惯战的精锐部队，平定了雪域高原的多起内乱，兼并了许多部落小国，完成了青藏高原统一的历史使命，松赞干布也成为受吐蕃臣民拥戴的国王。公元 7 世纪初，松赞干布听从贤能长者建议，放弃了在山南崛起的故地，带领王室贵族及军队，还有大批的牛羊，浩浩荡荡开进了四山环绕、地势平坦、而且有拉萨河贯穿滋润的拉萨平原，在河流湖畔间开辟新的家园，并在平原突兀而起、自然天成的红山上构筑宫殿，这便是之后举世闻名的布达拉宫。如同唐王朝建都长安，日后开创开元盛世，吐蕃建都拉萨也开启了雪域高原崭新的纪元。据《旧唐书·吐蕃传》载："其国都号为逻些城。屋皆平头，高者至数十尺。贵人处于大毡帐，名为佛庐。"

唐时，仅史书记载双方互派使者近 200 次，唐使遣蕃 60 余次，文成公主、金城公主入藏时更是规模宏大，人数众多，到过逻些，即今拉萨的人应该很多，史书记载也应不虚。说明拉萨城在唐时已有相当规模，房屋"高者至数十尺"，就应指楼房或石头砌起的雕楼状建筑。至于"贵人处于大毡帐"应指居住习惯，当初松赞干布率山南部众进入拉萨，其中不乏牛羊众多的奴隶主，就习惯住帐篷。很可能在此之前，中原王朝与吐蕃之间已有交往，这位风华正茂的吐蕃王子松赞干布对中原文明十分推崇想往。于是派使者前往唐王朝求婚，经过松潘时，却不想被守卫松潘的官兵扣押。

松赞干布一怒之下，亲率 20 万大军进犯唐境。松潘守将韩威开始轻敌，没有把来自青藏高原的吐蕃军队放在眼里，认为吐蕃不过是食牛羊、穿毛皮的乌合之众，不堪一击。不想，双方交兵，吐蕃士兵敢冲敢打，奋力拼杀，唐军大败，只能坚守待援。吐蕃军队乘机在边境一带大肆劫掠。这才引起唐王朝对吐蕃实力的重视，唐太宗亲自点将，选派能征惯战的大将侯君集为弥道行营大总管，右领军大将军执失思力为白兰道行军总管，左武卫将军牛进达为阔水道行军总管，右领军将刘兰为洮河道行军总管，四路大军共率 5 万步骑，浩浩荡荡迎击吐蕃。这也是唐帝国与吐蕃王朝首次大规模战役，双方投入兵力近 30 万，方圆数十里，营盘森严，战旗轻拂流云，马蹄叩击大地，双方都摩拳擦掌，志在必胜。

▲古城藏族老人

    因吐蕃军队先胜一仗,认为唐军不过如此,心存麻痹。唐军大将侯君集巡查吐蕃,见其势众,不宜力战,只可智取,看出破绽,命骁勇善战的牛进达为先锋,率领精锐骑兵夜袭吐蕃大营,其余几路兵马,举火擂鼓,呐喊助威,吐蕃毫无防范,唐军冲进营帐奋勇砍杀,斩杀吐蕃千余人。这是吐蕃崛起之后遭受的首次惨败,其首领见几路唐军士气高涨,勇不可当,引兵退回青藏高原。吐蕃王庭深感唐军衣甲鲜明,军纪严整,凛然难犯,唐境田亩相望,俨然大国,举止文明,越发希望联姻,乃派相当于宰相职务的大臣禄东赞使唐谢罪,献金5000两,骏马千匹,再次郑重求婚。不打不相识,雄才大略、富于政治远见的唐太宗虽然获胜,但审时度势,深感吐蕃雄踞青藏高原,民性剽悍,是一支不容忽视的力量,应化干戈为玉帛,和睦交好。

    于是应允藏王松赞干布求婚请求,把李唐王朝文成公主嫁予松赞干布,谱写了一曲汉藏和睦的千古佳话。松潘的雪山激流、青松草地都因此而永驻光彩。

边城松潘

    现存松潘城墙为明时所建,俗语说明修长城清修庙。明代时封建王朝那种汉唐气象已不复存在。朱明王朝始终处于一种防御状态,北防瓦剌、女真等游牧民族,大修长城,故现存长城多为明长城。南防倭寇,其时日本浪人在沿海一带骚扰不已,日本人矮小,故称倭寇。在内地要塞重城,明廷也是修城不止,西安现存城墙便是明时所建。

▲在松潘高原还能见到风吹草低见牛羊的景象

　　正是在这个大背景下，明政府也把松州与若尔盖草地的潘州合并为松潘筑城设卫。由于松潘地处要害，故明廷专调富有筑城经验的宁州卫长官高显负责。经实地勘察，决定利用松潘险要地形，筑城于两山之间，依山傍水，无论从哪个方向进攻，插翅也难逾越。筑城时就地取材，烧制厚重古砖，每块达 30 公斤。然后采用传统技法，用糯米汁、石灰、桐油搅拌而成灰浆，修砌成高达 15 米，约 5 层楼房高，长达 6200 米的环周城墙，几乎是现存西安明城墙的一半。加之城内配套署衙、司狱、守备府、把总府、文庙、佛殿、书院、城隍庙、接官亭等建筑，共历 5 年才竣工。在 600 年前人烟稀少的边地，构筑如此宏大之工程，所耗财力，所遇艰辛均不难想见。之后，松潘曾发生民变，占据西山之巅，城中防务尽收眼底。为纠失误，又把城墙修上山巅。而此时距修城已 60 个春秋了，故有松潘城修了 60 年的说法。

　　松潘不仅城墙高大，城内街道也仿内地城池，街道严整，房屋规范，官署民居各守其地，一派明清格局，显得古色古香。我曾有幸两次到松潘县城，并在城中住宿一夜。第一次为 1985 年，其时正在鲁迅文学院学习，《青年作家》编辑部组织笔会，鲁院一帮同学应邀。游完九寨沟后，再去黄龙，便需在松潘住宿。记得到了松潘，谁也没有想到在这岷江上游，崇山峻岭之间，竟有一座如此完好的古城。大家兴奋地在大街小巷转悠。街上藏民很多，还有骑着高头大马的藏族汉子，马蹄嘚嘚，在碎石子路面上一溜小跑。摆地摊的多系藏民，卖藏药就有几处，当时保护野生动物没得到重视，还真出售虎骨、豹尾、熊掌之类，再有虫草、藏红花等名贵药材，皆松潘一带所产。印象至深的是各式藏刀，刀鞘上镶银带珠，

▲松潘高原宜于游牧

十分漂亮，大家纷纷购作纪念。

我们还转悠到几户人家，皆有院落。无论藏族、回族、汉族，都很热情，保持着边城居民的质朴。有一家人做豆腐，家中有古老石磨，用城外河水带动水车做动力，原始却先进，给人印象很深。当晚，我们住在古城，寂静无比，能听见山林的呼啸和河水的喧哗。松潘海拔2000多米，夏季十分凉爽，中午太阳明晃晃的，只热上一阵。我们是6月份去的，过雪宝鼎时，正逢下雪，晚上住在松潘盖着棉被有位同学还被冻醒。

2001年8月，专程考察《宋史》载"汉中买茶，熙河（临洮）易马"的茶马古道，途经川西北重镇川主寺，一看地图，此地距松潘古城仅17公里，于是掉转汽车，像看望老朋友一般直奔松潘。8月下旬，正是岷江河谷收获的季节，沿途成熟的青稞、胡豆、荞麦呈现一片片金黄，田地里不少藏民在收获庄稼，脱下藏袍，露出红绿各色毛衣的妇女挥镰收割。男人则拉着马、毛驴驮运庄稼，孩子们在收获过后的地块中嬉闹，一派高原丰收的喜悦景象。

松潘城墙依旧，岷江松桥依旧，都耸立着"重点文物保护单位"的石碑。城区街道还保持着明清格局，只是增添了一些时新门面。与临街一位商店老板闲谈，他讲现在都晓得保护文物，整个松潘县城都属保护范围，没人敢乱拆乱建。也幸亏保护，吸引了不少游客，松潘现在的支柱产业是旅游……

果真，几位旅客购物，老板赶紧忙活去了。我们在松潘城中转悠一圈，给汽车加油，又吃了一顿古城特有的羊肉烩面片，才心满意足地离开。

贞观时汉藏交好

▲唐太宗李世民

太宗卓识

唐蕃古道的开启，汉藏联姻并交好，这段流传千古的佳话，并非一帆风顺，而是涵盖着丰富多彩的历史内容。不仅展示了唐太宗李世民过人的胸襟气度和远见卓识，吐蕃首领松赞干布的才情英气和豪爽执着，也为两个王朝创建之初的国情局势所决定，可以说是一种历史的必然选择。

历史选择了一代英主李世民。但贞观初年，李世民面临的却是一个百业凋零、百废待举的局面，历经隋末战乱，田地荒芜，人口锐减，据《贞观政要》记载，当时，洛阳到山东"人烟断绝，鸡犬不闻，道路萧条，进退艰阻"。不少农民被逼为盗，"亡命山泽"，社会动乱，亟待恢复。

另一方面，唐太宗即位不到 20 天，占据中国北方的突厥颉利可汗竟率铁骑 10 万进击到距长安城仅 40 里的渭水岸边，威胁京都，情势何等危急！李世民当时虽年仅 28 岁，但历经出生入死的大小战役以及宫廷斗争，历练得十分成熟。他沉着冷静，见到突厥兵马虽多却杂乱不整，断定不是有备而来，不过是想趁唐王朝政局变动，自己立足未稳，前来勒索钱财。他亲自到阵前观看，审时度势，权衡利害，一方面部署军队，一方面仅带数骑，亲自与颉利可汗在渭水边会谈。结果虽然拿出不少金银绢匹财物赠予突厥，但却避免了战争，获得休养生息的机会。

唐初，对中原王朝造成威胁的不仅有来自北方草原的突厥，还有西部的吐蕃

◀藏族群众心目中的「诸葛亮」禄东赞

与吐谷浑。这些游牧民族都占据着马背上的优势，来去迅速，如同秦汉时期的匈奴，屡屡侵犯中原，这便是史书所称的"边患"。唐蕃松潘交战，虽未让吐蕃得逞，但却使太宗看清刚从青藏高原崛起的吐蕃是一支不容忽视的力量，与其兵戎交恶，不如联姻交好，"一女子可顶甲兵十万，何乐不为！"

藏版诸葛

当时，吐蕃的情况是，松赞干布荡平群雄，统一雪域高原，又弃山南而迁逻些（今拉萨），虽占据天地之利，但新朝初立，百废待兴，需交好邻邦，稳定图强。他首先向隔喜马拉雅山相邻的泥婆罗国（今尼泊尔）求婚通好，迎娶尺尊公主入藏。接着，他又向唐王朝求娶公主，尽管不顺利，还发生松潘之战，但不打不相识，他不屈不挠，再次求婚。这次，松赞干布选派的求婚大臣是禄东赞，他在藏区是位家喻户晓的传奇人物，被视为藏族群众智慧的化身。禄东赞是汉译名字，藏语直称他噶尔东赞，是松赞干布得力的四位大臣之一。

他曾建策把吐蕃全境划分为四个"茹"和六十四个"千户府"，建立了军政合一的制度。他丈量土地，建立了赋税制度，把土地分为贫民所有。大臣所有和藏王所有等五个等级，初步理顺了行政制度、经济制度，为松赞干布统一西藏和保卫边疆等诸方面的事业做出了很大的贡献。所以禄东赞在西藏很有威望。他虽然不识刚刚创制出来的藏文，但是他聪明机智有谋略，精通政治和军事，是吐蕃时代一位传奇人物。影响力如汉地的诸葛亮，无人不知晓。

松赞干布曾前后数次派遣他办和亲外交，先到尼泊尔，迎娶回尺尊公主，再

▶唐《步辇图》描绘唐太宗接待吐蕃使臣禄东赞情景

到汉地，迎娶回文成公主。按《红史》第十三章的说法，丙申年（636年）禄东赞从拉萨出发往唐都长安请婚。他这第一次入唐，而后在贞观十五年（641年）正月到长安的迎亲是第二次入唐。

开元二十一年（733年）所立"定蕃汉两界碑"的碑文中有"往日贞观十年，初通和好，远迎文成公主入蕃"，所指正是这禄东赞第一次入唐求亲。与《红史》第十三章所说丙申年禄东赞从拉萨出发往唐都长安请婚一致。他这位求婚大使的才华风度，以正在崛起的吐蕃实力为后盾，终于不辱王命，替藏王娶回唐王室公主，提高了刚统一了青藏高原的吐蕃的地位，扩大了影响。

因禄东赞聪明机智，所以唐太宗有意把琅琊公主外孙女嫁给他为妻，《新唐书·吐蕃传》（上）记称他：

始入朝，占对合旨，太宗擢拜右卫大将军，以琅琊公主外孙妻之。禄东赞自言："先臣为聘妇，不敢奉诏。且赞普未谒公主，陪臣敢辞！"帝异其言，然欲怀以恩，不听也。

史书上还记贞观末太宗伐辽东还，吐蕃遣禄东赞带金鹅来贺之事，那是禄东赞第三次入唐，与唐太宗想许配琅琊公主外孙女给他可能是同时发生的事，否则，禄东赞就应四次往返唐蕃古道。

松赞干布死后，禄东赞又担任芒松芒赞辅政15年，并在芒松芒赞在位九年（658年）又一次，即第四次或第五次前往唐地。无疑禄东赞是唐蕃古道和蕃尼古道开辟之初，辛苦跋涉最勤的一位。正是他这样不断奔波，促进了藏汉之间、

▲松赞干布娶亲图

尼泊尔和藏族之间的友好往来。

《新唐书·吐蕃传》（上）称："东赞不知书而性明毅，用兵有节制，吐蕃倚之，遂为强国。"并维持了唐蕃的友好关系。晚年的禄东赞担任守护大臣之职，先后在吐谷浑住了六年，在突厥住了一年。唐高宗乾封二年（667年）他从吐谷浑返回西藏的路途中，病死于森塔地方。禄东赞去世后，一直受到藏区群众的怀念，各种书籍和壁画中都有他的身影。藏王墓前和文成公主的塑像前都塑有禄东赞像，这也是体现了对他在唐蕃友好上做的贡献的一种褒扬。

六难婚使

这次，以大臣禄东赞为首的求婚使者在长安城中受到盛情接待，唐太宗应允将皇室宗女文成公主嫁予吐蕃王子松赞干布，不仅成就了这桩汉藏交好留传千年的盛举，还演义出一宗六难婚使留传至今的佳话。

唐太宗为松赞干布选中的宗室公主叫李雪雁，时年15岁。唐时早婚，近年考古专家从永泰公主墓的遗存骨骼中查清墓主死于难产。史书记载，永泰公主成婚时年仅13岁，难产因盆骨尚未发育成熟之故。所以，15岁已是婚配年纪，作为皇室亲女，公主从小受到良好教育，知书达理，聪明活泼。那时，并无后来的程朱理学束缚思想，压制人性。李唐王室世居北方关陇，史书明确记载有鲜卑血统，有粗犷豪放的血性。虽为皇室，并不十分看重礼教，王室公主相对自由、开通、开放，踏青游猎、骑马打球在唐诗唐画中比比皆是，故六难婚使这样的充满戏剧性的佳话注定有迹可循，并非空穴来风。

这六难婚使演义的情节传说是这样的：当时不仅吐蕃，还有突厥与吐谷浑都同时向唐王朝求娶公主，唐王朝为考考各国使臣智慧，也增添喜庆色彩，出题六道，答对者方可迎娶公主。六道难题为：一、将彩线穿过九曲明珠；二、辨认百匹母马与马驹的母子关系；三、百名婚使一日内喝完100坛酒，吃完100只羊，再把羊皮鞣好；四、一样粗细的一百根木头分出根与梢；五、夜晚进入唐宫看完歌舞演出，回去时不能迷路；六、从三百名穿

▲松赞干布与文成公主

戴一样的宫女中认出公主。这六大难题真难煞了突厥与吐谷浑婚使，但却被吐蕃婚使一一破解——利用蚂蚁携带丝线穿越了九曲明珠；母马与马驹分开一夜，不予喂奶，一旦合群，马驹会自找母亲；喝酒、吃肉、鞣羊皮是吐蕃人拿手好戏，根本难不倒；木头根梢则用湖水区分，下沉为根，漂浮为梢；夜晚进宫先做路标自然不会迷路；事先打听出公主特征也就不难辨认。

据说考试结束，唐王室朝野上下由此看出吐蕃人乃是沉着、智慧、积极进取的民族，大臣如此，君主也一定干练机敏。太宗龙颜大悦，当场把吐蕃使臣认出的文成公主下旨许配给松赞干布。唐蕃由交兵对阵的敌对关系一下转换为翁婿亲家，为交好千年的汉藏莫下了坚实的基础。也由此开启了汉藏千年交好的通衢大道——唐蕃古道。

公主远嫁开通衢

▲文成公主塑像

父女衷肠

六难婚使有戏说之嫌，但大唐宗室公主，离开繁华京都，远嫁当初尚属蛮荒之地的雪域高原，辞亲别友，路途艰辛，语言不通，风俗迥异，对于任何一位女子都是人生重大抉择。当年公主心路历程，所思所想如何，新旧《唐书》无细载，倒是《西藏王统记》中，较真实记载了文成公主离家心态。公主当选，吐蕃使臣用歌开导：

> 天人公主，请听我语。吐蕃藏地，五定所成。
> 松赞干布，大悲观音，神俊英武，见者钦羡。
> 以教治邦，人民奉法，诸臣仆等，悉歌升平，
> 土地广博，五谷悉备，金银铜铁，各宝具有，
> 牛马繁殖，安乐如是，至奇稀有，公主垂听。

歌毕，公主暗自思量，诚如此歌所言，则与吾之乡土无异。遂即拭泪，随藏臣而行。藏臣噶亦谓公主言："兹当筹措赴藏，请主回宫。"公主回宫后，帝父曰："汝当往为吐蕃王妃。"公主曰："无有佛法，土地贫瘠，道路遥远，难与父母兄弟相见，儿不欲往。"

父王曰："汝必当去，勿作是语。赞普有大神通变化，具足法力。凡朕所有问难，其臣未返藏地，即已具答于所寄缄札之内。设知汝不去，立遣兵五万到此，

杀我掳汝，并劫掠一切城市，将如之何。兹观察其臣所为，似以去之为宜。"公
主乃向王父叩头奏曰：

> 无论唯一父皇命，抑出母后之懿旨，
> 竟遣我往吐蕃地，有雪邦土之境城，
> 气寒酷冷地粗恶，复多天龙鬼怪妖。
> 心无欢乐意不适，不生五谷饥馑地。
> 下劣食肉罗刹种，行为粗鲁无礼教，
> 若欲儿即往彼处，父皇所供本尊神，
> 释迦佛像请赐我。有雪邦土饥饿乡，
> 宝仓御库请赐我。有雪邦土气萧寒，
> 请赐一世温暖衣。吐蕃贱民人龌龊，
> 赐我陪伴诸侍女。如是边鄙邦土内，
> 与诸藏庶共处时，我之行仪应如何。

如此挥泪而作叩禀。帝父亦以爱怜温语慰之曰：

> 如我眼目汝娇女，所谓吐蕃有雪地，
> 胜境钟灵有如是。雪山天然宝塔形，
> 四湖犹若玉曼达，奇异金花开遍处，
> 清凉美如无量宫。四江横流木葱茏。
> 出产五谷并众宝，牲畜遍野草如酥。
> 经吏典籍三百六，还有种种金玉饰，
> 诸种食物烹调法，以及饮料配制方，
> 玉片鞍翼黄金鞍，八狮子鸟织锦垫，
> 并绣枝叶宝篆文，赐女能使王惊奇。
> 汉地告则经三百，能示休咎命运镜，
> 工巧技艺制造术，如此工艺六十法，
> 以此赏赐我娇女。四百又四医方药，
> 四方五诊论医典，六医器械皆赐汝。
> 一世温暖锦绫罗，具满各色作服饰，
> 凡二万四赐予汝。身材妙曼可意儿，

▲从今日牧民外出不难想象当年公主远嫁

善承人意诸女伴，二十五名作侍女。
吁嗟难忍分离女，殷切教诲切记取，
为欲化度雪邦人，汝之行仪应如是：
识见宜广行谨慎，对内外事须明敏，
言语温和性善良，恭敬赞普爱臣民。

如此谆谆教导之下，文成公主应该有所觉悟，所给公主的名位和优厚的陪送，特别是传为佛祖亲自开光的"觉阿像"——旷世之宝的佛祖 12 岁等身像，将随公主一起入藏，也一定能给公主许多宽慰。无论如何，总还是有些无奈吧，皇命难违，父命难违，公主不能不接受命运给她的安排，拜别父皇，义无反顾地走上唐蕃古道，走向她的夫君，走向她命运叵测的未来 40 年。

公主远嫁

公元 641 年，唐王朝任江夏王李道宗为护亲专使，专程护送文成公主远嫁吐蕃。这是有史以来首次由中原王朝政府派往雪域高原的专使队伍，对汉藏之间的通衢开辟有划时代的意义。这次入藏，不仅有以江夏王李道宗为首的朝廷大员，还带有大批卫队、侍女、工匠、艺人和大量绸缎、典籍、医书、粮食等陪嫁物品。队伍庞大，物品丰厚。

据《吐蕃王朝世袭明鉴》记载，有"释迦佛像、珍宝、金玉书橱、360 卷经卷，

▲唐蕃古道许多地段已是现代公路

各种金玉饰物，又给多种烹饪食物，各种花纹图案的锦缎垫被，卜筮经典 300 种，识别善恶的明鉴，营造与工技著作 60 种，治病药方 100 种，医学论著 4 种，诊断法 5 种，医疗器械 6 种。还携带各种谷物和芜菁种子等"。由这些记载不难看出，唐王朝远嫁的不仅是公主，还把中原先进的文化、医疗、农业、科技远输边陲，从经济和文化上给吐蕃切实的帮助，惠及最广大的民众，使吐蕃朝野上下在潜移默化中感激和追随大唐，以真正达到化干戈为玉帛，保障边境稳定，使贞观长治久安收到实效。

文成公主贞观十五年（641 年）进藏，永隆元年（680 年）去世，在西藏整整生活了 40 年，她曾设计和协助建造大昭寺和小昭寺。同去的大批卫队、侍女、工匠、艺人们也没有返回中原，留在雪域高原，把耕种、碾磨、纺织、制陶、造纸、酿酒等工艺技术传播到藏区。文成公主带去的诗文、农书、佛经、史书、医典、历法对吐蕃文化的建立、促进起到了不可估量的作用。文成公主带去的金质释迦佛像至今供在大昭寺中，深受藏族同胞崇敬，从那时起雪域高原便与中原内地有了不可分割的血脉关系。

惠泽后世

文成公主入藏，对吐蕃朝野文化经济生活都带来巨大影响，并惠泽后世，也使吐蕃对唐王朝先进发达的文化科技十分仰慕。在文成公主去世后，吐蕃王朝于神龙三年（701 年）再次向唐王朝求婚。唐王朝也从联姻中看到汉藏和睦带来的

▲玉树至今有关于文成公主的雕刻

安定升平气象，唐中宗选定金城公主入藏联姻，金城公主更具李唐王室血统，其父为雍王李守礼，其祖父为章怀太子李贤，即唐高宗与武则天亲生之第六子，亦是当朝皇帝中宗之兄。所以这次远嫁规格更高，也更隆重，不仅有大量丝绸、金银、谷物、典籍陪嫁，大批侍女、工匠、艺人陪伴。中宗皇帝还亲自送到始平县（兴平），据《新唐书》载："帐饮，引群臣及虏使者宴，酒所，帝悲啼嘘欷，为赦始平县，罪死皆免，赐民徭赋一年，改县为金城，乡曰凤池，里曰怆别。"再命左卫大将军杨矩持节杖护送金城公主入藏。

金城公主在吐蕃生活了30年，和文成公主一样，把文化、科技、耕种技术、医疗带进了雪域高原，为唐蕃和睦相处做了不懈努力与贡献。这期间，双方使臣来往频繁，仅史书记载便有191次之多，至于民间的通商、通婚、贸易就更加频繁，唐蕃古道也作为唐代以来通往雪域高原的通衢大道而载入史册。

▲古代远行全资马力

路遥知马力

—

公元 640 年，唐太宗应允把皇室女儿文成公主嫁与吐蕃赞普松赞干布，尽管吐蕃使臣一再催促，但直到公元 641 年隆冬方才起程。关键是进入藏区的准备工作十分复杂，不仅选择使臣、卫士、侍女、工匠，还需把大批谷物、书籍、丝绸、器物带入遥远的雪域高原，选择车辆驿马都十分麻烦。倘若今日出行，纵然万里之遥，有公路、铁路相通，只需乘坐汽车、火车乃至飞机，穿越东西半球也只在昼夜之间。但古代关山阻隔，车马不易，即使有驿道相通，朝行夜宿，也绝非易事。20 世纪 30 年代，十三世达赖去世，历经数年，经各方努力多处寻找，认为生于青海湟中县塔尔寺附近的小男孩拉木登珠就是十三世达赖的转世灵童。最后一个最重要的环节，是蒙藏委员会委员长吴忠信代表国民政府，进藏主持十四世达赖喇嘛的认定与坐床仪式。时值抗战，交通不便，竟绕道印度，加之需英国签证，前后历时 4 个月才到达拉萨。

20 世纪 50 年代初，西北军区范明将军，接受中央任务，护送十世班禅进藏。在周总理亲自安排下，用几个月时间准备，采购骡马 5000 余匹，驮牛 6000 多头，

▶ 文成公主经过的温泉驿

骆驼 1600 多峰，雇用甘青一带有经验民工 1200 人，还为班禅组建一支 400 人的民族武装，从西宁起程，前后历时 4 个多月才到达拉萨，途中遭遇种种艰辛，惊心动魄。范明将军回忆，进入黄河源第一天，就被沼泽夺去 20 多人生命，驮马损失 400 多头……

那么，当年文成公主进藏，雪域高原，遥远神秘，古道初开，物品繁多，怎样护送公主安全抵达逻些（拉萨）乃是大唐王朝必须认真对待的问题。

考虑到大唐开国初期，国力远非日后那般强盛，占据北方、西北的东西突厥还和大唐处于敌对状态，能够远足的骆驼，皆不在唐境。再就是唐太宗马上夺得天下，视良马为知己，对伴他征战的六匹战马，曾亲写《六马图赞》，可见对马无比欣赏信赖。所以有理由相信，当年文成公主进藏，无论乘骑，无论载物，大量使用的只能是马，我们也有必要对马这个和人类相处几千年的伙伴有深入的认识和了解。

二

我一直对马有种深深的敬意，觉得马是一种力量、威武和健美的化身。看见马就感到亲切和愉悦。

儿时，我曾在西安西关八家巷住过，那是 20 世纪 50 年代初期，当时西安市郊许多运输还靠骡马。八家巷附近就有一家骡马运输公司，有几十挂大车，近百头骡马，早出晚归，场景十分壮观。早上，太阳出来，朝霞一片红时，披挂停当的大车便要出发。一夜歇息，加之吃饱喝足，这时骡马都分外精神，耳朵竖立，

▲日月山因文成公主经过得名

鬃毛直摆，昂头嘶鸣，毛皮闪着光亮，尾巴也甩着，十分威风。

每挂大车常由一匹身材高大的骒子驾辕，四匹马拉梢。讲究的车把式还讲求选用毛色相同的马来拉车，一色白马，一色黑马，一色红马。出车时，车把式分外精神，带红缨的长鞭在空中抽得山响，却永远不会落到骒马身上。吆喝也极响亮，一脸的矜持和自得。记得有个麻脸光头壮汉，每见到我们这伙看热闹的孩子，故意把长长的鞭梢劈头打来，清脆响亮的鞭声在头顶炸响，孩子们便吓得捂起耳朵，四散跑开，直到整个马车大队消失在巷口，腾起的尘土消散才高兴地回家。这一天心里便满满的。

也有这样的时候，早上睡失了觉，眼睛一睁，天已大亮。想着看骒马，一骨碌爬起来，跑到骒马店看时，马车早已出发，偌大的场地空落落，唯见零乱的马蹄车印，一时呆站在那里，心都空了。

稍长，进学校读书后，读《西游记》《三国演义》，最崇拜的便是战马伴随的英雄。关云长千里走单骑，过五关、斩六将；赵子龙大战长坂坡，七进七出。赤兔宝刀，白龙长枪，乘风而来，呼啸而去，铁蹄叩击大地，嘶声震裂长空，直杀得曹兵心惊胆战，天昏地暗。这满足了我少年时代多少猎奇和梦幻。

三

之后，对马的兴趣一直没有削减。

有位文友，在西北农学院学过兽医，毕业后分配至河西走廊山丹军马场，一干 10 多年，人到中年才回到故乡。我们聊天的主要内容是谈马。他堪称一位识马专家，对马的起源、种群、习性、耐力、毛皮、速度，还有马的忠诚、马的智慧、马的勇敢、马的情感、马的坚强，无一不懂，无一不能讲出一大套理论和一长串故事。

我多次怂恿他写出来，像写人一样写马，价值意义肯定非同一般。他却因政务缠身，解嘲说退休后再写吧。

▲唐陵石马彰显马力

我的所有关于马的知识都是从这位朋友处获得的，而且在我多次丝路与草原之行中派上用场。我不仅学会辨认河曲马、蒙古马、伊犁马、山丹马和西南川马，还能在旅途中对同伴大谈马的各种习性。

马非常坚强，即使母马也是如此，怀孕后照样干活，没经验的人根本看不出来，临产时也能忍受巨大的痛苦，一声不吭，临产前才卧倒，很快生下马驹，便又站立起来。有些母马干脆站立着"扑通"一声生下小马驹。小马驹一生下来就能站立起来。母马见到小马驹的第一眼不是爱抚，而是在马驹背后发出"突"的一声，惊得小马驹本能地做出奔跑的动作，这样就能记忆终生。

马的智慧和忠诚在动物世界中也堪称之最。在人类数千年的征战史上，马始终是出征将士最忠诚最可靠的伙伴。"出师之要，全资马力"。古代马匹在战争中的重要不亚于今日战争中的坦克和装甲车。生活在草原上的游牧民族，之所以能先后建立起回纥、金、西夏、瓦剌等割据政权，乃至曾统一全国的元朝和清朝，在很大程度上也是占据了马上优势。

一代天骄成吉思汗及其子孙之所以能横扫亚欧，大军攻占伏尔加河流域，直逼莫斯科城下，没有马的速度、马的耐力、马的坚强和忠诚，是不可想象的事情。史书常说"蒙古铁骑"，把勇士与战马并列，十分深刻，也十分准确和到位。

四

应该相信，在漫长的岁月中，汉族聚居生活的中原内陆，深受先秦诸子、孔

▲汉唐时马政鼓励百姓养马

孟儒家文化浸浸熏陶，能够诞生深厚精博的秦陇文化、湘楚文化、巴蜀文化、燕赵文化、吴越文化等有地域特色的文化种群，那么，辽阔的草原也一定会产生同样精深博大的草原文化、游牧文化。可以推测这种文化的支柱注定是骏马，不可能是绵羊和牦牛。所以草原民族一定会对马的习性、马的驯养、马的使用，积累起丰厚的经验，了解得无比深透，以便在关键时刻把马的作用、马的威力发挥到极致。

每一片草原，每一个部落，都会诞生出色的牧人和勇敢的骑手，都会有识别名马、良马、千里马的伯乐。每一次战争都会诞生关于马的无比动人的故事。在矢箭如雨、杀声震天的战场，马总是和勇士一起勇往直前，永不后退。倘若主人中箭落马，马决不逃亡，一定把生还的可能留给主人。马会冒着危险，坚守在主人身边，甚至还有特别聪明的战马会躺倒装死，掩护主人，等敌人过去，再救护主人。

马讲义气，喂熟的马绝不会轻易离开故主。马无夜草不肥，在草原上牧马人总要在黄昏放马，马则自由地去吃夜草，但一定会在日出之前回到主人放它的地方，十分准时守信。马若易主，会伤心流泪，但末了则会听从主人和命运的安排，一定要看见故主把缰绳交给新的主人，才会跟新主人走。否则，又踢又咬，决不从命。

最让人肃然起敬的是马对伦理道德的信奉和遵守。人类饲养牲畜历史悠久，几乎和农耕同时诞生。牛、马、羊、鸡、狗、猪并称六畜。六畜是概数，其实远不止此，还有骡、驴、鸭、鹅等几十种，但唯独马讲究伦理。

草原上，马常是分群喂养，一般 20 匹左右一群，也有百十匹一群，但其中又有若干单位。一群马中，小母马一旦个头长高，公马就会赶它离开，要不就又踢又咬。对小公马也是这样，母马会主动赶它走。小公马要赖也不行，母马决不再认它。

▲草原上骏马母子

有经验的牧人都知道，这是马怕乱伦及早采取的防范措施，从制度上加以保障。凡是公马母马要赶走的儿女，牧人一定要分群，把它们归入别的马群。这在整个动物世界独一无二，绝无仅有，包括也通人性的牛、狗、猫都做不到。

马还非常讲究原则，坚持公理。一群马中，除了未成年的马驹外，只能有一匹公马承担对整体马群的带路、守护、寻草、觅水等职责。这一切都很规律守时，压根不需牧人操心。别的马离群跑来，公马会又踢又咬，包括单独跑来的母马，也不接受，非要赶它回到原来的马群。

马是义畜，和主人生活久了会有感情。尤其是那些老马，在预感到自己将不久于世时，会对主人流泪，表示依恋。马的死也很悲壮，即使是疾病缠身、卧地不起的病马，也要站立起来，决不失威，直到生命最后一刻，才轰然倒下，十分悲壮，十分感人。所以马死了很少有人剥皮吃肉，都深深掩埋，以示怀念。

五

正因为马如此义气尊贵，古今中外文学艺术作品写马、表现马、歌颂马的多不胜数。汉武帝喜爱西域所产汗血宝马，不惜遣使万里求索。唐太宗则把伴他征战的六匹骏马刻为石雕，置于陵前，生死相伴，这便是闻名于世的昭陵六骏。古典戏剧中的《火焰驹》《红鬃烈马》，新时期文学中有张承志的《黑骏马》，张贤亮的《牧马人》等，都是以马为主人公，可见马在人心目中的地位是高于其他牲畜的。

法国第一大报《世界报》曾以整版篇幅刊登中国摄影家陈宝生拍的一幅奔马。《欧洲时报》对这幅照片评论说："这是一匹中国马，风驰电掣，摄影追风，仿佛要冲破画面，奔向天涯……"

我一直对马深怀敬意，因河西走廊至今还有全国最大的军马基地，所以，在丝路考察中，把去马场也列入计划。可惜几次都阴差阳错，失之交臂，不是向导突然有事，就是又被突如其来的事打断。甚至有次没有向导，我们也独自前往，已经到了山丹马场总部，却被告知马群都到高山夏牧场去了，海拔四五千米，并不通车路。看着近在眼前的祁连山，实在不甘心，硬着头皮沿着简易公路又前进十几公里。不想突然下雨，海拔已超过 3000 米，气温骤然下降，无奈只好返回，但总算看见放牧在山坡三五成群的马。山丹马体形高大，腰细腿长，通体匀称，剽悍骏美，兼有驮、挽、乘骑多种功能。几匹枣红、赭黄的骏马，在一望无垠碧绿滴翠的大草原上一边安详啃草一边甩动长尾，真正是天地之间的精灵，看着很让人过瘾。考察丝路，每到武威，必去雷台参观铜奔马，并花费千元购置两尊原大"马踏飞燕"置于案头，时时观赏，对这对艺术品百看不厌。

我曾先后去过青藏、内蒙古、宁夏、新疆、四川和甘南草原，除了考察草原丝路，领略草原的辽阔和神奇，还极想就近观赏草原精灵——骏马的威风和精神。尽管在这些草原上都曾见过我国所产的主要马种蒙古马、伊犁马、山丹马、河曲马和西南川马，但只在青海草原和甘南玛曲草原见到较大的马群悠闲地吃草。

在草原上领略过一次骏马的风采是在青海，恰是在唐蕃古道必经的日月山下的倒淌河。当时我们驻足在一处帐篷宾馆歇息，四周便是漫天碧绿的草场，散布着白色的羊群。我正遗憾没有骏马，突然见远处天边奔驰过来一个黑点，我估计是马，连忙取出相机，镜头盖尚未打开，那马已冲到跟前。一位黑壮的藏族小伙骑着匹栗黄色的高头大马，马的肌肉隆起打着响鼻，冒着热气，真有股龙马精神。藏族骑手与接待我们的朋友相识，特地赶来问有事没有。朋友说没有，那骑手翻身上马，一抖缰绳，转瞬工夫，人与马便消失在草原尽头。正是因为有这些阅历，有对马的认识和了解，见识过骏马驰骋草原时无与伦比的风采，我才深信，路遥知马力。以大唐的声望与国力，当年完全能够组建一支由勇士和美女、骏马与华车构成的彩旗飘扬、乐声不绝的出嫁队伍，不仅留下唐蕃交好的千年佳话，也踏出一条传播和平和友谊的唐蕃古道。

◇骏马和少女◇

蔚蓝色的湖，金黄色的岸。

七月的青海湖畔，湖水蔚蓝平静得如同绸缎，环湖大面积油菜花怒放，每年不知有多少中外游客为青海湖的壮美陶醉。这也给当地藏族牧民带来了创收的机会，搭起帐篷宾馆，开

▲骏马和少女

办"藏家乐"；再就是为游客牵马，从事这项工作的多为孩子，七八岁、十几岁的都有。

我们刚下车就被一帮小家伙包围了，叔叔阿姨叫得很甜，让人不忍心拒绝。就在所有孩子都包揽到活计兴高采烈的当口，远处天边奔驰而来一个黑点，估计是马，刹那间，那黑点已成为一团火焰——"火焰驹"。还没回过神，只见是一位姑娘骑着骏马已冲到眼前，那马浑身枣红，唯鼻梁一团白毛，宛如《三国演义》中关云长所骑的赤兔宝马。那女孩，黑发扎成马尾，恰似王洛宾笔下的卓玛，她大约也是来揽客骑马，看着别人都有马骑了，唯剩下我，她说："叔叔骑马吧，这马可乖了。"

"可以，但要先给你和马照张相。""那也可以。"小姑娘随意拉马站在湖边，人与马红白相衬，一切都是那么自然，在清风流云中，在七月的青海湖边。

卷二／穿越秦陇河湟

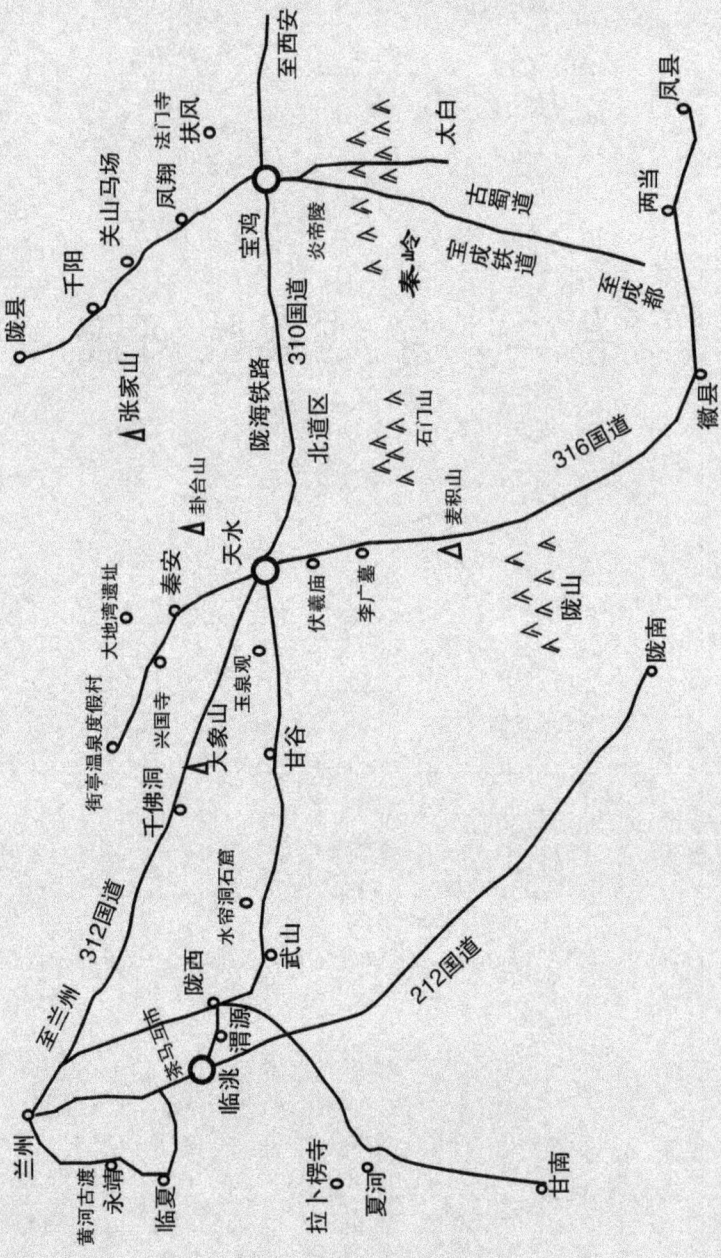

宝鸡、天水、临洮线路示意图

▲咸阳唐帝陵前石刻雄狮

周秦故土多遗迹

古语说，无水不成道，唐蕃古道亦然。贞观十五年（641年）隆冬，一支彩旗飘拂、衣甲鲜明的庞大送亲队伍出长安城一路朝西浩浩荡荡前行。关中平原，八百里秦川，自古京畿王土，有宽阔驿道可资利用。汉代以降，这也是西出阳关的丝路故道。经三桥驿，过渭水、到咸阳，道分两支。一支沿泾水河谷，经长武、平凉，越六盘山至兰州，此为丝路北线，也即今日的312国道走向。被誉为"今日丝路""亚欧大陆桥"的中国东西大动脉，濒临东海的连云港至西部边境霍尔果斯口岸的连霍高速公路也基本沿着此线。另一支沿着渭水，经宝鸡、天水至兰州，此为丝路南线。

自西汉丝路开通，两路并行，驰驿发诏商旅不绝。南北两线穿越的关陇一带，亘古便是周秦故土，历史上周、秦、西汉、前秦、后秦、西燕、北魏、北周、隋、唐等13个王朝在此建都，周、秦、汉、唐更是把华夏民族的威武雄壮推演到极致，周秦创制，汉唐拓疆，制定典章，垂范后世，奠定了中华大地的规模与根基，使得华夏民族由此生生不息。许多影响中国历史进程的重要事件、重要人物均生发或长眠于此，留下多少古遗迹、古寺庙、古战场、古墓葬……纵有生花妙笔，也难一一罗列，且把古道穿越的去处，撮其要者，容分叙之。

▲关中乡村小景

郑国古渠

　　郑国渠与四川都江堰、广西灵渠并列中国古代三大水利工程。有趣的是郑国渠修筑的目的并不像修筑都江堰是为灌溉沃野，修筑灵渠是为了沟通长江、珠江两大水系，修筑郑国渠竟起源于一个阴谋。

　　战国末年，秦国改革变法，"奋六世之余烈"异军突起，虎视六国。秦攻占成皋、荥阳之后，韩国失去屏障，危在旦夕。韩桓惠王惊恐之余，想出一条息秦伐韩之计，派遣水工郑国前往秦国游说秦王凿渠引泾，灌溉沃野。渠道首尾 300 余里，工程浩大，在当时人力物力均无法与今日类比的情况下，足以拖住秦国，使其倾全力对待，无力东伐，韩国也就得以苟延。

　　但秦王嬴政生性多疑，"疲秦计"中途败露，秦王嬴政决定杀死郑国，以惩不忠。面对死亡，大智大勇的郑国毫无惧色，向秦王嬴政晓以利害："臣为韩延数年之命，然渠成，亦秦万世之利也。"

　　毕竟是秦王嬴政，顿时醒悟，便支持郑国修筑起引泾工程，并命名为"郑国渠"。

　　郑国渠修建在渭北平原二级阶地的最高线上，利用天然落差，蜿蜒在泾阳、三原、高陵、临潼、富平、渭南、蒲城等县。由于泾水从甘肃平凉山区发源，一路冲刷着黄土高原，含泥量大，泥水灌溉，淤田压碱，使大片沼泽盐碱之地变为肥美良田，于是关中连年丰收，秦国也益发富强，终于完成"六王毕、四海一"统一天下的大业。

不仅如此，从修郑国渠始，历代都以此为基引泾灌溉，在嵯峨、北仲夹峙的山谷，留下汉代白公渠、唐代三白渠、宋代丰利渠、元代王御史渠、明代广惠和通济渠，渠道遗迹和近代李仪祉先生主持修建的泾惠渠拦水大坝，使泾水在长达2000余年的岁月中都为人类所用。尤其值得一提的是，根据史料记载换算，当年郑国渠灌溉面积多达280万亩，不仅历代引泾灌溉田亩无法与之类比，就连近代泾惠渠所灌面积也仅为其三分之一。可见郑国渠工程的宏伟豪迈。

如今，郑国渠挡水大坝仅残存一线长堤，隐没于蒿草之中，水波荡漾的库区也成稼禾如林的沃野，无声无息。遥想当年工程开挖恐怕也如修筑长城一般威武喧腾。再细想长渠蜿蜒、经历数县，起伏不平，水准如何测定？土方怎么计算？干渠支渠怎么摆布？在2000年前，堪称奇迹，委实让人对古人的智慧由衷钦佩。

太壸佛寺

先后在八百里秦川建都的王朝达13个。泾阳地处关中腹地，历朝皆为京畿重地，遗留下不少帝陵王阙。嵯峨、北仲山下，有大唐皇帝宣宗与德宗的贞、崇二陵。可惜，历千年风雨，兵毁匪盗，陵廓石马、石像犹在，城阙殿宇却荡然无存。蓝天艳阳下，不时有放牧的羊群经过，唯有堆积盈尺的残砖碎瓦向罕至的游人叙述昔日的荣耀。

值得庆幸的是在泾阳县城二条街中段北侧，尚有一座前秦行宫遗址，现名太壸（音同"昆"）寺。这座建筑可是大有来历。

东晋年间，即公元350年前后，氐人苻洪在关中建立了割据性质的政权前秦。第二代君主苻坚即位后，进入兴盛时期，几乎控制了北部中国。苻坚踌躇满志，四处巡游。一次，车至泾阳南原，苻坚极目远眺，只见蓝天丽日下，远处有嵯峨山，泾水如带蜿蜒而来，两岸沟渠纵横，田禾竞长，男耕女桑，一派繁忙，绿树烟村，富庶升平，苻坚大悦，连声赞叹："美哉斯原！"

遂下令在此地建立行宫一座，并从阳池分地，设立泾阳县。

之后，苻坚穷兵黩武，强征男丁，扩充军备，攻伐东晋，在那场著名的"淝水之战"中被东晋谢安、谢石率领的兵马杀得大败，遗留下"风声鹤唳""草木皆兵"的千古笑柄。

隋文帝时，其母好佛，文帝下诏改行宫为佛寺，供奉北魏时期石雕佛祖释迦牟尼一尊，全高3米，气势雄浑，庄严慈祥。

唐代，佛教盛行，佛寺因有这尊佛雕而名扬京畿。开元年间敕名太壸寺，许多达官贵人皆不辞车马之劳赶来朝拜，据说杨贵妃也曾来敬香。一时佛事繁盛，成为与长安青龙寺齐名的讲经圣地，连日本太子都曾在此留学。

之后，宋、元、明、清各朝，佛寺屡毁屡建，地址并不曾移动。尤其石佛从北魏保持至今，其间经风历雨，难以尽数。石佛"文革"中曾埋于地下，现已重见天日，重新塑身，不仅为泾阳增添景观，也让游人叙说汉唐旧事、佛教兴衰，平添思古之情。

▲法门寺唐塔

法门唐塔

丝路自西汉开通，"丝绸西去，佛教东传"，沿线库车、拜城、敦煌、麦积也不知造就多少佛窟名寺。关中西部扶风境内的法门寺之所以出名，一是葬有佛骨，二是唐代成为皇家寺院，仅是帝王朝拜便达七次之多，规模之大、影响之巨、耗费资金之多都极为惊人。"上有好者，下必附焉"，据说佛骨迎进长安时，家家备案、户户焚香，万人空巷、争相朝拜，一位信徒为表示虔诚跳进熊熊燃烧的火堆，另一位信徒索性挥刀砍掉胳臂，围观人群欢呼响彻云霄。末了，还牵连出一桩载入册籍文坛公案——被誉为唐宋八大家的文坛领袖人物韩愈实在看不下去这场闹剧，便谏阻唐宪宗李纯不要耗费巨资大兴佛事。还举例说前朝信奉佛教的皇帝都很短命，梁武帝数次拜佛后为叛军所逼，竟然饿死，等等。岂料，唐宪宗非但不听，还龙颜大怒，要杀掉韩愈。幸亏宰相裴度给他求情，才免去一死，但被撤去相当于今日副部长级的高级职务，下放到当时还很蛮荒的广东潮州去做地方官员。

当年，文成公主驻辇扶风驿，因公主信佛，又临远嫁，故专程到法门寺烧香、请愿、布施。全寺僧人曾列队迎送，并做专门道场，祈求佛祖保佑公主一路西行平安。

法门寺近年名声大显，是因 20 世纪 80 年代，寺内唐塔因雪雨倒塌，维修时发现地宫，大量的盛唐文物及世界仅存的佛骨舍利得以显露，震惊了中外佛教界和文物考古界。这批文物数量之多，规格之高，制作之精美、华贵，举世罕见，充分凝聚着盛唐气象，展示了盛唐文明，足以让每个华夏儿女都为之自豪和骄傲。至于"法门佛骨"，在海内外佛教界都产生影响，曾用专机护送至台湾展奉。

我曾两次观赏过法门寺出土的这批文物，并记住一位文物专家的感叹：要了解盛唐，这批文物就足够了，几乎每件文物都可以写出一部厚厚的专著。

青铜器之乡

车轮飞驰，八百里秦川景物一一退后。渐渐地，原尽山围，前面便是西秦重镇、历史文化名城陈仓，也就是今日陕西仅次于西安的第二大新兴工业城市宝鸡。

"明修栈道，暗度陈仓"，这是人们都熟知的历史典故。说的是秦末刘邦、项羽联手推翻暴秦，又互相争夺天下的故事。当初，项羽军事实力远胜刘邦，刘邦被赶出关中到汉中为王。刘邦韬光养晦，烧毁栈道，以麻痹项羽，表示他将永居汉中，不再与项羽争夺天下。其实却筑坛拜将，起用良将韩信，并"明修栈道，暗度陈仓"，声东击西，一举夺取关中，五载遂平天下。刘邦当了皇帝，陈仓也由此扬名。

其实，在此之前就有许多重要历史人物和重大历史事件发生在宝鸡。宝鸡南屏秦岭，北邻塬坡，渭水横贯其间，依山襟水，是古人类生息的理想环境。远古时期，姜、姬、嬴三氏族先后生息繁衍于此。史传神农炎帝姜姓部落就是在宝鸡地区起家壮大，与轩辕黄帝部落联盟融和，形成华夏民族的先祖炎帝与黄帝。我们常自称自己为炎黄子孙，宝鸡委实堪称中华民族的发祥地之一呢！

不仅如此，宝鸡还诞生了两支最早登上中国政治舞台的部族。周族以宝鸡的周塬为家乡，创建了长达 700 年之久的西周和东周；秦人则以宝鸡千阳渭塬为故土，创建了中国历史上第一个大一统的秦王朝。

周与秦的文治武功自彪炳史册，秦留下被誉为"世界第八大奇迹"的兵马俑，宝鸡的周人故里也因多次出土国宝级的青铜器而被誉为"青铜器之乡"。周塬的岐邑遗址是周人家庙、墓葬、府库与三世都城所在，在面积 20 平方公里的地面上早在秦汉就有青铜器出土，之后历代发现不绝于史。仅是近年就有多起震惊文物考古界又十分传奇的发现。1975 年董家村一位农民挖红薯窖时，一镢头挖下只听叮咚之声，再刨竟挖出精美青铜器 37 件。仅隔一年，一位农民修屋取土又无意中发现窖藏青铜器 163 件。后来农民耕作、修渠、筑路都不时有青铜器发现，还有一件被定为国宝级的大方鼎竟是位农民犁地归来，懒得扛犁，让牛拖着在机耕道上挂带出来。这类传奇事件在周塬一带因常见而不稀罕。

宝鸡青铜器不仅种类齐全，造型精美，且多有铭文。一个铜鼎有铭文 28 字，反映西周的土地转让制度；一件卫鼎有铭文 207 字反映大臣有功受赏；一个墙盘铭文长达 284 字，追述文、武、成、康诸王事迹；再就是在考古和古文字界享有盛誉的散氏盘、毛公鼎、虢季子白盘皆出自宝鸡周塬。这些带着铭文的青铜器由于为当时实物，铸于青铜，无法更改，堪称信史，因可以起到"补史之阙、详史之略、参史之错、续史之无"的作用而堪称国之瑰宝。在京展出期间，美国前总统尼克松和法国前总统蓬皮杜都亲往参观，对其赞不绝口。

唐初时，在宝鸡陈仓古道口还发现西周时期十面刻字石鼓，其文字被称为石鼓文，被书法金石界认为是"石刻之祖"。曾引起杜甫、韩愈、欧阳修、苏东坡、康有为等历代大学者的热忱关注，形成一门历久不衰的学科——石鼓学。

陇原风光

陇上自古出圣贤

一

　　秦陇山水相依，泾渭相通，均属北方小麦产区，民皆性强、俗皆情犷，扯牛肉拉面、食羊肉泡馍、唱昂扬秦腔，出良将圣贤。离陈仓、越陇山大震关便进入甘肃陇东重镇天水地界。天水古称成纪，又称秦州，为秦人发祥之地，至今，水有秦水，谷称秦谷，亭为秦亭，县叫秦安，城曰秦城，州呼秦州，还有横贯陕甘的秦岭，无不源于秦人受封于天水秦邑之故。但在秦人崛起之前，陇东还出过一位圣贤。

　　我们常说中华民族是炎黄子孙，炎黄指的是炎帝和黄帝。但在炎黄之前还有一位太昊伏羲，为"三皇之首""百王之先"，之后才是黄帝、颛顼、帝喾、尧、舜五帝。

　　三皇之首的伏羲及女娲均出生于古成纪，即今天水。相传，伏羲龙身，女娲蛇躯，兄妹成婚繁衍了中华民族，这大概是中华民族自称龙的传人的由来吧。伏羲历来被尊为中华民族的人文始祖，相传伏羲受蜘蛛结网启示发明渔网捕鱼，继而钻木取火、烤肉熟食，改族内婚为族外婚，养牲畜、尝百药、缝兽衣……为中华民族最初的文明做出了奠基式的贡献。

　　伏羲、女娲之所以出生创业于天水而不是别的什么地方，是因为天水独特的

▲天水陇山秋色

生存环境使然。天水虽属西北，地处秦陇咽喉，却偏东南，部分水系流入嘉陵江，因而横跨长江、黄河两大水系。加之天水境内小陇山一带至今尚存 80 万公顷的茫茫林海，天然积蓄 1.7 亿立方米水源，年降水量达 800 毫米以上，营构了一方得天独厚的自然环境。整个天水境内森林茂密，丘陵起伏，河川平整，黄土深厚，可以想见上古时代这里注定是水草丰茂、野兽成群、禽鸣鱼跃、温暖湿润，是最适宜人类繁衍生息的地区之一。

8000 年前先民繁衍生息之处大地湾，20 世纪在天水被发现，出土的远古彩陶，如蛙纹彩陶钵、人像彩陶罐，玉铲，玉璜都因其代表着黄河流域最早、规模最大也最精美的器物，被考古界、文化界尊称为大地湾文化、马家窑文化、齐家文化等。

人类进入文明史后，尧舜时期，秦人祖先凭借天水一带优越的自然环境，为舜驯兽养马有功，被赐姓嬴。到了西周，渐次发展，被周赐地称秦，封西陲大夫，为秦的崛起奠定了基础。

二

秦汉隋唐时期，由于定都长安，天水作为京畿王土的西部屏障，所处位置十分重要，许多重大历史事件发生于此，历史人物活动于此。

楚汉相争时，刘邦并不占优势，曾在荥阳城中被楚军围困达两年之久，粮尽援绝，危急关头，天水人纪信本系刘邦大将，长相与刘邦酷似，挺身而出，扮作刘邦，佯装投降，刘邦与陈平等趁机逃出。待项羽发现，恼怒之中烧死纪信。刘

▲天水伏羲庙

邦建立汉朝后，追封纪信为忠烈将军。如今天水市区尚有纪念这位忠义之士的纪将军祠庙。

西汉初期，匈奴屡犯疆域，陇东天水首当其冲。为保家园，天水一带民性刚烈，养成崇武习武之风，出了不少良才骁将，其中最杰出的代表便是李广。他从年轻时便从军与匈奴作战，战必当先，加之李广体长力大，武艺超众，尤其擅长箭法，能够百步穿杨。他一生转战边关，参加大小战斗70余次，杀敌无数，匈奴闻李广名便胆寒，恭称李广为"飞将军"。

这位让匈奴畏惧的英雄并不得志，同时抗击匈奴的将领大多拜将封侯，李广最高官至太守，"李广难封"甚至成为一则典故流传。但故乡乡亲却始终怀念这位英雄，为他建陵立庙。直到数百年后的唐代，边塞诗人王昌龄还为李广写下那首脍炙人口的名作：

秦时明月汉时关，万里长征人未还。

但使龙城飞将在，不教胡马度阴山。

在李广之后，同样在西汉，天水还出过一位抗匈名将赵充国。《汉书》有传，说赵充国"为人沈勇，有大略，少好将帅之风"，他自幼习武，胸怀大志，以历代名将为楷模，精于骑射，并刻苦研究兵法，为日后军事生涯打下坚实基础。34岁时，赵充国因骑射超群入选皇家御林军，守卫汉武帝建章宫。公元前99年，赵充国随将军李广利与匈奴作战，遭匈奴包围，断粮数日，死伤日众，危急关头，赵充国率百余壮士冲入敌阵，打开缺口，汉军得以突围。此战赵充国奋勇杀敌，身伤 20 余处。返回后，汉武帝曾亲看其伤，并因其军功封车骑将军。之后，赵充国在半个世纪的戎马生涯中，历经武帝、昭帝、宣帝三朝，身经百战，

▲天水李广墓

屡立战功，成为让匈奴闻之丧胆、威震边塞的一代名将。

赵充国不仅有卓越的军事才能，而且还有政治、经济方面的远见卓识。他久居边关，了解下情，尤其对胡羌少数民族动乱主张"以抚代征"。汉宣帝时，在平定河湟一带羌人叛乱时，为长治久安，赵充国提出"寓兵于农，耕战两利"。此为我国军屯先声，之后历代仿效，实为一项惠泽后世、利国利民的千古良策。

三国时期，蜀魏争战，诸葛亮六出祁山，天水一带为主战场。痛失街亭、智收姜维、射杀张郃、空城退敌，这些故事均发生于此。尤其天水名将姜维作为诸葛亮选定的接班人，承继匡扶汉室遗志，九伐中原，直到蜀汉灭亡，以身殉职。天水贤达，世代不绝，鼎鼎大名的唐太宗李世民、中唐名相权德舆、抗金名将刘锜、爱国将领邓宝珊，以及当今国学大师霍松林、评论名家雷达等均为天水籍人士。

我们从中不难看到天水这片土地所积淀的深厚的爱国情怀和人文精神。

三

汉唐时期，丝路畅通，天水为其必经之道，驼队逶迤，驼铃叮咚。"丝绸西去，佛教东传"，从汉代始，发源于古印度的佛教沿丝路向东方传播。丝路沿线，留下众多的佛塑群落。其中敦煌莫高窟、云冈石窟、龙门石窟和天水麦积山石窟历史悠久，造像精美独特，具有极高的艺术价值，被列为中国四大石窟，全国重点文物保护单位。

麦积山石窟距天水市区仅 45 公里，处于秦岭山脉西端，陇山林海边缘，四周群山层叠，林木掩映，麦积山则拔地突兀，因"状如农家积麦之垛"而名。因紧邻丝路干道，能够保障开佛窟时所需物资供应和僧侣的日常生活，于是成为佛

▲麦积山因"状如农家积麦之垛"而名

▲天水街头古槐

家胜地，四周生态得以保护，林木葱茏、泉溪遍布，造成一处气候湿润、风景宜人的小流域环境，委实是西部高原丝绸古道的一颗明珠。

麦积山石窟从北魏始，历代开凿约 1500 年之久，千窟万龛，密如蜂房，层层排列，其间有云梯石栈构成的栈道相通，飞檐挑角，极天下之险，十分雄奇壮观。现存石窟多达 194 个，有大小佛塑 7000 余尊，壁画 1000 平方米。这里保存着数量众多的北朝和隋唐及之后的泥塑珍品，且保持着原貌，未遭盗窃和破坏，所以麦积山当之无愧地被专家们誉为"东方雕塑馆"。麦积山还因地处林区，气候湿润，朝晖夕阴，常雾漫山林，细雨飘飞，突兀的麦积山飘浮于乳白的烟雨之中，形成一幅"麦积烟雨图"，堪称一绝。

天水市面积不算太大，仅辖二区五县，但竟有国家、省、市、县文物保护单位 245 处，馆藏历代文物 16000 余件，其中木板地图、屏风石棺、三彩群俑、唐代铜镜均为国内仅见的文物精品，由此亦不难看出天水文化历史积淀之深厚。

漫步天水街头，只觉广场宽阔，高楼林立，霓灯放彩，车流如潮。正当你为这座丝路名城的现代气派所感叹时，忽然迎面一株合抱古槐，老树杈桠，枝叶如伞，说不定是明清时期所植，让你顿生敬畏，不敢浮躁。轻步缓移时，又一条老巷，石条铺地，两边四合院落，砖墙高矗，隔火山墙巍然。正欲朝厚重木门内窥探，迎面却是一堵砖石照壁，上面松竹梅鹤，雕技不俗，虽已苍暗，更显厚重，于是推测此可能是祖上为官宦或富商人家。

不想，连走数条街道，尽皆如此。欲叩门打问，又怕打扰别人居家平静。于是，悄然而过，愈加不敢浮躁，心中暗怀一种敬畏，因汉时飞将军李广的府第遗址便在这般陋巷之中啊。

▲甘南古道

唐蕃先声甘南道

一

　　大凡古道都经历过自然踩踏与自然发现的阶段，唐蕃古道亦不例外。在唐代文成公主远嫁雪域高原，唐蕃古道由此显名并成为官驿大道之前，吐蕃人与中原已有交往，吐蕃人原本就是逐水草而居的游牧民族，在长年累月的迁徙转场中，发现和踩踏出通往中原和外界的原始小道是很正常的事情。比如川藏、滇藏、青藏等路线。

　　其中，甘南古道是很重要的一条。具体路线是出青海过黄河不沿传统丝路去长安，而是经临夏、合作、碌曲、若尔盖到松潘，然后北可经陇南至汉中，再沿蜀道去长安，南则可直接进入四川。历史上草原游牧民族吐蕃、党项、突厥以及蒙古铁骑都曾由此避秦岭天险进入四川，所以历代王朝都很重视松潘防务。松赞干布首次提亲使臣便是在松潘被扣，松赞干布一怒之下，率雄兵10万攻打的也是松潘。这条道路对吐蕃人来讲最大的好处是途经甘南大草原，水草丰茂，沿途多为藏民，补给容易，是进入中原腹地的捷径。

　　甘南包括玛曲、碌曲、夏河、合作等县市，居住着30多万藏族群众。他们从事着牧业、农业、半农半牧或其他事业。这里有大片水草丰茂的原野，草原上

▲河曲自古汇聚良马

所有壮美的风光景色，青草铺地，蓝天透明，白云飘浮，牛羊布野，溪水如带，朝霞似虹，在这里都会一一展示，足以和世界上任何一处草原媲美。

二

　　甘南有一处最为壮美的地方，那便是九曲黄河第一曲。甘南玛曲位于青海、四川、甘肃三省交界地带。黄河从海拔近 5000 米的巴颜喀拉山脉发源，沉积亿万年的冰雪融化，银河流泻，群星灿烂，汇纳百川，集流成河，浩浩荡荡，奔腾而下。流经甘南玛曲，这里是青藏高原与黄土高原的过渡地带，地势显得平缓，黄河流经这里不再奔腾咆哮，而是显得十分舒缓，因而河水清澈见底，能看到河中水草青绿的脉叶。"玛曲"在藏语是黄河的意思，玛曲县也就成了以黄河命名的县。

　　黄河在进入玛曲时水量并不是很大，据测算只有黄河总水量的五分之一，但由于玛曲一万多平方公里是青藏高原一处小盆地，四周的雪山融化的雪水四面汇来，竟有 300 余条溪流以及数不清的大小湖泊，使黄河得到大量补充，流出时黄河水量成倍增加，竟有总流量的五分之三，所以玛曲这块湿地十分宝贵，是黄河重要的水源地。由于水量充沛，因而牧草丰茂，是著名的河曲马的故乡，也是藏獒的重要产地。同时，也是藏族英雄格萨尔王的家乡呢。唐时，文成公主入藏，虽没有经过玛曲，但带大量中原丝绸、典籍、芜菁种子、治病药方、耕种技术和工匠艺人，对吐蕃朝野经济文化生活都产生巨大影响。文成公主去世后，吐蕃王朝于神龙三年（701 年）再次向唐王朝求婚。唐王朝也从唐蕃联姻中看到汉藏和睦带来的和平气象，唐中宗选金城公主入藏联姻，吐蕃对金城公主的到来亦隆重接待。还曾向唐王朝要求把"黄河首曲"——玛曲一带作为公主沐浴之地赐予吐蕃。可见这片水草丰茂之地在藏族人民心目中的重要位置。

流到这里，黄河这条巨龙仿佛累了，需做旅途的歇息，黄河围着广袤的玛曲草原转了一个奇大无比的半圆圈。亿万年黄河挟带的泥沙在此沉淀，构成一片平缓丰美的大草原。黄河宛如母亲无限慈爱地爱抚拥抱着她的儿女，变得慈祥，变得温柔。当你站立在附近的山坡，眺望远方，你会被惊呆，被陶醉。黄河母亲在高原的霞光晨雾中宛如刚刚披上婚纱的新娘，眸子晶莹，含羞带笑，从如梦如幻的境地迈着细碎的脚步，散发着青春的气息，缓缓地走来，真是美不胜收，酷似仙女。

三

我曾有幸去玛曲草原，不仅领略到黄河母亲在少女阶段"养在深闺人未识"的迷人风采，还意外获得一个感人至深的真实故事。踏访唐蕃古道，绕不开 1300 年的文成公主，但人们不知道，就在当今玛曲，有一位上海医学院毕业的大学生，从东海之滨的上海，来到青藏腹地的黄河第一曲，娶了藏族姑娘，扎根牧区 40 年的动人事迹。

他叫王万青，地道的上海人，1968 年毕业于上海医学院，分配至玛曲大草原距县城还有 70 余公里的阿万仓乡卫生院。这在当时并不奇怪，"文革"中分配的大学生都是一竿子插到底，"毛主席的战士最听党的话，哪里需要到哪里去"。笔者所在的秦巴山区也分来不少北京、上海的大学生，包括邓小平的女儿邓楠都分配至大巴山深处一个小乡村。改革开放后，当年分到基层的大学生们大都回到城市、高校，或去了国外。王万青自己也说，"毕业时我们班共有 50 名同学，如今有 10 多个在国外工作，其他的都生活在国内大城市，只有我一个还在草原上"。

40 年前，偏远的玛曲草原是何等的孤寂、落后，除了探索黄河源头的科技工作者，几乎无人知晓或关注那个地方。更不会知道一个上海人，一个大学生，在草滩用手抓牛粪，装进麻袋，再背回去烧水做饭，背一趟水需半个小时，海拔3000 多米，走不了几步便大口喘气，荒凉得骑半天马还看不见一顶帐篷。王万青压根想不到中国还有这样的地方，几间土坯房，一面要倒的墙壁用木头撑着。

▲ 王万青祖孙其乐无穷

医生只有听诊器、血压计、体温表和普通药品，他曾跪在一堆干牛粪上为一位产妇做胎盘剥离手术。一个名叫那美的9岁男孩被牛角扎破肚子，肠子露在外面，送县医院得翻一座山，过七条河，那就晚了。王万青找来一个大灯泡，在牛粪炉上消毒做手术，挽救了孩子的生命……这样的故事在玛曲草原流传开来，藏民们争相传说：草原上来了个好曼巴（医生）。

如果没有下面这段故事，也许王万青早回了上海。1971年他骑马出诊路过一个放牧点，几条凶猛的藏獒猛扑了过来，王万青惊慌失措，打马狂奔，马鞍带踩断，一头摔了下来，顿时昏厥过去，不省人事。待到苏醒过来，他已在牧民帐篷中昏睡了两天两夜。

之后，整整一个星期，他的起居饮食全靠牧民照料。醒来第一眼看见的就是那双羞涩疲惫的眼睛，这双眼睛他早已熟悉，她是他培养的赤脚医生中唯一的女性，是一位质朴平凡的藏族姑娘。她读过中学，能说汉语，她给王万青口译、背水、烧饭，帮助解决许多生活上的难题。她能唱原生态的藏族歌曲，还有种城市姑娘压根没有的憨直。

一天，她闪着黑亮的眼睛对王万青说："阿爸阿妈说你是好人，要把我给你！"王万青大吃一惊，这是他压根没有想过的事，他不敢再看那双黑亮的眼睛。要娶了她，恐怕一辈子也回不了大上海了！但是现在，在他死里逃生的这个牧民帐篷里，他努力睁开眼睛，寻找着那双眼睛时，内心深处涌出的暖流已冲破完全不同的文化背景，两颗青年的心靠拢了。那年底，他们结成了伉俪，方圆百里的牧民都赶来，为他们举办了盛况空前的婚礼，现实仿佛穿越1300年的历史，仿佛松赞干布迎娶文成公主那样……一晃40多个年头过去。

▲甘南尕海湖

王万青和他的藏族妻子养育了三儿一女。两个孩子都成了草原医生，子承父业，其中一个还成为玛曲县医院副院长。唯一的女儿留在了草原，嫁了牧民，没办法，他们从小是一块儿长大的。

王万青已经退休了，与妻子平静地住在玛曲县城一个普通的平房小院里。他回顾起在这黄河第一曲酿就的大草原里度过的 40 个春秋，心中颇不平静，放下听诊器，他又拿起了画笔，画草原风光，画背水的妇女，画白云般滚动的羊群，还有他自己骑马巡诊的背影……

牧民没有忘记他，上级没有忘记他，全国人民也没有忘记他，授予他多种荣誉和称号，2010 年他又当选"全国十大感动中国人物"，其获奖词为：

只身打马赴草原，他一路向西，千里万里，不再回头，风雪行医路，情系汉藏缘，四十载似流水，磨不去他对理想的忠诚。

四

甘南草原还有一大片湖泊，叫孕海湖。面积达 16.2 万亩，是黄河首曲最大的生态湿地，也是河曲马、黑颈鹤、白天鹅、藏原羚和梅花鹿栖息的乐土。这儿是当地藏族群众心目中的"圣湖"，每当藏历新年和藏传佛教的诵经日或佛节日，就有许多藏族同胞结伙绕着湖泊转经、煨桑。到了夏季，湖边青草茂密，溪水如带，藏民也带着帐篷，赶着牛羊在湖边放牧，这是最好的夏牧场。平日看去，整

▲草原上的玛尼堆

个孕海湖波光粼粼，水天一色，四周山峦起伏，水草茂密，完全可以与青海湖媲美。这儿海拔 3500 多米，属高原牧区，人烟稀少，环境未遭破坏，所以又成为候鸟云集之地。每当春夏数以千计的鸟儿云集于此，有珍贵的天鹅、黑鹳、鹭鸶等国家保护鸟类，还有大雁、斑头雁、大海鸥、棕头鸥等。这儿目前已列为甘肃省鸟类自然保护区。

今日若去甘南草原，不用担心身体的不适。这儿属青藏高原的边缘，最高海拔 3500 米左右，绝大部分地方都在 3000 米以下，不会发生高原缺氧的现象，一般人只要身体情况正常都能适应。在旅途只需携带毛衣、药品即可。当然也还要准备些食品，比如方便面。因为高原沸点低，餐馆食品可能没有完全煮熟。但也不必多虑，在我多次的甘南之行中，这种情况只遇到过一次。

去甘南草原最好的时间是 7 月，这正是大草原气候最好、青草也最茂盛的时节。也是拉卜楞寺农历六月的法会时节，能够看到数以万计的藏族同胞聚会时的浓郁风情，以及赛马和叼羊等游戏活动。

可选择的路线则有两条：一是从四川成都出发，二是从兰州出发，两线方向相反，实为一条。沿岷江至古城松潘，可以去九寨沟、黄龙等风景名胜区。然后从川甘交界的川主寺出发，沿简易公路去若尔盖草原，这是此行看见的第一片真正的草原，广袤且少人烟，沿途有许多藏族牧民，会给人留下毕生难忘的印象。

◇千手观音◇

2005年春节晚会，聋哑姑娘邰丽华带领21位妙龄聋哑少女，表演了歌舞《千手观音》，以美妙绝伦、整齐划一、妙不可言的演出，征服了全国观众。之后，这个残疾人艺术团不仅走红大江南北、长城内外，还多次出国演出，为我国残疾人赢得极高的荣誉。

▲千手观音像

千手观音系千手千眼观音菩萨的简称，千手观音以千手遍护众生，千眼遍观世间享誉佛界。千手观音的故事典出南北朝时河北邢台，其时兴林国王妙庄生病，问遍名医不治。后有医能治，却需亲生女儿手与眼为药引。已经出嫁的女儿听说后，受佛陀舍身饲虎故事感染，捐出手与眼为父治病，妙庄王果然病体痊愈。妙庄王为感谢女儿孝心，下令要为女儿塑全手全眼金身，以弥补女儿捐献的手与眼。岂料慌乱之中，手下把"全手全眼"误听为"千手千眼"。结果，歪打正着，在白雀寺中塑出一尊千手千眼的观音菩萨，别具一格，为人间增益、息灾、敬爱、降伏，普度众生，深受群众喜爱。

这则故事，《搜神记》中有载，沉淀千年，再经邰丽华的歌舞《千手观音》传播，真正把关爱洒向人间。这尊千手观音是在青海同仁下吾塘村下吾塘寺所拍。

茶马互市说临洮

一

　　唐蕃古道在关陇河湟地段，有汉时丝路古道可资利用。丝绸之路从开辟之日起，便机动灵活，成网状发展，比如出长安至咸阳便路分南北，分别沿泾水、渭水河谷向西进发。进入甘肃境内，过天水后，则可分为南、北、中三线，中线走秦安、通渭、定西至兰州一线；北线经靖远过虎豹口黄河古渡，穿景泰可进入河西走廊民勤、武威；南线则经陇西、渭源至临洮在炳灵寺或大河家渡黄河进入青藏高原河湟谷地，还可穿祁连山进入河西走廊，或向西直达新疆且末。南线也是一条传统的商道，因为这其中勾连着茶马互市的重镇临洮。这也是临洮所处位置所决定的。首先就山形水势来讲，临洮是中国南北分界线秦岭的西部起点，也是秦长城的西部起点，还是青藏高原向关陇中原的过渡地段，是中国古代占据青藏高原与河湟一带的吐蕃、吐谷浑、胡羌等游牧民族进入内地的必经之地。临洮有洮河贯穿，形成开阔的河谷，山岭水草丰茂，谷地平整肥美，适宜游牧、农耕和渔猎养殖，恰处在先民生息繁衍时首选的二级阶地，在临洮境内出土的大量彩陶，被认为是马家窑、辛店、寺洼文化的代表与发祥之地。秦汉时期，在青藏高原、河湟谷地与河西走廊先后崛起的吐蕃、吐谷浑、匈奴、西羌凭借着马上优势，南下中原劫掠，临洮一线又成拉锯战场。

金带连环束战袍，马头冲雪度临洮。

卷旗夜劫单于帐，乱斫胡儿缺宝刀。

——唐·马戴

还有一首诗：

北斗七星高，哥舒夜带刀。

至今窥牧马，不敢过临洮。

全唐诗中，写到临洮一带军情战况的就达几十首之多，诗人注定有感而发，不至于空穴来风，事实上临洮也是游牧民族进击中原最好的桥头堡。临洮一带的山岭起伏延绵，水草丰茂，能够驻扎军队，放牧军马，临洮开阔的河谷自古种植谷物，是西部著名的粮仓，尽可补给养，进可出击关陇京畿，威逼长安，退则为广阔的青藏高原、祁连谷地，进退从容，无后顾之虑。但对中原王朝来讲，临洮便成为心腹之患。所以从秦代开始，就在此筑长城，设要塞，选派名将，驻扎重兵，胡骑烟尘，金戈铁马，载入史册。

二

但构成漫长的岁月的并不完全是战火烽烟，更多的还是胡汉交流、民族融和。

自从贵主和亲后，一半胡风似汉家。

——唐·陈陶《陇西行》

蕃人旧日不耕犁，相学如今种禾黍。

——唐·王健《凉州行》

这便是最真实的写照。最能体现民族交融的则是始于隋唐、盛于两宋、延续至明清长达千年的茶马互市。中国是茶叶的故乡，是世界最早发现茶、饮用茶的国家。早在西汉，王褒所写《童约》中就出现"茶具"这样的字眼，并写到如何汲水、如何煎用。唐代茶圣陆羽则写出中国首部茶叶专著《茶经》。生活于北方和青藏高原的游牧民族，由于以牛羊肉和高寒地区生长的青稞面为主

▲临洮河谷羊群如云

食，肠胃难以接受，需要茶叶帮助消化。史载"腥肉之食非茶不消，青稞之热非茶莫解"，这表明茶叶为游牧民族生活必需品，但牧区高寒并不产茶，只能以生产的骏马及毛皮与内地贸易，以物易物，"以所多，易所鲜"几乎是所有民族所必须经历的商品交换规律。《新唐书·陆羽传》中说"时回鹘人入朝，始驱马市茶"，表明早在唐时，北方游牧民族就开始用马匹与中原王朝交换茶叶。这样可以起到外安抚边民，内充实军力驿力，活跃边贸、和平相处的多重效果。所以历代王朝都很重视，专设茶马司，配备熟悉情况的官员和通晓胡语的翻译任通司来加强管理。

临洮由于占有地形之利，周边的吐蕃、吐谷浑、党项、蒙古均为不可缺茶叶又无法生产的游牧民族，他们必须寻找到最近的茶叶集散地。秦岭南侧的汉中就成为首选之地。陆羽在《茶经》中把汉中列为全国八大茶区之一的山南茶区，位于全国茶区最北一线，越过秦岭再无茶树。汉中成为距西北游牧民族最近的茶区，由于有此优势，加之蜀道与汉江航运畅通，使汉中成为沟通蜀地荆襄茶区与临洮马市的聚散重地。《宋史》载"汉中买茶、熙河易马"，熙河即临洮。笔者曾查汉中方志，仅宋神宗熙宁七年（1074 年）汉中收购茶叶便达 700 余万斤，形成规模巨大的茶叶市场，客栈、酒楼、茶肆商幡招展，成为当时与开封、成都并列的全国三大税收城市。与此同时，与汉中对应的临洮也会出现规模巨大的马市。可以想见，每当秋高马肥季节，吐蕃人、西夏人、吐谷浑人、蒙古人就会赶着马匹驮着帐篷汇聚到临洮，平坦河谷搭满帐篷，山坡上放着准备交易的马匹，马市上人头攒动、吆喝不绝，各种饮食、酒店、茶肆商幡招展，各种艺人也闻讯而来，把这塞外高原城市挤得满满当当，白天市声喧嚣，入夜灯火万点。一拨满载着砖

▶临洮为回族聚集之地，此为学习《古兰经》的妇女

茶、谷物的吐蕃人刚刚离开，一拨赶着骏马的党项人又搭起了帐篷，硬是把这桩茶马买卖推演了千年之久。

三

时至今日，金戈铁马，胡骑尘烟早已为桃红柳绿、瓜果飘香的升平气象取代。洮河两岸，聚居着汉、回、羌、东乡、撒拉、保安、藏、土等多个民族，若追溯起来，各自都有一部迁徙、交融、演变的历史。一方水土养一方人，正是临洮这片丰美的土地，使他们定居下来，和睦相处，融进了中华民族这个大家庭之中，但又保留着自己的特色。比如回族群众的砖雕、葫芦雕享誉河州，保安族打造的各种刀具远近闻名，撒拉人的羊皮筏子远漂千里，可至内蒙古包头，但不管哪个民族，都不乏务瓜果的能手。倘若夏秋时节去临洮，公路两边牵连几十里不断都是瓜果凉篷，白兰瓜、黄河蜜、水蜜桃、西红柿、大西瓜，粉红翠绿，银白艳红，炫人眼目，香气扑鼻，构成诱人的瓜果长廊，给所有的来客都留下至深难忘的印象。再就是各族群众，不论汉、回、土、羌，还是撒拉、保安，每当农历四月，便都会从四州八县的临洮、临夏、永靖、临潭、广河、康乐汇聚到洮河畔的松鸣山下，融进一年一度歌唱"花儿"的海洋：

喝一口泉水润一下嗓，
大声唱，青山（吧）绿水的地方；
揉一下眼睛四下里望，

▶西北群众的花儿会

好风光人世间赛过天堂……

这便是今日临洮。

旅途小憩

◇临洮马市◇

北斗七星高，哥舒夜带刀。

至今窥牧马，不敢过临洮。

这首唐时的诗，说的是占据青藏
高原的吐蕃、吐谷浑凭借马上优势，
屡屡南下劫掠，临洮便为对峙前线。

但历史长河中，不仅有胡骑烟尘、
金戈铁马，也还有载入史书的"汉中

▲临洮马市

买茶，熙河易马"，熙河即临洮。游牧民族腥肉之食，非茶莫消，汉中为距临洮
最近的茶区，年收茶达700万斤，年易马达3万匹，在临洮形成巨大的茶马市场。

千年过去，遗风犹存。只是如今多为牛羊了，交易很有趣，买卖双方并不直
接说价，而是由"牙子"即经纪人从中商讨协调，采取在袖筒掐手指这种不知流
传了多少代的方式，好处是外人不知，不失体面。凡由"牙子"出面成交一只羊，
取双方各1元，一头牛若价高，则可能抽双方各10元，没有成交，分文不取。其实，
正是这种民间恪守的职业道德，才把临洮这牛马生意演绎了千年之久。

▶壮阔的拉卜楞寺

夏河谷地有名寺

一

　　临近唐蕃古道的甘南有座拉卜楞寺，为藏传佛教六大寺院之一，规模宏大，声名远播，不可不去。

　　拉卜楞寺在夏河县境内，修建在甘肃与青海的交界地带。这儿已是青藏高原的边缘，高原雪水流淌下来，冲积出一条宽阔的河谷，当地人称为夏河，夏河县也因此得名。去拉卜楞寺需沿夏河谷地走30多公里，有简易公路相通。

　　夏河谷地有与草原完全不同的景象。河谷两边开阔处，全部开垦出来，修着整齐的梯地。一片片成熟的小麦、荞麦，被高原清凉的风吹拂，泛着金黄的光波。许多农民在田地里收割庄稼，河谷中农舍相望，牵连不绝，类似北方农家小院。从田间劳作的农民服饰模样看，全是汉族或回族群众。不知他们哪一代祖先为避兵祸战乱，躲进这条河谷，把农耕文化带到这里，创造了高原农业文明。

　　这在西部是常见的事情。1997年仲夏，我在青海湟水流域考察，那里有好几个村落的先祖是在明朝由南京迁徙而来，他们带来江南先进的生产技术，在湟水流域繁衍生息。500多年过去，也把湟水河谷建设成了青海省的粮仓。眼前这夏河谷地，若追溯起来，不定有多少江南中原的先民，因各种原因来此重建家园呢！

　　有趣的是，这种推测获得了小小的印证——我们在夏河县城就见到了汉中老乡。几天高原生活，都想喝大米稀饭，开车满县城找，汽车站一家饭店竟赫然写着"汉中面皮"，真是"他乡遇故知"。我们进店打问，开店的小两口很年轻也很精干，是南郑县农村青年，出来打工，各种活儿都干过，最后在这儿开了饭店。

"来这几年了？"

"5年多了。"

"打算回去吗？"

"还想再干几年。"

"这儿钱好挣吗？"

"这里人干脆，不扯皮。"

在一片乡音中，小两口也很高兴，为我们做了大米稀饭，还有泡菜馒头，皆大欢喜。

二

拉卜楞寺就在距夏河县城仅一华里的河谷，一出县城，就看见寺院那规模宏大、气势磅礴的建筑群落。拉卜楞寺早在1982年就被列为全国重点文物保护单位，国家曾多次拨巨款维修。除了原有寺庙得到翻修维护，还建了宽敞的停车场、餐馆和购物中心，中外游客和远自西藏、青海、甘肃、四川的朝圣者终年不绝。显然，拉卜楞寺支撑着这儿旺盛的旅游业，无怪开饭店的汉中老乡不愿离开。

寺院一切都很规范，我们购好参观券，立刻有一位青年喇嘛带领我们参观并讲解。这个藏族小喇嘛才17岁，普通话讲得很好，还会说几句英语。他告诉我们，外国游客来得越来越多，不会英语不行，他正在学习《英语900句》。有些外国游客也乐意教他。由于会话机会多，他的英语提高很快，还上过中央电视台的新闻片呢。

这个小喇嘛的记忆力非常好，当然也可能与天天讲解有关。他不仅全面介绍了拉卜楞寺的起源和历史，沿革与现状，建筑特色和工艺水平，还回答了藏传佛教寺院的规矩、僧侣状况等问题。言简意明，让我们对这座藏传佛教名寺有了大致的了解。

拉卜楞寺始建于清康熙年间，至今已有300余年历史。拉卜楞寺是藏语变音，意为活佛居住之地。由于历史久远，历代活佛扩建，目前总建筑面积达到40余万平方米，包括了藏传佛教六大寺院，100多个属寺和八大教区，是西藏之外藏传佛教的又一个中心和西北地区的最高佛教学府。最盛时期，寺内僧侣达4000

▲公元 7 世纪佛教传入西藏

▲寺庙重檐覆顶精巧无比

余人，加之为寺院服务的各种行业，几乎形成一座喇嘛城。

有这种浓郁的宗教气氛，终年不断的朝圣者以及建筑、服饰、饮食、音乐、绘画上无不鲜明的藏族风格与特色，不少国内游客都称拉卜楞寺为"小西藏"。更重要的是，这是距内地中心城市最近，规模也最大的藏族佛寺，距兰州市仅300 公里，半日路程即可到达，所以终年游人如织。因为在这里能够令人激动，能够领略到一种超凡的神圣和庄严，还能体味到由此产生的心灵的震撼和旷达。

拉卜楞寺之所以在藏传佛教众多的寺院中名气很大，颇有点像高校中的"北大""清华"，关键是"硬件"和"软件"都达到了相当高的规格和水平。首先，寺院规模宏大，布局严谨，具有独特的民族风格和很高的艺术价值。主要建筑大经堂高大宏伟，里面仅是数人合抱的大型明柱便有 140 根。在举办全寺性法会时，可容纳 4000 僧侣听讲，这在现代建筑中也称得上宏伟气魄。

再者，各种大型佛堂、经殿多达 30 余座，尽皆飞檐挑角，威严矗立。仅是供活佛高僧居住的府邸便有 30 多院，多为两层藏式小楼。会客室、读经室、卧室一应俱全，布局精巧，造型别致，充分体现了藏族特色。普通僧侣居住的地方也规划得井然有序，500 多座四合小院整齐排列，有街巷相通，每院住三五个喇嘛；小院安静朴素，十分整洁。我们特地进去看了看，喇嘛们的房间除床铺之外，有各种书籍，学习英语的磁带、收录机等，还有电饭煲、各种蔬菜、方便面等，颇有现代生活气息，也很规范。

拉卜楞寺还以供奉的佛像丰富完备著称，众多的佛殿供奉着释迦牟尼、菩萨罗汉和历代高僧，多达一万余尊。高者可逾 10 米，小者仅数厘米。所用材料有金、银、铜、铝、象牙、檀木、玉石、水晶，造型精美，千姿百态，堪称一流的艺术品。

▲庄严的佛堂

　　这些造像，除藏区各地选派的能工巧匠所塑之外，还有出自远至蒙古、印度、尼泊尔等地塑像高手之手的。除了雕像，还有大量精美的壁画，内容不仅有佛教故事，还有骑射、狩猎、奏乐、舞蹈等场景，有很浓厚的生活气息，是反映藏族生活不可多得的实物资料。这些佛像壁画，由于历史悠久，制作精美，已成价值很高的文物。

　　拉卜楞寺还以治学法规严谨、成果卓著、学人辈出出名。由于创建拉卜楞寺的嘉木样一世是精通佛教、天文、历法、医学和文字学的大学者，所以，从开始就制定了健全的寺庙制度和严格的治学法规。这一优良传统得到历代嘉木样的维护和发扬，造就了浓郁的治学气氛，推崇刻苦学习，提倡著书立说。寺院内存放着 60 万卷图书，有 600 年前完整的藏文经卷，还有宗喀巴大师和历代达赖、班禅及其他高僧的著作 2 万余部。如此丰富的藏书在全世界佛教寺院中也极为罕见。

　　浓郁的学术气氛，使得人才辈出，拉卜楞寺许多高僧的著作流传广泛，成为内蒙古、西藏一带经学院必修经典。其中嘉木样二世所著《嘉木样一世传》《青海塔尔寺志》，土观·罗桑却吉尼玛呼图克图所著《宗派源流镜史》等均成为名著，翻译成中外各种文字，广为流传。该寺院培养的许多人才曾得到清政府与达赖、班禅的重用，被聘为国师或经师。凡此种种，都使拉卜楞寺长期享有盛誉，不仅为佛教界敬仰，也为中外游客所青睐。

三

　　我之所以对拉卜楞寺深感兴趣，是因为曾读到和其相关且有趣的史料。抗战

▲拉卜楞寺的酥油花

▲砖雕展现的佛教故事

时节，国民政府号召全国捐金购买飞机。其时，群情踊跃，真正地无分南北、人不分长幼，都愿尽抗战守土之责。其时，富裕省市不过捐机 10 架，贫困省份举全省之力不过捐献几架，豫剧演员常香玉四处巡演，捐赠一架飞机曾轰动全国。但甘南拉卜楞寺竟一次捐献银圆可购 30 架飞机，却被岁月湮没，不大有人知晓。我在对此壮举赞叹之余，又生疑虑：以区区边地，分散牧民，何以筹得如此巨款？

近年读何正璜女士写于 20 世纪 40 年代的《东方的梵蒂冈——拉卜楞寺》，方才释疑。何正璜女士生前为全国政协委员、著名文博专家，其先生为我国美术教育先驱王子云。1940 年，王子云被国民政府任命为西北艺术文物考察团团长，曾对以敦煌莫高窟为代表的文物古迹进行系统的考察。何正璜任考察团秘书，正是在这期间，他们有幸参加了在拉卜楞寺举办的一场蒙藏联姻的盛大婚典，了解到拉卜楞寺在藏传佛教六大寺院中位于第五，教权广大、僧民众多。

其时，主持寺庙的活佛为嘉木样五世，原籍西康理塘，作为转世灵童入驻拉卜楞寺。其兄黄正清亦是一位传奇人物，高大英俊，曾在兰州接受共产党人宣侠父影响，思想开通，通晓汉语，时任甘南保安司令，为掌握藏兵的实权人物。正是他驮载着数麻袋银圆到战时陪都重庆捐金购机。其夫人亦为藏族贵族，容颜端整，仪态大方，识文断字，曾创办甘南首个女子学校，任校长。这次亦是他的长子迎娶拥有甘南蒙古 7000 户牧民的蒙古亲王之女，其场面宏大豪华，让人叹为观止。何正璜在文章中写道：

　　客人络绎不绝，所送礼品大约均是现洋、豹皮、狐皮、猞猁皮、貂皮、獭皮

▲去拉卜楞寺进香的藏民

及藏人手工所织之"褐子"等。我们立于廊下静观，一藏民自提名贵之皮毛一捆，后随一衣着破旧之藏人，背一桶状物，内满盛雪白之银圆，由接待送礼者引至大厅中，我们才看见里面已堆满了皮毛及现洋。皮毛并未分类，堆了大半间房，现洋也已堆成高丘，当这藏人倾倒其桶内之现洋时，白亮之光，铿锵之声，令我呆了半天，因为我实在有10多年未见过一块现洋了。尤其在这成山的现洋，恐怕除了当年银行的出纳，常人也定少见及，我们手包中尽是法币，谁知道许多银圆原来却在这里。送礼人将礼物放下后，即由招待在院中为其置一碗羊肉，一碗酒，几根似油条之食物，送礼者即坐下休息，一面吃酒，一面看舞蹈，吃毕即辞去，临行由招待拿出一只生羊腿，送礼人即藏入怀中，欣辞而去。我们看完这有始有终的一段，也就辞出，因接连送礼者不断，而礼物及仪式均完全相同也。

出门后，看见一路向司令部送礼的，不绝于途，我心中不觉非常难过，藏民背着沉重的现洋，提着名贵的皮毛，毫无表情地进去。现洋既未点数，皮毛也未开视，送多送少，送好送坏，实无人得知，并且始终没有留下姓名，送与未送也无人查问。在这种情形中，他们并不考虑少送，送坏些，甚至不送，相反的，他们仍旧抱着能开金石的虔诚，自动的，陶醉于宗教感召的，将几十年甚至一生的辛苦储蓄，默默地都倾倒在那大厅里。然后用褴褛的衣服，拭着污秽的手，抱了一只全世界最昂贵的羊腿，回到那破旧的帐篷中。那帐篷远在"草地"，穷困随着他一同跋涉归去。

我以为，这便足以解释甘南拉卜楞寺何以有巨款为抗战捐献30架飞机。其实钱不捐献购飞机，也会拿出来去修寺庙。这对世代生活在宗教气氛浓郁藏区的群众来说是寻常事情。可这对于生活在世俗中人的观念无疑会有巨大的冲击。年轻的刚刚新婚的何正璜女士便写道：

▲寺庙也常是信众聚集之处

> 第六日，早起登招待所之平顶上，鸟瞰全寺风景及建筑，只见静静的夏河清澈地半绕寺区而逝。一片平顶白色高厦，沐在淡淡的旭辉中，来往尽是喇嘛，他们喃喃地走过来，又喃喃地走过去，他们红色的袈裟，在白建筑中特别显得鲜明，远近送来一阵阵轻微的诵经声及钟声，一切浸沉在极其静悄的、严肃的、安详的气息中。
>
> 我呆立在这平顶上，心境非常安恬，既不羡慕他们，又不可怜他们，因为我与他们之间，距离实在太远。我之不能了解他们，也如他们之不能了解我一样。我会问"他们喃喃一生究竟为了什么？"他们又何尝不奇怪，我们碌碌终日，可又是为了什么？他们目前虽在空门，但是心情却有寄托，他们有以天堂作归宿的希望，这种美丽的希望，使存在于人间的这几十年生活，变得有目标、有意义、有价值，一切情感在希望的憧憬中得到了升华！他们生活虽空虚，心理上却不空虚，而我们则适与之相反。我是从红尘中来，也仍将返回红尘中去，偶染宗教上无形的洗礼，不觉对自己的生命存在方式起了疑问。

四

富有戏剧性的是，1949 年 9 月解放军逼近西宁、兰州，首先进入甘南和拉卜楞寺的工作组组长竟是一位文学前辈，我所敬重的著名作家杜鹏程。他在其收入《杜鹏程文集》卷四的战争日记中，详细记载了进入甘南及拉卜楞寺的各种见闻。他惊讶拉卜楞寺"首先是有名的五口大锅：四口烧茶，一口做饭。最大的一口有四尺深，直径近丈"。他还发现"藏族信奉喇嘛教，妇女较漂亮，就是不讲卫生，其美丽不下汉人，甚觉可爱"。杜鹏程作为进入藏区的首位党代表，其任务之一便是动员安多藏区的保安司令黄正清起义。可惜，时间不足 1 月，工作刚刚展开，又突接王震司令来电："立刻返回兰州，随大军进疆。"

接下来的故事，又被我采访过的一位专家接续。他叫李范文，汉中西乡人，20世纪50年代中央民族学院的研究生，专业便是藏语。1958年实习时进入甘南藏区，担任甘南藏族自治州州长的正是杜鹏程当年策动起义的安多藏区保安司令黄正清。可惜的是这位历经清朝、民国、新中国三个时代，并被国共两党都授予少将军衔的传奇将军，"文革"中曾与夫人双双蒙冤，

▲手捧鲜花的喇嘛

遭到迫害乃至入狱。进入新时期彻底平反，任甘肃省副省长、省政协副主席，1997年去世，享年95岁。李范文由甘肃回校即被打成右派，后到宁夏。20余年的底层生涯，不仅没有消沉，反而因银川曾为西夏国都，近水楼台加刻苦钻研使他成为著名的西夏学专家，国家级有突出贡献专家。那年在塞外名城银川采访他时，已近80高龄的李老兴致极高，竟然带我去了银川刚建成的标志性建筑三馆（博物馆、图书馆、展览馆）、两中心（会展中心、市政中心）。不知怎么扯到甘南，扯到拉卜楞寺，引发老人滔滔不绝的话题，使我心中关于拉卜楞寺的故事得以完整。

那天，我们游览拉卜楞寺时，恰逢大经堂讲经，我们随着讲解的小喇嘛悄然进入。只见里面坐满僧侣，足足有好几百人，井然有序地默声诵经。不少僧侣面前放有新鲜花瓣。我们正轻步缓移，悄然观望时，突然一位身着黑色袈裟的汉子，手持一个法盘，长呼一声，从经堂疾速穿过，吓人一大跳。小喇嘛说，不必惊慌，这是宗教程序。于是，尽皆释然。

虽说在八月酷暑，高原清风拂过，十分舒畅，阳光明媚，不炎不凉。大经堂外，几百个喇嘛分成几圈，正在辩经；一位迟到的喇嘛手持一束鲜花，匆匆而来；围墙外，则有十几个敬香的藏族妇女列队行进；甚至还有几个正数钞票的僧人。这些都被我一一摄入镜头，然后，心满意足地离开了这座佛教名寺。

之后，我还不止一次去过拉卜楞寺，实在是因为这座古老的寺庙蕴含了太多的世俗故事，给我了许多意外的收获和满足。

◇喇嘛辩经◇

　　西藏的神秘很大程度来源于众多金碧辉煌的寺庙，更来源于喇嘛这个特殊的群体，他们不娶妻子，没有孩子，整日枯燥地念经，有意思吗？这当然是局外人的想法。其实，寺庙也如同社会一般丰富多彩。即便读经，也不完全苦苦死读，也相当生动活泼，比如辩经。当了喇嘛便要学习佛家各种经典，从普通喇嘛到"格西"（意为知识渊博的学者）有长长的路要走，有点类似读书要小学、中学、大学乃至硕士、博士一路读下去。辩经如考试，一个阶段学完，便需在大庭广众下

▲喇嘛辩经

进行考核，凡在座的喇嘛，谁都可以提问，无论提出什么问题，答辩者都必须回答，且以简单、准确、明了为要旨。问话者为引人关注，则可以鼓掌助威，高声怪叫，舞动念珠、帽子、拉袍、撩衣、来回踱步。答辩者必须冷静，认真对待，倘若文不对题，或口齿不清，则会引起对方讥笑，也有双方较劲，你问我答，各不相让，手舞足蹈，如同蒙古摔跤手一般。还有死不认错，亦不服输者，会引起全场哗然，气氛愈加热烈，如同演藏戏般热闹。

　　如今，各大寺庙均对游人开放，若运气好，碰上辩经，可就大开眼界了。

▲藏族少妇

甘南多美女

一

甘南藏族自治州位于甘肃省东南部，与青海藏区、川西藏区相邻，属青藏高原边缘，由于偏远封闭，"养在深闺人未识"，所以相当完整地保留着藏区许多传统生活习俗与民族风情。在这片号称"小西藏"的地方徜徉，不仅可以看见规模宏阔、庄严神秘的拉卜楞寺，辽阔迷人的草原风光，幽深宁静的高原尕海湖泊，还可以近距离领略藏族同胞在放牧、转场、朝拜以及服饰、饮食、民居方面原汁原味的风貌，可以看见他们的日常生活和精神状态，他们的音容笑貌和喜怒哀乐。在几次甘南之行中，藏族妇女的勤劳、开朗和热情，就给人留下难忘的印象。

甘南大部分是海拔超过3000米的牧区。牧区妇女相当辛苦，由于藏传佛教的普及，高原生活的严酷，许多男子都愿意出家去做喇嘛，过一种不必为吃喝犯愁，不必受风霜之苦，能够受到牧民敬重又相对平静悠闲的生活。这种放弃家庭责任的做法，在宗教气氛浓郁的草原不必担心受到指责，还会因进入寺院受人羡慕。尤其一些德高望重的喇嘛，更有至高无上的地位。

相比之下，出家的尼姑较少，生产生活重担就落在妇女身上。每天清晨，天不明就得起来，首先得去河湾背水，然后扇起羊皮皮箱，吹旺牛粪火塘，煮好全家的奶茶，再是揪面片或手抓羊肉加上面饼。牧民早餐重要，吃饱要管一天。男人赶着牛羊出坡，女人赶紧挤牛奶，几大桶接满背回帐篷，牦牛也就近赶到山坡放牧。女人们要趁鲜做奶疙瘩、奶皮子，趁天气好晾晒剪下的羊毛，用传统的纺车纺毛线，牧区从硕大的帐篷到孩子的藏袍至今还靠妇女手工纺制。牧区的清晨，常见到妇女背着孩子捡牛粪、打酥油茶、挤奶，凡有帐篷、有炊烟飘起的地方就有她们忙碌的身影。

若是转场，妇女和男子同样辛苦，拆卸帐篷，捆绑行李，抬架上驮，都必须和丈夫齐心协力，还得照顾孩子，背着大的，抱着小的，骑在马上和丈夫赶着牛羊，向新的牧场进发。这在她们是家常便饭，所以常以苦为乐。在若尔盖草原，不止一次看见牧民转场。看见我们停车拍摄，常是女人抱着孩子先向我们打招呼，若为孩子拍照，女人则更高兴，满脸堆笑，连连招手。末了，还会亮开嗓门，

▲藏族姑娘华美的装饰

唱起歌儿，表示谢意。尽管听不懂藏语，但那优美的旋律在草原回荡，也给旅途增添了愉悦。

几位搞摄影的朋友，曾租面包车到甘南，途中一位藏族妇女挡车要求搭乘。她能说简单汉语，"让我坐车，我给你们唱歌。"大家乐了，让她上车。这位藏族妇女果然践约，走了一路，唱了一路，从《北京的金山上》到《青藏高原》，唱得情不自禁，唱得十分投入。看得出来，唱歌对藏民来说如同喝奶茶一样，都是生活中不可或缺的组成部分。

二

近年，甘南每年都举办香巴拉节，交流频繁，游客增加，也给藏族群众生活带来许多新的变化。一些藏族妇女办起小商店、小餐馆，还当起了导游。我曾不止一次在藏民餐馆就餐，记得有一对姑嫂卖拉面，两人都穿着汉装，牛仔裤、羊毛衫，时尚现代。先以为她们是汉族，后听她们和藏民用藏语说话，才知道是藏族。问她们为啥不穿藏装，回答是穿汉装干活方便，要逢节日才穿民族服装。

在拉卜楞寺，在桑科草原，搞旅游当向导的几乎全是藏族姑娘。我发现甘南靠近甘肃与靠近四川的藏族妇女身材有明显区别，靠近四川若尔盖、阿坝一带的藏族妇女苗条精干，靠甘肃这边则普遍身材修长，大都在1.70米以上。甘南藏

▲一位讲普通话的藏族导游

▲牧羊女巴用上手机

女便属这类。她们大都身材苗条，面容姣好，穿着艳丽的民族服装，用带西部口音的普通话为带的团队讲解，不少人还挂着手机。

在人们印象中，藏族妇女由于常年处高海拔草原，日光照射强烈，脸颊皮肤易被强光灼伤，形成两团红晕，她们自嘲"红二团"。其实，草原上的女性由于贴近旷野，贴近自然，更多的保留着人性深处的，也是最可宝贵的品质，比如善良、羞怯、敬畏、质朴和乐于助人。亦不乏如同大自然精灵般的可爱身姿活跃于蓝天白云之下，滚滚羊群之中，如王洛宾歌曲《在那遥远的地方》中描写的牧羊女卓玛。其实，只要进入藏区，见到"卓玛"并不困难，曾与藏民交谈，日常并不看重名字，随意叫出，父母村人能分清就行。男孩多叫扎西、仁次、强巴，女孩多叫卓玛、曲珍、央金、拉姆。藏区蓝天白云，贴近自然，并不像深受孔孟之道淫浸的汉族，让孩子的名字承载许多含意和希望，倒是藏民习惯更贴近生命的本质。

记得是 2004 年探寻唐蕃古道，从甘南自治州州府合作市赶往玛曲途中，雨后的柏油路像条黑色的蟒蛇，蜿蜒在蓝天下浓绿滴翠的草原上。刚过尕海，开始翻越一道山垭，山坡上忽然迎面而来一白一红两匹马，上面骑着一男一女两个藏族青年。马俊人更俊，那个藏族女孩竟是那样窈窕俏丽，苗条的身姿，纤细的小手扬着一根细细的皮鞭，白里透红的脸颊，长长的睫毛忽闪着黑亮的眸子，清丽得无一丝尘埃，无一丝杂染，美丽得让人惊叹。见着我们迎面开来的汽车，她偏着头对旁边的藏族青年说了几句，冲着我们的汽车顽皮羞涩地一笑，扬起皮鞭，两匹马立刻从车前冲过。我连忙举起手中的相机，一红一白两匹骏马已冲上碧绿的山坡，在蓝天白云下留下两个矫健飞驰的背影，让人深深地遗憾。

三

不过，在甘南草原我还是有过一次成功的抓拍。

甘南一带的藏族姑娘由于身材修长，无论骑马或行走，都显得英姿飒爽，干净利落，引人注目，常成为摄影者拍摄的对象。

▲藏族姑娘突然回头扬手说"扎西德勒"

那天，我们从临夏去甘南州府合作。盛夏七月，沿途正在收割碾打小麦。这一带是回族和东乡族生活的地方，这两个民族都信仰伊斯兰教，土墙土院的村落里常有顶着一弯新月的教堂。戴着小白帽的男人在田地收割小麦，头披黑纱巾的妇女在禾场负责碾打，一派高原麦收的繁忙景象。这天，阳光灿烂，光线充足，一路抓拍了不少收割情景。当路经一处叫麻当的地方时，路边建筑起了变化，四合土院变成了藏式小楼，还插有经幡，山坡上放牧着牛羊，田地里都种着小麦和青稞，小麦已泛黄成熟，青稞还翻滚着绿浪。和路边一位正割麦的中年农人聊天，他讲这儿地势高，只能在河两岸种地，山坡不长庄稼只长草，只能放牧牛羊。这里已是藏区，属甘南管辖，他也是藏民，半农半牧，种庄稼也养牛养羊，粮食够吃，牛羊卖钱，日子还过得去。

正聊着，我见从山坡麦地快步走下来三位姑娘，皆身材修长，穿着藏服，可能干完活计要回村落。这是多好的拍摄对象，我赶紧拎着相机追上去。这几个姑娘走得挺快，进了村巷，眼看就要拐弯，我又不会藏语，正着急间，突然看见土墙上的标语末尾是扎西德勒，这是汉写藏语意即吉祥如意。于是，便朝着几位姑娘的背影喊了一声"扎西德勒"！

这招真灵，中间那位高个姑娘猛地回头，咧嘴一笑，露口白牙，扬起手欢快地喊了一句"扎西德勒"！

这一瞬间，我已按下快门，成功地拍摄下这几位甘南藏女。

◇打狗求婚◇

在草原上，常有熟识的小伙互相开玩笑："昨晚打狗没有？"了解草原习俗的人常会心一笑，不了解的人则满脸茫然。"打狗"是在草原上流传的一种隐语，暗指男女夜晚幽会。

茫茫草原，人口稀少，且又处于游牧流动状态，不像内地村镇，人口密集，谁家"有女初长成"，大家都知道。草原上的姑娘长大了，该出嫁时，父母就会在大帐篷边搭上一顶独立的小帐篷，这也等于告诉大家，家里有了待嫁的姑娘。这时，就会有小伙前来约会。但草原所有的人家都会养狗，尤其是承担放牧守家责任的藏獒，十分凶猛。这对小伙的勇气和智慧是极大的考验，不能闯过牧羊狗这一关，和姑娘幽会就是一句空话。

自然，真正与姑娘约会之前，还是会有一些铺垫，比如在日常放牧或草原庙会中，小伙与姑娘已见过面，且彼此有好感，也有交往的愿望，小伙便会得到姑娘的帮助，比如事先拴好狗，提供方便。有些机智的小伙也会准备些肉食，把狗引开，然后再和心爱的姑娘约会。至于没有勇气和智慧的小伙常遭到讥笑："连狗都不会打，还想讨老婆！"

▶ 黄河远上白云间

黄河古渡何处寻

一

唐蕃古道从长安出发，穿越关陇临洮，皆有现成的丝绸古道可资利用，沿途道路宽阔、驿站齐备，文成公主一行，贵为皇家，行同使臣，受到各地官吏接待不必细叙，理应安全顺利。但一过临洮，经古河州（今临夏）便为当时边塞，与吐谷浑和吐蕃为邻，不时有战斗发生。"北斗七星高，哥舒夜带刀。至今窥牧马，不敢过临洮"，这是唐诗中的边关气氛。

不仅如此，我们知道，黄河发源于世界屋脊青藏高原，源头在青海省巴颜喀拉山的鄂陵湖、扎陵湖。亿万年消融的冰雪汇聚为淙淙的流水，经过千湖之县玛多，沿途九曲回肠，汇纳百川，接纳了同样从青藏雪原、祁连雪峰汇流的湟水、大通河、洮河、大夏河之后，成为一条浩浩荡荡的大河。从青藏高原奔腾而下的黄河每当夏秋，洪水暴涨，水势数倍于平时，惊涛拍岸，吼声如雷，常吞没两岸田禾村落，活脱脱一条巨龙横在眼前，成为隔断青藏高原、河西走廊与中原的一道天险。如何渡过黄河天险，成为当时人面临的一道难题。

多年来，在对唐蕃古道与丝绸之路的踏访中，我先后到过临津渡、金城渡、虎豹渡、磴口渡、灵武渡，寻访这些黄河上游古渡遗址。其中不乏疑虑，比如典籍与传统认定的临津古渡在甘肃积石山县大河家镇，但我却在一所高校学报上见着一位学者的论文，认定临津古渡在永靖县境，该县城已被刘家峡水库淹没。

2011 年 7 月，我约了伙伴在探访黄河源之后，又赴刘家峡，巧遇渡口边长大的船工鲁师傅。这位自称伴着刘家峡水库修建度过半生的船工，对古渡口了如指掌。他开着电动机船，载着我们穿越烟波

▲ 船工鲁师傅

浩渺长达 50 公里的水面，一路感叹，淹没的不光是渡口、永靖老县城，还有两岸大片的好川地。小时候，地里种啥长啥，黄河淤泥地肥沃得很，长的黄河蜜瓜甜死人了！鲁师傅的家也被淹没了，后退到了山梁上，他指给我们看半山腰上的村庄，说："地里不长庄稼了，才找开船的事情干。"

当我们问及渡口，他指着一处尚未被水淹没的烽火台说，就在那下面，水淹没了。我问，是临津古渡吗？"看咋说呢！"鲁师傅说，"这儿叫莲花台渡口，永靖老县城原来也在这里。永靖的渡口不止一处，上面的炳灵寺还有炳灵渡，临津渡在上面的大河家，在水库上面没有淹，那是个古渡口，名气大，也就有人把这一带的渡口都叫临津渡了。"老人的话实在，还不乏哲理，耐人寻味，也更引发人探访古渡的兴趣。

二

今日，不要说大江大河，就是茫茫大海，人类也能以不断发展的科技力量征服，跨海大桥与海底隧道不时见于报刊。但黄河上游的大桥最早记载是明洪武年间在金城关（兰州）所修的铁索浮桥，碗口粗细的铁索飞架黄河，成为万里黄河第一桥。在当时条件下，历 30 年完工，取名镇远桥。明人徐兰撰写的《镇远桥记》对大桥建造有详细记载："造舟二十有八，常用二十有五，河涨则用其余广之。每舟相去一丈五尺，上流定以石鳖，如舟上加板，栏护两边以卫行者。桥南北岸各树铁桩一，木桩六，系铁索，大绳贯桥，令相属随波升降，贴若坦途。"400 年后，林则徐去新疆，过此桥的记载是："出西门过黄河浮桥。计二十四舟，系

已历百年的黄河铁桥

以铁索，复有集吉草巨梗联之，车马通行。此天下黄河之所无也。"仍与之相符合。镇远桥历明清两代，500 年之久。

现存兰州中山黄河铁桥，为清政府 1907 年所建，铁桥曾在中华人民共和国成立后加固而沿用至今。但有学者据史料考证，在明代兰州镇远桥修建之前，西秦（405 年—418 年）曾在黄河造过"飞桥"，地址是在古临津关，即黄河上游甘肃永靖县内。洮河与大夏河汇入黄河之前，黄河水势较小，且两岸山势峭立，河道狭窄，两边均以巨石层层相叠相压，以缩短距离，最后用长木相连。具体桥形《许氏方域考证》中并无记载，只说"桥高五丈，三年乃就"。据《资治通鉴》记载，唐中宗时，吐蕃在文成公主去世后，又向唐王室求婚。唐中宗把宗室女金城公主嫁于吐蕃赞普后，吐蕃贿赂镇守临洮的大将杨矩，要求把"黄河九曲"之地作为金城公主汤沐之地，并在临津关附近造桥以便东西交往。

其实临津关作为黄河最古老的渡口，早在秦汉便被古人利用，估计渡口还不止一个，而是这一段河上都有。比如狭窄处可造桥渡河，开阔平缓地则可采用渡船和羊皮筏。

三

除了建桥渡黄河之外，常用的办法，还有选择水流平缓处，采用渡船过河。比如丝路北线六盘山到甘肃靖远后，便是乘船渡过黄河，直达武威，这条线路成为进入河西走廊最近的一条线路。另据多位红军将领回忆，1936 年，到达陕北的红军曾在甘肃靖远虎豹口以 16 只木船，历时 5 天，渡过 2 万多名红军将士，

▲黄河皮筏沿用至今

在陈昌浩、徐向前领导下，西路军开始气壮山河的西征。民间传统渡黄河的方法多用羊皮筏子，即把羊皮整张扒下，晾干制作，涂油防水，紧扎四蹄，8至10只连系成排，充气后利用浮力载人载物渡河。这种办法沿用至今，还成为一种旅游项目。还有一种渡河的办法，即数九寒天，黄河结冰后，直接踏冰而过，当年文成公主一行就是这么渡过天险黄河的。史书虽无细载，却也披露了端倪。

公元641年，吐蕃求婚大臣禄东赞已有往返长安与逻些的成功经验，建议隆冬时节出发，到达黄河时，已进入数九寒天，黄河注定结冰。大队人马踏坚冰而过天险黄河，安全省事。踏冰过河，并非妄测，而是古已有之。北宋时期，金人铁骑多次趁黄河结冰，渡过黄河进犯中原。蒙古族史诗般的壮举东归中，也曾写到，明末游牧到俄国境内伏尔加河流域的土尔扈特部落，由于不堪忍受俄国的压榨盘剥，在其首领渥巴锡汗率领下在1771年隆冬时节，出发返回祖国，由于伏尔加河迟迟没有结冰，使7万多部众因无法渡河滞留俄境。

在科技不发达的古代，大江大河构成的天险每每成为兵败的原因，如西楚霸王项羽乌江自尽，太平天国骁将石达开兵败大渡河等等。当然也有成功的范例，比如中国工农红军飞夺泸定桥抢渡大渡河等。

四

但无论利用什么工具渡天险黄河，选择渡口都十分重要。鉴于黄河从青藏高原奔腾而来，夏秋涨水，宛如巨龙难以制服，所以古人面对波涛汹涌的黄河，为征服巨龙，为交流沟通想尽办法，用尽心力，不知付出多少牺牲与辛劳，选择出便于驯水驶舟、架索修桥，能够行旅的渡口。这些渡口一方面要处要地，勾连各方，另一方面又要开阔平缓，无险滩激流。自丝绸之路开通，在黄河上游必经的甘肃、宁夏、青海境内，古人寻觅开辟有多处渡口，有文字记载的便有临津渡、金城渡、虎豹口、五佛渡、灵武渡、浩门渡等多处。其中，最古远也最有名者应为临津渡，这也由其所处位置决定。其渡口在甘肃积石山县境内大河家镇的大河村，地处通往青藏高原、河西走廊乃至新疆要冲，又在两大支流洮河与大夏河汇入黄河之前的河段，一是上游来水较小且平缓开阔，二是无险滩激流，便于渡河。这些优越之处想必早被古人洞察和利用。

我在踏访丝绸之路时，曾多次思考过一个问题：《史记》记载霍去病公元前121年，春秋两次"将万骑出陇西"大破匈奴，使千里河西归汉，这个重大的历史事件，史学界并无争议，但霍去病从哪过的黄河却让人生疑。万人万骑，无桥无船，况史书记载"来去六日，驰骋数千里，如狂彪突进。"红军西路军2万多人仅渡河就用了5天。春秋时节，河不结冰，也无法踏冰而过。所以，当年霍去病只能选择较大支流尚未汇入的黄河上游，趁水势较小，直接涉水过河，进入青海境内，再沿大通河越祁连山，进入河西走廊，这样才有可能在6天之内"过祁连、抵焉支山"突袭匈奴，夺得千里河西。俗语"马浮江，牛浮海"，意思牛马都有一定的涉水本能，若组织有序，选择河水平缓无激流险滩，涉渡黄河是可能的事情。我在西藏博物馆看到一张骑兵骑马涉渡长江上游沱沱河的情景，图片上是1951年解放西藏时，西北军区骑兵团从青海方向进入西藏，从图片上看其河口水量不比黄河差，这说明战马直接渡河的可能性很小。综上所述，霍去病当年渡过黄河的渡口，只能是临津渡。

五

这个推测得到了证实，一位曾在河西走廊驻军任过团职干部的文友，送我一本由原兰州军区编印的《西北历代战争汇编》，其中收入的战例就有霍去病两次河西之战，并画有进军路线示意图，赫然标明：公元前121年霍去病万人万骑，正是从临津渡过黄河，沿大通河谷，经扁都口，穿越祁连山，采取突袭方式战胜匈奴。同年秋天，第二次进兵则从北地（今甘肃庆阳）出发，从宁夏境内的磴口古渡过黄河，直扑今内蒙古境内额济纳旗（即汉时古居延）再南下，采取迂回包围战术，一路横扫，至酒泉大获全胜，犒赏三军痛饮美酒，此亦是酒泉之名的来历。

▲黄河古渡

▲临津古渡存留的烽火台

　　霍去病两次进军路线，我还真走了一下。2004 年 7 月从大河家过黄河穿越祁连山，盛夏遭遇暴风雪，车坏祁连山，其焦灼至今铭心。2008 年 10 月，从陕北走三边，经宁夏沿中蒙边境 700 公里腾格里大沙漠，从早到晚，在夕阳的余晖中赶到额济纳，陶醉于胡杨林的欢乐至今难忘。也真切感受到 2000 多年前，霍去病这位天才将军选择的路线是何等智慧和出人意料，也真切感受到当时人们那种不惧困难，积极进取的豪情壮志。更值得庆幸的是，就是从那时起，中国西部偌大的疆土真正进入了祖国的怀抱。

　　另据《资治通鉴》和《隋书》记载，大业五年（609 年），隋炀帝"西巡河右，四月，至临津关，渡黄河至西平"。

　　这说明，从西汉起至隋朝，800 年间，临津渡一直作为黄河渡口并无变化。那么，距隋炀帝西行仅 30 年的文成公主远嫁，过黄河时也一定是临津渡。隆冬时节，利用河面结冰，大队人马踏冰而过，便可进入青海境内的民和、乐都，至西宁，这恰是唐蕃古道的必经之处。

　　1949 年，王震将军率大军在此渡过黄河到达青海，之后又穿越祁连山进入河西走廊，解放河西四郡，一直打到新疆。62 军进驻边城喀什，这恰是东汉名将班超驻地，我所敬重的作家杜鹏程全程参加了解放新疆，这在他的《战争日记》中有详细记载。

　　1988 年，由国家投资在古老的临津渡修起一座飞架两岸的钢筋水泥大桥，沟通两岸，天堑真正变为通途。当年，这处渡过张骞的百人使团、霍去病万骑征讨大军，走过隋炀帝龙车凤辇，也走过文成公主远嫁队伍的临津古渡，在完成使命之后，也跨进了历史的新纪元。

▶ 适宜游牧的青藏高原

草原王国吐谷浑

一

大漠风尘日色昏，红旗半卷出辕门。

前军夜战洮河北，已报生擒吐谷浑。

——唐·王昌龄

　　进入青海，寻叩唐蕃古道，就绕不开一个草原王国——吐谷浑。这个草原王国称得上中国历史上一个传奇，他们最早生活于中国东部的白山黑水之间，以游牧狩猎为业，以苍穹大地为家，逐水草而居，随日月迁徙，其族名被历史学家称为鲜卑，这也是中国北方最早的游牧民族之一，据说鼎鼎大名的唐太宗李世民便有鲜卑血统。而散见于《新唐书》的关于吐谷浑的记载也与唐太宗相关。公元618年，李渊父子创立唐朝并在长安建都，与此同时，松赞干布率领的部落也征服了青藏高原，定都逻些（今拉萨）。松赞干布是一位目光远大，有政治胸襟的吐蕃首领，他对大唐王朝的文明气象十分仰慕，多次遣使到长安求婚。唐太宗考虑到唐王朝立国未久，需与周边部落政权和睦相处，于是选派文成公主远嫁吐蕃，不仅谱写了一曲汉藏交好的千年佳话，也踏出了一条由长安到拉萨的和平友谊之路——唐蕃古道。此道之后又延伸至印度与尼泊尔，成为一条贸易繁荣的商道，因此也有专家称为丝绸之路的南道。

二

当年，文成公主一行浩浩荡荡穿越秦陇河湟，登上海拔3500米的日月山。民谚"过了日月山，又是一重天"，至此眼中再也不见田垄村落、城镇集市，而是一望无际的

▲近年出土的吐谷浑古棺绘画

草原皆已枯黄空旷的凄凉。据记载，文成公主离京时，因路程遥远，山川阻隔，需半年时间方能到达逻些（今拉萨），所以太宗听取吐蕃迎亲大臣建议，在隆冬时节起程。这样途经江河源头时，一是大队人马可踏冰而过，二是避开夏秋因暴雨引发的灾祸。这是完全可能的事情，笔者在多次西行中，不止一次盛夏遭遇暴风雪。听兰州老人讲，20世纪50年代，夏秋黄河涨水，经常漫上黄河铁桥，人们无法上班。近年上游龙羊峡、刘家峡建了大型水库能够调控水流才好一些。那么古代没水库调节洪水，也无资料证明比今天水小，文成公主只能在冬季出发。所以文成公主一行越日月山进入草地时正值冬季草枯，压根看不见"风吹草低见牛羊"的壮阔情景，难免心中悲凄。

不想到达倒淌河时，前一年嫁给吐谷浑国王诺曷钵的弘化公主已和国王率臣民在此扎营盘、备牛羊欢迎文成公主一行了，这真让文成公主喜出望外。同行官员随从一路风尘能在西陲塞外受到唐王室公主的欢迎，无不欢欣鼓舞。两位宗室公主互诉衷肠，随从人员也得以放松休整，在青海湖边盘桓多日，恢复体力，继续行程。但是，文成公主远嫁途中，虽有姐妹的欢喜相逢，却不能料到弘化公主与吐谷浑王国日后悲剧的发生。

三

吐谷浑原本是辽东鲜卑族分支，西晋时期，北方游牧民族纷纷南下，扎垒营盘，插旗自立，形成春秋战国之后又一个纷乱的时期，这便是被史书记载的"五胡十六国"。其时，在辽阳、彰武一带游牧的鲜卑首领慕容廆在内乱中赶

▶ 吐谷浑曾培育名马青海骢

走异母兄弟慕容吐谷浑，无奈之中吐谷浑率部属一路西行，这是中国历史上第一个有记载的游牧民族的长途迁徙，比清乾隆时期土尔扈特部落从俄境伏尔加河流域东归要早千年之久。尽管路程没有土尔扈特部落东归遥远，时间却惊人的漫长，历 30 年之久。最初吐谷浑凭借着马群逐水草而居，一路西行，到达内蒙古阴山脚下时，被水草丰茂的河套平原留住脚步。当时占据这一带的鲜卑拓跋部落正好发生内乱，无暇他顾，给了他们生存空间。10 余年后，拓跋重新崛起，吐谷浑不愿臣服和仰人鼻息，再次率领部众西行，寻找可以游牧的家园。他们最先落足的地方是河州，也就是今天甘肃临夏回族自治州。河州地处青藏高原向关陇平原的过渡地带，海拔在 1500 米至 2000 米之间，其间有洮河贯穿，水草丰茂，宜农宜牧。早年为半农半牧的羌人占据，但他们居住分散，没有形成强大的部落，不能和已在河套平原休养生息、兵强马壮的吐谷浑人抗衡。于是，给吐谷浑人提供了一块进退从容的立足之地。可惜的是，部落头领吐谷浑带领着他的部落游牧 30 年之久，终于停止下来的时候，自己却走到了生命尽头。公元 317 年，吐谷浑与世长辞，享年 72 岁。又过了 20 年，吐谷浑的孙子叶延，带领日益强大的部落，经过不断开拓，占领几乎青海全境和周边地区，于公元 329 年正式建立起草原王国。为纪念先祖，以吐谷浑为国号与族名。这个诞生在青藏高原的游牧政权比吐蕃王国立国早 300 年，鼎盛时期东至陇右、南到阿坝、西至且末、北达武威，由于占据了古羌中道几条商道的交会之处，向东通兰州、关中，向北通新疆和河西走廊，向西南通西藏的优势，吐谷浑控制丝绸之路达几个世纪。他们原本就是善于养马驯马的民族，占据青海草原安定下来之后，从遥远的波斯引进优良马种，与当地马杂交，优选优育，培育出名马"青海骢"，风骨秀俊，体高腿长，追风逐月，名声远播。吐谷浑人用这种名马与唐王朝交换丝绸，这便是被史书记载的"绢马互市"。吐谷浑人得到了当时被西方罗马誉为黄金的丝绸，他们囤积居奇，转手倒卖，与中亚胡商进行中转贸易，把用名马和毛皮换来的唐王朝的丝绸、茶叶、棉布、瓷器转销西域各国，又把中亚的金银制品、玻璃器皿、香料之类销往中原，进出之间，获利丰厚，使吐谷浑产生了许多富豪富商，拉大了国内贫富差距。近年在青海境内出土的吐谷浑古墓中，发现大量精美的丝绸

▲武威为弘化公主所塑雕像

残片和西亚金银器皿，其豪华程度比中原王公贵族的豪陵葬品有过之而无不及，这种奢侈腐化之风，埋下了亡国的祸根。

四

吐谷浑国曾与中原王朝多次联姻，弘化公主出嫁的诺曷钵已是吐谷浑第22代国王了。但这时吐谷浑因滥征民力、修筑豪陵，民怨四起，由盛转衰，王公大臣贪图享受，不知进取，不知危机已在眼前，后来崛起的吐蕃成为潜在的强大对手。就在两位公主高原相遇，相聚相送，依依话别的20多年后，吐谷浑内外交困，各种矛盾爆发，公元664年大臣素和贵潜逃，向吐蕃提供了吐谷浑衰败真相。此时，松赞干布已去世，执掌大权的禄东赞率大军乘虚而入，一举消灭了吐谷浑，弘化公主与丈夫匆忙带着余部逃亡，被唐高宗安置在河西凉州一带。这期间，唐王朝曾想帮助吐谷浑复国。公元670年，日益壮大的吐蕃在赶走吐谷浑，独占青藏高原后，又进犯唐王朝控制的西域，唐朝派大将薛仁贵统10万兵马征讨吐蕃。薛仁贵为唐朝名将，有丰富的作战经验，对这次战役也做了周密部署：他率两万精兵，轻装先行突袭，让副将郭待封率主力跟进。鉴于粮草辎重十分重要，他特别要求留两万将士筑栅栏守卫。战争初期，薛仁贵曾在河口突袭成功，取得不小的胜利，但副将郭待封却违背将令，没有分兵守卫粮草，而是携带粮草，以致行动迟缓。对手也非平庸之辈，虽在河口输掉一战，但也因此摸清了唐军的兵力分布，利用马背优势，避实就虚，袭击唐军后继部队。当郭待封带领大队人马及粮草毫无戒

备地行至大非川，遭遇禄东赞之子论钦陵率领的数十万吐蕃兵袭击，唐军全军覆没。对这次失败，史家多有评论：唐军因贞观九年（635年）大将侯君集曾在大非川大败吐谷浑，逼其纳贡称臣，故轻敌；孤军深入，粮草不济；主将用兵不当，等等。若是再用今天科学观点，还可总结出在高海拔地区作战，将士体力战斗力下降等。而刚刚兴起的吐蕃王朝，兵强马壮，适应高海拔的气候环境，占据了天时、地利、人和，又施计偷袭了唐军粮草，

▲今日生活在青海的土族便是吐谷浑部族的后裔

焉能不胜！总之，强大的唐王朝也没能帮助吐谷浑复国。弘化公主和丈夫及吐谷浑余部再也没有返回他们生活了三个多世纪的家园。近年，武威（古凉州）修茸了弘化公主的墓陵，并为她和丈夫塑了雕像。但吐谷浑王国还是在青藏高原留下一曲教训沉痛的悲歌。

五

吐谷浑人并没有完全逃离，有资料表明今天生活在青海互助、民和、大通等县的土族，便是吐谷浑人的后裔。据《秦边纪略》记载，吸取当年亡国的教训，存留下来的吐谷浑人选择地形险要、退守从容的地方聚集生存，所谓"依山傍险、屯聚相保、自守甚严"，以不断增强的民族凝聚力顽强生存下来。祖国大家庭并未轻慢他们，历代王朝对他们皆"待之以礼，授之以官"，尊重他们的人格与风俗，授予他们首领以官职，让其充分自治、自由发展。由于地处青藏高原，土族信仰藏传佛教，沿袭土司制度，在河谷种植庄稼，以农为主，兼营畜牧。所居庭院与青海其他民族大致相同，土木结构的平顶房舍，院落则立有经竿，所穿服饰很有特色，用红、黄、蓝、绿、紫五色组合而成。据说，红象征太阳，黄为五谷，蓝是河流，绿为山林，紫是大地，反映了土族群众对大自然的崇拜。事实是土族非常注意保护环境，从不滥砍滥伐，不猎杀母兽，不浪费粮食。正是这样团结互助、自尊自爱，土族多年与其他民族和平相处，十分兴旺。目前，青海有互助土族自治县，其青稞酒十分驰名，我每去必购。另有民和回族土族自治县和与大通

▲青海近年修建的吐谷浑文化保护中心

回族土族自治县，土族的婚俗、圈圈席、贺寿经、鸡蛋会、梆梆会等风俗都极有民族特色，每年都能吸引各族群众和摄影家前去观赏采风呢。

旅途小憩

◇草原小景◇

藏传佛教已在青藏高原传承千年之久，藏族群众几乎全民信教。来到这个世界，从小到大都沉浸在一种浓郁的宗教氛围之中。所以不少专家认为只有了解了西藏的宗教，才能了解西藏的社会；只有认识了西藏的宗教，才能认识西藏的社会。就连用藏文书写的许多西藏史籍，凡是与宗教相关的事件与人物都记载甚详；反之

▲草原小景

与宗教无涉，哪怕是影响西藏历史进程的重大事件，也是一笔带过。所以西藏的历史几乎是宗教兴衰史。藏族群众的生老病死，婚丧娶嫁，衣食住行，无不与宗教紧密相关。比如，这位长者，也许家中添了孙儿，或要搭建帐篷，要么就是过世的老人周年，或是自己要过生日，于是，骑了小毛驴赶到寺院，请来一位年青的喇嘛来做法事，祈求吉祥。他们行走在大草原上，也许累了，也许因阳光明媚，草地如毡，他们坐在草地上休息。老人也好，喇嘛也好，小毛驴也好，都尽情享受着阳光和微风，显得无比轻松和恬淡，也构成一幅妙不可言的草原小景。

▲瞿昙寺大殿

雪域故宫·班禅旧居

巨石斜横碧水涯，石边松下有人家。

春风不早来空谷，四月深山见杏花。

过了黄河，便算进入青海，青藏高原在人们心目中是高寒缺氧，偏远蛮荒，压根想不到河湟谷地竟有如同江南水乡一般美妙的田园风光，这是清代曾任青海乐都县令杨应琚所作的《乐都山村》，曾广为流传。但大多数人并不知道，在这雪域高原还有一座仿北京紫禁城修建的瞿昙寺，因其建修格局，修筑年代都与北京故宫同时，比西宁名声显赫的塔尔寺要早200多年，所以被誉为雪域故宫。

雪域故宫

人们知道，北京故宫始建于明代，为明清两朝皇帝起居办公的地方，是颁布法令的所在，在长达五六百年的时间里，驰驿发诏，任免官吏，开科纳士，号令全国，维系着一个东方庞大帝国的运转。故宫又称紫禁城，在亿万群众心目中，曾经有着无上的荣耀和权威，是国家与皇权的象征。瞿昙寺位于乐都县曲坛河畔，山青、林茂、水丰，又是沟通甘青两省的要冲，距西宁80公里。该寺始建于明初，也与明王朝兴衰紧密相关。

当初，明军在定西会战中击败蒙古势力在西北的主力，但其残部仍退守青藏高原据险顽抗，明军几次进剿，都无功而返。后有人献策，说蒙古部众大多信仰藏传佛教，可用佛教高僧的独特影响招降其残部。当时青海有高僧三罗喇嘛，曾在青海湖湖心山上长期修行，精通佛家经典，道行高尚，持行精严，久负盛名，当地蒙藏群众称其为"海喇嘛"。为使当地群众免受兵戈之灾，海喇嘛受诏后，欣然作书给蒙古各部，以佛力感召，耐心引化。也是当时人心所向，大势所趋，各部"相继来归"，使明王朝兵不血刃，最终平定青海。这也给刚当上皇帝的朱元璋很大启发，索性利用宗教来安抚边陲。海喇嘛于明洪武二十二年（1389 年）应召进京，被明廷尊为帝师。返青海后首建瞿昙寺前殿，朱元璋亲赐红底金字书"瞿昙寺"横匾一方，由此拉开了明王朝与宗教合作的序幕。在之后的岁月中，明代有七位皇帝给瞿昙寺下达敕谕、诰命、封赏，也使瞿昙寺声誉日隆步入全盛时期，不断扩地扩建、修葺，最终建成拥有三进三重大殿、规模宏大、殿宇雄伟，具有皇家宫殿风格的大型寺院。除了中轴线上的三重主建筑外，两边还配有僧舍、起居、厨卫等多座建筑，整个建筑群落筑以土城环围，俨如宫城，一派皇家宫殿风范，建成便有"小故宫"之称。

不仅如此，永乐六年（1409 年），明成祖还于此立圣旨碑一通，碑文汉藏对照，把方圆百里的田土、山场、园林、财产、牲畜划归瞿昙寺，所属寺院更多达 13 座，管理七条山沟的汉藏群众，使得瞿昙寺在有明一代，数百年间成为青海河湟地区规模最大、资产最丰、声誉最隆的佛教寺院。该寺悬挂有明宣德青铜大钟，高 1.8 米，口阔 1.5 米，重达一吨，高悬楼台，每逢敲响，钟声洪亮，震耳欲聋，远播达 30 里，当地有"瞿昙钟响，化隆马惊"的说法。

但瞿昙寺在青海河湟地区崇高地位并未延至清代。一是因为明万历之后，藏传佛教格鲁派兴起，且格鲁派大师宗喀巴诞生于湟中塔尔寺，使塔尔寺声誉日隆。再就是清代雍正年间蒙古罗卜藏丹津叛乱，牵连到瞿昙寺，寺主阿旺宗哲被押入狱，所拥有的土地、山场、寺院、林木、农户、牲畜也悉数充公，致使瞿昙寺声誉、财产一落千丈，风光不再。但事有两面，恰是由于瞿昙寺冷落下来，无人光顾，少了许多人为破坏，倒使这座古刹得以保全。2006 年 7 月笔者探访唐蕃古道，专程参观了这座"雪域故宫"。

名刹果真名不虚传，土城围定酷似故宫的建筑依然雄伟壮观，气势恢宏，那飞檐走廊、佛塑菩萨无不工艺精巧、美轮美奂；那御赐匾额、碑刻铭文，依然威然高悬，慑人耳目。尤其是西厢保存完好的"七十二间走水厅"中，长达 138 米，

▲瞿昙寺壁画

总面积达400平方米的明代宗教壁画依然色泽鲜丽，栩栩如生，难怪有"隋唐壁画看敦煌，明清壁画看瞿昙"之说。那天，除了我们一行几乎再无游客，瞿昙寺的完美让人惊讶得喘不过气来，赞叹之余，得知这座名刹完整保护的重要原因除了上述两条之外，还有改道——这里不再成为沟通甘青的要道，偏僻冷落，没有人来才是最大的保护。目前该寺因为是整个西部保存最完整的明代建筑群落，并有极高艺术价值的佛像与壁画而成为全国重点文物保护单位，但愿这座塞外故宫能够长久耸立于雪域。

同仁唐卡

告别瞿昙寺已是下午3时，因为被这座塞外故宫的宏伟建筑和精美壁画吸引，至少多耽误一个小时。临行，天空阴云覆盖，飘落起小雨，尽管时令属盛夏，毕竟海拔2000多米，冷飕飕的凉风刮来，胳膊上起了鸡皮疙瘩。不敢耽误，下午按行程需赶往唐卡之乡同仁，还有近200公里路程。好在刚铺上柏油的公路，虽不宽阔却光洁平整，如同黑色巨蟒在起伏的山坡上蜿蜒，沿途也少车辆行人，司机一路把车开得飞快，轻易就翻越海拔3800米的山口。若不是山垭有海拔标志，我们还无感觉。也许因为恰逢青藏高原最美的季节，碧草连天，牛羊布野，一群群羊如同白云在一座座山峦缓缓浮游，尤其翻越山垭进入隆务河谷，两岸是延绵不断的丹霞地貌，赭红色的山石如同彩绘，河水清澈湍急。接近同仁时，山谷已十分开阔，层层的梯田里，铺满成熟的青稞小麦，金灿灿的诱人，浓绿的树荫下，是密集的村落，整个河谷呈现一派丰收景象。资料显示同仁系青海河湟谷地农业发达地区之一，安定的生活环境为产生唐卡、堆绣这样的热贡艺术提供了经济基础。

当天，赶到同仁，已近黄昏，同行书画家王维宾曾在青海军营20余载，黄南军分区司令员系其战友，当晚即下榻军区招待所。翌日清晨，迫不及待想看唐卡，因为同仁最出名的就是唐卡。早在数年前，曾受南方一家出版社之约，加盟一套地方文化丛书的写作，其中一本就是《同仁唐卡》，我由此知晓青海同仁系唐卡之乡，并产生去同仁看唐卡的强烈愿望。司令员知道我们的想法后，特地安排我们参观同仁的唐卡博物馆，以唐卡、堆绣、泥塑为代表的热贡艺术，使同仁在藏区久负盛名，让人大开眼界。

唐卡是流传在藏传佛教地区的传统绘画，内容多与宗教故事、人物相关，绘制佛祖、菩萨、罗汉、金刚等。唐卡的特点是工笔细描，尤其是人物的眼睛、睫毛、须发，毫发毕现，一笔不苟，一幅唐卡耗时数月，若是大型画幅，需花几年时间。唐卡还有个特点就是色彩艳丽，据说绘制唐卡时用的颜料是许多天然色彩的矿物质研磨而成，有些佛祖则直接用金粉上色，所以经历数百年之久也不褪色，这也是唐卡昂贵的原因。一幅普通唐卡售价两三千元，若是精美或画幅较大则值几万甚至几十万元不等。在展览室悬挂着夏吾才让作的一小幅唐卡，盈尺大小，标价是10万美金。夏吾才让20世纪40年代曾随国画大师张大千去敦煌临摹过隋唐壁画，打下坚实的绘画基础，多年来在绘制唐卡上多有创新，被评为全国十大工艺美术大师，其作品在国际上也享有盛誉，人已离世，所以作品也就分外昂贵了。

我们还专门去了以绘制唐卡出名的下吾屯村，这个村坐落在距县城不远的隆务河谷，田畴相望，绿树掩映，十分秀美。我们去一户专门绘制唐卡的藏民家，房舍庭院宽敞整洁，与北方乡村汉族院落没有多大区别。不同的是这家藏民有9个孩子，除出家当喇嘛的之外，其余的孩子包括已娶的媳妇，全部参与绘制唐卡。创作一幅精美的唐卡，有许多工序和环节。比如画布就是专门的白棉布，画框也是专门的木材按不同尺寸制作，然后把白布缝制在画框上，还要用胶和滑石粉均匀涂抹画布，然后用光滑的鹅卵石反复打磨，直到光滑平整到可以落笔，最后才是勾线条、画轮廓、描人物、涂油彩……几十道工序，一道也不能马虎。几个兄弟也正好各干一行，各把一关，各司其职，整个家庭更像个唐卡生产作坊，流水线式的生产。案头画好的唐卡已有高高的一垛，并不愁销，有专人来收购，根据尺寸大小，画幅内容，按质论价，有一整套流通的行规。

这家大儿子已43岁，没有成家，在本村下吾屯寺当喇嘛，也是位专业画师。

下吾屯寺规模宏大，供奉的佛祖和千手观音高达数丈，金碧辉煌，这位画师参与了塑造。他说画唐卡也好，塑观音也好，都要心中有佛，心里无佛的人是绝对做不好的。每画一幅唐卡，都是在心里与佛的一次对话，对佛法理解有多深，唐卡就能画到什么程度，所以唐卡只能由有信仰的人来画，没有信仰的人就绝对画不好唐卡。

▲同仁唐卡之家

这番话说得让人肃然起敬，对唐卡多了层理解。据说整个下吾屯村，有许多这样专门从事绘制唐卡的家庭，同仁县有近千农民画师，整个藏区流通销售的唐卡有三分之一出自同仁，还真无愧"唐卡之乡"的美誉。

班禅故居

从乐都赶往同仁，途经循化县一个村落时，路边有块招牌，箭头所指十分醒目：十世班禅故居。十世班禅在国人心目中，有着比尊崇、敬仰、钦佩这些字义还要丰富的情感。一方面，他是藏传佛教两大公认的活佛之一，在信仰佛教的藏蒙地区有着神明般的威望；另一方面，他又曾担任全国人大常委会副委员长和全国政协副主席，有着崇高的政治地位。他爱教爱国，始终坚持西藏是中国不可分割的领土。一次在拉萨各界人士座谈会上，一位宗教人士口出狂言，胡说西藏在历史上是独立的国家。班禅大师勃然大怒，拍案而起，从吐蕃王朝崩溃后，西藏进入长达400年的割据动乱说起，元初西凉王阔端邀请西藏宗教领袖萨班来到凉州，在白塔寺会商，由此西藏结束混乱局面，正式纳入祖国版图，历经元、明、清从没改变，直到1951年在北京签订和平解放西藏条约，800年来西藏一刻也没有脱离祖国怀抱。

班禅大师引经据典，侃侃而谈，理直气壮，掷地有声，一气发言近两个小时，赢得与会者多次热烈掌声，那位宗教界人士也当场认错。之后，班禅大师在许多重要场合发言都始终强调西藏是中国不可分割的领土，被邓小平称赞为"我们国

▶ 作者在佛塑现场

家一个最好的爱国者"。

　　班禅大师的阅历异乎常人，来到这个世界，自从被认定为九世班禅的转世灵童，起居饮食有专人照顾，学习佛经有最好的大师，几乎是一举一动都牵动各方。就连国民党中央政府撤离大陆前夕，也不敢马虎，于 1949 年 6 月 3 日批准其为九世班禅的转世灵童，即为十世班禅。同年 8 月，又委派国民政府蒙藏委员会委员长关吉玉为专使，青海省主席马步芳为副专使赴塔尔寺主持坐床大典，并代表李宗仁代总统赠送十世班禅 390 两重黄金一块，以示郑重。班禅正式成为藏区宗教领袖。

　　其时，班禅刚 11 岁。可是，就在这个蒙童年纪，小班禅居然做出一个举足轻重的选择。其时新旧交替，江山易色，全国大部分省区已经解放，毛泽东已在北京天安门宣布中国人民从此站立起来了。青藏地区尚未解放，摆在达赖、班禅两大活佛面前的是三条路：随国民党去台湾；流亡国外；顺应大势欢迎解放。时年 14 岁的达赖逃到了中印边境的亚东，以察动静。11 岁的班禅却毅然留在了国内。从班禅毕生热爱祖国的立场看，应是发自内心的认真思考，并非偶然选择。这样一位充满传奇色彩的活佛故居，岂可不看。

　　我们最先见到的是一棵参天古树。青藏高原少见大树，这棵大树却非比寻常，树干需数人才可环抱，枝丫更是高耸天际，遮出半院阴凉，这株古树成为大师故居的标志。故居分为三院，东院为停车场、杂物仓库等，西院为班禅旧居，还有一院则为两层藏式楼房，供奉着历代班禅佛像，还有卧室与会客室。整个建筑错落有致，层次分明，宽敞明亮，极具藏族风韵。由于十世班禅已于 1989 年圆寂，这里居住着他的母亲和一个哥哥。不巧，我们去时他们都外出了，偌大的故居，有"人去楼空"之感。大师故居有"河源须弥"匾额一方，两边有联"九曲安禅爱国早传拒虏，八荒向化护教所以宁邦"，极精彩凝练地总结了大师不平凡的一生。

其实，在我看来，班禅是佛亦是人。在阅读与班禅相关的史料中，给我留下印象最深的是"四人帮"粉碎后，班禅大师获得自由，他每天清晨沿着长安街跑步，汇入成千上万晨练的北京普通市民之中；他在天安门广场，久久凝视着那象征着权力、国家、首都的城楼，思绪则可能飘飞到遥远的青藏高原，思索着也许佛也解释不清的终极真理。

▲班禅故居古树参天

后来他再次当选全国政协副主席、全国人大常委会副委员长，全国佛教协会名誉会长，成为佛界领袖，班禅大师生命的终结可以说是"以身殉职"，佛教称为圆寂。作为活佛，他要满足广大信徒的愿望，20世纪80年代，刚刚落实宗教政策，许多寺庙得到修葺，重新开放，广大信教群众可以自由敬佛献香。复出后的班禅大师，心情舒畅，精神饱满，印堂发亮，双耳下垂，鼻梁高挺，有如佛陀。

班禅作为国内地位最高的活佛，他需要参加国内许多宗教仪式、祈祷活动，他总是不辞辛苦，笑容可掬，和善慈祥地为百姓祈福，为信徒摩顶，举止优雅之间流露出智慧和高贵。他的声音亮如洪钟，如同佛钟敲响，在广大信众心中荡漾。在青海塔尔寺，面对闻讯赶来挤得人山人海的信教群众，班禅大师连续两天为5万多信徒摩顶，胳膊肿得几乎抬不起来，但他仍坚持始终，尤其对老人和孩子更是一丝不苟，慈悲为怀，使许多信教群众心情舒展，淡定祥和，重现笑颜。

1989年1月28日，班禅大师赴西藏日喀则主持五世至九世班禅大师遗体合葬灵塔祀殿——班禅东陵扎什南捷的开光典礼，数万群众参加仪式，班禅大师因操劳过度，心脏病突发，在历代班禅的坐床之地日喀则扎什伦布寺圆寂。

2004年，我曾去扎什伦布寺参观，其时，安放十世班禅法体的灵塔已经竣工，大师法体也在隆重的法号声和诵经声中被送往灵塔祀殿。据亲历这些过程的活佛介绍，大师圆寂当天，黄沙突起，日月无光。班禅大师心有灵犀，曾说佛祖召唤

▶寺庙中供奉的十世班禅大师

他了，又说回到他的寺院，心中十分踏实，这是佛祖意愿，不可违背。信仰佛教的人都重视来生，并不忌讳谈论或思考死亡，在他们看来为死亡的人提供精神帮助和心灵照顾，让其毫无痛苦地享受死亡的过程，在安详圆满、精神最佳的状态中告别人世，然后平静地去迎接下一次生命的来临，乃是一种福分。

在许多时候，人们发现有的人在生命临终前苦苦挣扎，不愿离去，那是因为心里还有许多放不下的事情，不愿或不能释怀。班禅大师不是这样，他胸怀宽广，心底坦荡，对经历的噩梦从不提及，眼见一个国富民强的时代即将来临，他所牵挂的藏区农牧民信仰得到恢复，生产生活走上正轨，日益透出生机，他凭着丰富的阅历和超人的智慧，已预见到未来的希望。因此，我们有理由相信班禅在圆寂时一定是心态平静，神情安详，带着高贵和慈悲甜美地进入梦境，这也是一代大师才会有的吉祥福分啊。

◇寻访古碑◇

　　2011年9月，我再次来到历代班禅大师坐床的扎什伦布寺，不仅是参观近年修葺一新的寺院，以及为十世班禅灵塔修建的殿堂，心中还有个意愿：寻访清代乾隆朝名将福康安大败廓尔喀入侵而树的一块功德碑。此事始末本书有专节叙述，这里不赘述。据可靠史料记载，此战大获全胜后，褒扬立功将士的石碑就立在事发之地扎什伦布寺。

▲寻访古碑

　　2004年来时忽略，回去后悔不已，此次寻访便为"补过"。岂料，接连询问数人均无结果。先问一位上年岁的喇嘛，以为年长可知，谁知喇嘛不会汉语，不知所云。再问身着汉装的工作人员，亦摇头不知。后见一位喇嘛导游，对扎什伦布寺历史了如指掌，正对游客侃侃而谈，于是趁机寻问。岂料，喇嘛摸摸光头，一脸茫然，索性自己寻找。想起唐蕃会盟碑立于大昭寺前，此碑也理应在扎什伦布寺正面。果真，老远见着一碑，临近仔细观看，却是一块记载捐钱塑佛的功德石碑。环顾四周，仍在施工，凌乱不堪，失望之余，心有不甘。见有扎什伦布寺管理处小院，前往打探。刚进院内，便见树下横卧一碑，铁栏固定，定睛一看，乾隆朝福康安率大军大败侵略者功德碑是也。

大美青海·传奇马家

▲大美青海

西陲重镇

  无论是古代的唐蕃古道,还是今天的青藏公路、青藏铁路,西宁都是必经之处。西宁是青海省会,青藏高原上的古城,位于三百里湟水川道的中游,这里两山夹峙,湟水中流,居通往新疆、甘肃、西藏的交通孔道要冲,青海虽不直接与周边国家接壤,但地理位置相当重要。唐时通往拉萨的唐蕃古道,延伸至印度与尼泊尔,被专家们认定为南丝绸之路,向东接兰州与关陇,向西越祁连山进入河西走廊张掖,或沿古羌中道直达新疆且末。西宁可谓三条古道交会之处。历史上谁占据青海,便会控制通往西藏与新疆的丝路商道,乃至影响新疆、西藏的安危。比如唐安史之乱,抽调河西精兵,结果河西走廊与新疆塔里木河流域被占据青藏高原的吐蕃攻占,唐被迫撤掉安西四镇。20世纪30年代,英国趁日本侵占东三省之机,也挑拨西藏亲英势力惹起事端,策动藏军向青海玉树进攻,后虽在青海驻军与西康刘文辉部夹击下惨遭失败,但青海位置之重要可见一斑。所以西宁历史上长期被视为西陲重镇。

  西宁的行政建制始于汉武帝时"开河西",最早设西平亭,后为西平郡。西汉名将赵充国平定羌乱后,在湟水流域开"军屯"之先,之后历代设郡置府。直到1929年青海正式成为省级建制,西宁市作为一座历史悠久、积淀深厚的古城,也自然成为省会城市。从西汉设亭筑西平郡城算起,已有2000年历史。但在这里生存的先民则可追溯到万余年前新旧石器时代。那时,湟水流域是古羌人生活的地域。羌人最早生活在中国的西部,在以西宁为中心的周边地区,20世纪发现了大量文化遗址。著名的如西宁以东60公里的乐都柳湾,发掘出距今4000多

▲距今已 4000 多年的柳湾彩陶

年前规模宏大、包含文化类型多样的一处原始先民墓葬群，已发掘出土墓葬 1762 座，面积达 10 万多平方米，出土彩陶多达 4 万余件，品种之多、数量之大、形态之精美、色彩之艳丽，给人的震撼绝对不在秦兵马俑之下。且不说彩陶形态有圆、方、扁、人型、双耳、单耳、提梁、葫芦，仅是黑红为主的纹饰图案便有圆圈、平行、锯齿、三角、回纹、雷纹、曲线纹、半珠纹、叶脉纹、菱形纹、蛙泳纹、牛角纹等多达百种以上，纷繁瑰丽，精细新颖，别具匠心。

其中一尊人像彩陶壶，巧妙凸起的壶体表现一位孕妇，肥耳巨口，高鼻短躯，憨态可掬，让人过目难忘。还有一双用彩陶制成的靴子，虽是件容器，但却反映了当时先民制靴的工艺水平，足以和新疆楼兰出土的羊皮靴（距今 3800 年）或古埃及壁画中的靴子媲美。

柳湾古墓中还有件突破纪录的发现，那就是把人类吃面条的历史提前了 1000 多年。2000 多年前，意大利古城庞贝因火山突然爆发被掩埋，后来出土的一碗煮好的面条被认为是面条始祖。但在柳湾墓葬中出土的面条却距今将近 4000 年，说明那时湟水流域的农耕水平和先民生活已达到相当高的水平。

另外，20 世纪 70 年代初，在西宁北川子橡寨还出土了一件距今 5000 年的彩色陶盆，盆内壁绘有舞蹈花纹图案，画有三组人像，每组五人，手拉着手，翩翩起舞。每人头上还有发辫状纹饰，向同一方向摆动，画面生动，线条流畅，十分漂亮。这件彩陶的出土引起国内外考古界与史学界的震惊和注目。这表明以西宁为中心的湟水流域，当时，在这里生存繁衍的先民创造的灿烂文化绝不在中原先民创造的仰韶文化水平之下，而是与华夏文明一脉相通，或者说共同丰富了华夏文明。

大美高原

长期以来，人们对青海有种误解，以为青海既然属于世界屋脊的青藏高原，就一定空气稀薄，高寒干旱，植被稀少，缺水蛮荒。当然，青海西北部的可可西里、柴达木盆地也确实如此，但也正是这地方却有世界上最珍稀的藏羚羊、藏野驴以及丰富的矿藏。更重要的是，青海的西部，终年冰雪覆盖的唐古拉山、昆仑山、各拉丹冬雪山孕育了中国最伟大的母亲河黄河与长江，若没有它们，中华民族的文明便会失去源流，便会无从谈起。有人形象地比喻青藏高原是中国的水塔，可见其位置的关键与重要。

青海的东部，具体地说是中国西部农牧业的分界线日月山以东，却完全是另一幅景象。因为海拔3500米的日月山不仅是农牧业还是西部季风区与非季风区、内陆河与外流河的分界线，潮湿的季风能够吹到河湟谷地，每年带来四五百毫米的降水，加之黄河、湟水、大通河冲淀出来肥美开阔的河谷，再经先民长期地开发经营，形成独特灿烂、壮美无比的河谷农业。若是夏秋之际，乘坐汽车或火车，穿越300公里的河湟谷地，金黄色的小麦一望无垠，灿若云霞，大片的玉米，油黑苗壮，形同军阵。若再去大通河谷，那铺满祁连山腹地60万亩连片的油菜花映得天也成金、地也成金，给人带来的震撼，如同灵魂经过了一次洗礼，提醒自己要重新认识青海，重新认识青藏高原。

这且不说，提起青海，人们注定会想到青海湖。不仅青海省因此得名，青海湖也是全国最壮美、知名度最高的湖泊，无一丝尘埃，蔚蓝得如同一匹硕大无比的绸缎，静静地铺陈在明净的苍穹之下。每年7月，环湖大片的油菜花怒放，如同给这蔚蓝的湖泊镶嵌上金色的花边，一年一度的环青海湖国际公路自行车赛，把这壮美的景色传播到世界各地，不知有多少人为这美景陶醉。

青海让人陶醉的美景还不止青海湖，在湖东北还有片美丽的草原金银滩。那是一片由多个略带倾斜又延绵不绝的山坡构成的硕大无垠的草原，浓浓淡淡的青绿由脚下一直涌到天边，明净的溪水淙淙流淌着如白色哈达在青草间蜿蜒，一丛丛被称为金露梅、银露梅的野花怒放着，黄的金黄、白的银白，无声地叙说着这片草原的由来。远远近近的山坡上，大群洁白的羊群在身着彩裙的藏族姑娘挥动的皮鞭下，如白云般缓缓浮游……当你来到这里，眺望的第一眼，就会被惊呆，被陶醉。当年王洛宾就是被其美丽打动写下了那首进入中国文化史的歌曲《在那遥远的地方》，不知有多少人倾倒在那美妙的旋律和歌词之中。

传奇马家

西宁作为丝绸之路南道和唐蕃古道的必经之处，我曾多次到这里访古，友人知我对文史最感兴趣，安排参观青海省博物馆，并告知博物馆即早年的"青海王"大军阀马步芳公馆。我曾读过多种马氏传略，知道马海晏、马麒、马步芳祖孙三

▶ 金银滩草原

代均为中国近现代史上叱咤风云的人物，且与青海建省、西宁兴衰关系密不可分，欲了解青海西宁，必先了解充满传奇色彩的马氏家世。

中国西部由于丝路畅通，早在汉唐，便有大量中亚乃至阿拉伯人进入定居，历经千年融合成为我国回族，以宁夏、甘肃、青海人数为众。甘肃河州，即今日临夏素为茶马互市的商贸重镇，亦是善于经商的回民聚集之地。但马家却属世代务农的贫苦阶层，为了生存，马海晏自幼习武，护送商队。由于武艺高强，逐渐有了名气，脱颖而出成为一员悍将。清末，为了平定西北局势左宗棠携湘军威势一路横扫，陕西、宁夏先后肃清，甘肃也大半平定，盘踞河州的回民首领马占鳌与马海晏等商议，抵抗是死，降亦是死，只有拼死一战，胜而后降，方能长存。

果然，在河州太子寺一战中，马海晏自告奋勇，带领300人，趁夜色潜入清军大营，突然发动袭击，同时马占鳌率大军正面进攻，里应外合，大败清兵。清军两员大将河州总兵傅先宗和西宁总兵徐文秀先后阵亡，清军败退一百余里。左宗棠损兵折将，正苦于无法向朝廷交代，回军却乘胜而退。

不久，马占鳌病逝，马海晏即成回军领军人物，八国联军入侵北京时，马海晏受诏率其子马麒护卫京师，曾在正阳门进行殊死血战，并护送慈禧西逃。途中马海晏于宣化病故，其子马麒接统其部，并在青海组建宁海军，为甘边宁海镇守使，为其家族统占青海打下基础。1929年青海正式建省，马麒与其弟马麟先后任省主席。其子马步芳1938年正式任省主席，总揽青海军、政、财、文大权。

纵观马氏家族由被逼造反的穷苦百姓到权倾一方的封疆大吏，绝非偶然，亦绝不简单。甘陇宁海历为多民族聚集之地，蒙藏各部土司王公世代相袭，教派林立，矛盾尖锐，多年战乱，民生凋零。进入民国后，冯玉祥、吴佩孚、孙连仲、

▲马步芳像

▲马步芳公馆一角

孙殿英，西北军、中央军，加之国民党中统、军统，各种势力先后进入青海，甘青大小军阀不甘失势，摩擦不断，争斗迭起。大如历时三年、祸及两省的"河湟事变"，小如忽而联合倒冯，忽而暗中拥蒋，往往牵一发动全身，非智勇无以图存，一步走错，满盘皆输。甘肃大小军阀，比如显赫一时的马安良、马廷襄、马廷贤、马仲英等先后覆灭，唯马麒、马步芳家族左右逢源，发展壮大，一枝独秀。

究其原因，一方面马氏家族自清末参加回民起义，历经风云战乱，积累了丰富的阅人处世经验，凡事谨慎，审时度势，小心应对，往往以静制动，后发制人，取得了主动。另一方面，马氏始终注意破除回汉界线，延揽各类人才。比如李迺棻，是前清廪生，曾在陕甘总督府任职，知兵事，长谋略，马麒任其为参谋长。黎丹出生于湖南书香世家，曾在江西幕府主办文案，博学多才，马麒任其为总务处长。再是周希武，系甘肃天水学界名流，曾任中学校长、教育厅厅长，亦被马麒聘用，引为左右，襄赞军政要务，往往技高一筹。

民国初年，政局不稳，英国趁机分裂西藏，策划中、英、藏"西姆拉条约"提出划分"内藏"与"外藏"，引发"玉树之争"。马麒即派周希武等前往玉树堪界，绘印多卷地图，周希武还写出《玉树调查记》一书，对玉树境内山川、河流、村镇、关隘、物产、民风及建置沿革详加考证，为马麒复电国民政府提供了历史和地理上的依据。通电后被全国注目，被认为是"最有价值之反声"，既挫败英帝阴谋，也提高了马氏在全国的声誉。（见黄奋生《藏族史略》民族出版社，1985 年第 1 版）

事隔多年，我在兰州旧书摊无意中购得周希武所著《宁海纪行》，便是此次赴玉树堪界，以沿途日记辑成。我在西行中，每每与之对照，收获良多。马氏家族在使用人才上，最为人称道，最有影响，甚至载入史册的是朱绣使藏。

朱绣使藏

朱绣是青海近代一位名士。清光绪十三年出生于湟源县一个家道殷实的富商之家，自幼聪明好学，拜湟源硕儒杨景升为老师，在经、史、文辞方面得到严格训练，打下坚实的基础。15 岁时，朱绣因父去世被迫弃学经商，但有空闲便手不释卷，且留心时事。其时，辛亥革命爆发，各种新思潮、新观念也波及遥远的边陲，朱绣订阅了各种新潮报刊，成为青海近代最早觉醒的学人。

其时，马氏家族已经壮大，成为主宰青海的实权派。朱绣由于受到马麒的智囊人物黎丹赏识，推荐为当时西宁道政府随员，其学养器局办事能力很快显露，受到马麒器重。

民国初年，朱绣受马麒委托，先后到兰州、西安、洛阳、北京、南京、上海等地考察，深感青海经济与文化的落后，他对沿途各省的实业、交通、教育详尽考察，深思熟虑，向马麒提出"使青海之教育发达而成文明之新省"的主张。在马麒的支持下，朱绣与黎丹等人在青海掀起开办新式学校热潮，成立青海筹边学校，朱绣亲任校长。设置藏语、英语、国语课和森林学、农艺学、动物学等多种新型学科，为青海培养了大批新式实用人才，也为青海新式教育注入了活力。可以毫不夸张地说，朱绣是青海现代教育的先驱。

朱绣出生青海，地邻边陲，对藏区和边疆历来关注，且熟悉藏文，在关键时刻派上了用场。清末民初，时局动荡，列强趁机觊觎中国，英国策划西姆拉会议，企图把西藏割裂出去。消息传出，国内哗然，与西藏相邻的川、滇、青、康各省通电全国，尤以青海马麒通电最力，民国政府未敢签字。事隔数年，英方又提出划分内藏、外藏，并挑动西藏亲英势力向四川、青海方向大举进攻。在此危急时刻，马麒上书北洋政府，建议遣使入藏，进行和平谈判。正是在这个背景下，朱绣被任命为入藏特使，与青海藏族活佛古浪仓和甘肃督军公府李业青一起赴藏谈判。这也是清朝结束后，国民政府首次派员入藏，各方都高度关注。

朱绣一行 1919 年 7 月起程，沿唐蕃古道跋山涉水，历时 3 个月抵达拉萨，在长达 4 个月的时间里，朱绣与西藏上层人士广泛接触，多方沟通极力说服十三世达赖坚持爱国立场，维护统一，息兵内附。几经努力使谈判取得重大进展。第二年 4 月，朱绣一行离开拉萨时，达赖设宴送行，并由衷地说下被广泛记载的一段话："余亲英非本心，只因钦差（指驻藏大臣联豫在清末动荡中与达赖交恶）

逼迫过甚，不得已而为之。此次贵代表来藏，余甚感谢，惟望大总统从速派全权代表来解决悬案。余势倾心内向，共谋五族幸福。"

至此，朱绣不辱使命，圆满完成使藏任务，维护了国家统一与边陲安定。朱绣在藏期间，以学人的眼力与勤奋，对西藏现状与存在的各种问题详尽了解勤奋记载，返回后著有《拉萨见闻录》《海藏纪行》《西藏六十年大事记》等三部著述。以史料翔实，见识卓越，成为近代研究西藏历史人文经济文化的重要资料，朱绣使藏也成为近代藏学专家绕不开的话题。笔者案头至少有十余种学术著作提到或引用了朱绣著作。

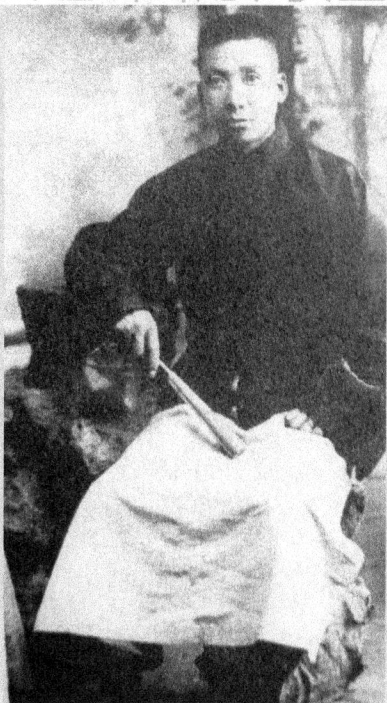

▲藏学先驱朱绣

朱绣所著《西藏六十年大事记》，我多方搜寻不得，承蒙藏学家何宗英先生割爱相赠，反复阅读，受益匪浅，细读此书，可窥西藏近代史的大致脉络。况且，此书文白相间，言简意赅，为使读者了解其文笔风采，特转录其《自序》，不长，仅500余字：

自序

民国成，五族合，而西藏为五族之一。所谓西藏者，举前藏、中藏、后藏浑括而言之。其人则梗顽难化，其地则广漠无垠，其事则散漫无稽。而留心最近状况者，亦寥寥无几。夫全藏部落，在汉为西羌，在唐宋为吐蕃，世为边患，叛服靡常。元以番僧帕思巴为大宝法王，明封拉木蓝巴藏卜为佛宝国师，耗无数财币，边境始安。永乐中，宗喀巴崛起于西宁之塔尔寺，别创黄教。其弟子达赖、班禅，世世以呼毕勒罕（转生之义）为化身，轮回不已。而第一世达赖名根敦珠巴者，又以法王兼国事，藏局至此为之一变。清太宗称达赖为金刚大士，世祖封为西天大善自在佛。乾隆中，高宗藉兵威以揽实权，命驻藏大臣总其政。道光后，国威日替。近年以来，英俄外逼，政教内讧，于是西藏全土遂成大陆竞争之区，盱衡时事者多忧之。而我国藩属名称，依然在也。今则卧榻之旁，恐为他人酣睡之场矣。民国八年秋，余承甘肃张督军勋伯，派赴西藏，接洽达赖喇嘛，为釜底抽薪之计。

乃与李君仲莲，取道西宁之湟源县，经青海，渡黄河，登昆仑，越怒江，冰天雪窖，艰险备尝，历时三月，始达拉萨。公余之暇，搜集各种秘密条约，并调查川藏前后战争情形，故将最近60年内经过大事，编为一帙。自惭简陋，颇多漏遗。绝塞奔驰，无书参考，姑就夙昔所知，益以档案所存，獭祭而成。匪敢云著述也，聊作留心边事之一助云尔。

中华民国十一年

菊有黄华之月

锦屏序于青海蒙番学校

（注："锦屏"为朱绣别号）

1926年冯玉祥五原誓师参加国民革命军，准备进军青海。是武力对抗还是和平解决，青海当局产生严重分歧。朱绣顺应历史潮流，力主和平解决，并受马麒委托赴兰州与冯玉祥代表谈判，行至乐都老鸦峡时，遭到主战派官兵的突然袭击，朱绣当场毙命，年仅41岁。同时遇难的还有青海另一位学人周希武。这是青海近代史上一件大事，也是青海近代政界学界难以弥补的重大损失。朱绣至今受到学界的推崇与怀念。

马氏家族延揽人才的传统延续到马步芳时期，抗战时著名记者范长江曾在青海采访，认为马步芳有政治才干和远见，在省政府内绝对不用河州老乡而是量才使用，主要官员皆是各界名流和来自内地的饱学且干练之才。马氏家族主政青海近半个世纪，其功过是非，尘埃落定之后，近年不少专家也有客观评价。割据一方，形同军阀，盘剥百姓，敛财纳色，围剿西路红军，抗拒解放西北，这都是事实。但马氏主政青海，亦有不少善举，比如注重教育，兴办学校，修筑公路，垦荒开矿，发展商贸，植树造林，厉行禁烟，对促进青海经济发展起了很大作用。再就是抗战时，积极派军出战，成为抗日劲旅也曾受到当时国民与舆论赞誉。如此家族、如此人物，其故居不可不看。

马氏庄院修于20世纪40年代，占地近3万平方米，由各具特色的六个院落及花园构成，结构严谨，布局有序。近年政府牵头，修旧如故，尽显当年风采，且辟有展室，图片、资料、实物把马氏数代功过业绩如实展示，成为了解马氏家族及古城西宁一处重要且难得的窗口。

古城名寺

1997 年第一次去青海，觉得西宁在全国省会城市中，应该说是比较小的，仅 70 万人口，中等城市模样。但没想到近年发展势头如此之快，几乎一年一个样，路通高速，城市改建，到处高楼林立，草坪广场，入夜霓灯闪烁，延绵不绝，俨然一座"夏都"屹立于西部高原。

再者，每年吸引大批游客的除了青海湖和大草原，还有两座著名的寺院：一座是距西宁 25 公里，全国著名的藏传六大寺院之一的塔尔寺；一座是全国最大的西宁东关清真大寺。

深信，任何来此二处观光的游客，无论有无宗教信仰，都会有种内心的震撼。尤其是塔尔寺，那宏阔的规模，金碧辉煌的建筑，完备考究的宗教设施，成千上万虔诚的信徒以及香烟缭绕、经声琅琅所构成的那种浓郁的宗教氛围。漫步其间，会不由自主地屏气敛息。

塔尔寺为明代所建，至今已有 500 余年的历史，是藏传佛教黄派创始人宗喀巴的故乡，寺庙最初也是为纪念他所建。历代班禅都与该寺关系密切。据介绍，十世班禅额尔德尼·确吉坚赞生前最后一次来塔尔寺时，数以万计藏民信徒从方圆几百上千里的地方赶来，排成长达数十里的队伍，夹道欢迎班禅大师。十几万人没有喧嚣没有嘈杂，一片静穆。大师经过时，两边信徒一律低下头，吐出舌头，来表示对大师的无限尊崇。大师走过就赶紧把携带的多年积攒的几百、几千，甚至上万崭新的大钞，投向四名藏族大汉张开的布袋。根本用不着号召、动员，全是那么自觉自愿、心甘情愿。当然，这大笔的捐款都用来维修了寺院。

塔尔寺有个专门展厅，几乎展有来此参观过的所有党和国家领导人的照片。国家曾拨数千万元巨款维修塔尔寺。这里还有一座建制完整的经学院，不少高僧活佛在此传经讲学，还有一批学子在此攻读学位。

在塔尔寺，我还见到了影视书刊上多次介绍过的酥油花。这是用酥油为原料特别捏制塑造的以宗教故事为蓝本的各种人物以及其生活场景，类似天津泥人张用泥巴捏制的人物。但要比泥人张的作品气势规模宏大，且色彩艳丽，能表现完整的宗教故事，无论从哪个角度讲都堪称精美的艺术品。酷暑盛夏，塔尔寺尽管地处高原，中午气温也在 30 摄氏度以上，为保证酥油花维持原状不至于融化，在保护酥油花的大玻璃柜中安置着一台昼夜工作的空调，再加上录音机播放的经文，让人感觉到即便庄重如寺院，也在积极吸收现代文明。

一个拥有自己宗教信仰的民族总让人无形中尊重。无论如何宗教总属于文化

▲塔尔寺门楼

▲西宁东关清真寺周五礼拜散场

范畴，深深包容涵盖着一个民族深厚的历史与文化，对整个世界的文明是一种丰富。无论在塔尔寺还是西宁和银川的清真寺中徜徉，我依稀感到一个在精神上能够自给自足的民族，外人很难介入，心灵深处有种遥远的距离。

我还专门去了西宁市东关的清真寺，这是全国最大的伊斯兰教寺院。教徒基本上为回民，由于语言相同，加之青海省文联同志引导，得以详尽地参观了这座名寺。遇到几个进修生，得知寺院设有学位，有严格的考试制度，获得学位要进行答辩。日常做礼拜，信徒的位置也因地位身份有所区分。每个星期五，西宁市有数万回族群众来做礼拜，我在大街购物正好遇着他们散场，一律戴着小白帽，如片片白云散落街头，成为高原古城的一道景观。

在西宁的日子，我发现高原的星星亮得晶莹，亮得尖锐，月亮也出奇的圆。高原略带凉意的晚风吹过，让人心中泛起一种莫名的庄严。大自然的威力如此强大，人类便显得渺小，无法掌握自己命运的时候，只得借助于宗教。这样理解宗教当然很浅薄，在我看来大自然的神力超过任何宗教，我只愿意做大自然虔诚的信徒。

卷三／日月分界·玉树临风

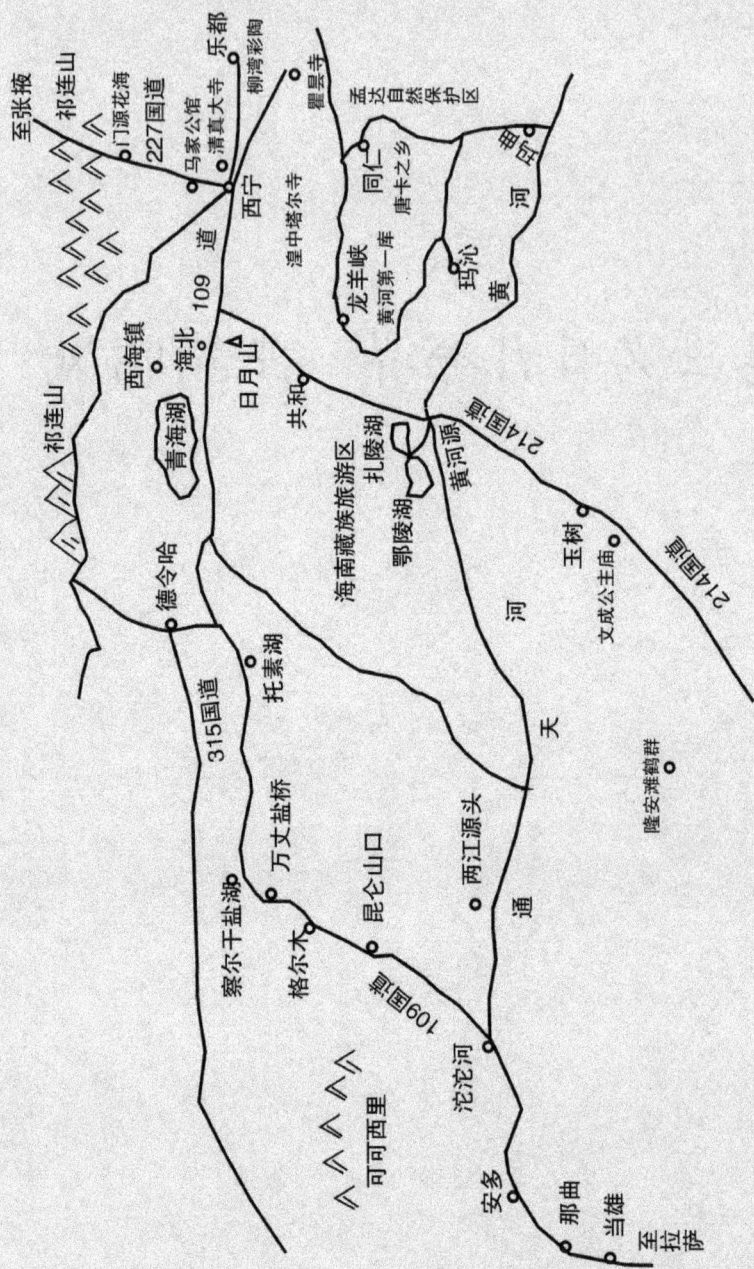

西宁及周边旅游线路示意图

▲ 日月山下菜花金黄

日月山分农牧界

一

　　草原是坦荡开阔的，一眼望去是铺满天地之间的青绿，并非没有山峦，那常是远远横在天边的一抹黛苍。但也有例外，比如距西宁市百多公里的日月山，便是一处可以远眺的制高点。乘车离开海拔 2000 米的西宁市区，驶过田畴成垄、村舍相望的湟水河谷，青藏公路便沿着一条河谷开始爬坡。沥青路面恰如一条巨蟒在山谷间盘旋，上到坡顶，眼前豁然开朗，只觉天阔地广，足可极目千里。一边是刚刚爬上的山谷，远远近近，无数的山峦、溪流，以及片片金黄的油菜花和火柴盒般大小的农舍都尽收眼底；另一边，是辽阔无边的高原草地，仅有一些低缓的山坡，根本不能遮挡你的视野，只构成一道道绿色的弧线。

　　汽车驶上这道山垭，司机一般都要停车休息，旅客也下车游览，因为这儿便是著名的日月山。两座高高的山峦，一名日山，一名月山，相对耸立，青藏公路正好从两座山峦间穿越。山名的来历据说是文成公主进藏经此，回眺中原，已为苍茫烟云所阻隔，远眺前方，是亘古伫立的雪域高原，伤感动情之间，摘下身上日月佩环，抛向天地之间，由此化为日月两山。

　　这美丽的传说吸引了古今不少游人。日月山不仅为走青藏公路进藏必经之处，

▲日月山上牛羊布野

也曾是唐蕃古道的重要驿站，接待往来官吏传递王命关文。这儿还是中国西部农牧业区的天然分界线。有专业知识的学者还提出，日月山是内流河与外流河、季风与非季风区的分界线。日月山下湟河谷地，从发掘的马家窑文化遗址看，已有数千年的农耕历史，至今还是青海省的粮油基地。日月山上因受祁连山南麓雪雨滋润，是一望无垠水草丰茂的高山牧场，四周极目之间都是连绵的山峦。其实是巨大的慢坡，像大海波涛一样起伏，每一道波浪都是一面广阔的草原，如我们脚下平展的草原从远处看也是山峦一样，以如此的气势构成的草原是何等辽阔、何等磅礴。再是，七月是草原最美的季节，天地间一片绿色，准确说是青色。淡淡的，铺天盖地，无一丝杂染，无一寸黄土，唯有点缀其间的云朵般的羊只，彩霞般的马群与黑衣修女般的牦牛，一览无余地展开在眼前。草原空旷而安静，似沉思的巨人，让你感到一切委屈乃至罪恶都可以对其叙说，有一瞬间让人感到灵魂都得到了升华净化。

二

　　牧区生活绝非人们想象中的骑马唱歌那般浪漫，实际是严酷而又孤寂的。当汽车冒雨行驶在草原时，可以清楚地看见羊群、牛群、牦牛群散布两边山坡雨雾之中，悄无声息地啃草。这里自古就生活着藏、土、羌等游牧民族，而每群牲畜之中，注定有一位牧人，提着羊鞭、戴着草帽、披着羊毛毡呆站在雨丝之中。有一位中年汉子甚至光着头站在雨中。羊群啃草十分认真，好长时间集

▲作者在日月山

中在一面草坡，牧羊人便也很长时间呆站着，泥塑木雕般一动不动。偌大的草原没有任何大树崖洞可以躲避，他们也就只能这样在烈日或雨雾中度过整日、整月、整年，乃至毕生。

有帐篷和炊烟的地方，注定是他们的家园。但常见的情形是一顶帐篷孤零零地飘落于河谷地段或山峦半腰，三顶以上的帐篷都极少见。那么，他们整日、整月、整年和谁说话呢？他们从小接触的只是牧场、牛羊和自家的帐篷。我们见到几个绝不超过10岁的孩子把牧鞭抽得山响，也震得人心直发痛。

有一段路，汽车开了几十公里没见人烟，在内地早过了几个县，但在这儿极目之间仍是无尽的黛蓝。好容易见到房舍，是公路两边的几排办公房。有商店、邮局、银行和小学校。这是乡镇政府所在地，方圆几十上百公里牧民的政治、经济、文化中心。最实际的是前来购买必需的生活用品，商店前一片泥泞的场地上拴着牧人们骑来的几十匹马，就像内地商场门口停放的自行车。

但还有比这更小的市场。那常是汽车行驶在途中，在用石块垒起的玛尼堆和插着经幡的地方，冷不丁会出现一个活物，吓人一跳。车开近了，才发现是一位牧民。男女都有，但多是未成年的孩子，用手高举着一篮蘑菇或一张什么毛皮叫卖。司机停车买了几斤蘑菇，我目睹了这番交易，想起《说文解字》对"亭"的解释。原始先民最初的交易是"以所多，易所鲜"，以物易物，清晨都带着货物向同一地方走，在太阳正午时停下来，就是交易的市场。后来为了便于等候，便在交易的地方盖个草亭，让先来的人避阳遮雨。想不到这路边交易也还停留在如此原始阶段。但茫茫草原，你又能让他们怎么办呢？

▲公元821年所立唐蕃会盟碑

三

不必忌讳，在漫长的岁月中，站在日月山上见到的并非完全是五谷飘香、牛羊遍野、和亲纳贡、民族和睦的祥瑞气象，而是如同日月山下黄河之水，九曲回肠，历险滩，穿峡谷，末了才奔腾到海不复还的。在唐王朝近300年历史中有初唐、盛唐、中唐和晚唐之分，其综合国力也经历了由强而衰的过程。这也正是吐蕃王朝的上升与扩张时期。尤其中原地区爆发"安史之乱"，唐王朝抽掉河西精兵平叛，河陇兵力空虚，吐蕃王朝乘机大举进攻侵占唐帝国广阔的疆域，甚至在763年攻陷唐朝都城长安。《古代民族》记载"在赤松德赞赞普统治时期（755~797年），吐蕃疆域包括青藏高原，甘肃、新疆的大部分，四川、云南的一部分，还有尼泊尔、印度、缅甸的一部分，成为当时中亚的大国、强国"。

"一山不容二虎"，唐与吐蕃在当时是东亚的强国，有唐一代汉藏使者交往达191次，其出使理由有和亲、告哀、修好、议明、封赠、朝贡、报聘、慰问、约和等等。两族因各种利益或因边界不清、互市不利，兵戈相见，也屡见不鲜。每当战争结束，又需会盟签约。作为争斗的补充载入史册且有较大影响的会盟有八次之多，其中两次会盟之地都日月山，因此地有红土显露，色泽耀目，古称赤岭。《全唐文》中收有定蕃汉两界碑碑文："维大唐开元二十一年岁次壬申，舅甥修其旧好，同为一家。往日贞观十年，初通和好，远降文成公主入蕃。已后景龙二年，重为婚媾，金城公主因兹降蕃。自此以来，万事休贴。间者边吏不谨，互有侵轶，越在遐荒，因之隔阂。今遵永旧，咸与维新，帝式藏用，不违厥旨。因之示赤岭之外，其所定边界，一依旧定为封守……"

若依此说，日月山还曾是公元8世纪屹立于大国唐帝国与吐蕃王朝之间的分界线。

四

两宋时期，中原王朝重文抑武，对西北少数民族政权吐蕃、西夏、辽、金均采取守势，但在边贸上却取得长足进展。《宋史》载"汉中买茶，熙河易马"。汉中作为川鄂荆襄茶叶的集散地每年向靠近吐蕃、西夏等游牧民族的边城临洮输入大量茶叶。以茶易马，持续至明代达到高峰，《明史》载"用陕西汉中茶三百万斤，可得马三万匹"。全年3万多匹马，激励了少数民族的养马业。

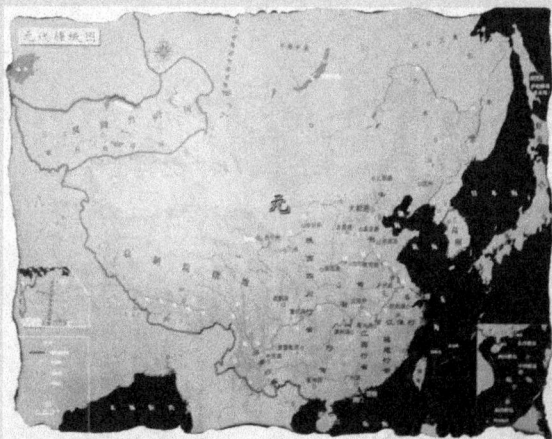
▲元代疆域图

茶叶的输入，也改善了牧区人民的生活。

西藏真正纳入祖国版图是在元代。草原英雄成吉思汗率领蒙古铁骑，攻城拔寨，纵横万里。他的孙子忽必烈则建立了空前强大的元帝国。《元史》上说，自秦始皇统一全国后，经历汉、隋、唐、宋诸代，虽然也幅员辽阔，但仍不能和元代相比。元时的疆土东南到达海边，不下于汉唐；而西北则包括了中亚五国的全部和巴尔喀什湖（今哈萨克斯坦境内）。至于青藏高原，汉唐均不曾统一。而在成吉思汗时期，蒙古骑兵就进入了青藏高原。其时，吐蕃王朝崩溃之后青藏高原正处于地方武装割据长达400年之久的混乱时期，也迫切需要一种统一安定的格局，于是纷纷投靠蒙古表示归顺。

当时，蒙古汗国西凉王阔端驻军河西走廊，派军进兵西藏，为了避免藏区遭战火祸乱，特地派人请来藏区久负盛名的宗教领袖萨迦班智达来凉州会谈。萨迦班智达不顾65岁高龄，跋涉数千里来到凉州，双方顺利达成西藏归顺中原王朝条约，并发表《萨迦班智达致蕃人书》，说明西藏归顺蒙古为大势所趋，劝说西藏四分五裂的地方势力审时度势，权衡利害。信中还把中原王朝为西藏规定的各项制度，包括委派官员、缴纳贡税等，都做了说明。这些制度奠定了元朝中央政府对西藏进行管理的基础，结束了西藏长达400年的混乱局面，使西藏免受兵戈之苦，实现了祖国的统一。萨迦班智达与阔端的凉州会商协定成为不朽的历史功绩载入史册，而当年会议之地白塔寺现在也成全国重点文物保护单位。

忽必烈建立元朝后，中央专门设立宣抚使、安抚使来处理藏区事务，通过尊奉藏传佛教，册封吐蕃上层人物，实行政教合一，使西藏正式进入了祖国大家庭的怀抱。

▶ 武威白塔寺

五

　　之后，历代中央政府都十分重视关心西藏，对西藏的管理细致有序，其中还包括对著名活佛在内的宗教上层的管理。在清乾隆时期就有一整套规范有序的定制，这种定制得到了西藏各界的认可。由于西藏在长时间内是政教合一的政权，所以对活佛转世尤为严肃和看重。

　　从清顺治册封"达赖喇嘛"，康熙册封"班禅额尔德尼"，到乾隆时整个程序都已十分完备和严格，也为西藏宗教领袖和广大教民认可和遵从。这就从制度上保证了达赖、班禅两大活佛的转世灵童从寻访到认定，大权始终掌握在中央政府手中，明确了中央政府和西藏地方政府的隶属关系，维护了国家主权，保证了祖国西南边陲的长期安定。

　　回眸历史，西藏自元代正式纳入祖国版图，将近千年，在日月山远眺再也没有看见金戈铁马、战火连天、硝烟弥漫的争斗景象，而是使臣王命，秋夏络绎，贡奉赏赐，终年不绝。日月山上牛羊遍野，日月山下五谷飘香，一派和平气象。

　　中华人民共和国成立以后，国家更是在雪域高原投入巨资，兴建机场，构筑铁道，开办学校，送医送药，更有大批孔繁森式的援藏干部和藏族人民一起建设繁荣昌盛的新西藏。

　　时至今日，若去青藏高原，切莫忘记登上日月山。那高高耸立的文成公主亭，会引导你回首历史烟云，重温汉藏和睦佳话。刚刚兴筑通车的青藏铁路恰似巨龙，宛如哈达，把雪域高原同祖国各地紧密地联系在一起。

唐蕃亘古非坦途

一

　　唐蕃古道从广义说，凡从中原进入西藏都可以认为是唐蕃古道。如古蜀道，凡从中原进入古蜀国（即四川），都可以讲是蜀道。但人们认可的则主要是指唐文成公主的进藏路线。目前，在进入雪域高原西藏的诸条道路中，由新疆叶城进藏的新藏线海拔最高，沿途须翻 10 座大山，海拔皆超过 5000 米，最高达 6700 米，气候恶劣，空气稀薄，行程最为艰苦。当然"无限风光在险峰"，新藏线沿途雪山连绵，湖泊遍布，还有多种野生动物可以见到，此线最能吸引探险家、摄影家光顾。

　　滇藏线与川藏线有相似之处，皆是由平川一路向上，沿线河谷深切、江河汹涌，而且多弯道，怒江山一带竟有 70 多处弯道，跨高山激流，多湖泊森林、雪山冰川，风景秀丽，为许多摄影者所喜爱。川藏线道路迂回，春冬冰雪封路，夏秋多暴雨加泥石流，由成都至拉萨常需 10 天至两周时间。

　　相比之下，由青海西宁市经茶卡、格尔木进入西藏的青藏线虽全线平均海拔4000 米以上，但只翻越昆仑山和唐古拉山两座山口，其余皆为高原坦途，且全程都为柏油铺就，路况很好，是目前进藏的最佳选择。所以常见拉萨至成都的长途客车宁可绕道西宁再沿川陕公路迂回，也不走川藏线直回成都。

▶黄河石林

况且，青藏线沿途可尽情欣赏日月山风光，青海湖秀色，还有辽阔草原、大漠戈壁、晶莹盐湖、黄河源头等壮丽景观，会让人切实感悟到生命的空间原来是这样的广阔，雪山、湖水、草原、蓝天，亿万年来便是这样美丽，这样圣洁，一尘不染，空气清新得仿佛透明，连路边牧人看人的眼光都孩童般天真。而自己才刚刚摆脱世俗的困惑，摆脱那些莫名其妙的纠葛，投身于大自然的怀抱，一阵风吹过，心情顿时开朗。你惊讶此刻踏上的大地，居然同时拥有热烈白炽的太阳和裹着雨雪的云团，或者突然而至的凛冽寒风。于是一路都会睁大眼睛，尽情欣赏美丽圣洁变化无穷又充满魅力的青藏线风景。

二

但青藏线也曾被人视为畏途乃至死亡之线。青藏线起于青海省会西宁，经日月山、青海湖、格尔木，越昆仑山，至黄河上游沱沱河沿岸，再翻唐古拉山，经那曲、当雄至拉萨，全程约2000公里。整条路线的两端始末大致与历史上的唐蕃古道相仿，唯中间一段，即越日月山至倒淌河后，唐蕃古道拐向西南，经恰卜恰、玛多、黄河源、玉树、称多、杂多，至那曲与入藏大道相交到达拉萨。可以推断，这条通往雪域高原的古道，并非像中原王朝的官修驿道，路面规范，驿馆配套，至多是当时生活在青藏高原的吐蕃人在"逐水草而居"时发现的一条用于转场的便道，属自然踩踏，非人工修筑。就史料记载来看，除唐文成公主进藏，由长安到拉萨，历时一年全程走完此道外，历代驻藏大臣多走川藏线，说明当时青藏线沿途荒芜、气候恶劣甚于由川入藏道路。

◀昆仑山口

　　我目睹和手边几种史料便有例可证。我曾在古连云栈道，也就是明清时期由京城经西安进入成都的蜀道必经的鸡头关见到一方石碑，上书"福德兆民"，落款为清末驻藏大臣裕纲于清光绪三十年，即 1904 年进藏时所题写，说明当时他是由四川进入西藏。

　　再有多种史料载，辛亥革命后，英国插手西藏事务，唆使西藏当局驱逐驻藏大臣，逼迫川军退出藏境。达赖和班禅也在动荡中交恶，九世班禅于 1923 年逃往内地，时值冬季，冰天雪地，给养不足，历时四个多月方才抵达西宁，漂泊内地长达 15 年之久。直到 1935 年，局势稍安，在内地多年的班禅准备回藏。此次护送班禅返藏，走的便是这条唐蕃古道。按理说，雇用骡马轿夫多系当地，所骑马匹也系本地所产，熟悉情况，能够适应高原恶劣气候与环境，万没想到，实际情况远远超过预料。翻越日月山后，海拔渐高，呼吸困难，每日行程不到预计一半，所带粮草日益短缺，沿途没有人烟，补给中断。尤其走到黄河源沱沱河沿岸，每日时雨时晴，茫茫雪原无处可以躲避，艰辛备尝，以至九世班禅拖延至 1937 年 12 月在玉树圆寂。本书有专章记叙，此处不再赘述。

三

　　《文史精华》2004 年 12 期刊载了一篇《为班禅返藏征服唐蕃古道》，则正好接续上面的故事。九世班禅圆寂后，在青海循化县寻访到贡布慈丹为转世灵童候选人，后按活佛转世制度和仪轨，确定他为转世灵童，经国民政府认定，确定为十世班禅，也就是后来人们熟悉的班禅额尔德尼・确吉坚赞。1951 年西北军

▲解放军进藏时涉渡长江源沱沱河

区范明将军接受护送十世班禅进藏的任务，在周总理亲自安排下，由中央政府拨千万元专款，采购骡马 5000 余匹，驮牛 6000 多头，骆驼 1600 多峰，雇请民工 1200 多人，还为班禅专门建立了一支 400 多人的民族武装。这支庞大的队伍由西宁出发，一路历经艰辛，当走到沱沱河沿岸时，文章中写道："独立支队进入黄河源的第一天，就被沼泽夺去 20 多人的生命。人难行，牲口也难走。马和骆驼、牦牛还能过去，最可怜的是骡子，腿细蹄尖，又驮重物，掉下去就难以上来，第一天就损失 400 多头。"还有一段："在抢渡通天河的 15 个日日夜夜里，独立支队牺牲了 8 位同志，150 余头牲畜被激流冲走。"

这仅是其中两段，全程所遭遇的艰辛与牺牲可谓惊心动魄，前后历时 4 个多月才完成班禅进藏的历史使命。若从九世班禅 1937 年返藏未果圆寂至十世班禅 1951 年成功进藏，前后竟达 14 年。还有一则近年解密的档案可为佐证。1949 年年底，全国大部解放，唯剩西藏。中央最初的方案是由西北军沿青藏线进军担任主攻，西南军区沿川藏线进军配合。彭德怀经过仔细考察后认为，青藏线海拔高，气候恶劣，沿途无补给，不适合大部队进军，只能派精干部队辅助进攻。中央接受了这个建议，改由川藏线主攻。当时青藏线环境、气候、路况之恶劣可以想见。

四

那么青藏线又如何成为眼下进藏路线的最佳选择呢？这当然首先要归功于几代青藏公路建设者们所付出的种种艰辛、血汗乃至生命。当年修筑青藏线的主要是进入青藏高原的解放军官兵和当地民工，在没有任何先进的筑路设备和机械条

▲青藏公路

件下，硬是靠人挖肩挑，在高海拔、缺氧气，动辄风雨骤至、冰雪交加的恶劣环境中创造了人类筑路史上的奇迹。仅是战胜长达几百公里的冻土地段这个世界性的工程难题，就够写一部巨著。

▲当年川藏线施工情景

经过几代高原筑路人的浴血奋战，从仅供驮马脚夫行走的荒原茅路，到能开汽车的沙石公路，再到现在的柏油马路，终于使青藏线成为目前世界上海拔最高线路也最长的柏油公路。黑色的路面像箭般笔直射向草原深处，又像一条黑色巨蟒蜿蜒于昆仑山巅。这条高质量的柏油路使进藏时间大大缩短，由西宁市出发一天即可到达格尔木市。格尔木市区近年已建设得相当繁华，宾馆林立，设施现代，饭菜可口，海拔仅2800米，可以舒适安睡一夜。格尔木至拉萨1100公里，许多车辆都朝发夕至，清晨6时出发，两名司机轮换驾驶，人休息车不停止，当晚便可抵达拉萨。

两天时间，完全避开了恶劣天气，即便昆仑山口与唐古拉山口海拔高易使人缺氧，也能很快翻越，旅客并不觉难受。只需带上防寒服装、备用药品、备足饮食，便尽可放心进藏并欣赏沿线瑰丽无比的风光了。

◇喇嘛喂鸽◇

按照佛教教规，僧人不能杀生。每年春天，树木开始萌芽，虫鸟开始孵化。这段时间，僧人外出，有可能踩伤幼虫雏鸟，所以要求僧人安居寺内，静心学经。藏区高寒，季节稍晚，每年藏历六月十五到七月三十日，僧人"夏日安居"，不得出寺。据此理论，还引申出"放生"，即把将被杀戮的动物赎回来再放归自然。比如把鸟儿放归天空、牛羊放归草原、鱼儿放归河流等，与现在倡导保护动物，建立和谐社会的理念有相似之处。在拉萨，我曾目睹一位喇嘛喂鸽。由于下榻的

▲ 喇嘛喂鸽

宾馆在布达拉宫附近，外出来往都路经布达拉广场。那天早上，时间还早，广场人不多，迎面走来一位喇嘛，边走边朝天空张望，我心生好奇，想去看个究竟。只见喇嘛走到有矮铁栏围着的地方，一边朝天撒着什么，一边嘴里"嘘嘘"地叫着。也怪，原本什么也没有的天空呼啦飞下来一群鸽子，扑围着喇嘛啄食。看来这位喇嘛不是第一次来了，他已与鸽子相处很熟，无怪一发出召唤，鸽子就能与他亲密接触。

感动之余，我拍下这张照片，悄悄离开。

▲气势不凡的拉萨河谷

达赖转世有传承

　　西藏历来在世人的心目中都是一个神秘的地方，也是当今最牵动人们神经的一个去处。在很大程度上，西藏的神秘来自平均海拔 4000 多米、高耸云端的地理位置和传承千年的藏传佛教，来自历史上政教合一的特殊社会制度，更来自达赖、班禅两大活佛的转世传承。在漫长的历史岁月中，达赖与班禅，不仅是西藏，还是包括青海、甘南、川西北乃至蒙古草原信仰藏传佛教群众的精神领袖，同时又是主宰西藏政治经济、文化运转的地方政府首脑，身居要津，权倾一方，他们的接班人既不像封建帝王那样子孙相传，又不像民主国家全民海选，而是一种神秘的转世。

　　这个过程漫长且有一系列严格规定，要经历辨别预兆、神谕启示、观察圣湖、认定方位、寻访灵童、遗物辨认、金瓶掣签、中央册封、坐床典礼等一系列程序，才能够被认定为转世灵童。但还不能马上亲政，被认定的转世活佛均为孩童，还需要聘请宗教界学识渊博的高僧为师，认真学习各种佛教经典，取得一定的学位，熟悉宗教各种法规程序，年龄达到 18 岁，才能够真正走上首脑位置。

　　而且，这还是指正常的转世传承，若是遇上时局动荡，朝代更迭，那么达赖和班禅这两大活佛的转世传承，会因种种意外，一波三折，充满难以预料的结局，为中外注目，成为载入史册叙说不尽的话题。为了使读者对达赖、班禅两大活佛转世制度有深透的了解，笔者阅读完中外几十种专著，依据可靠的史籍，综合各种"说法",再以当今最引中外媒体关注的十四世达赖喇嘛为例,做简明叙述。

活佛转世

事情要追溯到70多年前。

1937年7月,是个具有划时代意义的时间,7月7日凌晨,蓄谋已久的驻华日军向北平城郊卢沟桥悍然进攻,遭到驻军金振中营官兵的英勇抗击,由此拉开中国人民全面抗战的序幕,只是限于当时通信不发达,深处内陆的青海

▲十三世达赖喇嘛土登嘉措

还显得平静。这天,佛教名寺塔尔寺所在的湟中县祁家川,这个中国西部普通不过的乡村,来了几个人,从外表看他们更像是到塔尔寺进香的僧人,实际却有着不寻常的身份和不寻常的任务。

这队人中走在前面带队的叫洛桑,其实级别并不高,后面那个着装破烂像个仆人的老者才是真正的主人,他是拉萨三大寺之一的色拉寺德高望重的纪仓活佛。另外一位像是随从的人也不简单,是西藏地方政府噶厦的官员凯墨·索南旺堆,日后著有《西藏近代史》等多种藏学著作,同时还是在北京签订西藏和平解放条约的西藏代表之一。他们一行步履从容,不露声色,极力掩饰着内心的焦虑与企盼,这是因为他们肩负着神圣庄严又绝不能透露半点风声的佛教使命——寻访十三世达赖喇嘛的转世灵童。

十三世达赖喇嘛土登嘉措(1876—1933),是近代西藏一个非常重要的人物,因为他主政西藏的年代是西藏历史上最为动荡也最为重要的时期。藏学家们一致认为,在历代达赖喇嘛中,五世达赖与十三世达赖最能干,最有业绩,各自有着不同寻常的建树。

十三世达赖土登嘉措,清光绪二年(1876年)出生在拉萨东南一户普通农家,按严格的活佛转世程序,被认定为十二世达赖的转世灵童之一,带回拉萨寺庙学经文,后被确立为十三世达赖喇嘛。1895年土登嘉措20岁时亲政,总理西藏政教大事。其时,康乾盛世早已不复存在,大清王朝积贫积弱,内忧外患,就在这年,中国在甲午海战中失败,面临着如北洋大臣李鸿章所说"三千年未有之大变革",延续两千年之久的封建帝制,正处于土崩瓦解的前夜。中华大地动荡不安,

外有列强环窥，连遥远的西藏也和祖国其他地方一样，先后有英印、俄日等帝国的觊觎，仅是英国就两次直接派兵入侵西藏。作为西藏政教首脑，十三世达赖处于风口浪尖，领导了两次抗英斗争，又两次出逃，加之辛亥革命爆发，清廷自顾不暇，致使西藏自元初正式纳入祖国版图之后，出现中央政府管理空缺，联系中断，十三世达赖政教大权集于一身，成为这一时期左右西藏政局的关键人物。他曾一度迷失方向，受到英、俄等帝国诱惑，产生动摇与惶惑，在英、俄的挑拨下，做过试图独立的"大西藏梦"。

但英、俄等帝国分裂西藏侵占西藏领土的罪恶是掩饰不住的。1924 年，一批亲英分子谋反败露，达赖深感英国插手西藏内部事务严重危及他在西藏的统治和整个西藏的安全，已经不能坐视不管。关键时刻，十三世达赖的强硬性格和政治魄力展示出来，他当机立断，采取断然措施，一批亲英分子被查办，给企图谋划藏独、分裂祖国的亲英势力沉重的打击。他还下令封闭了英国人在江孜开办的贵族学校，拆掉英国人在罗布林卡为他修建的西式洋楼，拒绝英国派遣代表进藏的要求。在事实面前，颇有政治头脑的十三世达赖认识到只有倾心内向，依靠中央政府，西藏才有出路和光明。加之 1919 年朱绣使藏，1929 年国民政府亦派有藏人血缘的刘曼卿进藏，申明中央政府五族共和的各项主张，达赖表示拥护国民政府，设西藏驻南京办事处，加强与中央联系。

但就在西藏地方和中央政府关系得到改善的关键时刻，十三世达赖于 1933 年 12 月 17 日在罗布林卡圆寂，享年 58 岁。十三世达赖一生饱经忧患，政教大权集于一身，作为佛学大师，勤于学习，造诣很高，写出过几部经典著作，两次领导西藏人民抗击英军入侵，在广大信教群众中享有很高威望，他的政治态度也足以影响广大藏族人民。因此，十三世达赖圆寂后，如何使内靠中央的亲善关系得到巩固和发展，如何寻访以及如何认定转世灵童，一时间成为中外各方都关注的热点。

起始缘由

根据藏传佛教的规定，十三世达赖的继承者必须是按照活佛转世法则寻访到的转世灵童。这一法则最早可追溯到 13 世纪蒙元统一西藏时期。佛教早在公元6 世纪初便传入西藏，经历几个世纪，与西藏本土宗教的长期磨合，所有佛家经典都用藏文书写，形成适合西藏社会特点的体系——藏传佛教。之后，藏传佛教又形成若干派别，首用活佛转世法则的并非现在占据优势的格鲁派达赖、班禅两

▲十三世达赖圆寂之地罗布林卡

大转世体系，而是噶玛噶举派黑帽首领噶玛拔希。

这位活佛一生大起大落，曾受蒙古大汗蒙哥宠信，又被元世祖忽必烈投进过监狱，对政治及宗教派别争斗的残酷有亲身体会。他在威望如日中天之际深谋远虑：如果自己去世，没有威望和能力的人来领导这个派系，很可能被并吞或瓦解。只有继承人具有自己的威望和影响，才能使自己的派系兴旺发达，能够和别的派系抗争。他利用释迦牟尼转世求福的理论，创造了他若圆寂可以在指定的方向寻找到他的"化身"，即转世灵童的方法。后来，噶玛拔希圆寂，果真在他指定的方向找到一位男孩，这位男孩就成为藏传佛教历史上第一位转世灵童——攘迥多吉。这个办法也逐渐被其他派系接受。

14世纪后期，西藏各教派都由盛而衰，纪律松弛，僧人腐化，争权夺利，呈现出"颓废萎靡之相"，逐渐失去民心。藏传佛教迫切需要一次改革，整个藏区都呼唤着一位宗教大师出现。正是在这个背景下，宗喀巴大师应运而生。他是青海湟中县人，他的出生地如今已建起规模宏大的佛教寺院塔尔寺。他7岁出家学习佛法，后来又到西藏重要的寺院进修，经过10多年潜心学习，在显密方面具备了高深造诣，先后完成《菩提道次第广论》《密宗道次广论》等多部著作，成为一位有名的高僧。面对当时佛教界存在的各种问题，他立意革新，改戴桃形尖顶黄色僧帽，以区别其他教派，为创立格鲁派做好准备。格鲁是藏文译音，就是"善规"之意，格鲁派的特点是提倡僧人严格遵守戒律，不得干预世俗事物；严密寺院组织，有相应的组织纪律。宗喀巴大力复兴寺院，他和弟子先后修建了

▲五世达赖喇嘛画像

甘丹寺、哲蚌寺、色拉寺、扎什伦布寺等具有广泛影响的寺院，每年定期举行祈愿大法会，考试辩论，弘扬佛法。因格鲁派僧人都仿宗喀巴戴黄色僧帽，所以俗称"黄教"。

"黄教"的兴起，顺应了历史的潮流，取得西藏地方势力及佛俗两界广大群众支持，迅速发展成为藏传佛教中一个生机勃勃的派别。这个派别的标志是在宗喀巴之后，高僧不断，并逐渐形成"达赖""班禅"两大传承弟子，也是两个在藏区影响最大的活佛转世系统。

他们的称号与转世制度是在之后几百年的发展中逐渐形成的。"达赖喇嘛"的称号始于1578年，确定于三世达赖索南嘉措时期。

当时，索南嘉措到蒙古传教，说服土默特首领俺答汗皈依佛门，俺答汗赠他封号"圣识一切瓦齐尔达赖喇嘛"。"达赖"是蒙语"大海"，"喇嘛"是藏语"上师"。后来，明万历皇帝正式承认这个封号，索南嘉措只能算三世达赖，他前面的两位宗喀巴大师的弟子，根敦朱巴为一世，根敦嘉措为二世。

清顺治时，五世达赖到京，顺治皇帝授予他刻有汉、满、藏三种文字的金印，封他为"西天大善自在佛所领天下释教普通瓦赤喇怛喇达赖喇嘛"，使"达赖喇嘛"的封号开始具有政治意义和法律效力。1751年，清廷为了更好地治理西藏，又令七世达赖管理地方政权，此为政教合一之始。

班禅的称号略晚，始于1645年。当时控制西藏的蒙古首领固始汗封宗喀巴四传弟子罗桑·却吉坚赞为"班禅博克多"，意为"智勇双全的大学者"，并让他主持扎什伦布寺并管理后藏地区，他为四世班禅，前三世均为追认。1713年，清康熙皇帝正式册封五世班禅为"班禅额尔德尼"，"额尔德尼"意为"珍宝"，并赠金册金印，确立了班禅的名号和在格鲁派中的地位。

达赖和班禅两个喇嘛系统均借鉴了噶玛噶举派黑帽首领活佛转世制度，并不断地加以完善，要经过辨别预兆、神谕启示、察看圣湖几个环节，才能够按预定的方位去寻访转世灵童。比如十三世达赖圆寂时在罗布林卡卧室中是面向东北的，在转移遗体时，有活佛发现达赖面部又对东北发笑，把遗体放在布达拉宫的法座上时，面孔是朝正面的，第二天早上却发现达赖喇嘛的头又转向了东北。东北方向就意味着青海方向，这和十三世达赖晚年靠拢中央政府是一致的。再就是神谕启示，要请护法神乃穷向神佛卜问灵童转世方向及环境特征。

另外，要观察圣湖。西藏湖泊很多，圣湖信仰也是藏族群众信仰之一，他们每年都转湖祈福，绕着湖水转经，十天半个月在所不惜。这次热振活佛亲自察看了拉姆拉错圣湖，据说看见金顶和三层汉式房舍，还有一个妇女抱着孩子，立于一棵大树之下，这一切都表明十三世达赖的转世灵童应该在西藏的东北方向，即青海境内某个汉藏杂居的地方。于是就出现了本章开始的一幕，经过艰苦跋涉，色拉寺的纪仓活佛一行来到了青海的湟中县祁家川。

寻访灵童

寻访灵童，青海成为重点，除了上述原因之外，还和九世班禅此时正滞留青海相关。历史上达赖与班禅作为藏区两大活佛，从 17 世纪初，四世达赖拜四世班禅为师起，形成达赖、班禅互为师徒的惯例。比如十三世达赖就是九世班禅的师父。因此一位活佛圆寂后，另一位健在的活佛就有责任和义务来主持寻访其转世灵童的寻访工作。

但是，清末民初，英国插手西藏事务，在激烈的社会动荡中，达赖与班禅交恶，引发矛盾。班禅为避祸多年漂泊在外，详情下面专章叙述，这里只说班禅在青海时，得知达赖圆寂，就十分关注转世灵童，他还真发现了几个孩子不同寻常。比如班禅驻锡塔尔寺时，恰逢其寿辰，蒙藏许多群众为班禅祝寿，班禅也一一为他们摩顶。其中有对已经汉化的曹姓夫妇，抱着他们 3 岁的小儿子请班禅摩顶，那孩子竟抓住班禅的佛珠不肯放手。父母怕冲撞了大师，赶紧抱走了孩子，可孩子却大哭，紧拽班禅佛珠不放。这就引起班禅高度重视，过后派人探视曹家，送了许多东西，嘱咐好好养育这个男孩。

另外还有个孩子也很不同寻常，当时仅 1 岁多，就表现出对袈裟、佛珠的浓厚兴趣。后来这个孩子最终被认定为十三世达赖的转世灵童，也就是当今多次挑起事端，引起中外关注的十四世达赖喇嘛，但在 70 年前一切还在未知与朦胧之中。此刻已经到达玉树的班禅听到纪仓活佛一行已到青海时，便邀请他们先去玉树，把他考察的情况告知了纪仓活佛。尽管纪仓一行后来还是分头在西宁、化隆、互助、大通、循化、湟源等各地寻访到 10 多个男孩，但九世班禅大师提供的线索无疑是最重要也最受到重视的。

▲观察圣湖是寻访转世灵童的重要环节

据寻访团成员、西藏地方政府官员凯墨·索郎旺堆回忆，一到塔尔寺看见金顶和三层琉璃瓦盖起的主楼，他就眼红心跳，想起热振活佛巡访圣湖时在湖中见到的倒影，这个预兆在他心中挥之不去。接着，他们按照指引来到祁家川，寻找到班禅提到的那户人家，正好，这家父母和小男孩全在。当然，他们的身份和目的都深深隐藏着。他们的装扮起了作用，小男孩拉木登珠的父母只把他们看作普通来塔尔寺进香的人，而且把装扮后的仆人洛桑当成主人，却按习俗在侧屋接待纪仓活佛及其他人。巧的是小男孩拉木登珠也在侧屋，他一见到穿得破烂如同仆人的纪仓活佛，就跑过来，要活佛抱到腿上。纪仓脖子上挂的正是十三世达赖使用过的一串念珠，拉木登珠伸手抓住念珠，张口就要。到后来，这个两岁多刚会说话的小男孩竟然说纪仓活佛是色拉寺的阿嘎（喇嘛），这让所有人大吃一惊。

当晚，寻访人就住在了这户农家。第二天早上，奇异的事情又发生了，平时孩子爱睡懒觉，这天却早早起来。当纪仓活佛一行离开时，小男孩哭着闹着要和他们一块儿走。总之，这次考察给寻访的人都留下深刻印象，十分满意。

相比之下，其他的10多位男孩当中，没有一位像拉木登珠这样表现突出，灵异乖巧，对佛家事物有浓厚兴趣。这些小男孩中即使被看好的也几乎没有一个能够通过两项以上的测试，大部分的表现是惧怕。有的孩子见着生人，吓得直哭，拼命钻进妈妈怀抱，非常胆怯，根本不愿接近他们；有的孩子虽然不哭闹，但对佛珠之类没有兴趣，无论真假，连摸都不愿去摸。包括班禅推荐的另外一位男孩也让人失望，不管他们做出多少努力，都引不起男孩的兴趣。一位活佛拿出很大一串挂珠希望引起男孩注意，示意把挂珠送他，可孩子还是不愿过来，看来真的没有缘分。

辨识遗物

于是，分头考察的成员碰头商量之后，决定把重点放在拉木登珠身上，几位大活佛和重要官员都集中一起，再次考察拉木登珠。这天开始就很顺利，他们离开塔尔寺时，该寺的喇嘛正好吹响法螺，刚进祁家川村，又听到布谷鸟的啼鸣，接着，又有人指出十三世达赖喇嘛当年流亡内地时，休息的地方，就是这个村子。这对生活在佛家世界里的人来讲都是些很吉祥的预兆。寻访队来到拉木登珠家，这次看到如此众多的显要人物，男孩的父母清楚了，也许他们的这个小儿子又是一位活佛的转世灵童，因为他们的大儿子就已经被选为灵童，如今已经当上了活佛。他们还听说塔尔寺去年刚有一位活佛圆寂，说不定转世成他们的小儿子，因而也充满了幸福的期待。

根据惯例，一个家庭假如出了活佛，不仅会受到四邻的尊崇，而且确实是一人得道，鸡犬升天，许多意想不到的好事会接踵而至，全家人的命运都会得到彻底的改变。

当然，关键还是实物测试。先是两串相同的念珠摆在了桌上，其中一串是十三世达赖的用品，另一串为仿品，小男孩来后几乎没有犹豫，抓起十三世达赖用过的念珠，煞有介事地挂在了自己的脖子上，让目睹这一幕的人都会心地笑了。接着是两根并不相同的手杖，分别是达赖与纪仓用过的，拉木登珠先拿起纪仓的一根，让大家心中一沉，可他又放下了，最后还是拿起了达赖的手杖。后来纪仓活佛回忆，他这根手杖确实是十三世达赖曾经用过的，后来又辗转落到他手中，那说明开始也没错。最后一关是摆出两只并不一样的摇鼓，一只是达赖平时召唤人用的小摇鼓，朴质无华，而另一支大摇鼓则装饰华丽，引人眼球。两只摇鼓摆在一起，朴素与华丽，对比鲜明，所有人的心都提了起来。但奇迹又发生了，拉木登珠对那只华美的大摇鼓没有表示出兴趣，他直接抓起十三世达赖用的小摇鼓，顺手就摆动起来，鼓点清脆且有节奏，恰像祈祷念经时那样。这时，所有的人都激动万分，凯墨的文章回忆，至此，他们完全相信找到了十三世达赖的转世灵童，他看见纪仓大活佛的眼中涌出激动的泪水……

但是，这个喜讯绝不能透露出去，经验丰富的纪仓活佛，一方面秘密派人回拉萨报告，一方面要大家封锁消息，继续测试其他男孩。他们担心如果宣布选好了灵童，"青海王"马步芳就可能以护送灵童为名，派遣军队入藏并赖在拉萨不走。因为十三世达赖在世时，藏军就与马家军为争玉树多次交锋，藏军失败，退回西藏，多有积怨，岂敢引狼入室。因此，千万不敢走漏灵童已经找到的风声。事后证明，这个担心非并多余，因为护送灵童，马步芳真生出一系列风波。再是灵童是否最终被确认为转世活佛，还有一道至关重要的程序——金瓶掣签。

转世流弊

达赖和班禅两大活佛转世体系，自明代黄教崛起，经明、清两代不断地封赏、推崇、册立、确认，成为西藏政教合一的首脑，位居要津，权势日重，带来巨大的利益，也带来巨大的诱惑。谁家若是出了班禅或达赖的转世灵童，这个家庭就可能一夜暴富，一步登天，给整个家庭、家族都带来无限的荣耀和滚滚的财源，并成为西藏世袭的，不可动摇的最显贵的家族，在西藏称为"亚溪"家族。即指给达赖喇嘛的父亲无偿拨给的大庄园，再加上维持整个庄园运转的大量土地、郎生（农奴）和牛羊。

1729 年，清政府封七世达赖喇嘛的父亲为"辅国公"，并赐给庄园和农奴，从此开创了产生"亚溪"家族的先例，以后历辈达赖转世后尽皆仿效，形成西藏历史上存在的"桑珠颇章""拉鲁""彭康""朗顿"等达赖贵族世家。

比如，这次寻找到的转世灵童拉木登珠，原来全家是青海湟中县祁家川的普通农民，在他被认定为十四世达赖喇嘛后，父母兄姐包括伯父都跟着去了西藏，西藏地方政府按照惯例拨给他们许多庄园、农奴和牛羊，于是拉木登珠全家就成了整个西藏权势最隆的大贵族，与他们早年的生活相比，有天壤之别，岂不是天上掉下馅饼的好事！

正因为这种巨大的利益诱惑，尽管有一系列寻访灵童的严格程序，但诚如今人常说的"你有政策，他有对策"，任何规定都会输给人类因为贪婪所产生的欲望。他们在寻访转世灵童的程序中寻找窍门，比如神谕启示在寻找灵童中至关重要，乃穷护法神的作用素为藏人看重。但乃穷护法神既然是人扮演的，就有人性的弱点，有可能或多或少被权势、利益左右，可以用金钱美女把他"撂倒"，让他在跳神的过程中，装模作样，假借神谕，公然暗示转世灵童就在某个炙手可热的王公贵族家中。既然有勾结，一切都会假事真做，安排得天衣无缝。按照人们的思维规律，人为制造出许多巧和，把假事做得跟真的一样，至少当下会蒙蔽许多人的眼睛。

藏族学者土观·洛桑却吉尼玛在他所著的《章嘉国师若必多吉传》中对这种现象有深刻的揭露和精彩的描述：

"现今多数寻认活佛转世者，总是努力在前辈活佛去世不久出生的有钱有势的家族的孩子中寻求，一经找到，就不顾护法神，活佛圆寂时的授法，真伪莫辨，互相串通，即行认定。另外在执行向卜认佛等程序时，有的以重金贿赂活佛的左右侍从和扮护法神者，让他们按自己的意愿说出预言。甚至伪造盖了印的假文书等，种种弊端如妓女的舞步，花样翻新，不胜枚举。"

在西藏的活佛转世灵童认定中出现这种情况，虽非主流，但此种流弊，也危及达赖本身，严重影响到西藏社会的正常运转。活佛转世制度已到了不进行改革就不能稳定整个藏区的地步。乾隆五十六年（1791年）廓尔喀（今尼泊尔）入侵西藏，给清王朝改革活佛转世制度带来机遇。此事的起因也与西藏上层腐败紧密相关。

金瓶掣签

乾隆四十五年（1780年）六世班禅赴京参加乾隆皇帝七十大寿庆典，其时正所谓康乾盛世，国强民富，见班禅远地赶来祝贺，乾隆皇帝龙颜大悦，赏赐六世班禅的金银珠宝十分丰厚。可惜，天不假年，六世班禅尚没离开北京，就因患天花圆寂。他获得的赏赐由其哥哥押送回扎什伦布寺。

按说，这些财富既属班禅也属他驻锡的扎什伦布寺，但其中相当部分为其哥哥据为私有。六世班禅的另一位弟弟系噶玛噶举红帽十世活佛确朱嘉措，因属不同教派分文未得，恼羞成怒，不顾国体，亦不顾兄弟之情，外逃投靠廓尔喀，并挑拨引诱廓尔喀发兵夺取扎什伦布寺财宝。结果，造成廓尔喀纵兵两次入藏，不仅把扎什伦布寺财富抢劫一空，还对后藏日喀则一带进行了骚扰劫掠。其时，驻藏大臣保泰闻廓尔喀入侵，畏怯避战，竟上奏要求把达赖、班禅转至西宁，使西藏人心散乱。

消息传出，朝野震惊。其时中国国民生产总值占全世界三分之一，是世界上第一流强盛大国。乾隆皇帝更是志得意满，以十全老人自居，听到西藏败绩，蕞尔小国竟敢入侵大清，在老虎嘴上拔毛，十分震怒，一方面痛斥保泰，将其革职枷号，在藏示众，另一方面强调："祖宗所有疆宇，不敢少亏尺寸！"任命福康安为大将军，携名将海兰察、奎林率17000名精兵于1791年隆冬由西宁出兵，驰抵拉萨。全程5000余里，仅50天便抵达，途中因雪崩、路断无法行军停顿11天，实际行走仅39天。自古以来行军未有如此神速，充分反映国家强盛时期，正义

▲晚清驻藏大臣有泰（左三）及其幕僚

之师的高昂士气。此外，兵马未动，粮草先行，万人大军的粮草，年过七旬的四川总督孙士毅和新任驻藏大臣和琳，全力以赴，动员上十万民工，百万计骡马驮运。乾隆皇帝亲定作战目标：直抵贼界，扫穴犁庭，将其贼目悉数俘擒！

结果，此次征战大获全胜，打得廓尔喀丢盔弃甲，歼灭数千名，俘获数百名，大军直抵廓尔喀首都阳布（即今加德满都）城下，取得空前胜利。直到廓尔喀四次乞降，送还全部财物，永不犯境，五年朝贡一次，考虑高原气候恶劣，大雪即将封山，乾隆皇帝允许其投降，清军胜利班师回拉萨。

至今，在扎什伦布寺还竖有石碑一通，记载的就是这次乾隆朝大将军福康安率军严惩侵略者，维护领土尊严的丰功伟业。针对活佛转世制度存在的流弊及西藏事务上的疏漏，清廷要求福康安会同驻藏大臣、达赖、班禅首先严惩确朱嘉措的叛国行为，永远废除噶玛噶举红帽系活佛转世系统。同时出于"以政驭教，决不以教妨政"的考虑，制定了管理西藏的《钦定二十九条章程》，第一条便是关于金瓶掣签制度：

关于寻找活佛及呼图克图灵童的问题。依照藏人旧例，确认灵童必问卜于四大护法，如此难免发生弊端。大皇帝为求黄教得到兴隆，特赐一金瓶，今后遇到辨认灵童时，邀集四大护法将灵童的名字及出生年月，用满、汉、藏三种文字写于签牌上，放进瓶内，选派真正有学问之活佛，祈祷七日，然后由各呼图克图和驻藏大臣在大昭寺释迦牟尼像前正式认定。假若找到的灵童仅只一名，亦须将一个有灵童名字的签牌和一个没有名字的签牌共同放置瓶内，假如抽出没字的签

▲清代中国版图　　　　　　　　　　　　　　　　　　▲清制金瓶供擎签之用

牌，就不能认定已寻得的儿童，而要另外寻找。达赖和班禅额尔德尼像父子一样，认定他们的灵童时，亦须将他们的名字用满、汉、藏三种文字写在签牌上，同样进行。这些都是大皇帝为了黄教的兴隆和不使护法弄假作弊。这个金瓶常放在宗喀巴像前，需要保护净洁，并进行供养。

之后，乾隆皇帝特别下令制作了两个金瓶，一个放在北京的雍和宫，专供蒙古地区大活佛转世灵童擎签用，另一个放在拉萨大昭寺，专门供西藏、青海等地擎签决定大活佛转世灵童。不难看出，金瓶擎签的规定必须在驻藏大臣主持下进行，从制度上保证了活佛转世、寻访灵童的公开、公正与公平，杜绝流弊，使西藏的政治、宗教、军事、外交等与国体相关的重大问题完全掌控在清朝中央政府手中。金瓶擎签制度确立后，西藏共有三代班禅和六代达赖喇嘛的转世灵童采用金瓶擎签加以认定，不仅杜绝流弊，还密切了中央政府与西藏地方的关系。清代学者魏源在《圣武记》中高度评价金瓶擎签制度"如山如海，高深莫测"，是清王朝强盛时期政治智慧的高度体现。顺便说一下，后来真正金瓶擎签时，并没有在大昭寺的释迦牟尼像前举行，而是在布达拉宫的萨松朗杰殿里举行，那里有乾隆皇帝的画像。认定的灵童要给乾隆皇帝的画像叩头，表示谢恩。这充分体现了中央王朝对西藏的主权。

活佛转世和灵童寻访已在各大藏区流传了数百年，并为信教群众接受。清廷采取的金瓶擎签使这一制度更加完善，沿用至今。包括当今十一世班禅也是采用金瓶擎签所选定，并为中央人民政府认可。

▲从大昭寺金顶远眺布达拉宫

事关大局

十三世达赖喇嘛 1933 年 12 月圆寂，全民信仰佛教的西藏顿失主心骨。在此后几年中，寻访达赖转世灵童加以认定并正式坐床就成为西藏地方政府最重要的一项工作。直到 1937 年底，青海方面才传回消息，经过反复测试在湟中县祁家川发现的拉木登珠极有可能就是转世灵童，但距金瓶掣签认定、坐床庆典还有长长的路要走。

首先，灵童在青海马步芳掌控之下，成为马步芳口中一块"肥肉"，如何顺利护送进藏？而且掣签坐床认定按规定均需驻藏大臣主持。进入民国，时局动荡，加之英、俄插手，西藏亲英势力抬头，有摆脱中央倾向，十三世达赖喇嘛晚年虽然内倾，目前主持藏政的热振亦是一位爱国活佛，但亲英势力不可低估，分裂倾向依然存在。如何顺利让灵童入藏，确认及坐床是关乎改善中央政府与西藏地方的关系，维护国家统一的大事，不仅西藏地方政府及广大藏族人民关注，也成为摆在国民政府面前的一件棘手事情。

其时，抗战进入关键时刻，华北、上海、南京、武汉相继失守，国民政府采取抗战实力"深藏腹地"拖住日寇打持久战的战略，国都内迁重庆，许多军工企业、单位、大学内迁到四川，人口骤增，物资短缺。云贵高原、川西北及西藏成为抗日后方，西藏地位日益重要，尤其滇缅公路中断，美国援华飞虎队开辟"驼峰航线"穿越西藏上空，由印度把援华物资运往云南、四川。国民政府还修筑了成都到雅安、康定至玉树的公路，并动员川、滇、藏等地采用传统马帮驮运大批物资支持着中国神圣又脆弱的抗战。面临这种情况，十三世达赖喇嘛转世灵童认定及坐床正好为国民政府提供了一个改善与西藏地方关系、稳定后方的绝好机会。

国民政府高层对上述情况有清醒的认识，高度重视，蒋介石亲自过问20余次，于1938年12月28日最终选定国民政府蒙藏委员会委员长吴忠信进藏主持转世灵童认定及坐床仪式。

吴忠信，安徽合肥人，1905年毕业于南京江南武备学堂，追随孙中山

▶ 国民政府蒙藏委员会委员长吴忠信

参加同盟会，参与过武昌起义，孙中山当选临时大总统时亲委吴忠信为桂林卫戍司令。之后，吴忠信参加北伐，出任淞沪警察厅长，并曾出国考察，先后担任安徽省主席，贵州省主席等要职，有丰富的政治、军事、经济方面的经验与才干，在国民政府中属有资历也很有声誉的干吏。吴忠信1936年起任蒙藏委员会委员长，在此之前的委员长皆为国民政府资深高官且熟悉边疆要务。比如阎锡山（山西省主席，盖因山西邻近内蒙古，历史上即为边关，阎锡山有与蒙古打交道的经验），黄慕松（广东省主席，曾代表中央政府，赴西藏为致祭十三世达赖的专使，对藏情熟悉），石青阳（早年留日，辛亥革命元老，陆军中将，在担任蒙藏委员会委员长期间，著有《藏事纪要初稿》，1935年病逝上海，由黄慕松接任蒙藏委员会委员长职务）。蒙藏委员会延续清廷理藩院职能，管理协调蒙古（含今蒙古国）、西藏及青海、川西北等广大蒙藏地区的事务，其地位与重要性远高于省部。

接受入藏主持达赖转世灵童认定及坐床的使命，吴忠信深知此行"在于安定西藏之人心，树立中央之威信"，责任重大，不敢稍有懈怠。好在吴忠信入藏之前已主持蒙藏工作三年之久，对西藏历史及现状有清醒的认识与准确的把握。他抓紧时间，挑选各方老成干练人员，筹措经费，选择进藏路线，鉴于当时面临各种情况，灵童尚在青海，需说服马步芳放行并沿青藏线护送入藏。进藏需向各方赠送大量礼品，主要为茶叶、丝绸、瓷器，需派员就近在成都采购，征集驮马，由川藏线入藏。吴忠信一行则选择了走海道，即取道缅甸、印度，越大吉岭进入西藏亚东。去西藏还要绕道国外，这也由70年前的国情决定。

当时，无论走青藏、川藏还是滇藏，山川阻隔，食宿无着，一路雇用马帮，至少也需三四个月，而海道却可乘飞机至印度，再坐火车至大吉岭，进入拉萨只

需一月时间。另外一个重要原因是作为国民政府筹边大员，吴忠信深知西藏近代诸多问题，均与英印插手有关，时值抗战，中英为战时同盟，互有依赖，经过其地，也是打个招呼，探个虚实，免得事到临头，节外生枝，应对无策。事后证明吴忠信深谋远虑，走海道确为明智选择。

吴忠信赴藏为中外注目，他专门拜访国民党中央宣传部部长叶楚伧，请其转告各媒体事先请勿宣传，免得引起各国关注，于事无补且惹麻烦；到西藏后则需大力宣传国民政府之威德及与藏方的团结友善。从这些准备不难看出吴忠信使藏既周全严谨又胸有成竹，可谓志在必成、谋定而行。

节外生枝

岂料，一旦行动，却是麻烦不断，意外频生。进藏三路人马，无论护送转世灵童的青藏线方面，负责采购运输礼品物资的川藏线方面，还是吴忠信一行走海道的中央大员，没有一路是顺利的。

首先，吴忠信一行取道印、缅，其时两国均为英殖民地需办护照，又需英国驻印使节签字，这就给英国人耍威风提供了机会。不止一位藏学家认为，一部西藏近代史，就是英帝国对西藏的觊觎、入侵、干涉史。早在18世纪，英国处于对外扩张的巅峰时期，先后把印度、缅甸等国收罗旗下，成为其殖民地，更是盯上了地理位置重要，能够沟通四川与长江中下游地区，且有丰富矿产的西藏，多次派遣传教士深入藏区，名为传教，实为测绘调查，做好先期准备。清末，又趁中国甲午战败，两次派兵直接入侵西藏，企图使西藏独立或像印度那样成为英国殖民地。

十三世达赖在世时，英国人便又拉又打，使尽花招。他们深知在政教合一的西藏，只要拉拢住达赖，事情就成功了一半。所以对十三世达赖的接班人分外关注。早在十三世达赖圆寂，中央政府派黄慕松为致祭专使入藏时，英国人就导演了极不光彩的一幕。得知国民政府派专使致祭，他们也选派威廉逊入藏，企图抵消中央政府对西藏的影响。威廉逊是英国驻锡金的行政长官，是英印政府中主张对中国采取强硬态度的鹰派人物，当时英国对西藏的政策也主要通过驻锡金的行政长官完成，所以，这次威廉逊就成为进藏的最佳人选。他甚至比黄慕松还早一步进入西藏，先住在日喀则，收买西藏地方政府下层官员和亲英分子，散布谣言，挑拨国民中央政府与西藏关系。在黄慕松一行到达拉萨后，威廉逊也带了多达40余名随员来到拉萨，四处活动，拜访西藏各界要员，进行挑拨和拉拢，又派人刺探黄慕松与西藏首脑交谈的内幕，设置障碍。

可惜，上苍十分公正，威廉逊既然如此垂青西藏，他也就没能活着离开西藏。威廉逊到拉萨不久患上疾病且不断恶化，英印政府提出要派一架飞机接威廉逊回国治病，希望利用色拉寺下的一块平地来停降飞机，却遭到西藏地方政府拒绝。理由十分简单——怕色拉寺喇嘛用石块砸坏飞机。

▲ 1904年8月2日英军入侵拉萨

这是许多藏族人从小练就的绝技，从儿时放羊开始，就学会用一尺多长的皮绳兜掷石块，以禁止牛羊乱跑，久而久之，掷扔石块能百发百中。在著名的江孜抗英保卫战中，很让英国侵略军吃了苦头，那些从天而降，嗡嗡作响的石块，只要砸在头上，莫不毙命，打折胳膊和腿更是常事。

最终，英国人没有派来飞机，威廉逊死在了他终生觊觎的西藏。

现在，看到中国方面顺利寻访到十三世达赖喇嘛的转世灵童，国民政府又选派大员进藏主持坐床典礼，彰显中国对西藏的主权，这是英国人最不愿看到的事情，于是找出各种理由拖延拒签。直到外交部通过驻英大使郭泰祺与资深外交家王宠惠从中周旋疏通，加之二战时中英为盟国，还需相互支持，历时半年，终于办好签证，才让吴忠信长出口气，终于可以去西藏了。

接着，从青藏方面传来消息，纪仓活佛寻访到转世灵童拉木登珠的消息，时间一长被马步芳知道，以为奇货可居，拒不放行。先后拖了两年之久，直到马步芳狮子大开口，向西藏先后索取达43.9万元后，才答应派师长马元海带一排卫兵护送灵童进藏。这也是当时的中国国情，按说，马步芳一区区青海地方长官，怎么敢与中央抗衡？何况青藏相连，难道马步芳不清楚转世灵童坐床事关西藏安危与国家主权？

清楚，这些马步芳都十分清楚，正是因为清楚这其中的利害关系，马步芳才敢与虎谋皮。首先，马步芳并非蒋介石的嫡系，其祖辈父辈经营青海至马步芳已历三代，各种关系盘根错节，各路诸侯尽在掌控，真正成为权倾一方的"青海王"。时值抗战，蒋介石无力西顾，还要让马步芳出兵出钱支持抗战，所以也只能睁只眼闭只眼了。马步芳不傻，每次去南京都携带重金贿赂中央要员，西北或青海的

▲达赖喇嘛出行情景

党国大员朱绍良、白崇禧，包括蒋介石夫妇，马步芳都出手大方，殷勤招待，给足对方面子。这回，向曾经进犯青海的西藏当局要点钱算啥，错过这村就没这个店了。

当时，40多万元对西藏可是天文数字，万般无奈，西藏地方政府准备向英国借款。吴忠信得知后立即向蒋介石报告，认为向英借款正中英人下怀，且有碍国威，希望国民政府以补助灵童登座大典名义，偿付藏方。蒋大事并不糊涂，当天即回答"如果属确实，即予以拨发"。

吴忠信刚松口气，押运礼品物资的川藏线又传来电报消息：孔庆宗一行被藏军拦截在金沙江东，不让进入藏地，声称只有接到西藏地方政府命令才能放行。康藏边界是近代康藏史上的敏感问题，也是多次引发事端的导火索。历史上，中原王朝强盛时期，如元代驻军西藏，清雍正朝平定准噶尔之乱，乾隆时大败廓尔喀，西藏也完全服从中央政府。康藏多以金沙江以西丹达山为界，三江流域全在西康境内，双方相安无事。清末民初，西藏当局受英人挑拨，产生分裂倾向，迫使清政府在川边进行改土归流，旨在保川、固藏、御英。川边名将赵尔丰的兵力曾到达距离拉萨仅200公里的工布江达，设太昭府，以硕督、嘉黎、恩达、察隅、科麦等5县属之，即今尼洋河林芝以西一带。详情本书卷五有专章介绍，这里只说进入民国后，因边军统帅赵尔丰被杀，藏军依赖英国提供的武器卷土重来，不仅金沙江以西昌都、类乌齐、同普、恩达等10余县，金沙江以东的德格、邓柯、石渠、白玉等县也皆为藏军占领。刘文辉经营西康时，曾夺回金沙江以东诸县，受时局影响，再也未能跨越金沙江。

这并非是简单的省界问题，用前任国民政府蒙藏委员会委员长石青阳的话说：西藏若承认是中国领土，从哪划界都无不可；若起分裂之心，便是反叛，需大力讨伐，从哪划界均不可！这真是说到了问题本质。但西藏当局受英人挑拨，一直在做"大西藏梦"，占据昌都后便重兵据守，这种情况一直持续到1949年。解放军进军西藏，一个昌都战役的胜利，便把西藏当局打到了谈判桌上。可见昌都在西藏当局眼中的重要，轻易不愿放人过江。

从川藏线运送礼品物资的领队为孔庆宗，系孔子后裔，欧洲名校布鲁塞尔大学政治学博士，博学精干，具备知识分子的爱国、严谨、认真、负责，在蒙藏委员会任藏事处处长，对藏区藏事通晓且热心。此次进藏，深知任务繁多，意义重大，故一路事无巨细，亲自过问。酷暑七月初即动身，先在成都采买够各种礼品物资及途中用品，用汽车运抵雅安，又购茶叶540包，全分类打包，雇用骡马，沿历史上的茶马古道进藏。因沿途山道险峻，河流众多，人烟稀少，又同当地驻军交涉，请他们派兵护送。

这是几路进藏人马中最艰苦的一路，首先是需运往拉萨的物资繁多且贵重，近200驮，加之过了康定，海拔升高，时雨时雪，寒暖不定，进入藏区，语言不通，风俗迥异，尤其是饮食不同，且不是三五日，需走数月。好在时值抗战，人皆有爱国之心，所有进藏人员都意识到此行的意义，遇事无不争先，敢于负责。孔庆宗亦能随机变通，增雇当地杂役和翻译，沿途加强与当地土司、头人、藏官与寺庙联系，以礼以诚待人，宣扬威德，每需更换乌拉脚夫时，临走必召集谈话，按照官价公平发放脚钱，按名点发，以防做假，且每人优惠藏洋一元。对沿途寺庙，也广为布施，庙分大小，分别赠送藏洋、茶叶，收到很好效果。也得到沿途藏官、藏民的热心帮助，顺利到达金沙江边的德格，对面便是藏区，系昌都管辖的江达县。正当孔庆宗一行准备过江时，却收到昌都总管公函，说没有收到西藏地方政府通知，故不能过江。其实，早在动身之前，中央蒙藏委员会就同西藏地方政府就几路人马进藏发过公函，做过沟通。这恰恰反映了当年西藏地方政府办事的一贯做派，阳奉阴违，推诿拖拉，不到最后关头绝不松口。急也无奈，电函交驰，整整拖了一个月，昌都总管才派员到德格，讲已接公函，可以过江。孔庆宗一行从7月2日动身到10月25日才抵达拉萨，总算不辱使命，把数百驮礼品物资安全无损地运抵了雪域圣城。

坐床始末

正是由于国民政府从高层到一般工作人员在对西藏问题有高度共识，虽遇麻烦亦全力克服。1940年元月，各路人马终于齐会拉萨，其中尽管也发生吴忠信代表国民政府以探视灵童代替金瓶掣签，以及坐床仪式座位之争等小摩擦，但在大关节上没有太大分歧，达到了"安定西藏之人心，树立中央之威信"的目的。记载这次坐床盛典的著述甚多，不妨引用随同吴忠信进藏，全程参与坐床仪式的朱少逸所著《拉萨见闻记》中一段：

是日天气晴朗，藏官均着最漂亮之服装，鞍马鲜明，仆从如云，驰驱于平整宽广之大道上，十数里内，络绎不绝，附近居民，前来欢迎者，亦踵相接。妇女多着艳丽之服装，五颜六色，数十成群，尤点缀风光不少。各界欢迎人员，所支帐篷，如星罗棋布，不可胜数；中央驻藏人员及拉萨汉民，支帐哲蚌寺下距拉萨已二十里，接官厅在哲蚌寺东二三里，藏官集该处守候。再次里许，拉萨警卫队七百队人及拉萨警察百余人；藏兵且将其仅有之小钢炮四枚及机关枪四挺，陈列道上，据云为藏兵最恭敬之礼节。

当时，吴忠信入藏还拍有纪录电影片，把各种宏大热烈的场面，男女藏民欢迎中央大员时泪流满面的情景，以及藏方组织翠华摇曳的仪仗、紧扣心弦的马蹄、锦旗如林美女如云汉藏亲和生动真切地表现出来，展现出西藏官兵群众对国民政府大员到来的欢迎确实发自内心，毕竟血浓于水，也证明西藏自古就是中国不可分割的部分，藏区群众亦是。如唐太宗所说"夷人亦人耳，其情与中夏不殊，盖德泽洽，则四夷可使如一家"。吴忠信使藏主持十四世达赖坐床，与1300年前唐太宗倡导的"四夷可使如一家"是一脉相承的。

还有两件事亦能说明西藏地方对中央大员的态度。一是当吴忠信进入藏区后，西藏地方政府得知吴忠信地位高于前清驻藏大臣，立即将原定接待费用从藏银1000两增加到8000两，热振摄政下令"以西藏最隆重的礼节接待吴氏"。二是西藏摄政热振活佛（当时最高首脑）设宴招待全体中央人员时，专门与吴忠信另设一桌，按照藏俗无论何人摄政不能与之同桌。再就是去布达拉宫参观，接待官打开达赖专用通道让吴忠信拾级而上。这些待遇包括清代驻藏大臣均无前例。当然，吴忠信这次使藏，由于任务、目的、意义的重大，也出手大方，可谓有钱使在刀刃上。

据档案记载，吴忠信代表国民政府给达赖送的礼品有金银工艺、福州漆器、湖南湘绣、杭州丝绸、布料、地毯，各种茶叶、白糖、果品多达26类240余件，均为国内珍品，价值8万法币，超过历代王朝给达赖的任何一次性封赏。礼品共

用80人抬往布达拉宫，沿途数万群众争相观看，盛况空前，大长脸面。除了达赖、热振等主要人物，吴忠信此次共携带礼品300余驮，西藏僧俗官员都有礼品，共送340余份。

更重要的是对西藏三大寺院广为布施。西藏三大寺地位特殊，在西藏这个普遍信仰佛教的地方，其立场观点足以左右西藏政局，因此，吴忠信十分重视，精心安排。哲蚌寺有僧人7700名，色拉寺5500名，甘丹寺3300名，吴忠信均携国民政府代表团成员前往布施，在大殿前支起多口一丈大锅，成驮茶叶，成桶酥油，大火熊熊，茶锅翻滚，香味四溢，按名给喇嘛酥油茶，木碗传递，热气飘拂，唏嘘一片。接着，铁棒喇嘛出列，成排站立，引领诵文，祈祷佛事兴盛，中国抗战得胜，中华祖国昌盛。全体喇嘛附诵，声震瓦屋，远传河谷，经久不息。

之后，布施开始，每位喇嘛藏币一枚（合藏银3两，法币2.5元）。三大寺均一律对待，故盛况空前，众僧感恩不已，称"对中央感情极佳"。规模最大的一次布施当属大昭寺，该寺为文成公主赴藏时所建，历史悠久，规模宏大，释迦牟尼12岁等身佛像是文成公主进藏时带来的，还供有松赞干布、文成公主塑像，大昭寺广场则立有公元821年唐蕃舅甥会盟碑。大昭寺又在拉萨市中心，吴忠信认为在大昭寺布施影响广大，能为国民政府立威，故高度重视充分准备，在藏历开年节，亲自主持，熬茶、放粥，每人布施一元，优厚打破历史纪录。那天大昭寺僧俗共两万余人，另有市民及乞丐六七千人，却秩序井然，毫无喧嚣。数万老少僧俗对中央大员恭敬之状，感激之情，莫不溢于言表，赴藏人员与西藏政府官员凡在场者无不动容，热泪盈眶，深感西藏内依祖国之可靠、之荣耀，整个活动可以说取得空前成功。

不仅在这些大场面、大活动、大关节上，吴忠信高度重视，全体赴藏人员共同努力，达到为国民政府立威，彰显对西藏主权的效果，吴忠信还认为要使西藏长治久安，必须让西藏僧俗各界对国家五族共和的主张认识了解，彼此要加强沟通。所以，国民政府入藏行辕全体人员在拉萨长达几个月中，一项重要工作便是拜会僧俗官吏和各界人士。凡重要人物，吴忠信都亲自出面，每天日程都排得满满当当，嘎厦官员、世袭贵族、热振与纪仓活佛，甚至亲英派首领擦绒、强俄巴，藏军代本（团长）崔科等人，吴忠信都登门拜访，赠送礼品，取得明显效果。在缺医少药的西藏，施医施

▲大昭寺布施

药最能争取人心，到拉萨之后，吴忠信便让随队医生、曾取得德国医学博士的单向枢及助手在拉萨市区义务施诊。哲蚌寺的大活佛东本患有水肿病，经单医生治疗后，病情大有好转。消息传开，嘎厦高官彭康夫妇、贵族詹东以及拉萨市区的平民百姓都纷纷前来问诊就医，医疗所门前从早到晚排成长队，交通为之堵塞。一位大富商解友三提出只要单医生留在拉萨，他愿出资开办医院。

在这种融洽热烈的气氛下，一些久悬未解的重大事项也得以解决。比如清末动乱，驻藏大臣撤销，也就中断了西藏与祖国内地联系，国民政府成立后，一直希望设驻拉萨办事处，均遭拒绝，这次以孔庆宗为处长的办事处顺利成立。

相比之下，不邀而至的英国代表团可就黯然失色了。

威廉逊死后，古德继任英国驻锡金长官，很自然的也就继承了大英帝国在亚洲的各项殖民政策。尽管古德表面上显得比威廉逊温和，但骨子里并无区别。本来西藏地方政府只是转告印度政府将举办十四世达赖喇嘛坐床典礼，但古德却视这种告知为邀请。他也带了一个所谓观礼团赶到了拉萨，西藏地方政府只派了一个代表及 200 名藏兵前往迎接，与拉萨官民倾城而出欢迎吴忠信一行简直不可同日而语。再就是同吴忠信带来的丰富众多为国民政府争够脸面的礼品、布施、礼

▲布达拉宫庆典

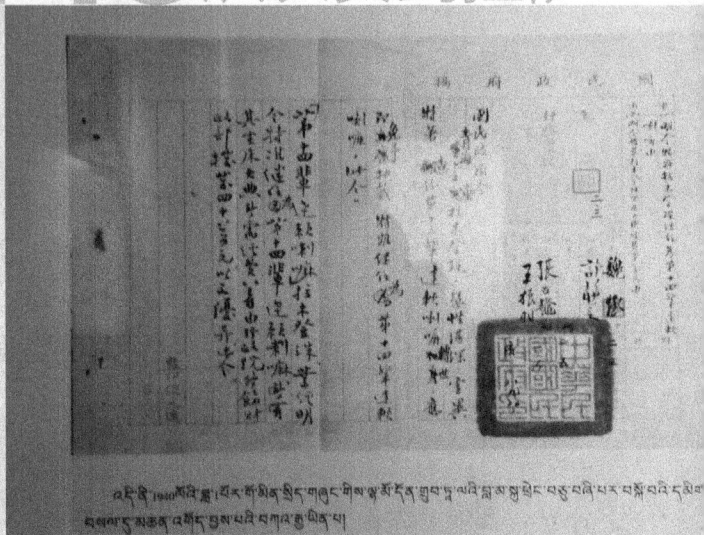
▲国民政府认定十四世达赖喇嘛公文

金相比，英国人的礼品太小气、太平常，简直拿不到桌面上来，不过是很普通的风琴、望远镜、枪支等，让人替大英帝国害臊。

更重要也更精彩的是，接下来举办的十四世达赖喇嘛正式坐床庆典上，有不丹和尼泊尔的代表，却压根没有看见英国人的影子。当然，后来许多著作，包括美国人梅·戈尔斯坦的名著《喇嘛王国的覆灭》，也找了许多理由为英国人挽回脸面。但在我看来最根本的理由乃是西藏的事情只能由中国人自己来办，压根与英国人无关。

言归正传。

在进行了众多的铺垫之后，一切都水到渠成，以吴忠信为首的国民政府入藏代表与西藏地方政府互相谅解取得共识，十四世达赖喇嘛坐床仪式定于1940年2月22日在拉萨布达拉宫东面的思西平措大厅举行。整个庆典历时4个小时，充满欢乐、祥和、喜庆气氛。从始至终，再无差错出现，吴忠信一颗悬着的心总算落下来。

这天，不仅拉萨，战时陪都重庆、青海西宁都召开了庆祝大会，国民政府下令在22日这天，"全国应即一体悬旗庆祝"。

从1933年12月17日十三世达赖在罗布林卡圆寂到十四世达赖1940年4月22日在布达拉宫正式坐床，历时7年，一代达赖喇嘛的转世总算徐徐落下了帷幕。

▲十四世达赖喇嘛拉木登珠

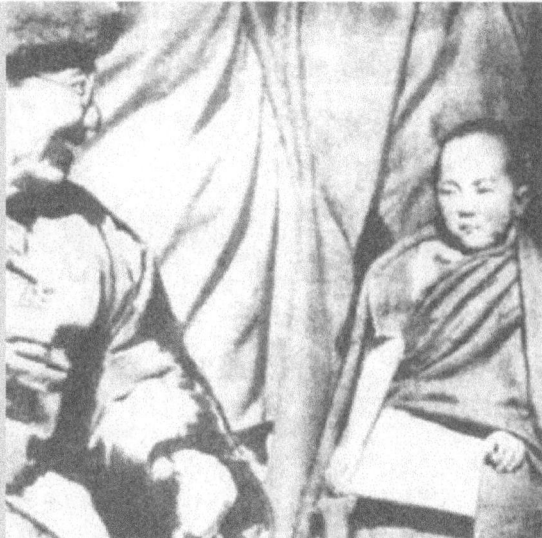
▲吴中信主持十四世达赖坐床

旅途小憩

◇三访藏博◇

这篇《达赖转世有传承》，是本书最为重要的篇章之一，也是我下功夫最大，改动次数最多的一章，仅是参考书目便多达 20 余种，几乎涉及西藏近代史中所有的重要人物与历史事件，也可以说是一篇浓缩的西藏近代简史。

▲三访藏博

写作此篇，困难之处在于如何把那些散见于史籍档案、摘录出来的材料，编织起来，重新酝酿整理，使之鲜活生动，雅俗共赏，为读者接受。关键在于自己是否能把材料吃透，烂熟于心。在这个酝酿催化的过程中，我曾三次参观西藏博物馆，其作用不可低估。首次为 2009 年，在几层大厅转悠踌躇，西藏从上古到现代的各种实物、图片、人物、模型，栩栩如生，直逼眼帘，恍然之间，心中泛起波澜……

2011 年再次来拉萨时，连续两日，我都在西藏博物馆观看实物，翻拍照片，仅是本书采用的当时所拍历史文献图片便多达 40 余幅。

这篇五易其稿，由最初 1.2 万字到 2 万字的《达赖转世有传承》，也经著名藏学家、西藏社科院副院长何宗英先生把关审阅，仅是何先生亲笔修改便达 10 余处，总算得到一个满意的肯定，这也使我有勇气把它展现在读者面前。

班禅内地漂泊记

▲九世班禅大师

晚清时代，咸同以降，大清帝国雄风不再，江河日下，太平天国起义于前，义和团运动于后，外有列强环窥，内则烽火遍地。不仅沿海在列强坚船利炮威逼之下，开商埠、辟租界，连遥远的雪域高原也遭英军两次入侵，兵临拉萨城下，强签《拉萨条约》，扶植亲英势力，策划西藏独立，造成局势动荡，引发各种矛盾。达赖、班禅两大活佛亦在动荡中交恶，班禅被迫逃亡内地。多年漂泊，返藏无功，竟于玉树圆寂。这也是中国现代佛教界一件大事，笔者查阅多种史料，探察班禅返藏线路，尤其在兰州书摊偶然购得70年前马鹤天先生所著《甘青藏边区考察记》，受益匪浅。

马鹤天，山西芮城人，早年留学日本，参加同盟会。辛亥革命后又在北平与胡适一起从事教育，立志考察研究边疆，创办发行《西北月刊》，多次赴东北、西北考察，出版过不下10种考察著述。曾担任甘肃省教育厅厅长、甘肃学院（兰州大学前身）院长，后又担任国民政府蒙藏委员会委员、驻藏大员。恰值班禅流亡多年获准回藏，马鹤天即以护送班禅回藏专使行署参赞前往。离开西宁，越日月山，过倒淌河，穿黄河源，山川阻隔，非雪即雨，一日四季。又值抗战爆发，计划屡变，路线迭更，直到班禅圆寂，在甘青藏边滞留三年之久。

事有两面，也恰是在这漫长曲折的过程中使马鹤天得以深入了解甘青藏边物产经济，回汉藏情，历史民俗，建筑民居，服饰饮食，岁时节庆，婚葬娶嫁。先生以学人眼光，逐日记载，积累50余万字，300余幅图片，1947年由商务印书馆出版，为今日留下弥足珍贵之史料。甘肃人民出版社2003年列入"西北纪行丛萃"再次出版。笔者考察唐蕃古道，凡行必携此书，每每与之对照，收获良多。专写此章，亦是对马鹤天这位先贤的怀念与敬重，以下分段叙述。

▲班禅驻锡的扎什伦布寺

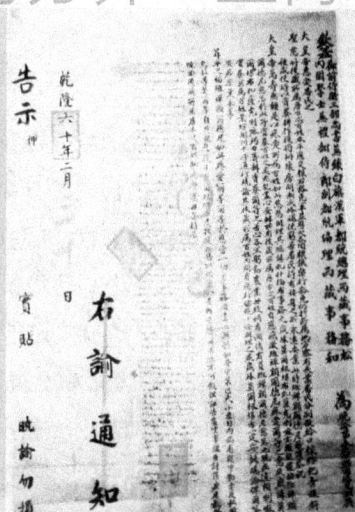
▲清代乾隆时期在西藏张贴的告示

活佛交恶

"天上日月一双，地上达赖班禅。"

这是在蒙藏地区广为流传的一句谚语，比喻达赖、班禅两大活佛在信教群众心中如日月同辉，并无二致。事实是，两位活佛的先世均是格鲁派创始人宗喀巴大师的弟子，系同教同宗兄弟；两个系统的活佛均历经明、清两代，由蒙古汗王赠名号和由清王朝册封任命，确立了宗教领袖地位。两个系统的活佛均需由驻藏大臣代表中央政府通过金瓶掣签加以认定，并分别在布达拉宫和扎什伦布寺举办隆重坐床仪式。达赖、班禅坐床后，都要由清王朝钦颁谕旨，赏用黄轿、黄车、黄鞍座、黄红日罩、御棍执事，并启用金印，行使活佛职权。在以上名号、礼义、规则上，两个系统的活佛并无贵贱高下之分。而且，清乾隆时，福康安大败廓尔喀后，会同驻藏大臣、达赖、班禅制定西藏善后29条章程，除了制定"金瓶掣签"规范活佛转世制度之外，强调达赖与班禅地位虽与驻藏大臣一样崇高尊贵，但需受驻藏大臣节制，所有需上奏朝廷的意见或建议均要经驻藏大臣代为转奏。这样，就保证了西藏地方的军事、外交与财政大权均通过驻藏大臣掌控于中央政权，这种情况在清代一直执行得很好。只是到了清末，国势衰落，英印插手，才出现危机。西藏善后29条章程中，还有涉及达赖、班禅关系方面的内容。主要精神是二者互为师徒关系，地位平等。还规定班禅驻锡的扎什伦布寺管理官员及辖区四个宗（县）长官任命，由班禅与驻藏大臣协商，与达赖和西藏地方政府无涉。这本来是很清楚的事情，也表明清廷对达赖和班禅一样优待，并无区别。但是达赖、班禅由于驻锡地位置不同，其他方面也存在着一些不同的地方。

　　首先，达赖位处前藏，即拉萨地区，从吐蕃王朝至今均为西藏政治、经济、文化中心，西藏境内佛教格鲁派四大寺院，其中哲蚌寺、色拉寺、甘丹寺均在前藏。另外，布达拉宫、大小昭寺、罗布林卡、西藏地方政府噶厦均在拉萨，管理的地盘占西藏绝大部分。后藏仅扎什伦布寺一座名刹，管理上仅有日喀则、拉孜、昂仁和彭错林等地。这就决定了两大活佛管理的寺庙、僧人及百姓有较大的差异。雍正十一年（1733年）达赖上报理蕃院，全藏格鲁派寺庙3477所，僧众316230人，其中达赖管辖寺庙3150所，僧众302560人；班禅下辖寺庙327所，僧众13670人。寺属农奴128190户，其中班禅仅有属民6752户。

　　这就不难看出，达赖管理的地盘、寺庙、僧人及农户均10倍以上于班禅。历史上达赖为西藏政教合一首脑，而班禅仅为所管辖区寺庙、僧人及农户首脑。但事有两面，达赖正因为位高权重，身处要津，苟利所在，常成为争夺焦点，在金瓶掣签制度之前竟有四辈达赖短寿，最小11岁，最大22岁，成为恐怖险恶政治斗争的牺牲品。

　　相比之下，各世班禅多能静心修行，著书立说，在佛学上有所建树而享盛誉，大多高寿，能够善终。比如四世班禅享年92岁，为所有达赖班禅长寿之最；五世班禅74岁，七世班禅72岁。唯八世班禅例外，年仅27岁，但确实因身体不好早逝，而非政治原因。这也是达赖、班禅先世同为宗喀巴弟子，目前却相差几辈的原因。历史上达赖班禅互为师徒，一个圆寂，另一个负责寻找灵童，按转世制度予以确认，并负责为其剃度。十三世达赖与九世班禅关系最能说明问题。

　　十三世达赖1876年出生于拉萨东南乡村，出身贫寒，两岁时由八世班禅为其剃发，取法名土登嘉措。18岁亲政后，吸取多世达赖早夭教训，不吃别人所送食品，只食心腹送的食物，防人甚严，工于心计，热衷权谋，这也是造成日后与班禅不和的重要原因。由于达赖长班禅7岁，两人还算是师徒关系。

　　九世班禅1883年出生于前藏塔布农村，乳名伦珠嘉措。父亲不详，其母是一个名叫当琼措姆的哑女，家庭极为贫穷，靠给贵族牧羊为生，整日在烈日寒风中的牧场，根本无能力养育孩子，所以，伦珠嘉措被寄养在外祖父家中。这个孩子虽然来到这个世界就不幸，却从小灵异过人，3岁时作为3名灵童之一送入拉萨。

　　清光绪十四年（1888年）伦珠嘉措5岁时，被送往布达拉宫的萨松朗杰殿，与其他两名灵童一起参加金瓶掣签仪式。据档案记载，这次仪式由驻藏大臣文硕主持，十分隆重且程序规范。参加掣签仪式的有十三世达赖喇嘛、驻藏大臣随员、西藏地方政府僧俗官员、扎什伦布寺要员及西藏三大寺代表等。掣签之前，首先由驻藏大臣文硕率全体人员向清高宗纯皇帝（乾隆皇帝）像行礼。之后几名大活佛先行诵经，然后把 3 名灵童的名字及出生年月写于象牙签牌，投入金瓶摇晃诵经，再由驻藏大臣文硕用象牙筷从中抽取一枚签牌，公开示众，签牌赫然显示：伦珠嘉措。

这样，在经过一系列严格的宗教程序后，伦珠嘉措被认定为八世班禅额尔德尼的转世灵童，确定为九世班禅。先由十三世达赖为其剃发，取法名却吉尼玛，由两名精通佛教经典的格西（高级学位）喇嘛为其授业。20 岁时，又由十三世达赖为其授比丘大戒，这也确立了两人的师徒关系。两位活佛早期关系融洽，互有来往，尤其对外抗英立场一致。

1887 年，英国第一次入侵西藏，达赖和班禅共同领衔拉萨三大寺、扎什伦布寺、地方政府七品以上官员上书驻藏大臣，坚定表示"纵有男尽女绝之忧，唯当复仇抵御，永远力阻，别无所思"。之后，后藏民兵配合藏军参加隆吐山血战，双方配合默契。

1904 年，英军第二次入侵西藏并进入拉萨，十三世达赖被迫出逃，驻藏大臣有泰奏请朝廷，请班禅前来拉萨摄政，班禅以"后藏为紧要之区……恐有顾此失彼之虑"婉言谢绝，但引起达赖猜忌。达赖逃往蒙古，企图依靠俄国制英，时值日俄战争，俄国战败，自顾不暇。达赖转赴北京，又逢慈禧太后和光绪皇帝相继去世，达赖目睹清廷末日，深感失望。在京期间，各国驻京公使不断拉拢达赖，达赖逐渐产生谋求自立的野心。

达赖返回西藏不久，辛亥革命爆发，清政府垮台，驻藏大臣不复存在，驻藏川军撤离。在此期间，驻藏大臣联豫想让班禅取代达赖，但不仅没有达到目的，还恶化了两大活佛的关系。北洋政府面对百废待兴的时局，自顾不暇，十三世达赖成为西藏真正主宰。他开始按自己的意愿和思路在西藏实行改革，组建藏军司令部，筹办新军，创办机器厂制造枪炮，开办军事训练学校，向英国学习技术，向印度学习军事。又成立邮政局、电报局，还设立银行，开矿、种茶……由于开矿时挖出了一只蛤蟆，认为不吉祥，只好停止开采，种茶也没有成功，改革没有取得预期效果。而且，已经开办的机构无一项不需要投资，无一宗不需要经费，在短时间根本不可能收到回报，西藏区区边地，经济历来落后，任佛法无边也不可能生出摇钱树来。

于是达赖便加倍征收赋税，连历来由班禅管理的后藏及寺庙都不例外。过去，班禅辖区内的僧俗百姓及其庄园土地，只向扎什伦布寺交纳赋税、提供差役，与地方政府无关。唯一的例外是当年清军远征廓尔喀胜利班师回朝时，凡经过地区不管前藏后藏均需提供粮草、马匹及差役。如今十三世达赖在财政紧张的情况下，

▲历史上班禅管属的后藏原野

便援用此例说事，要求班禅方面承担两次抗英全部军费的四分之一，这显然脱离了班禅所辖的寺庙、人口、土地均不及全藏十分之一的实际，班禅多次辩解都无济于事。征收军费，还只是达赖的一种借口，他的最终目的是要把隶属班禅管理的辖区全部并吞，改由西藏地方政府来管理。

而且，很快付诸实践，在日喀则设立后藏总管，不仅征税，还插手班禅驻锡之处扎什伦布寺事务，给班禅日常生活带来极大骚扰和不安。这样就使达赖、班禅两大活佛本来已经恶化、难以理清的复杂关系公开地破裂了。

仓皇出走

直接引发九世班禅逃亡的原因，是他派往拉萨请求减免赋税的代表噶绕巴、德来康萨竟然被扣押，并投入拉萨监狱，这在九世班禅心中引发了恐惧。在此之前，九世班禅曾向十三世达赖写信申述扎什伦布寺及后藏群众的困苦，并要求前往拉萨与达赖当面恳谈。十三世达赖无理由推辞，回信说同意面谈，但目下政务繁忙，需推迟至第二年。班禅无奈，只能服从。岂料到了第二年，达赖又突然宣布要"闭关静坐"三年，任何人不能打扰。这使班禅意识到，达赖根本不愿见他，他们之间的矛盾也就无从化解。

另据朱绣所著《西藏六十年大事记》中记载，1902年春，班禅往朝达赖，由布达拉宫前击鼓而过（鼓为佛前之仪仗——原注），达赖怒为班禅过师门而击鼓，妄自尊大，遂罚银1500两。自此左右互相谗构，嫌隙日深。

按说，两位活佛在名号、礼仪上并无尊下之分，行走击鼓也属正常仪礼之例，何况班禅又是前去拜访达赖，更当注重礼仪。为击鼓而罚款只能讲是无事生非，这不能不在班禅心中留下阴影，意识到达赖这回是存心与他过不去了。再联想到，十三世达赖18岁亲政之初，就设计毒死已经辞职的摄政第穆呼图克图及其助手，且没有留下什么把柄，只称"暴亡"，连当时驻藏大臣奎焕都无可奈何。在西藏历史上这类事多了，五世达赖去世，西藏最高行政官员第巴桑结嘉措10余年秘不发丧。八世至十二世达赖均英年早逝，做了险恶政治斗争的牺牲品。面对达赖的种种威逼，班禅经过冷静的分析判断，觉得唯一的出路就是逃往内地。这也与达赖、班禅两位活佛的性格紧密相关。班禅家贫，母又残疾，自幼进入寺庙，精研佛典，日后成人，本质为佛界中人。后藏及扎什伦布寺势力单薄，世代受中央政府册封，得以与达赖在政界与佛界平起平坐。故班禅心存感恩，毕生爱国，这从逃亡前发生一事可窥一斑。

1905年英军侵占拉萨时，达赖出逃，驻藏大臣有泰上奏朝廷，请求革去达赖喇嘛名号，并请旨让九世班禅前去拉萨暂人政局。尽管班禅一再婉辞，但英印当局看到有机可乘，便命江孜驻军头目鄂康诺带50名士兵，闯进扎什伦布寺，美其名曰邀请班禅前往印度会见英国皇太子。班禅回答，"我可以去印度，但首先要向清朝大皇帝报告，经过批准才可以去，否则实难从命"。后英军以武力胁迫，扬言若不去印度，便进攻日喀则。班禅无奈，但临行明示，"若班禅此行违背大皇帝恩德，即死于九幽地狱，不得超生"。班禅到印度后，英方要求他会见英国皇太子时，须行跪拜大礼，班禅执意不从，声称"我只拜大清皇帝，余皆不行"。后英人见无机可乘，遂放班禅回藏。日后从班禅毕生言行可以看出其爱国出自心扉，矢志不渝，终其一生。

十三世达赖虽也出身寒门，也在寺庙长大，但因历代达赖都处政治中心，有几代还做了政治牺牲品，他从中吸取教训，工于心计，学会应付险恶环境的本领并付诸实践。日后，无论抗英，无论与班禅交恶，态度都很强硬，用现在的说法，属"鹰派"人物。还有资料记载，达赖闲暇时喜欢养动物，尤其凶猛动物，拉萨罗布林卡就养有金钱豹、孟加拉虎、藏獒、秃鹫等。热衷权力斗争的人往往内心孤独，喜欢凶猛动物不能不说是某种心态的流露。

总之，班禅当时选择出逃十分明智，也很会选择路线，他于1923年农历十一月十五日深夜安排好扎什伦布寺应付方案及致达赖信。班禅在致达赖的信中措辞谨慎，没有一句责怪抱怨，仅仅指出由于噶厦办事官员向达赖虚报情况，强迫班禅辖区负担力所不及的沉重军费和赋税，使扎什伦布寺及所管寺院供养费用日益减少，入不敷出，为了解决困难，也不给西藏地方政府添麻烦，他决定到内地募化、求布施。班禅希望他走后，僧俗官员照料好寺庙，不要给老百姓增加额外负担。

他们没有选择入藏大道，而是踏上生死未卜的藏北无人区。也幸亏选择了此路，班禅出逃的消息传出，达赖立即派出藏军代本（团长）崔科率骑兵追赶，但沿大道一直追到唐古拉山口也没见到班禅，时大雪封山，只能无功而返。

班禅一行为摆脱藏兵追击，走的藏北羌塘大草原。那儿由于海拔超过4500米，气候恶劣，高寒蛮荒，属无人区，这就陷入缺少食品、衣物、驮牛的困境。在艰难的行程中，幸亏碰到了一个游牧的部落，其头人笃信佛教，奉送了糌粑、酥油、干肉、干菜及牲口饲料，还赠送了驮牛和帐篷，靠这些支撑班禅终于脱离了西藏管辖的地域。消息传回拉萨，拉萨市民都很高兴，达赖并不能一手遮天，群众心中还是有杆秤的。藏族是个很有智慧的民族，他们善于用歌谣表达自己的爱憎：

都说班禅似兀鹰，展翅飞翔奔他乡；
都说崔科像猎犬，空手而归嗅地面。

班禅一行走出藏境，却没走出困境。道路难行，不时迷路，缺食缺衣，天寒地冻，有时几天断食，佛家又不忍杀生。在最困难的时候，他们发现山坡上有用卵石摆出的藏文字样，他们领悟到某种暗示，果然在下面挖出了食品、茶叶及酥油等物品，支撑了他们的行程。后来，直到进入了1924年元月，他们巧遇由西藏返蒙古的活佛，随同的蒙古王公因信藏传佛教，赠送了班禅一行足够的食物用品，才使他们彻底摆脱了困境。

辗转赴京

"丝绸西去，佛教东传。"

丝绸之路自西汉开通，张骞"凿空"西域，班超"定远"边陲，中国的丝绸、茶叶、瓷器和冶炼、打井、造纸技术传入中西亚、欧洲，西亚一带的西瓜、石榴、歌舞、音乐，尤其是诞生于印度的佛教则沿丝路东传，新疆库车千佛洞、敦煌莫高窟、天水麦积山，乃至龙门石窟、大同佛雕，在丝绸沿线留下一座座灿烂夺目的艺术宝库。中国蒙藏地区信仰的藏传佛教，虽吸收西藏地方苯教特点有所改革，并用藏文传播，但就总的方面来讲，属佛教范畴。佛教在中华大地历经千载，几

▲塔尔寺金顶，九世班禅曾在此弘法

经沉浮，早已沉淀下来，为许多国人所接受。明清两代朝廷厚待达赖、班禅两位活佛也是国人尽知的事情，所以中华大地地无分南北，人无分老幼，提及达赖、班禅，人们心中皆有种神秘的敬仰。

班禅逃亡到达内地的时间是 1924 年春天，其时，北洋政府执政，大总统为曹锟，割据的地方军阀，西北冯玉祥、云南龙云、山西阎锡山、东北张作霖、江南孙传芳、中原吴佩浮、青海宁夏的"五马"也已起势，尽管他们之间时而联横，时而合纵，尔虞我诈，火拼不已，但对来自西藏的大活佛都不马虎，上至大总统曹锟，下至西宁镇守使马麟，乃至班禅最早见到的安西县（现瓜州县）县长，无不态度积极，热情欢迎，提供方便，布施财物，使班禅一行切实感受到祖国大家庭的温暖。

1924 年 3 月 20 日，班禅一行到达甘肃河西走廊最西端的安西县，得到安西县县长的热情接待，并电告甘肃督军陆洪涛，陆又向北洋政府大总统曹锟报告。北洋政府参照旧例，决定按清乾隆时代接待六世班禅规格和礼仪，隆重欢迎班禅到京。至此，班禅一行住行膳食都得到沿途政府的高规格接待，班禅改乘骡轿，即用两匹健壮骡子，一前一后代替人工抬轿，人较舒适，速度也快，这在当时就算是西北地区最好的交通工具了。一路过张掖、武威，于 5 月 9 日到达兰州，受到当地军政官员及数千民众的热烈欢迎。班禅下榻的地方，人们用黄布铺道，黄缎饰壁，高扎彩坊，备极庄严。北洋政府的特使也赶来兰州，明令册封九世班禅"致忠阐化"的名号。班禅一行在兰期间，各界争相宴请，甘青一带佛教名寺塔尔寺、拉卜楞寺相继延请弘法传教，充分体现各界群众对班禅的尊敬。

8 月初，班禅一行离开兰州，在中央政府特派专员李乃芳陪同下进京。不想

▶九世班禅（前排左二）参加国民政府会议

此时，冯玉祥发动政变，大总统曹锟下台，由段祺瑞临时执政，直奉军阀大战爆发。

然而，班禅派近侍罗桑楚臣去敌对双方阵地接洽后，出现了中国战争史上绝无仅有的一幕，敌对的双方将士都因对爱国大师班禅心存敬意，双方休战，礼送班禅大师一行安全通过各自防区。据中国藏学出版社所出西藏近代史丛书《漂泊的佛爷》记载，班禅一行"至西安时，刘镇华隆重欢迎，并优予接待。班禅驻八仙庵。在北京政变中出任临时执政的段祺瑞来电欢迎班禅大师进京，并饬令刘督军送至潼关。"而山西督军阎锡山已派员来黄河风陵渡迎接班禅了，至太原时，阎锡山率官员与军队数千人在郊区迎接，并鸣枪致敬。班禅下榻新落成的宾馆，各界群众前来慰问，络绎不绝，邻近的蒙古王爷也特地赶来探视，班禅在太原度过1925年的农历新年。

1925年2月，阎锡山与北京临时政府接洽，安排班禅进京。这次特备专列火车，黄缎结彩装饰门窗，皆用五彩电灯，华贵亮丽。列车驶进北京站时，北洋政府代表，蒙藏院官员，雍和宫喇嘛乐队及数万军民夹道欢迎，班禅被以最高规格迎进中南海瀛台。至此，班禅一行从仓皇出逃到安居瀛台历时一年半，终于结束艰难曲折的进京之行。7月末，临时执政段祺瑞赏给班禅金册、金印，颁给"宣诚济世"的名号。

祈祷抗日

1928年，国民政府在南京成立，班禅即通电拥护，并在南京成立班禅驻京办事处，发布成立宣言，郑重宣布西藏与祖国的关系，观点鲜明，立论精辟，当时即广为传布，日后更载入史册：

西藏之于中国，汉唐以降，关系日深。征诸历史与地理上之关系，西藏欲舍中国而谋自主，实不可能；反之，中国失去西藏，亦犹车之失辅。故中藏关系，合则两益，分则俱伤，此一定之道也！

▶初到内地的九世班禅

另外，对英国深入西藏，增大贸易，从事侵略，怂恿西藏独立，扶植亲英势力苛虐僧侣，剥削人民的情况予以揭露，以期引起中央政府的关注："不能把目光只盯在珠江、长江、黄河三流域之间，对边疆仍旧漠视，非国家长治久安之计，中国之国民革命，亦不能谓之成功。"

从以上论点，不难看出班禅大师虽偏居雪域，但因历经两次抗英斗争，直接面对英国的劫掠欺凌，对弱国无外交有深切感受，渴望祖国强大，亦对西藏与祖国的历史渊源、目前天下大势有清醒认识，对国民政府怀着殷切期待，把西藏的前途和希望与祖国内地视为一体。班禅大师的爱国情怀坚守终生，下面附录班禅一篇讲演稿，足以证明。

西藏是中国的领土

今天，本人参加新亚细亚学会第三次会员大会，深觉荣幸！现在以本人感想所及，略略讲几句话。当本人未来参加贵会以前，已知道贵会是研究的性质，除研究广泛的亚洲问题以外，尤其注意中国的边疆问题。东方各国如中国、印度、日本、暹罗，都以释迦牟尼佛为信仰中心，足以代表东方各民族所信奉之宗教。以此种精神，解除一切纠纷，于世界必有重大影响，在消极方面，可以弭灭世界大战；在积极方面，对世界贡献伟大的文化。至于中国的边疆问题，有各位先生留心研究，于国家前途亦非常有利。因为中国内地人民知道边疆情形的很少，同时，边疆人民对于内地情形也很隔阂。贵会关于东方及国内文化之沟通，实可使彼此相互明了，相互提携，而入于共存共荣之境，其使命之伟大，实非吾人所能形容者也。

至云，西藏为中国的领土一层，想诸位对于中藏历史都有深刻研究与认识，毋庸多赘。兹略举其荦荦大者，如当藏王松簪干布之时，曾迎娶唐之文成公主为妻，迄至藏王默瓦葱时复与中朝之金城公主结婚，此时中藏感情之融洽，与乎血统之混合，已达相当程度。元代曾尊封西藏之贵族卓根却吉怕八为国师，并以西藏之土地嘱其管理！至明代实为西藏之大施主。达赖第五世、班禅第六世，曾相继至中原朝觐大皇帝。清时准噶尔人之侵略西藏，清帝派兵援助削平之后，即派驻藏大臣于拉萨，并率相当兵力保护达赖班禅，捍卫国土。以上所举，可资证明西藏为中国领土。言至此，余有两点感想，可向各位报告：（一）西藏是中国的领土，如被帝国主义者侵略，则无异于自己的门户被人拆毁，不免有唇亡齿寒之忧！（二）如何使蒙藏与中国团结成整个民族？要做到这两点，须先做许多工夫，上自中央政府，下至全国国民，一致努力！我们救人救国家救世界，都应以慈悲诚笃为出发点，在席诸君都有高深的学问和宏富经验，希领导国民努力做团结御侮的两项运动！完成国民革命，并望各位随时不吝赐教，以匡不逮，敬祝诸君健康！

（民国二十年五月十日在南京新亚细亚学会第三次会员大会讲演）

1931 年，班禅应国民政府邀请，5 月 4 日来到南京，蒋介石派贺耀祖为代表，率各部、院、会负责人及市民、学生数万人在下关码头欢迎，海军鸣礼炮欢迎。班禅亦应邀讲演，强调西藏是中国领土，其关注边疆稳固，倡扬民族团结之心，溢于言表，获得群众广泛赞誉。国民政府亦因班禅通达教理，行持精严，热忱拥护中央，坚持五族共和，授班禅"护国宣化广慧大师"名号，及西陲宣化使职务，以便向蒙藏康青广大信众宣传中央威德，以求汉、满、蒙、回、藏五族共和。7月 1 日国民政府举办盛大仪式，蒋介石宣读册文并亲授玉册、玉印，班禅向蒋行三鞠躬礼。

不久，九一八事变发生，日军占领东北，对与东北相邻的内蒙古震动极大。历史上满族崛起，就是充分利用蒙古王公势力，才得以夺取天下，故有清一代对蒙古王公十分优厚，蒙满关系也非同一般。东北沦陷，日本阴谋策划成立伪满洲国，还妄图利用历史上蒙满关系，拉拢蒙古王公，离间国民政府与蒙古贵族的关系。其时苏联策划挑拨蒙古独立，形势十分严峻。国民政府有识之士建议，希望时在内蒙古弘扬佛法的班禅大师能利用蒙古族群众普遍信仰藏传佛教的优势，来影响导化群众，切勿听信日奸谣言，同心同德，救亡图存。"敌兵压境，国事危急。此事唯有全国各民族同胞消释前嫌，亲爱团结，以合乎公道之诚意一致御侮，方克有济。"

班禅大师深受信众拥戴

　　班禅大师领命后不顾个人安危，从内蒙古东部到西部，几乎跨越中国东西，带领部下随员80余人，乘自备汽车，深入当时的绥远、察哈尔等省所属锡林郭勒、四阿巴噶、东西浩齐特等地宣化。内蒙古辽阔，并无多少城郭，常常在野外搭帐篷，拾牛粪，燃野炊，条件极为艰苦，但班禅坚持计划，先后会见达罕王、德亲王、索盟长熊王、梭王、宗王等20多位蒙古王公，到了20余座佛教寺庙，会见几十万蒙古牧民，历时五个月，向沿途欢迎或来听经弘法的王公百姓宣传中央方针，晓以抗日大义。班禅还把属于自己私有的数万头牛马羊及现金，分赠给困难的寺庙和群众。蒙古族群众深为大师精神感动，自觉化解许多恩怨矛盾。

　　班禅一行到达乌盟百灵庙，恰逢日军向内蒙古渗透，绥远守军在傅作义将军指挥下，长途奔袭，趁夜色进攻日伪据点百灵庙，取得百灵庙大捷，全国振奋。班禅特于此时公开发表抗日通电，并召集蒙藏喇嘛千余人在百灵庙诵经超度抗日阵亡将士，祈祷和平，同时号召各盟各王公、贝子积极声援，严守疆土。

　　班禅大师不顾个人安危，亲临前线，对鼓舞蒙古族民众的抗日决心，确实起到特殊的、人所不能取代的作用，一时间蒙古各盟王公都纷纷通电表示决心，抗战到底，为国民政府化解了许多困难和矛盾。1933年8月21日和10月18日，国民政府蒙藏委员会和国民政府分别致电慰问班禅大师，明令嘉奖。中央政府嘉奖令为：

　　护国宣化广慧大师，西陲宣化使班禅额尔德尼，矢忠党国，愿力恢宏。前膺宣化使命，寒暑遄征，勿辞劳瘁。上以阐明中央之意志，下以激发蒙族之忠诚。德音广被，畛域胥融。倾者，国难未已，疆圉多故。该使力镇危疑，维索边局。

◀ 九世班禅曾在此为抗日祈祷

眷念勋勤，尤深嘉慰。特予崇褒，以彰殊绩。此令。

筹谋返藏

奉命赴西藏，送佛归故乡。

兼负驻藏责，代表我中央。

劳役未敢辞，素志在边疆。

游蒙瞬十载，入藏愿始偿。

——马鹤天《康藏行》

这是当年护送班禅回藏专使行署参赞马鹤天所作长达 1500 句的《康藏行》首段。在班禅滞留甘肃、青海、西康长达三年的时间里，马鹤天先生始终伴着班禅大师，或走或停或返，任务更迭，使命屡变。关于班禅返藏人员组成、卫队规模、经费落实、返藏路线、沿途补给、乌拉差役、通信联络、应对意外等诸多问题，国民政府与西藏地方多次交涉，均难统一达成共识。加之英人插手，他们最怕内倾国民政府的班禅返藏，他们企图分裂西藏的阴谋便永难实现，所以不断节外生枝，频添麻烦。时值抗战全面爆发，为了争取外援大局，蒋政府屈从英方压力，致使班禅返藏遥遥无期。

在这几年中，马鹤天先生逐日记载，为后世留下弥足珍贵的史料。使我们能够对班禅那段岁月有明晰了解。其实，如前所叙，班禅离藏是因达赖迫害，迫不得已漂泊内地，尽管受到各种礼遇，但内心深处是希望国民政府能够出面调解

▶九世班禅（右）在重庆

前藏也即西藏地方政府与后藏的矛盾，缓和他与达赖的关系，使他能够体面地回到西藏。他再三表示无意与达赖争夺任何权利，但应按照传统定制，维护后藏与扎什伦布寺的权益，让他行使一位活佛应有的使命与责任。这可以说是班禅自踏上逃亡之路就魂绕梦牵或者说必须面对的问题。

班禅来到内地，安定下来后，作为当事人，曾认真思考，"解铃还须系铃人"，他深知他与达赖的矛盾必须认真面对，不能回避，因此亲笔致函达赖。其要点为：

一、尊敬的达赖喇嘛，尽管您本人对我并无恶意，但确有一些别有用心的人在我们中间恶意中伤、制造麻烦。

二、现在噶厦（地方政府）所为，与历代达赖喇嘛所采取的历史定制相抵牾，这给扎什伦布寺及我的辖区各寺、寺属百姓造成极大的痛苦。

三、给扎寺方面摊派四分之一的军费负担，却又未给我们增加土地，贫穷而纯朴的农奴既遭受经济负担之苦，又要承受被歧视和被侮辱的痛苦。我想当面与您说明并加以解决，但有坏人从中设置障碍，使之无法实现。

四、您还通知我，即使单独见面也得按照徒弟见师傅那样的礼仪来进行，这使我处于十分尴尬的位置。

由于当时交通不便，班禅写信日期为 1924 年 5 月 13 日，收到达赖复信已是 1926 年 5 月 2 日。达赖信中语气虽然缓和，但其根本立场丝毫未变。其要点为：

一、正如您信中所说，确有心怀鬼胎的臣僚从中破坏我们师徒的关系，这就不利于您来向我诉说苦衷，使我保持清醒头脑。

二、为使政教合一的统治长久维持，人们觉得最好还是核查和征收附加税，对于一个政府来说，要求其属下报告有关新增地税并非什么新鲜事。

三、下属官员是凭经验搞出来的报告，扎寺拉章有意见，我们可以坐下来协商，

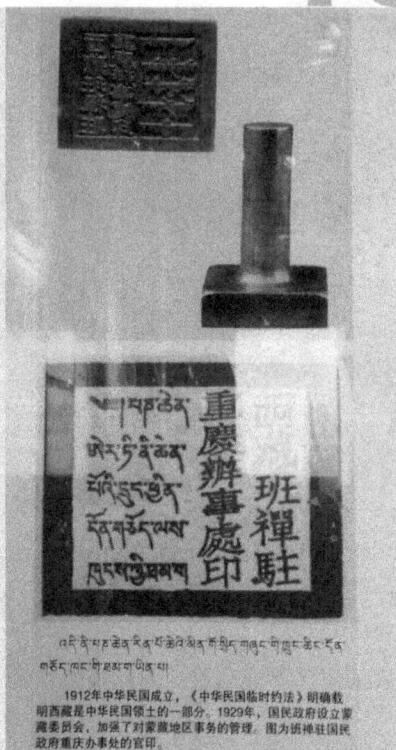

1912年中华民国成立，《中华民国临时约法》明确载明西藏是中华民国领土的一部分；1929年，国民政府设立蒙藏委员会，加强了对蒙藏地区事务的管理。图为班禅驻国民政府重庆办事处的官印。

▲九世班禅抗战时印签

您却毫无理由地离寺出走，您完全可能是被不明事理的少数仆从的谣言左右了。

四、考虑到西藏的政教利益，特别是扎寺僧众的利益，您最好早日返回。若如此，我将向札萨喇嘛罗桑丹增及属下发布严格的命令，要他们确保扎寺及其属院不致有任何麻烦。

从这些遗存下来的信件中，让人看到的是尽管双方都尽量用了客气平和的语气，但并未触及问题的实质，尤其双方都把责任推给下属，其实都心知肚明，指责的就是对方。再者，达赖表达的是即使班禅回去，他也只是让派去管理扎寺的喇嘛照章办事，而不是像历史上形成的格局，达赖的人撤走，扎寺及后藏由班禅管理。

之后，在国民政府对班禅进行褒扬时，达赖恼羞成怒，还让驻京办公布所谓班禅的"十大罪状"；班禅下属不甘示弱，也起草了达赖的"十大罪状"。这就等于在全国公开了两大活佛的矛盾。这不应该发生的一切都为班禅返藏设置了无穷的障碍。

达赖与西藏地方政府的立场是，他们不反对班禅回藏。班禅漂泊在外，而且受到国民政府与各地长官的礼遇，广大群众的拥戴；班禅去内地各大寺庙讲经弘法，也无疑扩大了班禅在信徒中的影响；班禅再三强调西藏是中国领土，与达赖一度想独立的念头抵牾；班禅的爱国精神对西藏当局就是无言的批评，这一切对达赖和西藏地方政府来说也不光彩，尤其无法对西藏广大僧俗交代。但他们要求班禅放弃在后藏的一切政教大权，事事听从达赖的指挥，这是班禅绝对不能接受的，也违反了从明清开始逐渐形成，也为西藏僧俗接受的两大活佛各自拥有的责、权、利。这是班禅希望国民政府帮助他解决的最核心的问题。

可是，在班禅逃亡内地之后，达赖与西藏地方政府已全部接管了后藏与扎什伦布寺的政教大权，并横征暴敛。接管的官员蛮横无理，颐指气使，后藏僧俗官员不堪侮辱，不断逃亡。老百姓也采取传统传播民谣的方式来发泄不满，却遭到达赖的镇压和打击。在这种情况下，达赖与地方政府不可能放弃既得利益，更不

▲ 喇嘛做佛家功课

可能认错。

　　这期间，班禅原本也有很好的返藏机会。比如 1932 年，达赖兼并扎什伦布寺与后藏后，为实现其"大西藏梦"不惜用英印武器进攻西康和青海，均遭惨败。在这种情况下，达赖有了与班禅和解的愿望。下令把关押数年的班禅亲属释放出来，并退回没收的房产土地。班禅闻知也派出代表与达赖和噶厦谈判，这一行动国民政府积极支持，蒋介石特赠予路费两万元，并嘱蒙藏委员会安排走海路，以便迅速往返。可惜，班禅代表虽到拉萨，也与噶厦官员多次会谈，但噶厦仍坚持接管后藏等原有立场，双方距离甚大，没有谈拢。

　　1933 年 12 月，十三世达赖圆寂，国民政府在南京举行隆重的追悼大会，九世班禅特地从内蒙古赶回参加，并致电西藏、西康、青海、内蒙古各地寺庙，为达赖诵经超度。这次活动，班禅出资 73200 块银洋，其中给西藏寺庙达 4 万元，充分体现了班禅不计前嫌、顾全大局的胸襟。

滞留甘青

　　由于达赖圆寂，西藏、西康、青海等藏区民众、团体、寺院纷纷联名呈文蒙藏委员会：达赖圆寂，藏民失去重心，无力图存，切盼班禅早莅藏地，维佛教而度众生。后藏及扎什伦布寺呈文愈加恳切感人：

　　藏众比如婴孩，常以达赖、班禅两座活佛为父母。今既失达赖，而班禅仍不回藏，是犹失父母之孤子。且恐天降灾疫，人事兵祸不常，陷藏众于水火之中，

▲虔诚的教徒

▲朝拜大师

莫能自拔……务恳主席迅予赞助班禅大师于木狗年（1934年）内回到藏土，俾西藏教政得以继续维持，而西藏人民亦得永久安定，民等更当矢志报效国家。

　　西藏地方政府及三大寺也派出代表，欢迎班禅回藏。民国政府责成蒙藏委员会切实办理返藏事宜，诸项事务逐步落实。1934年8月，班禅即起身西移，到达内蒙古，组织寄居百灵庙的职员家属逐批西撤。1935年5月，班禅一行即抵青海黄教名寺塔尔寺，一方面弘法讲经，一方面等候各路人马。

　　此时，护送班禅专使行署也已组成，部分职员及仪仗队已赴青海，接受各种野外训练。并设藏文藏事研究班，分设历史、地理、政治、宗教、军事、经济、社会、交涉各项，另外还设秘书、书记分别掌握沿途甘、青、康、藏四地地势、气候、交通、民情、风俗等，可见准备相当充分。大队人马于1936年起程，沿当年文成公主进藏所走的唐蕃古道，离开西宁，越日月山、倒淌河至黄河源，到达玉树结古镇。这期间，尽管发生"西安事变"，有短暂停留，但形势平稳后继续前行至青康交界的休拉寺。

　　尽管如此，班禅回藏的障碍并没有完全排除，阻力主要来自西藏地方政府。当年，达赖与班禅两大活佛交恶，西藏地方政府完全站在达赖一边，其实扮演了帮凶的角色。地方政府也从征收后藏与扎什伦布寺所属寺院赋税上获取许多实际好处。现在班禅背靠国民政府返回西藏，若再获得西藏三大寺和广大藏民的拥护，达赖圆寂，西藏无人可与班禅威望相比。倘若重新确认前后藏与扎寺权益，输掉的肯定是西藏地方政府。说不定担任噶厦噶伦的个人还会遭到秋后算账，这种阴暗心理自然上不了桌面。于是，就在班禅返藏的路线，尤其是卫队上大做文章。

早在 1933 年 6 月，班禅的代表安钦呼图克图与王乐阶抵拉萨与噶厦官员会商班禅回藏一事时，噶厦提出欢迎班禅返藏，但必须走海道，即通过英印地界。因为走海道需英方签字，这就限制了人数，主动权操于英人之手，噶厦正好借英人自重，来抗衡班禅依靠的国民政府。这显然是国民政府和班禅都不能接受的。

考虑到班禅来内地已 10 余载，为藏事奔波，为抗日祈祷，诚心爱国拥护国民政府，返回西藏，必须给以足够的体面与尊严，也体现政府恩威。故蒙藏委员会依据班禅意见，制定出《班禅大师回藏办法草案》，其中既有对藏区长远建设的规划，比如修建青、康、卫、藏之间的公路，架设电台，分置邮局，兴办教育，选派青年来内地学习等（此次返藏即请教育、交通两部派专家技师同行），还对目下返藏做具体安排。由中央大员，选挑组织 500 卫队作为仪仗兵，并核定全体返藏人员，伙食、薪饷及沿途对寺庙与穷苦牧民布施共 80 万元，另加预备费 20 万元。此草案经国民政府 210 次会议研究，原则同意，并交财政、交通、铁道、实业、教育五部会同蒙藏委员会统筹安排落实。

但此方案却遭到西藏噶厦的电函反对："凡藉名护送班禅官兵，无论多寡，不特不得越进藏境，且需一概撤回。班禅如需护卫，亦可依照佛意，俟到藏境，自有藏方准备迎送。"

对此，国民政府耐心劝导，言明派遣卫队为尊重藏佛，且排除马步芳派兵护送念头。因马家军强悍，屡败犯境藏军，特地从军纪严肃的宪兵中挑选，并允诺卫队从 500 名减少至 300 名，送到西藏后即可撤回。但获知情况的英国人不愿看到衷心爱国、坚持祖国统一的班禅回到西藏，一旦坐镇扎寺，凭借如日中天的威望，将成为英国侵藏的一大障碍。班禅若真回藏，英国人就难在西藏有任何作为。所以，他们一方面利用噶厦中亲英势力借卫队说事，抵制班禅返藏；一方面援引没有中国政府签字的所谓"西姆拉"条约，公然到国民政府外交部抗议。

1935 年 11 月 9 日，英驻华大使贾德干会见外交部次长徐漠，表示"本国政府对于西藏治安素极关心，亦觉贵国政府此举有发生困难之可能"。这期间，中央与西藏地方政府电函交驰，说明沟通，但噶厦政府始终担心班禅借国民政府所派官兵之势力，趁达赖空缺而代之，这是他们最担心的事情。此时，各种迹象表明，日本将对中国大举进攻，中日必有一战，中国政府正力求美英等国的支持，不愿因此事与英国闹翻，影响大局。班禅返藏就在无休止的交涉中拖延下来，滞留甘青藏边。

恰在这时，"七七事变"爆发，中国人民神圣的全面抗战拉开序幕，国民政府需举全国之力应付更大事变，遂电告班禅返藏专使行署：暂缓入藏。

玉树圆寂

班禅大师自休拉寺归玉树后，因种种感触，心中不快，竟罹病。初仅乳下疼痛，继而腿出浮肿，照宗教例，忌生人往视，仅诵经而不医治，以故病势如何，外人莫知。日前赵专使以责任所关，强求一视，始知为肺癌，治疗非易。急电刘委员长文辉（24 军军长西康建省委员会委员长），戴院长季陶（中央考试院院长）诞询名医，不意竟于本日上午二时五十分圆寂。

——节摘自马鹤天 1937 年 12 月 1 日日记

九世班禅自 1923 年底与达赖交恶，仓皇出逃，辗转进京，转瞬已近 15 年。离开魂牵梦绕的家乡故土，离开他终身奉献的佛地教民，滞留甘青藏边迟迟不能返藏，心中郁闷可知。班禅曾三离三返玉树，其行辕人员众多，沿途接待对于地广人稀的沿线寺院百姓都是沉重负担，加之百人百性，难免生出矛盾。比如这次返回玉树，结古寺的僧人因不满行辕堪布（僧官）做派，不为其安排房间，大有拒绝之意，班禅大师知道后，嘴上不说，心里却非常难过。

再就是，虽然国民政府因抗日战争全面爆发，致电班禅返藏行辕：抗战时期，班禅应暂缓入藏。此电时间为 1937 年 8 月 19 日，但从现存档案看，班禅一行并不甘心多年返藏的努力付之东流，1937 年 9 月 1 日，由班禅堪布会议厅，护送专使行署及西藏地方政府代表和拉萨三大寺代表联合协商，确定国民政府所派护送官员及仪仗队随班禅大师到西藏后，休息 5 个月即行撤退等事宜。这次西藏嘎厦倒是回答十分迅速，9 月 25 日即回电，称限国民政府护送官兵到藏后一二月内即由海道全体撤回，关键一条是要班禅动身前必须签字承认今后完全服从前藏政府的命令。同时，西藏嘎厦还向藏区沿途 39 族等下命令，若班禅不签字，返藏途中不得向班禅一行提供乌拉与柴薪。

至此，班禅大师完全明白，西藏嘎厦坚持的是原有立场，历代班禅在后藏从明清以来形成的权益没有索回的可能，嘎厦一班人根本没有欢迎他回去的诚意，即使勉力回藏，问题得不到解决还会激化矛盾。返回西藏的希望完全破灭后，班禅返藏行辕只好离开川藏边境的休拉寺再次返回玉树。

另从马鹤天日记中看，班禅一日牙痛，召专使行署的医官诊治。医生认为此牙应立即拔去，否则会感染。但堪布（班禅系统僧官）却认为不是吉日，应选吉日吉时再拔。另外，班禅大师病并非一日，早就发现，但堪布电告西藏三大寺、青海塔尔寺、甘肃拉卜楞寺喇嘛集体诵经十天至一月，并汇走诵经费用 15 万元，

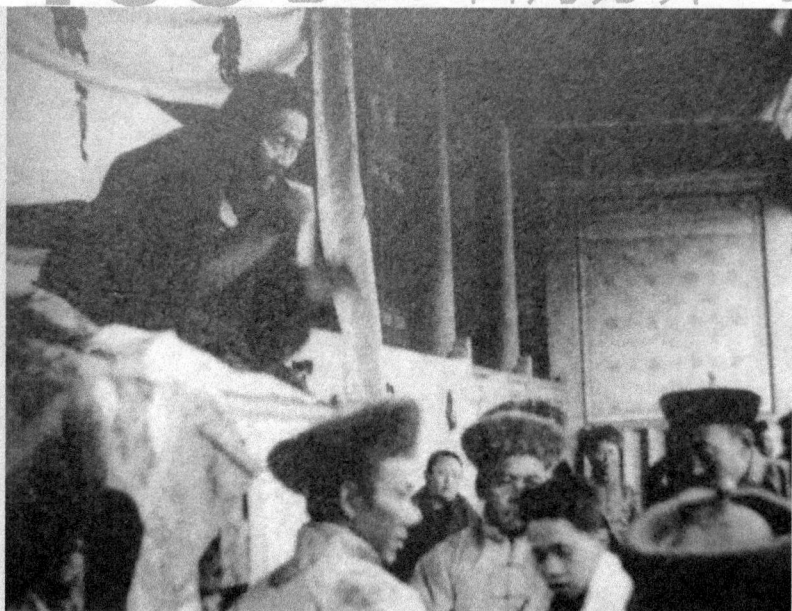

九世班禅在玉树弘法

但始终没电请名医，就连随行医官也未召诊，且拒绝生人探视，谓恐带恶魔增加病势云云。

没有人怀疑佛学属哲学范畴，对于缓解人类焦灼的心灵、舒展萎缩疲惫的精神、寄托对未来的理想有莫大功效，但视疾病如魔鬼，讳疾忌医，实在于身体不宜。

据马鹤天日记中统计，班禅大师云游内地期间，曾在北京紫禁城太和殿、东海之滨杭州灵隐寺、内蒙古几大庙宇、青海塔尔寺、甘南拉卜楞寺做过九场法会，登坛弘法，为僧众摩顶，时间长则一月，短则十天，参加人数最多为17万，最少也近4万，前后共约70万人亲聆大师教诲，或多或少减轻心灵痛苦，功莫大焉！

《中国西藏》1994年2期刊登藏学家柳陞祺的一篇《忆九世班禅》，作者1925年在杭州读中学时，得知九世班禅将来西湖讲经说法，出于好奇意外见到九世班禅。

当时，作为中学生的柳陞祺对西藏并无多少了解，只是从报纸上知道，英国两次出兵西藏，班禅是远在后藏的佛教宗师，这次冒着生命危险来到内地，是大家一致公认的爱国行为，唤起了全国的同情和敬意。现在又来到家乡，绝不能错过这次难得的机会。

那天人非常多，他们几个中学生约伴抄小路赶到西湖边一条叫延龄路的大马路。两边人行道已经挤满了人，路面新铺着一层黄沙，有警察巡逻，维持秩序。

果然不久，有一队队背枪的骑兵马队沿着马路两边清道，再隔一阵又来了更多的骑兵队伍簇拥着大群骑马的官员，正中有一辆车身全部用杏黄绸包扎的马车款款而来。这时候除听到杂沓的马蹄声，人群的低语声，马路变得一片肃静。这

▲ 五世至九世班禅灵塔大殿

▲ 祈祷幸福

本来是杭州一个热闹地段，当班禅大师马车经过时，那种安静和严肃的气氛，却纯粹出自群众自发，这是杭州从来没有过的事情。

没有见到大师模样，他们不甘心，偶然听到班禅大师会在"来音小筑"休息，几经辗转，他们赶到那里，果然见到一些佛界居士排着队，他们也就排在后面。不久，班禅大师带着几个随从下楼来了。看来他已是中年模样，身材不高，微胖，穿一身黄缎的长袍马褂，有一张方型略带圆的脸，他微微笑着看着大家。尽管只是一会儿，却给几个中学生留下毕生难忘的印象。

只能归结为缘分，这几位中学生当中的一位，日后在大学学习英国文学，成为国民政府驻拉萨办事处的英文秘书，在藏区五年，悉心研究藏学藏事，成为著名的藏学专家。他就是柳陞祺。

从柳陞祺的回忆文章中不难看出，班禅大师深受全国人民敬仰以及班禅亲民爱民的风范。不幸的是这位为抗日辗转祈祷，为西藏同胞呼吁奔走，衷心祈祷祖国统一强盛，始终强调西藏为中国不可分割的领土，拥护五族共和，共谋幸福，为返回故土魂绕梦牵的一代佛教大师、爱国活佛自己却带着无尽的遗憾，于1937年12月1日凌晨2时在玉树寺圆寂，享年54岁。

九世班禅在离开藏区时间前后长达15年之久，先后到长城内外、大江南北讲经弘法，是与内地关系最密切的大活佛。他经历清末民初的动乱，自己被迫流亡内地，亲身体会到祖国大家庭对西藏的重要，每到一地都用雄辩的事实说明西藏是中国领土不可分割的一部分，提醒国人多关注蒙藏地区的稳定与建设。班禅大师爱国不是停留在口头而是勤恳替国家分担困难，比如解决西藏内部纷争与抗击英国侵略，用宗教影响、安抚蒙满各族民心，齐心抵御外辱，起到不可替代的积极作用。大师出身寒微，充满民本思想，终生关注贫苦群众生存，热心为普通百姓排忧解难。滞留青康期间，眼见边民疾苦，苦于苛征，即上书国民政府，希望确定正税，查办贪腐。其拳拳爱民之心，唯日月可鉴。作为佛学大师，九世班禅居心仁厚，持行精严，于佛教佛理，能够阐发精微。有许多独到见解，留有多种著述，已成经典。

▲九世班禅画像

　　自生病后，大师凭独特感悟，知来日不多，精心构思，斟酌字句，留下一份弥足珍贵的遗嘱。照录如下：

　　余生平所以宏图，为拥护中央，宣扬佛化，促成五族团结，共保国运昌隆。近十五年来遍游内地，深蒙中央优遇，得见中央确对佛教尊崇、对藏族平等，余心甚慰，余念益坚。此次奉派宣化西陲，拟回藏土，不意所志未成，中道圆寂。今有数事切函如下：后藏政务前已委定罗桑坚赞为札萨喇嘛，所有宣化使职亦著由彼暂代，在未到职前，印信暂交丁杰佛，并由堪布会议厅及回藏设计委员六人共同负责事宜，请示中央，听候处理。至宣化使署枪支，除卫士及员役自卫者外，其余献于中央，共济国难，待余转生，再请发还。又关于历代班禅所享权利，应早图恢复。最后望吾藏官民僧俗，本中央五族建国精神，努力中藏和好，札萨喇嘛及各堪布，尤其善继余志，以促实现，此嘱！

甘孜事件

　　班禅大师圆寂后，国民政府明令褒扬，追赠封号，并派中央考试院院长戴传贤专程前往主持祭奠。按藏传佛教传统，大师法体要运回扎什伦布寺修塔存放，但事先要用食盐、香料涂体，逐渐吸收体内水分，才能做成金身，仅此项工序便需半年之久。大师虽然圆寂，但当年随班禅来到内地的僧俗加护送行辕人员众多，仅仅仗队便有 300 人之多，何去何从，难免惶惑，以致发生了一起以一对藏族青

▲ 今日修葺一新的扎什伦布寺

▲ 1951 年 5 月和平解放西藏 17 条协议在北京签订

年男女婚恋为导火索的"甘孜事件"。综合各种史料及当事人的回忆，大致经历如是：

　　班禅行辕在停驻甘孜期间，驻扎在当地土司孔撒宅院前院，其卫队分队长伊喜多吉时年 21 岁，体形英俊。其时掌管土司家族大权的女土司德钦旺姆年仅 20 岁，尚未婚配，住在土司后院，因工作关系，两人多有接触。日久生情，互生爱慕，这原本是件正常不过的男女婚姻，但却因各自不同的背景，酿出了兵戎交戈，惊动了省府和国民政府。孔撒家族为甘孜最大贵族，其叔父孔撒香根为甘孜最大活佛，也就是说甘孜一带的政教大权掌握在德钦旺姆与其叔父手中。

　　刘文辉主政西康，为控制甘孜，曾多次为德钦旺姆介绍夫婿均被其拒绝。而伊喜多吉作为班禅行辕的成员，自然与行辕利益相关。班禅圆寂后，行辕曾向前来主祭的考试院院长戴传贤提出，要求把甘孜、德格、瞻化、邓柯、白玉、石渠六县划归行辕以解决生计。

　　但这六县属西康省行政建制，事关重大，也势必与刘文辉产生矛盾，所以，戴传贤没有答应。这期间，刘文辉曾呈报国民政府，要求把班禅行辕移往省城康定，以解决供需问题，又因班禅遗体处理等原因拖延下来。双方终于发生争斗乃至火拼。事情爆发在德钦旺姆与伊喜多吉即将举行婚礼的头一天晚上，驻甘孜的 815 团突然包围了孔撒官宅，把女土司德钦旺姆抓走，之后软禁达一年之久。

　　其间，刘文辉要求两人解除婚约，主要是害怕两股势力结合起来，危害西康地方安全。但拘禁德钦旺姆委实欠妥当，也给对方反击造成借口。班禅行辕的武装人员与甘孜当地僧众组织 3000 余人，包围了甘孜县政府和 815 团团部。由于甘孜驻军仅有三个连，又分驻三个点，很快被包围击溃。班禅行辕一度占领甘孜、瞻化、炉霍，任命县长，并提出"康人治康"，以求得更大响应。

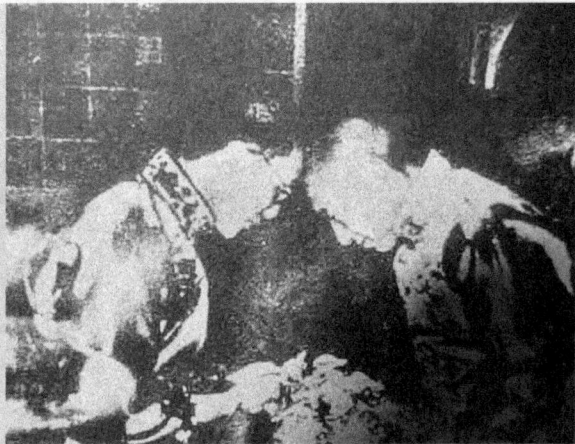

▲十世班禅回到西藏受到各界群众盛大欢迎　▲年轻的班禅与达赖行叩头礼

这是作为西康省军政首脑的刘文辉决不允许的事情，他调集兵力，仅几个回合，就击垮对手。班禅行辕和德钦旺姆等带着班禅法体退出甘孜，前往青海，甘孜事件也遂告结束。

时值抗战，内部发生火拼实属不该，但又无奈。好在此事也促使当局尽快解决班禅棺梓回藏问题。在各方促进下，1940年底青海方面送棺梓至藏边，西藏各方代表迎接棺梓后，于1941年2月4日，在数万僧俗的膜拜中回到了扎什伦布寺。

九世班禅一生遵循佛法，持行精严，漂泊内地15年之久，历经坎坷却衷心维护国家统一、民族团结，德高望重，在蒙藏群众及国人心中享有盛誉。诚如班禅行辕秘书长、藏学专家刘家驹（藏族）在日后编辑出版的《九世班禅全集》中所评价："大师之法身，继历代佛堂而一灯常明；大师之勋绩，光中藏史册将载不朽！"

梦圆曙光

班禅大师返回西藏的梦想，直到15年后方才由新一世班禅，即十世班禅实现。1951年，周恩来总理亲自安排，由西北军区范明将军承担护送十世班禅进藏任务。由中央拨款，采购到充足的骡马、驮牛和骆驼，雇用有在青康驮运经验的民工，还为班禅组织了主要由藏族同胞组成的400人的卫队，一路浩浩荡荡沿青藏大道顺利进入西藏。1952年4月28日到达拉萨，这距九世班禅1923年逃离西藏，差不多相隔30年。西藏广大僧俗官民对达赖、班禅两位活佛是从心底爱戴和敬仰的，并无高低之分。

▲历代班禅驻锡的日喀则市风貌

　　十世班禅到达拉萨这天，受到当地僧俗官民盛大而热烈的欢迎，家家房顶都换上新的五颜六色的经幡，燃起松枝做的煨桑，飘起含着松枝香味的轻烟，整个拉萨城一片喜庆。当十世班禅行辕驰抵拉萨的时候，当时进驻拉萨的中国人民解放军十八军军长张国华、政委谭冠三及西藏地方政府官员都加入欢迎的行列。

　　当天下午，15岁的十世班禅前往布达拉宫，在日光殿与18岁的十四世达赖会见，双方互敬哈达并行碰头礼。春天灿烂的阳光照在两位年青活佛英俊的脸庞上，给人们带来了希望。

　　在场的军政领导、活佛与僧俗各界莫不欢欣鼓舞。班禅在拉萨期间，双方就上一代达赖、班禅间遗留问题进行了友好的协商，按照历史传统，即1897年之前的规定，恢复班禅原有的权益与地位，西藏地方政府派往扎什伦布寺的人员一律撤回。

　　1952年6月9日，十世班禅离开拉萨前往后藏，23日在日喀则数万僧俗群众的欢迎下入驻扎什伦布寺。

　　历史由此揭开了崭新的一页。

旅途小憩

◇一幅唐卡◇

在拉萨，印象最深的便是这座圣城的宗教气氛和藏族群众的宗教生活。每天清晨，八廓街一带的居民楼上，都会在屋顶的香塔里煨烧香草香树枝。无数的青烟升起，弥漫四面八方，伴着潮水般的转经人群，一下就把人带进一种浓郁的宗教气氛之中，仿佛让人能触摸到这座高原圣城的底蕴。

文学创作在某种意义来说，也是一种宗教，需要进入一种世界，营构出一片天地，关键是进入一种能够让自己联想，让自己创作的氛围。当我伏案写作这本《从长安到拉萨》时，除了桌架摆

▲一幅唐卡

满任乃强、柳陞祺、马鹤天、庄学本、孙明经、何宗英、牙含章、索甲仁波切等学者的著作和自己多次在藏区行走的笔记与照片，还特地悬挂上了一幅唐卡。

这是幅真正的唐卡，且来自青藏高原唐卡之乡同仁。2006 年我约伴踏访唐蕃古道，由于同行伙伴王维宾是位书法家，那天整整一个上午，他为黄南军区官兵书写了几十幅作品。作为回报，军区也赠我们同行每位一幅唐卡，且是上等精品。因为军区所在地就在唐卡之乡同仁。我得到的这幅，画的是观音菩萨，神情慈祥，画工精细，锦缎装裱，十分精美。喜爱之余，倍加珍惜，每年只是春节悬挂，且要配上哈达，焚起藏香，十五即收。但这次，为让自己能准确把握藏地脉搏，描摹藏族同胞风情，从动笔第一天起，就把这幅珍藏的唐卡悬挂起来，伴着自己，从长安一直走到拉萨。

▶ 青海湖畔

如镜湖泊 · 转瞬四季

一

　　我是在汽车转弯的瞬间看见青海湖的，惊喜中带着震撼，并让人立时回想起初次见到大海的感觉。那是 1986 年初去广州，在珠海海滨公园，刚转过一丛翠竹，大海猛一下出现在眼前，波光粼粼，无涯无际，让人惊讶得半天回不过神来。

　　但那毕竟是大海，对这庞然大物多少有思想准备。此刻面对这闻名于世的草原湖泊，事前无论发挥怎样的奇思妙想，真正面对青海湖时，那些想法都会无影无踪。

　　青海湖也像大海一般，蔚蓝的湖水一直伸向天边，与同样蔚蓝的天空融为一体，真正的"秋水共长天一色"。青海湖是宁静的，绝无大海波涛的呼啸与喧哗，她平滑如镜安详地躺在辽阔无比的大草原中。但不单调，尤其沿着环湖公路行驶时，由于方位、角度与日光的变化，青海湖的景色也随之变化，此青彼蓝，朝晖夕阴，变化无穷，气象万千。当逆着日光时，恰有阵风掠过湖面，激起一层层波浪，其实是成千上万的浪花构成，在阳光逆射之下，五光十色，晶莹剔透。一波由远处卷来，刚在绣满青草的湖岸击碎，另一波又乘风赶来，前赴后继，无休无止，看得人眼直心跳，忘乎所以。

　　青海湖最美当属与青藏公路交会的地段。远方是连绵不尽的雪山，终年不化

的积雪在阳光下格外洁白，形成一道庄严圣洁的背景。雪山下为大片起伏有致的草原，散落着云彩般的羊群，牧民的红色藏衫与骏马则格外醒目。接着是环湖种植的油菜，7月正是草原油菜花怒放的季节，金黄耀眼，恰像为青海湖嵌镶上金色的花边。最后才是清得泛绿的湖水和飞翔在水面上洁白的天鹅……

极目之间，恰似一幅辽阔无比的油画，博大雄浑，层次分明，庄重典雅，看第一眼心就醉了，连司机都主动停车。大家先是屏气敛息地静静观赏，之后全都扑进湖边的草地，尽情拍照，此情此景注定会成为人生最难忘的场景铭记于心底。

二

青海湖是大自然的杰作，容纳着冰山的雪水，滋润着草原和牛羊，还为鸟类提供了一块美丽丰饶的栖息地。中国最大的鸟岛便坐落于青海湖，我们去时尚不是最旺季节，许多鸟已生蛋，育出小鸟飞走了，但也让人大开眼界。那么多难以数清的鸟在湖滩聚集，只有人类才有那么密集。

青海湖中还产鱼，由于水冷，据说10年才长一斤。在鸟岛宾馆餐桌见到一尾鱼足有5斤，推算它已生长了半个世纪。

岂料，一顿饭尚未吃完，一团乌云罩上头顶，转瞬飘泼大雨，让人望着密集的雨帘发愁：如此天气，还能去鸟岛吗？

司机却满不在乎，准时开车上路。油黑的沥青公路像伸进了一幅浓墨重彩的大写意国画。大团的乌云低低压着草原，天地间仿佛只剩下丈把宽，没有村舍、人烟和任何建筑，甚至没见牧人与羊群。空旷寂寥，一览无余，犹如山民行走于

▲青海湖鸟岛

▲风云变幻

孤寂的山道，面对的只是天地，无拘无束，无阻无挡，尽情挥洒。雨鞭紧一阵慢
一阵，敲打得车顶嘣嘣直响，让人的心也缩成一团，只怕途中熄火，搁浅在这茫
茫大草原上。司机却沉稳，把车开得飞快，溅起丈把远的水花。没有行人，车辆
也就没有顾忌地向前猛冲。

三

驶上一道山岭，奇迹出现了，一道太阳的金辉在乌云之间闪耀，风雨骤然减
小。我们像迎着太阳驶去，心情为之一爽。几乎是瞬间，太阳便跳出黑云，发出

朗耀的光芒，照耀着水淋淋的草原，照出一个晶莹透亮的童话世界。风雨则完全止息，大家喜笑颜开，尽情欣赏车窗外油画般的草原。

最绝是参观鸟岛，前后个把小时，却让人再次认识了草原，让人在同一时间领略到强烈的阳光和凛冽的寒风。这段路需步行，开始太阳当顶，热力四射，让人觉得仅穿衬衣就行，事实上许多由外地赶来的游客就只穿着短袖衬衣。岂料，行不多时，一团乌云遮没太阳且迅速铺开，接着起风，呼啸着掠过草原，穿透你的所有服装，让人觉得五脏六腑都能凉透。那些短袖游客就更遭罪，无不缩头缩脑，浑身哆嗦，嘴脸紫青。幸亏，太阳又渐露脸，风也小了，才让人感到温暖。真正是寒暖无常，瞬间四季。

旅途小憩

◇藏羚羊卫士◇

沿青藏线进藏，途经昆仑山口，就会看见一座为玛尼堆、风马旗簇拥着的索南达杰纪念碑。索南达杰是为保护藏羚羊与盗猎分子顽强搏斗而英勇牺牲的一位烈士，他的事迹传遍青藏高原。

▲藏羚羊

藏羚羊世代生活在青藏高原，为抵御严寒，它们的毛皮柔软细密，有"软黄金"之称。用这种毛皮编织的坎肩、围巾在欧美市场备受青睐，十分昂贵。任何物品，只要进入市场，贪欲便催生罪恶。20世纪80年代末开始，不法分子内外勾结，疯狂盗猎藏羚羊，使藏羚羊的数量急剧下降，直接威胁到这种珍稀动物的生存。

严峻的形势引起国家高度重视，各项法规出台，打击力度加大，当地民警和志愿者克服高海拔无人区的种种困难，放弃节假，坚持巡逻，使犯罪分子的图谋多次破产。索南达杰便是他们杰出的代表，他是在与犯罪分子直接搏斗中献出宝贵生命的，犯罪分子也全部落入法网。正是由于索南达杰他们用生命捍卫了青藏高原的尊严，藏羚羊的生存环境得到极大的保护和改善，种群不断恢复和增加。如今，若乘火车去西藏，沿途轻易就能发现它们美丽的身影，上图便是我隔窗抓拍到的藏羚羊。

▲暴风雨过后的倒淌河

河水倒淌有故事

一

　　青藏线有许多让人永生难忘的地方，黑色巨蟒般的 109 国道，一旦越过日月山，跨越农业与牧业的天然分界线，便再也看不见绿浪翻滚的青稞，钻天的胡杨，土屋密集的村落，那些明显的信仰标识也不复存在。若是高高的塔楼再顶起一弯新月，则为清真寺，村落也注定是回族、土族或撒拉族。若有白塔或高高的玛尼堆，则多为藏族。自然也有藏、回、汉等族杂居的村落。

　　但这些都是日月山下的景观。一旦翻过日月山的垭口，映入眼帘的便是庄严逶迤的雪山，辽阔无垠的草原，如水洗过一般的蓝天和大团大团的白云。牧民的帐篷出现了，最先是飘浮在天边的一缕炊烟，接着由黑点扩散为整整一座黑色帐篷。因为牧民搭帐篷用的毛毡无一例外是用黑色牦牛毛编织的，保暖、透气又不渗水。早先，除了黑色帐篷、兵站和养护公路的道班，茫茫高原几乎再看不到像

▲游牧途中

样的建筑。但近年在著名的青海湖畔，在那条同样有名的倒淌河边，却矗立起一个颇有现代意味的小镇：倒淌河镇。

二

倒淌河的来历有几种说法。一种与科学相关，从地理学说，中国地形由于西北高而东南低，故绝大多数江河都由西向东流淌，自古就有"一江春水向东流"的说法。但倒淌河却恰恰相反，是由东向西流的，于是这条反向的河流便称为倒淌河。倒淌河的产生原因也很简单，祁连山冰雪融化后以主脊为分水岭，北面的雪雨滋润了千里河西，养育了武威、张掖、酒泉、敦煌等绿洲城市。祁连山南麓的哈尔盖曲河、哈柳河、布哈河几条河则汇聚为青海湖，湖泊的水只进不出，形成内流河，水分蒸发后，湖水逐渐变咸，这也是一个湖泊由青年转为壮年的标志。倒淌河则是由祁连山支脉日月山的冰雪融汇而成。日月山在青海湖东侧，海拔3500多米，青海湖仅海拔3200多米，水往低处流，倒淌河便只能由东向西注入青海湖了。

这本来是十分清楚明白的事情，但由于"倒淌"引人注目，招人议论，便附

▲倒淌河镇的孩子

会出许多传说。一是说唐朝大将薛仁贵带兵与吐蕃大战，在日月山误中埋伏，全军覆没，士兵尸体堆积如山，挡住河水去路，引起河水倒淌；二是说文成公主进藏翻越日月山，回首长安，心潮起伏，扔掉日月宝镜，化为日月二山，毅然前行，但仍泪流不止，引起河水倒淌。

倒淌河一带风光十分瑰丽优美，远处是银白色的雪峰，雪线像木匠弹出的墨线一般整齐，终年四季都会有大团的白云牵连起来笼罩在雪峰，正是唐诗"青海长云暗雪山"所描写的风光。倒淌河水不大，丈把宽的一溪流水，明晃晃的，玉带一般蜿蜒于草原，亿万年间，竟然也冲淀出宽达几千米的河床，与大草原连成一片。由于有倒淌河的滋润，这一带的草原最为肥美，牧草茂密，看不见裸露的山体，牧民们最喜欢在青海湖边放牧，不时有骑着马的牧民赶着一群群羊飘向远处，把云团般的影子倒映进蔚蓝的青海湖中。

三

20世纪90年代，我携妻女来青海湖，青海省作协主席朱奇备车拉着我们绕青海湖跑了几天，饱览了青海湖、鸟岛风光。当时倒淌河一带除了一处季节性的帐篷宾馆和养蜂人家之外，尚无一处固定建筑。甲申年盛夏，再走青藏线时，倒淌河已建成一处小镇，公路两边的砖混建筑足足有一公里，镇政府、各类机关、银行、商店、邮局、宾馆、服装店、手机专卖店、藏式茶楼、川味火锅店，一家挨着一家。往返青藏线的汽车多在此停留休息就餐，旅游大客车一到，餐馆雇用的川妹子便尖着嗓门招揽生意。穿着各式藏袍的藏民也不少，他们骑着马从方圆几十里来购生活用品，也少不了饮茶喝酒，几家酒店茶楼前都拴着乘马，像内地停放自行车一样。

小镇建立后，就有了固定的居民，除了外地人来办餐馆、开旅店之外，显然

▲倒淌河镇雕塑的文成公主像

也有藏族群众放弃了过去的游牧生活，定居下来，开商店，办藏餐馆、藏式茶楼与旅馆。还有专门养马匹供游客租用，穿着民族服装的藏族小伙，一手拉四五匹马招揽生意。妇女则多兜售藏珠、项链一类的纪念品，旅游车一来，便围了上去。也许受到这种商品气氛的影响，几个藏族孩子爬在雕有倒淌河标识的景石上，做出各种姿态，引人拍照。岂料，我刚拍了一张，几个小家伙一齐拥上来要钱，让人哭笑不得。

小镇最引人注目的是一座文成公主雕像，这位1300多年前的唐朝女子，明眸皓齿，仪态端庄，双手相合，呈作揖状，一双明亮眸子，蕴含着丰富的内容。一方面她注定怀念长安故土、父母亲人，会在心中祝福家人平安，万事顺心；一方面又凝视她即将托付人生的雪域高原，也许因陌生而忐忑，也许因神奇而向往。整座雕像造型优美，比例合适，把大唐公主的尊贵高雅和即将奔赴吐蕃王朝母仪藏地的风采表现得淋漓尽致，让人百看不厌，思绪万端。一声长长的汽车喇叭催行，再次回望公主，心境又突地一变：

也许当年文成公主不曾想到这万古荒原会出现一座繁华小镇，当年途经的倒淌河水会流出一段汉藏和睦的千古佳话吧。

夜宿黄河第一镇

▲袖珍县城玛多

一

　　能够在万里黄河第一城的玛多住宿一夜，领略高原深处袖珍县城的风采，彻夜听藏獒那雄浑低沉的吠声，完全出于意外。我们原来的计划是要沿当年文成公主入藏路线即唐蕃古道，去玉树藏族自治州州府结古镇参加赛马会，拍摄想望已久的赛马和草原密如繁星的帐篷城，以及那浓郁如马奶的藏族风情、藏族歌舞、藏式手抓羊肉……

　　种种诱惑，催人清晨早早起床，离开西宁时饱餐一顿牛肉拉面，便驱车上路。7月原本炎热，但在青藏高原，海拔超过3000米，一路上坡，清风拂面，十分惬意。出西宁城，沿青藏公路，即北京至拉萨的109国道一路向西，唐蕃古道（即今日214国道）与青藏公路，至倒淌河属共用段，均需经湟源县，越日月山至倒淌河小镇，青藏公路继续朝西，唐蕃古道却折向西南果洛、玉树方向。

　　因日月山、青海湖已多次来过，唯沿文成公主进藏的果洛、玉树方向尚属首次，行前查看地图，知这条线路为214国道，是西宁通往云南景洪的国道。唐蕃古道用其一段，在倒淌河与青藏公路分离折向西南经黄河源，绕扎陵湖、鄂陵湖，到玉树结古镇，越唐古拉山口，又与青藏公路交汇，经那曲、当雄到达拉萨。

　　这条路线虽不如青藏公路全系沥青油路，坦荡近捷好行驶，但能够经黄河之源扎陵湖、鄂陵湖，与三江源头地区，且是文成公主当年入藏的唐蕃古道，留下公主庙等遗迹，且有果洛、玉树两个藏族自治州，民族风情浓郁，江河源头景色壮观，近年已成旅游热线，沿途都见着摄影发烧友不时停车拍摄。

二

近年，分布在藏区的各个寺庙举行宗教活动时，常与当地政府的旅游文化活动结合，其时除寺庙举办晒佛、辩经、酥油花展多项活动外，方圆数百公里的藏民都要骑马携家，在邻近的草原上搭起帐篷，举办赛马、叼羊、演藏戏、跳锅庄，像过盛大节日一样欢乐几天。原本这项活动没有超出本地藏胞范围，人们也不大知道。可每当十几万藏胞云集草原，就吸引了许多外地游客和摄影爱好者，使这些活动名气大噪，于是当地政府便年年都举办活动来推动商贸业和旅游业了。

离开倒淌河约 40 公里便到共和县城所在地恰卜恰镇，再往前行，需经三道塔拉，就是蒙古语台地的意思，从元初开始这一带一直为蒙古族居住。三道平台均系开阔的草原川道，这一带便是当年薛仁贵大军与吐蕃交兵的古战场。想当年，战旗飘扬、战鼓激越、厮杀呐喊、飞矢流箭，何等惨烈。千年岁月过去，大草原上唯见牛羊骏马在安详地吃草，有苍鹰在天空盘旋，一只羊羔发出长咩，草原平静得像什么事也没有发生。

途中还有一大片高原湖泊，《新唐书》称为烈漠海。蓝色的湖水，静静地躺在山峦起伏的草原之间，倒映着蓝天与白云。高原深处的疾风刮过，吹皱一湖蓝玻璃般的湖水，也吹动湖边大片的高原芦苇。有黑颈鹤展翅起飞，在湖边觅食，有斑头雁在草丛孵化幼鸟。山坡上啃草的牛羊不时发出呼唤，像是对家园由衷的赞叹。可惜，因要赶路，我们只是朝美丽的烈漠海投去赞美和留恋的目光。拍过照片后直奔黄河源头第一城玛多。路虽不宽，但却刚刚铺上了柏油，宛如一条黑色巨蟒横在大草原上，我们的汽车奔驰起来如风般轻快。高原天气多变，一块乌云罩顶便是瓢泼大雨，好在时间不长，乌云便被西斜的太阳撕裂，露出大片晴空。远处的雪峰，大片的草地，奔跑的云团全都在强烈的阳光照射之下，显出本色，白的更白，绿的更绿，野花也更斑斓，一切纯洁至极、清澈至极。打开车窗，一股满含草原清香的湿漉漉的潮气扑鼻而来，让人陶醉，让人忘情，更让人感到中国西部幸亏还留存着这么些家底。

三

车沿着黑色柏油路轻松翻上一处山垭，我们一看路标，大吃一惊，这儿正是玛多门户鄂拉山垭，海拔 4495 米。超过了海拔 3700 米的拉萨，但我们却没有高山反应，也许是盛夏，正是牧区最繁密丰腴的时节，释放的氧气充分，当然也还

▶
玛多号称千湖之县

有山色美景让人陶醉的缘故。

当我们沿着高耸的山垭徐徐下山的时候，玛多大草原美不胜收的壮丽景色尽收眼底。此时太阳已快贴近地平线，像一团燃烧的火球，整个西天都布满紫红色的彩霞，给山岭起伏的草原覆上一层黄澄澄的金辉，一群群晚归的牛羊，白色的羊群、黑色的牦牛、红黄杂色的马群也全都笼罩在这层金辉之中。山腰、山谷、溪水边的一座座帐篷飘起了炊烟，没有风，炊烟直直升起，在大草原上飘升起无数的烟柱，牛哞羊咩，马群也不时发出长长的嘶鸣，此起彼伏，构成一幅玛多大草原有声有色的壮阔画卷。我们的车伴着沙沙车轮声，不知不觉间闯进这幅晚归图中，与蹒跚过公路的羊群并行起来。迎面一座高大的红色牌楼高耸，上面写着"天下黄河第一城"，灯火闪烁的玛多县城已在眼前。

四

玛多可能是中国最小的县城，十字形的街道，车开起来10分钟就转完，面积可能不足一平方公里。但还繁华，毕竟是方圆数百公里牧民政治、经济、文化的中心，政府机关、邮局、银行、学校一应俱全，有商店、酒铺、餐馆，还有服装店、手机专卖店和卡拉OK厅，十字路口大约是中心，聚集着不少男男女女。7月正是旅游旺季，来自全国各地的自驾车友，忙着找旅馆。我们连去几家都已客满，最后找到一家私营旅店，小两口是青海乐都柳湾农村人，那里因出土大量4000年前先民彩陶而名声大噪。正好我们曾经去过，一说起来，小两口挺热情，把仅有的两间房租给我们，每间每晚120元。房间很小，仅安放两张小床，我们

▲牧区传统打奶茶

没有犹豫，立刻入住。不到10分钟，又来了两批旅客，到晚上来找房的10批都不止，我们还真该庆幸。我们的房间在二层，并不高，但在上楼梯时，已感到腿软心跳，这是明显的高原反应。

玛多实际已伸入青藏高原腹地几百公里，海拔4300米，应是全国海拔最高的县城了，比西安整整高出4000米，比"积雪六月天"的太白山还要高500多米呢。白天牧区草地氧气充足，晚间注定会有反应。我们多次在青藏高原行走已积累了经验，进房间先休息，静静地躺上一个小时，让身体尤其是心脑血管慢慢适应环境。然后起来，不到街上吃饭，免得吃到生冷不熟和浪费体力，就用开水泡方便面，水温不够也没关系，因为面是熟的。要多加水，多泡一会儿，吃完肠胃热乎了，再切吃黄河蜜瓜加几块巧克力，这样身体的水分营养便补充够了。在房间稍事活动，便躺在床上看电视，准备睡觉。经过一个夜晚的睡眠，第二天适应再活动。

草原夜晚是宁静的，宁静得让你怀疑这不是县城，怀疑不是睡在设施齐备的宾馆，而是躺在一处没有牛羊啃草的高山之巅。四周静得几乎无一点声息，只有掠过草原的风声，玛尼堆上风马旗的招展声似乎隐约可闻。

有一瞬间，寂静得让人已隐隐不安，但突然，汪汪的一阵狗吠打破宁静。这狗吠不是一般吠声，而是非同小可，雄浑低沉，像是从整个身体里迸发出来，有种气吞山河的音量。到藏区的人都知道这是藏獒，这种比普通狗足足大一倍的牧羊犬在吼，而且，一犬吼起，百犬响应，再无止息，都是那么雄浑有力，不可一世，仿佛要告诉世人它们才是草原的主人。那晚，不知什么时候才迷迷糊糊睡着，伴着黄河首城的风声和此起彼伏的犬吠，在万里黄河第一镇……

▲黄河源风光

探访黄河源

一

黄河流域、黄土高原孕育了古老的中华民族，因而黄河在黄皮肤的华夏民族每个人的心头，自有一份任何河流无法取代的分量。"黄河之水天上来，奔流到海不复回"。黄河的咆哮雄浑，黄河的九曲十八弯，关于黄河的种种传闻都会形成一种诱惑，成为一种让你止不住脚步的动力。我们一行便是从有梦想到多年筹划准备，才从西宁直奔玛多，住宿一夜，探访黄河源的。

打开地图就能清楚看到黄河从青海省巴颜喀拉山发源，在扎陵湖、鄂陵湖汇成湖泊，积蓄了最初的力量向东南方向一路奔腾而下，迎接它的第一座县城便是玛多，藏语意译为黄河沿。从文成公主进藏至今一直沿用这个地名，是古道重要的驿站和渡口。据介绍早年采取冬季踏冰过河，踩列石，即河中排列一步可跨越的巨石，或用羊皮筏过河。如今一座钢筋水泥大桥已横卧黄河上，214国道从此经过，沟通着青海、西藏与云南，几乎穿越了藏区东南腹地，车水马龙，相当繁忙，这桥也就被称为"天下黄河第一桥"。玛多这个草原深处的县城也由此获得"黄河首县"的美誉，每年都有不少游客、画家、摄影发烧友来此探访。

二

几年前，我就产生了探访黄河源的念头。先是 2004 年去了黄河首曲玛曲，领略了黄河第一弯的风采，却蹉跎至 2011 年 7 月才约上古建筑专家卢惠杰、作家吴全民，一行三人来到青海黄河源所在县玛多。

玛多县属国家"三江源"自然保护区的核心地区，全县面积 25000 平方公里，相当于内地 10 个县的面积，空旷辽阔。全县仅 10000 人，县城不到 1000 人，10 分钟能走完，是典型的袖珍县城。从西宁出发经日月山、倒淌河，沿西宁至云南景洪的 214 国道到玛多，近 500 公里，只经过一个共和县，却需经过三个塔拉（蒙古语台地之意），每一个塔拉都坦荡如砥，无边无际，足以安置一个北京城或上海市。由于海拔在 3500 米以上，属纯牧区。不少地方已经沙化，牧草稀疏。途中需翻越海拔 4500 米的鄂拉山口，我们没有感到高原反应，也许是时间短暂。

当晚，宿海拔 4300 米的玛多县城，这里比拉萨还要高出近 700 米，一行三人都头疼胸闷，翻来覆去无法入睡。其实，我们出发前就做了充分准备，到西宁又购了让心脑血管能够适应高原环境的药品红景天，注意休息、多喝水就没事。

次日清晨，6 点起床，约好的藏族司机者才已准时开着越野车出现在宾馆门口。者才 30 岁，青海民族学院本科毕业，爱人在县上当公务员，他开车每年七、八、九三个月能挣五六万。比如送我们三人去黄河源牛头碑，90 公里，要 900 元，我们谈到了 700 元。车一出玛多县城，就是草原，不时可以看到藏羚羊、藏野驴、黑颈鹤、野鸭子等珍稀野生动物。玛多大草原也十分辽阔平坦，黄河像一条小溪，在草原上蜿蜒。开到 30 公里外就见了鄂陵湖，如大海般蔚蓝广阔，有 600 多平方公里，水深达 30 米，蓄水 43 亿立方米。在鄂陵湖上面还有扎陵湖，略小一点，也蓄水 30 多亿立方米。值得庆幸，在人类用水还不大的时候，黄河母亲在这儿积蓄了一点"私房家底"。

但现在情况不容乐观，玛多号称"千湖之县"，有 4000 多个湖泊，者才说他小的时候，最担心的事情就是夜晚帐篷和房间会突然进水，把鞋子都漂起来，像小船一样。那时候，到处都是湖泊，水草丰茂，白天鹅、黑颈鹤成群飞来，藏羚羊、藏野驴、旱獭、草狐出门就能碰上，曾是全国首富县呢。

者才说的情况不假，但却不大了解背景。来玛多前，我曾多方寻找资料，得知"文革"期间，"学大寨"的极"左"思潮也曾干扰位于三江源核心区的玛多，号召"以粮为纲"，实现玛多粮食自给。开荒种地，在平均海拔 4400 多米的高原，无霜期仅两个多月，种下去的任何谷物都颗粒无收，完全违背了自然规律。另外，

▲作者在黄河源牛头碑

黄河源头的草场大部分属高寒草原和高寒草甸，生长十分缓慢，草场年平均每亩产鲜草不到 120 斤，要 12.6 亩草原才能养活一只羊。改革开放初期，政府也好，牧民也好，都急于脱贫，拼命增加牲畜饲养数量，最高峰时，一万人口的玛多，牲畜量竟达五六十万头，不仅人均全国第一，也成为世界第一，因为纯牧业国蒙古人均饲养牛羊 27 头就居世界首位。玛多也就一度成为全国首富县，在 20 世纪 80 年代，人均收入就达到 3000 多元，超过沿海发达地区，对贫穷的年人均收入几百元的多数西部县来说，简直就是天文数字。

但玛多的好日子几乎是戛然而止的，由于过度放牧，草场遭到破坏，高寒地带，生态脆弱，一旦遭到剥蚀、沙化与鼠害，加之雪线上升，来水减少，便很难恢复。玛多过度放牧区占全部草场三分之二，全县 4000 多个湖泊将近一半干涸。1997 年，黄河在源头第一桥处断流；1998 年 10 月至 1999 年 6 月，黄河在鄂陵湖与扎陵湖之间长达 7 个月断流，在长达 8 公里的河道上，白花花一片尽是沙石。黄河流淌了亿万年，竟然源头断流，犹如婴儿在褓褓之中就遭遇断奶，这是谁都不敢相信、不愿看到又确实发生的事情，教训十分沉痛。

当地牧民的大量牲畜因食草困难，被迫四处游牧，在这个无奈迁牧的过程中又大量死亡，最后全县剩了不足 20 万头牲畜。号称"千湖之县"，竟然让唯一的水电站无水发电，出过县长手机让柴油发电机来充电的笑话，这样的黑色幽默让人欲哭无泪。

好在玛多及三江源遭遇的窘境已引起各方面乃至国务院的高度重视，玛多全县都被划进三江源核心保护区，禁垦禁牧，保护条例在严峻的事实面前日益深入

▲黄河第一桥

人心，也取得了一定效果。

那天早上，我们沿着简易公路一直到鄂陵湖与扎陵湖之间高耸的牛头碑下，碑上有胡耀邦与十世班禅分别用汉、藏文写的"黄河源"。事实上，这儿也是从隋代以来认定的黄河源区。张骞出使西域时曾误以为塔里木河是黄河源，曾向汉武帝汇报"河出昆仑"，这个错误已被古人纠正。隋代在此设河源郡，唐大将侯君集、李道宗寻访河源至此。那时，鄂陵湖称柏海，松赞干布率吐蕃大队迎亲人马在这儿扎营盘、牵牛羊，迎接文成公主，并举办盛大婚礼，至今还有迎亲碑、多卡寺等遗址。我们看到的情况是鄂陵湖与扎陵湖都水色蔚蓝，满满当当，洪波涌起，壮阔如海。四周山峦草色青青，牛羊散落其间并不繁密。藏族司机者才也感叹，现在牛羊少多了，再也不敢多养了。

这让人心中稍稍有些宽慰，但愿我们的母亲河能受到更多的关爱。

三

那天，我们回到玛多县城后，又专门去探访了号称"黄河第一桥"的玛多黄河桥。这座桥在玛多城外 3 公里处，黄河正从这里流过。近两年，黄河源区冬季连续降雪，水量有所恢复，也无水库挡截，黄河还保持着自然形态与风貌，从坦荡如砥的大草原上蜿蜒流淌，带来充沛的水量，形成大片湿地与沼泽，有大群的天鹅灰鹤游弋生息。也形成广袤无垠的丰美草原，集中了草原上近百种牧草，构成了如画风景。

▲ 第一桥下波澜不兴

　　当我们来到黄河边上，最初一瞬，简直不相信这就是黄河，既没有壶口瀑布那种奔腾咆哮雷霆万钧的气势，也没有风陵渡那宽阔无垠烟雨苍茫的襟怀，甚而连宁夏平原黄河灌区那种泥沙俱下的混浊都没有。

　　眼前的黄河是那样的平静，波澜不兴，潺潺湲湲，从远处流来，向草原深处流去。宽度绝不超过 100 米，一眼就可以看清楚河对岸的岩石，狗尾巴草正在晨风中摇摆，丝毫没有大河巨流的水势与风采，这让同来的伙伴有些失望。我想起曾在画报上见过俄罗斯母亲河伏尔加河，入海口河宽达几十公里，但源头不过是一条小溪，一步就能跨过。细想，世界上再伟大的江河的源头也如同人类的婴儿时期，探源寻踪的意义正在这里。

　　玛多黄河第一桥便建在这里，214 国道过桥通往青海的玉树和云南的景洪。一阵晨风吹过，河水起了涟漪，倒映着天上的云彩。极目远眺，河水云天一色，没有孤鹜与落霞齐飞，却有只草原苍鹰高高在天空飞翔，把我的思绪也带到 1300 多年前的一幕。当年，文成公主一行到达黄河沿，原预计可踏冰而过，不想春暖坚冰已融，河面虽不宽阔，但过人马却十分困难。如何让尊贵的大唐公主顺利通过？迎亲的吐蕃臣民彻夜未眠，终于想出个好办法。

　　次日，太阳刚从雪山升起，黄河源渡口出现一道彩桥，鼓乐齐鸣之中，文成公主被簇拥着走上铺满红毡的桥面。行走之间，公主感到脚下十分柔软，仔细一看，天哪，这分明是一座人桥，吐蕃同胞全站在冰冷的河水之中，肩负木板。再看桥栏，也是由吐蕃孩子挽着手臂组成。公主好佛，心怀慈悲，一时间激动万分，这一瞬间，她的心已与吐蕃臣民融合，把自己交付给了质朴、善良的吐蕃百姓，

▲安静的黄河首曲

交付给了广阔雄浑的雪域高原。

也许，文成公主没有想到的是她远嫁吐蕃的壮举，不仅开辟了一条沟通雪域高原与中原的唐蕃古道，也在汉藏之间架起一道传承千载的和平友谊之桥。

四

那天，我们拍摄完大桥和黄河，又恰好遇见一位骑马的藏族妇女拉着一匹马来河边饮水，创造了绝好的拍摄机会。但似乎还不尽兴，索性开车过桥，沿着黄河边的公路奔驰起来。两岸的草原平坦广阔，有一些起伏的山峦，但都不高大，实际是巨大的缓坡，全被茂密的牧草覆盖，天地之间全是浓浓淡淡的绿色。草原深处，有帐篷出现，有炊烟飘升，有牛羊滚动，几户藏民各自用铁丝网圈起偌大的草场，安静地放牧自己的牛羊，享受着黄河带给他们的恩泽。

汽车终于驶上我们期待的一处高地。放眼望去，黄河从云烟苍茫的雪域高原流出，那儿沉积亿万年的冰雪化为淙淙流水，越过千湖之县玛多。沿途九曲回肠，汇纳百川，甩下一个个碧波荡漾的湖泊，襟怀起一片片丰腴壮美的草原，孕育着一座座城镇和村落，养育了汉、藏、回、土、蒙古、撒拉、裕固等众多民族的儿女。再往下看时，黄河则出兰州，润河套，奔壶口、过龙门穿越晋陕峡谷，滋润豫鲁平原。末了，奔流大海不复还，却又孕育着一个黄皮肤的伟大民族……

面对河源人的笑容

▲ 河源藏族妇女的灿烂笑容

一

　　这是一张灿烂的笑脸，这种笑只能发自心底，无拘无束，无忧无虑，像一朵绽放的菊花，充满魅力，以致使我深受感染。这灿烂的笑容来自一位捡牛粪的藏族妇女，地点在黄河第一桥所在地玛多县一座海拔 4300 多米山峰的河谷里。

　　那天，我们探访完黄河第一桥后，离开草原深处的玛多县城继续沿唐蕃古道朝玉树进发。正是期待中的那种晴朗天气，天晴得像一张蓝纸，天空只有几抹白云在缓缓浮游，清晨的太阳灿烂朗耀，给整个草原镀上一层黄澄澄的金辉。我们的汽车轻快地上了公路，草原上牧民的帐篷上飘着煮奶茶的炊烟。牛羊已经出圈，边游走边啃草，一群牦牛正上山坡，瞪着被长长睫毛掩映的铜铃般的眼睛朝我们凝视。那瞬间，我突然发现牦牛的形体颜色竟与山体颜色如此一致，想起一本书中曾说，"人类从来不是大地儿子以外的什么东西"。

　　其实，大地不仅创造了人类，也创造了动物，这儿不仅"天人合一"，简直是"天牛合一"了。几匹马在溪水边饮水，我对骏马素有好感，认为马在所有动物中形体最和谐，神情最高贵，是健美、威武与速度的象征，是草原的灵魂，所以在行走中一直注意对马的拍摄。这天清晨一切都是平日期待中的绝好画面，光线又如此充足轻柔，我拿出全部"长枪短炮"，打开车窗，在车子徐徐开动之中不断地抓拍。一群白云般滚动的绵羊，几只望着我们发呆的牦牛，一个打酥油茶的藏族妇女，两个骑着牦牛的孩子，一个骑着马赶牛羊上山的藏族汉子，都一一被摄入镜头。接着就是这个站在自己捡的一大堆牛粪前的妇女，她是刚捡满一篓牛粪、往牛粪堆集中，显然发现了我正对着她的镜头，于是，由衷地绽放出灿烂的笑容。

▲河源藏民主动友好地向我们招手

▲让人感到亲切温暖的草地炊烟

二

生活在河源地区的几乎全是藏族同胞，世代相袭，从血缘基因上就能适应这种高海拔地区的生存。由于海拔高，亘古没有农业，属纯牧区，牧民基本保持着"逐水草而居"的传统生活。一出生便在羊皮牛皮中滚爬，同羊羔牛犊一同长大，马背便是他们的摇篮，不断随父母羊群由一座大山翻越到另外一座大山。七八岁就开始甩动绳鞭放牧牛羊，我们在牧区曾不止一次看见10岁左右的孩子甩动绳鞭，在几十米开外，用石子准确击中乱跑的牛羊。女孩子也不例外，四五岁便要帮母亲带弟妹、打酥油茶、烧奶茶、捻毛线，牧民祖辈没有人读书上学，她们的全部知识都来自生活，学走路时，妈妈唱着"走路歌"，打酥油茶有"打茶歌"，另外还有"打奶歌""放牧歌"……在石板上划道道数牛羊，用木碗量青稞。

也许，她唯一记得清的节日是15岁那年随父母骑马去几百里外的塔尔寺或拉卜楞寺敬香还愿。牧区早婚，也许第二年，她将要做新娘，在被彪悍质朴老实得讲不出话的新郎用系着红绸的骏马迎走那一刻，她的一生都分明了。她有了自己的帐篷、牧场和牛羊，她早已从母亲那里学会一个牧区女子必须学会的一切，她计算着自己的牧场能养多少牛羊，能挤多少奶，能换多少砖茶，她甚尔要清楚漫长的冬季需要多少牛粪饼，要抓紧去捡。

捡牛粪是牧区一项长年累月持续不断的传统活计，多由妇女来承担。草原上牛粪是一项产量极大用处也极大的副产品。羊虽然多，粪便成颗粒，人称羊粪蛋，无法捡拾，只起改良草原土壤的作用。牛粪大而成堆，易于捡拾，主要作用是做燃料，用于取暖做饭。想想，在茫茫草原，除了牧草，并无树木可供牧民做燃料。

牧草再茂盛，除放牧牛羊还需储存冬用，根本不可能做燃料。牛粪则不然，牧草经牛羊吃过，养分已经吸收，做燃料全系废物利用。且草原高寒，不论冬夏，均需生火。牧民帐篷不大，全家居住，已显拥挤，断然不敢用煤来做燃料，有烟无烟，皆容易煤气中毒。牛粪则不然，虽系粪便，却只有草味，并无臭气，牧民自幼与之相处，已经习惯。牛粪火燃烧起来，火苗儿舔着煮着奶茶的铜锅，既送温暖，又飘茶香，喝一碗温暖肠胃，一天放牧疲劳顿消，牛粪功莫大焉。

三

因此，牛粪对牧民来讲，是如同羊肉奶茶一样，一天不可离开的用品。牧民转场，绝不会忘掉晒干的牛粪饼，寻找到新的牧场，就得赶紧拾牛粪。而藏族牧区妇女每天清晨，煮完奶茶，男人们吃饱喝足出坡放牧后，便是捡牛粪。她们背着一种大口的竹编背篓，手提铁铲，牛粪无论新旧干湿，铲起往后一扔，背篓口大便于接纳。捡满后则背回倒在帐篷附近，摊开晒干，待干透再储存起来备用。所以，在牧区行走，最常见牧民，尤其是妇女干的活儿便是捡牛粪。我所拍摄的正是这样一位捡牛粪的妇女。这位世代生活在黄河源头的妇女，从小就在草原长大，伴着黄河源头日夜奔腾不息的河水。她可能完全不知道正是家门口的这条河流不但养育了一个黄皮肤的伟大民族，还养育了沿岸无数的村庄和城市，养育了日新月异的现代文明，她像父辈祖辈们一样过着宁静、单纯却充实的日子。她穿着黑色短袖衫，绿色裙子，挂着两串松石项链，十分健壮，她看见我为她拍照时，站在牛粪堆前，没有丝毫的羞怯和拘束，而是露出一脸灿烂的笑容，让我深受感染。

这位藏族妇女收获了大堆牛粪，可以使自己的丈夫和孩子有温暖的火塘，有滚烫的奶茶，有一锅喷着香气的揪面片，全家也就有其乐融融的日子。如此简单，如此实在，于是汗水和疲惫便化为灿烂的笑容。或许她并无过多想法，仅仅出于人与人之间本能的一种友好。

不管是因为什么，河源人这无拘无束，发自内心深处的灿烂笑容都让人难忘，都让人感动，都让人的心灵受到一种抚慰和洗礼，黄河源头的草原也因此益发美丽诱人。

▲鄂陵湖壮阔如海

▲鄂陵湖古称柏海

玉树临风·草原盛会

一

据《唐书·吐蕃传》记载，贞观十五年（641年）文成公主一行到黄河源玛多时，松赞干布亲率大队迎亲队伍在柏海迎接，柏海即黄河源头姐妹湖泊扎陵湖与鄂陵湖。松赞干布在湖边水草丰茂开阔平坦处扎营盘，宰牛羊，并举行了盛大婚礼。文成公主时年16岁，正是唐代妇女出嫁年龄，虽一路远行，鞍马劳顿，但也渐渐适应高原气候。到达黄河源时，已历数月，正逢大地回春时节，见到松赞干布虽居高原，服饰语言迥异，但时年25岁，年轻英俊、粗犷有礼，心中一块石头落地，十分欣喜。

松赞干布对中原唐文化原本十分仰慕，现在见到唐王朝送亲队伍规模宏大，服饰整洁鲜丽，陪嫁物品丰厚，公主美丽大方，自然十分高兴。他态度谦恭地谒见送亲专使江夏王李宗道，并行子婿之礼。婚礼也尽量征求唐使意见，搞得盛大隆重，使1300多年前这场黄河源头举办的婚礼永载青史。

吐蕃是一个善于学习的民族，史书都有评价"吐蕃之性，剽悍果决，敏情持锐，善学不回"。迎亲大臣禄东赞更属吐蕃智囊人物，入使长安，见多识广，多次观赏唐宫歌舞后，便让手下注意学习程式、曲牌，对这次迎亲活动更是精心策划。离开唐境，越日月山，进入雪域高原后，沿途飞马报信，站站相迎，在黄河

▲松赞干布迎娶文成公主之处现立有迎亲碑　　▲迎亲碑边的多卡寺

沿又安排"人桥"使文成公主和送亲大臣都深受感动。

如今吐蕃赞普松赞干布亲率部众来柏海迎接，更应周全隆重，也可向唐王室展示实力，这也正中年轻气盛的松赞干布心思，于是在柏海边选择旷野，调集吐蕃勇士和漂亮姑娘，先是赛马、叼羊、射箭，这些马背上长大的勇士果然剽勇，骑马快如追风逐月，箭箭射中空中飞鸿；之后又按唐宫歌舞模式，演出排练歌舞。吐蕃原本就是能歌善舞的民族，心有灵犀，对唐宫歌舞程式一看就会，还连夜编排出欢迎辞：

> 不要怕宽大的草原，
> 那里有一百匹好马欢迎您。
> 不要怕高大的雪山，
> 那里有一百匹驯良的牦牛欢迎您。
> 不要怕涉深深的大河，
> 那里有一百只马头船欢迎您。
> 过了雪山，过了大河，
> 逻些全城的百姓都等着欢迎您。

青年男女高唱着歌儿又跳起草原舞蹈，虽简单粗犷，却也展示出草原俊男美女的风采，博得唐使、公主和送亲随从的喝彩，双方皆大欢喜。这种赛马、射箭、歌舞之风也沿袭留传下来，演变为今日草原盛会。

玉树赛马大会以规模盛大，骑手骁勇久负盛名。玉树藏族妇女也把这种集会看成是展示服饰容貌的良机，故家家不惜重金，早几月准备。每当草原集会，每位藏族姑娘都会被家人打扮得美若天仙，服饰华贵精美，更是争相比美斗艳。一年一度的玉树美女服饰大展示，给康巴艺术节增添无限亮色，也让外来人大开眼界。我们在参加了玉树草原一年一度，以大型歌舞表演、赛马和物资交流为主的康巴艺术节后，才算有了真切直接的感受，留下刻骨铭心的印象。

▲参加草原聚会的姑娘

二

　　玉树康巴艺术节，是玉树藏民的传统节日。其实但凡藏区都会有类似的节日，只是名称不同。玉树由于有当年文成公主进藏在此停留的种种故事，又有藏传佛教规模宏大的结古寺，许多活动过去常围绕寺庙举行的各种法会展开，比如辩经、放生、晒佛、法舞、酥油花展、斋饭、驱邪镇魔、演藏戏等。藏民几乎都信仰藏传佛教，所以寺庙的活动，也就是广大信徒的活动。尤其每年7月结古寺都要举办规模盛大的说法辩经、野游和文体活动。这时正是牛羊肥壮的季节，整个草原水草丰美，绿草茵茵，白云悬吊，蓝天如洗，正是草原的黄金季节。

　　这时，不仅从事牧业的藏民心情舒畅，乐意赶着牛羊聚会，那些居住在河谷地带从事农业或半农半牧的藏、回、汉等民族群众也已收割完庄稼，腾出了手脚。于是，家家户户便忙着宰肥羊、炸油果、磨炒面、备砖茶，带上帐篷、炊具，骑上骏马，赶上牦牛，全家老幼，离开自己的庄户，到水草丰美的草原，搭起一座座帐篷，去拜会亲朋好友，去寺庙烧香还愿，去参加各类传统活动，过上十天半月轻松而有情趣的生活，让辛苦终年孤寂放牧的生活得到调节和放松。

　　节日期间，牧民们要举办赛马、拔河、叼羊、摔跤等传统活动。活动是在村落之间展开的，所搭帐篷也约定俗成按地域划分。比赛前，都在各自的帐篷煮大锅手抓羊肉，熬大罐酥油茶，很多人家还备有青稞酒，亲朋好友免不了互相邀请，主妇们也趁机暗中较量，一显身手。正式活动还未开始，烹调手艺的比赛已经展开，会做多种饮食的巧妇会受到称赞和尊重，拿不出特色、显不出手艺的妇女则无光彩。于是会暗中学习，以求下次露出绝活，也显露脸面。待到全家老少吃饱

▶ 藏族女孩

▶ 藏族妇女服饰相当华贵

喝足，便全都换上节日盛装。男子比较简单，但皮帽、皮靴、新藏袍、新腰带是少不了的。再就是骏马，也需洗刷得毛色光亮，一尘不染，还要挂上铃铛，披上红绸。好马还需好鞍，有的骏马配的镶银马鞍价值上万元呢。

藏族妇女非常重视服装和佩饰，平时在牧场，单家独户，很少有展示的机会；草原上的康巴节，正好让妇女们的爱美之心得到充分展现。常常是藏历新年一过，女人们便开始动心思了，藏袍选什么料子，配什么颜色，剪裁什么样式，再是项链、戒指与头饰全都不能马虎。一个藏族妇女的全套服装佩饰竟重达几十斤，贵达几十万乃至上百万元，因为上面镶嵌的可全是金银珠宝。一般人家尽管不可能这么华丽贵重，但也是尽其所有，煞费心机，做出的服装姹紫嫣红、五彩缤纷。在一个月前就反复试穿，不断修改完善，尽可能做到至善至美才登台亮相。这几乎是所有参加康巴节的各族妇女共同的心愿。所以，节日开始那天，穿着节日盛装的人流从草原各个方面涌向大赛场的时候，真像片片彩云飘落到了草原，到处花团锦簇，美不胜收，让人目不暇接。

三

最吸引人的节目是赛马，这是许多牧民都喜爱的活动。游牧民族可以说从小就在马背上长大，许多牧民都是出色的骑手，那种骑着骏马在草原驰骋，任凭马蹄叩击大地，长风在耳边呼啸，追云逐月的感觉最能展示牧人的剽悍风采，也最能在一片草原赢得人们的尊敬。所以报名参赛的骑手很多，在草原上常常出现几百名骑手同时比赛的壮阔场面。鸣枪为号，骑手迫不及待策动骏马，只一瞬间，

▲草原盛会

那些披着红绸、响着铃铛的高头大马，无不四蹄腾空，如箭般射出，白色、红色、黑色、栗色、黄色各种颜色的骏马都好似一团流云或一团火焰，转瞬之间便消逝在草原尽头。等到返回时，那披着洁白哈达的一定是最先跑到终点的骑手，也顿时成为牧民心中的英雄。

夜晚，一堆堆篝火燃起来，与天上的星星相互辉映。月亮也升起来，整个草原都镀上一层银辉，晚风收尽暑气，大草原无比清爽，弥漫着野花的清香，这是唱花儿、跳锅庄的大好时机。参加者大多是年青的小伙和姑娘，她们约伙结伴，牵群打浪，围定一堆篝火。

开始时，矜持和害羞是肯定的，待到人越来越多，篝火也越烧越旺，映红青年人青春的脸膛时，最有勇气的歌手也就出现了。最先出现的歌手不一定有最好的嗓门，却注定是草原公认的搞笑大王。每片草原都有些诙谐幽默的人物，消息灵通，见过世面，能讲各种笑话，给草原上寂寞的日子增添许多乐趣，也就最受欢迎。在香巴拉节上这类玩家也要露一手了，他会拿上一瓶扎了红绸的酒，有时还会戴上面具，或是打扮成滑稽模样，在场上高唱祝酒歌。歌词可以是现成的，也可以即兴现编，内容要结合当年的牛羊五谷，祝贺风调雨顺、六畜兴旺，扎西德勒（吉祥如意），唱到兴头上，便要握住酒瓶舞动，最后出其不意地把酒瓶传到下一个人手上。接到酒瓶的人不能拒绝，要继续唱歌，然后往下传递。所有的人都有被点到的可能，尤其是出色的小伙和漂亮的姑娘可能性最大。

末了，兴到高时，情至浓处，所有的人都情不自禁放声高歌，男男女女全都手拉着手，围着篝火，跳起他们喜爱的锅庄。歌声和篝火传递着草原的欢乐，传递着牧民们的憧憬，当然也会传递年轻人的爱情。

► 作者与藏族教师合影

四

玉树草原上的康巴节所以久享盛名,当然和文成公主从玉树经过的往事相关。当年,文成公主与松赞干布在黄河源喜结良缘,继续前行,由于已在吐蕃辖区,一切轻车熟路,沿途接待周全,顺利到达玉树。这是唐蕃古道与茶马古道上一处重镇,长江、黄河、澜沧江都在玉树境内发源,现属国家"三江源"国家自然保护区的核心地带。同时,玉树自治州州府所在地结古镇,亘古便是青海西宁、四川康定、西藏昌都三地之间重要物资贸易集散地,无论茶马、谷物、绢绸、日杂全都在此聚散。结古古镇商号林立、店铺杂陈、商幡招展、人头攒动,从古至今都异常繁华。结古古镇虽海拔3700米,高度超过拉萨,却因纬度偏南,四山环合,形成冬暖夏凉的小气候,更有巴曲河流经小镇,河边绿树掩映,四周水草丰茂,镇西南还有一片开阔的隆金湖,水鸟翻飞,景色优美。

当年文成公主经过时,正是春暖花开、宜于播种的时节,文成公主新婚后一心想为藏区群众干些好事,她在玉树停留下来,把带来的谷种分发给当地藏民,让随行的农技人员帮着耕种。从此,玉树河谷田亩相望、五谷飘香。公主还把内地织布、酿酒的技术也传给藏族同胞。玉树藏民对公主十分感恩怀念,在距结古镇不远的贝纳沟修了一座高达三层,却又玲珑精巧的文成公主庙,山坡松柏常青,山下巴塘河水长流,成了玉树一处著名的旅游景点。

玉树还有一座嘉那玛尼石城,刻有六字经文的玛尼石高达六七米,有两个足球场般大小,整个石城由25亿块玛尼石垒成。这是全球最大的藏传佛教玛尼石城,已载入吉尼斯世界纪录,每年都吸引大量游客前来观赏呢。

从 | 长 | 安 | 出 | 发

从长安到拉萨 /下/

唐蕃古道全程探行纪实

王蓬 著

陕西新华出版传媒集团
太白文艺出版社

卷四／雪域呼唤·古道新颜

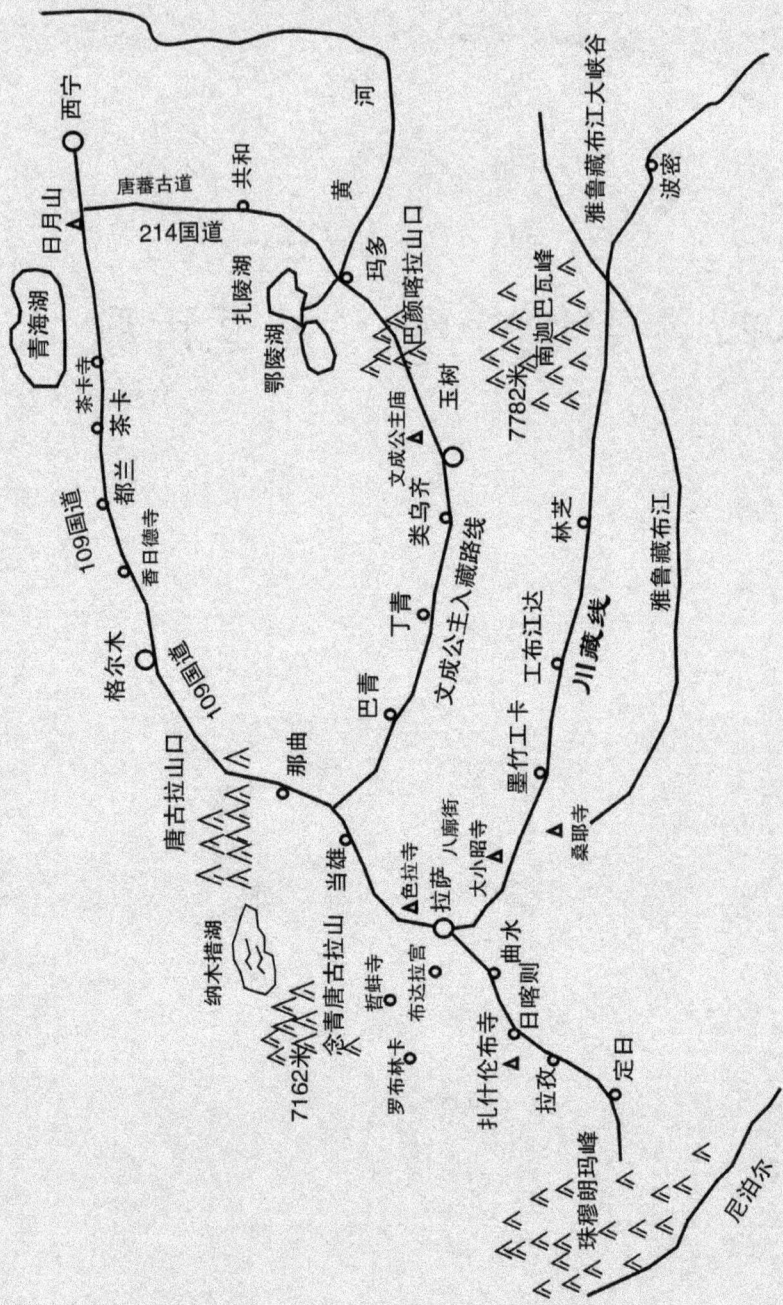

格尔木、玉树、拉萨旅游线路图

▲壮美的雪域高原

雪域的呼唤

一

是谁带来远古的呼唤

是谁留下千年的祈盼

难道说还有无言的歌

还是那久久不能忘怀的眷恋

哦，我看见一座座山，一座座山川

一座座山川相连

呀拉索，那可是青藏高原

……

  每当听到那高亢入云、苍凉热烈、悠长的无止无境的旋律，内心都会被深深搅动。那高耸云端的雪域冰峰，连绵不尽的亘古荒原，绿浪接天的草地，一碧如洗的蓝天，大团悬吊的白云，深切的峡谷，奔腾的雪水，遍野的牛羊，翻滚的青稞，还有那大片鳞次栉比、金碧辉煌、规模宏阔的寺院，数百名身着袈裟、席地而坐、朗朗诵经的喇嘛，独特的藏式木楼，精致的雕花廊柱，浓郁得化不开的宗教气氛，浓郁得解不透的民族风情，构成了青藏高原丰富多彩、气象弘阔的大千世界，常冷不丁就给人强烈的震撼。这种"震撼"会沉淀下来，成为一种抵挡不住的诱惑，挥之不去的情结，不露声色的呐喊。末了，你会莫名其妙地坐立不安，开始翻看地图，寻找路线，收拾行囊，购足胶卷，最终会一次次西行，一次次奔向雪域高原……

▶青藏公路直通雪域

二

作为中华民族大家庭的一员，藏族的先祖吐蕃人史前就在青藏高原繁衍生息。早在1300多年前，雄才大略的唐太宗就与吐蕃的杰出首领松赞干布共同促成了迎娶文成公主进藏，汉藏和睦千载的佳话。那条彪炳史册的唐蕃古道就一直沟通着雪域高原与祖国腹地的联系。

当然，这条经历1300多年的官驿大道随着青藏铁路，多条国道、省道的相继建成，也在某些地段发生变化。比如从西宁出发后，无论是历史上的唐蕃古道，还是今日的109国道（青藏公路）、214国道，路线在日月山以东为共用，方向位置都基本一致，但到倒淌河镇后，109国道即青藏线继续向西，214国道与唐蕃古道却折向西南。到玉树后，唐蕃古道是经杂多、越唐古拉山口进入藏北高原再与入藏大道，即今日青藏公路相交。但目前，由于从杂多到那曲需翻越终年积雪的高山，且400公里没有人烟，也无公路相通，古道则骑马需半月之久，所以，大凡探访唐蕃古道者，大都从玉树走康藏线经囊谦、类乌齐、丁青至藏北那曲，最终到拉萨。

一个民族能够在世界屋脊生存繁衍就是奇迹，再创造出灿烂的文明自然会引起世人的敬重。我北大的学友廖东凡、秦文玉、范向东、马丽华都在西藏生活多年。是西藏吸引了他们，还是他们迷了上西藏？我仔细阅读过他们各自创作或研究的西藏系列作品得出结论：一个有文化感知与人文情怀的人，只要走进神奇又充满魅力的雪域高原，不产生迷恋是不可能的。

马丽华在《西藏的文化旅人》中描写了一批坚守在西藏的作家、画家、摄影

▲青海可可西里藏野驴

家、音乐家、收藏家、考古学家、历史工作者，他们最后无一例外地成为藏学家。他们对西藏这片土地和藏族同胞的认识无疑更加深刻：人类从来不曾是大地的儿子以外的东西，大地说明了他们，环境决定了他们……

三

我毕十年之功，全程考察了穿越秦巴大山的 7 条蜀道，又曾 20 次西行，寻叩从长安到罗马的丝绸之路。其中，有多次便是寻访被专家称为南丝绸之路的唐蕃古道，而且，我发现最具吸引力的也是唐蕃古道，因为它勾连着雪域草原，让人百看不厌。因为每片草原都有自己浓郁的特色，每片草原都能给人带来新的发现与震撼。当然，这也和每个人的兴趣相关。

多年来，我曾去过川西北的阿坝草原、若尔盖草原，甘肃的玛曲草原和甘南草原，青海的日月山草原、海北州草原和金银滩草原，黄河源、玉树草原和玛多草原，还有伴着唐蕃古道那长长的没有尽头的草原……

去过草原和没有去过草原是不一样的，因为除了你了解的自己生活的火柴头般大小的天地之外，还有大片辽阔的世界。草原面对任何喧嚣任何不可一世的庞然大物都冷静缄默，草原归于沉寂就犹如天山昆仑山归于沉寂。草原如同天地有大美而不言，有大德而不张扬，有大襟怀而不标榜，有大谋略而不露锋芒。

草原并非完全绿茵铺地、牛羊布野、鲜花盛开和牧人欢歌，草原高寒寂寥、晴雨无定、暴雪严寒和供给中断是常有的事。远离城镇放牧，也就远离了现代文明，没有电影，没有电视，用不上任何家用电器，甚至很难有人交流。那种孤寂，

▶ 高原牧羊人

那种辛苦，那种独处于天地之间所需要的耐力与坚强，不身临其境是不可能体会到的。

人生在某种程度来说也犹如草原，有如画的风景，有春兰秋菊的艳丽，有烈日，也有风霜。

我国儒学大师梁漱溟先生毕生关注人的道德、修养与情怀。先生以儒家思想为基本价值取向，追求人生的真谛与真味，他的许多文章对人生有生动立体的剖析，有对人生全面透彻的解读。梁漱溟先生认为，人不管身处何等境遇，或身居要津，权倾一方，或腰缠万贯，居产纳贡，或普通寻常，奉陪末座，乃至于引车卖浆都需要解决或处理好三个方面的关系。即人与物之间的关系，人与人之间的关系，人与自身内心之间的关系。也许，人生还有其他种种关系，但这三种关系无疑是最重要的，也许是要困扰终生的。尤其当今时代，新旧交替社会转型，物欲膨胀，信息爆炸。人与物之间由于人的贪婪变得没有止境，人与人之间由单纯变得复杂，这也就导致了人的内心时时泛起波澜，失去平衡。一时间，穷人富人、官员百姓都觉得幸福指数下降，似乎谁也没有到达幸福的彼岸。其实，从古到今，人生不如意者常八九，穷有穷的困窘，富有富的难处，关键还在自己。如果说人与物、人与人，不完全由自己掌控，人与内心的磨合调节，却全在自身了。人非圣贤，坦诚地说，笔者遭遇的辛酸坎坷不比别人少，却始终坦荡乐观。古人说，不知民间疾苦无以充实胸臆，不访名山大川无以恢宏气概。多年来的行走，从蜀道到丝路，从秦川河湟到雪域高原，使我受益匪浅。人生谁无烦恼，但你去过草原，尤其是沿着那条古老的唐蕃古道，不厌其烦地深入到一片连着一片的雪域草原，认识了草原，从此心中就高悬了一面巨大的明镜。凡事都有了一个客观公正的参照，也仿佛结识了一位见多识广、历经沧桑的老人，能够时时受到教诲。

朋友，若有机会，从喧嚣的尘世间脱身，在名利的追逐中后退，从种种诱惑中逃离，到草原上去吧。打开地图，就会发现，其实草原就在你的身边，以现代化的交通，沿着川藏、青藏、滇藏公路或者是那条被誉为"天路"的青藏铁路，无论多么遥远的地方，都似在咫尺之间。所以一定要去雪域草原。

那里有雪山、古堡、雄关和大江大河之源，有历经沧桑的古道遗迹和规模宏阔的宗教建筑，有滋味浓郁的奶茶和鲜美无比的手抓羊肉。

那里有辽阔的草地、灿烂的阳光和白云般滚动的羊群，有如玉带般蜿蜒的溪水和旋风般奔跑的骏马；那里有藏族、蒙古族、撒拉族、保安族、土族等勤劳质朴、勇敢善良的兄弟民族以及他们绚丽多彩、独特浓郁的风俗民情。

那里有关于雪域草原种种史诗般壮美的传说和关于今日藏区草原新貌难以唱完的长歌。

朋友，到雪域草原去吧，开始你的唐蕃古道之旅也就开始了你崭新的人生之旅。

旅途小憩

◇雪域国画◇

我对书画是门外汉，却爱欣赏书画，且有一批书画家朋友。比如维宾，我们常谈的话题是青藏高原。我是因为探索唐蕃古道，维宾则是在那里服役27年，一生最美好的时光在雪域度过。"哎呀！这张好，简直是雪域国画。"一次，我从西藏回来，让维宾看一路的摄影作品，他对其中一幅赞不绝口，

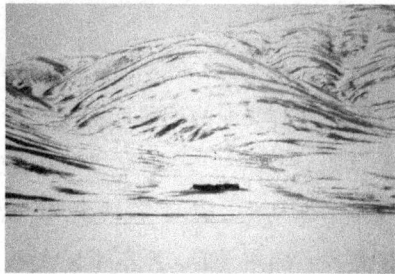
▲雪域国画

这是我在2009年5月乘火车赴拉萨途中所拍。那天，沿途日光朗耀，藏草初绿，列车一过昆仑山口，便是漫天雪花，遍地皆白，就像进入另外一个世界，所有旅客都兴奋不已。5月中旬内地早热得穿短袖汗衫了，没想到这里还是雪的世界。我隔窗拍飞舞的雪花，一片混沌，什么也看不清楚。快过五道梁时，雪停了，窗外起伏的山坡完全被雪覆盖，只是在慢坡沟坎之间裸露着道道的泥土，仿佛谁用巨大的画笔，漫不经心在天地之间随意抹了几下，还真有说不出的韵味。于是我连拍几张，没想到其中一张竟受到书画家维宾的赞赏：雪域国画。其实，这不是我的作品，是大自然在不经意间流露出的一点手笔。

▲牦牛天生适应雪域

雪域的灵魂

一

　　藏区把高海拔的草原称羌塘，比如藏北，平均海拔在 4500 米以上，所以藏北草原也被称为羌塘。这里是真正的雪域高原，唐古拉山终年披雪，宛如一条巨龙横卧在藏北。2004 年 10 月初，当我终于来到藏北高原，映入眼帘的竟是无数的蜡象，因两天前，刚落了场大雪，四周的山峦全被白雪皑皑的积雪覆盖，格外清晰，像排成圆阵的蜡象，甩着长鼻、扬臀摇尾，向着盆地冲来。极目之间，白雪覆盖的山坡上，远远近近有无数的黑点在移动，那是牦牛。在雪域羌塘草原只有牦牛敢蔑视严寒。车转过山弯，正好一头牦牛站在土坡上，昂首扬角、威风凛凛，酷似海北州那尊被誉为"雪域魂灵"的牦牛。

　　现在，我们终于认识到一切动物，尤其野生动物，都是人类的伙伴，应该与它们和睦相处。事实上，若无动物，许多名山大川也就黯然失色，比如猿猴之于三峡，牛羊之于草原，骆驼之于大漠，猛虎之于丛林，雄鹰之于长空。应该承认，它们才是大自然真正的魂灵。

　　我对动物的兴趣不亚于对人类。看电视长期坚持看的节目是《新闻联播》和

▲雪域"天牛合一"

《动物世界》。每到陌生去处，关注的除了名胜古迹、历史文化，就是野生动物。在兰州专门去了动物园，得知青藏高原是野驴、野盘羊、野牦牛、野羚羊的故乡，就极希望能见到它们。我觉得野牲口比家牲口更像牲口，肌肉发达，形体剽悍，野性十足，能给人留下强烈的印象。

这几种珍稀动物兰州动物园都有，但看过后却失望。我是觉得见着它们太容易，没经任何艰辛，就在咫尺之间与它们隔栏相望；它们在我眼中又太乖、太懒，无精打采，对围观者的挑衅毫不介意，甚至一只羚羊望着扔去的石子，目光竟十分亲切。

二

我明知即便去了青藏高原，想看野生动物也是种奢望。但去的次数多了却也获得意外的满足。生活在青藏高原的主要野生动物藏羚羊、藏野驴、野牦牛、草鹿、旱獭都撞见过。拉萨、西宁博物馆最引人注目的便是用各种野生动物做成的标本。其中最美的要推野盘羊角，粗壮的弯角盘成两个巨大的圆圈，一道道的纹路构成粗犷独特的图案，雄浑质朴的造型与天然无饰的线条都把一种原始的自然美推向极致。同行者说这是真正的野盘羊角，这头野羊肯定是饿死的，因为角盘得太大，挡住了嘴巴就吃不上草了，谁运气好在草原上就能捡到。

野黄羊的角则是秀挺地长在脑门上，像藏民们背着的权子枪。青海省作协主席朱奇告诉我，有两样东西在三年困难时期救了青海人的命。一是青海湖中的湟

▶牦牛是藏民相互赠送的重礼

鱼，野生多年成群结伙浮来游去没人捕。困难时期，各单位都组织力量去捕捞，先是干部，后来工人农民都拥上去了，真解决了大问题。再就是黄羊，当时也没保护动物的意识，有能力的单位便组织围猎，那场景极其悲壮。黄羊为生育和生存，每年都有大规模的迁徙，成千上万的黄羊，组织却十分严密有序。身强力壮的公黄羊承担探路、先行护卫工作，母黄羊与幼黄羊居中，按先后顺序和预定的路线有条不紊地行进。这就为猎手的捕杀提供了机会，只要预先埋伏于黄羊必经之处，枪一响定有收获。而遭到伏击的黄羊无论身边倒下的是父母还是兄妹，此刻都顾不上悲伤，仓皇逃窜一阵，迅即又恢复队列，公羊依然担任护卫，母羊依旧带领着幼崽，极奋勇悲壮地继续行进！

草原上还有野马、野驴、野牦牛等大型动物，近年加大了保护野生动物的力度，各种野生动物的数量都不断增加，进入青藏高原轻易就能见到。我在海北州政府所在地见到一尊雕像，是头牦牛，四肢粗壮，体格雄健，整个身体奋力前进，两支盘角直刺前方，雄性十足，威风凛凛，是我见到的令人震撼的雕塑之一。这尊雕塑被命名为雪域魂灵。先是让人一愣，为什么不选骏马或绵羊？仔细一想，就觉得誉牦牛为雪域魂灵十分准确。

在高寒草原，马虽强健，但周身无长毛覆盖；马善奔跑，肺活量大，使马很难适应高海拔寒冷和缺氧的环境。青藏高原虽也养马，但主要供牧人乘骑，在畜牧业中不占主导地位。

马太娇贵，在草原固然是天之骄子，但在高海拔的雪域就未必得宠。据朱奇介绍，1959 年平定西藏叛乱时，曾从内蒙古调来一支骑兵团，一律高头大马，十分威风。但不久便发现这批战马无法适应干燥缺氧的高原气候，更无法在丛林与本地马周旋，不长时间都死光了，骑兵们抱着空马鞍伤透了心。

羊在任何草原都是大宗饲养，毛肉兼用。各地草原都有优良品种，比如新疆细毛羊，宁夏滩羊，陕北山羊等。生长于青藏高原的是一种藏系绵羊。公羊角长且盘旋粗大，纹路精美，可做工艺品。这种羊毛长耐寒，肉鲜美，是牧民主要食品。

羊又太软弱，司机讲他有许多年都是为西宁市运羊肉。每当秋末冬初屠宰期一到，便整日看杀羊。宰羊汉子个个身强力壮，讲究姿势和刀法，比赛速度和耐力，一天宰几十只羊很轻松。可怜是羊，大群被赶来，都清楚要赴杀场，一片哀号，跪着不动，还掉眼泪。但都无济于事，一阵工夫便被割头剥皮，吊在架上热腾腾地冒着气。

三

牦牛就不同，天生的高原动物。在海拔 6000 多米的雪山照样靠吃苔藓地衣生存，特别耐寒。用牦牛毛编织的帐篷风雨不透，十分暖和，所以近年青海用牦牛绒纺织的牛绒衫全国风行。牦牛由于适应性强，耐寒耐饥，富于韧性和能够驯化，成为牧人密不可分的伙伴。每当迁徙，便由牦牛承担全部载重任务，再艰辛难行的沼泽山路、高寒缺氧的地段，它们都能适应，都始终伴随着主人。在农牧间作区，牦牛还可拉犁耕种。自看到那尊"雪域魂灵"的雕像，一路我都注意牦牛，发现每一群羊中总伴随着 10 头左右的牦牛和一两匹马。这就是一户牧民的全部家当。每当迁徙，牧民骑马赶着羊群，牦牛则驮载帐篷和生活用品，就可以"逐水草而居"了。草原牦牛比内地马牛都要小，通体黑色，四肢短粗苗壮，两角盘曲，长毛拖地，貌似憨拙。可我企图接近它们拍照时，它们却在陡峭的山坡上健步如飞，一溜儿跑掉，十分敏捷。据说野牦牛几乎比家牦牛大一倍，且性格凶猛，连狼都惧怕它，不易驯养。倒是有家牦牛跑进野牦牛群中不肯回来的事发生。

牦牛天生是高原耐寒动物，个头介于马羊之间。但野牦牛也有重达 1000 多公斤的，力大无穷，在高寒地带几乎没有天敌，甚至有撞翻汽车的记录。野牦牛常几十上百头一群，生活在人烟稀少的荒原。无论野生或家养的牦牛，周身都披着长长的黑色绒毛，能够尽量吸收高原稀有的阳光，所以特别耐寒。牦牛蹄宽大而且空心，能够攀登陡峭的山崖。在海拔 6000 米牛马无法适应的高寒地带，牦牛靠吃苔藓地衣照样生存。且行动敏捷，性格凶猛，能够抵御高原狼豹等凶猛动物的袭击。但驯服的牦牛十分听话，承担了高原农耕地区的主要任务。牧民们在长期驯养牦牛的过程中，还利用牦牛和黄牛交配，诞生了一种兼有牦牛和黄牛优

▶牦牛被誉为『雪域之宝』

点的犏牛，更能适应高原地带的农耕需求，犁地、拉车、乘驮都能得心应手。

所以高原牧民看重牦牛。我们眼前的这户牧民没见有羊和马，全部养着牦牛，这可能也和牦牛近年走俏有关。用牦牛绒织的牛绒衫全国走俏，牦牛肉因营养丰富而昂贵。再者，牧民每天不可或缺的奶茶也主要产自牦牛，牦牛体大，产奶也多，在牧区最常见妇女干的活儿便是挤牦牛奶了。牦牛奶除了供牧民全家日常饮用之外，还能做酥油、奶疙瘩，这也是草原牧民家中常备的食品。在草原，一户牧民有多少牦牛，便也大致决定了这户牧民的收入与富裕程度。

▲迁徙中的牧民

▲草原人家

草原·帐篷·孩子

一

草原博大、空旷，行驰其间的任何车辆都宛如大海中的一叶扁舟，那次是在盛夏7月细雨飘飞之中，我们一辆车独自闯进了若尔盖大草原。正当我们感到有种寂寥时，远处的天边，准确地说是绿色的草原与铅灰的天空衔接之处，有了一个让人兴奋的黑点。渐渐地，黑点扩大，是一顶帐篷，一缕炊烟在袅袅地飘升，四周则散落着更多的黑点和白点，那一定是牦牛和羊群。

车开近了，我们看见这确实是一户以放牧为生的藏民，一顶硕大的黑色帐篷，坐落在离简易公路约一华里处。这样正好避开来往车辆的喧嚣，不至于惊动啃草的牛羊和他们平静的生活。四周散落着百十头黑色的牦牛，时近正午，牦牛也许已啃饱了青草，或站或卧，十分悠然。四周是无垠的草地，七八月正是水草丰茂的季节，又被细雨滋润着，各种不知名的青草沾着晶莹的露珠覆盖着整个大地。除了穿越草原的简易公路，无一处裸露的黄土，无一处不是浓浓淡淡的绿色。远处是缓缓起伏延绵着同样为绿色覆盖的山坡，四周再无任何帐篷或牧民。

看来，这户牧民仍沿袭着"逐水草而居"的先民之风，选择了一处有山坡阻挡风沙、有水草可供放牧且又没有争端的地盘来经营自己的牛羊王国。

▶藏族母女

二

　　我们停下车来仔细观察。帐篷是牧民居家的标志，哪儿有帐篷，哪儿就注定有牧民和牛羊。除了牛羊，帐篷就是牧民全部的家当。帐篷这种可以移动的民居，是牧民们千百年实践中的智慧结晶。他们只需要几根木棍搭架组合，几根绳索固定四周，再盖上用牦牛线编织的毡毯，一座可供全家老少安居睡眠、饮食生存的住所便算落成。这种毡毯一般都用粗厚的牦牛绒纺织，能遮风避雨，保暖御寒，铺在地上便是床铺。中间是用三角支架吊起的铜锅，用来煮牛羊肉和奶茶。燃料是取之不竭晒干的牛粪。再有几件必需又简单的灶具、碗，装粮食、盐巴、茶叶的布袋和两只放换洗衣服的木箱，就构成牧民的全部家产。

　　不要小瞧帐篷，这是牧民心灵的故乡，是人类在草原生存的标志。当然，标志着牧民财富的不只是帐篷的大小，还有牛羊的多少。在青藏高原这些海拔3500米以上的牧场，不可能种植任何庄稼，牧民的全部收入都来自他们放牧的牛羊，不仅日常不可缺少的奶酪、酥油、肉食直接取自牛羊，帐篷、毡毯、氆氇则用剪下的羊毛纺线编织，需要用钱购买的柴米油盐，各类开支也系出售牛羊所得。游牧民族的牛羊如同土地粮食对农耕民族一样重要。

三

　　就在我们停车眺望的时候，从帐篷里钻出来几个孩子，朝我们张望，我们招手让他们过来。不想，几个孩子真过来了。大的是女孩，有10岁左右，穿一身黑藏袍，腰间系着黄布带，露着一只穿毛衣的胳膊。还有一个男孩和女孩，都只有六七岁的模样。几个孩子都像没有洗脸，头发粘在一起，脸蛋也被高原紫外线晒得黑红，看去憨态可爱。

我们问他们几岁了，上学没有。却因语言不通，几个孩子只是傻笑。我们从车上取下饼干、

▲甘南草原上的孩子

糖果送给他们。这也是多次草原牧区之行积累的经验，在牧区行走问路，防狗乃至借宿都有可能，牧民家都有孩子，若及时给孩子送点糖果，所有问题都迎刃而解。这会儿，我们便拿出糖果分给他们。他们没有客气，而是迅速伸出脏兮兮的小手接着，一笑，都露出口白牙。

"爸爸，快看！"我上大学的女儿突然喊。

我朝女儿指的方向一看，一个小女孩正从帐篷那边飞奔出来，速度快得让人惊讶。草原并不像操场那般平整，雨水冲刷的沟洼，牛羊撒欢拱起的土包，还有旱獭打洞淘空的地穴随处都是。但那女孩却全然不顾，她一定是老远看见我们正在给几个孩子糖果，怕失去这个机会，才奋不顾身地跑来。我担心她跌倒，但她跑得飞快，简直像一头小牦牛般迅疾，转瞬之间就来到我们面前。

天哪，这孩子这么小！大约只有 5 岁光景，穿着一袭黑色的小藏袍，下襟绣着一片花纹，体现着母亲对她的疼爱，脚上是一双小牛皮靴子。黑红的小脸蛋，蓬乱的头发，一双小眼睛黑亮黑亮，让她显得更小也更让人心疼。

我们又拿了些饼干糖果给她，她迅速接着又迅速塞进胸前藏袍，机灵得让我们都笑了。

要说这些孩子的机灵劲儿，上学一定能行。可环顾四野，几十里路都不见人烟。茫茫草原，不通电，无法看电视、通电话、照明和使用任何家电，这也就意味着和现代文明隔绝。如果生病、突遇灾害，又如何与外界联系？

不排除这户藏民隶属的村镇对他们的关照，但至少方圆 10 公里我们再没有看见别的人家或是炊烟羊群。老一辈且不去说了，这几个孩子怎么上学受教育呢？自己的孩子要是在这儿该怎么办？真是不堪设想呢。

离开时，女儿挥着手朝几个孩子说"拜拜"。

不想，几个孩子也一齐举起了手，怯生生地学着女儿说"拜拜"！

▲雪城之王——藏獒

藏区藏獒

一

在藏区徜徉，无论采风还是摄影，随时需要提防藏獒，不要被偷袭咬伤。因为藏獒的凶猛非同寻常，一旦不小心被袭击，不仅行走的全盘计划打乱落空，闹不好还会落下难以预料的后遗症。

藏獒是藏区特有的一种牧羊犬，是诞生于青藏高原，又经藏民多年培育、多年淘汰，优选出的一种威武凶猛、忠于职守、不畏严寒、不畏艰辛，敢于和恶狼搏斗，和猛兽对阵的草原卫士。

草原历来流传着"九犬一獒"的说法，意思是即使在青藏高原，也并非普通家犬、牧羊犬就能成獒。獒是从许多幼崽中被发现，选择出优种，再由育獒高手从小调教，采取许多从实践中总结出来的经验来调教驯育它。比如选出的幼犬要饿数日，再放进旱鼠一类的草原小动物中，让幼獒从小练就从搏斗中获取食物的生存本领。再就是奔跑、搏斗、防卫、守寨等一整套牧羊犬必备的能力。

这期间还有一个优胜劣汰的过程，最后培育成功的藏獒，个大，最大的藏獒竟然像小毛驴一样，满身长毛，头大如斗，像狮子般威风，吼声如雷，往往震慑得对手不敢前行。放牧时，羊群漫过草坡，藏獒必定会选择一处高地警觉地眺望，呵斥顽皮的公羊不要走远，震慑别的羊群不要靠近。暮归时断后，直到所有的羊都归来。夜晚守护羊圈则是天职，稍有风吹草动，便会闻风吠叫。真要有恶狼偷袭，藏獒也会奋不顾身扑出迎战，一只藏獒敢与两三只恶狼对阵，一旦咬住，绝不松口，直到恶狼断气。故草原有"一獒抵三狼"的说法。

我国藏学先驱任乃强先生20世纪30年代，曾深入康藏地区，对藏獒的起源

▲牧羊犬守卫的山谷

做过认真的研究，他认为康青藏高原的顶部，原有一种猛兽，它以食草动物为食，与狼相似。高原上大群的狼与它争食，但都被它逐渐消灭，数万年来，高原上已经无狼了。羌人原是善于猎取猛兽的（任乃强先生认为羌人为藏族先祖之一，曾有专著《羌族源流探索》），进入高原草甸后，与这种野兽争斗最为激烈。结果是它们终于被征服了，纷纷被杀死或俘虏。可能是出于好奇心，他们把稚龄的放入土窑中饲养，取名叫作"獒"。经过驯养，成为非常得力的一种家畜，这就是今人所谓的"藏犬"。

任先生还讲他在藏区曾目睹羌人藏人每家都养有藏犬一条或几条。它能识别家人；在牧场捍卫畜群，使牛羊不走失，害敌不敢行进。家养时，必须用铁链拴住，因为它见生人便要猛扑，并专咬喉部，不畏刀棍，死不退缩。长达里余的藏商驮队，只要有藏犬一只随行，便能保证安全。

藏獒被人类驯化并使用，至少已有几千年的历史。早在2000多年前的春秋时代成书的《尚书》便有"西旅贡獒"的记载，《左传》中也有"公使獒焉"，说明春秋时代藏獒已出现在西羌群众生活中了。《马可·波罗游记》中也有对藏獒的记载，说它头大如斗，吼声如狮，是一种护卫草原牧民的猛兽。清廷驻藏大臣曾把一只藏獒带回北京，献给乾隆皇帝，引起许多大臣关注。宫廷洋画师郎世宁还为藏獒画过一幅画，流传至今。

二

藏獒认熟不认生，对主人十分忠诚，一旦和家人熟悉，就会恪守保卫职责，

▲藏獒是牧民的忠实伴侣

在危急时奋不顾身保卫主人。几乎每片草原都流传有藏獒在主人遭受雪灾、火灾、病倒荒原时抢救主人或幼童的传奇故事。正是由于藏獒有这些优良的品质和出色的本领，藏区牧民都喜欢养獒，几乎家家皆养，有的牧民还养几只獒来放牧护寨。

但藏獒不认生人，若是见到不熟悉的生面孔闯入，就会扑出来伤人，如无主人呵斥就很危险。曾在四川电视台看到一则新闻，几所学校组织运动员在若尔盖草原沿当年红军长征路线竞走，一位女学生误入藏民牧区，被藏獒咬伤，因当地无狂犬病疫苗和血清，必须拉回成都抢救。结果不知如何，但那女学生被藏獒咬后痛苦的呼喊却使人难忘。

有此教训，我在多次的藏区行走中，都视安全为第一，宁可放弃一些拍摄牧民日常生活的场景，也要和藏獒保持一定距离。或者携带长焦镜头，远距离抓拍，若天气晴朗、光线充分，效果也不错。不过，我发现，藏獒似乎没有传说中那么可怕，在藏区十分普遍，有些时候途经一片牧民较为集中的地方，五六户牧民居住在一片水草丰美的川道河谷时，就会看见每顶帐篷前都有两三只藏獒卧在那里，懒洋洋的。也许怕伤人，大多藏獒被铁链拴着，几次我试图接近拍摄，它们也只吠上几声，就又卧在那里，让人怀疑这是不是真的藏獒。

三

据说，藏獒的故乡是在黄河首曲玛曲一带。在玛曲流传着这样一个故事：一位牧民从朋友处获得了一头藏獒，其貌不扬，看不出威风，而且不久羊群就遭到

▲中华巨獒

狼群夜袭，一次竟然损失了7只羊。牧民非常愤怒，觉得自家的藏獒失职，让他在草原上丢尽脸面。他大声斥责藏獒，并用牧羊的皮鞭抽打藏獒，边打边骂"没用的东西"！受到主人打骂，对藏獒来说是极大的耻辱，但藏獒没有反抗，任由主人打骂。当晚，藏獒消失了，主人余怒未息，也没在意，可连着两晚藏獒都没回家，害得主人不能安歇，他得代替藏獒守夜。在草原夜间守护羊群不敢马虎，常有疏于防范，羊群损失惨重的事情发生。现在，藏獒走失，主人沉不住气了，他开始寻找藏獒，却一无所获。

这天晚上，牧人听到有敲门声。他打开门一看，惊呆了！正是丢失的藏獒，它浑身是血，还残着一条腿，十分狼狈。主人不知发生了什么事情，藏獒却咬着他的袍角，这是让他跟着走的意思。主人随藏獒来到羊圈外空地一看，天那，这儿竟然摆着5条恶狼的尸体。显然，藏獒在受到主人的打骂之后，为了挽回尊严，在大草原上寻找到了狼群，力战群雄，把对手全部战胜咬死，并拖回来，向主人汇报。深受感动的主人一下搂住了这只忠心耿耿的藏獒。此后，这只其貌不扬的藏獒的英名也传遍玛曲草原。

近年，中国养宠物之风弥漫，竟然连威猛如野兽的藏獒也不能幸免。许多地方，包括城市，都能见到藏獒的身影。其实，许多专家认为藏獒就本质来说仍属兽类，划为狼种，这种原本在青藏高寒地区的犬类，一下来到平原，甚至炎热零海拔的沿海地区，注定是遭罪。随着市场不断扩大，需求量倍增，不断繁衍，就注定存在品种退化、需要提纯品种的问题。据说在国际名犬市场，我国的藏獒因其个大、威猛、忠于职守已名列前茅，最好的种犬每只售价达上千万美元。我在西藏去了一家藏獒园，那里饲养着从藏区各地搜寻来的各式藏獒竟达数百条之多，分栏饲养，各有名牌，标明种类、产地、身高、体重，乃至名字，什么"獒王""赛虎""铁包金""铁锈红"不一而足。其中一条被称为"天下第一獒"，刚满一岁，身高85厘米，体重达120公斤。主人用铁链拉出，果真头大如斗，威风如狮，小毛驴般大小，吼一声大地震颤，吸引不少游客。有人私下告知，这个獒园去年产崽400多头，每只卖8万元，收入高达几千万元，办什么企业也没有这来钱呀。据说内地不少人来藏区收购幼崽，带回繁衍营利。我曾见着汉江畔一户人家养着几只公母藏獒，专事繁殖，出售幼崽，每只达万元。一旦进入商业模式，只顾将本求利，不去考虑动物命运，藏獒与生俱来的牧羊守护功能的丧失是迟早的事情。

四

但我的藏区之行，还是与藏獒有过两次有惊无险的遭遇。一次在玛多，拍完黄河第一桥从河堤返回，途经一户藏民住宅，只顾注意草地上四处奔跑的田鼠，不想几乎走到一只硕大的藏獒面前。幸亏这只獒拴着铁链，只是对我们瞪着黑亮的眼睛吠叫了几声，便又卧在那儿了。另一次是在阿坝，我看见公路上方的山坡上，一座帐篷前，一对年轻的藏族夫妇背着孩子正要跨骑摩托，可以拍幅好照片，忙端起相机。不想却扑出一只毛发直立的藏獒，向我狂吠不已，急中生智，我立即把镜头对准藏獒，咔嚓一声，开车就走。回来冲洗一看，没拍上年轻的牧民夫妇，却拍出一只威风凛凛的藏獒。

云中哈达·神奇天路

一

　　白色的公路一直在上坡，仿佛没有尽头，一个又一个山峦和垭口都甩在轮下身后，但仍然在上，上得无止无境，上得让人提心吊胆。不停盘旋的白色路面像一根舞动的飘带，又像一条洁白的哈达，从高高的蓝天碧空，从重叠的云团中抖落下来。事实远不止此，大团的白云就在山峦间、车身旁浮动，前边一辆满载蜂箱的大卡车直接就像行驶在云团上面，我忍不住隔着车窗拍下这个珍贵画面。

　　海拔4500多米的高原，空气稀薄，含氧量只有内地的一半，水沸点低，食物不易煮熟，我们几次进入藏区都在盛夏，牧草丰腴，释放氧气充分，乘车行走，感觉不到什么，但晚上住宿，还是有明显的高原反应。这次住在拉萨市一座四层楼上，竟然每爬一层楼，头都胀裂发痛，这便是高原反应，只能休息，尽量少说话，少用劲。

　　有了这种体验，沿途见着筑路大军便倍生敬意。筑路工人从服装相貌看，多系民工，民工中又多系当地藏族群众，而且大多数是藏族妇女，年轻的姑娘媳妇居多，也有少数中年大嫂。施工路段，虽有挖掘、碾碾等机械，但很多活儿，如砌护坡、挖边沟、清道砟、装推车都是人工，这些藏族妇女和男人一样，手握铁

▲高原腹地的玛尼堆　　　　▲藏区公路

铲、挖镐，铲土挖坡，干着繁重的体力活计。

我推测，能在如此高海拔地区干重体力活，首先要归功她们世代生活在这里，对环境从小适应，根本上还是同大多数外出打工的民工一样，为了尽快脱贫和解决温饱。毕竟，这儿属典型的"老、少、边、穷"地区，多数县被定为国家或省级贫困县。有时细想，人和人的差别一来到这个世界便被决定了大半，再有能耐的人若出生在这儿，机遇恐怕也少得可怜。

二

高原地带，风云多变，大晴日不定就飘来一团黑云，落雨、下雪，乃至砸下一场冰雹都是常有的事，偏偏高原上几乎没有什么地方可以躲避。我们穿越祁连山遭遇冰雹时，看见筑路工人都跑到涵洞中躲避，还有几个人把藏袍脱下顶在头上，这是无可奈何的事情。所以尽管大热天，筑路的藏民还都穿着藏袍，戴着毡帽，这是生活经验告诉他们随时都要防着天有不测风云啊。

在若尔盖草原，许多藏民把修路挖掉的熟土，大约20到30厘米厚的黑土全都拉到定居点附近，他们珍惜这种能长牧草的黑土，这是多少年才能形成的东西。藏民在家乡修路比外来人更注意珍惜和保护环境。

从拉萨到天湖纳木错，要翻越一座海拔超过5000米的念青唐古拉垭口。在接近山巅的地方，一些藏族民工正在修砌一段护坡，护坡上靠着脚手架，男人在拌沙灰、砌石块，而所用的石块竟全靠几个藏族妇女排成人梯传送。我们经过时，一个藏族妇女正用双手举起一块硕大的石头往上递。石头太大太重，两次都失败，但那位藏族妇女笑了一下，一咬牙硬是把那块差不多百斤的石块递上了高高的脚手架！

一路上，那藏族妇女高举起的石块仍在眼前晃动，正是这些能吃大苦、耐大劳的藏族同胞的辛劳，才使得高寒牧区有路可行，物资能够流通，信息能够传递，才使公路如洁白的哈达把广大藏区与祖国内地紧密联系在一起。

三

西藏历来被认为是"除了月亮之外最神秘的地方"，一方面吸引着中外游客的好奇心，另一方面又由于高海拔被视为生命禁区，道路艰辛、山川隔断，被视为畏途。半个世纪之前，西藏没有公路，能通汽车的路仅有一公里。由于河流众多，水上交通便停留在原始状态，用的溜索、羊皮筏与独木舟。美国探险家保罗·泰鲁在《游历中国》中说"只要有昆仑山在，铁路就永远修不到拉萨"！但事实是青藏铁路从 2001 年 6 月动工仅 5 年时间就全线通车，并创造了多个世界第一，在世界海拔最高，冻土里程最长的高原修筑了世界上海拔最高的车站、最长的隧道，突破生命禁区，穿越了戈壁昆仑，飞架了裂谷天堑，用一条神奇的"天路"把雪域同祖国内地紧紧联系在了一起。

青藏铁路开工时，我就萌生念头，一定要乘火车感受天路。2009 年 5 月总算如愿，因格尔木市以东多次自备车辆来过，对沿途日月山、倒淌河、青海湖已熟悉得像老朋友。有次夜宿格尔木，清晨 6 时沿青藏线开到 160 公里外海拔 4767 米的昆仑山口，看着灿烂的阳光下冰雪闪耀的山峰和利箭一般伸向青藏腹地的公路，伙伴们跃跃欲试——向拉萨开！由于没有计划去拉萨，缺了许多准备。下次吧，带着遗憾掉转车头，回到格尔木，还不到 12 点。索性午餐后，又行驶 580 公里穿越柴达木盆地，经大、小柴旦，越海拔 3900 米的党金山口，到晚上 7 时，我们已坐在敦煌夜市吃羊肉串、喝冰镇啤酒了，一天跋涉上千公里，刷新探访丝路的记录。这次感受天路，重点在格尔木以西，我盘算着下午 4 时从兰州出发，至昆仑山口正好第二天清晨，便能接续上次，全程观赏感受天路。

果真，翌日清晨，列车已过昆仑山口。一看，窗外大雪纷飞，一派混沌，起伏的山岭全在纷纷扬扬的雪花之中。这便是青藏高原，昨天一路还是艳阳高照，山川雄奇，牛羊布野，如今只能观赏到几十米的风景。朦胧中山岭逶迤，并不雄伟险峻，可我戴的能测高度的表显示窗外海拔高度 4600 米。由于列车过格尔木后便施放氧气，车厢内很舒服。我想起一位地理学家对青藏高原山岭的描述是"高

▲云中天路

▲羊卓雍错

海拔的山丘"，真是准确到位，经验之谈。别小看窗外那些飞扬的雪花中似隐似现的山丘，海拔全在 5000 米以上，而有五岳之尊美誉的泰山，雄奇伟岸，海拔却不到 2000 米。大自然就是如此的鬼斧神工。

列车到楚玛尔河谷时，"快看，藏羚羊！"车厢中有旅客喊着。果然，窗外飞舞的雪花中，一群藏羚羊，总有上百只左右，正从一面山坡走过来，不慌不忙，有的还停下来看着火车这傲然驶过的庞然大物。风雪中不畏严寒、悠然自得的藏羚羊，真不愧是大自然的精灵。还遇着一群藏野驴，有几十头之多，比家驴雄壮且脊梁毛呈粗黑色，就在飞驶的列车不远处岿然不动，正好让旅客隔窗抓拍图片。车窗外风景最引人注目的是沱沱河沿，尽管雪花仍在飞舞，但长江源那开阔的气势还是一览无余展示出来，网状的河流似乎是从雪雾深处流来，整个儿铺满了天地之间。沱沱河大桥是整个青藏铁路跨度最长的大桥，在海拔 5000 米的地方，最热可达 30 摄氏度，最寒为零下 50 摄氏度，温差达 80 摄氏度。在这样气候恶劣、地质复杂的地方修筑铁路，真是创造了人间神话。

越过海拔 5200 米的唐古拉山口（这里也是青海与西藏的界线）海拔高度逐渐下降，马上就进入藏北大草原了。雪花也停止了飞舞，透过薄薄的云层，明显感到太阳在跃跃欲试。终于一下进出云层，放射出热烈朗耀的光芒，把窗外的一切都勾勒得层次分明，鲜活光亮。远处的雪山如屏，延绵不尽，无比开阔的草原上，溪水如带，还有大大小小的湖泊如同散落在草原上的明镜，一群群的牛羊低头啃着草，缓慢地移动，就像经常在画报上看到的那样，吸引得旅客都扒着车窗张望。安多、那曲、当雄、羊八井……这些藏北名镇一一掠过。下午 6 时，太阳还高悬在一碧如洗的蓝天上时，雪域圣城拉萨到了。

◇拉鲁湿地◇

这片世界上海拔最高（3650米）、面积最大（6.2平方公里）的城市湿地位于拉萨城北，几乎与拉萨市区连在一起，所以被命名为"拉鲁湿地"。附近还有"拉鲁小学"，都由于靠近拉鲁庄院，过去是贵族拉鲁家族的领地。拉鲁家族曾出过八世、十二世两代达赖，

▲拉鲁湿地

是西藏历史上最有权势，最为显赫的"亚礤"贵族（最高阶层）。这个家族最后一位继承人拉鲁·次旺多吉（1914—2011），也是西藏近百年来家喻户晓、最富传奇色彩的人物。

拉鲁·次旺多吉出身显赫，来到这个世界就注定当官，他曾是西藏地方政府最有权势的四位噶伦之一，还兼任西藏门户昌都总管。1959年西藏叛乱，他任叛军总司令，曾被监禁。释放后作为统战对象，任多届全国政协委员和西藏自治区政协副主席，依然身居高位，备享荣耀。2011年以98岁高龄去世，悼词中称其为"一位爱国主义者，一位与西藏一起获得新生的历史老人"。我在拉萨朋友处听到这位历史老人教诲后辈的名言，对任何领导的回答永远是："好好好，是是是，我一定照办！"

但在我看来，这位历史老人留给这个世界最重要也最有价值的遗产是拉鲁湿地。由于临近雪山，水源充足，整片湿地长满高过人头的芦苇、蒿草，水面铺满浮萍，为藏区珍禽黑颈鹤、白瓷鹳、斑头雁、棕头鸥、银鸥、戴胜、百灵、云雀提供了优良的栖息地，更为拉萨市提供了一块天然氧吧。据科学测算，拉鲁湿地良好的生态系统中的植物，通过光合作用，每年可吸收近8万吨二氧化碳，释放出近6万吨氧气呢。

◀藏式民居

▶藏式木楼内部结构

木楼·经幡·玛尼堆

一

　　来到藏区，尤其是藏北，沿青藏公路进入那曲、当雄，一种进入雪域腹地，即将看见雪域圣城拉萨的激动油然而生，两眼一直盯着窗外，想看看和内地究竟有什么不同。藏族村寨最明显的标志便是藏式木楼，高高地插在木楼四周和山坡上的经幡，还有每个村寨都有白色的佛塔，或是用石块垒成的供奉着牛羊犄角、角、插着经幡、布着各种彩色风马旗的玛尼堆。

　　在草原上，除专事放牧的藏民还住帐篷之外，越来越多的从事农业和非游牧业的藏民都住在固定的村寨。木楼是藏族同胞起居、饮食的主要生活场所。藏族的村寨则是由一座座独立的院落和木楼组成。我曾有幸住过藏族和侗族的木楼，留下很深的印象。

　　藏族木楼常选取靠山近水、坐北朝南的河谷或向阳山坡，一般两三层，也有四五层的。底层和围墙用片石砌就，也有像汉族群众盖房一样版筑成墙。上层围墙全用木板，楼板也是把木板铺在粗大的梁木上，十分结实。

　　木楼一层喂养牲畜，有牛马羊，有的藏民也养猪。二层住人，还用木板隔成若干单间，有厅堂之分。还在上层放置粮食杂物。厅堂也兼做饭堂，其实也是厨房，中间放置有木架的火盆，上面三脚架吊着铜罐或铁锅，煮肉、煮奶茶、做糌粑，都可以。

藏区高寒，一年四季家中均不离火，做饭的同时也能够取暖。空闲了，一家人围着炉火喝茶摆古，也借以度过高原寒冷漫长的夜晚。待到人困火熄，给牲口添完夜草，整个木楼也熏得温暖如春，一家人也正好安歇。

木楼大都带阳台，还有环绕整个木楼的，通风向阳，便于晾晒粮食衣物和悬挂牛羊毛皮头骨、眺望放牧归来的羊群，也便于家人在阳光下打酥油茶、纺织毛线，充分显示了藏族同胞的智慧。

二

西藏临近印度，印度曾为英属殖民地，受其影响，不少藏族上层人物把孩子送往英国留学，带回了英国绅士的生活方式做派，把藏式木楼修建得十分考究。木楼内部有手工地毯、挂毯、壁炉、银质茶具，20 世纪初就有留声机、照相机之类进口产品。木楼还带林卡（花园），类似上海滩的花园洋房。其文明程度，连进藏的内地高官都叹为观止。

其实，每个民族都曾创造过属于自己的文化和文明，都有过辉煌和骄傲。互相并不能取代，只能交流融合、取长补短。汉唐辉煌的重要原因之一即在于此。

比如，秦汉时期，中原汉族聚居之地并没有床榻桌椅，王公大臣议事也是席地而坐，晚间则席地而卧。三国时期的风云人物刘备早年便编卖过草席。

在草原上生活的游牧民族由于经常迁徙，在水草地露宿，为了隔潮，创造出一种活动支架来做床用。迁徙时，折叠起来驮于牛马背上，到了宿营地，打开可坐可卧，十分方便。这种或坐或卧的支架，由于由马驮走，俗称马扎。这在当时就显然是优于汉族的一种文明和进步。

汉时，丝路畅通，中原与边地交往频繁，这种可坐可卧可折叠的架床传到中原，普遍受到欢迎。汉灵帝刘宏就十分喜爱"胡床""胡座"。"上有好者，下必附焉"，从朝廷高官到普通百姓纷纷仿效。经过中原能工巧匠不断加工改造，发展为后来的龙床龙椅、高桌低凳。这种最初由草原游牧民族使用的工具，普及为人们日常生活家具，从席地而卧上升到床铺桌椅，应该看作是人的尊严的提升，文明的提升。

同时，中原王朝的典章制度、京都省府的亭台楼阁，也为草原游牧民族所羡慕接受，在他们定居的城镇寺庙出现了殿堂楼阁，在少数民族居住的村寨则出现

▲华丽的藏式门窗

▲藏式风格的拉萨火车站

二层至多层楼屋。鉴于高寒地区取土不易，靠近山林，取木方便，所以多造木楼。随着岁月推移，经验积累，木楼也已建得相当考究。

近年，随着退耕还林、退牧还草的政策落实以及对草原生态保护的加强，尤其是江河源区，对牧民实行整体搬迁。草原上海拔较低，避风向阳，又临近溪水的地方修建起不少定居点，大多由内地省份对口援建。既保留牧民喜爱的藏式传统风格，又采用新型节能材料，如保暖空心砖、彩色塑钢瓦，门窗依然藏式彩绘，屋脊依然经幡高挑，还有宽敞的天井院落，牛羊也专门设圈，人畜分开，水电俱全，深受牧民欢迎。我 2011 年 9 月第三次到拉萨，乘火车途经那曲，只见许多牧民穿着鲜艳的新装，骑的马也一律披红挂彩，原以为是举办草原赛马，列车经过，才发现是一处新的定居点落成，牧民们都是赶来祝贺乔迁之喜的。

三

藏寨的另一个标志是经幡和玛尼堆。幡杆用长长的木杆做成，有四五丈高，上面缚着写有"嗡嘛呢叭咪吽"六字真言的经幡，在风中哗哗抖动。按藏民的说法，经幡每被风吹一次，就等于念了一遍经。至于玛尼堆则建在村里制高点上，经常有人围着走动，手中摇动着经轮，一年四季，月月天天，从无中断，让外来人十分惊讶。可见藏传佛教已深入藏区村村寨寨。

若追溯起来，藏传佛教在西藏的普及和两位公主有关。丝绸之路畅通以后，早在汉代发源于古印度的佛教便传入中国内地，此为北传佛教。唐时佛教已十分兴盛，从皇室到普通百姓都普遍信仰。这时西藏还叫吐蕃，信仰一种土著苯教。

▲无处不在的经幡

吐蕃赞普松赞干布先后娶了尼泊尔的尺尊公主和唐王朝的文成公主。两位公主都信仰佛教，出嫁吐蕃时带去大量佛教经典、佛像和法器。松赞干布受两位公主影响，皈依佛教。历经千年，从而使佛教在西藏生根、发展，带上自已鲜明的文化特点。其主要经典都用藏文记录，所以被称为藏传佛教。

佛教在进入藏区1000多年中，吸收了曾经抵制佛教的本地土教一些教义和宗教仪式，与藏区的风土人情、精神寄托、思想情绪更加合拍，于是也就更加为藏区群众所接受。同时，藏区长期实行政教合一，许多活佛也是当地行政长官，更利于宗教的普及推广。

藏族群众世代生活在这样的氛围之中。我不止一次看见年轻的藏族母亲带着孩子出入寺院，从小耳濡目染，宗教情结会伴随一生，渗进生活的各个领域。藏区寺庙众多，有许多专职喇嘛，来自藏乡村寨。这样，很自然的，喇嘛也就与民众有了不可分割的血缘关系，几乎每个人烟稠密的地方必然也会有寺庙。

我在青藏草原、玛曲和若尔盖草原，以及甘南、藏北草原这些藏族群众聚居的地方穿行的时候，似乎对宗教多了一些理解和体会。依据科学测算，这些地方20亩草地养活一只羊，100亩草地才能养活一匹马或一头牛。一户藏民养活一群羊和几匹马、牛所占的地域，几乎是内地一个村落拥有的地盘。空旷寂寥，精神苦无寄托，苦闷则无法排遣。宗教恰好能给人一种寄托，一种安慰。何况，慈祥的佛祖，庄严的法会，寺庙的各种活动，也都会给人带来寄托和欢乐呢！

旅途小憩

◇拉萨晨光◇

拉萨四季都阳光灿烂。同属中国西南，成都年日照时间为 1500 小时，重庆不足 1400 个小时，拉萨却长达 3000 小时，无怪有"日光城"的美誉。即使在七、八、九三个月的雨季，也几乎是天天夜雨，天明以后，注定云散雨收，天空蔚蓝，日光朗耀。因为夜雨，空气湿润，特别宜人，所以这个时段也

▲拉萨晨光

是拉萨的旅游旺季，中外游人都可尽情享受拉萨明媚灿烂的阳光。游人当中，相当一部分是摄影家或摄影爱好者，来拉萨必拍布达拉宫。早上人数最多，他们早早就来到布达拉广场，选好位置，支好脚架，静静地等待着拉萨的第一缕晨光。从东山上升起的太阳，最早照到的是拉萨制高点红山，布达拉宫正屹立于红山之巅，在冉冉升起的朝阳之中，白宫、红宫、金顶全都被轻柔的晨光笼罩，云蒸霞蔚，五彩幻化，无比壮观。直到太阳猛然跃上山巅，布达拉宫被照得通体透亮，摄影家们才慢慢散去。此刻，朝拜者们都又纷纷拥来，拉萨的一天也就这么开启了。

藏北羌塘明珠

▲ 天湖纳木错

一

　　汽车在唐古拉雪山中的 S 形公路上盘旋，这一带被称为藏北。沿青藏公路离开西宁市以后，翻日月山，过青海湖，在格尔木市停留住宿休整加油。由于唐蕃古道杂多至那曲 400 余公里至今不通公路，故踏访古道多采取至玉树后，或绕道青康进入藏北，或返回倒淌河再沿青藏线去拉萨。若是七八九月，天气晴朗，路况良好，一般进藏车辆都采取两人轮换驾驶，早发晚至。清晨出发，1000 多公里路程，当晚 10 时左右便可开进拉萨市区，以避免中途住宿的麻烦。不过对于自驾车的旅游者、探险者、考察者或摄影者来说，则无须这么赶。

　　离开西宁便开始了梦想成真的西藏之旅，沿途日月山、青海湖、沱沱河沿岸，不光景色美得让人陶醉，更重要的是你一生便有了穿越农耕与游牧文化分界的经历，有了领略中国最大咸水湖风光和中华民族母亲河黄河与长江源头景色的经历，这绝不仅仅是简单地满足了虚荣心，它会成为一种刻骨铭心的记忆，会长久地影响你的心态，自然是给你明朗健康的那种影响。

　　尽管唐古拉山口一带海拔高达 5231 米，景色荒凉，但翻越山口也就进入了西藏，准确地说是进入藏北，沿途有安多、那曲、当雄、羊八井等城镇，这也是早年唐蕃古道必经之处。

　　藏北现在称那曲地区，平均海拔在 4500 米左右，著名的可可西里无人区便与藏北相连。藏语"羌塘"意为北部的草原。如果运气好，能遇见藏羚羊、藏野驴、野牦牛，成群结队在广漠的草原上争相奔跑，这是以前只有在电视中才能看到的情景，这会儿却近在咫尺。目睹这些已在青藏高原生存亿万年的动物现在才

▲藏式佛塔

被人类认可为伴，你可能会鼻腔发酸，有了一种情感上的冲动，这是你最质朴的感情被唤醒的表现。青藏公路和青藏铁路都由这里穿过，这里能够近距离欣赏藏北的原始之美。沿途高原牧场风光刚劲苍凉，世界上海拔最高的淡水湖泊措那湖便紧挨着青藏铁路，最近处不足 20 米，大团白云几乎就浮在湖面。这没有办法，因为湖泊水面已经海拔 4590 米，比泰山高出两倍多，只好让云彩浮在这里。这个湖泊面积约 300 平方公里，火车也要沿湖跑半个多小时，看车站牌在安多县境内。从地图上看，措那湖为怒江源头，湖水处于有众多雪水及那曲河补充，又溢出为怒江源头的流动状态，所以是一座淡水湖。

提到湖泊，人们耳熟能详的常是西湖、太湖、鄱阳湖、洞庭湖等，因为这些湖泊都在内地，且都分布在人口稠密的长江流域，所以知名度高。提到青藏高原，大多数人都知道青海湖，青海省也因此得名。但却并不太了解，青藏高原才是中国湖泊最为密集，蓄水量也最多的地方。仅是西藏就有大小湖泊 1500 多个，总面积达到 2.4 万平方公里，在世界上也是排名前列，湖面最高，范围最大，数量最多的高原湖区。这也是青藏高原特殊的地理环境所决定。首先是雪山众多，终年积雪，蕴含着巨大的水量。再是受地形影响，没有山脉阻挡的溪流发育汇聚为大江大河，比如长江、黄河、怒江、澜沧江、雅鲁藏布江等，在滋润养育了亚洲众多的国家之后，流向了太平洋和印度洋。还有一些溪流为山川阻隔，最终没有摆脱高山环绕，于是就在低洼之处形成湖泊。

藏北还有一座更大的湖泊，那就是世界海拔最高的大型湖泊纳木错，静静地躺在这片高高的群山之中，凡进入藏北，没有不去拜访这悬在高山顶上的大湖。可以稍做设想，秦岭主峰太白山海拔 3767 米，"太白积雪六月天"自古便为长

被风吹起的经幡

安八景之一。若是晴日，很远便可仰望那在云天中闪耀的太白雪峰。纳木错海拔
4700 米，比太白雪峰整整高出千米，若在西安仰望，简直是云天瑶池了。

二

这会儿，我们便沿着念青唐古拉山中的简易公路向这天上瑶池攀登。念青唐
古拉山主峰高 7162 米，就在当雄县境，其逶迤延绵的群峰也多在 5000 米以上。
去纳木错，必须穿越念青唐古拉山脉，公路如同弯曲的飘带在山石裸露几乎寸草
不生的山峦间缠绕。据说汽车在高海拔的青藏高原上行驶，也如同人在高原上跋
涉一样，由于缺氧，费油费劲，损耗严重，长期在这里使用寿命要比内地短三分
之一。攀登雪山更是像甲壳虫般小心翼翼。沿着河谷盘旋而上，老远便看见一处
山垭，为五颜六色的哈达包裹，风马旗招展，这是藏区特色，几乎所有山垭、隘
口、险峰、奇石、村落都布有经幡、风马旗和玛尼堆，藏民们经过时嘴里还要呼
喊"啦索索、啦索索"，意为神胜利了，恶鬼走开。

登上山垭的同时，也就看见了天湖纳木错，远远地像一匹蓝色的彩绸，静静
地躺在念青唐古拉山脉环抱中的高原。四周沉寂，风势凌厉，所有的东西都被吹
拂得猎猎直响，有种透入骨髓的寒气，让人切实体味到西藏可以同时拥有强烈的
阳光和凌厉的寒风。山垭有界碑，标明：那根拉海拔 5190 米。但距已经看见的
纳木错，还有 20 公里，可见高原空气洁净，能见度高，也足见天湖之大。汽车
沿公路盘旋向下，直奔大湖。

三

纳木错是我国第三大咸水湖，海拔却属世界第一，为4718米。东西长70公里，南北宽30公里，面积近2000平方公里。车在下山的途中，可以看清这是一处奇大无比的高山平原，大湖四周还散落着一些零星湖泊，估计早先是连在一起的，总面积恐怕有五六千平方公里，可以放下中国最大的城市上海（总面积5000平方公里），让人感叹西藏的辽阔。

这里也是片优良的高原牧场，由于有湖水滋润，虽不是直接灌溉，但

▲天湖朝圣者

高山雨雪，蒸发循环，牧草显得茂密。远近散布着羊群和骑马的牧民，黑色的牦牛毛编织的帐篷十分醒目地耸立，长长的炊烟飘向碧空。有了一种"天苍苍，野茫茫，风吹草低见牛羊"的气象。

终于来到天湖旁边，湖水清澈透明，能见度总在几十米。湖中褐黄色的岩石显露出来，像一丛丛黄色的珊瑚，玲珑剔透，有种透明的质感。据说湖水最深超过了120多米。远处的湖水深蓝深蓝，无边无际，有疾风吹过湖面，发出尖利的呼啸，卷起一层层浪花扑向岸边。岸边岩石被咬得凹凸起伏，惊得很多游人嬉笑着散去。一拨浪花扑哗哗散开之后，便会风平浪静，第二拨浪花还远在天际。此时湖水清澈平静得可爱，温顺得如同羊羔，让人忍不住想要赤足踩入去亲近湖水，但这却是绝对禁止的。

纳木错是藏民心目中的圣湖，湖水和湖水中的植物、游鱼都神圣不可侵犯。每年夏秋都有许多藏民来此朝圣，赶着牛羊在湖边扎起帐篷，一方面放牧，一方面要专门绕着大湖转经，步行一圈要半个多月。还有跪叩等身长头的，那就是要用身体来丈量一遍湖周了，其艰苦程度非他人可以体味。我们正好遇着一拨叩等身长头的，男女都有，诚恳庄严，一丝不苟，沿着湖水一路叩去，叩得人心里直发沉。我们以为他们会歇息，但是没有，眼睁睁看着他们一起一伏，消失在远方，融进天水一色的圣湖。

▲ 大昭寺俯瞰

千年绝唱·大昭魅力

一

　　还没到八廓街，刚走进大昭寺广场，心就醉了。数丈高的焚香炉香烟缭绕，在阳光下幻化为万道光柱，空气里飘浮着藏香气息。大昭寺门前，是一大片跪叩长头的信徒，几位老人正把花白的头颅叩在石墙上，默默地诵经；穿着醒目的紫红袈裟的喇嘛，三五成群，手执法器，出出进进；再加上与八廓街相连的转经人群，从早至晚，人流滚滚，男女皆有，相貌注定不同，转经方向一致，无不手摇经筒，口念佛经，神情虔诚，步履匆匆。这种浓郁得化不开的宗教气氛顿时把人带入一种仿佛没有纪元的年月。

　　八廓街是围绕着大昭寺一圈的环形街道，长约 3 里。两边连着长长短短密如织网的街巷，宫厦套着石屋，回楼依傍古寺，清一色的藏式建筑，清一色的藏式商店，集中着藏族最传统的手工作坊。木匠、银匠、铁匠、画匠、裁缝，按照千百年流传的工艺织氆氇、地毯、藏被，打制银碗、铜壶、经筒、法号，出售奶酪、酥油、糌粑、牛羊肉制品和藏式血肠，弥漫着浓郁的藏族生活气息，几乎是

▲祈祷的信徒

▲大昭寺前虔诚的群众

几百年来藏族群众生活的缩影，是拉萨的缩影。只有在这里，才能触摸到藏族群众生活的底蕴，感受他们生活的形式和习惯，可以看见他们已经逝去的时代踪影，也才感觉到没有白来拉萨。

二

　　八廓街的中心和灵魂是大昭寺，若无大昭寺，八廓街就无从谈起。大昭寺建于公元 7 世纪，距今已有 1350 年历史，与布达拉宫、拉萨城同属吐蕃时期建筑，是藏王松赞干布为迎娶大唐文成公主修建的。当年，藏王松赞干布亲自领文武臣民赶到黄河源，首先拜见大唐使臣江夏王李宗道，行子婿大礼，然后李宗道主持他与文成公主相见。这位驰骋雪域高原的吐蕃王终于见到朝思暮想的大唐公主，顿时倾倒，他万没想到文成公主神态端庄，气质高雅，一派皇家风范，十分倾心。征得江夏王与公主同意，在黄河源头按吐蕃礼仪举行了大婚。之后，又在玉树停留盘桓，到逻些城时，尽管当时并无像样的宫廷建筑，但由数不清的帐篷构成的城池市容，也别具一格，生机勃勃。当文成公主一行到达时，受到了吐蕃臣民盛大欢迎，几乎是男女老幼倾城出动。为展示大唐礼仪，促进唐蕃和好，在江夏王李宗道主持下，松赞干布和文成公主又按大唐礼仪，在逻些举办盛大婚礼。大唐礼乐飘荡在雪域高原，使全城吐蕃民众都真切感受到中原的礼仪风范，情不自禁载歌载舞，庆贺这盛大的节日。松赞干布更是喜上心头，对江夏王李宗道郑重表示："我族我父，从未有通婚上国先例，唯我得大唐公主，实为万幸，我要为公主修建一座宫殿，以示唐蕃永远交好。"

这座宫殿便是鼎鼎大名的大昭寺。文成公主信仰佛教，从长安带去大量的佛经、菩萨像、法器，还有极为珍贵的释迦牟尼12岁等身塑像，这也是佛教在西藏兴盛的肇始，所以大昭寺是按佛教寺院修建的，但又兼有唐式大屋顶的庄重、华贵与大气，规模宏阔，庄严壮丽。

三

▲大昭寺佛塑

大昭寺建成，文成公主安定下来后，协助松赞干布推行改革，使吐蕃在政治、军事、经济、文化各方面都取得长足发展，带去的工匠也把中原的农耕、织布、酿酒、造纸等技术传播给当地群众。可惜，文成公主入藏10年后，年仅35岁的松赞干布去世。按唐律，她可以回到长安，但文成公主依旧生活在吐蕃。直到公元680年去世，整整40年中，她对雪域高原产生了深深的眷恋，去世后，文成公主与松赞干布一齐长眠于拉萨南部山巅，世代受到藏族同胞的奠祭与怀念。半个世纪后，金城公主又沿唐蕃古道于公元710年远嫁吐蕃，两位公主前赴后继谱写了一曲汉藏和好的千古绝唱，不仅踏出一条扬名千古的唐蕃古道，也使雪域同胞与内地民众有了持续千年牢不可破的血脉关系。至今，藏族同胞为两位公主塑的金像仍供奉在大昭寺中，千百年来，不仅接受着千万藏胞真诚的膜拜，也吸引着千千万万的游客观赏和瞻仰。

寺中还供奉着历代佛家珍稀文物，成为西藏重大佛事活动的中心。五世达赖创建政教合一的噶厦政府便设在寺内。大昭寺建成后，寺周修有供文成公主和王公大臣们居住的官邸，许多名门贵族也纷纷在四周建立住宅。尤其是15世纪之后，大昭寺不断维修扩建规模愈显宏阔，四周僧舍、宗教学府、中小寺庙不断增多，吸引着藏区的虔诚信徒汇聚于此。噶厦政府、地方法庭、监狱机构、商号、摊点、作坊，一间挨着一间，环绕大昭寺形成长达3里的八廓街，在这条主街的两边又形成密如织网的街巷，构成一片最具浓郁藏族生活气息的街区。

▶ 文成公主主持修筑的拉萨小昭寺

四

逛八廓街的人首先会游览大昭寺，但要说清这座拥有 1300 多年历史，25000 平方米面积，难以计数的大小佛像，无比丰富的壁画，以及千年风雨中起落沉浮的故事，真需厚厚一本专著。在随着滚滚的人流游览的两个小时中，给我留下印象最深的是那数不清的酥油蜡灯，千万盏灯火一齐闪耀，千万张虔诚的面孔尽皆顶礼膜拜，那种浓郁的宗教气氛，那无数矢志不渝热切期盼的眼神，真是看过后就再难忘却。还有大昭寺顶传来此起彼伏悠扬委婉的歌声，顺着歌声，我们来到被安全网隔开的楼顶，可能看见我身背几架相机，工作人员没有阻止。

只见正在维修的大昭寺顶，前后站着两排男女，用木杆连着的石夯砸实地面，这是一种古老传统的工艺。把一种产于西藏的风化石，采集来晒干，研磨成粉状，再拌上酥油一层层砸实，可用于屋顶防漏。这种古老的传统工艺不仅表现出藏族群众的智慧，更重要的是劳动方式的完美与和谐。前面一排唱歌打夯，一首歌唱完便停下来休息，后面一排又开始唱歌打夯，周而复始，简直是种优美的集体舞蹈。我在北大的学友廖东凡，多年前到西藏后，听到这种动人的歌声，翻译成汉语为：

> 请看我的左手多么强壮，
> 请看我的右手多么强壮，
> 呀拉索！用我强壮的左手和右手，
> 把拉萨打扮成待嫁的新娘……

▲请看我的左手多么强壮，请看我的右手多么强壮，呀拉索！用我强壮的左手和右手，把拉萨打扮成待嫁的新娘……

　　就在这一刻，他对这个在雪域高原生活的民族深含敬意，一下喜爱上了当时还很破败陈旧的拉萨。他回忆当时仅市区野狗就有几千条，许多在内地已普及的日用品这里还奇缺，但他还是在西藏待了下来，一待便是20年，拉萨文工团便是由他组建。他后来在专著《雪域西藏风情录》中回忆，当初的文工团员全是八廓街上一群无业藏族青年、小喇嘛、小乞丐和小商贩。为了生存，从小学会藏族民间各种歌舞小调，仿佛他们天生就会唱歌跳舞，对于各类演出有出人意料的天赋，还很诙谐幽默，经过短期培训，没想到首次进京演出就引起轰动……

五

　　如今，亲耳听见拉萨这些普通藏族民工在如此优美的歌声中进行劳动，倍感亲切。只是，专门留意，八廓街上几乎见不到唱歌跳舞的乞丐了。作为千年古街，八廓街早年为土路且无地下排水系统，一些回忆文章说到这里晴天尘土飞扬，雨雪天泥泞。近年经过改造，上下水道畅通，路边也一律花岗岩石铺就，电线电网埋入地下，路边街灯华贵高雅，富于民族色彩，每临黄昏大放光明，使八廓街又笼罩于另一番情景之中。白天，在高原灿烂的阳光照耀下，八廓街通畅豁亮，两边一律为砖石砌就三四层高的藏式楼宇，门楣窗棂绘画着体现藏传佛教的各种花纹，图案艳丽，经幡飘摇，连小街小巷都整洁规范，既现代时尚又保持着浓浓的藏族风情。由大昭寺广场进入八廓街，又是另一番景象，只见店铺林立，商幡招展，加上街道两边的商摊，密密麻麻摆满挂满色彩艳丽的藏族传统用品：氆氇、地毯、围裙、头饰、火镰、钱包、藏刀、唐卡、乐器、法器、菩萨、经筒、松巴

▲八廓街吸引众多游客

▲八廓街景

鞋、酥油壶、鼻烟壶、金花帽……让人眼花缭乱，目不暇接，每天吸引着数以万计来自世界各地的旅游者。

八廓街上最有特色的是那些百年老店，比如那家叫"夏木嘎布"的古玩店，老板是尼泊尔人。20世纪，其曾祖父来拉萨经商，据说青藏高原的第一辆汽车便是他们从尼泊尔口岸运进拉萨的。经历百年风雨，仍保持着老店的风貌，经营尼泊尔的手工艺品和西藏的古玩，现在已有几家分店，十分兴旺。还有一座黄色二层小楼，叫玛吉阿米酒馆，据说曾是充满传奇色彩的六世达赖仓央嘉措的秘宫。当年他与女友幽会的地方分外引人注目。如今，这儿成了一个高品位的艺术酒馆，四周贴满绘画、摄影艺术品，书架上摆满关于西藏的书籍图片，播放着动听的藏族民歌。有美国、俄罗斯姑娘自愿来打工，每天吸引着中外艺术家到这儿休憩、聊天，不同国家、不同民族的各种文化在轻松愉快之间获得交流，让人深感惬意，真正乐不思蜀。

最能体现八廓街魅力的是一早一晚的转经，仿佛接到无声的命令，潮水般的人像从地下冒出一般，集结为浩浩荡荡没有尽头的人流。男女老少、喇嘛游僧、商旅乞丐、各类艺人，手摇经筒，默诵经文，加之来自世界各地的旅游者，尽皆按顺时针方向绕着大昭寺转经，终年四季，刮风下雨，落雪降霜都从未中断，沿着八廓街走向他们心中的洞天福地、极乐世界……

◀ 祖孙进新城

旅途小憩

◇叩首长街◇

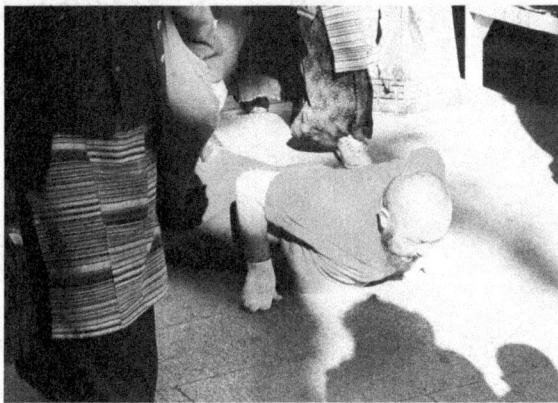

一颗光得发亮的脑瓜，
一袭紫红色的袈裟，一起一
伏犹如舞蹈般的身躯，一丝
不苟地叩首长街。若在内地
任何一座城市，注定会被视
为另类或"行为艺术"引人
围观，但在这里，拉萨八廓
街上，却是一种寻常不过的
宗教行为。购物的妇女，各
地的游人行色匆匆，没有人

▲ 叩首长街

朝叩首长街的喇嘛多看一眼。我被深深打动，首先是这位喇嘛与众不同，竟然留
着络腮胡子，不去大昭寺前（那是集中叩等身长首之处），却来热闹街市；再就
是光亮脑瓜，紫红袈裟，在高原强烈的日光下对比鲜明，极具美感。我一路拿着
相机追赶。那是 2004 年 9 月，我使用的美能达 700 型相机，配腾龙 70 — 210 长
焦镜头，使用的还是胶片，无法现场察看效果，也不能太接近，几次赶在前面，
都被纷乱的行人遮挡住视线。直到在一处转弯街角，连拍数张，才有了这张"叩
首长街"。

多情诗人·六世达赖

▲ 六世达赖仓央嘉措画像

多情诗人

俏眼如弯弓一样，情意与利箭相仿；
一下就射中了啊，我这火热的心房。

东方的工布巴拉，多高也不在话下；
牵挂着我的情人，心儿像骏马飞奔。

——六世达赖仓央嘉措

　　几乎是一见面，互相还没有完全熟悉，甘肃天祝藏族自治县文化馆馆长、藏族画家、诗人奥让智登就对我滔滔不绝地背诵起六世达赖喇嘛仓央嘉措的诗作。"经典，简直首首都是经典！"奥让智登背上几首就要对我称赞一番。

　　"暴雨前的乌云，在天空驰来驰去，没结婚的姑娘，在人前闪来闪去，爱情的话儿藏在心里。"还有更精绝的呢，"假如我们没有相识，我们就不会相恋。"这么简单明白，又耐人寻味。我常常想，就是歌德、海涅这些大诗人也不过如此，仓央嘉措的诗完全可以和他们媲美。在奥让智登怂恿之下，我们在紧张的一天时间里，去了天祝已深入祁连山腹地的天堂寺，"那是一定要去的，六世达赖仓央嘉措为逃避清廷捕捉，就隐藏在天堂寺里。这寺庙不大，可名气很大，就是沾了仓央嘉措的光。"

　　返回后，我查阅了几种比较可靠的史书：仓央嘉措 1683 年正月十六出生于西藏南部门隅地区一个偏僻穷困的小山村。两岁被认定为五世达赖的转世灵童，

▶传说中六世达赖仓央嘉措幽会情人的茶楼

这其实缘于阴谋，阴谋败露后牵扯到已成六世达赖喇嘛的仓央嘉措，他被取消名号，押送京城，至青海湖畔便辞世。也就是说，他一生并未走出青藏高原，也就不可能到甘肃天祝的天堂寺了。有可能到达天堂寺的是十三世达赖喇嘛，据牙含章《达赖喇嘛传》记载，1904 年 7 月，英军第二次入侵西藏，十三世达赖仓皇出逃，经青海、甘肃，赴蒙古，途中有可能在天祝天堂寺小驻。这是 20 世纪初的事情，达赖小驻，天堂寺扬名，得以修葺扩建，维系至今，比较可靠。

传奇经历

仓央嘉措是西藏尽人皆知的传奇人物。一方面，他出身于藏南穷乡，家里世代为奴，贫寒微贱，却戏剧性被认定为转世灵童，登上宗教领袖宝座。他进入佛门，却痛恨教规，不忘恋人，为情痴迷，写下许多缠绵悱恻、广为传播的情诗。他害怕厌倦权谋斗争，可他能成为六世达赖，便缘于一起政界权谋。结果，他屡受打击，历经坎坷，遭遇拘押、流放，乃至过早失去生命。但他的情诗却震动着西藏大大小小的宗教寺院，拨动着蒙藏和各民族男女群众的心弦，乃至飞向大洋彼岸。300 多年过去，仓央嘉措和他的情诗不仅没有被岁月湮没，反而借助时尚先进的互联网广为流传：

自己的意中人儿，若能成终身的伴侣，
犹如从大海底中，得到一件珍宝。

▶玛吉阿米茶楼因六世达赖的传说倍受游客青睐

邂逅相遇的情人，是肌肤皆香的女子，
犹如拾了一块白光的松石，却又随手抛弃了。

伟人大官的女儿，若打量伊美丽的面貌，
就如高树的尖儿，有一个熟透的果儿。

野鹅同芦苇发生了感情，虽想少住一会儿，
湖面被冰层盖了以后，自己的心中仍失望。

　　仓央嘉措"现象"是300年前的西藏政治斗争所造成的悲剧。当时在五世达赖之前，格鲁派两大活佛达赖和班禅仅仅是宗教上比较强势的领袖，并不掌握西藏政权，执掌政治大权的藏巴汗害怕格鲁派势力壮大，另外噶举派也很仇视格鲁派，于是五世达赖为寻找新的靠山，便率领3000随从进京觐见顺治皇帝。当时清王朝刚刚入关，全国大局未稳，迫切需要各种力量来协助稳定政权，双方一拍即合，顺治皇帝赐给五世达赖金印金册。有了中央政府支持，格鲁派自然声威大振，如日中天，正式确立了在西藏宗教界的领袖地位。

　　五世达赖有出众的才华与能力，也确实是一位杰出的领袖，这从他敢率3000随从进京就可以看出他能够把握大势，在关键时刻展示政治气魄，出手不凡，取得预期效果，使格鲁派在他手中进入新的历史阶段。另外，他在宗教界也有较大的建树。他严于律己，绝不浪费，用清皇室的赏赐修建了13座较大的寺庙，定出规章制度来管理寺庙，使格鲁派的寺庙、僧众、资产在这一时期迅猛发展，为

▶玛吉阿米茶楼吸引的外国游人

下一步政教合一打下了社会基础。

五世达赖在佛学学术上也堪称一代大家。他精研各类佛教著作，结合当时僧众学习上的疑难，完成了 20 余种著作，涉及宗教和西藏的社会生活，比如《西藏王臣记》为今日留下珍贵的史料，受到西藏各界以及藏学家们的一致肯定。五世达赖生前有很高的威信，深受清王朝的信任和西藏众僧的拥戴。1682 年，五世达赖在布达拉宫圆寂，享年 66 岁。

其时，协助五世达赖处理政教事务的第巴桑结嘉措为维护自己的权力和地位，匿丧不报，继续利用五世达赖名义发号施令，长达 15 年之久。但他毕竟心虚，做好两手准备，在地处偏僻的藏南门隅小山村寻找转世灵童，不为人知。再就是这一带信仰红教，若出现转世灵童，也便于黄教普及。完全出于偶然，在这里出生的仓央嘉措阴差阳错地被认定为六世达赖。但为保密，并没有送进寺庙从小学习佛经，而是与父母生活在一起。藏南海拔较低，植被茂密，泉溪遍布，最宜培养诗情，仓央嘉措从小在这儿长大，倾心自然，无拘无束，犹如在山野长大的牛犊，不习惯圈养。

后来，桑结嘉措匿丧不报，为清王朝觉察，桑结嘉措出于无奈，只得把仓央嘉措迎进布达拉宫，扶上达赖喇嘛宝座。但仓央嘉措怎么也过不惯充斥着清规戒律的空门生活，他少年时代曾经结识过一位清丽的姑娘，互相都很倾心，他把对恋人的思念写成一首首情诗。他还经常微服潜出，在八廓街一带寻芳猎艳，饮酒寻欢，据说拉萨八廓街那座黄色的玛吉阿米茶楼就是仓央嘉措当年与情人幽会的地方。可惜好景不长，桑结嘉措勾结蒙古噶尔丹谋反被清廷觉察，康熙大怒，不仅严惩了桑结嘉措，也祸及桑结嘉措扶持的六世达赖仓央嘉措，他被以"耽于酒色，不守清规"的罪名废黜，并押送京城。途经青海湖畔圆寂，年仅 24 岁。

不朽诗佛

古今中外，许多有才华的诗人，比如王勃、李贺、普希金、裴多菲，生命都很短暂，但他们的作品却如划过暗夜的彗星，留下炫目的光彩，仓央嘉措便属于这样的天才。据军旅作家、长篇小说《六世达赖喇嘛仓央嘉措》的作者高平回忆，他 1951 年随军进藏的时候，就发现了多种版本的

▲藏式茶艺

《仓央嘉措情歌》，1985 年他出访匈牙利时，也在那里看见译成匈牙利文的《仓央嘉措情歌》。可见真正优秀的作品是不分国界和民族，也永远不会被岁月湮没。

清廷虽然取消了仓央嘉措六世达赖的名号，并在理塘另选了一位转世灵童作为六世达赖，但却不为西藏广大僧俗认可，藏区群众认为理塘那位灵童应该是六世达赖仓央嘉措的转世灵童，应该为七世达赖。人们还为这种说法找到了依据，因为仓央嘉措的诗歌中就有这样一首：洁白的仙鹤，请把双羽借我；不到远处去飞，只到理塘就回。

众情难违，1724 年雍正皇帝顺应民心，正式恢复了仓央嘉措六世达赖的名号。2010 年玉树地震发生后，一个 10 岁的小男孩才仁旦舟到处帮着翻译抢救伤员，在人民大会堂赈灾演出时，才仁旦舟唱的正是仓央嘉措的诗歌：

洁白的仙鹤，请把双羽借我；
不到远处去飞，只到理塘就回。

▲拉萨街景

繁华街市·艳丽唐卡

一

　　大昭寺和八廓街的魅力，除了悠久的历史，灿烂的文化，特色鲜明别具一格的藏式建筑，浓得化不开的宗教气氛，再就是让人炫目的各种色彩——五颜六色、无处不在飘拂的风马旗，涂抹得看不出本色的门楣和窗棂，满街妇女穿着的鲜艳无比的服饰，以及每座佛殿、每个家庭甚至每面墙壁都必须悬挂的色彩无比艳丽的唐卡。唐卡是藏区流传的一种传统绘画，类似内地的年画，但又要比年画普及得多，因为不分地域、不分城乡、不分贫富，只要有人居住的房子，有空的墙壁就注定悬挂着唐卡。

　　所以，当不少进入西藏的朋友告诉我，蓝天和白云，荒原与湖泊以及同时拥有骄人的太阳和凛冽的寒风，是那块神秘的雪域最诱人的地方，我却认为还应该加上艳丽的色彩。山坡突然出现的牧羊女鲜艳的衣裙和彩巾，布满一座山垭、五颜六色的玛尼堆，草原聚会时，成千上万藏族同胞身着的多彩服饰构成的洪流霓彩，还有任何一座寺院的经堂、佛殿、廊道、门厅、活佛官邸和僧民住地，都绘满五颜六色的壁画，连巨大的殿顶都彩绘得琳琅满目，让人目不暇接。即便普通藏民家庭，若是定居，虽是土院土墙，但室内壁画和廊柱的彩绘必不可少。若是

▲八廓街上的珠宝交易　　　　　　　　　　　　　▲拉萨药王山上的玛尼堆

游牧，则悬挂有唐卡佛画。

　　据统计，整个藏区有 3000 多座寺院，每座寺院都需对众多的建筑进行彩绘和装饰壁画，对画师需求数量很大。清初翻修布达拉宫曾从全藏调集数百名画师，之后由于需求量大，有市场，可以靠绘画生存，在藏区就有了靠绘画为生的职业，一直沿袭至今。他们所绘制的作品主要便是寺院的壁画和唐卡。

二

　　唐卡是藏区流行的一种传统绘画，类似内地的卷轴绘图。画的内容多与佛教相关，或画各种活佛、菩萨、罗汉金刚，或画与佛教相关的故事。唐卡的特色是工笔细描，画一大幅唐卡历时数月到一年。再就是色彩艳丽，让人看一眼就难以忘怀。有人说这是传统，我却推测这是对荒原与孤寂的反叛，是对极乐和热烈的追求，是雪域高原诞生的画师对佛教、对生活、对来世认同的倾诉。唐卡尺幅可大可小，材料可纸可布可绢，还有画在羊皮上，有画轴可卷成筒状便于携带，受到牧民喜爱。我曾见过高度达 30 米，超过 10 层楼宇高的大幅唐卡和扑克牌大小的袖珍唐卡。唐卡由于材料、绘画质量不同，价格也很悬殊，几十元到几十万元都有。

　　唐卡由于绘制的大多为宗教人物和宗教故事，佛祖、菩萨、观音、法王或是历代达赖与班禅，粗看好像一样，几乎是一个模式，让人怀疑是印刷品，其实不然。之所以给人雷同的印象，原因很简单，任何艺术品，一旦进入批量生产，就绝无"创造"可言，流水线作业，只讲进度，只顾数量，何谈创新？再说，"创

▲刻满佛像的墙壁

▲布达拉宫前虔诚的信徒衣着色彩艳丽

新"又谈何容易！任何艺术领域的任何一点一滴的创新与进步，莫不是艺术家潜心钻研的结果，这样真正的艺术家往往又很少，绝大多数人为着生计，沦为画匠，这就是唐卡千篇一律的根本原因。

但唐卡中也确实有出类拔萃的作品，我在布达拉宫和大昭寺中就见了几幅不知出自哪个朝代无名画师的作品，所画人物无论佛祖还是观音皆栩栩如生，让人过目难忘。布达拉宫法王洞有一组松赞干布和大臣们的塑像，也无不逼真平实，形象鲜明，呼之欲出，堪称艺术经典。这些无名工匠，让人也心存敬意无限。

我曾专门去青海同仁，因为这是整个青藏高原的唐卡之乡，也是全国工艺美术大师夏吾才让的故乡。夏吾才让当年曾同张大千去敦煌临摹过唐代壁画，打下坚实的绘画基础，回到同仁带出了大批绘画人才。全县有2000多位藏民专门从事唐卡制作。我们去下吾塘村一户藏民家，全家人做画框、浆画布、勾轮廓、画人物、涂油彩，各司其职。画好的唐卡在坑头叠起高高一垛，有专人收购，每幅1000元，但须画两个月，也不算贵。家里的大儿子是位高明的画师，他告诉我这批画是甘肃河西要的，正忙着赶活呢。

说来也巧，两个月后，我去河西走廊参加肃南裕固族自治县成立50周年纪念盛典时，走进一家没有明显标识的餐馆，店主小两口也都着汉装。这个县以裕固族为主，但也还有蒙古族、藏族、土族、撒拉族和汉族。尽管裕固、蒙古族都信仰藏传佛教，但我看见与小餐厅相连的卧室悬挂着一幅唐卡，便本能推测主人是藏族。一问，果然如此，而且这画也正好来自青海同仁。

▲拉萨亦有不少回族群众

三

　　我以为可以与唐卡媲美，或者说珠联璧合、堪称藏族传统工艺美术两朵奇葩的还有酥油花。所不同的是唐卡是工笔细描，酥油花是用调入各种颜料的酥油来雕塑人物花卉。两者最大的共同点是同属藏传佛教寺院的产物，题材都与宗教相关，都追求一种艳丽的色彩，或者说是用艳丽的色彩来表达主题。青海塔尔寺和甘南拉卜楞寺的酥油花都以历史悠久工艺精巧闻名于世，两寺都于每年农历正月十五举办盛大的酥油花展。各经院、班级的僧侣把自己用酥油做成的寺院、佛祖、人物、山水、花卉等工艺精巧、造型逼真的作品抬到大殿展览，让信教群众参观。这种展示实际也会鼓励僧人们在工艺上暗中比赛，不断创新，因此，大寺院常常涌现出高手。不过酥油花因原料需用酥油，只有寺庙才会大量拥有，还需保持低温，否则就会融化，故不易普及。相比绘制唐卡就容易，只要有原料，有兴趣，随时可画。寺院和牧民加上外来旅游者，也有不小的市场呢。

四

　　我曾在青海日月山购买过唐卡。原来青藏线从日月山垭口经过，新改造的高速路却从山腰经过。以前的旧路成了风景区，文成公主雕像、日月亭吸引不少游客，也形成一条长长的货摊销售旅游纪念品，各种藏珠、绿松石、佛像、经轮、牛角杯、藏刀、项链、哈达、皮货、编织品应有尽有。这其中便有唐卡，是一个藏族小伙摆摊销售的，纸、绢、布、牛皮各种材料的都有，不限于宗教内容，有菩萨罗汉，也有高原雪峰、草地风光。我看上一幅画在羊皮上的唐卡，雪山下的草原上，一位藏族姑娘正在挤牛奶，黑色的牦牛映衬在雪峰草地上，加上穿着艳丽藏袍的姑娘，色彩对比鲜明，人物和牛都很生动，很有生活气息，上面有悬挂的横木棍，下端则垂吊着木质牛头。

　　"这是你画的吗？"我一问，藏族小伙倒害羞了，他点点头，露出一口白牙，英俊的脸上有股孩子气。"读过中学吗?"他告诉我读过初中,从小喜欢音乐,也爱画画,村里有位画唐卡的老画师,他跟着学了几年,现在摆摊卖别人的画和自己的画。我看上的那幅画,他说别人买 500 元,你就 300 元吧。我坚持给了他500 元,他又坚持送我一把小藏刀才友好告别。

回家后把画送给在大学任教的女儿,她也很高兴,因为从这小幅的艳丽唐卡,能够感受到拥有蓝天和白云、草原与阳光的藏族同胞热烈的追求美好生活的心愿。

旅途小憩

◇摄影天堂◇

川藏线上的新都桥,地处南北两线交会处,由于拥有雪山、森林、湖泊、草原,被发烧友们称为"摄影家的天堂"。许多人一待一个星期,满载而归。在我看来,那儿收获的多为风光,若要是想拍人文素材或是人物,在川藏、滇藏、青藏乃至整个西藏再也找不出比拉萨大昭寺前广场更为理想的摄影"天堂"了。

▲摄影天堂

这里,从曙光初现到夜灯璀璨,任何时候都是人流滚滚,转经、朝圣、经商、观光、旅游、摄影……真不知道如此众多的人是从哪里冒出来。男女老幼,五湖四海,不同国家,不同民族,不同肤色,朝着一个地方——大昭寺前广场汇聚,然后又按顺时针方向沿八廓街流淌。那五花八门的鲜艳服饰,那绝不相同的姿势形态,那神色各异的鲜活面孔,不停地激发你的创作热情,不少摄影家都瞅准这儿,占据要津,选取角度,支架起"长枪短炮",抓拍那些生动的瞬间。记得2004年第一次到拉萨,曾在一个上午拍完了6个胶卷。这两位来自西方的"洋喇嘛"则是我第三次来到大昭寺前守候拍摄的收获。

▶ 万众景仰的圣殿

雪域圣城——拉萨（上篇）

一

一座座现代化高楼拔地而起，一条条街道宽阔平整，路灯明亮，信号灯闪烁，潮水般的车流中有"本田""三菱""奔驰"，潮水般的人流中抬眼可见西装革履，金发碧眼，俊男美女；街道两边一家挨一家的专卖店，品牌林立，霓彩广告，还有星级宾馆、歌厅影院……有一瞬间，直让人疑惑：这是拉萨吗？与内地省城商埠有何两样？直到汽车沿北京路驶进广场，神圣庄严的布达拉宫高耸眼前，梦想成真时方才相信这就是拉萨。

拉萨是近年来全国建设最快变化也最快的城市，不止一位朋友如是说。近20年拉萨市由过去3平方公里、不足10万人口已经建设到50多平方公里、30多万人，再加汹涌而至的旅游者、建设者和各类商贩恐怕超过50万人口了。

二

但我感兴趣的仍是拉萨延绵不绝的历史，历尽沧桑的古迹，藏族独特浓郁的风情以及雪域高原蓝得透明的晴空，洁白如棉的白云，强烈灿烂的阳光照耀下的这片神奇土地。这种兴趣在参观布达拉宫时获得极大的满足，且不去叙说这座世界上海拔最高的艺术宝库，仅是居高临下俯瞰拉萨平原，就会深深感叹大自然的鬼斧神工，打造出这么一块神奇地域。一般人对青藏高原的畏惧在于高原缺氧，严寒荒凉。这也是事实，不仅西藏的阿里、藏北，就连川西北理塘、石渠，青海三江源，

▲小昭寺大殿

凡海拔在四五千米的地带，都气候恶劣长冬无夏。但你想不到，在青藏高原腹地，西藏自治区首府拉萨海拔仅 3650 米，一般人来此休息一夜，翌日便可适应，与内地无大区别。我们下榻宾馆的一位重庆女孩说，她来这儿几年都不想回了，重庆雾多阴冷，这儿四季阳光都好，冬天晒着暖洋洋的挺舒服。湖南衡阳一位女孩说老家夏天能热死，拉萨就中午热一会儿，早晚凉爽得很，来了五六年早适应了。这得益于拉萨的环境，四周是延绵不绝的雪山，雅鲁藏布江的最大支流拉萨河挟带高山雪雨，漫流过来，冲淀出一块 50 多平方公里的高山盆地。至今拉萨河还紧挨着拉萨城南流过，最开阔处达 300 多米。每年四周雪山融化，无数溪流汇聚拉萨河，水量充沛，沿岸芦苇成片、水波荡漾，终年都有黑颈鹤、白天鹅飞落栖息。河水中游弋着高原鱼类，在佛教盛行的西藏，人们视一切生物为神灵，河流没有遭到污染，鸟儿鱼类得到保护，为圣城拉萨提供了良好的生态。据《西藏风物志》载，公元 6 世纪之前，这儿还是河流纵横、湖泊如镜、水草丰茂的湿地沼泽，各类野生动物栖息出没，一派原始天然牧场景象。当时，从山南崛起的吐蕃部落王子松赞干布踏寻属地来到拉萨，一眼就看上这块山环水绕平旷坦荡的风水宝地，不仅可以放牧牛羊，养育百姓，驻扎军队，更神奇的是平原中心突兀高耸延绵的三座山峰正好可以修建宫廷！这无疑是佛祖赐予吐蕃开创基业的圣地。

三

从那时起拉萨揭开划时代的一页。史学家比较一致的说法是公元 7 世纪初，年仅 13 岁已才干毕露的吐蕃王子松赞干布，毅然放弃山南崛起故地，带着吐蕃王室贵族和臣僚及数万战骑，赶着大群牛羊，从山南甲玛起程，浩浩荡荡开进拉

▶拉萨在打阿嘎的歌声中建起

萨荒原，在湖畔峰峦之间扎起连营数十里，这里成了一座名副其实的帐篷城。这应是拉萨城的起始发端，距今已有 1350 年历史。

之后，大规模的土木建设在拉萨平原开始。一方面大小昭寺的修建，四周王公贵族的官邸构成八廓街，形成最早的拉萨古城雏形。另一方面，在拉萨平原突兀而起的红山修建宫殿，也就是布达拉宫。红山原本就是天然制高点，可俯瞰拉萨平原，修建于红山之巅的布达拉宫有 13 层，120 米高，所以分外雄伟壮丽，成为拉萨乃至西藏的象征。凡来拉萨者必定游览参观布达拉宫，也注定会为其宏伟的规模、精美的建筑和难以计数的奇珍异宝所震撼。这种震撼首先来自布达拉宫巍峨雄浑的外观，红山于拉萨平原拔地而起，鬼斧神工又浑然天成，在红山上依据山势，顺势而为修成的这座巨大宫殿与红山又是那样和谐完美，天衣无缝。我深信，任是古今中外，再伟大的建筑大师看了，也会认为只应该是这个样子，绝不应该再成为其他任何一种模样。它太完美、太伟大，与人类历史上任何一座伟大的建筑，比如古罗马斗兽场、比萨斜塔、古希腊神殿、法国埃菲尔铁塔相比，不但毫不逊色，还有远远超越建筑本身的精神象征意义。布达拉宫应该是拥有悠久历史、灿烂文明、勤劳智慧的藏族同胞创造的一个物质与精神的制高点，是又一座"珠穆朗玛峰"。

世界上任何一个伟大建筑都需要和这个民族的智慧一起成长，而与"短、平、快"无涉。比萨斜塔修了 350 年，意大利圣保罗教堂修了 500 年，把所有遗憾都消灭在完工之前，把所有智慧都发挥得淋漓尽致，最终使整个建筑天衣无缝、浑然天成。布达拉宫便是如此，这座伟大的建筑从公元 7 世纪初松赞干布从山南迁都拉萨开始修建，松赞干布回忆起"昔日我祖拉托托日年赞，乃普贤之化身，曾

▶千万群众建起圣城

住在拉萨红山顶上"，于是他"至红山顶修筑宫室居焉"，此为建筑之始。布达拉宫初看像是一座巨大的城堡，其实它最初就是城堡，属于藏族传统的宫堡式建筑。任何民族的建筑都离不开环境，高海拔地域不可能提供烧制砖瓦的原料与燃料，却有取之不尽的岩石。东南河谷则有延绵不绝的森林，这就为构筑宫殿提供了原材料。事实上，布达拉宫的宫墙与白宫全部用巨大白色花岗石砌就，真正千年不朽。宫中的梁柱无一不巨大粗硕，排列密集，宛如一片森林。自松赞干布迁都拉萨，1300 年间不曾迁徙，布达拉宫也就不断得到维护和修葺。

公元 9 世纪，西藏爆发了平民起义，作为王权象征的布达拉宫首当其冲，许多建筑毁于战火，但又为更大规模的修筑带来契机，并在五世达赖手中得到实施。五世达赖是公认的历代达赖最能干、最智慧，贡献也最大的杰出人物，他的业绩本书其他章节有叙述，这里只讲他扩建重修布达拉宫。他把清顺治皇帝赏赐的大量金银钱财用于大修格鲁派寺庙，其中重点项目便是布达拉宫。工程在藏历木鸡年（1645 年）四月初一开工，"在此之前的日子里，狂风不时大作，从当天起，晴空碧霄，连一丝微风都不曾吹起，红光四射，白云萦绕，美不胜收，贵贱人都目睹花雨飘落，出现了奇异的瑞兆"，这更使拉萨僧俗官民兴奋不已，抓紧施工，用 3 年时间建成白宫。

四

1682 年，五世达赖圆寂，为了安放五世达赖，于藏历铁马年（1690 年）开始修建灵塔及红宫。史书记载康熙皇帝专门从北京派来汉族宫廷巧匠 114 人，另

▶ 长头随处可叩

有尼泊尔工匠 119 人，还有云集拉萨的藏族最杰出的石匠、木匠、铜匠、铁匠、画匠、漆匠等，以及每天 6000 名普通工匠。一时间巧匠云集，大师荟萃，人头攒动，歌声（夯土时唱歌）入云，历时三年零两个月，修筑成功今日世人眼中的布达拉宫。此时距松赞干布首次修宫已整整历时 1100 年之久。

此次大修，不仅白宫、红宫大功告成，作为宗教建筑，红宫顶上还专做了 7 个金顶，在朝阳与晚霞中熠熠生辉，佛光四射。除主要宫殿红宫、白宫、德阳厦、日光殿、思昔平措大殿之外，还有印经院、僧人学院、仓库、公务房、供水院、骡马圈、藏军司令部、监狱等充分展示政教合一特点的功用完备的综合建筑群落。

此时的布达拉宫已不完全是人居住的宫殿，而是神明，是佛祖的象征，是广大信仰藏传佛教群众心目中的普陀山。在藏语中，"普陀"就是"布达拉"，布达拉宫也就从那次维修后矗立在了藏族群众和全国人民心中。一般的游人与普通的信众没有必要，也不可能去仔细地了解布达拉宫的前世今生，他们只要在一生中有机会亲眼看一次就十分满足。布达拉宫外表为红白两色，屹立于山头，因色泽对比鲜明，在蓝天白云映衬下，分外庄严肃穆。白为藏族尊崇的圣洁，红则象征藏传佛教。布达拉宫最早为吐蕃皇宫，自五世达赖受清顺治皇帝册封，成为西藏政教首脑。之后，布达拉宫不仅是政权中心，也是活佛所在地，成了藏族同胞心目中的圣地。

原以为布达拉宫的颜色为红白涂料所致，走到跟前才发现若是涂料，历千年风雨早就斑驳不堪了。白色系白色花岗石本色，红色则为藏区所产特殊木材，全部切割为筷头粗细，再用藏式传统工艺熏染浸泡后，永不褪色，成簇密集装饰于红宫外墙，仅此工艺便让人叹为观止。布达拉宫集中的正是藏地建筑材料的精华，

► 经幡无处不有

与藏族群众积累千年的智慧珠联璧合。从各地采集运来最好的石料和金银矿石，在波密原始森林中挑选上好笔直的木材，就连屋顶阿嘎土都不马虎。这是一种风化石，加水后一层层夯实就比水泥还要坚硬，最上面一层还要加上酥油，打出的地面光滑如镜，永不渗水。最有意思的是打阿嘎土，男女分成两排，随着歌声起落，夯土的工具成为伴奏的乐器，布达拉宫更像是藏族同胞用上千年的时间打造出来的举世无双、精美绝伦的工艺品。

我深信，任何一个进入布达拉宫参观的人，上不了几层就感到进入了一个巨大的迷宫。到处金碧辉煌，廊柱如林，大殿中套着小殿，小殿又突然显露出洞穴，据介绍，截至目前，整个布达拉宫已经统计出 2500 余间各类殿、堂、厅与房间，但纪录仍不时被刷新，因为某个喇嘛在清理杂物时又突然发现了新的佛窟、地垄乃至于仓库，里面完整存放着不知是哪辈达赖的全套法器。许多一生在布达拉宫念经的喇嘛都不能说清这座庞大的建筑有多少间，连他们也有许多角落乃至殿堂没有去过。因为布达拉宫的许多通道、走廊、楼梯与殿堂并不完全依建筑常规，而是依据佛家的理念、逻辑思维来进行安排，巧妙搭配，一般人视如迷宫，那些修行到家的高德大僧来到这里，会心领神会含笑点头，因为他们已经洞察到了全部奥妙。

庞大的布达拉宫内佛像、法器、珍宝供奉无数，其中仅是五世达赖圆寂后灵塔所用黄金即达 11 万两，镶嵌珠宝无数，藏民自豪地称这座灵塔为"赞木耶夏"，意思是这塔的价值顶半个世界的财富。白宫顶层的东西日光殿，对阳光的利用十分科学合理。屹立于山巅的布达拉宫本来就毫无遮拦地承受着阳光，东西两殿达赖寝宫朝南一面又采用整体落地玻璃，充分采光，从日出到日落都是阳光灿烂，

▲街头尼姑

▲喇嘛也是一个社会

即便冬日，室内也其暖融融。最让人想不到的是登临布达拉宫会发现白宫和红宫之间竟然还有一个1600平方米的广场，叫德阳厦，供藏历节日时僧侣官员与群众举行歌舞和跳神法事活动使用。每当启用之时，整个布达拉宫焰火通明，规模盛大，夜晚望去，宛如天宫中的歌舞。

我们登上布达拉宫的那天，夜雨刚过，秋日的阳光分外灿烂，大团的白云悬吊在头顶的蓝天上，空气清新，可以看见极远的地方，整个拉萨市区尽收眼底。远处拉萨河蜿蜒如银光闪闪的玉带，缠绕着这高原深处的圣城，又流向远处的天边，流向苍茫的历史深处。

那一瞬间，我突然莫名感动，双眼发酸，泪水也盈眶了，也许这正是古城拉萨的魅力，最纯粹最纯净最古朴的东西往往能唤醒人内心深处最柔软最质朴也最纯净的情感。没有想到的是这种感动在我游览拉萨的几天中竟频频发生，在大昭寺，在八廓街，在哲蚌寺和罗布林卡。

五

在拉萨或者说只要进入藏区，感受最深和印象最深的便是一种无处不在无处不有的浓烈宗教气氛。公元7世纪佛教开始传入西藏，其间虽有曲折，但15世纪宗喀巴创建格鲁教派，其弟子分别成为达赖传世活佛和班禅传世活佛。清初达赖又经皇帝册封，成为政教合一的领袖，藏传佛教便与藏民生活密不可分。他们从孩提时便被母亲带上去寺庙，转经许愿，烧香拜佛，在浓浓的宗教气氛中长大，宗教崇拜成为终身归宿。遍布藏区的大小寺庙，遍及村镇的玛尼堆，到处飘舞的

经幡、风马旗，商店出售的法器、经筒、经书构筑出一片佛教文化天地，为藏族同胞提供方便也使外来者受到感染。最能体现西藏宗教现象的首推寺院。拉萨著名的寺庙有大昭寺、小昭寺、色拉寺、甘丹寺、楚布寺、止贡寺、热振寺、麦如寺、达普寺、聂塘寺等，规模和影响最大的当推哲蚌寺。据说，哲蚌寺也是全世界最大的佛教寺院。

哲蚌寺在拉萨城西约 10 公里的一处山坳，鳞次栉比布满着白色建筑群，庙殿参差，佛塔高耸，构成一座美丽洁白的宗教城。哲蚌是藏语，意谓雪白的大米高高堆聚，充满宗教的诱惑。只要走进哲蚌寺，就会被它巨大的规模震撼，到处是魏然耸立的雕楼，密如蜂穴的僧院，辉煌瑰丽的金顶，迎风招展的经幡。长长短短的巷道，宛如迷宫，随山势铺摆，顺河谷延伸，和谐自然之中体现出严谨的结构，整座寺庙完全与四周的山谷峰峦融合在了一起。

据说哲蚌寺最盛时期有 10000 多名喇嘛，哲蚌寺历史上的正规编制则为 7700 名。凡信仰藏传佛教区域内的僧人，要考取"格西"一类的学位，就必须到哲蚌寺这样的佛教名寺来求学，回去才为信徒敬重。有点像"北大""清华"的毕业证书被世俗社会看重一样。寺庙中管理严格，等级森严，衣食住行各有等级，喇嘛各司其职，有规范的制度，是特殊的小社会，形成一座名副其实的喇嘛城。

哲蚌寺最宏伟的建筑是措钦大殿，由近 200 根巨型大柱支撑，仿佛一片巨木森林支撑起 2000 平方米的大厅，可容纳万名喇嘛同时诵经，其隆隆声宛如巨雷掠过山巅，连啃草的牛羊都会惊得抬头张望。哲蚌寺历史悠久，有明清两代帝王赐给的经书、佛像和大量文物、图书，堪称一座宗教博物馆。

不过，供养这座庞大寺院需很大财力。漫长的岁月中西藏是政教合一的社会，

▶拉萨市民有逛林卡的风气，此为闲散的一家

寺院是社会财富汇聚之处，哲蚌寺曾经拥有近200处庄园，300处牧场，5万多亩耕地，4万头牦牛和两万多名农奴，还经营着往返于内地及印度、尼泊尔的庞大商队，当然还有历代中央政府的大量布施和许多信徒临终赠送的遗产。正是这多种途径汇聚的巨额财富，支撑着哲蚌寺这座庞大的喇嘛城。如今，哲蚌寺已成为旅游热点，凡来拉萨的人莫不争相前来。若遇晒佛节、辩经会等宗教节日，拉萨人倾城出动，成千上万信徒汇聚于此，盛况空前，当然也会带来丰厚的旅游收入了。

六

拉萨的另一种魅力在于林卡，意即天然花园。目前向游人推荐的景点罗布林卡，曾是历代达赖的夏宫，在拉萨河谷故道风景优美地段，有亭台楼阁、花园草坪、湖泊游船，是一座官方园林。其实，过去的拉萨城由于城建面积不大，而河谷沼泽湿地、绿树池塘不少，可以说拉萨遍布林卡，活佛、贵族、富商、平民、工匠、艺人乃至乞丐和妓女都有各自固定的林卡，每年夏秋所有的林卡都帐篷密布，全家老少来林卡游玩十天半月，歌舞、游戏、喝酒、野宴、斗牌，富人穷人各有各的玩法。追溯起来，可能是远古游牧民族一种与大自然亲近的遗风。

时至今日，拉萨虽然城区成倍扩大，一些过去的林卡建成了学校或单位，但却开辟了多处广场和林荫大道，可供市民游览散步。在拉萨的几天，我发现每天中午阳光强烈的时候，宾馆下林荫大道两边的草坪都有三五成群的人，有街道两边商店的藏族女老板在草坪上打扑克，有年青藏族小伙躺在草坪上喝啤酒，甚而还有几个年青喇嘛坐在草坪戏耍，这可能也是玩林卡的遗风。

▲文成公主所建大昭寺前叩者如云

在拉萨的日子，我去得最多的地方是大昭寺，因为大昭寺与文成公主的关系最为密切。她从长安带来的释迦牟尼12岁等身金像和佛经至今供奉在大昭寺内，已成为非常珍贵的文物。我一直对1300多年前的这位唐代女子心存敬意，稍加设想，就不难体会当年这位大唐公主面临的抉择何等艰难，何等沉重。众所周知，唐朝是中国历史上最为鼎盛时期，它所创造的辉煌与文明，让我们今天都为之骄傲与自豪。作为唐王室公主，从小接触的环境、受到的教育是唐王室的文明与开放，是宫室女子可以春游，可以逛曲江与大唐西市，"三月三日天气新，长安水边多丽人"。而吐蕃刚刚摆脱蒙昧，据《旧唐书·吐蕃传》记载："寝处污秽，绝不栉沐。接手饭酒，以毡为盘，捻麦为碗，实为羹酪，并而食之。"用现在的话说，卧室肮脏，没有洗澡习惯，用手掌接酒抓饭，以毛毡盛饭，主食为糌粑，这些情况在偏远的牧区至今也没有多少改变。

所以，在踏访长达3000公里的唐蕃古道途中，在农牧业分水岭、唐蕃地界的日月山，在空气稀薄、干燥严寒的古柏海，在风雪弥漫、寸草难生的藏北羌塘，设身处地去为当年一位正当年华的女性着想，在"唐蕃交好，惠泽后世"的这些大道理后面，公主的真实心态，只能去猜测推想了。何况，她到达拉萨仅10年，松赞干布英年早逝，其时她刚25岁，史书无文成公主再嫁记载，之后漫长的30年如何度过，也都融进千年的历史，这正是文成公主让人敬重敬仰的地方。在拉萨，我看到一首据说是文成公主创作的诗歌：

一个柔弱的女子，嫁到远方。
送来了推测天文的占星学，送来了宝贵的锦缎。

种起了桑树，女子养蚕缫丝，教人们用黏土做陶器。

碾磨谷物的水磨也设置起来了，

还带了芜菁的种子。

公主好佛，心怀慈悲，当然这些善举惠泽当时的藏族同胞时，一定也给公主带来莫大的安慰。据说，藏族妇女华丽的服饰，便源于当年文成公主服装的大唐风气。深得其惠的藏族妇女至今心中有了委屈，仍愿去大昭寺对公主像哭诉请愿。我在大昭寺公主塑像前，没有见着哭诉的妇女，却见着她们虔诚地敬香叩拜。我也特地选两根红烛，为这1300多年前的故乡女子点燃一炷心香，表达深深的敬仰。

可惜，在拉萨的日子太短促，尽管这里是延续千年之久、长达3000公里的唐蕃古道的终点，我自己历时数年，几次成行，才全程走完这条古道，但对拉萨这座古城的认识才刚刚开始。离去时，路经布达拉宫广场，朝阳升起，正把这座巍峨的宫殿照耀得金碧辉煌，呈现出神秘的壮美，仿佛刚刚打开一本书的封面，阅读了第一页……

雪域圣城——拉萨（下篇）

一

  我一直认为对一座名城的认识，犹如阅读一本名著或了解一个哲人。雪域圣城拉萨便如同这样的名著或哲人，能给我们无穷的智慧和教诲。可以说世界上再也找不出像拉萨这样的城市，因为她实在是雪域高原神秘青藏和充满佛教色彩、宗教氛围的广大藏区的一个完整缩影。

  能够独自一人待在拉萨，用整整 10 天时间来细细品读这座圣城，得力于考察丝绸之路积累的经验。我曾在边城喀什待过整整一月，也曾多次在河西四郡武威、张掖、酒泉和敦煌休整疲惫的身体，安静下来，用心灵去阅读这些古老且蕴含深厚的城镇。对于高耸于雪域云端中的圣城拉萨，我更是心存敬畏，不敢马虎。自从 20 世纪 80 年代沿川藏线到达松潘、若尔盖等青藏边缘地带，便萌生去西藏的念头，但真正付诸实践，却是先后沿青藏线、滇藏线、川藏线不下 10 次地行走在青藏高原的边缘。直到 2004 年，几个朋友结伴进入西藏，到了前藏和后藏，拉萨和日喀则，布达拉宫和纳木错，大小昭寺和八廓街，由于结伴而行浮光掠影，不无遗憾，于是萌生念头，一定要独自再来，细细品读拉萨。

  机遇在 2009 年 5 月来临，中国作协通知，在汶川地震周年之际，将邀请地震时深入灾区采风创作的作家重返灾区参观。2008 年 5 月 12 日汶川地震后，中

▲青藏铁路跨越网状长江源

国作协曾组织三个作家团分赴四川、陕西、甘肃重灾区采访，我因就在灾区汉中，故荣任半月陕西团副团长（团长为北京作家蒋巍）。这次一周年重返灾区，参观10天，5月4日至13日。同时又接通知，5月14日在兰州召开全国地震文学研讨会，会议两天，参观8天，来回差费均由中国作协承担。我灵机一动，从兰州去拉萨岂不近便！况且从青藏铁路去拉萨亦是萌生已久的愿望，正好付诸实施。此外，还有一个动因是，我曾经帮助过的一位业余文学青年去了西藏，在拉萨电视台工作，"藏漂"十年，已经厌倦，决定返乡，其间他多次相邀，缺了机缘，这次正好可提供方便。一切都顺利得出人意料。在兰州购上5月17日下午4时上车的卧铺票，18日下午6时，在高原强烈刺激的阳光下，刚迈出拉萨别具一格的藏式风格火车站，我已看见"藏漂"骆志庆的身影。

下榻的红山宾馆，就在布达拉宫旁边，转瞬便购得10天后的返程机票，一切无忧。毕竟到过拉萨，也毕竟阅读过关于这座城市的许多著作，没有陌生感，倒像老熟人，久别重逢，需要单独静静地叙旧。我与朋友约定，10天之内，各自忙碌，互不干扰，除非有事。当晚，打开窗户，近在咫尺的布达拉宫灯火通明，一片璀璨，高原略带凉意的晚风吹来，让人心旷神怡。我对自己说，要好好珍惜这次机会，绝不浪费一天时间。

二

品读拉萨由了解西藏的前世今生开始，先去书店购回早就想购或刚刚发现的书籍，这也是行走积累的经验。在喀什，在丽江，在河西四郡，购关于这座城市

20世纪初的布达拉宫

的方志典籍，上午游览下午读书，往往事半功倍，收获多多。

美国人类学家梅·戈尔斯坦的《喇嘛王国的覆灭》，法国神甫古柏察的《鞑靼西藏旅行记》都是厚如砖块超过700页的名著，再就是台湾女学者冯明珠的《中英西藏交涉与川藏边情》，曾在西藏生活40年的学者汤惠生所著《青藏高原的古代文明》，西藏学者次仁央宗的《西藏贵族世家》，还有关于西藏地域、文化、生活、人物方面的《素描西藏》《西藏是我家》《六世达赖喇嘛仓央嘉措》《世俗西藏》《青康藏区的冒险生涯》《藏边人家》《最后的驮队》等等，好大一捆提出书店，突然气喘，这才意识到毕竟是高原。当然，书首先大致翻阅，带回去再细读，主要的精力放在参观上。

我把这10天宝贵时间，精确地做了计划，每天上午7时起床，8时出发，只逛一个地方，布达拉宫、哲蚌寺、色拉寺、甘丹寺、大昭寺、小昭寺、罗布林卡，当然还有八廓街，每一处都随心任性地徜徉，都仔细认真地观赏。中午休息读书，并与参观地方结合，尽可能去重大历史事件的发生之地，尽可能感受近百年风云际会的那些去处，这样才能加深印象事半功倍。每天黄昏则汇进去八廓街转经的人群，去感受那些虔诚的脚步，去倾听那些口中呢喃的诵经。晚上，再把白天拍下的照片细细梳理回顾。时间流逝得很快，我过得紧张、充实也饶有兴趣。

三

我觉得拉萨最有特色的应该是建筑。拉萨强烈的历史感、地域感、宗教感以及凝重感，很大程度来自建筑。你会不由自主被这些建筑吸引，去仔细观赏，徘

▲ 去拉萨朝圣的信徒常露宿野外

徊不去，百看不厌。比如布达拉宫，无论是从什么方位，在什么时间去看，都是那样雄浑壮观，浑然天成。你决然想不到在雪山环绕、平坦开阔的拉萨河平原上，又孤零零地平地高耸起一座红山，天然制高，环视原野。而红白两色的布达拉宫又高耸于红山之巅，竟有 13 层，高 120 米，全部巨石砌就，俨然中世纪的古堡，让人望而生畏，让人百看不厌。这次由于下榻的宾馆与布达拉宫近在咫尺，每天起床只要打开窗户，首先看到的便是沐浴在金色阳光中的布达拉宫。

也可以说，每日清晨，太阳的第一束光芒注定要照到布达拉宫。此时的白宫银光闪烁，圣洁无比，红宫则通体红艳，散发着红宝石般的柔光，红顶上的 7 个佛柱金顶金光灿灿，云蒸霞蔚，意味着拉萨这座圣城一天的开始。傍晚，则是另一番景象，落日往往把西天辉映得彩霞满天一片紫金，此刻的布达拉宫肃穆庄严，太阳落下去的瞬间，天地间猛然一暗，布达拉宫则为一层如烟似雾的暮霭笼罩，似乎在宣告圣城一天生活的结束。

由于临近布达拉宫，我连续几天早早起床，意在拍摄布达拉宫日出。我以为我一定是最早到达广场的一个，岂料，每次到达广场都已是人影晃动，来自全国各地的摄影发烧友，早早支起脚架，架着各类"长枪短炮"，耐心等待从布达拉宫东侧升起的第一缕霞光。更多的则是来自世界各地的朝圣膜拜者，他们有的来自喜马拉雅山脉南侧的印度、缅甸和尼泊尔，有的来自内蒙古和甘南草原，更多是邻近藏区的阿坝、甘孜、玉树、理塘或巴塘。有的乘坐飞机、火车和汽车，有的骑马、赶着牛车或开着拖拉机。最打动人心的则是最古老最虔诚也最艰苦的，即每一步都用叩长头的方式前进，用身体去丈量从家乡到布达拉宫的每一寸距离，

▲朝拜的女子

▲ 舞蹈般的姿势

不管这个距离是几百或几千公里，也不管沿途是高山、深谷、沼泽或草地，他们一步都不会偷懒或马虎，不管这需要几月或是几年，他们需要了却的是一个宗教信徒一生最重要的心愿。

在布达拉宫广场，我见到三个叩长头的少女，她们年龄绝不超过20岁，全都身材修长，娇媚婀娜。从她们还算干净整齐的衣衫来看，不一定全程跪叩长头，但她们却从布达拉宫广场的一角开始，三个姑娘一起虔诚地叩起长头，引得许多摄影发烧友前后左右奔跑，想拍下她们如舞蹈般的身姿。她们却目不斜视，依然如故，朝着布达拉宫，朝着那万众景仰的圣殿，深深地俯下那美丽柔软的身躯……

"这一定是藏东来的，昌都那边姑娘不到拉萨来朝拜都嫁不出去……"

人群中有熟悉情况的人在议论。我心中一愣，再回头看布达拉宫，想不到在神圣、庄严、崇高的背后还牵连着世俗的芸芸众生，牵连着如此美丽姑娘的青春……

四

除了布达拉宫，还有哲蚌寺、色拉寺、大昭寺、小昭寺、罗布林卡，其规模格局，其恢宏气势，无不让人震撼，也无处不有让人震撼和牵动人心的朝圣者。最让人难忘的是那些孩子，有的刚咿呀学语，有的还在母亲的褴褛之中，大的也不过八九岁，他们随着母亲，先去转动那些长长的几乎望不到尽头的经筒，然后

▲八廓街上

行走在漫长的甬道，小眼睛中的目光是那样洁净和清澈，看一眼就再也忘不了。

哲蚌寺距拉萨10公里，原处在郊区，现在差不多与城市成一片了。我是乘早班公共汽车去的，车票仅两元，清晨上班上学，人挤得满满当当，藏族居多。我抓住扶手站着，有人拽我衣服，原来一位藏族小伙让我座位："大叔坐下。"诚恳的脸上露出洁白的牙齿，让人感动。

让我难忘的是第一眼看见哲蚌寺的情景。汽车并不能直接到站，还有一段山坡，我缓缓地步行着。刚转过一道山弯，强烈的朝阳从山坡斜射过来，一道强光，把耸立在整整一条山沟、一面山坡上的建筑群落勾勒得明暗相衬，轮廓分明。以白色为主调的一座座藏式楼宇拔地而起，一条条深红色的门窗门檐，彩绘装饰整整齐齐，宛如飘带整齐划一地缠绕在白色的建筑物体上，红白分明，异常庄严，异常美丽，把人完全带入一种佛家境界。"哲蚌"藏文的汉语意思就是"米堆"，这么想时，那白色为主体的建筑又像一个个雪白的米袋构成的世界，你不能不佩服藏族群众在宗教建筑中又融入了他们对幸福生活的憧憬与向往。

最能体现藏族建筑特色与生活底蕴的是围绕大昭寺修建的长达3里的八廓街以及与八廓街相连，长长短短宛如织网又叫不出名字的老城区小巷。最初的感觉有点像北京的大栅栏，宽不盈丈，布满并不规范地一家接着一家的商业门面。一条街巷又能串起另一条街巷，商幡高扬，字号林立，编织氆氇、打制金银、制作毡帽、缝制围裙、兜售唐卡、乐器、法号、经筒、藏刀、马鞍、银器，还有奶酪、酥油、糌粑、羊肝、牛肠、风干肉、藏血肠……弥漫着一种浓浓的化不开的藏族

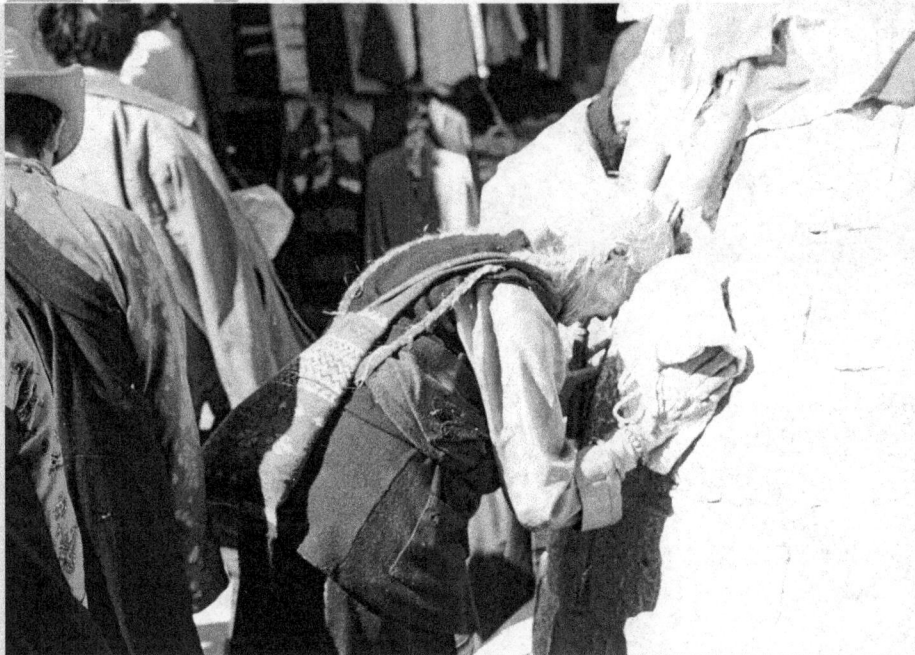

▲祈祷

生活气息。从早到晚，川流不息的人群，男女老少，喇嘛游僧，乞丐艺人，再加之来自世界各地、各种肤色的男女老幼旅客游人，让人目不暇接，让人激动兴奋，更让人感到没有白来拉萨……

五

在拉萨，与巨大石块砌就的灰白为主雄浑古朴的建筑对比鲜明的是色彩，是那种逼人眼目、震人心弦又无处躲避的色彩，是踏进大昭寺就见着的数万盏黄铜铸就的酥油花一齐跳跃着橘红色的火焰，是数万平方米墙壁绘满的没有一丁点儿缝隙的宗教壁画，是五颜六色无处不在飘拂的风马旗，是用深红橘黄涂抹得压根看不出本色的窗棂和门楣。在距布达拉宫不到300米的一座小山丘上，有两座耸立的白塔，每天有无数的游客以它们为前景，拍摄布达拉宫。转过一道山弯，便会让你惊讶得合不拢嘴，整整一面山坡布满用酱红色的石板刻就的六字真言玛尼石，山坡上面则是用五颜六色的风马旗构成的一个巨大的遮天蔽日、色彩绚丽的玛尼堆。这一瞬间，你会在心里由衷感叹，藏族群众真是把色彩运用到了极致，也许世界上再也找不出这样爱用和善于用色彩的民族。

拉萨是一座宗教意味十分浓烈的城市，那些高大雄奇、色彩斑斓、美轮美奂的建筑无不与宗教相关，布达拉宫、大昭寺、小昭寺、哲蚌寺、色拉寺、楚布寺、止贡寺、热振寺、麦如寺、达普寺……这些藏传佛教有名的寺庙差不多都集中在

▲欣赏

拉萨，这个阳光灿烂的高原城市也就生活着一个特殊的群体——喇嘛。据记载，哲蚌寺僧人编制为 7700 名，色拉寺 5500 名，甘丹寺 3300 名。另外，根据规定，凡信仰藏传佛教的地方，比如内蒙古、青海、甘南、川西北等地寺庙的僧人，若想取得"格西"一类的学位，必须到拉萨三大寺来进修，这就造成拉萨街头喇嘛之多，全国罕见。他们常三五结伴，或老或少也像世俗人那样进商场，进饭店，购物或逛街，无不穿着紫红的袈裟，点缀街头，成为拉萨城中一道独特风景。

在拉萨你会轻易地发现，几乎所有的藏族妇女，跨越不同的年龄阶段，都无一例外喜欢穿彩色衣裙，而藏族妇女的风采正是由于穿着彩色衣裙而得到充分展示。早有学人发现，少数民族较之汉族更注重衣服的装饰与生活情趣，他们经过研究认为这是因为汉族生活地区人烟稠密，生存竞争压力强势，挤压了生活情趣与生活空间；少数民族地区往往地广人稀，人们会用生活中的色彩与装饰填充空间，填充人类无与伦比的想象。少数民族妇女几乎都喜欢穿彩色衣裙和佩戴金银首饰，典型如苗族、瑶族、侗族等，藏族妇女若逢康巴节一类集会，也常常是以此为展示服装展示美的机会，几乎每位妇女，尤其是待嫁的姑娘都穿得姹紫嫣红、五彩缤纷，全套珠宝、松石、金银首饰竟重几十斤，价值几十万到上百万元。当她们从四面八方汇聚过来时，真像是片片彩云飘落高原。即便在平时，拉萨的妇女在日常、工作或上街时，上身是五颜六色的毛衣，下面大多穿彩色裙子，打扮得非常时尚。

在拉萨的日子，我不止一个下午去八廓街，到玛吉阿米茶楼，坐在三楼临窗的位置，要一壶藏式甜茶，独自品尝，独自观赏下面转经的人流。这道人流以妇

▲一天从转经开始

▲市场上藏式食品多不胜数

女老人居多，斑斓的彩裙中，夹杂着身着大红大紫袈裟的喇嘛，皆手摇经筒，默诵经文，组成一道彩色的河流，久久地流淌，也久久地吸引着你的目光。

六

当然，我关注的还有拉萨人的生存状态。一方水土养一方人，位于神秘青藏高原腹地的拉萨，又会养育些什么样的人呢？松赞干布、文成公主、禄东赞、宗喀巴、仓央嘉措，一代代的达赖喇嘛、班禅喇嘛和由此派生出来的"亚谿"贵族，都伴随着岁月的流逝逐渐走向历史深处，走进了那些已经发黄的史籍……

今天的拉萨人生活得怎么样？先去市井看看。我一直认为市井是了解一方人生存最重要的窗口。在拉萨再没有比八廓街更能集中反映这座城市人们的精神面貌、生活情趣和生存状态的地方了。每天清晨，据说是常年四季风雪无阻，拉萨的大街小巷都充满转经的人流，无论男女老少，手中都摇着各式各样大小不一的经轮，转着摇着，口中呢喃着，开始一天的生活，也可以说早上从转经开始。当你走到八廓街时，转经的人群接踵摩肩，人流滚滚，让你怀疑半城人都集中到这儿来了，八九点钟，当明亮强烈的太阳把大昭寺顶上那几根巨大的金色钟柱辉映得一片灿烂时，转经的人流开始疏散，家庭主妇们拥向八廓街市场，尤其是蔬菜瓜果市场。

第一次来到这里，你会大吃一惊，这高原上的蔬菜市场与内地几乎没有什么两样，西红柿、黄瓜、豆角、土豆、小红辣椒、紫色茄子、大白菜、小萝卜、青丝瓜、绿豌豆、豆腐豆芽、豆皮豆干，应有尽有。还有各式各样的水果，苹果、梨、西瓜、香蕉、桃子、杏、葡萄等。能够展现高原与藏族特色的是牛羊肉市场，刚宰杀的冒着热气的羊肉红白分明，整个儿悬吊起来，望不到尽头的长长一排。若讲气势应是牛肉，高高的架子，悬挂着偌大的牛头、牛腿，掏光了腹腔的牛体，仍是庞然大物，威风依旧。成排成桶叫卖的是新鲜酸奶，大盆盛着黄亮亮的酥油，

▶ 今日时尚现代的藏族姑娘

高高垒起的风干羊肉，各种各样的奶疙瘩，长长短短的藏式香肠。熙熙攘攘的人群，弥漫着浓浓香味的牛羊肉、酥油、酸奶，让人想起高原上大群缓慢移动啃草的牛羊，想起大草原上飘散着的亲切温暖的炊烟……

下午，当洪流般的转经人群再次塞满八廓街时，我不禁起了疑问：难道拉萨人在生活中除了转经再不干别的什么吗？接着还发现，不仅八廓街、哲蚌寺、色拉寺边有规模不小的藏式茶馆，就连一些不起眼的小街道上，隔不多远也会有一间藏茶馆，里面也是坐满了人。中午，太阳升到当顶，强烈的阳光把这座高原古城照耀得分外明亮，只有这时，街道上行人才会稀少。你又会发现，那些开藏式店铺的老板大多是少妇，她们又会聚集在街道的树荫下，或躺或坐，聊天或喝饮料，就像在草原上聚会那样。显然，拉萨人生活节奏缓慢、闲适，会享受生活，我对拉萨结识的朋友说到这种感受，得到他们的一致认同：是的，是的，你在街上看见脚步匆匆的肯定是外地人，也就是像我们这样的"藏漂"……

七

市区土生土长的拉萨人不多。改革开放初期，拉萨市仅3平方公里，人口不足10万；如今拉萨市铺展开去，已经拥有50多平方公里，市区固定和流动人口也将近50万。绝大部分是内地拥来的建设者、淘金者和来自世界各国的旅游者。比如骆志庆，因痴迷文学，放过了前些年闯深圳、下广东、飘上海的机遇，待到醒悟，已经晚了，这些去处都人满为患。偶然的机会，经人介绍，来到拉萨。一晃10年，挣钱之余，还完成长篇小说《子午谷》。最让他自豪的是2006年他参

加了西安几家佛教和文化单位迎接文成公主塑像回长安的活动，伴着在拉萨大昭寺开光的文成公主塑像，全程走完唐蕃古道，接受了一次文化洗礼。他还结识了不少"藏漂"。不过他结识的"藏漂"依然是文人圈子里的人，有贵州诗人、重庆记者、西安画家、成都音乐人等。整个西藏不到300万人口，不及内地一个地市人口多，却拥有与内地省区一样众多的各种文化机构，广电局、社科院、报纸、电视台、文联及所属各种协学会、群艺馆、杂志社等，这就提供给文人们需要的各种机会。

我下榻的红山宾馆，老板是陕西老乡，他在拉萨当兵，看准了这儿的发展机遇，承包了这座经营不善的宾馆，贷款装修，重新开张，提供了几十个就业机会，人员全部来自内地。据他说，他所在连队的复员战友，除个别回去成家没有再来之外，大都留在了拉萨，开饭店、搞运输、做烟酒代理、承揽工程，差不多都成了老板。他邀我参加他们战友的聚会，在郊区的"藏家乐"，这里其实也是内地人在租房经营。十几个曾经同一连队的军人聚在一起，互相提供信息，哪有发财机会，怎样打通关节，有何成功经验，把军人的豪爽、商人的精明以及我们这个时代的特色展示得淋漓尽致，也从一个侧面反映出拉萨这座为宗教笼罩了上千年的高原边城正上演着与内地城市大同小异的悲喜剧。但愿经济的高速增长，物质的极大丰富，不是以破坏环境生态恶化为代价，世界不会因人类无休止、无止境、无底线的贪婪而毁灭。

在拉萨，不止一次听到人们抱怨这儿节奏比内地慢几拍，我倒觉得十分庆幸。也许正是因为慢了几拍，人们才会在发展与可持续发展、建设与保护、获取与付出上选择得更加合理，更加智慧，更加文明，也使拉萨这座千年古城风貌得以完整，至少是最大限度地保存。

八

一本由西方人在百年前写的《发现西藏》，也许能给我们带来一些启示。这本书用整章介绍了英国人荣赫鹏1904年率领英军倚杖现代武器攻下江孜，又开进了拉萨城。其时，正是号称"日不落大英帝国"兴旺昌盛的巅峰，他们正用坚船利炮向全世界推销工业革命后的成果，这群狂妄的侵略者满以为在他们眼中蛮荒、落后、贫穷的西藏当地百姓会无比羡慕他们的文明、他们笔挺的西装、绅士的风度和幽雅的谈吐，会对他们这些在现在社会中生活的人顶礼膜拜。结果他们惊奇地发现，"拉萨的居民似乎对英国人的到达表现出十足满不在乎……人们从

▲布达拉宫夜色

店铺和门槛内向士兵们投去一束束满不在乎的目光，就如同他们的入侵仅仅为一种暂时的麻烦和没有意义一样。侵略者们未遭到愤怒或者敌意的对待，他们仅仅觉得自己在圣域的存在被西藏人认为是一种亵渎宗教的行为"。

英国人愤怒了，他们想不透为什么西藏终年四季天蓝云白，阳光灿烂，而伦敦终年为浓雾笼罩，视晒太阳为一种享受；布达拉宫为什么如此庄严雄伟、傲视一切，而他们的首相官邸唐宁街10号，仅一间门脸，简直上不了台面。结果是每多待一天，心中的不平衡就增加一分，甚至到了后来，所有来到拉萨的英国人都或多或少地意识到英国人在战场上胜利了，在精神上却崩溃了。达赖跑了，驻藏大臣拒不签字，他们在拿到了形同空文的《拉萨条约》后，体面地从拉萨撤退了。

那个英国人荣赫鹏回到英国，并没有出现他期待的情况——人们拥上街头，欢迎他这位英雄归来。情况恰恰相反，由于不少英军士兵在英勇的藏族军民抵抗下阵亡，父母兄妹都抗议这种无谓的牺牲。另外，在外交上也为英国当局制造了不少麻烦，最终把矛头都指向荣赫鹏，他被永远地钉在历史的耻辱柱上。

不管何时，身居要津，腰缠万贯，名满天下，权势、财富、名头都不可能成为在拉萨炫耀的资本。面对着这儿高远的蓝天，晴朗透明的天空，甚至仅仅是荒原和阳光，叩着等身长头的膜拜者，老妈妈和孩子祥和、天真、淡定、从容的目光，一切都显得苍白。在这一瞬间，假如能把我们因房价飙升、股票跌落、名利好梦被搅醒、贪婪欲望被破坏的坏心情得到某种程度的修复，重新获得一种冲淡、平和、安详，就足够了。

扎西德勒！

卷五／川藏线风景

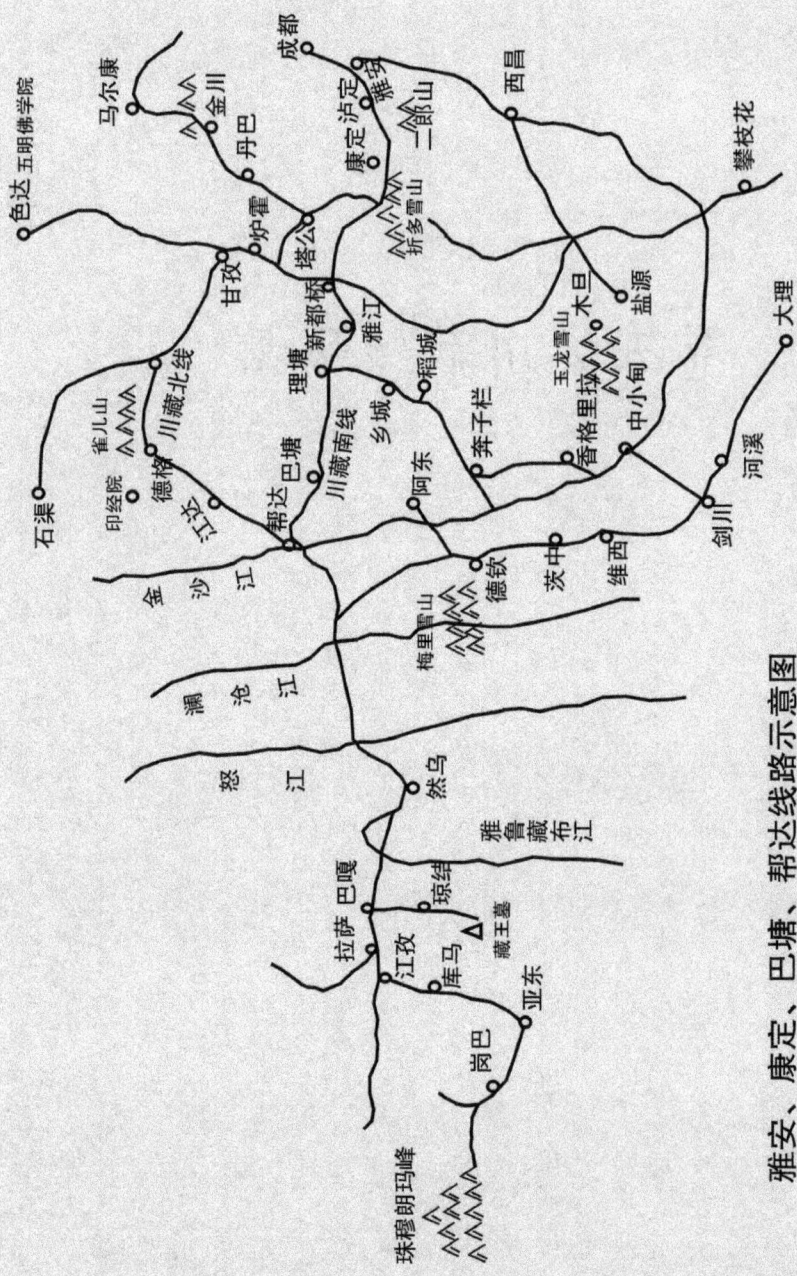

雅安、康定、巴塘、帮达线路示意图

▲ 天府早春

四水灌川·锦绣天府

绝句

两个黄鹂鸣翠柳，一行白鹭上青天。

窗含西岭千秋雪，门泊东吴万里船。

杜甫的这首七绝，因把四川的山河地貌、柔媚春色表现得淋漓尽致，成为千古绝唱。这首诗几乎所有中国人在儿时便朗朗成诵，幼小的心灵，接受过多么美妙的滋润。

但估计没有多少人考证窗含的西岭是指哪座雪山。从广义来说凡成都以西的山脉都可以认为是"西岭"。但约定俗成的西岭雪山，在现已划入成都市的大邑县境内，距成都仅95公里，景区内有终年积雪的大雪山，海拔5353米，为成都第一峰。西岭还有面积近百平方公里的原始林海，既有枫树、漆树、楠树、香樟、冷杉等高大的落叶乔木，也有许多连片的灌木低矮丛林，多种多样的植物，构成乔木、灌木、蕨类、菌类、苔藓类等多层次立体共生的原始森林植物群落。群落完整，密林掩映，土壤肥沃，水分充足，使森林拥有优越的生态环境和多样的植物资源，形成四季不同的景观。尤其是每年秋风吹过，金黄的树叶，浮光跃金，

在西岭雪山的衬托之下，分外俏丽。还有一道瀑布从高高的岩石上飞泻而下，顺着鱼鳞般的五花岩石横溢，层层水花，如羽状洒开，映衬着山岩，雍容华贵，五彩缤纷，所以被称为五彩瀑布。若是太阳偏西，日光斜照，五彩瀑布便如五道彩虹从天而降，烟云水雾，美不胜收，令人流连忘返。

若是再要欣赏"蜀山之王"的风采，则需从成都出发，沿川藏线一路向西，过了康定，一道延绵如屏的雪山便紧逼眼帘，这便是号称"蜀山之王"的贡嘎雪山。海拔5000米以上的山峰多达145座，其主峰更是高耸云端，高达7556米，受海洋季风影响，海拔4000米即为雪线。如此众多伟岸高出雪线的山峰，冰川壮丽，雪峰延绵，终年不化，关键距成都市区直线距离不足300公里，若是自驾车辆，只需一日，便可观赏壮美无比西岭千秋雪了。

"蜀山之王"距"天府之都"如此相近，地理视角看，不仅方便观赏雪景，而且从高海拔的地球第三极骤然降至海拔仅500米的成都平原，带来的最大好处是水源充足。近万平方公里的贡嘎雪山及青藏高原，冰雪消融，滋润千山万岭，又九曲回肠，汇纳百川，汇流入金沙江、岷江、沱江、嘉陵江四大水系，无一例外地流进四川盆地，形成四水灌川的地理格局。故有地理学家认为，四水灌川，便是四川省名的来历。

都江奇功

成都虽号称"天府之国"，但在都江堰水利工程修筑之前，却水灾不断，灾害频仍。也正是由于成都距雪山太近，水源过于充分，落差悬殊，造成水患不断，几乎年年成灾。比如岷江，发源于四川甘肃交界的岷山南麓，有大小支流90余条，都蜿蜒在四川盆地西部的多雨地区，水量充沛，年径流量达150亿立方。而且主要集中在雨季，造成岷江之水涨落迅猛，水势湍急，势不可当。岷江出山后，从四川盆地西部二级阶地向南流去。成都平原的整个地势为西北向东南倾斜，坡度很大，都江堰距成都50公里，而落差竟达近280米。所以岷江河道高于整个成都平原，可以说是条顶在成都人头顶上的悬江。所以每当岷江泛滥，成都平原就是天然水盆；一遇旱灾，无水浇地，又是赤地千里。所以古蜀国民众生存十分艰难。

但古蜀国的战略位置又十分重要，战国时期，公元前361年，秦孝公任用商鞅变法，主要是重农抑商，奖励耕织，奖励军功，编制户口，犯罪要实行连坐之法，平民奴隶可从凭借战功改变命运，这就极大地调动起最底层民众建功立业的积极性。全国实力与日俱增，出现了"家给人足"的繁盛景象，结果是秦军战斗力不断增强，一个国富兵强的秦国崛起于西部，成为战国后期最强大的国家。

统一天下便成为强秦的必由之路。秦国朝野都认识到巴蜀在统一中国中特殊的战略地位。秦国丞相司马错便对秦惠文王说，"得蜀则得楚，楚亡则天下并矣"。

西汉著名的文学家扬雄所著的《蜀王本纪》中有这样一则故事：春秋战国时，占据渭河流域的秦人经过变法，实力壮大，意欲称霸。相邻的蜀国物产丰裕，国殷民富，便成为首当其冲的并吞对象。但秦国苦于秦巴大山阻隔，迟迟不得下手。一次，秦惠王在斜谷狩猎与蜀王猝然相遇，听从谋臣计策，说要送给蜀王五头能屙下金块的石牛。蜀王信以为真，于是调五名大力士凿关开道，以便迎回石牛。道路修好后，秦惠王却派张仪、司马错率军乘机进兵，灭掉蜀国。石牛粪金虽属神话，秦灭蜀国却为史实。

秦昭襄王五十一年（前256年），昭襄王任命熟悉巴蜀地理水情的李冰为蜀郡太守。正是李冰父子主持修建了举世闻名的都江堰水利工程。都江堰的功能是将岷江水流分成内外两条，其中内江水流引入成都平原，既分洪减灾，又可引水灌田、变害为利。都江堰主要由鱼嘴、飞沙堰、宝瓶口三大主体工程构成。三者有机配合，起到相互制约、协调运行、引水灌田、分洪减灾的功效。

都江堰的关键工程是宝瓶口。即在岷江内江流出方向的玉垒山开凿出一个宽20米、高40米、长80米的分水山口。因形状酷似瓶口，故取名"宝瓶口"。开凿玉垒山分离的石堆叫"离堆"。

宝瓶口虽然起到了分流的作用，但因江东地势较高，江水难以流入宝瓶口，李冰父子率众又在离玉垒山不远的岷江上游和江心筑分水堰，用装满卵石的大竹笼放在江心堆成一个狭长的小岛，形如鱼嘴，岷江流经鱼嘴，被分为内外两江。

▲都江堰宝瓶口

▲都江堰分水鱼嘴

外江仍循原流，内江经人工造渠，通过宝瓶口流入成都平原。

为了进一步起到分洪减灾的作用，在分水堰与离堆之间，又修建了一条长200米的溢洪道流入外江，以保证内江无灾害。溢洪道前修有弯道，江水形成环流，江水超过堰顶时洪水中夹带的泥石便流入到外江，这样便不会淤塞内江和宝瓶口水道，故取名"飞沙堰"。

这仅是都江堰引水的关键工程，与之相配套的是整个成都平原密如织网的各级引水渠道、各类大中小型调节水量的塘堰等所构成的庞大的水利工程，灌溉着四川盆地中西部1000多万亩良田，其灌区规模至今居全国之冠。如诸葛亮在《隆中对》中所说"益州险塞，沃野千里，天府之土，高祖因之以成帝业"。四川也由此成为国人心目中的天府之国。

在2000多年前修筑这样宏伟的水利工程，李冰父子固然功不可没，但更重要的是秦人此时已大量使用铁器。成书于周秦之际的《山海经》记载秦地有六处产铁。《中国冶金简史》也记载："近年来，在陕西临潼、咸阳一带，出土了不少秦的铁农具和铁工具，如铁凿、铁铲、铁犁、铁锤等。"铁器的使用为人类提供了巨大的科技支撑，使秦国能够修凿郑国渠、四川都江堰与广西灵渠等不朽的水利工程，是中国古代科技力量的一大飞跃。

历代王朝有效的管理也保证了都江堰历2000年之久，依然能够发挥重要作用。汉灵帝时设置专门水官"都水长"负责维护堰首工程。《水经注·江水》记载：三国时，蜀相诸葛亮设堰官，并"征丁千二百人主护"。此后各朝，均以堰首所在地的县令为主管。宋朝时订立了在每年冬春枯水、农闲时断流岁修的制度，并延续至明清。

都江堰不仅是中国古代水利工程中的伟大奇迹，也是世界水利工程的璀璨明珠。最伟大之处是建堰近2300多年来经久不衰，而且发挥着愈来愈大的效益。

▲纪念李冰父子的二王庙

▲都江堰全貌

都江堰的修建，以不破坏自然资源，充分利用自然资源为人类服务为前提，变害为利，使人、地、水三者高度和谐统一，开创了中国古代水利史的新纪元，在世界水利史上写下了光辉的一章，所以代不绝书。汉武帝元鼎六年（前111年），司马迁奉命出使西南，实地考察了都江堰。他在《史记·河渠书》中记载了李冰修建都江堰的功绩，使都江堰伴随《史记》名标青史。

元世祖至元年间，意大利旅行家马可·波罗曾由蜀道，穿越秦巴大山抵成都。游览都江堰后，在《马可·波罗游记》中写道："都江水系，川流甚急，川中多鱼，船舶往来甚众，运载商货，往来上下游。"

清末，德国地理学家李希霍芬也来都江堰考察，在其著述《李希霍芬男爵书简》中把都江堰详细介绍给世界，称赞"都江堰灌溉方法之完善，世界各地无与伦比"。

时至今日，四川若无都江堰，美丽丰饶的天府之国也无从谈起。

宝光禅寺

四川寺庙很多，尤其川西北藏区，几乎无山不庙、无村不庙，但我喜欢的是成都近郊的宝光寺。盖因先入为主，1981年初冬首次入川，便去过宝光禅寺，留下深刻难忘的印象。

宝光寺相传始建于东汉，无信史可考。从1996年5月在寺内出土的唐代《施衣功德碑》表明，唐玄宗开元二十九年（741年），这里已经叫宝光寺了。宝光寺坐落于新都县内，距成都市区18公里，是公认的成都地区历史最悠久、规模最宏大、收藏文物最丰富的一座佛教寺庙，每年前往游览、朝拜者在百万人次以上。

宝光寺在明末清初的战乱中遭到毁损。清康熙九年（1670年），在新都县知县毕成英及地方缙绅的支持下重兴道场。之后由于不断培修扩建，宝光寺一跃

▲宝光寺僧人做法事

▲罗汉塑像

而起，与成都文殊院、昭觉寺、草堂寺并列为成都的"四大精蓝"。

宝光寺规模宏阔，由一塔、五殿、十六院组成，四面经墙环护，绿树萦绕。中轴线上，福字照壁、山门殿、天王殿、舍利塔、七佛殿、藏经楼依次而立；两旁有钟楼、鼓楼、客堂、云水堂、罗汉堂、东西方丈相对称，展现了中国佛教禅院的整体风貌。

我最感兴趣的是罗汉堂，里面雕塑着佛祖、菩萨、罗汉577尊，每尊高约2米，造型各异，相貌逼真，彩绘贴金，奇巧多姿，堪称一座雕塑博物馆。徜徉其间，深感妙趣横生，给人远超佛界的想象与启示。

罗汉堂的妙趣还在于建筑结构奇特，殿里通道回环，塑像纵横交错，宛若迷宫。人们为千奇百怪的塑像所吸引，有人还边看边数，但怎么也数不清。因为罗汉堂占地1600平方米。内有四个天井，中央矗立着一尊高约6米，有28个头、56只手、196只眼的观音塑像。其他塑像围绕着这尊巨塑，内外四层，通道回环，气象宏深、变化莫测。但是，塑像的安排又很有规律。以观音菩萨为中轴线，左右对称，前后呼应，每层每排的塑像均有定数。

五百罗汉的来历，传说不一。有说是古印度一位婆罗门僧侣，他精心教授五百贵族子弟读书，这批子弟学成后皈依佛教，成为五百罗汉。还有种说法：释迦牟尼逝世后，以摩诃迦叶为首的弟子五百人在七叶窟举行集会，也是佛教史所说的第一次结集。这五百弟子即是五百罗汉。

罗汉堂塑像珍贵在千姿百态，妙趣横生。其形态有胖有瘦，有老有幼，有高有矮，有美有丑；或喜笑颜开，或愁容满面，或慈祥和善，或横眉瞪眼，或文静端庄，或勇武剽悍，或憨厚滑稽，或狡黠老练。其姿势有正襟危坐，合掌参禅者；有跷腿抱膝，怡然自得者；有张口振臂，谈笑风生者；有闭目托腮，

▲五百罗汉壁画

若有所思者……所持物件又各有区别，有持数珠、木鱼、宝杵、禅杖等法器者，有持钵盂、书卷、拐杖、拂尘等用品者……同时，其衣着的款式、色调、纹饰也各有差别，从而使五百多尊塑像造型千姿百态，各有旨趣绝不雷同。

罗汉像比真人略为高大，除一些面部形象作了艺术夸张外，头、躯干、四肢都符合人体比例，衣纹、肌肉、骨骼也符合人体结构，看起来自然贴切，给人以美感。由于人物造型真实，给人留下深刻印象，更增加了塑像的艺术效果。

五百罗汉塑像面貌形态体现了佛教所流行的广大区域内的各色人。有须发卷曲的印度人，有广颐深目的西域人，而更多的是和中国人面貌相近的人。1973年，著名英籍女作家韩素音和她的丈夫、印度工程师陆文星来此参观时，曾指着几尊罗汉说："他们真像地道的印度人。"

技艺精湛的罗汉堂塑像，是中国南北两种流派的民间塑师汇聚一堂、分工合作、各显神通的产物，各有所长，异曲同工，可谓达到了古代雕塑艺术的高峰，一直受到后世的高度评价。

宝光寺里的文物很多，有梁武帝大同六年（540年）所雕刻的"千佛碑"，创建于明永乐十一年（1413年）的"尊胜幢"，清光绪三十二年（1906年）泰国国王所赠的贝叶经和同年从斯里兰卡求回的藏于石塔中的4粒舍利子，还有唐伯虎、祝枝山、竹禅和尚、张大千等名家的书画珍品。2001年，宝光寺作为清代古建筑，被国务院公布为第五批全国重点文物保护单位。

1981年，还是改革开放初期，四川市场已十分繁荣，物价还不高。比如我们一行，记得有叶广芩、马林帆、李佩芝、李健民、文兰等人，到宝光寺参观完毕，见寺中竟备有素席，冷热俱全，鸡鸭鱼肉全用素品替代，做得惟妙惟肖。另有甜酒，实为醪糟，要得一桌，吃得皆大欢喜，仅仅花人民币10元。如今说起人皆不信了，其实确真。

今日成都

成都坐落于四川盆地，如同丛山包裹的一团蜜橘，自古就堪称富贵之地。时至今日，更是高楼林立、高速环绕、高新科技、高速发展、成都都成。偏四川人安逸千年，闲散惯了，麻辣火锅、竹椅茶馆、手中麻将、龙门闲阵一时还丢弃不下，改变不了。索性借旅游休闲热潮，运用川人智慧，依托千年古迹，打

▲罗汉像千姿百态

造起两处旅游胜地，一曰锦里一曰宽窄巷子。一时间声名鹊起，吸引得无数游人前往观光，笔者也数次前往，以下文字权作导游。

锦里

锦里好找，就在大名鼎鼎的武侯寺旁边，一墙之隔。

锦里即锦官城。晋代学者常璩所著《华阳国志·蜀志》："州夺郡文学为州学，郡更于夷里桥南岸道东边起起文学，有女墙，其道西城，故锦宫也。锦工织锦，濯其中则鲜明，他江则不好，故命曰锦里也。" 唐代诗人李商隐有诗句：他年锦里经祠庙，梁父吟成恨有余。此后即以锦里为成都之代称。锦里是成都历史上最古老的街道，曾店铺杂陈，字号林立，商幡招展，吆喝不休。唐时十分发达繁盛，诗人雍陶便曾咏赞：蜀门去国三千里，巴路登山八十盘。自到成都烧酒熟，不思身更入长安。

诗人张籍也在《成都曲》中说：新雨山头荔枝熟，万里桥边多酒家。可见唐时，成都街市便以风情风景、酒肆繁华闻名全国。今天的锦里便是依托成都武侯祠，以三国、盛唐精神为灵魂，明清风貌为外表，川西民俗为内容，扩大了武侯祠的外延，打造出一条街来，浓缩了成都生活的精华，饭铺、茶楼、客栈、酒楼、酒吧、戏台、风味小吃、盖碗茶、工艺品、土特产，充分展现成都历史上市井的繁荣和四川民风民俗的独特。

▲ 锦里石坊

成都锦里在 2004 年 10 月正式对外开放，白天人流如潮、夜晚流光溢彩，令人流连忘返。

锦里延伸二期工程"水岸锦里"也于 2009 年 1 月开肆迎客。蜿蜒的街巷与水岸、传统的院落与亭阁，加之湖泊、荷塘、曲栏、石桥相互呼应，主题会所、主题餐饮、主题商店坐落其中。商店里卖的是筷子、茶叶、灯笼、蚕丝被和土特产；餐厅里的美食有龙抄手、赖汤圆、钟水饺、谭豆花、三大炮、肥肠粉、麻婆豆腐、夫妻肺片，一箸一杯都是冲上舌尖的味道，一碟一碗都讲究的是老手艺和实惠。还有推鸡公车的艺人现场捏着泥人，吹着喇叭转着糖画，操着剪刀剪着红纸，拉着线绳放着风筝，招揽孩子，亦让成人怀念快乐。整条街上色彩缤纷，是大俗亦是大雅，图的是个热闹，要的是份心情。"拜武侯、泡锦里"，古意新境、水波灯影、人流如潮、别有情趣。还有不定期举行的传统婚礼、民间民乐、古典戏剧、服装走秀等各式表演，元宵节、端午节、七夕情人节、中秋赏月会等传统特色活动。

锦里还为流连忘返的游人准备有客栈，有芙蓉、客栈、庐隐三座风格各异的建筑群落。燕居有室、会客有厅、观景有窗、听戏有堂；再有庭院、廊坊、天井、花园；还有假山耸立，流水环绕，可发思古幽情，可赏现代文明。客房装修古朴典雅，配套仿古红木家具，服务更是细微体贴，让您享受到安逸、闲适、幽静，体验到浓郁的"老不上山、少不入川"的民俗特色。

锦里有许多川地的特产。张飞牛肉，产于阆中，外呈黑色，不大好看，内呈牛肉本色，用上等牛肉拌以特制香料制成，味道独特。汤麻饼，产于崇州。还有久久鸭脖子、牛肉豆花、三合泥、糖油果子、撒尿牛丸、臭豆腐、油茶、牛肉焦饼、酸辣肥肠粉、荞麦面、钵钵鸡等小吃。

▶ 天府名吃

街头巷尾最吸人眼球的还是玲珑可人的川妹子，个儿细高，皮肤白嫩，成群结伴，在锦里徜徉，要么就在酒吧里嗑瓜子和打麻将，说着长尾音又特别绵软的成都话。

成都人就这样嬉闹着松弛地在锦里闲逛，怀旧的人情感有了出口，爱吃的人满足了口腹之欲。锦里呈现的是人皆向往的天上人间的景象，让你在游览中体味一种原汁原味的川西民俗，享受最惬意的休闲方式。所以成都锦里一开肆便获得"西蜀第一街"的美誉，被称为"成都版清明上河图"。

当街刻有《锦里序》文辞精当，雅俗共赏特摘录一段，如下：

百年木板门，千载石板路。漫游锦官故里，争仰蜀相遗徽。射弩、织锦、客栈，铜锣声声，追寻逝水年华；刺绣、竹编、当铺，花轿悠悠，勾起尘封记忆。结义园中，两碗绿茶尝川剧；诸葛井里，一眼碧水映风云。蓝布幌子，远摇百种锦图；红纸灯笼，近照三国食阵。大浪淘沙，历史品味。老街耶？网络空调，尽领时代风骚；新景耶？

宽窄巷子

宽窄巷子位于四川省成都市青羊区长顺街附近，由宽巷子、窄巷子、井巷子排列组成，一色青黛砖瓦，一律四合院落。是成都成规模的前朝古街道，起因是康熙五十七年（1718 年），在平定了准噶尔之乱后，选留千余兵丁驻守成都，在当年少城基础上修筑了满城。宽窄巷子即为满城旧址。

▲历史与今天

▲留张照片

清朝灭亡，满城解禁，百姓自由出入，商人亦在此开典当铺，收购旗人家产，形成了旗人后裔、达官贵人、贩夫走卒同住满城的独特格局。辛亥革命以后，拆除城墙，于右任、田颂尧、李家钰、杨森、刘文辉等先后住在这里，使这些古老的建筑得以保存。

2005 年，宽窄巷子主体改造工程立项，宗旨是保护历史街区风貌，突出巴蜀地域特色，打造文化商业旅游街区。历时三年，2008 年 6 月 14 日（中国文化遗产日），宽窄巷子作为汶川震后成都旅游恢复的标志向公众开放。

宽窄巷子原有 70 多座院落，300 多间房间，是老成都"千年少城"城市格局和百年原真建筑格局的最后遗存，也是北方胡同文化和建筑风格在南方的"孤本"。这条清代街区记录了老成都的沧桑历史，建筑风格兼具川西民居与北方四合院的特点。院门形式最为丰富，呈现出不同风格，有不同材料、不同朝向、不同尺度，有屋宇式、石库门等。加上黑灰墙与小青瓦做的窗花，整个街道的主调呈现出清代的特征，最大限度地复活了昔日景观。

窄巷子是"慢生活"区，展示了老成都的院落文化。这些院落大多被颇有格调的酒吧、餐厅、旅舍、驿站占据，东西南北的游客和爱好艺术的青年人常围坐在四合院落，谈天说地，做文学梦，聊莫言、聊北岛、聊舒婷、聊贾平凹、聊陈丹青……闲散地度过整个下午，感受夕阳落下霓彩又晃的时光。然后又蜂拥至窄巷子里面的门店，这里多是以西式餐饮如轻便餐饮、咖啡、面包为主打的艺术休闲厅、健康生活馆、特色文化店，可以尽情享受现代精致生活带来的愉悦。

井巷子紧邻窄巷子，清代名为如意胡同，或明德胡同，辛亥革命后改名"井

▲游人如潮

▲庭院美食

巷子"。改造后的井巷子在剩下的半边街上，在街的另外一面建了一道 500 米长的历代砖文化墙和 500 米长的民俗留影墙，把古井、碑刻、门墩、拴马石、古树等，原地原物保存。

"谈人生百味、聊宽窄古今、论热点现象、享天下艺术"，同时也从历史、人文、建筑、美食等方面细数成都的经典之处，向大众呈现最精彩鲜明的成都特色，展现一个最不可错过的成都。完整保留宽巷子、窄巷子、井巷子三条传统街巷及其风貌特征，把包含有历史信息的传统院落近百分之八十保留下来，使整个街区依然保持清末民初时期的院落形态，依据详尽的建筑测绘，将院落中的传统木结构民居建筑完整地落架重修，使用传统的建筑材料、建筑样式、施工工艺，确保原真性的建筑风貌，成都宽窄巷子历史文化保护区采用了整体性、原真性、多样性、可持续性的保护策略。

成都在改造历史街区方面可以说成功地为全国树起了样板，笔者所居汉中与四川相邻，作为几届城建委员，曾多次建议向成都学习。汉中市市长也曾率团到成都锦里、宽窄巷子参观学习。结果如何就不知道了。

旅途小憩

◇中西合璧◇

一律青色麻石铺就的街道，两边一律木格门窗古色古香的店铺，覆顶飞檐、红灯高悬，川剧脸谱、泥人雕塑、传统陶艺、竹藤编织、蜀锦蜀绣、竹椅茶座……我深信，不管来自哪个国家，是哪个民族，一脚踏进成都的宽窄巷子，心都醉了。成都历史上便是个休闲宜居城市，把阴柔之美推向巅峰极致，曾有一张照片展示府南河畔，数百张麻将桌子几千人同时娱乐的情景。这没有什么不好，事实上在人类历史长河中，没有多少人能够或愿意参加改朝换代、居产纳贡那样的大事，

▲游客络绎不绝

倒是寻常普通的光阴中有更多的乐趣。和平年代，文武之道更需要张弛并存。过去的"大跃进"，目下的"强拆迁"，教训都很惨痛。确实需按中央提倡科学规划、可持续发展来进行，别把应该留给儿孙们干的事情、开发的资源都干完整净。应好好提倡适度休闲，不仅国人欢迎，连老外都会来凑热闹。这幅成都宽窄巷子的照片不正给我们些启示嘛。

改土归流·川边藏情

▲川边雪山

川边山水

在人们印象中，西藏属雪域高原，喜马拉雅高耸云端，大江大河起始发源，是一个气势磅礴充满神奇的世界；而四川盆地钟灵毓秀，物产丰饶，风情浓郁，素称天府。这是两片风马牛不相及的天地，没有多少人会把它们联想在一起，更没有多少人会想到在雪域高原与天府盆地之间，还有偌大一片山水，北抵青海、南至云南纵4000里，东起康定、西至丹达横3000里，面积倍于四川省。历史上称为川边、炉边或西康，实为四川盆地向青藏高原迈进攀登的过渡地段。就地理上来说，川边位于青藏高原东南边域，几条构成地貌的骨架山脉，巴颜喀拉山脉、芒康山脉、噶拉山脉三大山脉尽皆由西北延伸至东南，无数的冰山雪峰铺陈其间，构成金沙江、澜沧江、怒江三大水系，形成雪山高耸、三江并流的奇特景观。横断山脉又迫使三条大江尽皆东流，也造成西藏与内地亘古交通不易，若要进入藏区，则必须跨越这些大江巨河、雪山峻岭。

时至今日，若沿川藏线进藏，则需翻14座海拔超过3000米的雪山，道路之高峻，之盘旋，之险要，均创世界交通史之最。历史上，茶马古道从雅安起程抵达拉萨，行程半年，其中4个月在大山激流间跋涉。走今日之川藏公路，成都至拉萨，若顺利，无雪崩激流堵塞道路，亦需十天半月，其中大部分穿越的便是被称为川边的这片地域。

由于河谷深切，雪山耸立，垂直落差往往在2500米以上，其最东南的雅鲁藏布江大峡谷长近500公里，深达5000米以上，是堪称世界之最的峡谷奇观。若乘飞机鸟瞰，只见机翼下，岭峰相连，苍山如海，峰巅雪光晶莹，一汪汪蔚蓝

▲ 川边西昌曾为西昌省省会

色的湖泊点缀其间，那暗绿滴翠如带缠绕的注定是半山腰的原始森林，遮天蔽日。那些显得浑圆的慢坡，则覆盖着高山杜鹃与耐寒草甸，细微之处有无数黑白相间的小点在缓慢移动，那一定是黑色牦牛与白色的羊群。海拔 3500 米以上绝无树木生长，只有牧草相连，那就是真正的"苍穹为室兮毡为墙，以肉为食兮酪为浆"的纯牧区了。

你突然间会惊喜，因为如大海波涛般汹涌的雪峰峻岭间，闪出偌大的高山平原，若如带状，那是巴塘，若如葫芦，那注定是西昌了。因为在这苍山如海的世界里，这是两片极为难得的高山盆地。尤其巴塘，地处金沙江东，川藏交界，雪山环围，绿野中开，巴河积淀出的带状平原竟长达 30 余里，面积 600 余平方公里，海拔 2600 米，土地肥沃，阳光朗耀，水源充足，最宜屯垦。疲惫的马帮商旅，往返的官吏经此无不惊喜，晚清先后两位驻藏大臣凤全、赵尔丰均在巴塘开府建衙，募夫屯垦，最盛时期，竟在两河交汇的盆地中心，构筑土城一座，环周八里，官衙、兵署、庙宇、街市、商会、学校、医院一应俱全，人口几达 5 万，俨然繁华商埠。然乐极生悲，汉蕃冲突，凤全被杀，酿就川边近代史一桩著名公案。后文详叙。

至于西昌，平荡绿野，湖泊点缀，开发极早，田畴相望，人烟辐辏，自古就是西康重镇，但位偏东南，故本文从略。

川边藏情

川边绝大部分县治，泸定、康定、小金、丹巴、理塘、石渠、德格、色达、

▲ 今日川边依旧汉藏杂处

稻城、定乡、盐井、得荣、甘孜、瞻化、泸霍、道浮等却无此幸运，大都处于两山夹一谷的狭仄地段，即便曾为西康省会的康定亦是如此，官衙、庙宇、街市、民居、机关、学校无不沿河缘山修筑，蜂巢般密集，蛛网样勾连，远处看去，一片灰蒙蒙的房舍建筑密不透风，唯有宏大的喇嘛庙黄色瓦顶在树丛中隐现。这也提醒往来客人，已进入藏区。这一带难免汉藏杂居，回羌混住，服饰驳杂，饮食各异，但无论藏汉回羌又莫不需要柴米油盐，婚丧娶嫁，生儿育女，支差纳税，把人生的功课或甜或苦地进行到底。

这片泥墙瓦顶之下，火塘吊罐之畔，也如同外部世界，不乏复杂与纷扰，尤其清末民初以来，百十年间，世纪更迭，新旧交替，演义出多少恩怨情仇，人生活剧。只要进入川边康区，饮食便骤然生变。四川天府，稻麦两熟，一日三餐，大米白面，花样翻新，各类蔬菜，必不可少，家境富庶者自然鸡鸭鱼肉，隔三岔五，打顿牙祭。康区却主产青稞、苞谷、土豆、荞麦、杂豆。主食则为糌粑，是把青稞麦炒熟，磨细并不去皮，类如汉地炒面。藏人外出，羊皮袋中必装糌粑，怀中则有木碗。黄昏扎营，煮沸开水，抓糌粑于碗中，添进沸水，用手指捏团，即可食用。讲究者再放进酥油和奶渣。隔三岔五，食牛羊肉，牧区则有鲜奶，随时可饮。

古语"腥肉之食非茶莫消，青稞之热非茶不解"，故茶叶早在秦汉便传入牧区，牧民以马易茶的形成始于隋唐，盛于两宋，延续至明清，牧区则将茶在实际生活中演变为酥油茶。原料并非今日都市考究之名茶，而要等茶叶长老，茶味浓郁，再加工压缩为便于运输、储藏，亦方便冲泡的砖茶。牧民冲泡时敲下小块茶砖，用水熬成浓汁，滤掉茶叶，倒入细长的木桶，再添进酥油、牛奶、食盐，还可放进芝麻、核桃提味，使之成为消渴、解腻、营养、充饥，堪称经典的牧区饮料酥油茶。只要进入藏区，酥油茶便是男女老幼夷须不可或缺的食品，需求量十分惊人。

康定地处要冲，作为康藏门户，仅是做茶马生意的便多达48家锅庄，运进雅安川南一带所产砖茶，动辄万引，每引30包，每包30斤。用骡马驮了，沿古老的山道运往广阔藏区，运回的则为康藏土产，大宗为羊毛畜皮，次为药材大黄、贝母、虫草、秦

▲川边多为藏民

艽、羌活、泡参、知母；当年并无动物保护一说，故麝香、鹿茸、鹿筋、熊掌、兽皮亦有相当数量。单说48家锅庄，这家有骡300头，那家注定有骟马500匹，占据最大份额的八大锅庄，骡马均以千计，每年马帮起动之时酒宴需摆三日，到处张灯结彩，鞭炮炸响之处往往头骡上了40里外的折多山顶，尾骡刚从院落起身。无论东去雅州，西去拉萨，在长达数月乃至半年的旅途中，马帮管理，货物照应，人畜食用，夜晚宿营均要计划好，还难免遭遇暴风雪骤至，严寒冻伤，道路突然崩塌，人畜伤亡，遭遇骡马惊散走失、土匪打劫等等。稍加细想，便会深感组织马帮驼队所需经验智慧、素养耐力，绝不亚于组织一次大规模的战争。但藏族同胞硬是凭着与生俱来的坚韧、吃苦、勤勉，加之马帮驮队千百年积累的经验、智慧和行之有效的各种行帮规矩，把这桩惠泽藏胞的茶马买卖持续了千年之久。

改土归流

中国自古为多民族国家，早在汉时，班超担任西域都护府长史，负责管理西域36国长达30年之久。公元100年班超离任时，继任者尚任请教管理要务，班超只讲了两个字"羁縻"。羁为马缰绳，縻为牛笼嘴，意思对少数民族应尊重安抚，让其自治，不生事端即可。事实班超管理西域30年间，"西域诸国，莫不向化，大小欣欣，贡奉不绝"，呈现一派繁荣安定。其间汉章帝调班超回中原时，于阗国王竟跪拦班超马头，说"汉使如父母，诚不可去！"，说明班超在西域采取的"羁縻"政策十分成功。

之后，"羁縻"为历代王朝所采用。对西南一带少数民族头人设置安抚司、

▶ 西康一位土司

宣抚司、宣慰司等，让其自治，并采取子孙相袭的世袭制，让其对所在地方的人口、土地、赋税、差役等进行管理。这也就是史书上说的"羁縻州"。这种土司制度一直沿袭到清代。好处是让少数民族充分自治，起到稳定大局、安抚边陲的作用。但天长日久，其落后性日益显著，土司辈辈相承，子孙无意进取，荒唐无度，如同土皇，赋役无名，刑杀随意，有土司为儿子婚娶，规定所辖百姓三年不得婚娶。更为荒淫、野蛮、无耻的是有的偏远地域还实行所谓"初夜权"，即所辖百姓无论谁家迎娶新娘，均需送往土司官寨，供其淫乐，之后才正式承认为其属民。土司之间又常互相攻杀，实际祸害一方百姓。土司之地，暗无天日，许多土民祖祖辈辈，只知土司，不知国家。土司制度还易导致地方割据，不利中央对地方的管理。

清雍正时，广西巡抚鄂尔泰上书改土归流，意思是废除世代相袭的土司制度，改由朝廷派遣官员。清时官员，一般三年即需调动，流动性强，也称流官，正如俗语"铁打的衙门流水的官"。改土归流应该是一项顺应历史潮流的进步举措，但由于触动了世代相袭的土司利益，一些占地广大、人多势众的土司便联合起来，以武力相抗。清王朝亦派兵镇压，用武力在云贵、广西一带强制推行改土归流。

四川西北，即今日阿坝、甘孜两个藏族自治州及凉山彝族自治州也系世代相袭的土司制度。但由于与西藏相连，按照藏族传统地理概念，把藏民居住的地区分为卫藏、康区和安多三大区域：卫藏即以拉萨、日喀则为中心的前后藏区，为核心区；安多则包括藏北那曲、青海全部和甘南藏区；康区又称康巴藏区，主要指川西北甘孜、阿坝，滇边迪庆、中甸，藏边昌都等。

藏区为避免动荡一直没有进行"改土归流"，直到清末，由于英国插手，挑拨西藏独立，屡生事端，迫于形势，清政府加快了康巴地区的改土归流。其要务是"改造康地、广兴教化、开发实业、内固蜀省，外拊西藏，迨势达拉萨，藏卫尽人掌握，然后移川督于巴塘，而于四川、拉萨各设巡抚，仿东三省之例，设置西三省总督，借以杜英人之觊觎，并兼制达赖之外附"。这是一个系统经营西康（省）的计划，亦可概括为改土归流，西康建省，卫川、图藏、御英。

这个计划由于能够针对时弊，联系实际，且有可操作性，受到清政府重视，改土归流随后在西康开始推行。

名将风采

晚清知兵帅，岑袁最有名。
岂如赵将军，川边扬英声。

　　这是国学大师章士钊称赞赵尔丰的诗作，意谓晚清时岑春煊因慈禧西逃，率兵勤王，袁世凯因小站练兵名声大噪，其实都远不如赵尔丰经营川边，改土归流，率兵入藏，屡败叛军，巩固西南边陲，维护国家统一，他才真正有功勋于国家。的确，提起晚清改土归流、川边新政与西藏近代史，赵尔丰是绕不开的一个人物。

　　赵尔丰（1845—1911）祖籍山东蓬莱，生于辽宁铁岭，官宦世家，其兄尔震、尔巽、尔萃皆中进士。赵尔巽官至湖广总督，兄弟均为晚清重臣，赵尔丰尤为干练。清政府在川边推行改土归流，并非一帆风顺，受到当地土司、西藏当局乃至英印政府的重重阻挠，甚而酿成杀害驻藏大臣凤全的"巴塘之变"。

　　1904 年英军入侵西藏，达赖出逃，西藏局势一片混乱，危及川边。清政府一方面派外交大臣唐绍仪与英交涉，一方面派驻藏大臣凤全赴藏善后。所谓善后，清廷的意图是彻底解决川藏之间土司、头人割据，实施改土归流，收回治理权，这样退可确保全川，进则加强对西藏控制，表明清政府对藏政策进入实施阶段。

　　1904 年底，凤全一行抵打箭炉，即今康定，招募士兵。因凤全深知，英军已进入西藏，若无武力做后盾，"善后"即是空话。后当凤全率兵勇到达巴塘后，如前所叙，发现巴塘绿野开阔，光照充分，土地肥沃，宜于屯垦，思谋若无可靠的后勤保障，仓促进藏，难以立足，莫若在巴塘驻军屯垦，训练军队，积蓄力量，稳扎稳打，再进西藏。要说此亦不失为良策。凤全驻巴塘后，一方面继续招募士兵农工，实施农垦，操练士兵，一方面改土归流，收回土司治权，限制教权和喇嘛数量，且 20 年内不许剃度。因当地大寺僧人多达四五千人，藏区原本地广人稀，如此众多青壮男子不事生产坐享供奉，严重制约社会发展。这就触动了土司与喇嘛的利益，他们煽动七条沟村民聚众闹事，抢劫农场，凤全率兵镇压，更加激化矛盾，当地土司勾结串通 3000 蕃民，烧毁天主教堂，杀法国传教士。凤全寡不敌众，退守土司寨中，又遭围攻，后经调解，凤全率随员离开巴塘，行至险途遭遇伏击，凤全及以下 50 人全部遇难。有清一代，驻藏大臣凡 172 位（含未到任者），凤全是唯一在任中被杀的。消息传开，朝野震惊，大清帝国，平定三藩，收复新疆，余威尚存。凤全遇难，反而刺激和加速了清廷治理川边的决心。正是在这个大背景下，清王朝选派了素以清狱治盗闻名的鹰派人物赵尔丰就任督

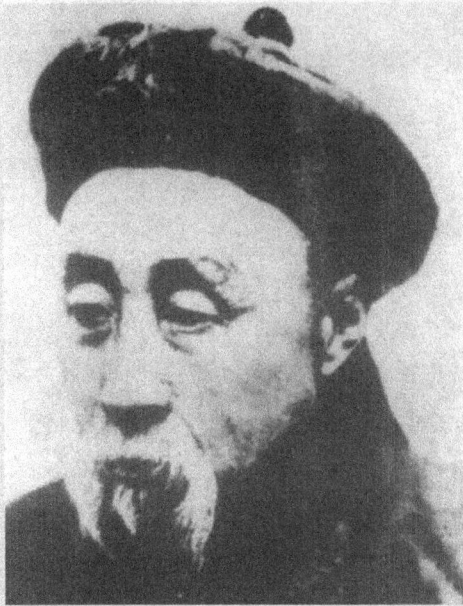

▲清末川滇边务大臣赵尔丰

办川滇边务大臣，会同四川提督马维骐统兵进剿。巴塘一带土司喇嘛闻讯后也广泛联络昌都、理塘、瞻对、三岩等处藏民及寺僧筹划抵抗，并扬言川兵若敢压境，必将誓死相抗。

赵尔丰、马维骐不为所忧，1905年7月发兵五营，分道进剿。川兵素来强悍，适宜山地作战，此次配备新式火炮，加之晓以大义，故士气高昂，一路横扫，直抵巴塘。寺僧、土司纠结的乌合之众，在川军凌厉攻势之下，接连败溃，据守寺庙的喇嘛见大势已去，放火自焚寺庙，之后四散潜逃。赵尔丰进驻巴塘后，首先擒拿"巴塘事变"的首犯正副土司，凡参与的喇嘛及杀害凤全一行的骨干凶犯全部正法。为防后患，把土司家属子女一律移置成都，正式收回土司管辖权，建立官署，委派官员，安抚在事变中蒙难的商旅及外国传教士。除恶务尽，赵尔丰发兵进剿七条沟，擒拿主凶，又进军乡城、稻城、得荣、理塘，兵锋所至全告肃清。

之后，从1905年至1911年的六七年中，赵尔丰率领川军，几乎席卷川边康区，东起康定折多山顶，西至金沙江以西的丹达山，南与云南维西、中甸接壤，北逾俄洛、色达、野番与青海、甘肃交界，南北约4000里，东西3000里，共约45万平方公里。此区域相当于4个浙江省的面积，过去共有大小土司119个，统治着这片广阔领地。交通不便，生产落后，土司形同土皇，百姓如同农奴，不知国家，唯晓土司。赵尔丰凭借武力，征讨抗拒者，招抚归顺者，彻底废除土司制度，按"地足以养民，民足以养官"为原则重新划定边界，采取同内地相同秦汉沿袭下来的郡县制，奏请清廷批准，建立两道、五府、二十一州县，为日后西康建省打下坚实基础。

对于新任官员，赵尔丰必亲自训导："知县是知一县之事，即知民事也。故勤政爱民者，因爱民而勤政。非勤政为一事，爱民又为一事也。凡民有疾苦，不能救之，是戮民害民者也。"

由此不难看出赵尔丰勤政爱民思想，凡改土归流的地方，赵尔丰倡导推行新政，修筑大道，改善交通，招民垦荒，兴修水利，引进良种，改进耕作。同时，还开矿建厂，组织边贸，修建学校，培养人才，利用当地药材资源，设立药局医院，预防医治群众疾病。新政最受藏民称道的是"乌拉革新"，乌拉即差役，藏区不通公路，物资全凭牛马驮运，土司以各种名义摊派藏民，凡驮马食宿一律由藏民承担，且无报酬。乌拉差役又几乎由妇女承担，如康定至雅安300里路，崎岖山道，需走4日，其中两日露宿山野，冰

▲勤劳的藏族妇女

雪天气亦不能幸免，给藏区群众带来沉重的负担与痛苦。赵尔丰的"乌拉新政"则为无论男女均需服役，无论马牛均付运费，且详细规定日行路程和驮马载重数量，不得超载，亦不得欠费，确实解除藏民负担。因而，川康藏区，凡改土归流推行新政之地，莫不气象一新。

在此期间，赵尔丰部下打出威风的川军还于1909年越过金沙江，击溃英人扶持的藏军，推进到工布，即今西藏林芝一带，并在这一带推行改土归流，召抚土司头人，建立查木多、江达（工布）等10余个县级政府。赵尔丰部下管带（营长）程凤翔率兵进入藏东南与印度交界的杂隅，当地头人纷纷表示愿归顺中央，恰巧英印政府派员在这一带名为考察实做侦探，见到中国军队后迅速撤退，有力阻止、挫败了英人入侵西藏边界的意图。民国藏学专家任乃强在其著作《西康图经》中收有当年程凤翔向赵尔丰上呈《呈报杂隅形势文》，为中印边界划定提供了有力证据。另据《近代康藏重大史料选编》（西藏藏文古籍出版社2001年）中记载：1910年，已成为英国殖民地的缅甸与中国在云南勘划国界，英国人坚持要在云南境内高黎贡山脉划分国界。赵尔丰派人详查得知高黎贡山连接着西藏境内的冬拉岗里岭，关乎着曲宗、波密、白马岗乃至工布江达大片土地，倘若划归于英，与缅甸连成一片，会危及全藏，麻烦可就大了。当时，西藏混乱，无力顾及。赵尔丰立即派边军管带程凤翔带兵先行占据桑昂曲宗，击溃余匪，进驻杂隅。其时，英国人也怂恿缅甸北上，在这一带插旗为界，幸程凤翔兵至，将缅人插旗全部拔掉，并把桑昂曲宗改为科麦县，杂隅改为察隅县，先定宾主，延续至今。程凤翔原为赵尔丰的厨师，随赵多年，知兵善战，因战功升至管带（营长）后又升为参将，

成为赵尔丰得力助手。进驻察隅后，程凤翔仿效赵尔丰兴修水利，发展生产，并为当地群众建造水磨，推广内地先进技术，方便当地群众，广播朝廷恩威，使得英国入侵阴谋破产，未能得逞，为巩固国家边防做出了不可磨灭的贡献。

当年，作为管带（营长）随军入藏，日后成为"湘西王"的陈渠珍在其著作《艽野尘梦》中描写了他目睹赵尔丰的情景。

▲赵尔丰军使用过的火炮

赵尔丰知藏兵已抵思达，乃亲率边军五营由更庆至昌都。我军齐集四川桥东岸迎迓。边军虽为旧式军队，然随尔丰转战入边极久，勇敢善战，其军官体力甚强，日行百二十里以为常。是日，予随队出迎，候甚久，始见大队由对河高山疾驰而下。有指最后一乘马者，衣得胜褂，系紫战裙者即是赵尔丰。即过桥，全军敬礼，尔丰飞驰而过，略不瞻顾。详视之，状貌与余在成都见时迥殊。盖尔丰署川督时，须发间白，视之仅五十许人也。今则霜雪盈头，须发皆白矣。官兵守候久，朔风凛冽，犹战栗不可支，尔丰年已七旬，戎装坐马上，寒风吹衣，肌肉毕现，略无缩瑟之状。潞国精神，恐无此矍铄也。

这就活脱脱为我们描摹出一代安边定国的名将风采。

垂范后世

不过，赵尔丰的人生结局却十分惨烈。1911 年春，四川保路运动爆发，是为辛亥革命之先声。四川作家李劼人在其巨著《死水微澜》中，对其始末有真切生动的描述。清廷慌乱之间，任命赵尔丰为四川总督，对付遍及全川的保路运动。赵尔丰在川既久，深知民意，一再奏请清廷，对保路运动需要委婉妥善应对，但经历过太平天国之祸的清王朝此时已是惊弓之鸟，担心川省之火成燎原之势，故要求赵尔丰全力镇压，不可使其蔓延。

赵尔丰作为清廷重臣，封疆大吏，关键时刻，服从了清廷，对群众运动采用镇压，屠杀请愿民众，拘捕各界人士。一时间，"赵屠夫"恶名鹊起，川人皆曰该杀。由于四川闹得不可开交，清政府从湖北调兵镇压，造成武昌空虚，

▲赵尔丰署衙遗址在今四川巴塘

也使得武昌首义成功，各省宣告独立。赵尔丰也被迫交出大权，但他仍手握精兵三千、库银600万两，让独立后新任的四川都督尹昌衡坐立不安，于是设下骗局，声言只要赵尔丰交出兵权，即可保其平安。赵尔丰不知是计，加之尹昌衡曾为其兄赵尔巽部下，深受其提拔重用的恩惠，也是迫于当时改朝易代自身在川声名狼藉的形势，没有觉察到其中阴谋，于是轻信了尹昌衡，当即写了交出兵权的手令。

不想，尹昌衡随即派兵包围了赵尔丰下榻的成都贡院。时值深夜，赵尔丰已脱衣入睡，被众多士兵堵在卧室。出人意料的是赵尔丰从康区带回的贴身婢女，系身体强健的藏族女子，危急关头，巾帼不让须眉，面对赳赳武士毫不畏惧，奋不顾身拔刀护赵，被当场击杀，倒在血泊之中。尹昌衡怕再生意外，当天即将赵尔丰捆绑游街砍头示众，一代名将就此丧命。赵尔丰也是在整个辛亥革命中失去生命的清廷最高官员。

但事情并未结束，赵尔丰带兵宽严相济，恩威并用，其部下傅华封从川边带兵回川救赵，被保路会所阻挡。其卫队长深得其惠，以追杀尹昌衡为赵复仇为己任，直到尹昌衡被袁世凯捕捉下狱。这是因其兄赵尔巽向大总统袁世凯上《为赵尔丰辩冤书》，袁下令褒扬赵尔丰，并捕捉尹昌衡。整整百年过去，尘埃落定，许多治清史学者均给赵尔丰公正客观的评价。

尚秉和在其《辛壬春秋》中说："尔丰戡定康地，驰驱劳瘁，至是凡7年，共用款60余万，部拨经费尚余三分之一而西康全局皆定。"贺觉非说"赵本人亦明敏廉洁，办事公正，犯法者虽近亲不稍恕，康人多信服"。近代著名学者李思纯也说："金沙江以西19县，尚能归附（指改土归流）皆清季赵尔丰之余威，于民国以来诸边将无预也。"藏学家任乃强亦称赞："赵尔丰雄才大略，刻苦奋进，

精诚所至，成绩炳然。虽鄂尔泰之改流，左宗棠之开疆，与之相较，应无愧色。"

中国当代藏学家罗广武、何宗英也在《西藏地方史通述》中对赵尔丰做出中肯评价：应当说，赵尔丰主持的川边改土归流，是清王朝灭亡之前经略边疆地区的最后一次努力，也是清廷极端衰落腐败之末期仅能称道的最光彩的一页。

历史是公正的，人心亦是公正的。百年尘埃落定，赵公自应安息。

◇米拉山口◇

米拉山口，海拔5030米，是沿川藏线到拉萨必须翻越的最后一个制高点。几乎任何一座高山都是天然分水岭，都会朝相反的方向孕育出两条河流。广阔的青藏高原，高耸云端的雪峰比比皆是，孕育的河流多达3000多条，但米拉山孕育的这两条河流却非同小可。

▲米拉山口

向西流淌的河流是鼎鼎大名的拉萨河，在米拉山上还是条微不足道却清澈湍急的溪流，一路朝西汇纳百川，形成一条浩荡奔腾的大河。经年累月冲刷积淀出一道开阔平坦的河谷，最宽处达80多平方公里，安顿下拉萨这座高原圣城。至少从1300多年前的吐蕃王朝开创至今，拉萨河流域都是西藏政治、经济、文化及宗教的中心。

向东流淌的尼洋河也不马虎，由于受从印度洋刮来强烈季风影响，尼洋河谷空气湿润，雨量充沛，植被茂密，海拔也大多在3000米以下。林芝便坐落于尼洋河谷，素有"雪域江南"的美誉。核桃、银杏、山桃、杏子布满山谷，甚至几面山坡长着绿莹莹的茶树，还有一株树龄已达千年的茶树王呢。

不过，拉萨河和尼洋河这两条发源于米拉山的姐妹河，在完成了各自的历史使命之后，却殊途同归，先后汇入了西藏人民的母亲河——雅鲁藏布江。

奇人·奇事·奇书(上篇)

陈渠珍所著《艽野尘梦》

乱世进藏

晚清末年，时局动荡，康乾雄风不在，皇权难以为继，川边康藏虽有赵尔丰改土归流，力挽狂澜，仍于大局无补。1909年，即辛亥革命清廷覆灭的前两年，赵尔丰在川滇边区改土归流，政绩显著，为扩大成果，稳定藏局，清王朝索性让赵尔丰在川滇边务大臣任上再任驻藏大臣。但因赵尔丰作风强硬，影响所及，遭到掌控西藏政教大权的十三世达赖和西藏地方政府以及三大寺僧人的忌恨和反对，联名上书清廷，反对赵尔丰出任驻藏大臣。

清廷转而采纳现任驻藏大臣联豫意见，在西藏驻兵三千，以资震慑。因联豫系清朝皇族，心胸狭窄，与达赖交恶，久生怨恨。历史已经证明，此时出兵西藏，实非明智之举。因前两次英军入侵西藏，十三世达赖率领西藏民众抗英，曾向清廷请求出兵支援，但被八国联军入侵吓破了胆的清政府只怕引火烧身，拒绝出兵，生死由之，恶化了与西藏地方关系。

此次进藏之兵由出生于皇室、年仅22岁，"纨绔无军事知识"的钟颖任统领，率新练川军1700人，编为步兵三营，骑兵一营，工程兵、炮兵、军乐队各一队，配法式大炮16门、机枪24挺，并有长途电话、过河船舶等先进装备，堪称当时最精良之武装。这支部队进藏后，士兵、统帅与驻藏大臣之间缺乏协调，进驻拉萨当天就误毙一名喇嘛。达赖惊恐逃往印度，被清廷革去名号。

时隔不久，辛亥革命爆发，驻军哗变，钟颖和驻藏大臣联豫张皇失措，纵兵在拉萨抢劫，引起西藏民众强烈反抗，英印趁势送达赖返藏，掀起驱汉浪潮。钟颖带去的川兵被全部缴械，经印度遣返回内地，脸面丢尽，国威尽失，使得西藏局势变得更加复杂和难以控制。

百年过去，尘埃落定，藏学家们一致认为清政府在错误的时间，派错误的统帅进兵西藏是治藏的一大失误。梁启超也对清廷革去达赖名号，忽视藏众心理有精辟论述认为"是一大失策"，这也是造成西藏在清末民初动荡不安的原因之一。

出人意料的是，此次入藏川军中有一位年轻军官，时任管带（营长），全程参与进出西藏惊心动魄的生死历程，并在藏地婚恋，娶一女子。陷入绝境后不弃不离，万里相随，演绎了一出缠绵悱恻，扣人心弦的千古绝恋。

进入民国，带兵统帅钟颖以"乱藏"罪名被民国政府处死。这位青年军官却官运亨通，成为大名鼎鼎的"湘西王"，一代文豪沈从文曾为其文书，开国元帅贺龙曾为其部下。晚年"湘西王"回顾出入西藏的生死经历，写下一部《艽野尘梦》，曾以手抄本流传70年之久，因为描写了一个非常的时代，一个残酷且真实的故事，一段震撼古今的汉藏婚恋，被誉为"西藏奇书"，谁读了它都会铭记终生。此书被贺龙元帅指定为18军进藏参考读物，不止一位藏学家说，如果只带一本书去西藏，一定是《艽野尘梦》。因为岁月已经证明这本奇书记载的是百年前西藏绝对真实的奇人、奇事、奇婚……

偶娶藏女

假如我们不曾相识，
我们就不会相恋。

——仓央嘉措

事情要追溯到整整100年前。

湖南凤凰，虽号边城，却钟灵毓秀，人才辈出，先后出过民国总理熊希龄、作家沈从文、画家黄永玉，还有一位鼎鼎大名的"湘西王"陈渠珍。但百年前，除了熊希龄出道较早之外，其余都还属鲜为人知的凡人晚辈。

陈渠珍（1882—1952）原籍江西，后迁入湘西凤凰。祖辈耕读传家，陈渠珍幼入私塾，16岁进芷江明山学院，17岁一举考取秀才。按说应举人、进士一路攀登，却恰逢甲午战败，国人愤慨，陈渠珍痛心国事，索性弃文经武。24岁毕业于湖南武备学堂，曾加入同盟会。1907年投奔湖广总督赵尔巽，被转荐至正需用兵的川边大臣赵尔丰处，任相当于连长的新军队官，守备川藏要塞百丈驿。其地在雅安名山县境内，此已进入青藏高原边缘，系茶马古道必经之地，往来藏

▲ "湘西王"陈渠珍（1882—1952）　　▲ 陈渠珍故乡湖南凤凰

地的马帮客商、官吏边兵十分频繁。陈渠珍军校毕业，素怀大志，对湘湖前辈曾国藩、左宗棠十分仰慕，知大事需从小事做起，十分留心藏地藏事。恰逢皇亲钟颖奉旨援藏，于是就把自己了解和调查的藏地要情整理，给钟颖送上一份《征藏计划书》，深得钟颖赏识，委他相当于副营长的督队官，并厚赠经费安抚家属，于 1909 年 7 月带其进藏。

　　当时进藏，并无现代公路及汽车可资利用，全系险峻的茶马古道，其艰辛险阻不亲身经历实难体会万一。实录一段文字：

　　我军由泸（康定）出发之日，适雨雪交作，寒风刺骨，军队与乌拉（藏民用牛马驮运军粮叫乌拉）恒混淆杂而行。此路名虽驿站，半为山径，沙砾遍地，雪风眯目，时登时降，军行甚苦，沿途绝少居民，抵折多塘宿营，已七时矣。天黑路滑，部队零落而至。士兵喧呼声与牛马嘶鸣声直至夜半止。官兵咸缩瑟战栗，不胜凄楚焉。

　　原本，陈渠珍所随进藏部队，由雅安出发，经泸定、康定、道孚、炉霍，在甘孜过雅砻江，在岗拖过金沙江，到达昌都便可沿入藏大道，经八宿、波密、工布江达，直驱拉萨。但因十三世达赖组织藏兵沿大道抵抗布防，钟颖闻讯胆怯，上书清廷，清廷即让赵尔丰带兵掩护新军入藏。其时赵尔丰刚平定了乡城、德格，威名远震，即带五营士兵驰援至昌都，在正面驱赶藏兵，而让钟颖所率新军绕道类乌齐、三十九族地区、洛隆进入西藏腹地。一路虽无藏兵骚扰，但迂回藏地，直到 1910 年元月才到达工布江达驻防。陈渠珍此时已因战功取代林修梅（林伯

▶ 陈渠珍所走川藏线

渠堂哥）升任管带（营长），成为江达驻军最高长官。

这一带属藏南，在林芝与拉萨之间，海拔较低，河谷开阔，植被葱茏，人烟密集。江达也是藏南大镇，庙宇雄伟，街市繁华，但藏兵往返蹂躏，十分萧条。藏军可谓世界上军纪最坏的部队，每到一地，乌拉随意支派，粮物随意提取，看上谁家女人，只需在门上悬挂马鞭，妇女当晚便需前往，谓之"人役"。藏兵过后如同遭遇抢劫，十室九空。相比之下，清军纪律则要好许多，许多专家认为，赵尔丰在康区改流成功，很大程度是与得到各族人民包括藏族群众支持相关。陈渠珍驻工布，主要从事安抚。每至一处，召集僧俗，晓以汉藏一家，并访问疾苦，如需供应柴草夫役，则合理付费，藏民逐渐安定。

一天，当地第巴（村长）带着舅舅彭错来见陈渠珍。彭错在藏地方政府任官员，相貌伟岸，举止得体，见过世面，邀请陈渠珍去家中做客。陈处处留心，也想了解藏地风俗民情，隔日欣然前往。离驻地 10 余里，皆开阔谷地，草地树木，十分清幽。过一条湍急清澈小河，船系巨树掏空，古朴有趣。他们没有想到彭错家十分壮阔华丽，藏式楼房高达数层，皆巨石巨木造就，院落亦宽敞。彭错还邀约了十几个藏族姑娘，着华丽衣衫，跳起锅庄欢迎客人。

之后又比赛射箭，皆粗笨古弓，引得陈渠珍一行兴致盎然。最使他们不能忘怀的是彭错又引他们至河边，此处开阔数里，细草如毡，刚才跳锅庄的藏族女子去掉华丽服饰，一身短打，各牵良马一匹，十分精干。彭指河边平地，间隔插有尺许竹竿，介绍说这些姑娘皆可飞马拔竿，以多少定输赢。言毕，众女子皆翻身上马，驱马飞驰。其中一位年仅十五六岁，相貌端庄，不似其余娇丽，却身手矫健，连拔五竿，获得第一。

　　陈渠珍一行看得眼热心跳，尽皆鼓掌称赞。彭错介绍说，这是他的侄女西原。村长马上接言："长官如喜爱，可奉送。"围观者一齐鼓掌，都说好哇。藏族少女的矫健身姿，颇让陈心动，同时也以为是玩笑，便顺口应允。

　　不想，过了几天，陈渠珍外出办事，遇上正笑嘻嘻赶来的村长，说彭错夫妇今日已送侄女西原来完婚了。说罢遥指村口，果真，一大群人皆衣衫新鲜华丽，牵彩马，抬嫁妆，逶迤进村，看来生米已成熟饭，要阻止反悔都来不及了。

　　这太出人意料！陈渠珍已娶亲成家，妻室寄寓成都，但无重婚说，

▲藏族女子

长官纳妾为寻常事情，况且，已有先例。驻军进村不久，陈渠珍手下一位排长见村长有女儿，年仅 15，豆蔻初开，亭亭玉立，见十分喜爱，当即求婚，村长竟一口答应。成亲那天，全村老少咸集，驻军也全部参与，大块吃肉，大碗喝酒，鸣鼓乐，跳锅庄，军民同乐，闹至深夜。给陈渠珍留下的至深印象是藏人质朴、豪爽、讲信用，但也自尊不可轻慢。此事也只能将错就错，顺其自然了。

　　这天，驻军最高长官成亲，西原又系当地富家女子，规模气势自然远胜排长，不仅全村男女，附近村落之人尽皆赶来，几乎所有男女参与，垒大灶，杀牛羊，操办酒宴。酒席间成百男女坐满院落，军人豪爽，藏民亦善饮，猜拳行令，此起彼伏。新娘子西原身着藏族华丽服饰，长发乌黑，眸子黑亮，落落大方，顾盼生辉，别具风采。陈渠珍暗自庆幸，没想到乱世入藏，还能收获这段奇缘。

波密兵变

　　陈渠珍驻防工布江达期间，属地觉拉沟群众遭到波密人抢劫。这是当地一大隐患，盖因波密一带山高林密，民性彪悍，常至富饶的工布一带抢劫，来去无常，

▶ 西原家乡风光

百姓恨且无奈。新军此次入藏，兼有剿抚任务。再就是，清朝习惯，纵是国戚皇亲，亦得靠功晋爵，故朝廷常把边功让予皇亲，比如乾隆朝远征廓尔喀，便命至亲的福安康带兵，再让名将海兰察协助，以求全功且万无一失。此次钟颖进藏，亦有建功边陲之念，故接到陈渠珍报告，即请准驻藏大臣联豫，进击波密。陈渠珍率部为先，本欲留下新婚西原在家，西原不肯，撒娇亦要同行，陈念及西原飞马拔竿的矫健身姿，推测不至为拖累，便允西原戎装同行，没想危急之中，竟几次救夫君性命。

此次进剿并不顺利，尽管钟颖亲率装备精良的新军，无奈波密山势巍峨险峻，气候炎热，古树参天，夹道草深没人，加之遍生蚂蟥，行进极为缓慢。陈渠珍率部为先，渡雅鲁藏布江一条支流时，无桥无船，靠飞绳系树，人悬空而过，全营人与装备竟耗时三日。而藏兵身体强健，熟悉地形，攀登如猴，集结迅速，以至几次弄险，为藏兵所围。一日双方激战，几个藏兵绕巨石后偷袭，幸为西原发现惊呼，陈渠珍方得幸免；一次迂丈高石崖，西原竟能纵身跳下，再接陈渠珍而下，真乃藏中女英。

首次进剿失利退兵，迫不得已，驻藏大臣联豫报奏清廷请赵尔丰边军支援，幸亏其时已通电报，赵尔丰刚好接调令回川任总督，接会攻电报，立即派边军悍将彭日升、程凤翔带四营士兵，分两路参战。这四营边军精悍善战，久习边事，进入藏区，势如破竹。入藏新军这边，接替钟颖任统帅的罗长裿亦组织反攻，两军夹击，最终击败藏兵，其首领白马清翁与林噶先后被击杀，波密全境平定。

恰在这时，辛亥革命武昌首义成功，清廷轰然倒下，各省纷纷宣告独立。消息迅速传入军中，士兵大哗，提出要反对清廷，要革命，领兵统帅罗长裿竟被乱

陈渠珍曾率军到达的雅鲁藏布江峡谷

兵杀死。罗长裿系湘军著名统帅罗泽南嫡孙，工书善文，好谈兵事，渴望建立边功，入藏后任参赞大臣，深得联豫赏识，攻波密失败后替钟颖，万没有想到惨死于乱兵之手。其时，部队哗变情势危急，统帅被杀，失去掌控，乱兵皆有枪支，不知又要危及何人。

幸亏陈渠珍带兵宽厚，征讨波密战功卓著，在士兵中有威信，加之身边还有100多位湘黔子弟护卫，才得以保全性命。所带士兵一度还公推陈渠珍为兵变首领。但面对变局，何去何从？陈渠珍反复思考认为：兵变多为川人，又多为哥老会成员，情况复杂，不敢贸然介入。新军此次入藏与达赖交恶，藏地亦不敢久留，唯有率湖湘子弟返回内地。然川藏线为赵尔丰控制，赵忠于清廷，已视哗变新军为叛军，命边兵堵截，新军绝非边军对手，亦难以解释明白。反复权衡，唯一选择只有沿青海一路返回内地。

生死相依

事实证明，陈渠珍对时局判断十分准确，此后各路士兵齐聚拉萨，向商会索重金言称返内地，商会不敢得罪。岂料士兵得金后大肆挥霍，吃喝嫖赌，无所不为，钱用光后又抢劫寺庙商铺。驻藏大臣联豫与钟颖均系满族，鉴于罗长绮被杀，不敢约束士兵，终激藏人反抗，乱兵被缴械，逐出藏境，个人受辱，亦为民国藏局动荡埋下祸根。

陈渠珍查点湘籍士兵尚有115人，皆有乘马，尚有驮牛百余头，可驮每人两月口粮，于是秘密集结，不露声色。唯对西原一年相处，已结深情，一则不忍割舍，二则恐达赖返藏报复，必须带走西原。西原全家皆通情理，赶来送行，西原母亲以珊瑚山一座相赠，高约八寸，玲珑可爱。后来得知，达赖返藏后把与汉族官兵往来者全部杀害，包括西原父母及伯父彭错。

时局之乱，从陈渠珍所集麝香先被卫兵盗走，复被蕃藏抢劫，又遭乱兵夺回，惨死多人的一段亲身阅历可知。西藏多林麝，也叫香獐，是种似鹿却无鹿角的动物，春夏之交，喜卧丛林，肚脐开张，虫蚁钻入，则吸收猛闭合，久之脐满，则成麝香。性凉且奇香，消炎止痛最佳。笔者务农时，曾去秦岭割竹受伤，伤口红肿，所宿农户即取麝香，封存于麝鹿长牙之中，为白色膏状，涂于伤口，隔日即消红肿，十分神奇。系名贵中药，亦入多种香料，也是藏民馈赠亲友的贵重礼品。陈渠珍入藏后沿途藏民馈赠，加之个人收购，总计有藏麝200余枚，若带回内地亦是一笔财富。从此事亦可看出当时入藏军官与士兵之心理。

但谁能想到，这些藏麝竟然使几十个人白白丢掉生命。据陈渠珍回忆录中记载：

入藏两年，薪俸所入，积有藏币（每枚值银三钱二分）6000余元。皆分给士兵携之，乃虑多财贾祸也。有麝香170两，满装一背囊，令护兵刘金声护之，随行。金声，成都人，年17岁，在川即相随，又不愿入藏，故可信其无他也。殊余出江达之初日，宿凝多，竟未至。亦不知何时窍身而逃矣。后张子青回家，言此子死也，初为乌拉蕃人所知，追金声，杀而取之。黑夜过江达，为士兵管带谢营兵士所知，派兵一排追击，夺回，杀十余人。最后谢兵败，复落藏人之手。因争夺此物，互相杀戮，至数十人之多。黄雀螳螂，同归于尽，亦可叹矣。

这仅是其中一例，陈渠珍一行百余人，曾被喇嘛误导入茫茫羌塘。此系海拔高达4500米以上，面积达40余万平方公里之无人区，相当于4个浙江省大。导致原本两个月的路途，竟因多次迷途行走达7个月之久，茫茫大雪，天寒地冻，遭遇断炊、断医、断水、狼群、暴雪、严寒，100余人或因冻饿，或因病故，或因残杀，或因失踪，最后仅7人生还。唯西原在绝地中凭借其青藏高原赋予女性的顽强坚韧，与陈渠珍不离不弃，生死相依，多次挽生命于末路，于寒夜见曙光，用心血熔铸出人类爱情史上一出千古绝恋。其情其景，非亲身经历，不可描述，仅照录几节：

初入大漠时，均携有火柴。后火柴仅存余20枝矣，众大惧，每发火时先取

▲
陈渠珍误入的雪城荒原

干牛粪，搓揉成细末，八九人顺风向，排列而立遮风，兢兢然点火柴，燃布条，开其当风一面，使微风吹入，以助火势。布条着火后，置地上，覆以牛粪细末，须臾火燃烟起，急堆牛粪，高至三四尺，遂大燃，众乃围火坐，煮冰以代茶，烧生肉以为食。

读这段描写，几乎是回到人类原始社会有巢氏钻木取火之年代。下段描写则为缺乘马、缺医药的惨情：

牛马杀以供粮，无可代步。途中无医药，众各寻路逃命，无法携之俱行，则视其僵卧地上，辗转呻吟而死，亦无可如何矣。余过雪沟时，右足亦沾雪肿矣。西原恒以牛油烘热熨之，数日后竟完好如初。计焚装杀马后，又病死13人，足痛死者15人。经病随军跛行者，尚有六七人。

其间，他们也曾有及早走出绝境的可能。在漫天风雪或漫天黄沙的羌塘大草原上，无路标、无指南，在踏冰过一条河时见到一块石牌，高约三尺，为青海西藏界碑。后据藏学家任乃强先生考证，此刻陈渠珍一行是在荒无人烟的高原顶部行走，若是顺河谷往下走，就有可能进入玉树二十五族牧区，能够及早获救。可惜的是他们过河后一直朝北往青海方向走了，错过了这次机会。终于用尽了最后的存粮和最后一根火柴，幸好还有枪械和子弹。当年藏北高原生活着不少野生动物，他们曾和数千头野牛遭遇，"尘沙蔽天，远远而至，众颇惊然，停止不敢进。群牛奔驰而过，相距仅二里许，行十余分钟始尽"。

▲ 高原牦牛

　　为了活命，他们猎杀过野牛、野驴、黄羊、狐狸、兔子、旱獭……没有火柴，也没有食盐，只能生吃，只能感叹人类求生的本能。有时生肉也难以为继，"断食已两日，饿甚。所储干肉，仅余一小块。以其半分西原食之。西原坚不肯食"。途中几次分食肉时，西原都舍不得吃完，偷藏起来，在绝食之日，拿出让陈保命。

　　一次，为取猎物，众人走散，仅剩陈渠珍与西原两人，天色昏暮，狂风怒吼，无数野狼逼近，两人饥饿无力，只能同坐雪地，一人握枪，一人持刀与狼对峙。相距不过丈余，这时，倘若有一只狼敢于挑头，群狼便会蜂拥而上，把他们撕得粉碎，惊险至极。

　　最让人难忘的是绝境中人性之恶彻底暴露。他们曾偶遇一队去西藏朝佛归来的喇嘛，与之结伴同行几日，人家还赠送食物和骆驼给陈渠珍一行救命，岂料引发士兵杀人夺粮的念头。陈渠珍此时已无力约束士兵，却为早有准备的喇嘛察觉，双方交火，互有伤亡，赠送的骆驼却飞奔原主。另一次，部下竟要杀随行藏人吃肉，幸被陈渠珍和西原力阻。联想玄奘西行亦险被抢、被杀，历代边疆史之沉重可见一斑。

　　相比之下，藏族女子西原之勇敢高尚确如雪域莲花，无一丝污染，无一丝杂念，亦如黑夜之灯火，时时闪亮着人性的光彩。

　　直到后来，在柴达木盆地他们遇到了游牧的藏民，用携带的藏币购到食品，雇了乘马，又行月余，经青海湖，过日月山，到丹噶尔厅，即青海湟源县，才算彻底走出困境，使生命得以保全延续。

　　陈渠珍掐指算来："由江达出发，为冬月十一日，至丹噶尔厅，已六月二十日矣。长途征行，已历二百二十三日之久。"

简直是创造了人类绝地生存史上一个奇迹。

千古绝恋

陈渠珍一行至青海丹噶尔厅时，由江达出发时的 115 人仅存 7 人。其中两人绝地逢生，看透世事，去了寺庙安度余生。其余人经陈渠珍推荐至青海军队谋生。唯余陈渠珍与西原，盘缠用尽，所幸西藏新军失败遭到达赖围攻的消息已传内地，一路官员闻听其入藏的生死经历，颇起敬意，资助经费还遇见一位早年随左宗棠征西的湘籍老兵，流落河湟乡村半个世纪，已是儿孙满堂却乡音未改。当年湖南武备学堂同学在甘肃为官者也多帮助。辗转由兰州至西安已是深秋时节，经朋友介绍入住洪铺街一处空宅，不收费用，陈渠珍与西原暂且住下，一方面致函湘西老家索要盘缠，一方面将养身体。

两人相依为命，转瞬钱又用尽，唯一可供换钱之物是西原母亲赠送的珊瑚山，可惜途中压碎一块，仅售银 12 两，购薪炭米面，紧缩度日。陈若外出，西原必倚门等候。一日回稍晚，见西原面呈红色，用手抚之，滚热烫手，即走询医生。却道无妨，服药仍不见效，陈渠珍亦无可奈何。

一日清晨，西原突然哭醒，告诉陈渠珍："我可能活不长了。"陈大惊，西原告知昨晚梦回故里，母亲让她吃糖、饮酒，藏俗若得此梦，必不长久。陈渠珍忽见西原浑身起了红痘，知这是天花。顿时想起早先住成都，许多来内地的藏人多得天花病故。包括七世班禅在内几位活佛，久居高原，适应寒冷，去京城晋见皇帝，来内地炎热不适，必患天花。限于当时医术，凡得必死。

陈知不可救，回想与西原自结识以来，几次舍身救己，纵身陷绝境无怨无悔，不离不弃。自古言湘女多情，岂料藏女也情重如山，堪与历代烈女相比，纵比虞姬自刎、孟姜女哭倒长城，亦不为过。当晚夜半，西原惊醒，哽咽不已："万里从君，谁想生此重病，也是命里注定。幸君无恙，我亦瞑目，我去后望君保重……"

言罢气绝，陈渠珍抱着西原号啕大哭。天明，检点余资仅 1500 文，后寻得湘籍友人资助，安葬西原于西安大雁塔下。归来，室冷帏空，又不禁仰天长号，泪尽声嘶也。"余述至此，肝肠寸断矣，余书亦从此辍笔矣。"陈渠珍回忆笔记至此结束，犹如一支正昂扬弹奏至高潮的乐曲戛然而止，然而陈渠珍的故事并未结束。

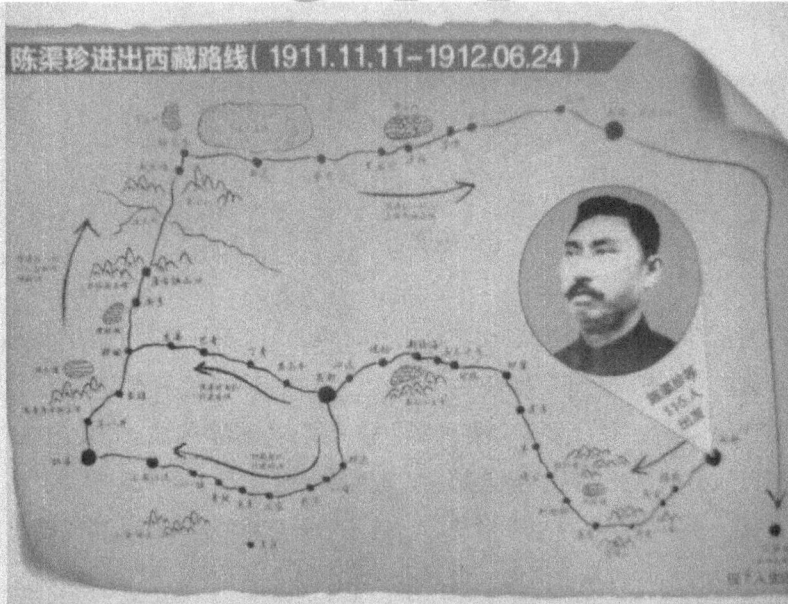

陈渠珍进出西藏路线（1911.11.11—1912.06.24）

▲ 陈渠珍进出西藏路线

人生余音

陈渠珍返回家乡，因其军校毕业，加之入藏阅历，亦算资深军人，旋即出任湘西镇守使中校参谋。再任团长，第一路军司令，成为经营湘西达30年的"湘西王"。其间励精图治，保境息民，办学兴教，整军经武，建厂促商，使古老封闭的湘西出现勃勃生机。若要论起历史意义，则与中国现代史上一文一武两位显赫人物相关。一是湘西桑植人贺龙，曾为其支队司令，后参加革命，成为开国元帅。另一位则是文学大师沈从文，曾在陈渠珍身边做过文书，他回忆陈渠珍："平时极爱读书，以曾国藩、王守仁自许，看书与治事的时间几乎各占一半。在他的军部会议室里放置了五大楠木橱柜，柜里藏有百来幅自宋及明清绘画，几十件铜器古瓷，十来箱书籍，一大批碑帖和一套《四部丛刊》。"在封闭的湘西，对正渴望读书的沈从文来说，这些深深蕴含着中国传统文化的古书、字画、碑帖及文物，尤其后来成为文物专家的沈从文所起作用怎样估价都不过分。沈从文在其名篇《从文自传》用整整一章《学历史的地方》讲了对陈渠珍的印象，并感叹陈渠珍"每天天不亮即起床，深夜还不睡觉，年近40也不讨姨太太"。

我以为陈渠珍不娶姨太太是心里装着西原。1935年，陈渠珍的部队被改编，他以"湖南省政府委员"的空衔移居长沙，这是他第一次赋闲，正是在这段时间里，他把积淀心中20余年出入西藏的生死阅历写成一本回忆录《艽野尘梦》。"艽野"出自《诗经·小雅》"我征西，至于艽野"。"艽野"意谓荒原。有一种植物叫"秦艽"，生长于3000米以上的高原，所以艽野也暗指青藏高原。全书12章，6万余字。用半文言文写成，字虽6万，若论思想内容却堪称一部大书、奇书。

陈渠珍在自序中说，赴藏之前"搜求前人所著西藏游记七种读之，由藏归来，复购近人所著西藏政教及游记八种读之"，可见动笔之前做了充分准备。

陈渠珍虽系军人，但幼年读过私塾，深受传统文化熏陶，且读书刻苦，留心民俗，有极高的文字功夫，不少专家认为陈渠珍文笔不在沈从文之下，实非过誉。

▶陈渠珍主政湘西时发行的纸币

70多年岁月过去，《艽野尘梦》价值益发凸现，堪称一本珍贵的清末民初川边西藏要情备忘录、百年前西藏民俗及青藏高原人文地理考察报告，还真实记录了辛亥革命对川军和藏局的重大影响。至于涉及藏女西原，可谓字字感人，描写绝域求生，则处处惊心。

我国近代藏学奠基人任乃强读后说："余一夜读之竟，寝已鸡鸣，不觉其晏，但觉其人奇、事奇、文奇，既奇且实，实而复娓娓道来动人，一切为康藏诸游记之最。"另一位专栏作家三七亦评述说："在我国的群籍中，死里逃生于绝地者的追忆，又足以惊心动魄的，此书第一。"

陈渠珍晚年还是有些可圈可点之事。首先，陈渠珍主政湘西后，对西原念念不忘，委派心腹把远在西安的西原灵柩，不顾山川阻隔，千里迢迢、耗时数月运回湘西。陈渠珍寻访墓地，选择坐北朝南、背山面水、开阔向阳之处，为西原建墓，郑重立碑。想想，青藏高原一位村姑竟然在湘西名城凤凰长眠，也算汉藏联姻佳话，千载不朽。再者，陈渠珍写出了《艽野尘梦》，心中一块石头落地，了却心愿。之后，陈渠珍娶过多房姨太太，因为风气使然，也可视为西原情愫已了，缅怀20余载，书已在其心中画了句号。毕竟入藏地三年，历经生死绝地，对生命之轻飘与珍贵有了比常人更深层面的解读。

1949年，陈渠珍受老友程潜规劝率部起义，成为湖南省人民政府委员。1950年，受邀参加全国政治协商会议，见到了毛泽东、周恩来。湘西自古多匪，有匪首龙云飞曾为陈渠珍部下，中华人民共和国建立后占山为匪，陈渠珍受到牵连，险乎被杀。幸而毛泽东亲笔致信湖南省政府：慎重。日后查清与陈渠珍无涉，方得善终，1952年病逝长沙，享年71岁。

▲今日藏族姑娘

▲今日藏族姑娘

旅途小憩

◇今日"西原"◇

我深信，但凡读过《芫野尘梦》，都无不为藏女西原对爱情的忠贞、无私、坦诚、无畏感动。在拉萨与著名藏学家何宗英谈及此书，"真是奇绝"，何先生感叹。又提醒我："你去林芝，路过工布江达，那就是当年陈渠珍驻军之地，也是西原家乡，你留意一下，那儿的女孩还真不一样。"

首先不一样的是山形地貌，林芝在拉萨以东，需沿川藏线向回走，一过米拉山口，海拔降低，满山青绿，渐次感到"雪域江南"的景象。

一处山坳，古雕林立，停车参观。当地一位小导游，豆蔻年华，玲珑小巧，信口指古雕为格萨尔王遗址，怎么看也少了王者之气。游客质疑，小导游并不搭言，却纵身攀上道边桃树，转瞬摘下大捧毛桃，嘴里含蜜似的叫着："叔叔、阿姨请吃桃哎！"一场诘问，烟消云散，皆大欢喜。

下榻林芝，刚领房牌，三四位姑娘就一下拥上来，帮提手袋，代拖皮箱，十分热情，让人不好意思。原以为是宾馆服务员，领班告知，这些藏族姑娘皆西藏大学的学生，暑期为当地旅游服务，来当志愿者的。看着她们灿烂的笑容，无论大学生、小导游可比百年前西原幸福多了。

奇人·奇事·奇书（下篇）

川中奇人

事情要返述到整整 60 年前。

1950 年早春，春寒袭人，但川西大地却暖意洋洋，一派喜气，欢迎解放军进城的各种彩旗标语尚未撕去，彻底解除战争阴影让人们感到前所未有的轻松。但共和国的缔造者们却不轻松，进驻成都的西南军区司令部还在没黑没白地开会：撤退至西南的胡宗南部尚未完全歼灭；西南自古土匪如毛，需要加紧肃清；更重要的是中央军委刚把解放西藏的任务压给了西南军区。青藏高原，高耸云端，自古神秘，大军开进道路如何选择？后勤如何保障？加之进入藏区，语言不通、信仰不同，稍加细想便会感到情况复杂、疑虑丛生。平日开会争相发言、热火朝天，今天却显得有些冷场。

这时，只见军区副参谋长李夫克匆匆走进会场，对主持会议的西南军区司令员贺龙小声说："人来了。"贺龙大手一挥："会先不开了，我带你们去见个奇人！"说完快步跨出会场，30 多位与会者都好奇地紧随其后。到了军区会客厅，发现是位穿着旧长袍、破毡鞋，戴着瓜皮帽的 50 多岁老者，与普通的四川人没有什么两样，但和善的面孔，不大的眼睛流露着深沉和智慧。

"这便是任教授！"李参谋长给贺龙介绍，同时也给老者介绍了贺老总。当时在场的还有当时西南军区许多重要领导李井泉、廖志高、胡耀邦、张国华、李大章等人。

事情的原委是这样的：解放西藏的任务中央原定由西北军区承担主攻，西南军区辅助。时任西北军区司令员的彭德怀经过调查，认为青藏线总体海拔高，沿途无补给，气候恶劣不利于大军行动。权衡利弊，中央才把主攻任务交给了西南军区。在做前期准备工作时，贺老总了解到四川大学有位教授任乃强年轻时就迷恋康藏，多次实地调查，还娶了藏族妻子，著有《西康图经》《康藏史地大纲》等多种著作，当年刘文辉创建西康省时就曾聘用任乃强为省政府委员，如今在川大讲授史地，有"川中奇人"的美誉。贺老总立即让人从川大图书室借走了任乃强所有关于康藏的著述，越看越有意思，便动了当面请教的念头。当时四川大学仍正常上课，任乃强刚从讲台上下来，穿着一身带着粉笔末的便装，就被西南军区副参谋长李夫克用车接到了军区招待所。

这天，贺老总就进入西藏的道路状况，如何选择金沙江渡口，大军进入高原后勤如何保障诸多问题咨询了任乃强。贺老总态度和蔼、平易近人、爽朗诚恳，任乃强深受感动。他想自己这样一个历经晚清、民国的旧知识分子，又在刘文辉省政府中担过委员，人家说你是敌伪人员也不为过，心中颇忐忑不安，没想到贺老总地位如此高的首长却不拿架子，礼贤下士。于是丢掉顾虑，放下心来，索性就自己进入康藏积累的各种经验提出了多条建议。比如，大军从海拔仅600米的成都平原猛然进入三四千米的地区，应提前体检，逐步推进，让战士逐渐适应；康藏语言不通，可多吸收藏族青年入伍，让其他战士尽快掌握藏语；是进入藏区寺院遍布，要尊重藏民的信仰和习俗。任乃强又从历代王朝治理边疆的得失经验中总结出以"攻心为上"，当年诸葛亮远征西南，对其首领孟获七擒七纵，便是成功例子。建议大军攻下昌都即可采取不战以屈人之兵，以打促和，进行谈判，争取和平解放西藏。

真可谓英雄所见略同。其实，中央与西南军区正是这样构想，历史也证明这个方案的正确。解放军进军西藏，唯一的一仗便是昌都战役，攻占昌都歼灭大部藏军之后，也把西藏当局打到了谈判桌上，奠定了和平解放西藏的十七条协议的签订基础，这是后话。那天，贺老总等首长也为任乃强的博学和多条诚恳建议所打动。尤其听说任乃强绘有当时唯一的全套康藏地图，贺老总大喜过望，兴奋地说："我接收了胡宗南的测量队和四川测量局的人员，正好无用武之地，这下派上用场了，全部拨你指挥，赶绘地图！"

后来，由任乃强负责，经过20昼夜的辛苦，先把清末测绘的自巴塘——拉萨、日喀则的十万分之一的地图缩绘为二十万分之一的地形图，再分幅添加详细说明交上去。贺老总让立即付印，分发进藏部队。作为一个知识分子，再没有比能够为解放西藏建言献策更让人高兴的事了。时隔30年后的1981年，年近九旬的任乃强回顾往事，写下《回忆贺老总召谈解放西藏》的文章，见证了这段历史。

独辟蹊径

任乃强，清末光绪三十年（1894年）出生于川北南充县一个耕读世家，家中薄有资产。曾见到一张先生故居的老照片，依山傍水，为丁字形，尚不及今日乡村普通农舍。南充有嘉陵江蜿蜒滋润，山明水秀，自古多出贤俊。《三国志》作者陈寿、近代民主志士张澜、刘伯承元帅、罗瑞卿大将均为南充人氏，故有催人奋进之乡风。

我国藏学奠基人任乃强先生（1896—1989）

任乃强从小刻苦，善于读书，最喜涉猎各类闲杂书籍，心胸眼界及早得以启迪。任乃强出身农家，有较多感受自然、接触农耕的机会。中国自古以农为本，他认为富国务从农业抓起，否则就是空话，故1915年考进北京高等农业学堂本科（今北京农业大学前身）。在北京求学期间，他眼界大开，思想活跃，又恰逢五四运动爆发，任乃强作为学生领袖曾被捕入狱，后得社会声援获释。

1920年，他毕业返乡，协助张澜先生创办四川第一所新型学校南充中学，任教务主任兼史地教员。当时，现代教育在全国尚属启蒙阶段，没有多少教材可资利用，需要教师自行编写，正是在编写史地教材的过程中积砖成塔，历时数年，任乃强完成了近代第一部系统阐述巴蜀历史、地理的专著《四川史地》。

这部专著给学生讲授时叫《乡土史讲义》，这也体现了任乃强的思想：要了解世界，首先了解家乡。《四川史地》1928年正式出版，开巴蜀讲授现代史地风气之先，引起各界关注。其实，大多数人的关注是对家乡这片土地的关注，唯有一个人的关注非同小可，因为他的关注几乎改变了任乃强的人生道路，这个人便是大名鼎鼎的胡子昂。

胡子昂（1897—1991），四川重庆人，实业家、银行家，曾任重庆市副市长，四川省建设厅厅长，中国民主建国会创始人及会长，中华人民共和国建立后则为多届全国政协副主席。不管胡子昂名气多大，地位多高，对任乃强来说却是位师弟，此并非妄语。胡子昂与任乃强同为四川人，且同为北京农业高等学堂同学，又同为五四运动学生领袖，胡子昂比任乃强小一岁，低一级，只能位居师弟。此时胡子昂任四川省川康边防总指挥部边务处长，急于了解川康情况，苦于没有资料，见任乃强大著，喜出望外，遂用川康边防指挥部名义发来邀请信，请任乃强以"边务视察员"名义赴西康考察。这也和当时四川政治格局紧密相关。

清末整顿藏务，改土归流，川滇边务大臣赵尔丰功勋卓著，收复金沙江两岸被藏军占领的领土，把川边扩展至30余县。随着辛亥革命兴起，赵尔丰被杀。进入民国，军阀割据，藏军乘机东进，占据金沙江以西19县，川康仅剩11县地盘。且交通不便，信息阻隔，尚无完整的历史沿革、境域界线、人口分布、经济状况、城乡交通等资料。许多经改土归流的县份土司又卷土重来。其吏治、税收、民族、宗教等社情民意急需一位懂行且热爱的行家里手深入调查，以便管理开发。

当时，四川省主席、二十四军军长刘文辉接管了川康地区，便选任胡子昂为边务处长，主管此事。胡子昂意在实业，对边务虽有兴趣却无精力，恰在这时，见到学兄任乃强的大著《四川史地》，阅读之后，拍案叫绝，他熟知任乃强认真执着，博学多才，且又留心边事，为康藏考察的不二人选。此刻，任乃强自己也没有想到《四川史地》的出版，能够引起如此大的社会反响，更没想到能得到老同学的青睐。本来，多年讲授史地，已引发了他对周边康区历史沿革、地理格局的浓厚兴趣，可惜无用武之地，这次赴康藏考察，正好天遂人愿，双方一拍即合。这是1929年春天的事情，这一年任乃强35岁，年富力强，正是干事情的绝好时光。

汉藏奇婚

任乃强首次赴康藏考察时间为1929年至1930年，历时一年。其时，除成都至雅安有大车道可资利用，能够乘坐马车之外，其余各县均为前清遗留下来的茶马古道，需穿越二郎山、折多山等多座海拔超过3000米的雪山峻岭，跨越大渡河、岷江等多条水流湍急的险河巨江，沿途食宿无着，土司与驻军骄横。进入藏区，语言不通，风俗迥异，稍加细想，便让人头皮发麻、顾虑重重，这与今日有现代交通与设备的科考队完全是两回事情。

为考察方便，胡子昂特地为任乃强办了"边务视察员"的身份证，这种官方身份能够对下面驻军及土司起震慑作用，亦能让地方提供方便。再派了两名科员助手，因为有绘制地图任务，还雇用骡马驮运器材及行李。这一年的酸甜苦辣不必细述，仅一年的时间，任乃强便考察了泸定、康定、丹巴、德格、巴塘、理塘、霍尔、瞻对、天芦等9县，写出各县报告及专题报告10篇，手绘各县地图14幅。首次对各县县情做了全面调查研究，内容不仅对政治、经济、地理、历史、文化有准确全面地表述，还大量涉及整个康藏地区的人种、职业、民居、饮食、服饰、

▲ 任乃强与夫人罗哲情措

性格、礼俗、岁时、娱乐、移民、客民等众多问题，且能不囿成说，探幽发微，见解独到，言之有据，在《四川日报》连载时，让人耳目一新，引起整个社会对康区关注。

任乃强首人康藏，收获的不仅是科考成果，还有一桩满意的婚姻。其时，任乃强已在南充老家娶妻生子，当时无重婚之说，男子纳妾为寻常事情，但对经过五四运动洗礼，受过高等教育的任乃强来说，娶藏族女子还另有深意："余娶此妇，非为色也。当时决心研究边事，欲借此妇力，详知番中风俗语言及其他一切实况。"我认为任乃强娶藏女理由较为符合实情，任乃强关注热爱边事表面上看是出于兴趣，若细究则出于一种责任。

任乃强出生于清末，国家处于被众多列强觊觎的年代。早年参加五四运动，并为学生领袖，足证其有强烈的爱国激情和忧患意识。四川本处中国内陆，但自英人入侵西藏，挑拨藏军东侵四川，危险已在家门口，由于山川阻隔，信息不灵，国人对康藏边情了解甚少，现存资料多有谬误，被外人利用国人尚不知。自己若能深入康藏，从历史沿革、文化源流、地理格局、民族聚兴梳理清晰，纠正谬误，唤起国人关注，维护国家完整，既彰显学人的志气，也不枉为华夏子孙。任乃强的代表作《西康图经》《康藏史地大纲》《羌族源流探索》，单从篇目就不难看出其视野开阔，胸襟博大，有雄心壮志。只有这样理解任乃强何以再娶藏女，才能比较接近事实。

事实上，任乃强由于与藏妇联姻，有较多机会从生活各个侧面观察了解藏族。他曾著专文介绍藏族群众，其中关于藏族的四种美德曾经报载广为传播，摘要如下：

▲今日藏族妇女

▲任乃强进行田野调查的康区草原

　　西番有四种美德，为内地汉人所不能及，即仁爱、节俭、从容、有礼是也。

　　仁爱：番人受佛教影响，深戒杀业。偶尔误杀虫蚁，常为之数刻不安。珍禽异兽，布满山林，千百队游，侧人而过，无伤之者；战争抢劫，不尚杀人；待遇俘虏，亦甚宽厚。汉人流落番地，随处可得食宿；虽其深恶洋人，而教士在康被杀者，除叛乱大变之特殊期间外，竟无所闻。民无之役，番人奉达赖檄，驱剿汉人；然在康汉人，除抗战者或被杀外，其余无论官吏商人垦夫，以及被俘战士，莫不沿途受人资给，平安生还。此其仁爱慈悲之性，不唯非任何民族之所无，即汉人亦深愧之。

　　节俭：凡社会经济在尚幼稚时期之民族，莫不具有俭德。番人之能撙节俭用，若无足多。然其所积，不以遗之子孙，而能布施于佛事与贫民，则非他民族所能及矣。平日节俭所蓄，随时散去，不为盖藏。

　　从容：番人社会交际，活泼可喜。心有不悦，绝无疾言厉色、怒目切齿等表现。遇任何艰难困阻之事，在他族所必废寝忘食，绕室而走者，番人皆宴如无事，徐为应付，载言载笑，丝毫不觉烦恼。至于哭泣哀号，跳踯奔突等着急表现，竟未曾于番中见之。余觉其泱泱大风，超于人群。

　　有礼：番人应对进退，恭逊非常，绝无倨傲粗率之举。仇怨之家，偶然聚首，在拔刀相砍以前，几难识其有仇怨也。至于骂人之语，番中甚少；有之，语气亦甚轻微，不似汉人之尖酸刻毒也。

　　笔者偶见文章说任乃强是校注陈渠珍《艽野尘梦》受其娶藏女影响而娶藏妇，此说不确。固然任乃强为校注《艽野尘梦》最仔细者，亦是推荐此书最有力者，但其时为1941年，此时任乃强与罗哲情措结婚已整整十载。男子纳妾，大多为色，但任乃强娶罗哲情措之前两人并未见面，对此，任乃强在《西康图经·风俗篇》曾用专文《余之蕃妇》详细描述：余之蕃妇，娶自西康中心，未染汉俗之瞻对地方。为上瞻土司夺吉郎加之甥，得雍头人甲屋村披之女。生于牛厂（牧区），长于土司，土司为养女，盖贫民而贵族，牛厂娃而亦庄房（农区）娃也。其生世恰足以代表康蕃之一般生活，其性情亦足以代表康蕃之一般性情，余尝戏呼这为"蕃人之标本"。妇之婚姻，完全由土司代主，事前未曾与余谋面，土司亦未与之商议。

说明两人婚前并未见面，促成任乃强与罗哲情措婚姻的原因，除了任乃强前面所说，为深入研究康藏之外，还有一个直接原因——任乃强性情刚直，遇事不知迁回。这次深入康区，因有"边务视察员"身份，曾严惩过几个欺压百姓的土豪劣绅。瞻对民风素来彪悍，一般豪绅皆养家丁，在这蛮荒之地，抛尸荒野并非没有可能。晚清驻藏大臣凤全在巴塘被杀，也才不过20年，人们记忆犹新。担心遭到报复，任乃强反复思考，求婚于土司家，远则完成夙愿，近则借以自卫。上瞻土司见汉族官员主动求婚，十分高兴。这也因康藏临近内地，对汉族文明向往，常以与汉人联姻为荣，故康区多有汉人娶藏妇，却少有汉女嫁藏男。

可惜上瞻土司的两个女儿均已出嫁，于是以养女罗哲情措许配。婚礼十分隆重，一切由土司操办，垒大灶、宰牛羊、跳锅庄，最吸引人的是任乃强发现许多藏民一连几天从几十上百里外赶来，就是为了听说唱《格萨尔》，尽管他还听不懂藏语，却为众多如痴如醉的面孔表情所打动，所吸引。于是开始研究《格萨尔》，后又专门赴《格萨尔》诞生地德格考察，搜集相关文献与资料，并在罗哲情措协助下，把《格萨尔》翻译成汉语，首次介绍到全国。任乃强也成为日后我国"格学"开创者和奠基人。

珠联璧合

不仅"格学"，后来在藏学的多个领域任乃强都开风气之先。比如，他多次赴康藏实地考察，共出版专著25部，"开康藏研究之先河"，被公认为我国现代藏学的先驱者和奠基人。仅是他的《西康图经》就曾产生过巨大的社会影响。罗广斌、何宗英编著的《西藏地方史通述》（西藏人民出版社，2007年10月）对此书产生前后的时代背景及所起的作用，做了准确清晰的介绍与肯定：

民国元年（1912年），民国政府设立了川边经略使，积极筹划西康建省。

▲任乃强著作为西康建省提供理论依据

▲当年在西康教会医院工作的外国医生

当时西藏局势动荡，1917年，十三世达赖又受英国人怂恿，派军攻入康区西部，占领了康区甘孜、瞻对以西的地区。民国政府无暇顾及，后经英国人台克满"调停"，将康区的邓柯、德格、昌都、类乌齐等13县划西藏暂管，西康建省一事遂告停顿。1930年，十三世达赖下令藏军向康区大举进攻，企图将整个康区收归西藏治下，实现其建立"大西藏国"的梦想，但遭到彻底的失败。刘文辉率军将金沙江以东地区全部收复，西康建省正式提上了议事日程。

恰在此时，任乃强先生的代表作《西康图经》分三册于1933年、1934年、1935年出版。其第一册《西康图经·境域篇》主要针对当时康藏界务纠纷及国内对西康有无建省的条件和必要之争论，阐明康藏境域的界分及其历史变迁，以及西康建省的理论依据、实践途径。故此书一出版，即引起国内强烈反响，不仅学术界给予广泛好评，而且在政治上得到高度的重视，时任新亚细亚学会会长戴传贤特为作序，赞誉此书为"边地最良之新志"。待西康建省委员会成立时，书中论点成为建省的主要依据，任乃强也因此被任命为西康省建省委员会委员。由此可见此书的影响。

任乃强先生还是我国现代康藏全图的第一位绘制者，他的采用圆锥投影、经纬度定点、汉英藏三种文字对照的《康藏标准地图》填补了国家空白。他是川藏公路线路的最初选定者。早在1931年，他就受四川省政府委托勘探路线。任乃强办事认真，他为寻找最佳路线，多次攀葛登险，实地考察，反复比较，绘制出实用、科学且又便于实际施工的川藏线路图，为川康当局采纳，并完成雅安至康定的公路。中华人民共和国建立后川藏线亦在此基础上修建。他还是

▲ 任乃强穴居三载并长眠于此的石屋

最早用现代农业经济理论提出藏区农业发展规划者，任乃强求学于我国最早开办的北京农业高等学堂，学农原本就是他的专业。可以说任乃强属我国最早用科学眼光、科学方法研究农业现状及其发展的一批学人，他们注重理论与实际结合，知道如何借鉴西方国家发达的农业科技。他撰写的《川康藏农业区划意见》至今闪烁着真知灼见。

让人欣慰的是，任乃强的业绩都有其夫人的协助，罗哲情措功不可没。罗哲情措生长于藏区，婚前本来不会汉话、不写汉字的罗哲情措竟在与任乃强结婚一年内学会汉语并开始记账目、回信札、写收据，成为任乃强学藏语、藏文，深入研究藏学的得力助手。后来，任乃强发起并组织了我国第一个专门研究藏学的民间团社康藏研究社，创办了《康藏研究月刊》，为节省经费，罗哲情措除了带孩子、干家务，还承担了研究会和杂志社所有杂事和内务。她热情好客，诚恳接待每一位来客，认真做好每一件事情，她的能干博得了所有人的赞赏，得到了一个公民最高荣誉——担任了四川省的国大代表，这是整个社会对这位无私的藏族妇女最好的褒奖。

可惜的是，由于积劳成疾，罗哲情措于 1949 年病逝，其时刚 40 岁。让人惊叹的是任乃强先生却似常青树般顽强，尽管日后由于经历，更由于性格被打成右派，下放农村劳动改造，并在一处石穴蜗居三年，但得力于早年的磨炼与传奇经历，身处逆境亦心胸坦荡、笔耕不辍。

在劳动改造的日子里，他在昏暗的油灯下，没有多少资料可查，硬是凭着多年田野调查与博学强记打下的坚实基础，相继完成《川康藏农业区划》《四川州县沿革图说》等多部著作。尤其是 1961 年撰成近 150 万字的鸿篇巨制《华阳国

▲任乃强学术研讨会　　　　　　　　　　▲任乃强先生藏学文集

志校补图注》，更是积 40 年研究之心得，对晋代常璩所撰的中国第一部方志《华阳国志》进行了全面整理、研究，系统地考证和论述了大西南地区上古至东晋时期的历史、地理、民族、社会、政治、经济、文化与交通，解析了西南众多民族的内在联系及其派分，纠正了前人许多谬说，提出了大量新颖独到的见解。1987年出版后，受到国内外学术界高度评价，获国家首届图书奖等多项殊荣，至今仍被学术界津津乐道。

20 世纪 90 年代初我开始涉足人文史地，在成都送仙桥购到任老这本《华阳国志校补图注》，如获至宝，反复阅读，可以说，任老的著作对我半路出家，由文学到文史的写作道路起到指灯引路的作用。尤其在我心中引起共鸣的是，他开阔的视野，大胆的设想，仔细的推理，论述严谨又诙谐幽默，不囿成说，痛斥谬误则态度鲜明。整本巨著可谓逻辑严密，文采灿然。作为四川人，叙述之中，难免有地方方言，文风愈加活泼，三皇五帝信手拈来，草民村妇俚语民俗，郑重入史，开史学著作雅俗共赏之先河。

我所居住的汉中，临近四川，语言接近，每读至此会心一笑，领会愈深。但凡任乃强先生的著作，每见必购，常读常新。可以说，若无任乃强著作的指引，我断然不敢涉足西藏这个气势磅礴的世界。让我高兴，也让许多藏学家和热爱藏学的人庆幸的是任乃强先生后来恢复名誉，获得多项殊荣。

多种著述出版并获好评乃至国家大奖，重新当选四川省政协委员，并被多所大学聘为名誉教授，使老人度过了一个心情愉悦的晚年。1989 年春，先生以 96岁高龄仙逝。值得告慰的是任乃强在藏学方面取得的巨大成就，罗哲情措生前就十分清楚，并共享荣光。而且她和任乃强的孩子任新建也成为四川省社会科学院的研究员，著名藏学家。我手边这套中国藏学出版社出版的厚厚三卷170万字的《任乃强藏学文集》，便是由任新建整理，书中至今闪烁着任老的智慧与光彩。书中的文章与照片，是对任乃强与罗哲情措这对汉藏联姻，并携手为建设康藏做出卓越贡献的夫妇最好的纪念。历史不会忘记他们，人民更不会忘记她们，他们尽可安息。

旅途小憩

◇森林隧道◇

车内突然光线一暗，我以为进入了隧道，却又不像。仔细一看，哈，原来大巴车驶进的是一条森林隧道。川藏线为两车道，宽不足10米，这会儿道路两边的大树，枝杈树叶交错起来，恰似为公路搭起绿色的凉篷，且延绵不绝，竟达几十公里，让人在享受绿色带来的愉悦中又满含惊喜。这段森林隧道位于川藏线

▲森林隧道

林芝与工布江达之间的尼洋河谷，这儿受印度洋季风影响，雨量充沛，植被茂密，并不乏千年古树，无怪沿途见有巨树掏空以做渡船。有一段公路直接在森林中穿行，漫山遍岭都是合抱粗的古松，沿尼洋河畔牵连不断，树干粗壮，树冠却不高，蓬勃开来，也正好为川藏公路搭起阴凉。

陈渠珍在《艽野尘梦》中记载，有巨藤从两边伸过雅鲁藏布江，四周皆为巨藤枝叶，中间中空可走马帮，形成一座古藤巨桥，读时将信将疑，以为神话。岂料，在拉萨书店见到曾在西藏多年的北大校友廖东凡著作《我的西藏故事》，就有这座藤桥的照片。

只能感叹：西藏太过神奇了！

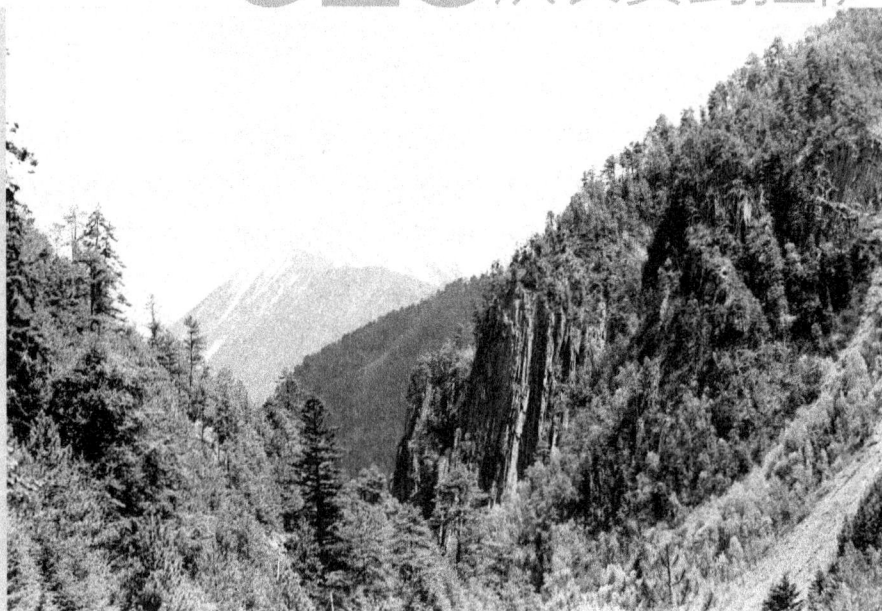

▶ 川藏线风景

红原·绿水·青山

一

　　从读小学始，接受革命传统教育就是每周政治课的重要内容，红军长征爬雪山、过草地，也就成为人尽皆知的故事。我记得上小学时，学校还曾请过一位曾经参加过长征的老红军来学校做报告，这位老红军是四川人，身材不高，长征时是一位将军的马夫。他讲的让人最难忘的事是在最饥饿的时候，曾把战马粪中没有消化尽的青稞用水淘过煮了再吃。

　　这样，草地就与恐怖、严寒、饥饿和深不可测的泥淖沼泽联系在一起，至于草地在哪，什么状况，今日情景如何，却不甚了解。几十年过去，当那些壮举已淡化为遥远的剪影，我却两次穿越了红军当年走过的草地。1935 年，遵义会议之后，红军四渡赤水，甩掉强敌，夺取泸定桥，翻越夹金山（即雪山），下来就是过草地了。这片草地与青海、甘肃接壤，现属四川省阿坝藏族羌族自治州。由于红军有一、四两个方面军曾过草地，红四方面军还曾几进几出，所经路线不同，前后曾从毛尔盖、迭部、若尔盖等处经过，1960 年为纪念这一壮举，特地划出一片地域设立了红原县。

▲ 壮美的雪山

二

现在这片草原再不是茫茫草地无路无人烟的状况，红原县经阿坝可通青海，经若尔盖可去甘肃，经理县可达成都，且路面多为黑色柏油路。交通的便捷，从根本上改变了面貌，与70年前红军经过时完全不是一回事了。

自古这里就是藏族群众生存游牧的去处，并没有固定的村落，只是季节性的有牧民帐篷。当年红军经过时还十分荒凉，完全是一片沼泽遍布的死亡之地。即便当地生长的藏民，放牧时也小心翼翼，也只是在靠近草原边缘的高地或山坡，整个沼泽区自古没有人烟，更不要说通过一支人马数万，携带武器、行李，转战经年的疲惫之师。据一些回忆录讲，茫茫草原，无边无际，走兽不行，飞鸟不见，黑色的泥沼地被积年的腐草覆盖着，在腐草上面又长着青草，掩盖着深达数尺乃至数丈的深坑。可以说是一种半流体的"酱缸"，没有任何承载力，人马一旦陷进，几乎无生还可能，即使近在咫尺也无法援救，因为陷阱是无底洞。红军将士之间出于友爱，开始都奋力抢救，但为救一个战士，会搭进几个战士，为避免无谓牺牲，只能眼睁睁看着战友牺牲。

草地上根本没有路，后来吸取教训，组织有经验的战士探路。后队靠先遣红军沿途所插路标行进，为探路，许多战士都献出年轻宝贵的生命。草原上没有吃的，也没有可喝的水，沼泽中的水布满蚊虫，喝了轻则闹肚子重则中毒毙命。更严重的是草地海拔高，天气变化多端，风雨无常，一会儿烈日炎炎，一会儿风雪冰雹，夜晚则寒气袭人。衣不蔽体的数万大军在此种绝境中团结奋斗，硬是走出草地沼泽，完成了一次军事史上罕见的绝境重生的行军，一次人与残酷环境的殊

▲大草原上羊群密集

▲今日藏族少妇

死搏斗。一些老红军回忆，茫茫草原上若出现一两顶飘着炊烟的牧民帐篷，便会给他们带来希望、带来战胜死神的信心。

三

今日红原草原已远非昔比，当年红军浴血奋斗的地方都开辟纪念馆，接待游人进行革命传统教育。红军八七会议遗址、俄界会议遗址、著名战场腊子口、玛曲黄河第一曲、黑河旅游村等，每年都有大量游客前往参观，为红原带来了人气也增加了收入。

划为红原县的这片草原总面积达 7000 多平方公里，正好坐落于川西北阿坝、红原、若尔盖三大草原中心，地处通往青海、甘肃、四川几省的要冲。经过将近半个世纪的建设，县城已初具规模，纵横几条大街，政府机关、银行、邮局、商店、学校、宾馆、饭店一应俱全。尽管地处高寒，沼泽湿地较多，无法种植粮食，但宜于放牧牛羊，是个纯牧业县，牦牛养殖数量居四川全省首位，牛毛、奶制品、牛肉的加工日渐繁盛。更重要的是当地政府利用大草原天然资源发展旅游业，在每年"七一"举办红原赛马会。其时，广阔的草原，方圆百里的牧民搭成了帐篷城，炊烟彩旗，人喊马嘶。赛马时，只待哨声一响，数百匹骏马箭般射出，引得欢声如雷，每年都吸引大批游客来红原旅游。

我们没有看见赛马，却看见了一片真正的红原、绿水、青山。草原上有一种红茎草，喜在沼泽中生长，牵连成片，在阳光照耀之下，直映得天也红了，地也红了。白龙江一条叫白河的支流清澈见底，在草原划出无数 S 形，蜿蜒而来，河

▶壮美的红原草地

水中倒映着蓝天与白云，倒映着青山与羊群。一阵阵微风徐来，吹起绿水中的涟漪，吹得红茎草阵阵摇摆，也吹动草原上滚动的羊群与蓝天上的白云，让这大草原益发如梦如诗、美丽如画……

旅途小憩

◇天然盆景◇

若沿川藏线进西藏，沿途有雪峰高耸，激流湖泊，垂直分布着亚热带森林、杂灌木丛与高山草甸，也构成了农业与牧业的不同景观。尤其秋天，几百公里层林尽染，红叶欲燃，蔚成大观，是旅游者与摄影家的天堂。

▲ 天然盆景的树

这幅被我称为天然盆景的照片拍于 2007 年 4 月。当时我从成都出发，经雅安、天全、泸定、康定，翻越折多雪山，经新都桥又折向川藏北线去丹巴看碉楼，之后，再越海拔 4300 米的巴朗雪山。沿途雪峰连绵，寸草不生，但下至海拔 2000 余米的山沟时，却又森林茂密，遮天蔽日。车行驶之间我被溪水对岸奇观吸引，一株大树杈桠矗立，一块巨石挡在前面，隔河看去宛如盆景，惟妙惟肖，浑然天成。可惜，隔年便发生了汶川地震，那些日子，天天看电视，真切地看到我们经过的那条沟路垮坡塌，已面目全非了。

▲ 2001 年作者拍摄的郎木寺镇

三访郎木寺

一

　　郎木寺名气很大，探访藏区的摄影人或户外驴友常把其作为首选。即便郎木寺并非唐蕃古道必经之地，但我还是三次深访了郎木寺镇。郎木寺地当要冲，位于四川和甘肃两省交界之处。甘肃这边是甘南藏族自治州，是中国 10 个藏族自治州之一，管辖着合作和临潭、卓尼、迭部、舟曲、夏河、玛曲、碌曲等县市，总面积近 5 万平方公里，人口不足百万，主要是藏族牧民。因为甘南地处青藏高原与黄土高原西部的衔接部位，也是雪水融化向低地流淌的必经之处，是黄河的重要水源涵养区和补给区，黄河首曲所在的玛曲县便属甘南，所以也拥有最大最丰美的草原。阿万仓和格桑大草原都一望无际，溪水蜿蜒、水鸟翻飞、牛羊布野，是国内目前少见的尚未被污染的丰美草原。同时，甘南的夏河县还坐落着藏传佛教六大寺院之一的拉卜楞寺，信徒众多，教权广大，历史上最盛时期，寺庙相连，鳞次栉比，仅是僧侣居住的地方就多达 500 多座四合院。1943 年，时任国民政府教育部西北文物艺术考察团团长的王子云与夫人何正璜，应拉卜楞寺五世嘉木样活佛之兄黄正清邀请，曾去拉卜楞寺参加蒙藏婚庆。过后，何正璜写下名篇《东方的梵蒂冈——拉卜楞寺》，王子云则用接片拍下一幅拉卜楞寺全景。当时是用胶片三次拍摄连接的，横接长幅气势恢宏，俨然一座喇嘛城。此寺曾遭军阀马步芳焚毁，现存规模仅为照片上六分之一。由于拉卜楞寺已被列为全国重点文保单位，近年不断修茸，成为一处旅游热点，吸引着兰州、成都、西安等陕甘川多地游客。郎木寺又为从兰州到成都的 213 国道必经，于是也成为多地游客拜访之地，我也是因探访丝绸之路与唐蕃古道三次途经郎木寺。

▲今日郎木寺

二

第一次到郎木寺为 2001 年 8 月。我们一行几人备车从汉中进入四川广元，目的是探访嘉陵江支流白龙江。长江上游两大支流嘉陵江与汉水都发源于秦岭南麓，其河谷都被古人利用，穿越秦巴大山的七条蜀道都分别利用了嘉陵江与汉水河谷或其支流。比如褒斜道利用的是汉水支流褒水河谷，陈仓道和金牛道都利用的是嘉陵江河谷。《水经注》记载，嘉陵江发源于秦岭南麓山岭嘉陵谷。1992 年我曾去源头探访，为多条小溪汇聚的源流，宽不盈丈，后从陕甘交界的莽莽山岭间汇纳百条洞溪，一路百折不挠，在秦岭腹地的凤县形成百公里长的平坦河谷，不仅为陈仓古道、连云古道提供便利，第一条穿越秦岭的川陕公路和宝成铁路也利用的是嘉陵江河谷。嘉陵江经陕西凤县，甘肃两当、徽县，再经陕西略阳，穿行于秦岭的崇山峻岭之间，流至巴山丛中的广元时，两山退远，河谷顿显开阔，自古形成一处水旱联运的商埠码头。所以广元历来是川北重要门户，宋代曾设利州路，管辖过川北和陕南汉中很大一片地方。

近年有学者提出从川甘交界的郎木寺大峡谷发源的白龙江从水量、长度、流域面积都大于从秦岭南麓山岭发源的嘉陵江，故白龙江才是嘉陵江正源。而白龙江正是从广元以南的昭化古城边汇入嘉陵江的，所以我们到达广元后，吃过午餐，便沿一直伴着白龙江的简易公路，去寻访白龙江源。这条路也是历史上曹魏名将邓艾为避剑门天险，而利用过的阴平古道，文县就曾称阴平县。当晚，宿于属甘

▲ 寺庙金顶

肃陇南管辖的文县。我国西夏学专家李范文根据典籍记载的点滴线索，仔细分析
判断出西夏遗民流失的去向，有一支便到川西北高原和甘肃文县一带，还有学者
认为文县的白马藏民便极有可能是李范文寻找的西夏遗民后代。因为不是我们此
行目的，所以没有寻访。

三

甘肃省的甘南藏族自治州与四川阿坝藏族自治州相连，而连接之处正是川甘
交界的郎木寺镇。白龙江也是从镇后大峡谷发源，流出的溪水也正好成为甘肃、
四川两省的天然分界。

在郎木寺镇溪沟里有两个隔小溪相望的寺庙，一座是四川的达仓郎木格尔底
寺，另一座是甘肃的赛赤寺。两座寺庙都称郎木寺，但中间夹着回族的清真寺，
两个藏传佛教的寺庙在这里隔"江"相望。南岸达仓郎木格尔底寺在四川若尔盖
县地界，溪北的赛赤寺则属甘南藏族自治州碌曲县管辖。

白龙江的发源地是四川境内的郎木寺大峡谷，在峡谷内有郎木洞、虎穴和白
龙江源头。到郎木寺旅游镇后大峡谷是必须要去的，而那条从镇中流过的小溪，
虽宽不足两米，却正是大名鼎鼎的白龙江。

可惜的是第一次专门寻访白龙江源，途经若尔盖草原便下雨，整个天地之间
雾蒙蒙一片。到了郎木寺镇雨更大了，在镇上回民饭馆吃过午餐，又购票参观完
四川一边的郎木寺，雨还没有停歇的意思，地上已起了明水，镇后郎木寺大峡谷
更是完全隐没在云雾之中。给我们导游的小喇嘛说白龙江峡谷的入口就在格尔底

▲晒大佛

▲高耸的庙塔

寺内最深处，可以徒步或者骑马进入游览。峡谷周围怪石林立，景观奇幻秀美，峡谷里有几片小草原可以野餐，还有"仙女洞""老虎洞"等充满奇幻故事的景观。从峡谷尽头上山可以一直到达山顶，就能看到整个郎木寺镇美丽的全景。但他又说今天别指望天晴，下雨后大峡谷里路滑太危险，禁止游客进去。无奈之中，我们只能在郎木寺镇沿着白龙江溪水转悠。

　　一条普通的小溪不仅连着两个省两个藏族自治州，还融合了藏、回两个和平共处的民族。金碧辉煌的喇嘛寺院和顶着一弯新月的清真寺各据一方地存在着，一边晒大佛、转经筒，一边做礼拜、诵古兰经，小溪两边藏、回两个民族，同饮一溪水，却用各自不同的方式传达着对信仰的执着，也表达着对生活的热爱。

　　据说藏传佛教兴起后，在四川达仓郎木寺内，最受民众尊崇的是传说中的老祖母郎木，其原来居住的洞穴，是圣地中的圣地。洞外地下涌出的泉水，就是白龙江的源头。虎穴、仙女洞、郎木寺大峡谷以及肉身佛舍利都位于四川郎木寺这边。有着600多年历史的格尔底寺里还有很多值得参观的宏伟殿堂，每一座都有巨大的佛塑，很有佛教和艺术价值，每年都吸引不少美院搞雕塑的学生来学习。郎木寺同时也是四川格鲁派寺庙达仓郎木格尔底寺的简称。导游小喇嘛说四川寺内供奉着圆寂后的五世格尔登活佛肉身，已几百年了，仍很完好，不过肉身殿并不能随时看到，大约三五天会开放一次，只有有佛缘的游客才能见到，十分神奇。

　　其实，活佛肉身保存与信仰无涉，与科学相关。曾任九世班禅返藏行署参赞的马鹤天，在甘、青、康滞留三年，写有《甘青藏边区考察记》。他是九世班禅在玉树圆寂的见证者，他在著作中记载了九世班禅圆寂后随行人员采取藏传佛教传统方法，洗净法身用青盐吸干水分，再用传统藏药保护，将近用了半年时间，

▶ 小喇嘛开车

才运回后藏扎什伦布寺灵塔安放的。

小溪另一边是甘丹赛赤寺院，也叫赛赤寺，在甘肃省一侧，寺院也修建得金碧辉煌，每一尊大殿都以镀金为顶。清晨太阳升起，晨雾在山冈缭绕，大殿却金光闪闪，非常适合摄影。每年正月十三日是郎木寺举行瞻佛的日子。

当然，如果是风雨天，也会另择吉日。瞻佛，藏语称为"贵格先"，意思为"展示丝绸佛像"，我们平时俗称"晒佛"。瞻佛的目的是将佛的伟大形象展示于人间，让僧俗信众通过心灵去感受，由此而顶礼膜拜，祈愿佛法长驻。一般情况下，上午大约9时，瞻佛仪式正式开始，瞻佛台上已提前清扫干净，作为挂轴的瞻佛墙上卷筒佛像从上到下展开，一队僧人在瞻墙顶端紧攥幅边，一队僧人在下面接展，左右两队僧人扶持，四方合力小心翼翼地将一幅大约10丈宽、36丈长的佛像徐徐展现在人们面前。这时僧俗一片静穆，默念经文，祈求幸福吉祥……

赛赤寺院后山有一座天葬台，若征得去世者家属同意可以前去观看天葬，需要从寺院后山爬山约40分钟到达。其实，任何一个民族的丧葬都植根其文化，而天葬的习俗则与藏区生活着以尸体为主食的"神鹫"有关。每当山巅飘升起煨桑的烟，就会召唤来秃鹫，由天而降，争相啄食已肢解的尸体，一般只需半个小时便会被吃光。亲属会十分庆幸，认为死者的灵魂可以早早转世。但观看天葬要取得家属同意，尽量离远，保持肃穆，尊重逝者。

两个省的寺院隔着小溪相互守望。尽管郎木寺的名气与日俱增，不过它目前仍然是一个安静而风格独特的小镇。由于山水相连，风俗一致，环境尚未污染，又保持着大面积的自然生态区域，所以被《中国国家地理》评为"人一生要去的50个地方"之一，被联合国人居环境发展促进会、世界华人联合会评为"中国最具民族特色旅游目的地"，被评为"中国最美旅游胜地"。

一般5月至9月去郎木寺镇最佳。这时气温凉爽宜人，草原开满格桑花。冬季气候寒冷，却有丰富佛教活动。由于小镇聚集着藏、汉、羌、回等少数民族，有着浓郁的民族风情，规模和名气都很大的郎木寺，弥漫着浓厚的宗教气氛，几

▲小镇一角

▲郎木寺镇街

乎等于去了一趟"小西藏"。

2004 年 7 月，再访郎木寺，这次我们是从兰州到玛曲探访了黄河第一曲，顺路前往郎木寺的。这天万里晴空，时值中午，热气灼人，郎木寺小镇静悄悄的。我们吃过饭后又赶往阿坝。

2016 年 7 月，我们一行探访敦煌归来，第三次到郎木寺小镇，却发现变化很大。小镇经过改造，街道两边全是两三层的藏式木楼，客栈、酒楼、商铺、饭馆一家挨着一家，匾牌林立，商幡招展。街道车水马龙，太过繁华，也就缺少一种草原小镇应有的安静。

回想起来，还是第一次到郎木寺小镇印象深刻，雨雾之中，日夜奔流的白龙江溪水流过藏、回、汉群众和谐生活的小镇，伴着高原的秋风，也伴着郎木寺永远转动的经筒……

◇桥边藏妇◇

这条奔腾湍急的大河，曾因太平天国骁将石达开全军覆没广为人知；这座横跨激流的铁索大桥，曾因被红军飞夺久负盛名。提起泸定桥，可谓大名鼎鼎，国人尽知，且无不想目睹其风采。我是2007年4月走访川藏线才了却这桩心愿的。暮春时节，雨过天晴，冷热宜人，空气清新。踏上铁桥，首先看到的不是咆哮的大渡河水，也不是如巨蟒联结两岸的铁索，却是一位背着自己孩子的美貌少妇。从服饰看，她显然是藏族，穿着藏族人喜爱的彩条筒裙。

▲桥边藏妇

泸定本身便是汉藏聚居之处，但又受内地影响，比如把孩子背在背上，显然是四川妇女带孩子的方式。她可能就住在附近，做完家务，背着孩子，像串门一般就上了泸定桥，她是把摇晃的大桥当成了孩子的摇篮呢。我提出给她和孩子拍幅图片，她十分高兴，随意摆出姿势，十分自然，也许平常就是这副神态，平和、安详、淡定。这不正是战争需要带给苍生百姓的终极目的嘛。

康定情歌泸定桥

康定情歌

跑马溜溜的山上，一朵溜溜的云哟，

端端溜溜的照在，康定溜溜的城哟，

月亮弯弯，康定溜溜的城哟。

李家溜溜的大姐，人才溜溜的好哟，

张家溜溜的大哥，看上溜溜的她哟，

⋯⋯

在中国，大约没有人不知道康定情歌。那如诗如画诙谐幽默的歌词，那优美动听轻快明丽的旋律，只要听上一遍，便再难忘记。喜欢音乐的会对这首情歌寻根问底，何人创作？何时传播？人们一度把创作康定情歌的桂冠送给西部歌王王洛宾，但遭到质疑，因为王洛宾一生并不曾到过康定，此事曾在音乐界引起过争论。

1996年，《甘孜日报》刊登消息，悬赏万元寻找《康定情歌》作者，一时间，全国媒体争相转载。后来《四川日报》几位记者深入调查，认为《康定情歌》系李依若创作，这其中还有段故事。李依若系四川宣汉人，酷爱音乐。20世纪30年代在成都读大学时，与一位姓李的女同学谈恋爱，李是康定人。两人暑期去康定玩时，登上跑马山，李依若触景生情，依据当地流传的"溜溜调"编了一首跑马歌，唱给"李家溜溜的大姐"听。这首本来是一对恋人之间的即兴游戏之作，日后成为流传开来的《康定情歌》。

据说，最初的唱法是："跑马溜溜的山上，一朵溜溜的云，端端溜溜的照在

▶ 全城皆唱《康定情歌》

朵洛大姐的门，朵洛溜溜的大姐人才溜溜的好哟，会当溜溜的家来会为溜溜的人。"
至于"李家大姐"何以成为"朵洛大姐"，我倒觉得这恰恰反映了康定特色。凡
去过康定的人都知道，在历史上作为一种地理分界，从泸定跨越大渡河，便算进
入了康区（藏区）。康定恰处于大渡河与折多雪山之间，已属典型的藏区，藏族
群众成为主体，不仅历史上如此，时至今日，康定依然是甘孜藏族自治州的州府。
但康定又毕竟是康区最靠近内地的地方，深受汉文化的影响，尤其是经商的锅庄
（商家）。当年康定城有 48 家锅庄，其中实力雄厚的有 8 家，号称八大锅庄。
经商多为藏族人，经营的马帮也多雇适应当地环境、气候的康巴藏人，也称康巴
汉子，以身体强悍，吃苦耐劳著称。这些锅庄商人走南闯北，多通汉语。为经商
方便，大都有汉藏两个名字，到雅安、成都进货用汉名，把货物运往昌都、拉萨
用藏名。这个习惯也用在子女身上。

当年能够送孩子去成都读书没钱不行，而家境富裕者多为锅庄商人，以此情
况推测，康定的"李家大姐"定是藏族锅庄商家，之女到成都读大学，用汉语取
名也很正常。李依若与恋人一到康定，知道了"李家大姐"的藏族名字"朵洛"，
出于戏谑，编进歌词，亦合常情。2007 年，我在康定认识了一位藏族小学教师
呷让拉姆，汉名郑景莲。她告诉我在康定读师范时，同班藏族同学都有汉名。她
身穿牛仔裤、羽绒服，满口普通话，不说根本不知是藏族。

当年，李依若并没有因为这首《康定情歌》成就婚姻，而是因为家庭反对作
罢，并因此与父母闹翻得不到资助，最终是义父石体元（时任四川省财政厅长）
支助才读完大学。后曾在《新蜀报》任诗歌编辑，发表过诗歌。中华人民共和国
建立后回到故乡宣汉，曾做教师和文化馆长，担任过川北民歌委员会委员，搜集

▲听歌的康巴汉子

了大量民歌，可惜不到 50 岁便去世了。

《四川日报》记者曾找到李依若的生前好友和遗孀赵氏老人，她们都说多次听李依若唱《康定情歌》，讲因此歌产生的故事，并坚信《康定情歌》的作者就是李依若。

《康定情歌》的传播则要归功于民国时期的当红歌手喻宜萱。李依若创作的《康定情歌》在逐渐流传的过程中被当时就读于重庆国立音乐学校的福建学生吴文季搜集，请作曲的江定仙老师正式配曲演唱，江定仙又把配好曲的这首歌推荐给了当时走红的歌唱家喻宜萱。当年，喻宜萱在南京举办的个人演唱会上演唱了此歌大获成功，《康定情歌》也不胫而走，传播开来。

如今，《康定情歌》已唱红大江南北，还是我国第一首飞向太空的歌曲，成为世界 10 首经典名曲之一，还曾为此歌举办过艺术节——中国西部康定情歌节。《康定情歌》已成康定一张名副其实的名片，让古城康定走出折多雪山，走出四川盆地，也风风光光地走出国门。

认识康定

据我所知，对宣传康定做出贡献的还不止一首《康定情歌》。我国现代藏学的开拓者与奠基人任乃强先生，在 20 世纪 30 年代深入康藏，在完成《西康图经》《康藏史地大纲》这些鸿篇巨制之外，还专门写了一本《西康札记》，对以康定为中心的康藏地区的沿革、物产、民居、建筑、服饰、饮食、婚俗、人情、岁时、节庆等广泛调查，旁征博引，分节叙述，当时在《四川日报》连载，使康定广为人知。

▲ 20世纪30年代走进藏区的庄学本与孙明经

任乃强的代表作《西康图经》诚如专家评价：为西康建省提供了历史沿革与地理格局上的依据。1939年元旦，西康省政府正式成立，刘文辉为省主席。省会设在康定，康定于是成为西康地区政治、经济、文化中心。

时值抗战，众多机关、高校内迁四川，相邻新设的西康省一时也成为人们关注光顾的热点。不仅官员、商旅、军需采购络绎不绝，一些科考人员、新闻记者也接踵而来。1940年，西北大学地理系主任、著名地理学家黄国璋组织川康科学考察团到康定，其中有位摄影师孙明经，20世纪初毕业于金陵大学，是中国电影纪录片的开创者之一。他曾经独立创作摄制各种题材的纪录片49部，组织和参与拍摄92部。现在的人几乎没有人知道孙明经，可民国时期，一提起纪录片《苏州名胜》《青岛风光》及抗战科教片《防空》《防毒》，便没有不知道孙明经的。他曾经参加过四次万里以上的科学考察，并用胶片记录下了科考成果和沿途风光。当年深入西康，孙明经主要是拍电影，还顺便拍了许多照片，历经"文革"抄家，后来归还了一些。多年后发现，山东画报出版社出版了一本《1939：走进西康》，翻开书页就让人一震：那西康省政府的旗帜下，万众宣誓抗战的坚毅面孔，崇山峻岭之间，逶迤不绝支援抗战的马帮，妇女加紧纺织的场景，战时保育院儿童依然天真的笑容，还有那负重的挑夫，收割的老人，捐资的喇嘛……这些黑白图片无一不见证了中华儿女在抗战时的英勇与顽强、坚韧与坚持，让人肃然起敬。也由此知道，康定在民族危难时期所发挥的作用。

还有一位与康定相关的摄影家庄学本经历也十分具有传奇色彩。庄学本20世纪初出生于上海浦东，是我国最早的摄影家和"户外驴友"，20岁时曾发起组织"全国步行团"，后又以上海《申报》和《良友》画报社特派记者身份被国民政府护送班禅大师回藏专使行署聘为摄影师。此行由西安、兰州、西宁、果洛草原到玉树，庄学本沿途拍摄了大量图片，首次向全国介绍了这些地方回、土、撒拉、藏等民族的生活实况。

抗战爆发后，班禅大师在玉树圆寂，庄学本经甘孜、炉霍、道孚到康定。其时西康建省之初，亟需各类人才，庄学本被聘为西康省政府参议顾问，从事民

▶作者认识的藏族教师

族考察和摄影。之后，庄学本以康定为中心或徒步或骑马深入到西康的各个"死角"。先后到丹巴"女儿国"，彝族奴隶社会中心的昭觉，有"喇嘛王国"之称的木里，"母系社会"遗风盛行的泸沽湖等地考察摄影，出版多本摄影集。有史以来，首次用现代摄影真实记录了这些偏远、遥远，几乎不为人知的藏、彝、苗、傈僳、纳西等民族的真实生活情景。

1941 年，庄学本精选了反映这些地方的图片数百幅，在重庆、成都、雅安举办《西康影展》，吸引观众 10 余万人，于右任、孙科、孔祥熙、陈立夫等民国高官和郭沫若、田汉、黄炎培等文化名人均前往观看。也是因为这些地方历史上第一次被用图片逼真生动展示出来，产生了很大的影响，康定也因为庄学本的摄影广为人知。我在任乃强、马鹤天的著作中都见着他们提到庄学本和他的摄影，还引用他的图片为证明。

近年，这些最早深入康藏地区的史学家、教育家、摄影家们的作品包括陈渠珍的《芜野尘梦》，任乃强的《西康札记》《泸定考察记》，马鹤天的《甘青藏边区考察记》，孙明经的《1939：走进西康》，庄学本的《羌戎考察记》等都重新出版，引起人们对西康广泛的关注。我就是读到这些作品，分别于 2001 年、2004 年、2007 年、2009 年、2010 年 5 次自带车辆沿不同线路进入原属西康或相邻的康藏地区，先后到达雅安、天全、芦山、宝兴、泸定、俄洛、雅江、丹巴、小金、金川、马尔康、阿坝、红原、黑水、松潘、若尔盖、玛曲、碌曲、茂县、北川、汶川、理县、汉源、石棉、冕宁、西昌、盐源、宁蒗等县市。携带先贤的著作，沿着先贤走过的足迹，每每事半功倍，收获良多。

▲街边小摊

▲泸定桥边

泸定看桥

　　泸定桥由于毛泽东写长征的名句"金沙水拍云崖暖，大渡桥横铁索寒"而广为人知，作为中国工农红军在长征途中夺取的事关生死存亡的重要通道，1961年，泸定桥被国务院公布为全国第一批重点文物保护单位。泸定桥愈加出名，凡来泸定的人没有不看泸定桥的。这也是泸定桥所处地理位置所决定，不然当年也不会成为太平天国骁将石达开全军覆没之地。由于西康地区处于青藏高原向四川盆地过渡地带，从海拔3000米以上逐渐下降至600米，这些高山巨河基本上是由北向南，这也就决定了由四川进入西藏要跨越多道大江巨流。其中著名的河流便有大渡河、金沙江、雅砻江、澜沧江等。大渡河正好处于著名的二郎山和折多雪山之间，是由四川盆地向青藏高原行进，也是汉藏之间进行商贸交流的马帮商队必须穿越的第一道河流。

　　任乃强在《泸定视察报告》中称"大渡河水量不亚于岷、沱，而激流如矢，横渡皆难，更无沿溯之利"。即便今日，乘车由雅安出发，沿川藏公路盘旋多圈，才能攀登上海拔近3000米的二郎山隧道。穿越山岭，眼前豁然开朗，正好在下山公路转弯处设了一处观景台，让来往旅客饱览雪山激流的壮美。只见无数的山峦如大海波涛般铺展开去，眼前的河谷深切千米，一道宛如白色飘带的河流深沉谷底，望之炫目，这便是鼎鼎大名的大渡河。而河谷的对面远方是延绵的山岭，白雪皑皑，在日光下闪耀，那便是比二郎山还要高出千米的折多雪山。大渡河便是这两道雪山之间冰雪消融汇纳百川形成的一道激流了，无怪水量如此充沛，水流如此汹涌。车下到半山腰便能听到大渡河如雷的吼声，愈近愈响。待到谷底，只见一河绿汪汪的大水泛着浪花白沫，从两山夹峙的峡谷咆哮涌出，奔腾而来，

▶泸定桥

吼声如雷，惊涛裂岸，那横跨河面的巍然铁索大桥也直逼眼目了。

伫立河边，细观山形水势，真正感到这是一处咽喉要道，非此桥不足以连通两岸，汉藏交流也就无从谈起。早在西汉，中央政府就在泸定设县，西控康藏，东接巴属。建桥之前，常用木船渡河，水大浪急，事故频发。还曾用铁索连接两岸，人马悬溜而过，慢且费事。历代都有建桥之议，均因地形险恶、工程浩大而作罢。直到清康熙年间，西康叛乱，驻在康定的宣抚使被围困，因大渡河阻隔救援不及被杀。此次叛乱平息后，清廷痛定思痛，决心造桥。毕竟正处在康熙盛世，国力强盛，此桥于1705年开工，仅用一年便大功告成。鉴于水大浪急，无法安柱，桥工利用河面狭窄，锻造铁索悬桥。大桥两端各建20米高的桥台以固定铁柱，用13根铁索链连接两端，其中9根为底链，铺设木板，其余4根分设两边做扶手。全部铁链由12164个铁环相扣，全桥铁件重达40余吨。据说当年为把每根长达百米的铁链勾连起来，穿越波涛汹涌的大渡河，还颇费周折。后来想出的办法是，用藤编的绳索沟通跨越河面，再把环环相扣的铁链用滑动竹节筒拉过去，简单实用，充分显示了古人的智慧。

此桥建成，康藏与内地天堑顿通。上报朝廷，康熙帝十分高兴，御笔亲题"泸定桥"高悬桥首，并立巨碑一通，刻《御制泸定桥碑记》，详载建桥起因、过程及大桥维修等。至今匾碑俱存，见证着300年前的壮举。如今，300多年的风雨霜雪过去，泸定桥经历战火、地震、雷击等各种劫难，依然悬空，沟通两岸，其桥身坚如磐石，其铁环光可鉴人，即使现代科技发达的今天也非易事。细观此桥，无论规模、气势、工艺，都堪称一流，绝不简单也不平凡。正是此桥，保障了300年来汉藏同胞的交流，保障了祖国西南边陲的安宁与统一。

◇康定听歌◇

康定给人留下最深印象的是歌声，一到下午，几乎半城人都拥到广场，随着大喇叭播出的一首首藏歌，男女老少都跳起欢快的锅庄。就是绕圈子边唱边跳，整个广场挤满了人，不跳的可以听歌，广场四周楼房前、大桥河沿都站满了人。待到播放《康定情歌》时，几乎所有的人都出声呼应，加入合唱，那奔放的热情，澎湃的气势，把康定特色活脱脱地表现出来。

不经意间，我被一对青年的表情所吸引，他们的穿戴、体形和肤色告诉我，这是一对康巴藏族年轻夫妻，不一定是康定县城人，这里

▲康定听歌

外来打工族居多。他们为广场歌声吸引，满脸是笑，这种笑发自内心，毫无遮掩，无拘无束，像孩童般天真，让我深受感染，也更为康定的歌声所吸引。

折多风雪川藏线

茶马古道

2007 年暮春，我再次走访川藏线，历时 15 天。

川藏线就是历史上的茶马古道，最早可追溯到远古时代。我国藏学开拓者之一任乃强先生在《羌族源流探索》中说："从印支半岛缘横断山脉先后进入康青藏大高原的若干群猿人，除一些小群陆续下降到河谷盆地，形成一些渺小的民族部落外，另有部分则坚持向前，移进到了大高原顶部的辽阔大草原内，停留下来，繁衍为著名的羌族。他们在世界各民族中，最先创造出辉煌的牧业文化，并向四方扩散，派分出若干的支系种族。"任乃强先生还考证提出羌族不仅是藏族的主要族源，也是华夏汉民族的族源之一。而羌族先民生存的横断山脉则为今日川藏线所经过的地区，这些河谷和山脉早就是羌族先民利用过的通道。

中国著名民族社会学家费孝通先生在论述中国民族的多元化一体格局时也曾指出："中国西部有两条民族经济文化交流的走廊，一是今天的宁夏、甘肃一带的黄河上游走廊；二是今天滇川藏地区的六江流域走廊。人们形象地把前者称为丝绸之路，把后者称为茶马古道。"

历史上的茶马古道即今天川藏线之先声。

川藏线实际是东起上海西至西藏与尼泊尔交界的樟木镇，贯穿我国东西的大动脉、全长 5400 公里的 318 国道的组成部分，约 2400 公里。川藏线还是川康公路和康藏公路的合称。川康公路建设于 20 世纪 30 年代，是四川省会成都通往当时的西康省会雅安的省际公路，之后西康省会又迁至康定，公路也延伸至康定。1951 年开始修建雅安至拉萨的康藏公路。西康 1954 年撤省后两条路并称川藏公

茶马古

蒙顶山

茶汤一室香

陆谈千古事

清茶快此生

▶茶马古道示意图

路。川藏线则为其简称，而且又有川藏南线与北线之分，后面分节叙述。川藏公路是连通四川成都与西藏拉萨之间汽车通行的首条现代公路。在此路修通前，秦汉以降，千百年来，中国西南各民族之间的商贸交往、迁徙往来的纽带就是逶迤在横断山脉和西藏高原的崇山峻岭之间，从未中断的茶马古道。

茶马古道实际上就是使用骡马驮着茶叶，踩踏出来的一条商贸之路。茶马古道的线路主要有两条：一条是从四川雅安出发，经泸定、康定、巴塘、昌都到西藏拉萨的川藏线；另一条路线是从云南普洱茶原产地出发，经大理、丽江、中甸、德钦，到西藏邦达、昌都、工布、拉萨的滇藏线。

在古道上奔波的驮队马帮，属各式各样的主人，有的拥有自己的马帮，也有赶马人组织起来的单纯马帮，有长期专业承担运输的马帮，更有短途运货的临时性马帮，各种形式并存。但无论什么形式的马帮，都需要终年四季劳苦奔波，风餐露宿。赶马人都系为生活所迫的底层劳苦群众，要身强力壮，能够吃苦吃亏，服从马帮行规，才能成为"马脚子"即赶马人。但就是这些没有多少文化的劳苦群众，凭借积累的经验，用毅力、勇气和智慧，用心血和汗水开辟了一条通往雪域高原的经贸之路。

从四川雅安到西藏拉萨，骡马驮运砖茶，一年只能往返一次。清代驻藏大臣骑马赴拉萨上任，沿途有驿站换马也需要半年方可抵达。1939年国民政府蒙藏委员会委员长吴忠信代表国民政府去西藏拉萨主持十四达赖坐床仪式，时任蒙藏委员会藏事处处长的孔庆宗负责押运礼品。孔庆宗7月初即动身，先在成都采买够各种礼品物资及途中用品，用汽车运抵雅安，又购茶叶540包，分类打包，雇用骡马，沿历史上的茶马古道进藏。7月2日动身到10月25日才抵达拉萨，用

▲雅安为川藏线起点

了近5个月时间。

川藏起点

1950年4月，川藏公路开始修建，筑路大军历尽艰辛，劈山架桥，于1954年12月25日终于抵达拉萨。至此延续千载的茶马古道为现代公路取代。川藏公路是中国筑路史上工程艰巨的公路之一。起点为四川省雅安市，经泸定、康定，翻越海拔4000米左右的折多雪山后，在新都桥镇分为南北两线。

我们一行自驾车辆，2007年4月14日上午由汉中出发，全程高速，中午即抵成都。驰进川西平原，莺飞草长，桃红柳绿，正午艳阳透过薄薄的云层照射下来已很有热力。素来温暖暧昧的锦官城里，春熙路上已有着短袖长裙的帅哥川妹。午餐后即登程上城南川藏线。从成都至雅安，穿越由川西平原向青藏高原边沿的丘陵地段，目前全为高速公路。雅安至康定段处于川西高原，也即青藏高原东南边缘，到雅安时，恰逢这"雨城"又细雨飘飞。毕竟春日，那雨落到脸上，凉凉的很舒服。火锅中翻滚的雅鱼也格外鲜美，完了再来一壶蒙顶贡茶，"蒙顶山上茶，扬子江中水"，这都属踏访川藏线的经典享受。

当晚住川藏线起点雅安，这是个让人难以忘记的小城。关键所处的地理位置重要，位于川藏、川滇公路交会处，距成都120公里，是四川盆地与青藏高原的结合过渡地带，历史上便是民族交流之地，素有"民族走廊"之称。至今全市统计仍有18个民族，是汉文化与少数民族文化结合过渡地带、现代中心城市与原始自然生态区的结合过渡地带，也是古南方丝绸之路的门户和必经之路，曾为西

▲早年人工背茶

▲雅安多雨亦多桥

康省省会。东邻成都、西连甘孜、南界凉山、北接阿坝，素有"川西咽喉""西藏门户"美誉。同时，雅安也是茶马古道的起点，明清皆设茶马司，为官方管理机构，历史悠久，积淀深厚，极大促进了雅安种茶、采茶、制茶、运茶业的发展。因此，雅安也被誉为茶文化、茶栽培的发源地。

雅安市所属八个县区都分布在邛崃山脉的河谷与盆地，笼罩于浓绿滴翠的山峦之中。雅安年降雨 1800 毫米，最高可达 2400 毫米，是全国降雨最多的城市，是同纬度城市降雨量的几倍。雅安的雨多是有"根"的，这"根"植于青藏高原。每年春夏，冰雪融化，冷空气从高原扑下，却偏偏四川盆地聚存的热量也需要消散，冷热两股气流交汇在盆地边沿，遭遇于雅安境内，冷热空气相互作用而生成雨，随遇而落，就成就了这么一座雨城。连空气都十分湿润，沿街石阶生着绿色的苔藓，也是一道风景。

折多风雪

次日继续前行，沿途地势逐步抬升，山河走势呈南北纵向分布，公路基本是越山再沿河。在雅安天全县境内曾有"川藏公路第一险"之称的二郎山，二郎山高 3500 米左右，隧道通行以后不再有"天险"之称。但越二郎山后，泸定至康定间的瓦斯河一段，雨季时柏油路面常被漫涨的河水淹没冲毁，并时有泥石流发生。

赶到泸定，日到正午，大渡河水翻滚着激浪泡沫，两岸花白的岩石在日光下刺目，炎热得能穿单衫了。路边有一长溜卖樱桃的农妇，河谷两岸的油菜花金黄

◀ 地理分界折多山

得耀眼，像是给大渡河镶上了灿灿的金边。

下午到达康定，天气骤然变化，本来就不开阔的山沟，被大团的乌云覆盖更显得憋屈，一阵风吹过，转眼便下雨。这雨水与雅雨迥然不同，冷冰冰的仿佛回到了冬季。查看海拔，康定城比海拔600米的雅安整整高出2000米，为2600米，无怪又是一层天了。出康定即翻越山口海拔4290米的折多山。此山是地理分界线，西面为高原隆起地带，有雅砻江，右为高山峡谷地带，有大渡河。折多山是传统的藏汉分界线，此山两侧的人口分布，生产、生活状态等方面都有较显著的差别。大渡河流域在民族、文化形态等方面处于过渡地带，主要分布着有"嘉绒"之称的藏族支系，其地域往北可至四川省阿坝州的大小金川一带。

折多山以东属亚热带季风气候，基本处于华西丰雨屏带中，植被茂密，夏季多雨，冬季多雪。折多山以西属亚寒带季风气候与高原大陆性气候的交融区，气候温和偏寒，亦多降雨，缓坡为草，低谷为林，且多雪峰及高山湖泊。折多山又是重要的地理分界线，折多山以东是山区，而折多山以西则是青藏高原的东部，真正的藏区。"折多"在藏语中是弯曲的意思。

当晚住康定，领略了全城都跳锅庄舞，都唱《康定情歌》的盛况，热情浪漫，真实感受到进入藏区了。次日一早，阳光进出云层，转瞬朗耀，照得山川一片明丽。离开康定城区，公路盘旋而上，短短40公里，需上升2000米，其盘旋陡峭可以想见。将近山顶时，四周山峰皆有未化雪迹，牵连成片，宛如银龙。然而，路上竟有骑自行车的人穿越川藏线。近了，发现是两个外国小伙子，冒险精神让人钦佩。临近山顶，四周豁然开朗，已到折多雪山的垭口，索性停车观景。只见路边牌子赫然标明海拔4298米，再看四周，全部银装素裹，为积雪

▲作者偕夫人在海拔 4300 米的折多山口

包围。尤其顶部一座白色佛塔为藏传佛教标志，塔身四周牵满五颜六色的风马旗，时已暮春，如此壮美雪景确为平生仅见，年轻的同行们欢呼着索性在雪地上打起了滚。积雪盈尺，洁白松软，余与妻年近六旬亦深受感染，"老夫聊发少年狂"携手在塔下合影。

遥看四周，所有山峰皆披银装，尤其远处号称"蜀山之王"的贡嘎雪山，高耸云际，薄雾缠绕宛如纱巾，十分壮观。唯山风极大，呼啸着掠过山垭，吹在身上似能穿透所有衣衫直达肌肤，透心彻骨，若是迎风，几乎喘不过气来。此等地面无法也不敢久停。除了我们，所有来往车辆都匆匆而过，不做停留，我们便上车告别折多山口，但这里的风雪却铭记在心，再难忘记了。

从折多山下来，在川藏线南北分岔路口，有一大片高山盆地，十分平坦，田畴相望，小溪如带。远处山峦起伏连绵，山下藏寨散落其间，有牛羊在安静地吃草，有炊烟从藏寨飘升……对刚从险峻的折多山口下来的旅客来说，显得太不可思议。其实，这就是进入藏区的魅力。这个叫新都桥的地方也因此被称为"摄影家的天堂"，每年都吸引大量摄影发烧友，扛着长枪短炮，来到这里追光捕影。

新都桥也是南北川藏线的分合交会之地，许多旅客和摄影家在此分赴两路，去领略南北川藏线不同的风景。

川藏北线

川藏北线有大小之分。从新都桥一路朝北，进甘孜州后，经炉霍、甘孜、德格过岗嘎金沙江大桥入藏，再经江达、昌都抵川藏线南北交合点邦达后，经波密、林芝至拉萨，全程2213公里，此线被称为"小北线"。另一条北线是从成都北上，在汶川与213国道分路，经马尔康、昌都到达拉萨，是317国道的重要组成部分。南线与北线在昌都与邦达有214国道连接。北线沿317国道在那曲与青藏公路交会，也可到达拉萨。川藏北线成都至拉萨全长2412公里。此线被称为"大北线"。

川藏北线新都桥至德格一线，基本上是沿雅砻江而上，时有草场、峡谷、河水、河原等地形，不似南线那般高拔和平缓。塔公草原一带以风光和人文见长，道孚、炉霍等地民居冠绝整个藏区，甘孜县河谷是康区优良的农区，寺院林立，石渠有康区最美的草原，此线还通青海玉树州，经玛多、温泉，可至达青海湖。沿途高原湖泊、雪山、温泉密布，极少有旅游者涉足，是越野探险者推崇的极品线路。

沿川藏北线进出西藏，沿途金沙江、澜沧江、强巴林寺、邦达草原、九十九道拐、怒江大峡谷、然乌湖、米堆冰川，雪山耸立，河谷深切，反差极大，动人心魄，但走川藏北线的乐趣也在于此。尤其德格印经院、色达五明佛学院可以说是康巴地区乃至整个藏区的文化中心，所以川藏北线也是了解藏文化的一条很好的旅游线路。我们重点介绍一下德格印经院和色达五明佛学院。

德格印经院

德格印经院久负盛名，素有 "藏族地区璀璨的文化明珠"之美誉。据藏文《德格世德颂》记载，印经院始建于清雍正七年（1729年），坐落在德格县城，至今已有260多年的历史。1996年列为全国重点文物保护单位，2009年作为传统技艺的德格印经院雕版印刷技艺被联合国教科文组织列入人类非物质文化遗产名录。

印经院总占地面积约5000平方米，构造独特，红墙高耸，绿树环围，幽静壮观。靠大门一侧为一楼一底，正房则为二楼、三楼，参差有致，院内分藏版库、纸库、晒经楼、洗版平台、裁纸齐书室，系典型的藏式建筑风格。

印经院仅是藏版库房便有大小6间，占整个建筑面积的一半。藏版库中排列着整齐的版架，书版分门别类地插满了版架。书版规格有许多种，最大的长110

德格印经院

多厘米，宽 70 厘米，厚约 5 厘米；最小的长约 33 厘米，宽仅约 6 厘米。18 世纪 80 年代末，全院有书版 21.75 万块，每块刻两面。大、中、小版平均，若每面各以 600 个字数计算，其字数总计约 2.6 亿字，规模宏大。

德格印经院以藏书丰富，门类齐全，各教派兼容并蓄著称于世。创始人丹巴泽仁虽信奉红教，但他并不排斥其他教派的经典，这使德格印经院超过其他几个印经院，形成特色。搜集到书稿时，延请著名学者认真分类校勘定稿；由精于藏文（楷体）书法的数十人缮写书版，并由几位学者核审；然后由数百名经过培训、挑选出来的能工巧匠刻版，再由学者校对；经过 4 次反复校对，确认无误后，又经过对经版的复杂细致的防腐、防裂等技术处理，一块经版才算制作完毕。每道工序都有严格的质量标准，规定十分细致、严密，完成的经版字迹清晰准确，经久不变。

印书用的纸，是专门采用一种叫"阿交如交"的草根皮制成的。这种纸韧性强，虫不蛀，鼠不咬，久藏不坏。造纸工艺基本沿用传统古老造纸技术。德格印经院成立 260 多年来，院藏书版基本完好。它不仅以兼容并蓄、版本良好、印刷考究闻名于世，而且也以其收藏各类印版的数量丰富、内容完备，在国内外享有盛誉。所印藏文典籍还远销印度、尼泊尔、不丹、日本以及东南亚一些国家地区，为中外文化交流做出了贡献。

根据德格印经院的版藏目录，它的藏书之丰在我国藏族地区各印经院中首屈一指，有佛教经典和天文、地理、医学、历史、文学、音乐、美术、工艺技术等方面的丛书或专著 200 多部，其中还有一些珍本、孤本。如该院收藏的《印度佛教源流》，在佛教的发源地印度早已失传。有 300 年历史的梵文、尼泊尔文、藏

文对照的《般若八千颂》经版，亦为世界所仅有。

印经院之所以在德格创建，起因是公元 7 世纪末，藏王松赞干布的大臣噶尔东赞的后代避难到康区。传至 30 代时，这个家族的传人索郎仁青做了元朝帝师八思巴的膳食堪布，受到宠幸而获得"四德十格"之大夫称号，受封于元朝廷的称号逐渐演变成当地地名。他统领的疆域跨川、藏、青三省区共计 10 万平方公里的土地。印经院是宗教文化圣地，该修在什么地方呢？一天，土登泽仁思绪万千，闲庭信步，走出官寨，只见耀眼的阳光照拂着一座座拔地而起的山体和空旷的山野上那疏落的植被，连同官寨的金顶都燃烧成金黄色，那些通往河滩的裸露的沙石滚烫得如一颗颗朝圣的心灵，在阳光下发出光辉。而寨前寨后的村庄和成片的树林，堆砌成一片金色，灿烂辉煌如梦境。

也许受到某种启示，一座占地近 3000 平方米、共 3 层、建筑面积近万平方米的楼房便在这里耸立起来。在今天看来，并不是什么大的工程，可是在 200 多年前（1729 年）的藏区，要修此建筑，那的确并非容易的事。当时，土登泽仁征集上千差民，砍伐木料，平整地基，开山凿石，刻制经版，这些基础的工作耗时 10 年，直到他魂归天国。不知土登在世时是如何向后人做的交代，也不知立下了什么家规，就像中国家喻户晓的那位传说中的平凡而伟大的愚公一样，在修建印经院中，老子死了有儿子，儿子死了有孙子，一代代土司义无反顾地接替了前任土司的担子，风雨无阻，永不止步，奋勇前行。那些差民们以子换父，以弟换兄，长期艰辛劳作，无怨无悔。经过四代土司，费时 30 年，建成了三楼一底的印经院。德格土司家族走完 700 年路程后，早已随着摧毁封建农奴制度的历史步伐而寿终正寝了，而作为传承藏族文化的印经院，今日依然屹立在德格县城。

▲五明佛学院

德格已成为今天康巴标准藏语的发祥地，不能不说与印经院丰厚的文化积淀有关联。在今日印经院的库房里，存放着 20 多万块印版，这些印版中，有经文，有史籍，有画版，储存了藏族文化中百分之七十的古籍。仅看看印版的制作就会震撼人心。印经院丰富的文化积累已吸引了大量中外学者的目光，我国藏学专家四川大学教授任乃强，藏族第一个博士格勒，藏族第一个马列主义哲学家平措汪阶等都来这里考察过。

印经院的历史告诉我们，文化是一种世代性的积累。改变民族精神素质是一种过程，在这个过程中，文化起着举足轻重的作用。而作为印版史籍的积累保存者，正是在这个过程中，自觉或不自觉地发挥着文化人也不能替代的作用。印经院的文化底蕴在于它是藏族传统文化的一面旗帜，有了印经院，德格在藏族文化史中就有了沉甸甸的分量。

五明佛学院

色达县五明佛学院位于四川省甘孜藏族自治州色达县城外 20 余公里处，有一条山沟叫喇荣沟，顺沟上行数里，就是举世闻名的喇荣寺五明佛学院，也称色达佛学院。是世界上规模最大的佛学院。

来到这里，首先映入眼帘的是整个山谷布满了密密麻麻的小屋。一律红色屋顶，与谷底和山梁上考究而辉煌的寺庙和佛堂相互映衬，身披绛红色僧袍的喇嘛和尼姑来来往往，穿梭其间，构成一种充满宗教意味的祥和气氛。

在佛学院最高的山峰上，一个金碧辉煌的建筑，叫作"坛城"。上半部分是转经的地方。转经原本就是藏区一道独特的景观，哪怕只有几户人家的山村，村前也必有一座白塔，从早到晚都有人在围着白塔转经。而五明佛学院的"坛城"，据说能够治病，你若有什么疾病，在这里转上一百圈就能够康复。下面一层是转经筒，金色的圆筒在人们长期劳动的手转过之后留下的嘎吱嘎吱的响声，悠长不绝，也构成一道独特的景观。

色达五明佛学院于 1980 年创建。据说十世班禅大师表示赞成在这里成立佛学院，亲笔写信给色达县政府，请求支持。1993 年，中国佛教协会会长赵朴初为学院题写了校名。佛学院发展相当迅速，据称全盛时期学院有僧众逾万人。1993 年被美国《世界报》称为"世界上最大的佛学院"。1997 年，甘孜州宗教局报请四川省宗教局同意，正式批准设立了"色达喇荣寺五明佛学院"。

学员通过各学科的单科考试，立宗论和口头辩论考试及格的，学院可以授予堪布 (法师) 的学位。佛学院有不少汉地显宗学生，故也设汉经院，由堪布用汉语讲经。僧人虽来自不同地域，却都平和相处。佛学院戒律十分严格，男众女众的僧舍泾渭分明，即使是兄妹亲属，彼此也不得互访。正是由于管理规范，持行精严，五明佛学院培养出了很多佛教界知名的学者和僧人，成为全国具有广泛影响的藏传佛教学院。

那么何为五明？

一是"声明"，精通语言文字者为声明。二是"工巧明"，明一切工艺技术。三是"医方明"，明治病的各种医术。四是"因明"，明鉴别、考定正邪真伪之理法。五是"内明"，明自己修持的一切经藏、理法、宗旨，佛教以精通三藏十二部经典为内明。

川藏南线

川藏南线主要以自然风光著名，超过 3000 米的高山达 14 座之多，雪山高耸，冰川晶莹；三江河谷，汹涌湍流；云遮雾罩，千变万化。再就是草原无际，牛羊布野，沿途的经幡、玛尼石、藏寺和多姿多彩的生活片段随处可见，充满了刺激

▲西藏林芝

▲作者在雅鲁藏布江边

与魅力，是旅行者、摄影爱好者眼中的"黄金线路"。

川藏南线于 1958 年正式通车。南线从雅安起与 108 国道分道，向西翻越二郎山，沿途越过大渡河、雅砻江、金沙江、澜沧江、怒江上游，经雅江、理塘、巴塘过竹巴笼金沙江大桥入藏，再经芒康、左贡、邦达、八宿、然乌、波密、林芝抵拉萨。二郎山的雄伟，大渡河的波涛，跑马溜溜的康定，摄影天堂新都桥，世界高城理塘，最后的香格里拉稻城亚丁，巴塘弦子舞，宁静的然乌湖，还有巴松措、巨柏林、尼洋河，每一处都能让人驻足不前，每一处都涤荡着心灵的尘埃。南线相对北线所经过的地方，多为人口相对密集的地区。沿线都为高山峡谷，风景更为秀丽，尤其是被称为西藏江南的林芝地区。

这条线与青藏线相比，海拔稍低，整条线路时而在峡谷中沿着河流行驶，时而在草原上奔驰，时而是蜿蜒的盘山路，海拔从 2000 米到 4000 多米，高差较大，风光迥异。总的说来，四川境内的路况要好一些，西藏境内的路较差，但是现在川藏线全部在铺设柏油过程中，也需要不了多久就全是柏油路了。

雅鲁藏布江下游的雅鲁藏布大峡谷是地球上最深的峡谷。大峡谷核心无人区河段的峡谷河床上有罕见的四处大瀑布群，其中一些主体瀑布落差都在 30 至 50 米。峡谷具有从高山冰雪带到低河谷热带季雨林等 9 个垂直自然带，麇集了多种生物资源，包括青藏高原已知高等植物种类的绝大多数，堪称世界之最。

理塘县是一个风景秀丽、人杰地灵的地方，这里是七世达赖，十世达赖和第七、八、九世帕巴拉呼图克图和十世即全国人大常委会原副委员长帕巴拉·格列朗杰的故乡，也是蒙古国师三世哲布尊丹巴等高僧大师的出生地，因此，被人们誉为中华高城、雪域圣地、草原明珠。六世达赖仓央嘉措也曾有歌颂理

▲藏族妇女

▲米拉山口

塘的诗歌：

> 洁白的仙鹤，请把双羽借我；不到远处去飞，只到理塘就回。

稻城亚丁位于四川甘孜藏族自治州南部，地处青藏高原东部。之所以被誉为"最后的香格里拉"，是因为20世纪80年代，四川摄影家吕玲珑多次深入稻城，拍摄了大量雪峰冰川、高山峡谷、珍稀禽兽、烂漫野花等自然风光，引起人们对稻城亚丁的广泛关注。亚丁为藏语，意为"向阳之地"，一度出现稻城亚丁旅游热，人们纷纷来此感受世界上最灿烂的阳光。

川藏南线海拔最低的是巴塘，仅2600米，四周有雪山环围，中间是巴河积淀的带状平原。街市繁华，旅店、饭馆、商铺、医院一应俱全，是最适合游客调节休整的地方。

穿越金沙江就算进入西藏，一路美景不断。尤其鲁朗林海，是由灌木丛和茂密的云杉、松树组成，川藏线有几公里直接在林海中穿行，车窗外绿得丰富、绿得滴翠，在高耸入云的南迦巴瓦峰的皑皑白雪映衬之下，十分雄奇壮丽。

沿线风味美食中鲁朗镇的石锅鸡堪称一绝。石锅是整块石头凿空而成，鸡则是当地藏民所养土鸡，用雪山溪水配以人参、藏贝母、百合、枸杞等药材慢慢地炖，绝对是人间美味。

林芝素有"西藏江南"之美誉，平均海拔仅3100米，森林遍布，野花成片，还有罕见的千年茶树。林芝自然条件得天独厚，气候宜人，水资源丰富，川藏线一直与雅鲁藏布江和尼洋河为伴，车窗外风景秀美，可谓画中之旅。

▲藏式楼舍

▲甲居藏寨

再往西行，只需翻过米拉山口，雪域圣城拉萨便在望了。

藏寨民居

　　川藏线上值得观赏，或者说给人留下深刻印象的还有沿途的藏寨民居。比如丹巴的甲居藏寨曾被媒体称为中国最美丽的乡村。整个丹巴甲居藏寨面积约 5 平方公里，近 150 座民居星罗棋布，全景以绿色、白色为基调，造型独特、别致。绝大部分民居为四层，石木结构建筑，完整保留了嘉绒民居的基本特征，保持了历史的面貌和风格。甲居藏寨是自然环境与建筑的完美结合，具有高度的观赏价值和艺术价值，是中国民族建筑的典范，被称为"中国最美丽的乡村""藏区的童话世界"。所以也成我们探访川藏线的目标之一，参观后留下极深的印象。

　　甲居藏寨离大渡河畔的丹巴县城仅 10 余公里，但因村寨建在山腰，需要上升近千米。道路窄且盘旋，山下就是大渡河的主要支流大金河，水流湍急咆哮，临窗一边为高山，一边为悬崖，竟让人生出恐惧，不由自主紧握了拳头。幸亏村寨建在大山的怀抱，有不少台地和涧沟，减缓了立陡程度，也宜建设村落。委实名不虚传，甲居藏寨美丽而幽雅，一座座造型别致的白色小楼错落在浓荫绿抹之中。小楼大多为三至四层，墙体多用石头砌成，楼顶四周建有小塔，塔上插着玛尼旗，门前挂有经幡。其底层为牲畜圈，二层是客厅和厨房，三层以上为卧室，顶层常设为经堂。外形上，既有寨房的特征，又有碉楼的形态。

　　我们去的一家，女主人叫拥忠拉姆，30 岁左右，身姿高挑，漂亮能干，开着农家乐，还给我们发名片，带我们楼上楼下参观，踩在独木梯上山羊般敏捷。

▶崩空式藏民居

她家是新修的三层楼房，花了十几万元，当时在农村已不算小数目。她说公公是县政府公务员，是一辈子才攒够的钱，丈夫在外打工，她经营农家乐。站在拥忠拉姆家楼顶眺望，整个甲居藏寨尽收眼底。百十幢美丽独特的嘉绒藏式民居依据山势，错落有致地坐落于大山怀抱，背靠神圣的墨尔多神山，脚下是流淌的金川河谷。各家之间有一定的距离，四周有庄稼地和果树。4月中旬，小麦已拔节秀穗，李子树也开着洁白的花朵，真宛若童话世界。如此古朴典雅的丹巴乡土民居，是中国乃至世界乡土民居建筑的一朵奇葩。

折多山下新都桥的民居也被称道，大都倚山建房，以石砌墙，房高数丈，一般三层，底层养畜，楼上堆物和住人。每座楼房的每面墙上开着三四扇窗户，阳光能终日照晒，窗檐上用红、黑、白等色彩描绘着象征人丁兴旺、五谷丰登之意的日月或者三角形图案。这些房子的石砌或是夯筑技术都堪称精湛高超，气势也甚为雄伟壮观。每家都有白墙院子和朱漆大门，据说楼房的高低，院子、大门的大小都显示着富庶的程度。

川藏线上值得欣赏的还有道孚民居，这是藏式建筑中极具特色的一种。它特有的气质，在道孚构筑着历史和现在。有专家说"到藏区不去参观道孚，犹如到了北京未去长城"，主要是指道孚随处可见的"崩空式藏民居"，也就是"木头架起来的房子"。

崩空的形式分两种：一种是以夯土或砌石为基础，在其上象征性地架上一两间崩空石木结构形式；一种是以整原木架就的全木结构形式。主要分布在川藏北线上的道孚、炉霍、甘孜、德格和江达一带，其中尤以道孚和德格两地的全木结构"崩空"最具特色。

德格地处深谷，民居皆依山势而建。重重叠叠依山而建的民居，给人一种扶摇直上的感觉。由于地势所限，这反而促使德格"崩空"式民居在空间布局上发挥得更自由。在层数上，二层、三层不拘；在阳台的取位上，或居中或置边，随主人的意愿而为。窗框呈外八字形，一般要雕琢二至三道图案，如蜂巢、串珠、莲花瓣等，并且有彩绘，透露出一种华美的气息。

还有一种古碉楼式建筑，几乎在川藏沿线都能看到，尤其丹巴比较集中，林芝尼洋河谷、工布江达也有分布。一般有四五层，其形状和功能都与古碉建筑极为相似，底层为畜圈，二楼为厨房，三楼设经堂、寝室、粮仓，四楼为库房，房顶为晒坝。碉楼还有十几层高的，分六角、八角等，墙上有用于射击和瞭望的小孔。全部用砖石砌成，十分坚固。有的还用通道全部紧紧相连在一起，多的达到数十户，即数十幢碉式房屋前后左右连成一片，形成一个庞大、气势雄伟的城堡。这些房屋不仅户户相连，而且家家有暗道相通，可自由往来。这种碉楼式房屋常用于战争防御和守卫，应该和清代乾隆时曾对大小金川用兵相关，史书中有记载，川藏线经过的小金还有清军将士陵地遗址。

历史风烟逝去，川藏线上的古碉楼已成为旅游资源。

▲藏式碉楼

卷六／滇藏线风情

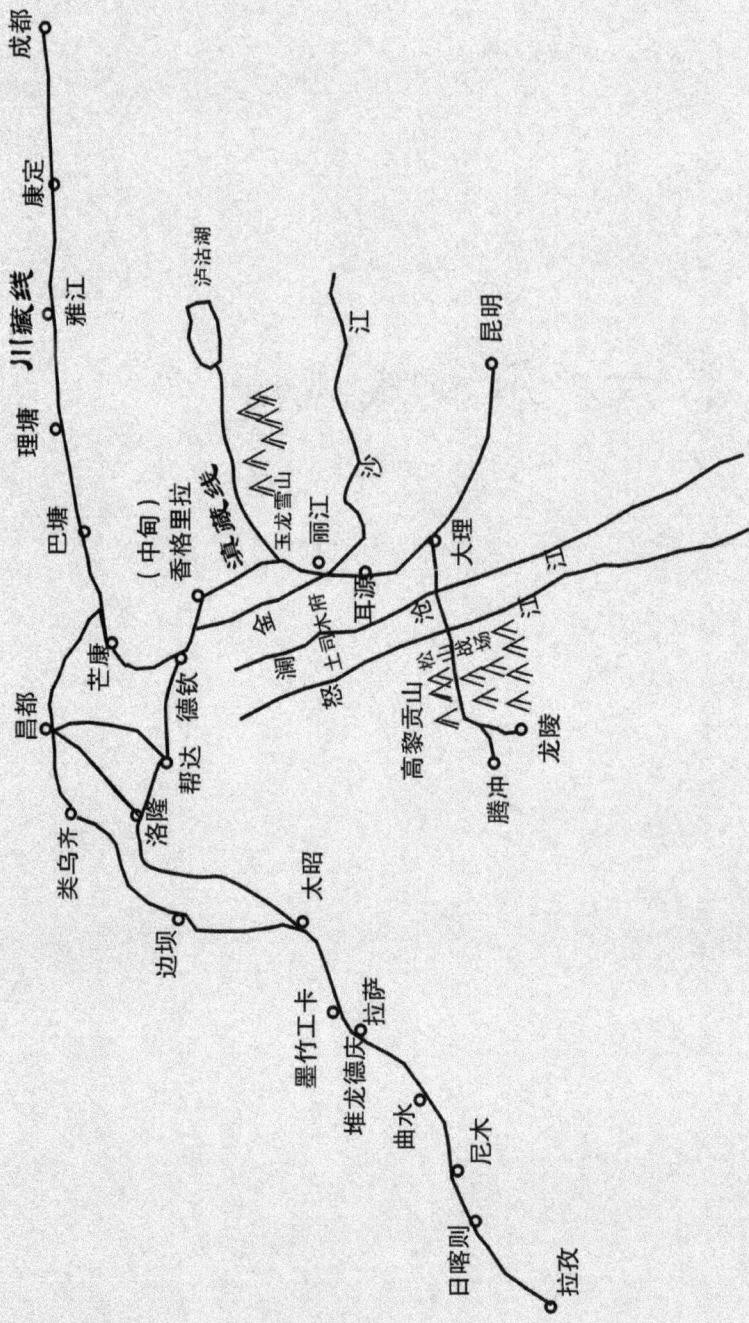

滇藏线：大理、腾冲、丽江、中甸旅游示意图

三江并流·藏羌走廊

三江并流

　　三江是指怒江、澜沧江与金沙江，这三条驰名中外的大江皆发源于青藏高原，与我们耳熟能详的"三江源"中的三江有些区别。"三江源"也在青藏高原，其中多了条黄河，少了条怒江。黄河发源于巴颜喀拉山脉，在鄂陵湖与扎陵湖积蓄了最初的力量，经玛多、玛沁，经玛曲时受到阿尼玛卿雪山阻挡，流向了中国的北方，对华夏民族的孕育成长起到举足轻重的作用。黄河也就成为中国北方的一条大河，不再与中国的东南纠缠。怒江、澜沧江、金沙江流经的地域则为藏东南、滇西北与川西南。按照地理学家的说法，由于印度板块东北边缘与欧亚板块边缘的冲撞挤压，在滇西北和藏东南产生了一系列南北走向的山脉，也就是地理书上所说的横断山脉。这些山脉大多高耸入云，是世界屋脊青藏高原的组成部分，终年积雪，冰川遍布，蕴含着巨大的水源。冰雪消融后，汇纳百川，形成怒江、澜沧江、金沙江三条水量充沛的巨江。

　　这三条江的共同点是都受到横断山脉的限制，只能顺着由北向南的河谷流淌，也就形成了三江并流的地理奇观。这一奇观伴着青藏高原的形成诞生，至少已有340万年的历史。由于地形险峻，突兀跌落，少有专门地理学家探察。直到明代万历年间，大旅行家徐霞客才多次到这一地域。徐霞客的贡献是首次提出金沙江是长江的正源。在此之前，古人一直认为长江的上游是岷江，所谓"岷山导江"。但徐霞客没有现代测绘仪器，也无法高空俯瞰，他没有发现"三江并流"这一现象。

　　直到20世纪地理大发现时，"三江并流"的奇观才被人发现，他是英国植

▶ 金沙江河谷

物学家金敦·沃德。这个人在他73年的人生旅途中，竟然有45年在中国滇藏交界的横断山脉之中活动和考察，他是植物学家，凭着专业知识，他认定横断山脉独特的地理环境，使植物垂直分布，其品种之多、门类之广，都出人意料。他毕生都沉迷于这片土地，他凭借广博的学识与阅历，关注这片地域的山形地貌、气象物候，乃至民族人种。他甚至还写作并出版了一本地理著作《神秘的滇藏河流》，在这本书中，他以生动的笔墨描写滇西北与藏东南之间的横断山脉，这里雪峰排列壁立千仞，宛如一把把插入碧空的利剑，银光闪烁，寒气逼人。在高黎贡山、怒江山、云岭、大雪山四道莽莽山岭之间，奔腾着怒江、澜沧江、金沙江三条大江，河谷深切，江水奔腾，惊涛裂岸。金敦·沃德在他的著作中，第一次描写了三江并流的奇观："在某个地点，三条河流相互间的距离当在80.5公里以内，中间的湄公河（澜沧江）与长江相距45公里，而与萨尔温江（怒江）相距32公里，这是世界地理上的奇观之一。"

事实上，三条江的最近距离仅66.3公里，这一地理奇观2003年被联合国列入世界自然遗产名录。

更为重要的是这些高山间的河谷，历史上曾是民族交融的通道，被史学家称为"藏羌走廊"或"藏彝走廊"，为民族之间的沟通交流做出过不可取代的举足轻重的贡献。

藏羌走廊

我国藏学奠基人与开创者任乃强先生花费相当多的时间与精力深入西康地

▲湖光山色

区，在广泛田野调查基础上，写出过一本《羌族源流探索》的专著，对民族间的演变、迁徙、融合做出了令人信服的论述，他对河谷在民族交融过程中所起的桥梁作用十分看重。可以推想，当初尚处在游牧状态的古代先民，沿着湿润平缓的河谷，一边采摘渔猎，一边寻觅栖息之地，长期探索，终于发现险峻的大山中竟然有河谷可通，原始的古道一般都要经历自然踩踏和自然发现的阶段。

其中的道理十分简单，河谷一般植物茂盛，有果实可供摘采，有鱼虾可供捕捉，且不乏水草，即便有茂密的丛林阻挡，砍伐或焚烧即可通过，即便有险途，在铁器发明之前的石器时代，用石砍砸便能解决。笔者10多年前，在秦岭腹地寻访蜀道时，便曾在留坝县境褒水沿岸不易通过的倾斜石坡上，发现多段间隔一米左右的石窝，经请教蜀道研究专家郭荣章、陶喻之等多位先生，均认为极有可能是古代先民用石器所凿。另外，河谷平缓，少攀登之苦险。

于此，笔者更有切身体会。1992年暑期，考察蜀道中著名的古褒斜道，行至秦岭腹地孔雀台险段，此处褒水汹涌湍急，山崖立壁陡峭，古人采取在崖壁凿孔安梁铺板，类如今日楼房伸出去的阳台，留下约17米长的一段石梁遗迹，素为专家看重。我们一行在此拍摄完毕，正欲前行，突然上游洪水暴涨，猛扑下来，引起一段山崖崩塌滑坡，眼睁睁地看着过不去了。无奈之下，只好翻越整座大山，以避滑坡地段。大山险峻且丛林茂密，几乎是爬着穿越，直到次日凌晨才避开险段。10分钟就能通过的河谷，翻越高山却用了整整10个小时。由此不难看出古人选道的智慧，只要沿着河谷，几乎是无所不通。这种选道的经验至今仍被采用，修筑现代公路和铁路多沿着河流，称为沿溪线。只有必须翻越的山岭才会修盘旋上升的越岭线。

河谷作为民族交融的通道，被许多专家关注，比如费孝通先生 20 世纪 80 年代初提出"藏彝走廊"这个学术概念。费先生强调，人们研究西藏或藏区，多把目光停留在藏区自身的区划与差别，比如称"卫藏法区，康巴人区，安多马区"（卫藏法区是指以拉萨为中心的前藏与以日喀则为中心的后藏为西藏佛法核心区域；康巴人区，则强调由于接近内地，受汉文化影响，信仰佛教限于精神层面，作为人已经十分注意物质享受，川西北、滇西北为康巴地区；藏北那曲及整个青海与甘南以产良马著名为安多马区），很少关注到藏族与其他民族在历史交流、交融中发生的变化。其实，不仅是三江并流的河谷，川西北的岷江、沱江、嘉陵江以及众多的脉流河谷，都为民族交流提供了天然走廊。

生存演变

千百年中，由于战乱、灾荒，多个民族在利用河谷辗转迁徙，寻找新的家园时，也把这个民族积淀、传承已久的生活方式，风俗民情乃至文化积累带到了新的栖息地。时至今日，若乘了汽车，沿着川藏线或滇藏线行走，可以轻易发现许多民族交融和生存方式演变的痕迹。

提到民族交融与演变，康定是个绕不开的地方，分布于折多山与跑马山之间，折多河两岸长约 10 里的街市，其实是片永远说不尽的世界。单就建筑而言，传统藏寨多为土木结构或木石结构，皆就地取材，雪山河谷森林遍布，冷松居多，端正硕大，用于梁柱，榫卯结构，并不用铁钉，结实抗震。或三柱落脚，或五柱乃至七柱落脚，视家庭经济决定。若是土司衙门，或锅庄富家，一般三四层，下层养牲畜，二层住人，三层为经室，四层四周为矮墙，四角有牛首或羊角装饰，中间则为广场，用于打晒谷物，整座庄院十分气派，宛如古堡。但凡土墙瓦顶，中式门窗，贴有对联，透着川西民居特有韵致者则为汉族无疑。这里有规模宏大的喇嘛寺庙五明学院，重檐覆顶，金碧辉煌，与纯粹藏区的寺院风格明显不同，显然深受内地传统建筑影响。康定城中足以和五明学院相抗的是一座富丽堂皇的天主教堂，西洋式塔顶高高地耸立着沉重的十字架。满街人穿着藏式条纹筒裙、羌人绣头帕、羽绒服、牛仔裤，还有三五成伙少男少女的时尚衣衫与同样三五结伴的喇嘛们的紫红袈裟，真正五方杂居，五彩缤纷。今日康定，仅是饮食，就有重庆火锅、藏式茶楼、川西凉粉、云南米线……多不胜数。

给人印象至深的是丹巴，这个有五条大渡河支流汇聚的河谷，也像五指分开，形成多条适宜人居的河谷。由于海拔仅 2000 米左右，日光充足，正宜农耕，分

▲羌氐民居

▲羌族妇女头帕

布在山沟中的藏式民居，大多三四层高的石砌碉楼。粉白石墙，彩绘门窗，掩映在绿麦苗、黄菜花、粉桃花的色彩之中，简直是世外桃源、童话世界，一度成为旅游热点。丹巴还保留着 500 余座高达 20 余米，用石块砌就的碉楼，与岷江上游著名的桃坪羌寨碉楼如出一辙，尽管这儿的群众自称嘉绒藏族，信仰藏传佛教，但多数专家认为他们的先祖应为最早生活于中国西部的羌人，由于战乱或自然灾害，沿着河谷迁徙至此。

2007 年，我曾到过丹巴的甲居藏寨，这个大渡河畔的村落，散居着百十户人家，红白相间的石砌小楼掩映于洁白的梨花丛中，恍若仙境。这个寨子因为离县城仅 7 公里，海拔却要从 1800 米上升为 2500 米，简易公路在陡峭的山坡上盘旋，一边是奔腾湍急绿汪汪的大渡河水，一边是高耸入云的钢蓝色的山崖。村落便散落在崖下山坡上，村周田垅相望，麦苗青菜花黄，在河谷望去宛如云端中世界，羌人素有"生活在云朵中的民族"的美誉。而地图上却分明标着"甲居藏寨"，目前已是以旅游业闻名的村子，几乎家家都搞"藏家乐"，有接待游客吃住的条件。我们去的一家，女主人叫拥忠拉姆，身材高挑，明眸皓齿，举止大方，还能讲普通话。她首先带我们参观新盖的三层碉楼，上下楼的独木梯子引起我的关注，有曾相识之感，这是用整根独木凿出踏步，固定斜靠在楼层之间，整个川西北羌族寨子都使用这种独木梯。既然专家认为嘉绒藏族的先祖为羌人，那注定会把构筑碉楼的经验、使用独木梯的习惯也带进藏区。

藏区真正的纯牧区往往在海拔 3500 米以上的高寒地区，这里已无树木，除了草无法生长庄稼、蔬菜。牧民也大多依然是世代流传的逐水草而居，通常是用黑色牦牛毛编织的黑色帐篷，防雨保暖，十分实用。据说早年牧区土司为了摆阔，

▶河谷妇女

也曾用牦牛帐篷创造过奇迹，选择水草丰茂且平坦的河谷，搭建出"巨无霸"帐篷，里面可摆百桌酒席，可容纳全部落的男女狂欢。仔细一想，也很不简单，能摆百桌酒席，面积近千平米，空间如何支撑？门窗怎么设置？如何通风透气？也真是把游牧所用帐篷文化推向了巅峰。据说，若是迁徙，拆下的帐篷要用100头牦牛驮走，若是现在，几乎有申报吉尼斯世界纪录的条件呢。

多彩婚姻

一方水土养一方人，一方水土也养育一方婚姻。

在滇西北、川西北三江流域的稻城、乡城、得荣、德钦、中甸、贡山、宁蒗、丽江、福贡、泸水一带，至今保持着一夫一妻、一夫多妻，更多是一妻多夫的婚姻模式。其原因既有传统的影响，亦不乏环境的制约。20世纪藏学家任乃强深入藏区调查，在其名著《西康图经·民俗篇》中，对藏地婚姻有专章论述：

番（藏）家兄弟共娶一妻者甚多，谓如此可增进弟兄友谊，消灭家庭之祸乱。嫁女者亦不以多夫为耻。婚礼成后，妇住一室，弟兄皆有寝他所；有欲敦伦者，入妇室，以其帽或靴带挂门上，后来者望见，即自避去。妇得子女，呼诸人皆为父，不究所出。番妇职主中馈，司锁钥，为一家主母，有左右男子之力；故事数夫，驾驭之若有余裕，其关系颇似汉人之多妻妾者也。

前条所记之弟兄、叔侄共娶，即世传之一妻多夫制也。又有姐妹姑侄共赘一夫者，即世传一夫多妻制也。西康与藏，虽并行此二制，综其意义，实为一制：

即一家多数人共娶一男或一女也。番中男子多为喇嘛，妇女得婿甚难，每有赘一男婿，合家妇女皆与之奸通者。如此秽事，竟可公开告人，不唯本妇不妒，旁人亦不得而议之。是亦一夫多妻制之变体也。

　　任乃强在调查中，谈及传统和习俗的影响，也谈及客观原因，比如藏区男子多去寺庙当喇嘛，造成男女比例失调。藏学家柳陞祺曾任国民政府驻藏办事处英文秘书，在拉萨 5 年，著有多种藏学著作。在其《西藏与西藏人》中谈到他曾从头到尾参加过西藏贵族程序繁多的婚礼。他广泛调查认为："一妻多夫，也就是几兄弟共有一个妻子，是西藏婚姻中的普遍现象。我们知道一家，一个妻子主持着 7 个丈夫的家政。在众多的要求者中，每个丈夫的权利和义务如何分配，依各个家而不同，想必有一种建立在轮换制基础上的默契。在普通人家中尤其是这样，因为总有人要外出朝拜或经商。在比较上流的社会，优先权自然属于最成功的丈夫，凡事都论级别地位，似乎是西藏贵族血统中的遗传基因。当女人生下了一个孩子，最有权势的配偶则得到父亲的称呼，其余的人就是叔伯了。"

　　这种情况并非完全出现在普通百姓身上，在西藏上流社会贵族世家中，"一夫多妻"和"一妻多夫"的情况也时有发生，有时还有姐妹共嫁一夫，乃至于"父子共妻"的情况。藏族女学者次仁央宗，在其专著《西藏贵族世家》用专章介绍了这种情况：

　　近代贵族擦绒家是一个具有典型性的例子。达桑旺堆原来出身卑微，因为得到十三世达赖的宠信，才被贵族社会关注。后来，他又抓住机会，与原擦绒公子桑珠仁次的遗孀建立了婚姻关系，堂而皇之地进入了贵族擦绒之家。以后，他又有了巩固地位的机会，那就是原擦绒家的女孩子们到了结婚的年龄。就这样，达桑旺堆又与原擦绒家的女儿们分别建立了婚姻关系。从此，达桑旺堆名正言顺地以原擦绒家的女婿身份活跃在贵族社会中。毫无疑问，原擦绒家的女子们之所以接受共夫这一婚姻事实，极大的可能是为了延续不连贯的家族体系而做出的婚姻选择。

　　另外，曾经出过八世、十二世两辈达赖的拉鲁家族，也出现过两代女人共夫的情况。据拉鲁家族最后一位继承人拉鲁·次旺多吉回忆，他最初进入拉鲁庄园时还是个孩子，只有 12 岁，而寡居的女主人已经是 30 多岁的中年妇女。在他成人后，正式与比他大 20 多岁的女主人结为夫妻。他的回忆录中有这样一段记载："在我 26 岁时，有一天我和央宗次仁（女主人）正在家中，拉鲁随员们谈了他们的想法，'我们拉鲁家势单力薄，将来若无后嗣不行。为此，如能迎请一位年

▲贵族杜洛少爷之父死后，他与后母结为夫妻（陈宗烈摄于1957年）

轻姑娘就好了。就此请央宗次仁予以三思。'央宗次仁问道，若迎娶她亲戚的姑娘吞巴·德吉怎么样。我念及她是央宗次仁的外甥女，且体态、容貌各方面皆好，便表示同意。"就这样，在拉鲁家再一次顺利地出现了符合贵族社会观念的一夫多妻。

由于在贵族家庭地位巩固，拉鲁·次旺多吉成为西藏地方政府四位嘎伦之一，中华人民共和国建立后曾进京与毛泽东、周恩来有过交往。1959年任叛军总司令，曾被监禁，后又任多届西藏自治区政协副主席，是西藏家喻户晓的传奇人物。2011年才以98岁高龄去世。

20世纪50年代进藏工作多年的摄影家陈宗烈，曾在后藏采访过一桩父子共妻婚姻。那是一户小贵族，老杜洛夫妇生有一个儿子，妻子去世后又娶了个年轻的女人，仅比儿子大8岁。儿子长大后，老杜洛去世，小杜洛自然与后母结为夫妻。这种事情在西藏没有人觉得不对。陈宗烈还为这对儿"母子婚"拍摄了照片。

在三江流域，环境制约也十分明显。三条大江似乎可以带来充足的水源，实际情况并非如此，怒江、澜沧江、金沙江在上游河谷有个共同特点，两岸山谷立壁千仞，且高差很大，通常为2000米至3000米，山顶雪峰延绵，谷底却十分炎热，被地理学家称为干热河谷。谷底虽奔腾着江水，在漫长的历史岁月中，并无电动抽水一类现代设备，澜沧江上游盐井至今靠妇女们用木桶背盐水就是例证，连值钱或赖以为生的盐水都靠人背，灌溉或生活用水只能靠天吃饭了。

事实上，三江河谷并无多少川道或坝子可资利用。大多是山腰流淌一股泉水，四周的山坡被开垦出来，养活几户人家，形成一个几户或十几户的自然村落。村里人口多少则取决于泉水流出的量，世代相袭，甚至几百年都没有多少变化。其中限制人口增长的重要原因便是婚姻模式。一家不管有几个弟兄，都只合娶一个妻子，好处十分明显，一处老屋能世代相袭，若是兄弟各娶妻子，自立门户，分

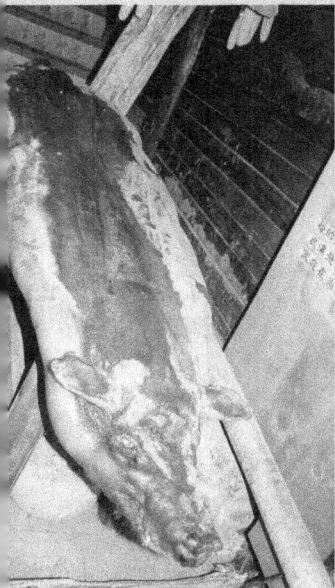

▲三江河谷猪膘肉　　▲三江河谷妇女儿童

家另过，便要另盖新房，仅是这一项便要把可以利用的良田耕地占完用尽。再者，过去无计划生育，但妇女生育时间有限制，几个男子合娶一个妻子，自然就限制了人口。只要是土生土长的当地村民，无论男女，便都清楚这种受环境资源制约的格局，女子多外嫁，多余的男子则去寺庙做喇嘛。据说，三江河谷有许多古老的村落，从清代至今都没有增加多少人口。这个现象，早在20世纪初就被进入三江并流地区的外国传教士注意到了，并认为是符合当地生态的生存模式。这并非遥远的历史，现在仍然如此。

近年，有一部五集电视纪录片《西藏一年》曾在中国中央电视台和多个国家的电视台播放。该片导演、撰稿及制片人叫孙书云，1986年，我进北大首届作家班学习，她正好毕业去了英国，现为自由撰稿和独立制片人。她曾一人沿着玄奘西行的道路独闯西域、中亚和印度，返回写出一本纪实作品《万里无云》，由此引起我的关注。她还曾多次去西藏，并在江孜与《西藏一年》中八位主人公相处一年。除完成一部引起广泛关注的电视纪录片外，还于2009年由北京十月出版社出版《西藏一年》一书，用专章介绍了"一个女人与三个男人"的事。这家的女主人央宗，是一位能干、贤惠、漂亮的中年妇女，她的三位丈夫洛嘎、顿旦、次旦是亲兄弟，其中老大洛嘎脑子不好使，有点傻，但还能干点背水之类的粗笨活。央宗结婚时不到17岁，婚礼那天还不知道新郎是老大洛嘎还是老二顿旦，老三次旦才13岁，没有介入。下面直接引用孙书云和央宗的对话。

▶河谷人家

"嫁给三兄弟怎么过呀？"我直奔主题。

"兄弟共有一个妻子是我们这儿的风俗。"她淡淡地说。

"你和次旦是什么时候成为夫妻的？"

"次旦19岁那年，顿旦问我能不能接受次旦，我没答应也没拒绝，顿旦就当我答应了。"

央宗说到这儿的时候，显得有点手足无措，她站起来，从罐子里取出一些青稞晾晒。不过她还接着说下去了，与次旦结婚没有仪式和典礼，也没有结婚证，只是顿旦找了个借口出门走亲戚而已。

这就是一个女人与三个丈夫的基本故事。在这本《西藏一年》中，还用了整整一章，描写了一对新人嘉措与宗嘎的婚礼，尽管规模宏大，十分热闹，把藏族的婚礼风情展示得淋漓尽致，但从头到尾相貌端庄的新娘宗嘎都在姐姐陪伴下哭泣，新郎嘉措则神情冷漠，好像参加别人的婚礼，原因是他对新娘不感兴趣。婚姻是双方父母一手包办，唯独新郎的弟弟，一位中学生跑出跑进十分高兴，因为他只要中学毕业，这位嫂子也就是他的妻子了。这是全村人都心知肚明的事情，顺理成章，没有什么不对。

书中还写了一位包工头仁青，不吸烟、不喝酒，精明能干，组织起100多人的建筑公司，几乎承揽了江孜一半的建筑工程，事业干得十分成功，又娶了远近闻名的美人琼达做妻子。可仁青也有烦恼，他与前妻的儿子洛桑，年轻气盛，喝酒后杀了人，已经关了10年。仁青一直为儿子减刑奔波。孙书云离开西藏前夕，见到仁青，他高兴地说，儿子很快就回来。可是书云的助手藏族小伙边巴却说："看吧，那个漂亮的琼达注定要成为他们父子俩的老婆。"边巴还强调，"藏族人不谈这种事，他们只做不说。"

但是，也有主动说的情况。我的一位朋友，创造了一项堪称吉尼斯世界纪录的事情，利用国庆节七天长假，全程跑完了青藏线（从汉中出发）和川藏线。去过的人都知道仅川藏线就需要翻越 14 座海拔 4000 米的雪山和无数深谷激流，最老练的司机仅川藏线也需一个星期，但我这位朋友却用每天近千里的速度跑了天险天路。我问其感受，他没讲雪崩路塌、黑夜迷路、车坏焦灼的种种险情，却讲起在藏区遭遇的"艳遇"。

有一天他们连夜过金沙江，赶到巴塘进入了四川，海拔也低了，美美睡了一觉。第二天一早就起床赶路，在小吃店门口遇到位藏族姑娘要求搭车，同车的小伙们一见姑娘身材高挑，脸庞红润，眸子黑亮，有股野劲，都一口答应。藏族姑娘热情活泼，唱了一路藏歌，还用手机跟康定家中联系，邀请他们前去做客。小伙们都乐了，说要去演一出"康定情歌"。姑娘掩嘴含笑。

路上，不知谁冒失地问："听说藏族几兄弟合娶一个老婆，有这事吗？"

"有啊，我妈就嫁了我爸三兄弟！"藏族姑娘毫不掩饰，十分坦诚地告诉他们，三个父亲，一个在山上放牧，一个在家种地，一个在外面做生意。妈妈在家里操持家务。她们姐妹两个，她当教师，妹妹考上公务员，是交警。家里刚盖了新房，一家人其乐融融。

"那三个父亲都在家咋办？谁跟你母亲住？"

"谁先进母亲房子，把鞋放在门口就行了……"说这话时，藏族姑娘还有种炫耀般的得意。

那天，他们受到姑娘全家的热情接待。姑娘家新修的房子在康定城郊，四间三层藏式建筑，门楣涂着彩绘，悬着经幡，宽敞明亮，风情十足。满满当当的一桌藏餐，两姐妹都穿着鲜艳的民族服装，献哈达、跳锅庄，唱歌劝酒，吸引了许多邻居。藏族人好客，尤其能以邀请到汉族年轻小伙到家做客为荣。他们都像做了一回"准女婿"，晚上住在散发着油漆清香的客房，新床新被，辗转难眠。让他们费解的是，当晚藏族姐妹也和他们在同一层楼上，房间紧挨着，谁都发现两姐妹整夜房门都虚掩着，几个小伙都"有贼心没贼胆"，谁也没敢造次。让人家真选上做上门女婿，那麻烦可就惹大了。

这位朋友遇到的事，让我想起 2000 年在喀什结识的维吾尔族朋友买买提·阿不都拉。他毕业于中央戏剧学院，时任喀什群艺馆馆长，那天不知怎么聊起家庭婚姻，他激烈地批评汉族受孔孟之道危害太深，只讲伦理，不讲人性。他说少数民族少了礼教束缚，敢爱敢恨，在婚姻情感自由度上优于汉族。不能不说他讲得有道理。

其实，笔者务农时，在秦巴腹地也曾遇见"一妻多夫"的婚姻。山地男子因狩猎、割漆、伐木致残的较多，一旦丧失劳力，女人便需另招一位男人上门，养活儿女，也包括原先的丈夫，山地谓之"招夫养夫"。其间全凭女人聪明地从中周旋，使两个男人都得到好处和温存，把人生的功课进行到底。大凡环境艰苦、生存艰难的地方，都会有类似婚姻发生，有的叫法不同，比如"拉帮套""站门汉"均属此类情形。任何时候，生存总是第一位的事情。如同一位哲学家所说："存在的就是合理的。"

▶ 远眺泸沽湖

泸沽湖畔·走婚男女

高原仙境

3月的滇西北高原，已是花团簇锦、五彩斑斓的世界，放眼望去，满山遍野粉嘟嘟的山桃花，白艳艳的野梨花，金灿灿的油菜花，在环绕山腰的麦苗映衬之下，仿佛一幅巨大的油画，流光溢彩，逼人眼目。一路大家惊叹不已，只听"咔嚓、咔嚓"的相机快门声不绝于耳。向导却微笑不语，一脸矜持——好戏还在后面。

果真，车刚转弯——呀！所有人都惊叹得说不出话。一大片蓝宝石般的湖水，安静地躺在群山环绕的高原，远处的雪山银光闪烁，四周的山峦青绿滴翠，几只小船荡漾在水面，正是落日时分，西天一片紫金的彩霞把整个湖面辉映得云蒸霞蔚，波光粼粼。这便是无父无夫至今保持着走婚习俗的最后的母系家园，以其独特的摩梭风情，为众多游客向往的泸沽湖。

人们最早知道泸沽湖是20世纪80年代。那会儿，人们还不大知道世界上有这么个美丽的地方。四川的一位文友捷足先登去了一趟，深深感到震撼，他是位编辑，曾专程来汉中向我约长篇小说。闲聊时说到泸沽湖，"别的地方可以不去，一定要去泸沽湖，它要告诉你的是这个世界上早已消逝的、没有的，也许再也不会有的东西。"这位文友对我一再叮咛：去泸沽湖看看，那里人们的生活还停留

▲作者与摩梭女

在母系社会形态，是几千年前我们祖先生活的活化石。他们至今流行着走婚，走婚是以相互喜悦作为男女交往乃至夜晚同居的唯一理由。一旦相互生厌就分手，不存在分财产、分子女、纠缠或打官司。孩子都随母亲生活，多数不知道父亲是谁，知道也没有认同或归属感。妇女只提阿注，不提丈夫，阿注是走婚对象，谁的阿注多谁有面子。男女白天都在各自的家庭生活，只有晚上在朦胧的月色中，在山坡和原野上才能见着走婚男子匆忙又喜悦的身影，各自去寻找自己的阿注，黎明前又匆忙离去。每一次充满爱意的夜晚虽然短暂，但坚持有爱才能走婚。虽然要更换多位对象，但喜悦和爱情却会贯穿他们一生。

摩梭女人说，十五的月亮亮一天，摩梭女人要亮一生。这种爱情和婚姻方式，对于处在现代社会的人来讲，几乎不可理解，让人感到无比新奇。怎么现在还有这样的地方？唯一可以获得解释的是，这片高原仙境太偏远闭塞了。其位置在三江并流的滇川交界之地，其中大部分水域属云南丽江宁蒗县永宁乡。这个乡直到1972年才通简易公路，历史上的马帮一直沿袭至今。1972年之前，马帮从宁蒗到这里也需要整整10天。除了县上检查工作的干部、送商品的马帮和极少数的地质科研人员，几乎没有人来过这里。那时也没有电视、电话和其他任何媒介手段，让外面的人知道这里，或是让这里的人知道外面的精彩世界。正是这种与世隔绝般的偏远与闭塞，才在这川滇高原保留下这片宛若仙境的湖泊、独特的摩梭文化和最后的母系家园。

摩梭起源

可惜，虽然知道了泸沽湖的神奇，还几次去了云南，甚至到了丽江，却阴差阳错，始终没去泸沽湖。随着近年的旅游开发，尤其是当地政府开始着手申报世界自然与文化遗产的影响，泸沽湖早已是旅游热点，人满为患，加之各种媒体的

▲摩梭人的锅庄

炒作，伴随着"杨二车娜姆现象"的诞生，几乎让人再无兴致。直到2010年3月，怀着看个真实情况的目的，约了伙伴，自备车辆，避开旅游热线云南丽江，专门从四川凉山彝族自治州西昌市盐源县境进泸沽湖，想看个究竟。

行前，搜寻到多种关于泸沽湖摩梭人的书籍，比较可靠的是学者和研究人员的著作。比如考古与人类学专家宋兆麟所著《走婚的人们》（团结出版社，2002年）。作者从1961年始五次深入泸沽湖，做少数民族社会历史调查及文物普查与收集，每次都历时数月。那时泸沽湖还保持着许多原始风貌，民风淳朴，日出而作，日落而息，古朴自然。这本书中的人物、事例与当时所拍的黑白照片真实可信，已具史料价值。香港学者周华山于20世纪末去泸沽湖，住进摩梭人家，学习摩梭语言，并与摩梭男女一起下地劳动，上山砍柴、放牛。其时，摩梭村寨尚无水（自来水）无电，唯有日夜不熄的火塘。正是这暗夜中的火光启迪了这位学者认识"火塘社会"的途径。一年中曾去八个摩梭家庭居住，并走访100多位摩梭人，在广泛田野调查的基础上写出《无父无夫的国度》（光明日报出版社，2001年），还征求多位摩梭族学者、教师和官员的意见，受到肯定和好评。还有摩梭人自己的学者，云南省社科院研究员拉木·嘎吐萨所著《摩梭达巴文化》等系列著作。

我们首先弄清了泸沽湖位于青藏高原东南部的滇川交界处，在三江并流的金沙江与雅砻江之间，在群山环抱之间形成一个约300平方公里的盆地。盆地四周的山脉已处青藏向云贵过渡地带，海拔较低，纬度偏低，植被茂密，古树参天，雪雨形成的河流滋润着整个盆地。盆地南面由于地壳运动断裂下陷而集水成湖，形成50平方公里的天然水面，其状如曲颈葫芦，故名泸沽湖。湖水平均深达45米，没有工业污染，因而水蓝如晶，浑然天成。泸沽湖大半属云南宁蒗彝族自治县，还有一部分则属四川省盐源县。周边有彝、汉、白、苗、藏、傣、回、普米、傈僳等多个民族，但环绕泸沽湖的多为摩梭人。

关于摩梭人的族源，据藏学家任乃强在其名著《西藏图经·滇诸族》中说："么些为康滇间最大民族，亦最优秀之民族也。"另据多位学者考证，摩梭人的族源是中国西部的古羌族，他们是南迁到滇川的羌人后裔，至今在摩梭人葬礼中所念的"指路经"留有远古先民迁徙的遗迹和久远的记忆。多种史书中对摩梭人也有不同的记载，《史记》和《汉书》称其为"牦牛羌"或"牦牛夷"。《唐书》和《元史》则称其为摩西、摩沙。《明史》和《清史稿》非常明确地记载了永宁土知府和宁蒗土知府及摩梭土司的隶属关系和建制的历史沿革，从中可以看出至少摩梭人已在泸沽湖生存了 1500 年之久，也可以说是开发这片盆地最早的民族。摩梭人除了较集中地居住在泸沽湖畔的永宁盆地之外，还在四川的木里、盐源等地也有分布，总数有 4 万余人。

1961 年，国家在识别民族时把云南宁蒗的摩梭人划进纳西族。四川则把盐源、木里的摩梭人划进蒙古族，这也因为当初成吉思汗大军征讨云南，确有部分蒙古人融进了摩梭人。但无论四川还是云南，因历史习惯和群众意愿仍称他们为摩梭人。

环湖见闻

由于我们从四川盐源进入泸沽湖，沿着环湖公路，经罗洼、格撒、小洛水、里格进入云南境内的洛水村，几乎绕了大半个泸沽湖，这就能够近距离地观察到泸沽湖畔摩梭人的生存状态。就大格局来讲，这是一片高原盆地，我携带的海拔仪显示为 2650 米，就纬度讲还低于杭州，若不是因为海拔高，注定炎热难耐。但这里却四季分明，湖畔是大片的良田沃土，田畴连片，村落相望，隔不了三五里便有摩梭人村庄出现。仔细观察，村落不大，三五十户、二三十户不等，房子多为木楞房，即四面墙壁均用圆木重叠而成，屋顶盖瓦。木楞房大都两层，上层有栏杆走廊，通往各个房间，显得古朴典雅。但耗费木料之多是肯定的，幸而环湖四周森林茂密，可就地取材，否则不会有这种建筑。我们停车去一家农户，系四合院落，占地挺大，有石碾、手磨、柴垛、鸡棚、鸭圈、猪栏，一派生机。见着一位带孩子的妇女，正是图片上摩梭人那样穿着红上衣白百褶裙，30 多岁模样，也许处于旅游区，见到我们也挺大方，会说汉话，一口川腔。问及这么大院子怎

▲当地民居

么就她和孩子，回答说：

"下地去了，赶节气种洋芋嘛。"

果真，村外大片的空地里，许多村民正在忙碌，送粪、犁地、点种、掩土，有男有女，让我想起早年务农生涯，倍感亲切。我注意到这儿使用的木犁铁铧，犁辕较长，但套圈与内地相同是放在牛肩，让牛全身出力，并不像西藏，放在牛角，仅是牛头出力。显然受内地影响，更加科学合理。

遇着一家三口，母亲在前，扛着两把宽板锄，女儿背着洋芋种，父亲牵着一匹马，正准备下地。我招呼他们："种洋芋噢？"

一家人都含笑点头，父亲还说："二天到家来吃晌午噢。"

我们都笑了。"吃晌午"是云南方言，即吃午饭，四川及我所居住的陕南都是这个说法。"二天"是改天的意思。

从山道上下来几个背柴火的妇女，都是用竹背篓背着高高的松枝松毛，可见这一带还没有用煤或其他能源，好在大多数村后都有起伏的山岭，长满密密的松树，枯枝落叶正好为村民提供燃料。还路过一所学校，正好放学，小学生蜂拥出来，结伴回家，穿戴与内地乡村学生没多大区别，整齐鲜艳，举止神态亦天真可爱。给我们留下至深印象的是，这一带由于偏远闭塞，气候高寒，种植的庄稼多为小麦、玉米、洋芋，也有少量水稻，主要为农产品，并无工业或可出售的商品。旅游热是近年的事情，而且主要是靠近湖边的村落受益，大多村庄为陈旧的房子，男女穿戴显然落后于内地乡村，应属于典型的"老、少、边、穷"地区。

靠近湖边的村子，都在大兴土木，白花花的木料支撑的屋架大都两层，工地上人影晃动，十分繁忙。尤其是里格村，修建规模宏大，同时动工的有20余家，

▲泸沽湖边的一家人正准备下地干活　　▲放学的小学生

这显然是泸沽湖成为旅游热点之后利益驱使，许多村民都投资办家庭旅馆和农家乐。曾有大篇幅文章介绍并担心过度开发，游人众多，生活污水会污染洁净的泸沽湖，当地村民也表示了极大的担忧。

这也是我们整个国家面临的问题，摆脱贫困与保护环境，资源利用与过度开发，怎样在实践中探索出一条科学的可持续发展的路子，对泸沽湖这片圣洁的高原仙境尤为重要。

走婚男女

在绕了大半个泸沽湖后，我们选择了在洛水村下榻，因为这儿是整个湖区最负盛名的旅游热点。这首先得益于洛水村地形之胜，整个洛水村73户人家全都环湖而居，村后是开阔的田野，再远是起伏的丘陵，泸沽湖最优美的湖中三岛可一览无余。雄浑的狮子山耸立彼岸，整个村落环境幽雅，岛湾错落，迂回曲折。湖面朝雾晚霞，湖畔树木葱茏，垂柳依依，亘古自然，浑然天成。

百年前外国传教士到此都惊呼为仙境，认为可以同瑞士媲美。洛水地处当道，无论是早年的茶马古道，还是由四川盐源、云南丽江进入泸沽湖，洛水村都是必经之处，所以1992年泸沽湖被国务院列为对外开放旅游区后，洛水村是最早的试点，很自然地成为旅游热点村落。许多摩梭人家都获得政府贷款修建家庭旅舍，整个村子几乎都投入了旅游业，开展的项目都是摩梭人自幼熟悉的事儿，如为游客牵马、划古老的猪槽船，还有晚上的篝火锅庄舞会等，吸引了大量的中外游客，也发生了一系列故事。

▲泸沽湖老人

最初，许多游客醉心于一些媒体宣传的"女儿国""母系社会""无父无夫"以及神秘的走婚。其实，到泸沽湖认真了解这儿的地域环境与历史沿革，就不难理解母系社会、走婚现象与其他地方的父系社会、一夫一妻一样，都有其历史渊源与合理之处。许多学者认为，人类所共同经历过的"母系社会"所以能在泸沽湖保留至今，一是因为偏僻。地处滇西高原且是两省交界处，20世纪70年代尚不通公路，只有马帮相连，外界很难影响到这里。二是贫困。这儿海拔2700米，地处高寒地带，只能种青稞、苦荞、洋芋，产量低、易受灾，仅能勉强养活人，还难免挨饿。直到1991年，洛水村人均年收入只有200元，人均粮食一年约200公斤，以前就更低，只能勉强生存。比如洛水村73户人家，也称73家"火塘"，以祖母、母亲单传，男子走婚不用建房子，女儿在家，长大后结"阿注"，即有走婚男子晚间同居，白天离去，有了孩子全家共养，也不需要另建房子，全村老房子可住几辈人。当然，这里也有木工、铁匠、纺织者，承担起打造农具、制麻做衣、捕鱼狩猎等活计，把一种近乎原始的简单生存方式延续下来。

走婚传统正是在这样一种简单的生活基础上建立起来的。没有固定的仪式，也没有什么手续，男女双方在山上砍柴、放牧，下地劳动或参加宗教活动转山转湖，有相逢的机会，双方中意，用口笛山歌相互试探，感到投机，就可以晚上去女方单住的花房同居，两相情愿是确立阿注关系的基础。

走婚与感情相关，与经济无涉或经济不占主要地位。开始时，双方都尽量避人眼目，男子来访事先与女子约定时间，或利用一定的暗号，经过一段相处，双方愿意继续交往，女方老人不反感，男子就带上一条毛毡到女方家居住下来。但白天照样回到自己家劳动生活，晚上再去女方家居住。农忙时，也参加女方家庭一些劳动，或送女方衣物与装饰品，女方也公开穿戴起来，表示自己有了固定的阿注。双方建立走婚关系很简单，解除走婚关系也很自由。如果女方提出分手，只要对男方说"以后不要再来"或者是把男子行李置于门外，明确态度就可以了。

当然，男子也有同样的权力，想清楚时可说明"我不想来了"或者直接带走自己的东西，都是分手的表示。由于习俗所致，同时没有关于财产与子女的纠葛，所以双方都很坦然，反正"旧的不去，新的不来"，双方都再寻找新的阿注就行了。一般说来，摩梭男女从十七八岁开始走婚，大都经历几个阿注，随着年龄的增长，会逐渐稳定下来，保持一个长久的阿注。

洛水姐妹

凡来泸沽湖旅游者，莫不对保持母系社会、走婚习俗的摩梭男女感到新奇，希望亲眼看个究竟。我们来到洛水村，由于不是旅游旺季，临湖而建的摩梭木楞房旅舍，水电齐全的标准间一天仅 60 元，干净明亮，环境优雅。整个洛水村都经过了规划，石子铺就的道路干净整洁，各种酒店、旅馆、茶舍招牌时尚，骑马、坐船均明码标价，看来旅游业已发展得十分成熟。

在湖边我们遇见了两位摩梭姐妹，上前攀谈，两姐妹都落落大方，还能讲川味普通话。姐姐叫曹卓玛，说家中有 8 个姐妹，系唯一诞生在泸沽湖的拉萨哲蚌寺转世活佛罗桑益世的近亲。正巧上次在丽江购得一本《女儿国诞生的活佛——罗桑益世回忆录》，约 30 万字，是一本叙述严谨且有存史价值的好书，这次正好带着。这样说起，两姐妹更加高兴，邀我们去家里看看，这正求之不得。穿过一片田野，曹家老屋建筑在一片台地之上，背靠山丘，面对湖泊，田畴成片，桃花正艳，很有一点占尽风水的大族世家遗风。曹家老屋很大，刚翻修过，四合院落，上下两层，全部木楞建筑，环周回廊，配着玻璃门窗，显得传统又时尚。宽敞的院落建有玛尼堆，正在煨桑，飘着淡蓝的轻烟，五颜六色的风马旗随风飘扬。摩梭人普遍信仰藏传佛教，何况又出了活佛。活佛是云南省佛教协会副会长，常驻昆明，家中设有经堂，布置华丽，还有僧人念经，整个家里显得文明富足。问及早年生活，姐妹俩争相回答，说公社化时也学大赛，地里只长洋芋、苦荞，不敢搞副业，没有零花钱，买盐都发愁，年年闹饥荒，半年缺粮，吃了上顿没下顿，穷得鬼都不上门。还不时搞运动，"文革"中寺庙拆了，舅舅也被撵到地里劳动，日子恓惶得以为这辈子都见不到日头（太阳）了。

两姐妹说的情况，在罗桑益世活佛的回忆录中也有专章记叙。"文革"时期，极"左"思潮也波及遥远的泸沽湖，活佛住持的有几百年历史的扎美寺被拆毁，几百名喇嘛还俗，活佛被下放到生产队当自食其力的"社员"，粮食不够吃，每当饥饿难耐时，活佛就默默诵经来消磨时光。

▶摩梭妇女

　　"现在的情况呢？"我们岔开话题。

　　"啊呀，现在好多了。"两姐妹说她们联手开了酒店，有 20 个标准间、10 个单间，每间淡季 50 元，旺季 200 元都打不住，贷款 100 万元已还了一半。村里的旅游业家家都参与，拉马、划船、晚上跳舞，按月分红，好的时候能分上万元，过去做梦都想不到。两姐妹都笑得十分灿烂。我们吞吞吐吐问及她们家庭是否走婚。两姐妹并不忌讳，谈家常似的。曹卓玛讲她 22 岁开始走婚，眼下有个女孩，已经 5 岁，但已与阿注分手了。

　　"有新的阿注了吗？"

　　"这种事情可遇不可求，现在外边来的人多了，小伙们都看花心了。"

　　"有和游客走婚的吗？"

　　"有啊，还有娶了女游客的呢。"

　　这话不假，前几年广州女子吴海伦（当时 32 岁，已婚，有女儿）看上摩梭男子鲁汝次尔（那年 26 岁）。在泸沽湖发生热恋并走婚。过后，吴海伦与丈夫离婚，与鲁汝次尔正式结婚，两人结婚后去了广州，男方不适应，两人又回来开旅店。此事曾传遍泸沽湖，书刊媒体也曾介绍。

　　"你们肯定会有新阿注。"我们本来是想宽慰一下两姐妹。

　　岂料，妹妹却对我们一行年轻英俊的黎明说："你愿意和我姐姐走婚吗？"

　　我们一时都愣住了，但看姐姐时，不但不恼，还突然展现出只有少妇才会有的一种含羞带怨的妩媚，生动极了。就像泸沽湖眼下的景色，垂柳依依，柳花正艳，给我们留下了关于泸沽湖，关于摩梭女人最后的深深印象。

◇摩梭火塘◇

大约，没有哪个民族，会像摩梭人那样，把火塘看得如此重要，如此神圣。比如，在泸沽湖一带摩梭人居住的村落，不讲有多少户人家，却说有多少口火塘。一口火塘就足以代表一个古老的母系家族。

▲摩梭火塘

摩梭人每户的四合院落，包括母屋、经堂、楞房及畜厩。母屋常由年长的祖母或母亲居住，是整个家庭的中心，火塘就建在母屋之内。修房时也同时修建火塘，先砌方形石框，中间填土，还要掩埋一个小陶罐，内储金银、粮食、火镰、火石，陶罐外侧需绘日月星辰，这是火塘的心脏，象征一户人家不缺日常的需用。新屋建成，火塘砌好，火种则由老屋引来，这也彰显着一个家族的延续。

整个家庭的饮食、待客、议事、祭祀，也大都围坐在火塘边进行，有约定俗成的秩序，长者为上，依次围坐。吃饭也是如此，先敬老人，再是孩子，体现尊长爱幼。在火塘边，无论家人或是客人，都忌说脏话，也不谈男女性事，只叙家常或商议家事。摩梭人许多劳动技能、生活经验、处世常识也都是通过火塘边传递下来。若追溯起来，应出于人类对火的崇拜。试想，摩梭人居住泸沽湖畔，地处高寒偏远，在漫长的历史岁月中，漫长寒冷的夜晚，只有火塘明亮温暖，一家人围坐火塘，靠火光、温暖、亲情去度过那些漫长的寒夜，也就自然形成一种火塘崇拜，火塘文化了。

▲滇缅公路的要冲高黎贡山

松山战场访谈

　　只要踏上滇西这片土地，就绕不开许多沉重的话题：滇缅公路、远征印缅、怒江对峙、松山血战……尽管，战争的硝烟已经散去 60 多年，但前事不忘，后事之师，只有牢记那些曾经发生过的国耻、国殇，我们才能守卫来之不易的和平与安宁。在滇西北三江并流地区考察时，我有幸探访得关于当年滇西抗战的几个片段。

怒江对峙

　　1937 年抗日战争全面爆发，为了支持抗战，国民政府组织修通滇缅公路，争取美英援华物资。这条公路东起云南昆明，西出边境与仰光公路相接，全长近千公里，沿途群山叠嶂，还需跨越怒江、澜沧江两道天险，工程非常艰难。在民族危亡的紧急关头，云南民众 20 万人，夜以继日，人挑肩扛，仅一年时间公路建设便大功告成。

　　在阅读史料时，两个熟悉的名字跳进眼帘：张佐周、郭增望。之前，在修战备川陕公路西汉段时，张佐周是留坝至汉中段施工队长兼工程师，曾出色保护石门石刻。郭增望则设计了陕西境内首座铁桥鸡头关大桥。我曾为他们写过传记文

学《功在千秋》，并至今还与他们的后代交往。修滇缅公路时，张佐周为副总工程师，郭增望负责跨越怒江天险的惠通桥修建，这使我有种如见故交的欣慰，倍感亲切。惠通桥地处咽喉，为敌我必争，日军曾多次对惠通桥组织轰炸，我方又多次修复，保障了 10 万大军远征缅甸。

1942 年，首次远征印缅失利，中国军队一部分退入印度，日后经过训练整编为精锐的新一军、新六军，胜利打回国内。另一部分败走野人山损失惨重。当时，日军追至怒江西岸，如果再夺取惠通桥，不出半月，便可兵临昆明，威胁抗战后方基地四川及陪都重庆，战局就会急转直下，中国人民神圣的抗战大业就会岌岌可危。关键时刻，独立工兵 24 营奉总指挥马崇六命令果断炸毁了惠通桥，把侵略者堵在怒江西岸，这是滇西乃至整个中国抗战史上惊险的一幕，我的朋友、著名的抗日作家邓贤在其全国最早也是最出色的一部描写中国远征军的著作《大国之魂》中有精彩描写。这里不再复述，读者自可阅读。

炸毁惠通桥后，日军又选择渡口，准备了大量的橡皮舟强行渡江。幸运的是，宋希濂所率领的 11 集团军驻防昆明，其前锋 71 军 36 师已连夜赶往怒江东岸布防。36 师为国军精锐，曾参加淞沪会战、南京保卫战、武汉会战等重要战役，号称"鹰犬将军"的宋希濂曾为首任师长。该师装备精良，士气高昂，且有与日军较量的经验。眼下的师长李志鹏亦是身经百战的悍将，他派出的 106 团也是该师主力。日前，日军轰炸正逢集日的保山，造成几万无辜群众遇难的惨痛血案，激发了全团官兵杀敌勇气。当发现日军渡江企图后，引而不发，待到橡皮舟划至江心，团长才一声令下，枪炮齐发，打得日军晕头转向，纷纷落水。但日军也极其顽强，为分散我军火力，多处渡江，有几百名日军还真强渡过了怒江，向我军阵地发起冲锋。36 师官兵毫不畏惧，依靠有利地形，居高临下，多次击退日军进攻，使他们渡江的企图多次破产。双方僵持的局面被陈纳德将军的"飞虎队"打破，各种型号的轰炸机对云集在怒江西岸的日军车队进行了猛烈轰炸，已经渡江的日军也被 36 师全部歼灭，日军强渡怒江的企图彻底破产。之后，在 1944 年滇西大反攻之前的两年中，中日军队隔怒江对峙，日军再也没有能够跨过怒江一步。

松山血战

1944 年 5 月，在滇西与缅北的中国军队开始了战略反攻，一方面在印度蓝姆伽经过整训的新一军、新六军在孙立人、廖耀湘率领下，从缅北丛林发动进攻；另一方面，结集在怒江东岸的 20 万大军在抗日名将卫立煌率领下，打响了滇西反攻战。不料，士气高昂的中国军队强渡怒江后，先后多次攻击松山却未能奏效。怒江峡谷，两岸山崖壁立千仞，一河江水奔腾湍急，地形险恶狭窄，参战部队人少攻击乏力，人众又无法展开。日军占据松山有利地形，明碉暗堡火力交叉，且又居高临下，中国军队从任何一处攻击，都会受到日军多处火力围攻，伤亡十分惨重。开战仅仅一周，中国军队整营整团整师溃败，伤亡近万，松山仍被日军牢牢控制。松山位于怒江西岸，海拔 2700 米，突兀挺立，形势险要，宛如天然要塞，紧扼怒江峡谷与滇缅公路，日军炮火可控制怒江两岸几十平方公里范围，若不夺取这个要冲，大军无法渡江，弹药粮食无法运送，反攻滇西就是一句空话。

但日军松山地堡的坚固、设施的完备、火力的强大和守军的顽强还是远远超出人们的预想。早在滇西沦陷时，松山就因地形险要受到日军重视，他们调来专业工兵，又从缅甸征集大量民工，日夜施工，按照永久性作战需要构筑的工事十分坚固复杂。有的主堡分上下几层，就地砍伐松山合抱粗的巨松做棚盖，再用30 毫米厚钢板置于上面，最外层还有装满沙石的汽油桶，上面又用土覆盖，里面各类设施齐备，弹药、粮库、水道一应俱全，坑道四通八达，宽阔得能开坦克。工事修好后，日军曾用重炮轰击试验，500 磅重的炸弹直接命中，工事却安然无恙。守备军队也是精心挑选，系日军精锐 56 师团的一个联队，配备火力强大的榴弹炮、轻重机枪和充足的弹药。1260 名士兵来自九州福冈，出身多为矿工，熟悉地下坑道，作战极为顽强。日军曾预计，松山阵地可以坚守 11 个月以上。

面临如此坚固的工事，尽管中国军队数量上占压倒优势，且有美军飞机反复轰炸支援，中国士兵也英勇顽强地摧毁了不少小型暗堡，夺取了大垭口、阴登山、滚龙坡等四周阵地，但松山主峰主阵地子高地还在日军控制之下，迟迟不能拿下。

▲美国飞虎队阵亡将士墓地

▲松山战役中有 7763 名中国军人献出了宝贵生命

在付出重大牺牲之后，攻击部队总结教训，采取地面佯攻，吸引日军火力，却秘密派遣工兵，挖掘地下坑道，直达敌军核心堡垒子高地的下面，安装当时最先进的烈性炸药。在 1944 年 8 月 20 日下午，中美高级指挥官云集前线观战，只听一声令下，工兵营长亲自摇动起爆装置，随着一声沉闷的巨响，整个大地都颤抖起来，子高地腾起一股浓浓的烟柱，宣告了日军堡垒不能攻下的神话被打破！

松山战役的惨烈空前绝后，中日双方血战近百天，全歼 1260 名日军，中国军队也付出沉重的代价，仅是阵亡人数便高达 7763 名，中国军队在血战中付出了众多年轻宝贵的生命。松山战役的胜利成为整个滇西战役的转折点，松山攻下后，滇缅公路畅通无阻，增援部队和大批弹药源源运往前线，中国军队一鼓作气攻占龙陵，收复腾冲，滇西会战以中国军队获胜告终。1945 年元月，远征军与从印度反攻一路血战胜利归来的新一军、新六军，在滇西芒友胜利会师，并隆重举行中印公路通车典礼。至此，中国人民艰苦卓绝的神圣抗战，终于显露出胜利的曙光。

遗址访谈

整整 65 年后，2010 年 3 月 20 日，我来到当年松山血战的遗址。站在松山之巅，海拔表显示为 2690 米，脚下的山峰没有绵延逶迤，近乎垂直地俯瞰 2000 余米的谷底。奔腾的怒江，听不见吼声，唯见江水如练，沉沦谷底，惠通桥如同儿童积木连通两岸，滇缅公路盘旋缠绕在群山怀抱。不需要望远镜一切都在人的眼帘之中，没有军事知识的人都能想到日军只要在山峦隐蔽地方布置炮兵，怒江两岸，

▲日军在松山要塞所挖战壕

▲纪念当年修筑滇缅公路的雕塑

公路群山便完全在炮火控制之下，且无法躲藏，难怪美军报纸称松山要塞为"滇缅路上的直布罗陀"。也难怪中国军队为夺取这处要塞付出了那么惨痛的牺牲。

如今，60多年过去，当年被炮火轰炸得寸草不生的山坡，已长满碗口粗细的松树。我们请当地的护林员杨金满做向导。这位中年汉子，面孔黑瘦，人很精神，他家就在当地的腊勐寨，距松山主阵地不到3里，就是我们刚路过的村子。当年全村凡完整的房子都被日军强占，他家的房子是卫生室，治疗伤兵用的。日军守备司令部就在村里，对全村男女严格控制，不准外出怕泄密，征用民工也只到山峰下面，上面全是日本兵。他从小就听父辈讲这些事，小时家家都在山上挖过炮弹壳卖废铁，当零花钱。他现在除了种地还护林，最早工资每月20元，今年才涨到50元。我们给他100元，他很高兴，带我们拨开蔓生的枝叶，只见长长短短的战壕掩体，明暗火力点和地堡，在漫山遍野的树林和没过人头的蒿草间延伸，蜿蜒曲折，密如蛛网。地方大小不一，有的如同房间，有的只能勉强藏人。也许多次带人参观，杨金满对这些坑道、掩体、暗堡已十分熟悉，他给我们介绍，日军从哪里往上输送炮弹，各种形状的坑道起什么作用，中国军队开始攻击的滚龙坡、大垭口、阴登山的位置。

最后，杨金满还带着我们拨开密密的松林，爬上了当年日军的核心阵地子高地。毕竟60年过去，子高地爆破坑没有预想的那么大，漏斗形状的两处土坑一大一小，每个有两间房子大小，如今蔓生着野草，在阳光下显得生机勃勃。我们在坑边站立良久，恍然之间，炮火震天，硝烟弥漫，一排中国军人倒下，后边又潮水般涌上来端着刺刀的战士，似乎残酷的战争就发生在昨天，泥土中还散发着浓浓的血腥……

作者在松山访问

　　据说，松山要塞是牵动整个人类的第二次世界大战保存最完整的陆战遗址，战争的场景在任何一处坑道或明碉暗堡都可以复活和唤起记忆，它见证了那场战争的残酷和惨烈，见证了中国军人不怕牺牲、前仆后继的英勇和顽强，更见证了中国人民为了和平，为了子孙后代的安宁，不惧怕任何凶恶敌人的精神。松山战场应该是一处进行爱国主义教育的基地和课堂。

　　目前，松山战场已被列为龙陵县级文物保护单位，许多坑道和暗堡立有保护牌。历史不好假设，历史只提供教训，但愿我们能牢记教训，前事不忘，后事之师。

　　松山战场距我们并不遥远。

◇江孜古堡◇

江孜是西藏仅次于拉萨和日喀则的第三大城市，位于后藏雅鲁藏布江的支流年楚河畔。这是一块宽阔的河谷盆地，沃野相连，日照充分，最适宜种植青稞、油菜、蚕豆、豌豆、马铃薯等农作物，江孜历史上便有"西藏粮仓"的美誉。但使江孜英名远扬的却是发生在百年前的江孜保卫战。

20世纪初，英俄趁晚清甲午战败，积贫积弱，先后把魔爪伸向西藏。由于与西藏相连的印度早沦为英国的殖民地，利用这个跳板，1904年，英国人荣赫鹏率英军入侵西藏。侵略者原以为倚仗先进的武器装备占领拉萨不在话下，岂料却遭到西藏人民的坚

▲江孜古堡

决抵抗，其中最英勇无畏，也最惨烈的战斗便发生在江孜。江孜年楚河北有座宗山，宛如拉萨市区的红山，山势突兀，地形险要。早在数百年之前，当地贵族便利用山势修建法王宝殿，之后江孜宗（县）政府又数次修葺，坚如古堡，有"胜利顶峰，法王府顶"之称，这次正好被抗英军民利用。尽管武器落后，却士气高昂，前仆后继英勇杀敌誓死不退，用土制枪炮乃至放羊练就的远掷石块，抵抗英军达两个月之久，使侵略者伤亡很大，不能前行一步。

最后，弹药库意外爆炸，弹尽粮绝且被切断水源，但坚守古堡的壮士无一屈服，全部英勇战死，最后几名勇士宁可跳崖也不投降，谱写了一曲英勇悲壮的爱国主义赞歌。

如今，江孜古堡修旧如旧，依然保持着当年风采，巍然屹立于年楚河畔，向人们讲述那段不可忘怀的故事。

作者在腾冲国殇陵园

国殇祭奠先烈

碧血千秋

我深信，但凡中华儿女，只要踏进滇西腾冲国殇墓园，莫不步履沉重，神情庄严，那松柏掩映的庭院，棱角齐整的台阶，会引导着你，向那硕大无比的墓冢，宛如军阵般排列的先烈墓碑，深深地鞠下一躬。那镌刻在一块块石碑上的列兵、上等兵、下士班长、上尉连长、少校营长乃至上校团长、少将师长，原本是多么充满朝气的面孔，生龙活虎的身影，是孝敬父母的儿子，敢于担当的丈夫。为了捍卫国家的尊严，为了守护神圣不可侵犯的国土，更为了父老乡亲、妻子儿女不受蹂躏，在民族危亡的关键时刻，他们毫不犹豫，挺身而出，冒着敌人的炮火，英勇反击，喊哑了嗓子，杀红了眼睛。在弥漫着呛人的硝烟与血腥的战场，每一分钟都有英勇无畏的战士倒下，每一天人与人的命运都发生着巨大的颠倒。满是弹片瓦砾的废墟上横七竖八躺着与敌人同归于尽的战士，有的紧紧卡着敌人的咽喉，有的流尽最后一滴鲜血还怒睁着双眼，保持射击的雄姿……真正的惊天地、泣鬼神。中华民族的优秀儿女用行动、用事实让侵略者知道拥有五千年文明史的中华儿女绝不是软骨头，不是怕死鬼，让他们知道什么是中国人的"舍生取义""宁为玉碎，不为瓦全"！一幅幅浸透岁月沧桑的黑白照片，一件件浸染着血水与泪水的实物，使我们对那些英烈忠魂肃然起敬，长思不忘。也把我们带回到60多

年前那场艰苦卓绝、气吞山河的民族战争中。

边陲名城

腾冲位于云南西陲，与缅甸接壤，素有"极边第一城"的美誉。腾冲与桂林、福州纬度相同，本应炎热，却因地处云贵高原，高黎贡山怀抱，所以气候温和，四季分明，却又能生长南亚水稻、香蕉、菠萝、甘蔗、烟叶等众多农作物与水果。物产丰饶，商业发达，自古便是物资聚散之地，亦是西南丝绸之路的一座名城。绝大部分人不知道腾冲还处在我国人口密度图的一个重要标点上。1935 年，我国地理人口学家、中央大学地理学系教授胡焕庸在中国地图上划了一条斜线，从东北的边城瑷珲到西南边城腾冲。西北人口占全国 6%，面积占 64%，东南人口占全国人口 94%，面积占 36%。这个推断可以追溯到历史的各个时期，也适用现在，这条地理人口线被誉为"胡焕庸线"，这也应该是腾冲一个亮点。

腾冲在历史上便与南亚缅甸、印度、老挝等国家商贸交往频繁，是著名的侨乡，仅是和顺乡便有两万多人在东南亚经商。许多人致富后，晚年回乡，兴教办学，或送子女出国留学。早在清末，九保镇仅有 300 户人家，却有学堂两所，而且"实行强迫教育，青年男女无一不识字知书"，这在全国都属罕见。

1924 年，和顺乡华侨集资，创办"和顺图书馆"，依山傍水修建起一座规模宏大，气势轩昂，包括庭院、花园、阅览、藏书在内的图书馆，藏书丰富，被誉为中国乡村第一图书馆。其实腾冲城南 3 公里的绮罗乡早在 1919 年便盖起了两层楼房馆舍独立的图书馆。丰饶的环境，浓郁的文脉，使得腾冲虽处边陲却人

▶腾冲抗日县长张问德

才辈出。近代的李根源，早年留学日本，追随孙中山参加同盟会，曾出任陕西省省长，抗战时为云贵监察使，力主抗战，腾冲国殇公墓便是由他倡导修建。中华人民共和国成立后任全国政协文史资料研究室副主任。被誉为"开辟中国哲学一个新时代"的哲学家艾思奇是和顺乡人，其父李曰垓曾被国学大师章太炎称为"滇南一支笔"。哥哥李生庄创办《腾越日报》宣传抗日，发行到海外，为抗日募集到大批资金。艾思奇创办的《大众哲学》曾风靡全国，影响了中国整整一代人。抗战期间，腾冲还出过抗日县长张问德、抗日教授寸树声、以身殉国的抗日师长寸性奇等，至于勇赴疆场，以死报国的腾冲儿女多不胜数。

抗日县长

1942 年 5 月，地处怒江以西的腾冲被日军占领。腾冲人民没有屈服，沦陷的两年零四个月里，在抗日县长张问德的领导下，同残暴的日军进行了不屈不挠的斗争。张问德系清末秀才，素以气节学问闻名乡里。腾冲沦陷，先被群众拥戴，后被云南省主席龙云任命为腾冲抗日政府县长。其时张问德已 63 岁，他不顾年迈，就任当天即宣布施政大计：安定地方秩序，减轻民众痛苦，支援军队抗战，以期收复腾冲。之后，张问德领导全县 26 万民众与深入敌后的预二师官兵一起，积极生产，坚壁清野，不让日军得到一颗粮食，在腾北山区挖洞储粮，分散屯谷以备日后腾冲反攻。全县供应军粮 830 万斤，马粮 210 万斤，先后送 3000 名青年参军，至于承担向导、救护、担架、运输、工事任务的民工更是多达 45000 余人。同时又开展游击战争，平均三天就有一次战斗，声东击西，灵活作战，打得日军缩进县城，没有成连排士兵出动，不敢去腾冲任何一个乡村。

日军驻腾冲长官田岛万般无奈，派人致信张问德，邀请他参加谈话，以解决"双方民生困难"。接到信后，张问德彻夜不眠，奋笔疾书，写下洋洋千言的《答田岛书》，历数日军暴行给无辜群众带来的各种痛苦："父失其子，妻失其夫，居则无以遮蔽风雨，行则无以图得生活，啼饥号寒，坐以待毙。"重申腾冲人民决不屈服，纵有男尽女绝之忧，也抵抗到底，誓死不悔。全文大义凛然，气贯长虹，成为一篇弘扬民族正气，严正声讨暴敌的檄文。当年的《中央日报》《云南日报》《大公报》等大报争相刊登，极大鼓舞了全国人民抗战决心。张问德先生也得到国民政府表彰，被誉为"沦陷区五百多县长之人杰楷模，不愧富有正气之读书人"。

收复腾冲

1944年5月，中国远征军20万大军强渡怒江，拉开滇西大反攻的序幕，其中，血战松山、强攻龙陵、收复腾冲，是最为惨烈悲壮的三大战役。腾冲古城系明代正统年间，就地取材用坚硬的花岗巨石修筑，高两丈五尺，厚一丈八尺，周长七里，城墙四门各有雄伟壮观的城楼。阁楼守门，门扇包铁，历五百年风雨安然无恙。城内房舍也多砖石结构，城中心十字路口建有巍峨高大的文星楼，上面可俯瞰全城。城外为盆地，四周有来凤、飞凤、蜚凤、宝凤四山为自然屏障。尤其来凤山，五峰相连，峰顶远高于城池，为天然制高点。日军占领腾冲城后，便利用地形在城外四山构筑永久性工事，把腾冲城修建为一座坚固的堡垒。

面对顽敌坚城，中国远征军20集团军先后动用6个师的兵力，再加美军陈纳德的十四航空队飞机助战，1944年6月打响腾冲之战，每日从早到晚，枪炮声喊杀声不绝于耳。战至7月中旬，我军相继攻克蜚凤、飞凤、宝凤，直逼腾冲城下。唯来凤山地形险要，日军筑有永久性工事，仅是反坦克战壕便有三道，遍布鹿砦和地雷群，中国远征军用一师兵力久攻不下，且伤亡巨大。由于来凤山居高临下，火力牢牢控制腾冲城，从任何一个方向攻城，都会被来凤山上炮火打退，因此，远征军司令部决定全力先攻来凤山。美国顾问亲临现场，调来多架重型轰炸机，轮番轰炸，地面部队也集中大炮，把来凤山炸成一片火海。之后，三个师的步兵从四面齐攻，逐点清除明碉暗堡。历时20多天，以牺牲3000官兵的代价，全歼顽敌，终于拿下制高点来凤山，至此腾冲全城都暴露在远征军的火炮之下。

之后，攻城战更为惨烈。中国军队用重炮反复轰击，美军飞机频频助战，投下500磅重型炸弹，炸开城墙缺口60余个，部队攻进城内。但凶残的日军早在城内构筑暗堡300余处，还把城内所有的民房、公署、机关、商店、庙宇都进行加固，改造为军事工事。双方展开巷战，逐屋争夺，几乎每攻占一处堡垒，都要牺牲成班成排的战士，每天都有双方杀红了眼同归于尽的事情发生。恶战整整进行了50多天，才全部清除城内所有敌堡，全歼守敌6000余人，俘虏50余人，缴获了所有的枪炮弹药，收复腾冲古城。

龙陵血战纪念广场

其时，《大公报》记者在枪声平息一小时后进城，发现满街满巷的尸体叠垛起来无法掩埋，整个空气充满浓浓的血腥味与战争特有的古怪气息，全城分不清东西南北，看不出街道轮廓，整个腾冲城没有一间浑全的房子。腾冲不仅找不到几片好瓦，连青的树叶也一片无存，真切感受到每一寸土地都是烈士用鲜血、用生命搏斗得来的。

腾冲之战前后历时 130 天，中国远征军阵亡官兵高达 9618 人，其中阵亡将军两人，连、营、团军官 400 余人。腾冲之战的惨烈、悲壮在整个中国抗战史乃至世界二战史都极为罕见。腾冲古城的每一寸土地，每一处废墟，都见证了中国军人的英勇和顽强、不怕牺牲和敢于牺牲，见证了中国人民抵御外侮的坚强决心和不屈精神。

祭奠先烈

1945 年初，曾担任陕西省省长、云贵监察使的李根源将军回到光复后的故乡腾冲，目睹已成废墟的千年古城，一方面安慰帮助战争中失去亲人的孤寡老人和儿童，一方面号召群众恢复生产，重建家园。由于腾冲战役的悲壮惨烈，腾冲光复来之不易，加之在沦陷的两年中腾冲全县百姓备受日军迫害，男女老幼都至死不忘那些"丧失一切民族尊严，人人生命朝不保夕"度日如年的悲惨情景，故各界群众自发要求建立公墓，捡收为解放腾冲牺牲的烈士遗骨。李根源顺应民意，取楚辞篇名"国殇"，亲题"国殇墓园"并四处奔走募捐，于 1945 年 7 月 7 日（"七七事变"八周年纪念日）完工。

▲国殇公墓

▲腾冲战役阵亡将校名录

　　国殇墓园位于腾冲城外，叠水河畔，小团坡下，依山傍水，环境清幽。墓园占地 88 亩，采取中国传统建筑对称格局，山门、甬道、自然形成的台阶，最后直达公墓。坡顶则建有高达 10 米的抗日阵亡将士纪念塔，塔身四面分别有蒋介石、何应钦、陈诚、孙科、龙云、李根源及远征军将领卫立煌，霍揆彰、周福成等人的题字、挽诗、悼词。纪念碑下硕大无比的墓冢分为六个部分，代表着参战的六个师的官兵，安葬着仅仅收捡到的 3346 位烈士的骨灰，耸立着 3346 块墓碑，上面书写着阵亡将士的姓名和军衔，其中也包括牺牲的美军援华人员。两面的碑石则整齐地刻着为光复腾冲牺牲的 9618 位烈士姓名，形同军阵，仍然守卫着中华民族神圣不可侵犯的疆土。这是最震撼人心的去处，几乎每一位前来祭奠的人，都会不由自主放轻脚步，只怕惊扰了地下的忠魂英灵；会忍禁不住泪水长流，仿佛要洗净历史的屈辱；所有的人都会向这些无畏的勇士、捐躯的先烈深深地鞠下一躬，再奉献上鲜花一束。

　　先烈墓园还有几通高大的石碑，镌刻着腾冲乃至整个滇西战役的经过。最引人注目的是抗日县长张问德先生的塑像和他的《答田岛书》碑刻，先生怒目挥毫，面色庄严，活现一位爱国县长的风采。游人排着队一一与爱国抗日县长合影，表达着内心深深的崇敬。墓园一角还埋有几具日军尸骸，立有一碑，大书"倭冢"，昭示着侵略者的可耻下场！

　　我深信，任何一位来到腾冲国殇墓园的中国人心情都不会平静，因为面对的是一处近万名中国军人用血肉忠骨铸就的陵园，这也是全国修建最早规模最大的抗日烈士陵园，早在 1997 年便被列为全国重点文物保护单位，也应该是最生动的青少年爱国主义教育基地。腾冲国殇公墓也是一部用鲜血写成的史书，这部史书不仅属于腾冲，属于中国，也属于全人类。

　　历史提供教训，历史绝不能忘记。

▲大研镇一角

大研古镇土司府

大研古镇

　　大研古镇就是鼎鼎大名的丽江，在我看来叫丽江过于奢华，有点虚幻，大研古镇则更能反映这座古镇的前世与今生。丽江以前为地区，现改为市，管辖永胜、玉龙、宁蒗、华坪等县。人们感兴趣的丽江古城则是面积仅一平方公里的大研镇，因此说"镇"更为贴切。现在的资料介绍大研古镇始建于宋末元初，距今800多年历史，亦有始建于唐代的说法。

　　古镇位于沟通滇藏的茶马古道要冲，不管唐时的南诏国，还是宋代的大理国，都曾在此设置驿站，带动附近百姓开店设栈，形成街市。真正造就气象，却是在南宋末年。丽江一带历史上便是少数民族聚集之地，生活着彝、藏、纳西、傈僳、普米等少数民族。在清雍正时对云贵推行"改土归流"之前，历代王朝都采取"羁縻"方式，即封少数民族首领为宣抚司、安慰司一类官衔让其自治，也就是土司制。丽江一带的土司为纳西族木氏，其官署也叫土司衙门。

　　早年，木氏土司衙门在大研镇以北的白沙镇。南宋末年，木氏土司发现大研镇的地形优越，风水极佳。正北对着玉龙雪山，银光闪烁。所融雪水，一曰白水河，一曰黑水河，二水交汇，逶迤而来。有水则润，水亦生风。再就是，此处平

▲大研镇四方街上一早一晚都有纳西人跳欢乐的锅庄

地突兀起一山，形同雄狮盘踞滇西高原。山下平地开阔，整个地形宛如巨砚，其南则有文笔山，堪称大砚巨笔，文脉昌盛，官运亦注定亨通。取名大砚厢，古文"砚"与"研"相同，故称大研厢。清时又称大研里，进入民国，称大研镇。在此筑镇，其山形水势正应古语：四塞若盆，收水如银，文脉财源，相得益彰，福荫后人，亦可子孙昌盛。

由此亦不难看出，木氏先祖的器量心胸委实了得。这也得益于其辖区地处当道，滇藏交融，回汉汇流，各类文化交流碰撞，善于吸纳者，必然有容乃大，形成一方气候。大研古镇从营构伊始便利用地形筑河引水，由主河逐渐分流形同五指分开，最终形成八道溪水，再因水筑街，以街构屋，类同苏州"君到姑苏见，人家共枕河"。街道随水就弯，始终与清亮洁净的溪水相伴。街随水行，路由桥通，且就地取材，一律青麻石板铺就，在月色细雨中闪着光亮。房舍则取藏羌之优，汉回之长，砖木结构，回廊平栏，天井小院，覆顶飞檐，木格窗棂，参差错落，家家流水，户户垂柳，在滇西北高原造就一座精致绝伦、古色古香的水乡古镇。

值得庆幸的是之后的数百年间，元、明、清及民国抗战，这儿因偏居一隅、远离战火，其间虽经地震、火灾，年久木朽，有局部修葺，但就总体格局来讲，没有太多变化，仍保持着高原水城风貌。在漫长的历史岁月中，古镇"养在深闺人未识"，直到 20 世纪 80 年代，也没有几个人知道丽江。其实也恰因没人知道，减少了人为的破坏，幸运终在 20 世纪 90 年代降临，1997 年丽江古城被列入世界文化遗产名录。

此后，大研古镇之名即为丽江古城取代，名声远扬，每年都有数百万不同国家、不同民族、不同肤色的红男绿女，背着行囊，拖着拉杆箱，风尘仆仆地拥向

▶ 古镇绝艺

这里。滇西北长年晴朗的碧空被密集的航班打破，高原公路上奔驰着各种大巴，大研古镇上长长短短的街巷，大大小小的客栈、酒吧、茶铺、饭馆，四方街、百岁坊、听纳西古乐、看丽水金沙……莫不接踵摩肩、人头攒动。那些长年累月被紧张繁忙的工作环境，复杂险恶的人际关系，一路缩水的股票，不断上涨的房价，堵车、尾气、污染、噪声折腾得死去活来的男女，一脚踏上这被雪山拱卫的古镇，一眼望见清澈的雪水流过，随风轻拂的柳枝掩映着石桥，石板铺就的街巷伸向幽深的梦中，活生生一幅"枯藤老树昏鸦，小桥流水人家，古道西风瘦马。夕阳西下，断肠人在天涯"，这分明就是自己。心先醉了，一时间，心中的焦灼、忧患、惶惑都不翼而飞，惊讶得喘不过气来，想不到当今世界还有如此神奇美丽，能让心灵获得滋润和休憩的地方，真正世外桃源、香格里拉……

梦中故土

这委实是国人的悲哀。中华大地，五千年文明，至少在20世纪之初，大江南北，长城内外，白山黑水之间，周秦故土长安还遍布着大大小小难计其数的"丽江"。不讲漫长的历史岁月中，多少文人写过的《小石潭记》《岳阳楼记》《滕王阁序》，"小楼一夜听春雨，深巷明朝卖杏花"，多少画家笔下的《千里江山图》《清明上河图》，"小桥流水人家"，仅是近代"五四"以来的国学大家、文化名人蔡元培、胡适、鲁迅、郭沫若、茅盾、巴金、叶圣陶、沈从文、郁达夫、林语堂、冰心、梁实秋、戴望舒、闻一多、朱自清、朱光潜、俞平伯、王统照、许地山、沙汀、艾芜、孙犁、杨绛、萧红……他们留给我们最珍贵的文化遗产中，对故乡的怀念，对故土的记忆，几乎都是其著作中的精彩华章，多少代学子从中吸取过营养。"不必说碧绿的菜畦，光滑的石井栏，高大的皂荚树，紫红的桑葚；也不必说鸣蝉在树叶里长吟，肥胖的黄蜂伏在菜花上，轻捷的叫天子突然从草间直窜向云霄去了。"（鲁迅《从百花园到三味书屋》）"在南方每到秋天，总要想起陶然亭的芦花，钓鱼台的柳影，西山的虫唱，玉泉的月夜，潭柘寺的钟声。在北平即使不出门也罢，就是在皇城人海之中，租人家一椽破屋来住着，早上起来，泡一碗浓茶，向院子一坐，你也能看得到很高很高碧绿的天空，听得见青天下驯鸽的飞声。"（郁达夫《故都的秋》）这样的例子不胜枚举，深信每个有读书阅历的人都能举出许多，更不用说，几乎各地都能总结也确实存在的类如"杭州十景""长安八景"，连在人们心目中空旷苍凉的西部也存在"不见祁连山上雪，错疑甘州是江南""天苍苍，野茫茫，风吹草低见牛羊"的壮阔美景。

印象至深的是，20 世纪 50 年代末，笔者受父亲冤案牵连，10 岁时由城市到陕南乡村。至今记得村里最显著的标志是一棵老楸树，树冠远远高出被绿树毛竹掩映的村落，引来无数的白鹭飞上飞下。村后不远就是逶迤的秦岭，流出的溪水分几条从村中无数道小石桥下穿越，清亮亮的，石桥边常有女人洗菜、洗衣，溪边草丛晒着花花绿绿的衣衫。村里有关帝庙、文昌庙和早年驿道留下的凉亭，最有吸引力的是村后的田野，树林笼罩着丘陵，还有溪水、池塘和大片的草地，全村的牛羊都在这一带放牧，大白天也有野狐、野兔以及拖着美丽长尾的野鸡。那是乡村孩子真正的乐园。我很快就有了伙伴，曾用一本小人书换得骑牛的权利，也曾在池塘里淹得够呛。这些曾给我从小受到伤害的心灵莫大的抚慰，半个多世纪过去，我在出版文集的后记中写道：若要追寻写作的动因，除了其他可以纳入的原因之外，应该说最主要最关键是缘于我 10 岁起就踏上的这片赖以为生的古老、深厚又丰饶美丽的土地。

遗憾的是，也是在这半个世纪之中，眼睁睁地看着，在"炼钢铁""破四旧"中，村里所有庙宇都已拆毁，老楸树也已砍掉。村后秦岭因开矿没有了溪水，2010 年暴雨携带矿渣形成泥石流冲毁了大片良田，还险乎危及村人生命。改革开放的成就固然伟大，脱贫致富也完全应该，但切勿以生态与环境为代价，要按中央提出的可持续科学发展，不折腾。深信，这不是个别现象。多少有识之士曾疾呼城市建设要防止"千城一面"，其实，连乡村都"千村一面"了。

在享受现代文明提供的种种方便时，不知不觉间，我们也丢失了梦中的故土与乐园，于是，只好千里迢迢到遥远的滇西北高原去寻找梦中的故土、香格里拉……结果是滚滚人流带来滚滚商潮，利益驱使不到 10 年，流水污染严重，

▲滇边商摊

▲大研镇街市

火灾连年频发，联合国文化遗产委员会已向丽江发出黄牌警告。如果这处最后的梦境消失，我们又将去何处寻梦呢？

土司木府

我倒以为大研镇值得人们关注研究一番的是大研镇上的土司木府，你想不到在这偏僻遥远的滇西北高原竟然会有这样一座规模恢宏、雄伟壮丽，充满王者之气的土司府第。回顾我去过的，沈阳张学良帅府，山西阎锡山故居，西安杨虎城公馆，都不可与之相比，俨然一座塞外紫禁城。连见过大世面的明代旅行家徐霞客都赞叹："宫室之丽，拟于王室。"

如前所述，大研镇起始于木氏土司府的搬迁，无土司府即无今日名播中外的丽江古城，可以说土司木府是大研历史的见证，亦是丽江古城文化的象征。它位于大研古镇西南角，占地46亩，近28000平方米，整座建筑严格按照中原儒家文化倡导的中庸平和，中轴线长369米，整个建筑群落依据山形水势，坐西朝东，"迎旭日而得木气"，左有玉龙雪山，右有白虎山峦，背靠狮子山，整座府第居古镇制高点上，山环水绕，俯瞰全镇。四周则有高大的院墙拱卫，园中建筑则按其功能分政务、祭祖、娱乐、生活等若干单元，分别精心设计，严谨实施。高耸大门之外的牌坊"栋梁斗拱，通体皆石，坚致精工，无与敌者"，至今不失为国内石建筑的精品。政务区的主建筑议事厅仿故宫太极殿修建，端庄宽敞，气势恢宏，有西南金銮殿美誉。万卷楼是木府又一亮点，楼体宏大，向阳通风，藏书万卷，除儒家经典外，还珍藏集纳西文化精粹的千卷东巴经、百卷大藏经、滇中历

▲木府一角

代名士诗文书画。生活区中的土司议事之护法殿、举办歌舞宴乐的玉音楼等，覆顶飞檐，巧夺天工，素有"称甲滇西"之赞。整座木府堪称一座建筑艺术博览馆，取众家之长，保留唐宋原建筑的古朴大气，又有元明时代的时风尚韵，同时，又把滇西众多少数民族建筑的优长充分吸纳。府内石砌沟渠纵横，活水长流，充分利用地形把祭祖、祭天地的地方巧妙安排进府第背靠的狮子山古柏林深处，移栽云南各地名贵花木，吸收苏州园林经验，使人走进木府，名树古木随处可见，奇花异草随处可赏，把滇西山川的清雅之气与中原王宫的堂皇富丽巧妙组合，融为一体。在惊讶感叹之余，若非置身其中，怎么也不会相信，在这滇西北高原怎么会有这样精致绝伦、美轮美奂的王府。

其实，跨进木府之前，耸立于府外木牌坊上大书的"天雨流芳"已告诉了我们全部的秘密，或者说真谛。"天雨流芳"乃纳西语"读书去"的谐音，义虽简约，绝不简单。历代少数民族，人少势弱，且又地处偏远，在与中原王朝的长期较量磨合中，居安思危，常存敬畏。一方面要表现出恭顺，让中原王朝对自己放心，一方面又尽量吸收中原文化精髓使自己壮大。木氏土司属地又处滇藏交汇要冲，历史上与藏人多次冲突。据金沙江畔石鼓镇碑文介绍，仅有明一代双方就交战 60 余次，木氏曾炫耀有拱卫大明边陲之功。正是为这些摩擦冲突，使历代木氏土司不敢大意，心存敬畏，强调学习，高筑牌坊，每日常见，时时不忘，要求子孙"读书去"，修身齐家治国安天下。这也足以解释为何木氏家族占据区区边地，能够历经元、明、清三朝延续 22 代 470 年之久，超越了秦汉以降任何一个中原王朝的寿命。

滇西木氏给我们留下的岂止是一座保存完好的土司府！

▶木府规模宏阔

纳西奇人

不止一位学人论述过我国少数民族注重建筑与服饰上的装饰，原因是地处偏远，精神孤寂，就十分注重生活情趣。而汉族农耕地区人烟稠密，生存压力增大，挤压了心灵精神空间，所以居家与穿戴装饰不如少数民族那样浓郁热烈。在器乐歌谣、年节喜庆方面也是如此。偏远孤寂，刺激了交流和进入更广大世界的愿望。同时也注重自尊与自爱，一个不自尊自爱的人无法与人交往或被人接纳，一个民族亦然。这些特点或者说优长，不仅表现在纳西王者木氏家族，也表现在纳西族普通群众身上。比如大研古镇建镇之初，人工开挖，引玉龙雪山之水进入古镇，分成若干支流使得家家有饮用、淘米、洗衣之便。之所以能保持 800 年之久而活水长流，是由于家家都遵守、人人都知晓、祖辈相传的乡规民约。比如纳西人规定，流经镇中渠水，早饭之前饮用、洗菜、淘米，午饭之后洗衣、洗灶具。生活污水则与粪便一起作为肥料施进农田，绝不与渠水混同。渠水经过一夜的净化，始终保持清水长流，不被污染，周而复始。全镇 6000 余户，3 万男女无不遵循，这显然是个自尊自爱也赢得世人尊重的民族。

纳西族民间还涌现出不少奇人，以倡导纳西古乐受到多国元首称赞名扬中外的音乐奇才宣科不必去说，融汇丽江地区各族音乐表演精华的"丽水金沙"也不重复，我要介绍的是位纳西族文学奇才王丕震。记不得是哪次作代会，鲁院同学、时任云南省作协主席的黄尧说，云南丽江有个纳西族作家，出版的作品数量比巴尔扎克还多，是位奇才怪才。你们谁有兴趣可以去见识一下。

后来去丽江就想见这位纳西奇人，万没想到王丕震已去世，好在享年 80 岁，

应算长寿。没见到王丕震，却见到一段介绍王丕震的文字："王丕震创造了一个人62岁至80岁18年时间创作142部作品的奇迹，超过了法国作家巴尔扎克30年创作97部小说的世界纪录，成为古今中外传统手写文学作品最多、最快的作家；创造了百部长篇作品不打草稿不做修改，一气呵成的世界纪录。他写了中国上下五千年27位帝王、52位将相、25位才子、17位佳人以及5位现代名人，成为西南边陲一个少数民族地区以独特的眼光和手法审视中华民族上百个风云人物功名成败和历史地位的作家。"

这就更让人震惊，人过30不学艺，他却62岁才动笔，且是历史题材，不打草稿，一气呵成，史料怎么吃透、人物如何把握？如果草率成章，怎么台湾出版了74部，而且专门请史学教授把关，却找不出任何"硬伤"。又见报刊介绍，2009年中央文史出版社隆重推出《王丕震全集》，共80卷，收入历史长篇127部，2500万字，码起来有两米多高。超过了我置于书架的《沈从文全集》27卷，《巴尔扎克全集》24卷，《郁达夫全集》12卷的总和。据说这还不是全部，还有15部长篇没有收入。18年间，全部手写，一天不停，平均每天5000字，不留底稿，一次写成，几部长篇手稿寄丢，硬凭记忆重新写出。最多的一年写作出版了18部长篇，一次寄出的手稿重达75公斤，创造了古今中外作家速度与数量之最。天哪，这是怎样一位奇人？

62岁才写作，他之前干什么，做了哪些准备和积累？难道是位史学专家、大学教授，学富五车，以至于下笔千言，立马可待？都不是，王丕震就是土生土长的纳西族大研镇人，祖辈读四书五经，系中国传统知识分子。祖父和父亲考取过秀才一类的功名，但均未入仕做官，就在当地古镇开馆办学，有深厚家学基础。

▶一方水土养一方人，此为云南洱海

　　王丕震，1923年出生，5岁就发蒙进学，读私塾10年，打下了坚实的国学基础，又进新学堂读高中。抗战爆发后，参军进炮校学习，在西南长官司令部任过上尉。中华人民共和国成立后又考进四川大学学畜牧兽医，毕业后分配至云南农校任教。在20世纪50年代"反右"和"肃反"中受到双重打击，被划为"右派"和"历史反革命"，进了监狱，一关就是24年。一生黄金时间都在牢狱和劳改中度过，待到恢复名誉，已到了60岁退休的年龄。回到故乡，想到愧对一生的父母、妻子和儿子，考虑到自己学过兽医，就办了养鸡场，只想挣钱善待家人，却以失败告终。

　　之后，写小说且是历史小说纯属偶然。据说闲暇时听见人骂武则天，与自己了解掌握的武则天完全不同，但又不能与人争论吵架，那为何不写出来呢？于是首部长篇历史小说《则天女皇》就这样诞生，寄给春风文艺出版社后一炮打响，连续再版，收入不菲，至少比养鸡强啊。

　　于是，王丕震开始了长达18年的写作马拉松赛，一天也没有停笔，一刻也没有松劲，创造了中外文学史上的"王丕震现象"。看似复杂，梳理之后仍有迹可循。首先得益于一个热爱学习、不断进取的民族，一个有家学渊源、从小受到文化熏陶的家庭，历经新旧交替、江山易色、战争与牢狱磨炼的丰富阅历；再加个人的天赋、韧性与毅力，就造就了"王丕震现象"。如今，《王丕震全集》、王丕震故居，已成为丽江古城一个新的有文化内涵的亮点，亦为古镇增添了一道新的风景。

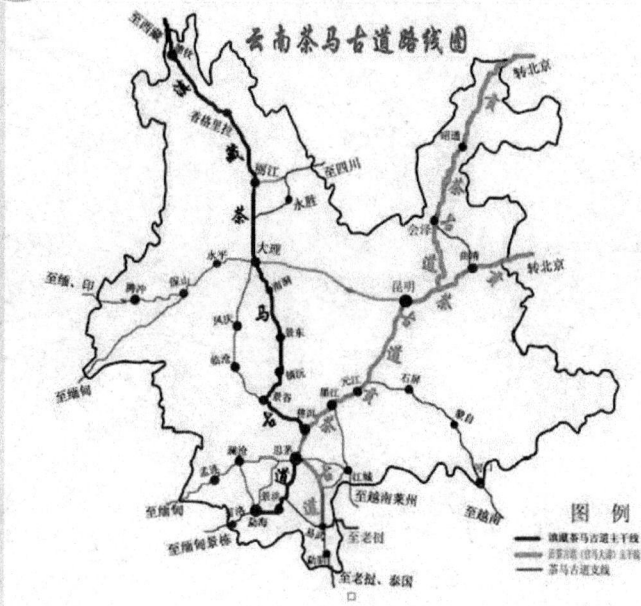

云南茶马古道路线图

滇藏古道叙茶马

马帮小史

我是茶山上的采茶人

茶山便是姑娘的家

一天压千个茶饼

一夜包百块砖茶

我的歌儿融在茶饼里

茶砖里裹上心里的话

山那边的赶马哥啊

你为什么还没有来到

快把你的马儿赶来哟

快来驮运姑娘的新茶

驮去我心头的歌

细品我心底的话……

　　这是流传在滇西北高原一首与马帮与茶叶相关的民歌。马帮起于何时？应该说伴着六畜的饲养，人类对马的驯养开始，就发现了马的乘骑与驮运作用。秦人

▲行进在高原的马帮

的先祖就是善于驯马，才获得了西周王室的重用，驯好的马应该是能够乘骑与驮运的马，可见对马的使用不会晚于先秦。何况战国时期，战争频繁，战马战车的使用，已是综合国力、军事力量的体现。秦始皇兵马俑出土的铜车马就是最好的证明，可见马的驮运拉载已广泛应用。

马帮应该说伴着商品的产生，商业的发展，交易的频繁应运而生的商队形式。司马迁在《史记》中写道，关中"南山（秦岭）有竹木之饶，北地有畜产之利"，这些富余的商品则需要交换，"以所多，易所鲜" 几乎是所有国家和民族都曾经历的阶段。早在西周都城就有"前朝后市"的规定，把市场安置在宫廷之后，可见对商贸的重视。唐代长安设有东西两市，这也是把购商品称买"东西"的来历。据《新唐书》记载，公元843年，东市大火，烧毁"曹门以西十二行四千余家"，西市规模远胜东市。如山堆积的货物是如何运到大唐西市的呢？从史料与考古发现看，唐王朝采取多种方式，比如漕运利用京杭运河与广运潭直接用船载货运抵西市；再就是西市有专门造车的作坊，说明用车载运也很普通；至于远通西域的丝绸之路，则有能负重远行的骆驼。

从典籍记载与历史遗迹看，使用马帮运货主要是西南地区，以四川、云贵为主，最有名气的茶马古道在三江并流的横断山脉，主要是从四川、云南向西藏地区运输茶叶，由于用马驮载，所以称茶马古道。这也有其产生历史与背景。首先是广大藏区，包括川西北高原的康巴藏区以牧为主，主食则为高寒地区所长青稞。由于以牛羊肉和高寒地区生长的青稞面为主食，肠胃难以接受，需要茶叶帮助消化，"腥肉之食非茶不消，青稞之热非茶莫解"。这表明茶叶为游牧民族生活必需，但牧区高寒并不产茶，对茶叶的需求量又极大，只能以盛产的马与内地交换

▶茶马古道遗址

茶叶。《新唐书·陆羽传》中说"时回纥人入朝，始驱马市茶"，表明早在唐时，北方游牧民族就开始用马匹与中原王朝交换茶叶。所以历代王朝都很重视，专设茶马司，配备熟悉情况的官员和通晓胡语的翻译任通司来加强管理。四川雅安至今还完整保留着"茶马司"衙门。不仅历史上如此，据《续云南通志长编》载，民国年间"滇茶除销本省外，以销四川、康、藏为大宗，间销安南、暹罗、缅甸及我国沿海沿江各省……什九赖乎骡马，得资水道火车者不多"。云南马帮的介入，为普洱茶大量外运提供了交通运输工具。

从地理上看，四川、云南都与西藏交界，也都是产茶大省，四川雅安的名山茶，云南所产普洱茶都很有名气。这两省也都产马，被称为西南川马，体形小而强壮，适应山区小路的攀登跋涉，所以马帮也多产生于四川、云南。所行走的茶马古道，四川境内称川藏线，云南境内称滇藏线，其实都属西南三江并流的横断山脉地区，山水相连，古道相通，称谓因地段不同有所区别。

马帮的形成是由于商品需要贩运，比如食盐、茶叶、日用百货等，路途遥远，且要穿越高山激流，艰难险阻，只能结伙前行，需要有经验丰富的专门人才，这样专业性马帮就逐渐产生了。还有一种情况，一些经验丰富的赶马人，有了积蓄，有了自己的驮马和雇用马夫的能力，但自己没有可从事的商业，只是从喜好和兴趣出发，天生热爱马帮这个行当，承担运送货物的任务，成为更加单纯和专业的马帮。从实际情况看，干马帮的大都是底层群众，马锅头甚至马帮庄主也不例外，只要走上了马帮路，就等于在血盆里找饭碗。能干马帮的都是有两把刷子的人，也就是能够吃苦，爱动脑筋，善于总结失败教训。俗话说"行船走马三分命"，表明马帮生涯的艰辛险恶，更需要患难与共，结成团体。

▲当年马帮经历的古镇

▲茶马古镇

由于出行一次少则十天半月，多则一年半载，百人百性，只有靠规矩约束，否则无法长久。马帮一旦形成，衣食住行，各自分工，人与马都有整套约定俗成、行之有效的规矩或禁忌。凡入了马帮就得遵守，否则另请高就。人员、骡马、货物是马帮的三大要素，所以规矩或禁忌也都是围绕这三大要素制定。由于马帮的各项工作完全靠赶马人分工合作，所以每个赶马人都必须要具备一定的本事和能耐。他们要懂沿途习俗，通晓各族语言，辨别道路，观测天气，懂骡马性情，识野菜野果，再是支帐做饭，砍柴生火，上驮下驮，医人医畜，钉掌修掌，找草喂料，乃至应对突发意外。荒山野岭，举目无亲，如何生存全靠自己，谁也帮不上谁。懒汉二流子根本无法在马帮里混。

下来是马。在马帮中马是非常重要的，没有马，马帮就无从谈起。就大范围而论，四川、云南这两省所产的马，都被称为西南川马。但也还有小区分，比如云南有大理马、腾越马，四川有雅安马、名山马等。还有马与驴交配所产的二代骡子，兼具马、驴优点，体型高大，耐力更强，更适合驮货行走。所以马帮十分注意选拔体形高大、毛色光滑、膘肥体壮的识途好骡来当头骡，它是百里挑一出来的好牲口，也是多次出行积累下经验的骡子，能够起到带路、避险、防盗的多重作用。比如，要渡金沙江、澜沧江等大河巨流，过去没有桥梁，都是铁索上铺架木板，在风浪中摇摆，常有骡马畏缩不前。这时只要由有经验的骡子带头前行，后面依次二骡、三骡、四骡就会跟上前行，化险为夷。所以，每支马帮都十分注意选拔头骡，一个好头骡价格也是一般驮马的数倍。主人对头骡也十分看重，对它们都精心喂养，也着意打扮，比如马脖悬挂精致的铃铛，还装饰上红绸子皮项圈一类。

　　过去，云南商家大都是靠赶马帮起家，所以马帮与商家天生就有亲密合作关系。在马帮内部，由于大家一年四季同吃一锅饭，同睡一顶帐篷，马帮的利益就是大家的利益，可谓一损俱损，一荣俱荣，因而相互之间亲如兄弟。马帮常年在外，要跟各色人等打交道，宽让容忍，和气为上，是马帮都要遵守的规矩，否则就处处碰壁，时时遇麻烦，所以经验丰富的老马帮遇事对人都讲义气。在运货途中，若遇到别的马帮人或骡马病了，都会全力给予帮助；碰到塌方断路，也会合力去修；缺了粮草，也会相互接济。争抢道路，争抢顾客货物，只会两败俱伤，对谁都没好处。那是马帮最为忌讳的。

　　马帮每次运货上路，事先都要周密安排，详细筹划，马锅头、赶马人各司其职，不能乱套。马帮有严格的规矩，赶马人要绝对服从马锅头的指挥。讲诚信、守信用，既是行业必需，也是生存之道。

　　马锅头与赶马人之间，多以家族、亲友、乡邻、伙伴等关系为主，有天然关系，还有共同利益，因此，赶马人与马锅头之间的关系容易协调，效率也较高。马帮与商号之间，存在互利关系。有的马锅头就有自己商号，更与马帮关系密切。这也是尽管历经改朝换代，马帮却能够生生不息、存在千年之久的根本原因。

滇藏古道

　　马铃悠扬，茶叶飘香。一条马帮踩出的古道，绵延在滇藏高原的崇山峻岭、原野丛林间，马蹄声声、商贾往来，历经了千年风雨。赶马汉子，长年累月，披星戴月，翻山越岭来回在千里古道上。他们不怕冷落，不甘寂寞，凭借天生灵感，一路上见物唱物，见事说事，一首首内容广泛，结构短小，曲调爽朗，情感质朴、高亢，节奏自由的"茶马山歌"，就从心田里流淌出来。请听：

> 挖地娘来挖地娘，锄头下地几千行；
> 眼看茶叶收成好，功在茶山采茶娘。
> 赶马郎来赶马郎，马脚下地几千行；
> 茶叶买卖运输忙，多谢阿哥赶马郎。
> 赶马哥哥赶马哥，赶马哥哥自由乐；
> 茶山茶叶多万担，全靠千万马帮驮。
> 阳春三月进茶山，茶山空气格外香；
> 马客来玩铃铛响，集镇街上闹嚷嚷……

▲普洱茶园

▲藏族群众向活佛献茶

> 一年有个三月三，赶起骡马进茶山；
> 粗茶细茶勒两驮，莫给骡子空回乡。
> 一年有个三月三，赶起骡马进茶山；
> 粗茶细茶到处有，看你要驮哪一山。

滇藏茶马古道南起云南茶叶主产区思茅、普洱，经过大理、丽江、束河、中甸、德钦、芒康与川藏古道汇合，经林芝、工布江达直达拉萨，再由拉萨商帮运往印度或尼泊尔，所以也有专家称滇藏茶马古道为西南丝绸之路。

滇藏古道与川藏古道一样艰险，沿途雪峰高耸、大河湍流、山峻林密、道路崎岖。正如藏学家任乃强先生在《康藏史地大纲》中所言："康藏高原，兀立亚洲中部，宛如砥石在地，四围悬绝。除正西之印度河流域，东北之黄河流域倾斜较缓外，其余六方，皆作峻壁陡落之状。尤以与四川盆地及云贵高原相结之部，峻坂之外，复以邃流绝峡窜乱其间，随处皆成断崖促壁，鸟道湍流。各项新式交通工具，在此概难展施。"

清人焦应旗的《藏程纪略》中记："坚冰滑雪，万仞崇岗，如银光一片。俯首下视，神昏心悸，毛骨悚然，令人欲死……是诚有生未历之境，未尝之苦也。"张其勤的《炉藏道里最新考》记，由打箭炉去拉萨，凡阅五月，"行路之艰苦，实为生平所未经"。杜昌丁等的《藏行纪程》记滇藏茶路说，"十二阑干为中甸要道，路止尺许，连折十二层而上，两骑相遇，则于山腰脊先避，俟过方行。高插天，俯视山，深沟万丈……绝险为生平未历。"茶马古道通行之艰难，可见一斑。沿途气候更是"一日有四季"，一日之中可同时经历大雪、冰雹、烈日和大风等，气温变化幅度极大。一年中气候变化则更为剧烈，茶马民谚曰"正二三，雪封山；四五六，淋得哭；七八九，稍好走；十冬腊，学狗爬"，其行路之艰难可想而知。

▲古道险段

▲当年背茶人像

千百年来，茶叶正是这样人背畜驮历尽千辛万苦运往藏区各地。藏区民众中有一种说法，称茶叶翻过的山越多就越珍贵，此说生动地反映藏区得茶之不易。《明史·食货志》载："自碉门、黎、雅抵朵甘、乌斯藏，行茶之地五千余里。"如此漫长艰险的高原之路，为何又能延绵千年之久？

首先是广大藏区需要大量茶叶，利益驱使。虽然路途艰辛漫长，但两地茶叶差价仍然有利可图，这是根本原因。也是商品运转规律使然，否则比茶马古道更长的丝绸之路就无法存在。再者，在千载的岁月中，马帮商队积累了丰富的应对经验，往往采取分段运输的办法，比如有的马帮商队只负责由产茶之地普洱府把茶叶运往大理或丽江，再由别的马帮送下一程。这样的好处是分段获利，而马帮对自己承担的路程会更加熟悉，也就容易应对各种困难。

云南的马帮商队一般由中甸、德钦到芒康进入藏区后，便把货物与专走此路的藏族马帮进行交易。藏族马帮多为当地人，不仅从小适应环境，熟悉道路，驮载藏区所产藏药、毛皮、氆氇等土产山货到中甸与云南马帮交易，使双方马帮都能受益。藏族马帮的马也多产藏地，体形小而强壮，毛厚而长，能够御寒耐久。藏族马帮往往骡马在百头以上，一般只到丽江或康定，不进内地，主要因为气候不同，习俗迥异，早年高寒藏区的人到内地多得天花不易治愈。但藏族马帮的主意最为稳定可靠，因为藏族群众需要的茶叶数量相当巨大，只有源源不断地从川滇两地茶区输入茶叶才能满足需求。

正是由于马帮商队采取多种应对艰难险阻的办法，任何一支马帮中都有充满智慧的马锅头，有吃苦耐劳的马脚子，有强健善走的骡马，还有约定俗成、行之有效的规矩礼仪，才在川滇西北、三江并流的极端险峻之地开辟了道路最为险峻，行程最为艰苦，规模最为宏大，又历经千年的茶马古道。

◇五彩河谷◇

9 月的拉萨河谷，正是收获青稞的季节，整个川道到处都是收割、运输、碾打的忙碌景象。我注意到这儿的农村已经实现了机械化或半机械化。成熟的青稞几乎和内地的小麦一样丰茂厚实，割倒的青稞铺满了田块，男女都在收割或扎捆，拖拉机忙着

▲五彩河谷

运输。每家门口的水泥场地便是禾场，有脱粒机在工作，金黄的青稞粒从机口喷出，在阳光下像一道彩虹，配着藏族男女五彩的服饰，活脱脱一幅藏区农村丰收图。

并非所有的河谷都能开垦种植庄稼。拉萨河从米拉山发源，蜿蜒奔流数百公里，催红生绿，滋润了一片片青草丰美的牧场，积淀起一块块平坦可耕的沃野。有的地段却十分狭窄，两边是起伏的山岭，在安顿下拉萨河与川藏公路之后，就再也没有可以放牧和耕种的地方了。但似乎并不是什么坏事，这些河道往往十分开阔，水道只占一半或三分之一，余下的地方则成为沼泽湿地，长满芦苇和水草，吸引着黑颈鹤、白天鹅、野鸭子、斑头雁栖息觅食。它们优美的身姿与河水、芦苇、浮萍、云团一起构成一段段五彩斑斓的河谷，美不胜收，同样让人赏心悦目。

卷七／雪域风物风情录

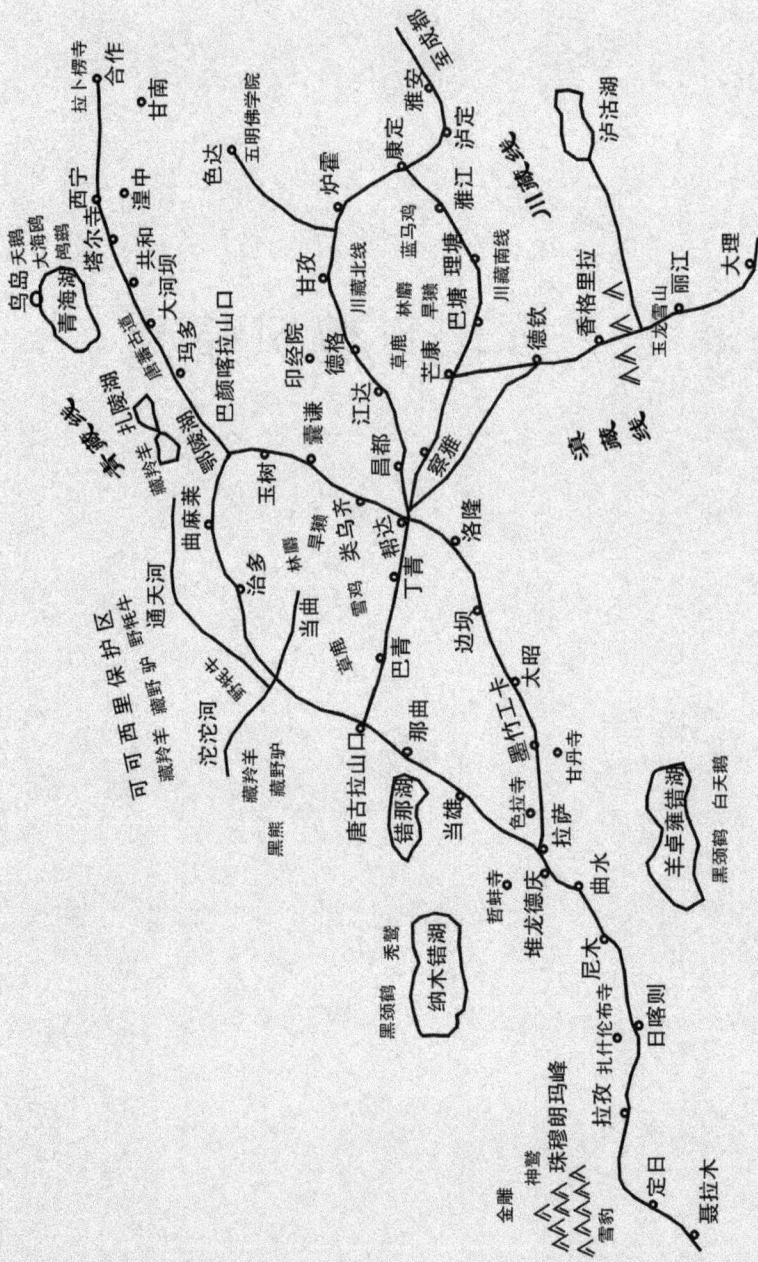

藏地寺院、湖泊、珍稀动物分布示意图

看牧民套羊

▲森林，湖泊，草原，是牧民永恒的家园

一

茫茫草原，辽阔无垠，没有了城市的喧嚣、车流与人头攒动，有的是被水洗过了一般的蓝天，大团大团洁白的云朵，起伏的青山与蜿蜒的绿水，以及天边一座牧民帐篷飘升起的袅袅炊烟。有炊烟的地方一定有放牧的牧民，在你睁大眼睛，四下搜寻远眺时，终于发现在那如云朵般缓缓移动的羊群之中，伫立着一个牧人。看不清他的面孔，却能看见他戴的毡帽和穿的藏袍，即便在盛夏，毡帽和藏袍对牧民也不可或缺，因为一团乌云飘来便会带来雨雪乃至冰雹。我曾目睹牧人在雨中纹丝不动，事实上也没有任何树木或岩洞可供躲避，毡帽藏袍就正好发挥作用。我还在草原看见过踽踽独行的牧人，独自骑着马，与我们的汽车擦肩而过。几十里不见人烟，我不知道那消失在地平线上的牧人要去哪里，晚上在哪歇息。我还曾目睹两个相对走来的藏民，本来隔得很远，绕很长一段路走在一起，互相很亲密地说阵话，递上烟，吸完又都满意地走开。

青海省文联主席，曾任过格尔木市委书记的樊光明告诉我，他当县委书记时，骑一天马只能见到三户牧民。他在一户牧民家的帐篷中，见到一堆羊毛在蠕动，不想钻出来三四个一丝不挂的孩子。大冬天，孩子怎么能没衣服穿呢！同行的乡长说这家有钱，手一伸就从帐篷角抓出个挎包，一倒几大捆足有上 10 万元，乡长马上取了一沓安排给孩子买棉衣。之后，他去这个乡任何一家牧民家，牧民都知道了这件事，县委书记不让把钱放在包里，要给孩子买棉衣。原来，牧民见面后就说起这个信息。草原上的信息就是这么传递的。

在川甘交界的郎木寺，每年农历六月都有盛大的庙会，方圆数百公里的牧民都会赶来。除寺庙固定的法会，还要举办赛马、叼羊、跳锅庄等活动。但那年我们去的时候，正好下雨，密密的雨帘笼罩了草原，笼罩了整个大峡谷和郎木寺镇，地上满是积水。但为参加赛马的藏族小伙却拉着披挂一新的赛马站在雨中不肯离去，还有许多盛装的藏族姑娘拥挤在小镇的屋檐下，表情平静，对讨厌的天气没有指责，没有抱怨，似乎来到镇上看见这如潮的人群已经非常满足。

二

多次的草原之行使我领悟草原由于辽阔，地广人稀，牧民寂寞，内心渴望交流聚会，也非常珍视交流与聚会，毕竟人是要和人待在一起的。日后，在目睹一位藏族小伙套羊后更加证实了这些想法。

那天，离开黄河第一曲后，继续进发。日近中午，我们的捷达车在草原孤独地奔驰，突然远方出现了几个黑点，由远而近，旋风般到了跟前。是两个藏族汉子，面孔黧黑，体态剽悍，骑着高头大马，人马都精气神十足，冒着热气。两个藏族人看着我们奔驰的汽车，友好天真地笑笑，露出一口白牙，接着两腿一夹，抖动缰绳，马在公路边的草原上飞奔起来，似乎要与我们比赛。我们也乐了，索性跟这两个藏族汉子闹着玩一下，司机一踩油门，汽车提速飞驰起来。藏族汉子发现车速快了，于是也飞扬起马鞭，抽着马屁股，两匹马简直像两团火焰在眼前晃动。盛夏正是水草丰美时节，两匹马肥壮得淌油，浑身的劲往外冒，越跑越起劲，越跑越快，而草原上的沙石路，汽车却跑不起来，几次都被马甩在后边。幸而，爬上一面山坡后，两匹马速度减了下来，两个藏族汉子骑在马上手搭眉梢四下张望，好像在寻找什么。找什么呢？我们车上了山坡后发现，山坡那边是愈加广阔的一片草原，几户牧民的帐篷散布着，大群的牛羊像黑白两色的珍珠散落在草原，骑马放牧的藏民则悠闲地坐在马上照看着自家的牛羊。

三

"噢呵呵……"

两位藏族汉子立马山梁，用手在嘴边做喇叭状，朝着草原大声呼唤。随即山下的牧场便有了应答，原来这两位藏民是来会牧民朋友的。他们立即纵马旋风般跑下山去，那边也有位牧人骑马迎上来。三人三骑到了一块儿，不仅人亲热地说话，互相递着香烟，连几匹马都扬蹄甩尾，表示着友好。

▲大草原上牛羊布野

▲套羊的藏族小伙

　　突然，那位草原牧人纵马离开，冲向一片羊群，从马背上摸出一根绳索，在空中划出个半圆，向羊群甩去，原来这位藏族小伙子要套羊。这顿时让人兴趣高涨，我端起一路都备好的相机，用长焦拉近场景。只见这位藏族汉子藏袍围在腰间，单穿着黑色上衣，脖子上挂着一串橘黄色的松耳石串起的项链，古铜色的面孔棱角分明，骑着一匹黑色骏马，十分彪悍。他甩出的绳索，不偏不倚，正好套住一只褐色绵羊的脖颈，用力一拉，绵羊便脱离羊群，在草地上挣扎，当然一切挣扎都是徒劳。藏族汉子冲过去，俯下身子，一把就把那只有七八十斤的肥羊揽在怀中放上了马背。然后，他不无得意地对那两位来找他的藏民招着手，三人一起纵马朝飘着炊烟的帐篷跑去。

四

　　下来的情景，我曾在大草原见过，只要有亲友登门，牧民肯定会套上一只肥羊放在帐篷前的草地上。草原牧民天生是宰羊能手，宰羊对他们来说是家常便饭，小事一桩。只见那位牧民掏出雪亮的匕首，直刺羊的心脏，然后放血、剥皮、开膛、掏尽内脏，再把切割的大块带血的羊肉放进锅中。前后不过 10 分钟，一切都干净利索，绝不拖拉，没有任何多余动作，看得人眼花缭乱，不由叫绝。

　　我还有幸在川藏线经过的塔公草原目睹过一次藏民宰牛，也惊心动魄，让人难忘。那大约是一只上年纪的牦牛，体型高大，满身长毛，只是有些瘦削和憔悴，显然老了，可竖起一对大犄角依然威风。那位藏民把牛牵过来，抱着牛头，像是抚摸又似念经文，嘴里喃喃自语，说了一阵。突然之间，趁牛不注意却从腰间拔

▲草原帐篷中的牧民

出一把锋利的藏刀，一下割断牛脖子上的动脉血管，骤然的疼痛刺激了牦牛，一下挣扎起来，四蹄撑地，身体扭动，尾巴不停地甩动。一头牦牛再老再病也是牛呀，俗语说要牛劲、要牛脾气，那是多大的力量，但你简直想不到，那个壮实的藏民，脱掉一只袖子的粗壮胳臂死死地搂定牛头，纹丝不动，硬是把一头牛制服。他的妻子拿出一只大盆，接在牛头下，随着哗哗流出的血水，牛渐渐无力挣扎，最终轰然倒在了地上。藏民宰偌大一头牛都如此利落，何况一只羊。

草原海拔高，水沸点低，一般七八十度就会开锅，只要翻上几滚，便可伸手抓住腿骨捞出带着血水却鲜嫩无比的羊肉，蘸着盐末、胡椒粉、辣面调料，来大享口福。往往是几个藏家小伙，围着汤锅，搬出整箱啤酒，边吃边喝，闹腾到夜色降临，再燃起篝火。人要多，还要跳起锅庄，唱起歌儿，欢乐尽兴地享受这草原上难得的聚会。

◇洛桑一家◇

　　洛桑全名叫洛桑欧珠，家住西藏曲水县达嘎乡达嘎村。318国道从达嘎村经过，我是在路边拍摄照片时认识洛桑的。他瘦高个儿，30岁左右，十分精干，我拍摄的藏族特色鲜明的民居正好是他盖的新房。"拍出来好漂亮。"他一脸惊喜，露出满口白牙，让人挺喜欢这个藏族小伙。"修房子花了多少钱？""十几万吧。"洛桑告诉我，村里修房每家半亩地不用花钱，材料要买，工匠可以相互换工，再就是国家补助，花钱就省了。"再省也得花呀，平时靠什么挣钱？""种庄稼。"洛桑说他有7亩地，种青稞也种油菜和洋芋，粮够吃还有卖的，再是跑运输，往拉萨、日喀则送货。

▲洛桑一家

　　这就是川藏线的功劳了，这条318国道东起上海，西与尼泊尔相接，是我国最长的东西大动脉。其中便有鼎鼎大名的川藏线，因穿越多种地形，多个气候带，风光壮美、植物丰富被誉为我国的景观大道，也给洛桑这样的沿线各族群众提供了致富门路。公路两边乡村的房子都很漂亮，一式的藏式二层小楼，一样开阔整洁的庭院，不少还开办了"藏家乐"接待游客。

　　"可以到家里看看吗？"洛桑迟疑了一下说："那可别笑话。"他带我迈进藏式门楼，先是一片天井，种着树还有花。进了房子，是宽敞的客厅，藏式装修，十分华丽，供奉着菩萨与班禅，悬挂着唐卡和哈达，干净整洁。洛桑的媳妇抱着孩子，我问多大，洛桑说大孩子9岁上学去了，这是小女儿刚刚满月。我说可以给他们照张"全家福"，他们连声说好。照片上一家三口，连孩子都笑得十分甜蜜。

▶喇嘛听讲

看喇嘛跳锅庄

一

　　桑科大草原属甘南藏族自治州，与青海相邻，是镶嵌在青藏高原边缘的一颗明珠。从雪域融化的溪水汇聚为蜿蜒如玉带的夏河和一片片明镜般的湖泊，每当夏秋，这片水草丰美的草原绿浪接天，野花盛开，大群的红颈鹤、黑颈鹤、斑头雁飞临这里，聚会水边，筑起爱巢，翩翩起舞，每当晨昏啼鸣声此起彼伏。它们在这片水草丰美的乐园交配、产卵、孵化幼雏，待到秋末冬初才带着羽翼渐丰的儿女去南方越冬。野兔、草鼠、狐狸、旱獭也昼伏夜出，寻觅食物和配偶，整个草原一改冬春的枯黄萧索，变得丰富多彩又生机勃勃。

　　牧民也把桑科草原选择为夏秋季节的牧场，赶着牛羊从四面八方拥来。一时间，举目远眺，只见大草原上，帐篷点点，炊烟袅袅，不时有牧民骑着骏马驰骋，还有运送物资的驼队，骑着摩托的旅游者。散落在草原上的黑色牦牛和白色羊群低头啃草，一派"天苍苍，野茫茫，风吹草低见牛羊"的壮美风光。

　　桑科草原距拉卜楞寺很近，同属夏河县。拉卜楞寺作为藏传佛教的六大寺院之一，坐落于县城近郊的夏河谷地，始建于清康熙年间，有300多年历史，经历代扩建，规模十分宏大，占地1300多亩，仅是喇嘛居住的小四合院便有500多院。设有六大经院，鳞次栉比，依山而筑，巍峨庄严，气象宏大，朝拜进香的信教群众，友邻寺院的喇嘛和中外游客，络绎不绝，构成浓郁的宗教氛围，素有"小西藏"之称。

二

拉卜楞寺每年都要举办若干次法会，有辩经、晒佛、演藏戏、酥油花展等活动，届时方圆数百公里的藏民便会用牦牛驮着帐篷，赶着牛羊骑着骏马，在桑科草原搭起星罗棋布的帐篷，蔚然壮观，俨然一座帐篷城。白天举行叼羊、赛马等游乐活动，夜晚篝火连片，歌声此起彼伏，一直要闹腾到深夜方才罢休。

早年，这仅是寺庙及民间自发搞起的活动，约定俗成，农牧民也认可，几百年沿袭下来。近年，随着经济发展、旅游的带动作用显现，政府也加入进来，利用群众集会，开展旅游活动，加大宣传力度，推荐旅游线路，网络、电视都对甘南草原的香巴拉节广泛介绍。甘南草原离兰州约 300 公里，处于兰州至成都的213 国道上，交通便捷，我们就是看到广告后去的。

那年，我们一行 10 位搞摄影的同行包租一辆依维柯车去桑科草原。一位曾在夏河当过武装部长的老乡，退休后在桑科草原办起帐篷宾馆，听说我们来后十分热情，执意邀请大家前往。晚上，安排在帐篷宾馆吃藏餐。老乡说，原本一桌2000 元，你们就减半付 1000 元吧。我们一行 10 位搞摄影的都属自费，有的感到一餐百元太贵，但也不好再说什么。没想到，最先上来的是一大桶青稞酒，又拥进 10 位漂亮的藏族姑娘，个个苗条秀气，20 岁上下，一位姑娘陪我们一个人，唱歌饮酒，一首歌一碗青稞酒，还没开席就醉倒两人。接着是全套藏餐，什么红烧牛尾、清炖羊杂、藏式香肠、烤羊肉串、油炸羊排、爆炒羊肝，一道道菜都做得味美精致。末了，又上来一道烤全羊，通体焦黄明亮鲜嫩无比，仅看一眼便让人馋涎欲滴，一个个吃得酒足饭饱。那晚，都说当了回皇帝，5000 元都值。这次甘南之行，大家算是领略了浓郁的草原藏家风情，原本就十分尽兴，但没想到，离开桑科草原时，还看到最为精彩的一幕——喇嘛跳锅庄。

三

汽车沿着桑科草原的沙石道路正走之间，突然发现一侧山峦盆地有许多红色斑点在舞动，大家深感好奇，于是弃车前往探视。翻越一道山，只见一大片丰美平整的草原呈现在眼前，众多的喇嘛，有 40 多人正围成一个巨大的圆圈。这些

▲职业僧人

▲佛家天地

喇嘛全都年轻英俊，身着崭新的紫红袈裟，在浓绿滴翠的草原上，灿烂的朝阳照耀之下，分外鲜艳醒目。

我们一时还弄不清这些喇嘛在干什么，但估计是和做法事相关，是特意组织排练或预演的。只见由10个喇嘛组成的乐队，将长达几米，拖在地上的大法号吹奏起来，声音低沉悲壮震颤大地。腿骨号古朴粗犷，声音尖利叫啸，金唢呐擦得金黄发亮一尘不染，音量充足热烈。几面硕大的羊皮鼓，几个挽着袖子的精壮喇嘛敲打起来，鼓声远播震人耳膜。这组法事乐器在蓝天白云之下，广袤草原的怀抱，演奏起来有种粗犷热烈的豪迈，给人天籁之感。随着乐器响起，先是两个喇嘛跳起锅庄，甩动着紫红袈裟，舞动着粗壮的双臂，双腿弹跳着，绕着圈跳，接着是四个喇嘛跳起来，六个喇嘛、八个喇嘛……直到全场除了乐队十几个喇嘛之外，所有的喇嘛都加入了跳锅庄的行列。只见袈裟舞动，像滚滚红浪，脚步腾挪，胳臂舞动，一个个壮汉拼足了力气，一颗颗光头在阳光下闪耀，真有进入五百罗汉阵的感觉。

四

我曾在西宁塔尔寺见到过近百僧人在一块儿辩经。在执法僧人点过名后，他把各个班次的喇嘛召到面前，对他们进行考查和指导，然后开始辩论。两人一组，一坐一站、一问一答。在进行答辩当中，还跨步、击掌，忽站忽蹲、忽高忽低，做出各种动作，加上忽大忽小、忽长忽短的叫喊来加强辩经的气势，增加力度和效果。整个辩经会场气氛都非常活跃，引人入胜，让围观的人久久不愿离去。

◀进入佛门有长长的路要走

但那毕竟是辩经，有一定的程序和规范，一般都在寺庙的广场上举行，参加者皆为僧人，围观者也多为信教群众，可视为一种热烈的研讨会。眼前这群喇嘛大跳锅庄，且在这广阔的草原上，天广地阔、无拘无束，无边的草原就是舞台，蓝天白云就是观众，金色的朝阳沐浴着喇嘛们鲜艳的袈裟，徐徐的清风吹拂着喇嘛年轻的脸庞。

我推测这些跳锅庄的喇嘛是从整个大寺院众多的僧人中挑选出来，全都是英俊年轻的小伙，身材高大，脸庞清秀，棱角分明，脸色在高原烈日灼晒下显得黑红，反而愈显健康，牙齿却是一律洁白。这真是个奇迹，只能归结于高原的恩赐，这群喇嘛也许在寺院清规戒律下生活，久静思动，需要活动年轻的肢体和释放过剩的精力，跳起锅庄舞蹈，全都十分投入，十分出色。其中一个动作，双脚腾空跳起竟达一米多高，紫红的袈裟被风扇动，恰似雄鹰展翅，双脚落地时，掷地有声，整齐划一，好比猛虎下山，让人看着精神都为之一振。

说真的，我们还真没见过如此出色，如此粗犷，如此真切，如此投入，又如此打动人心的锅庄舞蹈。何况，表演者是一群年轻英俊的喇嘛，舞台是镶嵌在青藏高原边缘的那颗明珠——辽阔广袤的桑科草原。

旅途小憩

◇帕拉庄园◇

20世纪50年代之前，西藏尚属封建农奴制社会，财富绝大部分被寺院、政府和不到200户贵族这三大领主拥有。在江孜年楚河畔还完整地保留着一座西藏贵族的庄园，可以让人们依稀感受到西藏的过去。江孜由于地形开阔、土地肥沃，且处于拉萨与日喀则之间，又临近去尼泊尔与印度的商贸大道，素受贵族青睐，纷纷在此购置土地，最盛时期竟有42户贵族庄园屹立于江孜原野。

现在保留的这座庄园属帕拉家族，其先祖系不丹部落酋长，因不丹动乱进入西藏，凭借传承已久的权术和财富进入了西藏上层。先后有四人出任过西藏地方政府的噶伦，家族财富最盛时期拥有庄园22座，牧场6个，农田8600亩，大小牲畜14250头，从事各类生产的郎生（农奴）2440名。现存的这座庄园只是

▲帕拉庄园

其中之一，因主人参与1959年叛乱并逃亡印度，依据政策，这座庄园被政府没收得以完整保存。如今，帕拉庄园作为展馆成了旅游景点。人们迈进这座占地5000多平方米，57间房舍，包括议事厅、会客厅、娱乐厅、卧室、经堂、餐厅，还有一座林卡（花园）的庞大建筑群落，那些完全按照当年主人日常生活的陈设，华丽的经堂、镏金的佛像、虎豹皮、真鹿角、藏地名产、各种洋酒、外国酒器、进口餐具、英式留声机、德产照相机、钟表、足球，再加主人西装革履、留着分头、在南京所拍洋气十足的照片，一一展示着帕拉庄园的过去。

就是这位主人，也就在这座庄园曾经上演了一桩被记载进多种史料的"艳史"。庄园主人本来已迁居拉萨，并按照贵族家规与哥哥共娶了一位同样出身于贵族家族的女子为妻，但他却不满意这桩婚姻，不是指"一妻多夫"这种模式，而是对"妻子"不满意，于是返回帕拉庄园。这期间，他看上了负责酿酒家奴的女儿，并与之同居。因地位身份悬殊，会失掉脸面，这在西藏贵族是绝对不允许的事情。最终，庄园主人迫于各方压力，又回到拉萨，回到他生活的贵族世界。如今，看着那些陈列的日常用品，摊在桌上的麻将、开启的酒瓶，真像走进20世纪雪域高原贵族世家，仿佛主人刚刚离去。窗外，阳光灿烂，已换了人间。

旋转的经轮

一

只要进入藏区，不管何时何地，最常见的便是藏民手中的经轮。只要没有放牧、挤奶、捡牛粪、剪羊毛、打酥油茶，双手空闲下来，那么握在手中的注定是一把经轮，注定在不停地旋转。

经轮很精致，多为铜质或铁质镀铜，外表金光灿烂。上面雕镂着许多与佛教相关的花纹或鸟兽，经轮装有光滑的木柄，柄与轮中空，便于旋转。经轮有大有小，一般通高半尺左右，可装在藏袍衣兜，以便随时拿出旋转。还有一种通高超过两尺，身上斜背一个布袋，经轮的长柄插进布袋中，负担着重量，手只要摇动经轮即可旋转。这种可以拿在手中旋转的经轮，我觉得是寺庙巨大的转经筒的袖珍版本。

藏区任何一座寺院除了佛殿经堂，就是安装着经筒的长廊，塔尔寺的经筒高可盈丈，拉卜楞寺的经筒长廊长得没有尽头，郎木寺的经筒长廊就设在寺外，布达拉宫的经筒长廊盘旋着绕上红山，可供信徒昼夜旋转。不管是经筒还是经轮，信仰佛教的人旋转着表示不停地在念经，对佛无比虔诚，不信仰佛教的人看着好玩，买经轮拿回去留念。事实上藏区旅游点上出售的纪念品中，最多、最引人注目，也最受游客欢迎的便是经轮，几次进入藏区，我就大大小小购回了几个经轮。

二

只有进入藏区，才能对藏族同胞对佛教的虔诚有了解和体味。佛教于东汉时沿丝绸之路传入中国内地，佛教传进西藏是在唐代。藏族的祖先为吐蕃人，他们

▲结伴而行

▲边转边读

　　杰出的首领松赞干布崛起于西藏山南地区，势力壮大后统一全藏，当时西藏盛行一种土著苯教。松赞干布迎娶的唐文成公主和尼泊尔尺尊公主却信仰佛教，受此影响，松赞干布下令在西藏推行佛教，其间虽遭遇苯教抵制，并在松赞干布离世后有过反复，但佛教在普及过程中，结合当地情况，吸收了苯教合理的成分，逐渐为藏民接受，且所有经文法书均用藏文记录，成为有地域特征的藏传佛教。由于西藏僧人被称为喇嘛，所以内地也把藏传佛教称喇嘛教，其庙宇称喇嘛庙。但有学者认为这样称呼不科学，犹如汉族地区把僧侣称和尚，但没有人把佛教称和尚教，把寺庙称和尚庙。所以还是应称藏传佛教和藏传佛教寺庙，或与内地一样统称佛教和佛教寺庙，这也是对藏族同胞信仰的尊重。

　　佛教在整个藏区，包括青藏高原和云南、四川西北、甘肃南部以及内蒙古的广大地区传播千年之久，为藏族、裕固族、蒙古族广大群众接受和信仰。中华人民共和国建立初期，解放军进藏时，西北和西南两大军政委员会对进藏官兵反复强调的便是要尊重藏区群众信仰。时任西南军区政委的邓小平特别强调这一点，制定了几十条注意事项，不得杀生、不得狩猎、不得捕鱼、不随意进入寺院，要尊重僧侣，甚至细致到党员干部在必要场合也要允许活佛摩顶，要接受哈达等。

三

　　因为活佛摩顶，在信仰佛教的藏民心中有无上的荣光，认为不仅能消灾避祸，还能带来福瑞和吉祥，甚至来生来世都将受益。因此，信教群众一生最大的愿望就是希望能够让藏区最大的活佛摩顶。为此，他们可以拿出一生的积蓄，单身或带领家人，千里迢迢，叩等身长头，硬是用身体丈量土地，手掌和膝盖尽管用皮革保护，仍磨出厚茧，有的甚至途中虚脱。但这不影响后来者，不屈不挠向圣地进发。

一位目睹过十世班禅生前最后一次进藏，在青海塔尔寺摩顶盛况的朋友告诉我，当时一个多月前，得到消息的藏民便携家带口在塔尔寺郊搭起帐篷等待。班禅到达时，

▲边走边看

几十万藏民人山人海，围得水泄不通，但又虔诚有序。班禅经过时，全都低着头吐出舌头表示无限尊崇。许多人把一生积蓄都拿出来，几个喇嘛张着麻袋收钱，都是百元大钞，还有刚从银行取出的万元整沓，毫不犹豫扔进袋中，收的钱当然都修了寺庙。国家还拨出巨款维修，不然塔尔寺也没有那么壮丽辉煌。那种场面，那种景象，那种虔诚，不亲眼看见难以想象。

其实，人类的生活无非是物质精神两个方面，公民对宗教有信仰与不信仰的自由，在地广人稀的广袤藏区，有信仰是种寄托，是种安慰。那耸立的白塔，高扬的经幡，五彩的玛尼堆，包括藏民手中旋转的经轮都填补了空虚，打发了光阴，也就充实了生命的历程。

◇早上的功课◇

　　时间是 2004 年 8 月 2 日清晨，地点是天下黄河第一曲的玛曲一道海拔 3500 米左右的河谷，我们探访黄河首曲结束返回，途经这条山谷，转弯的瞬间，就被深深吸引。山谷里有几户牧民，黑色的牦牛毛毡帐篷里飘升起炊烟，羊群刚刚散圈，全都在蜿蜒的溪水边饮水，一匹马正在嘶鸣，卧着的藏獒突然站起来警觉地望着我们，刚从山坡上斜射过来的朝阳则把整条山谷勾勒得明暗分明，生机勃勃。为不打扰牧区安详的清晨，我们没有停车，只徐徐开动，抓拍景物。最后，目光被帐篷前的一幕吸引，一位老奶奶坐在帐篷前的草地上，她头发花白，穿着件红色上衣，与草地色彩对比鲜明，手中摇着经轮，口中呢喃着。小孙女刚从帐篷出来，眼睛眯缝着，一副没有睡醒的模样，她弯下腰，不知是想叫奶奶去喝妈妈刚熬好的奶茶，还是怕打扰奶奶早上的功课，欲言又止，生动极了……

▲早上的功课

雪域草原异兽

▲ 可可西里动物保护站

一

　　草原其实和许多巍峨绵延的高山紧密相连，密不可分。恰是高山大川融化的冰雪汇聚成溪流河水，流淌出山，才滋润了广袤的草原。

　　青藏高原的草原上数量较多的野生动物藏羚羊与滩黄羊，在 20 世纪都有数百万只的数量。它们喜群居，每群数百上千只不等。藏羚羊生长于青藏高原海拔 4000 至 5000 米的高原上，河西走廊祁连山半高寒地区也有生长，体形与家羊相似，但较瘦。藏羚羊由于毛密集耐寒，柔软保暖，故一直是偷猎者的对象。藏羚羊御敌的唯一办法是奔跑，但跑一段后却突然停步返身回头凝视，这样常给偷猎者造成可乘之机。近年随着保护力度加大，藏羚羊的生存环境得到改善。

　　滩黄羊与藏羚羊体形大小很相近，但生活在海拔较低的半山坡上或半荒漠的草原，是在高寒动物和家养草原牛羊之间寻找到的生活地带。以各种禾本科沙草植物为食，冬季南迁，路线始终保持在一定的海拔线上，来年夏初北返，有一定的规律性。滩黄羊喜欢群居，大的群有数百只。早年迁徙时常遭有经验的猎手伏击。滩黄羊没有御敌本领，只有奔跑，速度极快且机警，即使骑快马也难追赶。近年也被列入保护之列，种群数量有一定发展。

二

　　在祁连山麓、天山南北，靠近山坡的草地还生活着白唇鹿、盘羊、林麝、羚牛、野山羊、野牦牛等野生动物。它们共同的特点是与草原家养牛羊体形相近，

▶雪域梅鹿

且都以食草和灌木嫩枝、菌科草类为主，只是在生活习性、繁殖规律和所处环境方面有所区别。

白唇鹿和马鹿相近，因嘴唇四周为白色，故名。通常三五成群，也有十数只为群的。因白唇鹿角茸为名贵中药，血脂筋骨也有药用价值，所以常遭人捕杀。近年在甘肃肃南等县已开始人工养殖，为保护资源，提供药材，开辟了新途径。

大头盘羊生活在祁连山、阿尔金山的高山寒漠地带。这种羊的特点是角长得十分粗大，形成巨大的盘弯形，并有粗犷美丽的花纹，可制作工艺品。大头盘羊可以驯养，有观赏价值。

在雪域草原的野生食草动物中，若论性格凶猛当推野牦牛，体重几乎是家养牦牛的两倍，最大可达一吨，仅次于大象与河马。野牦牛通体长有长毛，可抵御严寒，生活在4000至6000米的高寒地带，以耐寒植物、苔藓地衣、灌木枝叶为主食。公母牛皆有尖利长角，故敢和黑熊野狼相搏。野牦牛极难驯养，倒有家养牦牛混入野牦牛群体，野性复发不再归返的事情发生。

亲眼看见野牦牛是在火车上。快要接近唐古拉山口这一段是青藏铁路的制高点，海拔超过5000米，也是青海与西藏的分界，越过山口就算进入了西藏。火车一路爬坡，速度也慢，天气却起了变化，刚才还是阳光灿烂，转瞬间乌云弥漫，还飘起雪花，越下越起劲，车窗外被纷飞的雪花遮罩得迷蒙一片。

恰在这当口，有十几头野牦牛从山沟奔上来，速度之快、形态之野让人眼花缭乱，很快便翻越山坡，消失在雪雾之中。虽是一瞬，但野牦牛的凶悍狂野却留下至深印象。

▲ 在玛曲抓拍的旱獭

三

多次的草原之行，我戏称之为行走在青藏的边缘，这些地方开发过度，人烟稠密。亲眼看见野生动物也有过几次。一次是在若尔盖草原，天落着蒙蒙细雨，草地一片青绿，我们正开车行驶在简易公路上。忽然，车转弯处，山坡上有两只松鼠模样、半米长短的小兽正直立着嬉闹咬仗，车一惊动，小兽惊呆了一瞬，便迅疾钻进了山坡上的洞中。这么大的老鼠！开始，我也惊了一跳。推测可能是草原的旱獭。后经证实，果然是。

之后，在我探访黄河第一曲，从玛曲归来又见到了旱獭。那是一个阳光明媚的早上，山中洒满阳光，牛羊散落在山坡啃草，几户牧民的帐篷坐落于蜿蜒的溪水边，几只藏獒警觉地蹲在山坡的四周，守护着这片宁静的草原。

我们的捷达车从山坡上的公路缓缓驶下，我摇下车窗玻璃，手上端着长焦相机，准备抓拍牧场景物，突然发现草滩上竟有四五只旱獭在戏要。它们从洞中钻出钻进，有一只则静卧着观望，正好进入镜头，随着一声咔嚓，完整地拍出了一只草原上的旱獭。

獭有水旱之分，水獭皮毛珍贵，可与貂皮媲美。旱獭毛皮也属上乘，故常被有经验的猎手捕获。旱獭遍布于各类草原，吃草类根茎，也食草原鼠类。因为分布广且常见，所以至今没有被列入保护范围。

东汉学者王充在《论衡》中说："涉浅水者见虾，其颇深者察鱼鳖，尤甚者观蛟龙。"如今，要真正看到青藏高原的珍稀动物，还必须深入到雪域腹地。好在近年保护野生动物力度加大，尤其是穿越青藏高原腹地的青藏铁路采取了许多

▲青藏高原的藏野驴

▲大漠野驼

措施，比如在藏羚羊迁徙的必经处预留通道等，起到了明显作用。2009 年 5 月，我乘坐火车去拉萨，沿途便见到不止一群藏羚羊。它们显然已经适应飞速奔跑的火车，十几只一群，或站或卧在雪花飞舞的山坡，一动不动地观望火车，似乎是说也没啥了不得嘛。

胆大的是藏野驴，有十几头距火车不到三丈远，可以清楚地看见它们比家驴要粗壮许多的身躯，背梁上一道粗粗的黑毛，头笨重，尾长甩，很是威风漂亮。车上还有旅客喊棕熊，只见山梁顶蹒跚着一个黑乎乎的家伙，雪花迷蒙中并没有看得很清。

真正看得清楚这些青藏高原精灵是 2011 年 7 月，探访黄河源。从西宁出发，500 公里到黄河第一县玛多，这儿已是三江源核心保护区。玛多县城不大，短短两条街，不足千人，出城便是大草原，藏羚羊、藏野驴、黑颈鹤、白天鹅几乎是随处可见。一次，我们见山梁上有群藏野驴，停下来拍照，不想公路旁边水塘突地一下蹿出几只正饮水的藏羚羊，近在咫尺，可以清楚看见它们黄灰相间的细细绒毛，毛茸茸的眼睫毛下闪动着黑亮眸子。见到我们停车，它们跑了一阵，又停下来回头观望，似乎在对我们说，快走，我们才是这里的主人。

▲青藏神鹰

雪域草原珍禽

一

　　雪域草原上不仅有地上跑的珍稀野生动物，还有丰富的鸟类。目前全国现存的 1183 种鸟类中，绝大部分生活在草原或是和草原紧密相关的山林中。

　　野雉类是草原最常见的禽类，有几十种之多，红腹角雉、绿尾虹雉、蓝马鸡、红腹锦鸡、长尾鸡、勺鸡、血雉、暗腹雪鸡、淡腹雪鸡等。这些雉鸡的共同特点是羽毛鲜艳，十分漂亮。比如红腹角雉，腹部羽毛如铁锈红色，喉下又有红色肉裙，头部两侧为蓝绿色，五彩斑斓，十分好看，群众又叫红绣鸡、角鸡，是出产于我国甘南草原一带的珍稀禽类。

　　再如绿尾虹雉，成年雄雉羽毛鲜艳，羽冠有金属光泽，腰羽则为白色，常做低空展翅滑翔，如彩虹掠过草地，所以这种野鸡也被称虹雉。蓝马鸡体形最大，成年鸡可达 4 斤左右，因其羽毛大部分为蓝色，尾羽两对羽枝分散犹如马尾，故名蓝马鸡。蓝马雄鸡鸣叫时，昂首引颈，尾巴高翘，姿态雄健。它的两对长尾羽，

▲黑颈鹤

十分漂亮，常做演古典戏剧武将头冠的装饰品。

二

　　草原鸟类中还有几种属猛禽，性格凶猛，以捕捉羊羔、野狐、野兔、獭类等为食，有的甚至敢袭击人类，如苍鹰、秃鹰、金雕、胡兀鹫、海雕、大鸨等。

　　这些猛禽的共同特点是身体硕大，重达几十公斤，金雕、秃鹫翅展可达1.5米。尖喙如钩，巨爪似铁，目光敏锐犀利，能在数百米高空俯瞰草原动静，一旦发现目标，则疾飞俯冲。草原常见的景象为鹰兔相搏：一只出来觅食的兔子已被苍鹰锁定，苍鹰借着逆光与云彩掩护紧紧跟随，一旦发现兔子已离洞口较远，四周平坦且无藏匿之处时，便会以迅雷不及掩耳之势猛冲下来，兔子发觉为时已晚，只能束手待毙。但有经验的老兔子则会趁机卧倒，四爪朝天与苍鹰拼死相搏，抓得苍鹰羽毛纷落，只好暂时休战，伺机再来。有时要搏斗几个回合才见分晓，胜负自然要由双方的勇气、智慧再加体力来决定了。

　　西藏还有一种被认为是比丘化身的秃鹫，被尊为"神鹫"，因为它与藏族同胞保留至今的丧葬习俗——天葬紧密相关。西藏传统上有多种处理尸体的办法。有水葬，这大都在雅鲁藏布江流域，在水流湍急之处选水葬台，把尸体肢解后投入水中。早年还实行过土葬，松赞干布崛起的山南就留有许多吐蕃时代的古墓。再就是塔葬，主要是德高望重的活佛喇嘛，尸体处理后，再修塔存放。历代达赖

▲天葬台秃鹫

与班禅均享受这种殊荣。最普遍的是天葬，即人死后交专门的天葬师，还要请博学的喇嘛诵经，为亡者超度灵魂。西藏由于普遍信仰佛教，深受教义影响，重视来生，并不忌讳谈论死亡。藏族学者索甲仁波切曾写出一本被译为多种文字出版的名著《西藏生死书》，开明宗义地宣称："愿此书能成为生者、濒临死亡者与亡者的解脱指南；愿此书能对所有读者有所助益，并引领他们迈向证悟的旅程。"

即使没有读过书的普通群众，去世后，家中也要请专门超度亡灵的喇嘛为死者念经，寺院专门有一册《西藏度亡经》。大意为："可尊敬的某某，人生终有一死，这是所有的人都不可避免的事情。既然死亡已经来临，轮到了你，但你并不是唯一的一个；有生必有死，所有人都一样。不要留恋凡尘，也不要执着生命；纵然你执持不舍，也无法长留人间；所有的生命都在轮回之中转流不息。所以，你不要依恋，不要怯懦……"

西藏的"神鹫"归类为喜马拉雅秃鹫，是世界上最大也最凶猛的鹫类，在悬崖上筑巢，以腐肉为食。身长超过一米，重达几十公斤，若双翼展开则达二三米，滑翔于天际，傲视群山，有一股"鸟王"的气势。

习俗所致，每当发现山巅飘升煨桑的烟子，就知道有人家在"天葬"了，一时间会召唤来几十只秃鹫，呼啦啦遮蔽天空，再由天而降，争相啄食已肢解的尸体。一般只需半个小时，尸体便会被吃得一点不剩。这时亲属便十分庆幸，认为死者的灵魂已被"神鹫"带入了天际，可以早早转世。反之，如果秃鹫没有吞食完尸体，亲属会非常难过，觉得死者罪孽深重，这便需要请喇嘛念经超度，直到

▲雪城珍禽

第二次"天葬"被秃鹫吃完为止。

大概，世界上没有任何一种鸟类能像西藏的秃鹫那样，与人的生死有如此密切的关系了。

三

鸟类最为集中、数量最多的地方首推青海湖的鸟岛。每年，有10万多只鸟聚集于此。这些鸟的共同特点是能够下水捕食，能够水陆两栖生活。还有一个共同的特点是季节性的迁徙。它们只是到青海湖来躲避炎热的夏天，并不能适应青藏高原的冰天雪地属于候鸟。每年春暖花开时节，它们从我国南方，从印度、缅甸、巴基斯坦，甚至遥远的地中海、红海和黑海飞来岛上度过夏天。飞来之后，便在湖边草丛和岩石间用树枝、草叶和自身的羽毛构筑一蓬一蓬的鸟窝。然后生蛋、孵育幼鸟，再养育它们。待它们长大，翅膀硬朗了，秋天也来临。于是，鸟的全家乃至整个家族种群便又展翅南迁，待第二年春季又来青海湖，周而复始地度过它们的一生。

来青海湖度夏的鸟儿有10余种，其中数量最多的有斑头雁、大海鸥、棕头鸥和鸬鹚。

斑头雁全身为灰白色，因为头上有两条黑斑纹，故名。斑头雁体形较大，重约 4 公斤，每次产蛋八九枚，最多可达 10 余枚。孵化和养育小雁的过程中，雄雌雁共同承担责任。每当迁徙觅食，小雁排成一行，老雁前后照应，鱼贯而行。夏季成千上万个斑头雁家庭栖息于鸟岛四周草地，一时遍布四野，鸣声大噪，蔚为壮观。这是参观鸟岛的最佳时节。

大海鸥与棕头鸥都属鸥类，食鱼。尽管它们都来鸟岛度夏，但因为共同食鱼的利益冲突，所以在鸟岛上各扎营寨，各占地盘，泾渭分明，并无来往。看来鸟类世界也有共同遵守的秩序。

四

青海湖鸟岛还栖息着一种数量相当多的鸟儿叫鸬鹚，这是学名。这种鸟还有一个尽人皆知的名字叫鱼鹰，遍布我国南方湖泊水乡。由于这种鸟是捕鱼能手，多被渔民驯化后帮助捕鱼。常见的情景是，两头尖尖的小船前后歇着三五只鱼鹰，一旦发现鱼踪，便会钻进水中，不一会就用那如钩的长喙叼上一条斤把重的鱼来。渔民为防鱼鹰吃鱼，常用铁圈箍住鱼鹰脖子，只是在成功叼上大鱼时，才赏它吃一些小鱼。理由是若是吃得太饱，鱼鹰就不干活了。鱼鹰还很团结，若遇到大鱼，两只鱼鹰会齐心协力，把大鱼首尾叼住抬到渔船上来呢。

▲庙会吸引众多群众

庙会·歌舞·藏戏

一

进入草原，或者说进入藏区，最高大雄伟，也最神秘和吸引人的地方便是寺庙。藏区群众普遍信仰藏传佛教。寺庙一般都有山门、大殿、二殿、佛堂、经院，规模宏大，是草原上的一大景观。许多著名寺院如甘肃夏河拉卜楞寺，青海西宁塔尔寺，拉萨大昭寺、哲蚌寺等都被列为全国重点文物保护单位。至于省市级文保单位就更多了，仅是从川西甘南至青藏高原，沿途就有黄龙寺、川主寺、郎木寺、黑错寺、禅定寺、瞿昙寺等大小寺庙。

这些寺庙每年都要举办法会、晒佛节和酥油花会等活动，隆重热烈，这也是藏族同胞欢聚的日子。赛马、叼羊、演藏戏，规模宏大，极有特色，是难得的拍摄照片和了解藏胞习俗的机会。

草原辽阔但也寂寞，牧民们平时忙着各自的营生，难得聚会。除了传统年节之外，就盼着赶各种庙会了。在庙会上祈祷吉祥、进香拜佛、推转经筒的同时也是亲朋相聚，男女青年见面约会、谈情说爱的大好时机。

庙会一般三到五日，也有长达半月。庙会前许多日子，方圆百里的藏胞就开始计算，就像目下重大活动搞倒计时一样，开始计划和准备。上年纪的人许多天

▲藏戏面具

▲藏戏服装

前就封斋吃素。年轻人，尤其是姑娘们则赶着缝制衣衫，一般都十分艳丽。藏族群众视白色为圣洁高贵的象征，不仅哈达选用白绸，在重大节日里，穿在外面的藏袍可以绣花饰朵，衬衣却要洁白，或是衬上洁白的毛皮领子，以示珍贵庄重。妇女们还要佩戴首饰和项链，辫子要扎成一定的式样，分外好看。

临了，整个草原都沐浴在节日的气氛之中。庙会开始前几天人们就开始行动，带上帐篷、炊具和食品，还要赶上几只肥羊，准备宰杀。骑的马早已洗刷干净，毛色鲜亮，换上新的鞍镫皮缰，有的还挂上铃铛，从四面八方向寺庙汇聚。有的甚至来自相邻的四川、甘肃和青海，从几百公里外赶来呢！

二

那时节，草原上车水马龙，人潮涌动，人们互相打招呼，含笑问候，连骏马见了久违的伙伴都昂头摇鬃嘶鸣，嘶鸣声此起彼伏。近年，乘各种机动车赶庙会的藏胞也不少，有拖拉机、小四轮等。藏族小伙子则热衷摩托车，而且大都是"雅玛哈"那样的大型摩托车，骑上威风凛凛，带上年轻的妻子，或是中意的对象，还专门成群结队，摆开阵势，争先恐后，招摇一番呢！

幸而，草原上不必讲交通规则，骏马争相赛跑，机动车突突冒烟，"雅玛哈"则一溜一串，在蓝天白云下构成一个欢乐的世界。

庙会的中心当然是庙宇，常围绕着寺庙的重大法会和纪念日进行。许多法会常带着浓郁的表演仪式。比如著名的拉卜楞寺的法舞会，实际是宗教舞蹈与藏戏，

▲ 新塑巨佛

藏戏中久负盛名的是《格萨尔》，场面宏大，人物众多，经久不衰。要配鼓、钹、长筒僧号等大型乐器，舞蹈者各戴面具，依次出场，跳圆圈舞。或舒缓或强烈，或相扑或打斗，或驱鬼神或降妖魔，有很强的表演性，很热闹也很好看，常常吸引成千上万群众观看，挤得人山人海。

再如酥油花会，也是寺庙的重要活动。酥油花是藏族群众用酥油创作的艺术作品，在酥油中调进各种颜料，塑造出山水花卉、佛教故事、飞禽走兽以及牛马羊等草原动物，每年都要创作出许多新的酥油花作品。在这一天展出时，僧众念佛，信徒礼拜，游人观瞻。各寺庙的酥油花制作高手也云集于此，互相观摩作品，切磋技艺，也暗自鼓着劲头，以便来年再捧新作，再见高下。

晒佛节也非常热闹。上百名僧侣从寺院中肩扛用绸缎剪成或绘制的巨型佛像，浩浩荡荡抬向寺庙附近的晒佛坡。前来朝礼的僧侣和看热闹的群众满山遍谷，道路上更是拥挤不堪，争相看今年晒的是哪一尊佛。最后法号齐鸣，大佛徐徐展开，信徒则向佛像献哈达表示敬意。

庙会的法事进入高潮，群众的欢乐也进入高潮，因为这时真正的好戏才刚刚开始。高原上常常距寺庙不远便是大草原，是举行赛马、叼羊活动的天然赛场。那时节，万人云集，人头攒动，赛马也是赛人，这是藏族汉子们露脸炫耀的大好时机。骑手们个个精神抖擞，骑着毛色鲜亮佩红挂彩的高头骏马，脸上流露出得意或矜持。一旦哨声吹响，骑手鞭儿一甩，匹匹骏马都像离弦之箭，向草原深处射去，转眼工夫，便化为几个黑点，与天边的青绿融为一体……

若是叼羊，就更激烈精彩，高潮迭起，呼声雷动。观众、骑手都会无拘无束，把积蓄于胸中的喜悦尽情挥洒。

▲寺庙经堂　　　　　▲藏族歌舞

三

入夜，则又是另一种情景，草原上临时搭成的帐篷难以数清，构成了一座帐篷城。在融融的月色中，恰似开满山谷的睡莲。篝火起了，先是一堆、两堆，后来会燃遍草原，可与天上繁星媲美。歌声起了，一声唱起，百人千人合唱。情到浓处，相识的，不相识的，不管是男的女的都会拉起手来，围着一堆堆篝火跳起锅庄。此起彼伏，以唱促舞，以舞助唱，节奏由慢而快，由快而至疯狂地旋转，高昂的歌唱，整个草原都沉浸在一种原始粗犷的欢乐之中。

这期间，男女青年一边歌舞，一边寻觅着自己的意中人。四目相视，宛如突然被雷电击中，一对有情人已暗中传递秋波。一旦瞅准机会，小伙会突然上前抢走姑娘的头巾，然后一溜烟儿跑出舞场，姑娘也立刻伴追，众人心知肚明。正哗然笑间，这儿又跑掉一对。此起彼伏，乐此不倦。最后，所有的姑娘小伙都已跑散，溪水边，丛林中，月光下，都是他们互诉衷肠、倾吐爱慕的去处。

此刻，明月为伴，草原做证，清风传递柔情，秋波暗示蜜意。这儿没有权势，不讲财富，无媒妁之言，更无包办买卖，只有无任何掩饰的真心和把对方融化掉的热情！

在草原上生活的人们贴近自然，也就释放了天性，要比城市生活的人自由自在得多，也浪漫纯情得多呢。

▶ 羌式碉楼

藏寨·碉楼·民居

一

　　在人们印象中，青藏高原的藏族同胞都是住帐篷、牧牛羊、逐水草迁徙的游牧民族。事实并非如此，这要分牧业区、半农半牧业区和农业区，依据海拔和环境而定。一般海拔3000米以上才是纯牧业区，2000米以下是农业区，中间部分是半农半牧。有些地方海拔虽高，但纬度偏低，"三江并流"形成的干热河谷及川康地区，尽管海拔近3000米，可日照充分，青稞、小麦、油菜都长势良好，水源好还可以种水稻呢。这些修筑在山谷间的藏寨也很有特色，向阳开阔，两边山沟向后退去，闪出一大块平川。一栋栋藏式木楼依据山势，鳞次栉比，修筑在山坡上。村后并非立陡的山崖，而是一条山谷伸向云雾深处，使得这个村落多一溪流水，多一缕春风，也多一条进山砍柴放牧的出路。甚而在土匪横行年月，全寨老少都多一条逃生之路。

　　村前开阔去处皆被垦为层层梯田，种植着耐寒的青稞、荞麦、土豆、胡豆。前面，无数小溪汇聚成一沟千层碧水了。山沟开阔平缓，远处闪着银辉的雪山融化成溪，容纳百川，不像九寨沟诺日朗瀑布那么气势磅礴，奔腾而下，也不似峡谷地段，一河激流湍急汹涌，如雷水声，震响山谷。其实，川滇藏边许多地方都

可见到一沟流水舒缓恬静，潺潺缓缓，甩下一个个碧波荡漾的湖泊，雪雨冲击，亿万斯年，深不可测，故当地人叫海子。海子由于深浅不一，水中容纳已成化石状的古树，巨石上附着的苔藓不同，因而或青或蓝或黄或红或五彩，却尽皆倒映着雪峰绿树，蓝天白云。大自然的鬼斧神工，让来者无不倾倒惊叹。

二

这样的藏寨在川康、甘孜、阿坝一带不经意间就会发现一个，常给人意外的惊喜。在川藏和青康线上行走，还能发现不少羌族的碉楼。

羌族早先生活在陕西西部、青海、宁夏、甘肃一带，其中一支党项羌还曾在北宋时占据河西走廊宁夏银川一带创建西夏国达 200 年之久，之后在成吉思汗铁骑下覆没。羌人也迁徙至川西北岷江流域四川阿坝。这里高山耸立、峡谷深切，把天空逼成一条线，河水湍急汹涌，山坡上岩石裸露，原本就透出苍凉。而那大片依山而筑、栉比鳞次、高低参差的石碉古堡便蜂箱般密集排列在山坡上，更让人依稀感觉到千百年前，羌人扶老携幼，筚路蓝缕，长途跋涉，寻觅到这样一处山高水险的地方安身，出于亡国失地的惨痛教训，发挥聪明才智，凭借积累的经验，才能修筑如此坚固奇绝，集生活、防御、战斗于一体的石碉古堡。千年逝去，如今那花白色的山崖，高耸的碉楼，湍急的河水，漫散于山坡的牛羊，生长于田地的庄稼，已十分和谐地组合在一幅羌寨安居图中。

三

走进羌寨，宛如进入迷魂阵中，那些长长短短、纵横交错、密如蛛网的石巷，形如迷宫，四通八达，把全寨的人家全都连为一体，让人联想到地道战使用的地道。如果遭遇战火，外族入侵，即便一处失守，也可凭借相通的巷道救援，真正体现出人自为战，家自为战，全寨人精诚一体，共同对敌的真正的人民战争。据说这样的战斗还真发生过一次，入侵者倚仗人多势众，武器精良，供给充足，打进羌寨，机智的羌人依靠迷魂阵般的石巷和砌碉楼用的石头硬是打退了入侵者，保卫了自己的家园。

这也是羌人崇拜山石的由来。至今几乎家家屋顶平台，都有一处堆放着白色石块的角落，布置成山体形，上面还要摆牛角、兽骨一类。这小小的玛尼堆，在羌人心中却有无上的尊荣。事实上无山石也就不会有石碉古堡。高山深谷取土困难，石山难长林木，不可能烧制砖瓦，羌人就地取材，利用取之不尽的山石，加黄泥来砌碉楼。碉楼最高的达12层，历千年风雨，遭遇多次地震，仍巍然矗立，简直让人不可思议。据说羌人修筑碉楼，十分注意质量和坚固程度，每年只修一层，让风雨冰雪来考验，在科学上来讲，还是讲求一个沉降。这与西方发达国家修高速公路相似，路基完成后要放置三年，下沉稳定后再修路面。这样12层碉楼就需要修12年时间。再仔细观察，碉楼下大上小，外倾而内直，如塔耸立，天然形成强大的内聚力，这样就增加了稳定性。再就是山石本身坚固，施工时能工巧匠耗尽心力，墙面平整分毫不差，每层的梁柱又起了联系稳定作用，所以就历千年风雨而岿然不动了。

四

一般的羌碉也有三五层之高，下层喂养牛羊，中层住人，上层堆放粮食谷物。顶层多为平台，战时可眺望，平时可晾衣晒谷，供孩子玩耍。最绝的是整个羌寨对溪水的利用。在寨子上游地段截取冰雪融化的洁净流水，首先利用水力推石磨石碾加工谷物米面；然后再引入羌寨底部暗道供人饮用，还用石板错落的高低宽窄对每户人家用水量进行公平的分配。每户只需揭开预设的石板便可取得洁净的溪水；最后流到村头变为明渠才供人洗涤衣物。整个流程，对水的利用科学合理，充分表现出羌人的智慧。

徜徉羌寨，那悬挂于门庭的兽骨毛皮，那石块垒起的图腾形状，不由会把人带到远古的岁月。羌人本是一个尚武、崇巫、勇敢彪悍、能征善战、热情如火的民族。10多年前，我曾在茂汶羌寨坐火塘、喝咂酒、听唢呐、跳锅庄，感受过这个民族的风情与韵味。我特地观察羌寨人目下的生活，只见村头的树荫下，几位老人一边吸着老旱烟，一边在摆古聊天，神情十分悠然。清亮的溪水边，几位羌族妇女在洗衣衫，她们有的穿汉族服装，有的穿民族服装，区别在于羌人服装都绣着花边。从身材面容看，与汉族妇女区别不大，只是脸庞棱角分明，眼睛大而清澈，看人的眼神友好单纯。只要去过羌寨就会留下深刻难忘的美好印象。有趣的是，在青藏高原的边缘地带，还保留着比腹地拉萨还原汁原味的藏族生活状

▶藏区最宏伟的便是寺庙

态，保留着十分有特色的民居，比如阿坝。

五

　　四川省阿坝县与青海接壤，处于黄河发源地海拔超过 5000 米的巴颜喀拉山南麓。阿坝县城便坐落于海拔 3500 米的一处河谷，四周起伏的山峦海拔均在 4000 米左右，实际已属青藏高原。由于地处三省交界，相对偏远，阿坝保留着大规模的宗教寺庙，浓郁的藏族风情和独特的民居建筑，加之终年不化的雪峰、起伏连绵的草原和尚未污染的青山绿水，堪称一片神奇的藏文化处女地。

　　我们是在告别了若尔盖大草原，又驰向阿坝大草原的。离开 213 国道走上一条简易公路便开始爬坡，实际也是向青藏高原靠拢，海拔皆在 3000 米以上，已经看不见树木，逶迤起伏的山峦层层叠叠，延绵不尽。好在山势并不峥嵘，无突兀伟岸之姿，多为巨大的缓坡。从路边断层看到覆盖在岩石上的是 30 至 40 厘米厚的黑土层，不知是多少年草根腐烂积淀的结果，能够蕴含较多的水分营养，生长着茂密的牧草。仅是我能认识的便有茅草、黄贝草、线叶草、狗尾巴、大针茅、小针茅几十种之多，还有许多不知名的野花，姹紫嫣红、明黄丹朱，成丛成片，点缀于绿浪接天的草原。这儿已经是纯牧区了，由于海拔高，无霜期短，已没有一块可耕种的土地，远远近近的山坡，都有藏民放牧，散布其间的每处黑色帐篷四周都滚动着白色的羊群，在蓝天白云的衬托下，沐浴着西斜的阳光，构成牧区一年四季中最漂亮也最富于生机的景象。

　　但牧民的辛苦也显而易见，妇女们要在短暂的夏季，储备牛羊过冬的干草，

▲藏式门楣　▲传统的藏族民居

捡牛粪晒干以备冬日取暖做饭，还要剪羊毛、挤牛奶，无一户牧民不在忙碌，连小孩子都在放牧。牧区太零散，孩子怎么读书呢？在途经若尔盖草原时，那里已经在集中修建牧民定居点，孩子读书问题可能会解决。但在报刊上看到文章认为，牧民定居又会造成放牧不均，导致草场退化，看来还不是个简单问题。

六

夕阳西下时，我们已见到了阿坝县城坐落的河谷，相当开阔，楼宇鳞次栉比。飘升的炊烟中透出大片金黄色的琉璃瓦顶，高耸的佛塔，五颜六色的风马旗，以及隐约可闻的钟声，我们估计是寺庙。果真，县城边上就是一座规模宏大的藏传佛教寺院，黄墙红顶，摆放着转经筒的长廊望不到尽头，经幡高高飘扬，着紫红袈裟的喇嘛出出进进，还有许多藏族妇女烧香或转经轮，透出一种浓浓的宗教气氛。

阿坝县城不大，一条主街贯穿全城，银行、邮局、电信局、机关、商店新建的楼房高耸，服装、手机、电器专卖店广告醒目，餐馆、酒店、宾馆装饰得很鲜艳，有当地特色的藏药店、手工艺品店、皮革制品店、铁器店、金银首饰店也不少，街上行人熙熙攘攘，大都是穿着各式藏袍的藏民，还有三五成群的喇嘛，让人感到真正是走进了藏区。

我们特地到老街道转悠。两边全是传统的藏式民居，土墙土院，或砖或土筑起的土屋，类如北方四合院，但门楼、窗棂、廊柱很讲究，有雕饰和彩绘，屋顶

▲土墙小窗防风保暖的阿坝民居

则插经幡。大多数院中有压水井，有妇女在洗衣劳作，一些老年妇女坐在大门墩上，手摇经轮、念念有词。几乎家家门口如此，但拒绝拍照，常转过脸去。孩子无所谓，嬉笑着很配合。藏族孩子眼睛很亮，面孔黑黑的，牙齿很白，与内地孩子一样可爱。

阿坝县城附近的民居修得很有特色，沿着山坡，坐北朝南，避风向阳，每家都用片石或泥土筑起一圈围墙，修起两三层平顶楼房。土墙很高大，但窗户却小，常是两三层只在上层墙壁留两方小小的窗口，远看，像一座座黄泥方块矗立在山坡。其实，这些外表简朴的民居很合理科学，内部装修也很讲究。厚厚的土墙，小小的窗户，是因为阿坝地处高寒，泥土墙保暖，小窗口也是为了保暖，防风寒侵入。农户一般在下层养牲畜，无需窗户。上层住人，有天窗透光也很明亮，里面则有地毯、壁挂、廊柱、窗护，都经过彩绘，吃住用品俱全。从外表看，阿坝民居一色黄土院墙，简朴中透出美观，上过多种画报呢。

放眼望去，阿坝县城四周的山巅、崖顶、垭口都有用五色石块按一定规矩垒起的玛尼堆，有印着代表日、月、天、地与泉水五种颜色的风马旗，还用无数洁白的哈达布满整整一面山坡。所有与宗教相关的图腾崇拜及寺庙金黄的琉璃瓦顶均十分醒目，在这条青翠的山谷形成一道独特的风景，伴着阿坝这座高原上的古老县城，伴着一个古老民族流逝的岁月。

▲哲蚌寺远眺

寺庙·喇嘛·供养人

一

在西藏不止一次听人说过天上有太阳、月亮和星星，地上有甘丹、色拉和哲蚌，充分表明了寺院在西藏的地位。历史上，西藏被称"宗教之邦"，几乎任何事情都不离开宗教，我们想了解西藏，了解西藏的历史文化、社会关系、风土人情，那么西藏的宗教、寺院和喇嘛就成为绕不开的话题。遍及西藏的寺院数量十分庞大，以清雍正十一年（1733 年）为例，当时全藏人口不足百万，但格鲁派寺庙就有 3477 所，僧众 316230 人，几乎占总人口的三之一。可谓出门就见寺庙，路遇多是僧人。遍布于西藏的寺庙本身就是社会，或者是社会的缩影。那些大寺庙宛如一座城市，房舍相连，街巷密布，各种功能一应俱全。

同时，寺庙面对着整个社会，无论是孩童还是老人，亦无论是穷人还是富人，是先生还是文盲，都享有同样进入寺庙的权利。寺庙也能满足各种人的需求，有的人为信仰，想成为高僧或活佛；有的人为职业，想成为藏医或画师；有的纯粹是无处可去混口饭吃，寺庙也需要许多从事搬运、挑水、劈柴出力的喇嘛。寺庙内也等级森严，分工细致不亚于社会。同时每一座寺庙都会根据寺庙需要、僧侣多少，把进入寺庙的僧人进行分类，比如接受宗教职业训练，经常外出为供养区

村寨群众祈福消灾、超度亡灵，参加婚丧仪式中的宗教程序，念经、占卜、驱鬼等等。还有一类是接受比较专业知识，比如藏医、历算、绘画以及铸像、雕塑、刻版、印刷等项技术的艺人，这在全面信教的西藏及相邻藏区有相当广阔的市场需求。

寺庙本身的管理人员，担任各种执事，包括行政、司法、财务、总务、经商、仓库、餐饮需要的人不在少数，像西藏三大寺庙都有数千僧侣，管理人员也有数百人之众。当然，任何寺庙的主体都是喇嘛，他们的主要任务是学习佛家经典，按照一整套严格复杂的程序，按部就班，年复一年地学习。若要取得"格西"之类的学位，没有 20 年乃至更长时间的修行是不可能的。这个群体是寺庙的骨干，也是整个西藏社会重要的知识分子群体。寺庙有无名气，主要看出了多少大德高僧，有点类似高校，看出了多少名教授和学术成果。寺庙自身就十分庞杂，有的大寺庙还牵连着一片更广阔的天地。以哲蚌寺为例，最盛时期，有 185 座庄园，300 多处牧场，5 万亩土地，4 万多头牦牛，还有两万多个农奴并经营来往印度与尼泊尔的商队。这个寺院有 7000 多个喇嘛，几乎每个村寨，每个有男孩的家庭，都希望把孩子送到哲蚌寺深造，将来能做一个有出息的喇嘛。这种情况有点像近年内地家长都希望孩子能上名校，将来能成才。

藏区由于全民信仰佛教，在漫长的农耕岁月，无现代工业，无现代交通，也无众多的行业能够提供就业机会，既然去寺庙当喇嘛能安身立命，还受人尊重，所以当喇嘛就成为一种出路受到青睐。那些规格高、名气大的寺院便成为争相出家受戒的地方。但并不是所有想去的孩子都能够去，家里要有一定的社会地位和经济基础。一个男孩，五六岁时，需经有头面的人介绍，才能进哲蚌寺大门。他要拜一位喇嘛为经师，指导学习经典，还要拜另一位喇嘛为轨范师，来指导他的行为。他需要和师父及同龄的师兄师弟住在一起，这是喇嘛社会中最基层的单位，藏话中叫"米村"。开始学藏文、文法和字母，经文学习则由浅到深。每天有三次进行法师练习辩经，冬春两季还要去深山寺庙练习辩才和磨炼意志。这种读经的喇嘛常被哲蚌寺培养为宗教骨干，要整整学习20年，才可能有一定的地位。至于能当活佛，则少而又少。

▶ 佛门等级森严

在青海同仁下吾塘村，我在一户专画唐卡的藏民家中参观。这家几弟兄，老大是喇嘛，很高大英武。他的几个弟弟都成了家，娶的藏族姑娘年轻漂亮，大家在一起制作唐卡，有说有笑。我问这位喇嘛，娶媳妇好还是当喇嘛好，他回答当喇嘛好。我问当多少年了，他说已30年。我又问已经是活佛了吧，他回答还早呢，也许一辈子当不上。即使当上，活佛中也分三六九等，而且等级森严，至于读不进经书或家中困难的只能做一般僧人，干搬运物资、担水劈柴等力气活。总之整个寺庙与喇嘛群落也复杂得如同小社会。

二

在西藏，不仅男孩子可以进寺庙当喇嘛，女孩子也可以进寺庙当尼姑。有这样一首民谣，说的是拉萨四座尼姑庙的情况：

米钦热寺的尼姑，
在悬崖顶上修行；
嘎丽寺的尼姑，
在深山沟里放牧；
朗古寺的尼姑，
在佛堂里喝酒；
唯有仓官寺的尼姑，
既有佛法的修行，
又过世俗的生活。

▶入空门的尼姑

从民谣中不难看出，出家当尼姑的女孩子不少。据说早年有许多富商和贵族也把女儿送进尼姑庵，因为可以接受正规的教育，学习藏文和宗教文化，颐养性格情操，成为有教养和文化的人，然后再找一位满意的郎君。最盛时，一座尼姑庵要容纳二三百名尼姑学习和修行呢。

至今，拉萨城郊还有几座著名的尼姑庙，比如北郊的米钦热寺。米钦热寺并不大，是色拉寺的属寺，但位置很好，坐落于拉萨市北面的山顶。受地形限制，仅有三亩地大小，整个寺庙十分坚固紧凑，经堂、佛堂、扎仓、库房、厨房一应俱全。站在寺庙的平台，可以眺望整个拉萨市区，四周延绵的雪峰，逶迤而来穿越盆地的拉萨河水，市区栉比鳞次的房舍尽收眼底，视野十分开阔。这个不大的尼姑寺最盛时期有 100 多个尼姑，目前核定的编制是 50 多，不光来自西藏各地，还有的远自云南和四川藏区。尼姑们除念经、上香、整理佛堂、打扫卫生之外，还在周边种菜种花，有时还敲打羊皮鼓和乐器，显得饶有趣味。还真应了那句"米钦热寺的尼姑，在悬崖顶上修行"。

三

现在，拉萨的甘丹、色拉、哲蚌三大寺庙都被列为国家重点保护单位，国家法律和宗教政策，使寺庙的一切活动都正常有序。色拉寺的辩经大会允许游客参观，成为一项十分吸引游客的活动。我还曾专门去看过川甘交界的郎木寺举办的藏历七月的辩经法会，并考察过喇嘛的生活来源，即靠谁供养。结果是除了各自家庭贫富有差距，还有共同的来源。

▲受供养的喇嘛

▲众多的信徒便是供养人，图为晒佛节盛况

▲打篮球的喇嘛

　　由于郎木寺历史悠久，养有众多僧侣，吃穿用度皆要消费，所以沿着白龙江，准确地说只是一条溪水形成一条长长的街市，开着各类客栈、货栈、茶馆、商店，足以保障小镇居民与僧侣的日常生活。郎木寺有 400 多个喇嘛，形成一种独特的供养关系。就是每个喇嘛都由草原上固定的牧民来供养，这些牧民肯定都是佛教徒，通过供养喇嘛来表示对佛的虔诚。而每当寺院有重大活动这户牧民来参加时，则由被供养的喇嘛负责安排食宿，有点类似走亲戚。这种供养制度在郎木寺源远流长，已普遍被僧侣和牧民接受。

▲西安大雁塔

▲咸阳出土的汉阳陵俑

探访唐蕃古道旅游资讯

卷一　西安及周边地区旅游资讯

　　唐蕃古道的起点是西安，除阅读本卷文章，亦可选择汉唐遗迹游览，比如唐大雁塔、小雁塔、大明宫、芙蓉园、曲江池等，去感受汉唐故都遗风神韵。西安作为陕西省会，历史名城，文物遍布，景点众多，秦兵马俑、汉陵唐冢、碑林钟楼皆驰名中外。如不是自驾游，不妨参加旅行社一日游，领略主要景点。建议去玉祥门内广仁寺，那是西安唯一的藏传佛寺，供有 2006 年专程去拉萨开光的文成公主雕像。可以为探访古道做好先期准备。

　　西安作为国际化旅游城市，国内外航班众多，火车四通八达，市区交通、食宿方便，通往各景点的火车、汽车十分便捷。市区各类高中低档宾馆应有尽有，尽可自行选择。

　　西安古玩市场很有规模，城东八仙庵，朱雀路古玩城，大唐西市每逢周六、日皆有早市，地摊云集，人头攒动。举凡陶罐、陶俑、瓦当、古玉、字画、旧书、木雕、瓷器、绣像应有尽有。徜徉其间，还真能感受到偌大一座古城的风雨旧事，陈年时光。

　　西安风味食品众多，牛羊肉泡馍、肉夹馍、酸汤饺子、锅盔、臊子面、葫芦

▲羊肉泡馍

▲天水玉泉观

鸡等多不胜数。还可去西大街桥梓口一带回坊徜徉，那是从大唐时"回鹘营"延续至今的商业区，店铺林立，商幡招展，饮食荟萃，"老铁家""老马家"皆百年名店。伴着伙计清脆的吆喝，闪现女老伴的俏丽身影，恍然之间，已感受到当年长安城中"胡姬当垆笑春风"了。

卷二 宝鸡 天水 临洮旅游资讯

离开西安西行，若自驾最好顺路游览汉武帝茂陵和唐高宗乾陵，这是排列在关中大地经典的帝王陵冢。之后，可去扶风法门寺，该寺以出土盛唐金器及佛骨舍利闻名中外。文成公主进藏，曾来敬香。

宝鸡古名陈仓，即"明修栈道，暗度陈仓"事件发生之地，是周人、秦人发祥之地，有"青铜器之乡"美誉，著名散氏盘、毛公鼎皆出于此。宝鸡还是我国第一条入蜀电气化铁道宝成铁路起点，也是陇海、宝成、宝中铁路与连霍高速交会之处，交通发达，值得一游。市区各类宾馆齐备，风味食品以岐山臊子面、西府锅盔、凤翔柿饼最为出名。凤翔民间泥塑中各类秦腔脸谱，生、旦、净、丑无一不备，很有特色。

天水为陇东重镇，境内麦积山佛塑可与敦煌、龙门媲美，从市区半日往返值得一看。此外，伏羲庙、李广墓、大地湾均值得游览。天水市区，食宿方便。饮食驰名的有陇西腊肉、静宁烧鸡、泾川罐罐馍、清汤牛肉面等，很有特色。不必去饭店酒楼，可寻觅老街小店，价廉物美，再以当地"陇南春"酒佐餐，既尝美味，又解乏气，何乐不为。

▲临夏市区一角

▲临夏彩陶

▲僧俗之间

▲西宁河湟土林

离开天水，不必绕道兰州，沿 212 国道经渭源、临洮，从永靖过黄河即进入青海民和县，此亦为文成公主进藏路线。沿途可观赏临洮"茶马互市"与永靖"黄河古渡"遗迹。

卷三　西宁及周边地区旅游资讯

西宁为青海省会，历史悠久，也是唐蕃古道与丝绸之路交会之地。近年成为旅游热点城市，有"夏都"美誉。西宁及周边景点众多，是寻叩唐蕃古道重镇之一，不妨小住两日。西宁市海拔 2300 米，正好让心脑血管有所适应。也趁此游观门源花海、柳湾彩陶、乐都瞿昙寺、同仁唐卡之乡、贵德黄河土林、马步芳公馆、清真大寺、塔尔寺等，深信这些游览能彻底改变你对青海的印象，深感不虚此行。至于日月山、青海湖因为进藏路途必经，且留在后。

鉴于西宁近年游人渐多，尤其夏季，可避闹求静，在距市区仅 25 公里的湟中县下榻。这儿紧邻塔尔寺，有许多家庭旅舍，干净卫生，价格便宜，标间百元上下，临街饭店众多，价廉物美。住湟中最大好处是每当下午，游人散尽，高原县城十分宁静，这时再游塔尔寺。这座占地宏大的开放式寺院，不进佛殿便不收门票，在落日余晖中，在偌大的佛寺区徜徉，倒真能领略这座名刹的古风韵致。

西宁饮食离不开牛羊肉，牛肉拉面、手抓羊肉、羊肉包子、煎牛排骨、牛羊杂碎皆名不虚传。清晨找个回民小店，要一大碗杂碎，加香菜调料，热气腾腾，泡上锅盔，吃饱一天不饿。晚上游览回来，可吃烩面片，热软解乏。青海互助土族自治县酿的青稞酒价廉物美，精酿味纯，饮而不醉。我多次寻叩唐蕃古道的意

▲西宁河湟山村

▲玉树河谷宜农宜牧

外收获竟是自饮、待客、赠友全用互助"七彩青稞"酒，延续至今，竟不能改。

卷四　格尔木　玉树　拉萨旅游资讯

去拉萨除坐火车还有两条公路可行，一为青藏线，即 109 国道。西宁至拉萨近 2000 公里，全程柏油路，格尔木市恰在其间，设施现代，市井繁荣，正好食宿歇缓。大部自驾车友采取轮换驾驶，两日抵达拉萨，以避开在五道梁、那曲等高海拔处住宿的麻烦。另一条为 214 国道，也即文成公主入藏的唐蕃古道，经黄河源玛多、玉树、囊谦、丁青、巴青、那曲、当雄到达拉萨。也基本为柏油路，所经县城较多，食宿没有问题。无论走哪条路，首先备好衣物防止感冒，再备红景天、高原安（皆口服液，西宁有售）以防高原反应。

拉萨是探寻唐蕃古道的终点亦是重点，景点众多，需仔细计划，首先安排好食宿。拉萨发展很快，已成现代都市，高中低档宾馆均有，可多问几家。笔者2011 年在布达拉宫附近找了家宾馆，标间每天 120 元。街上各地饮食均有，可谓餐饮食荟萃，重庆火锅、藏式茶餐、成都小吃、云南米线、湘粤大菜、羊肉泡馍，应有尽有。不妨入乡随俗，品尝藏式风味。

若是结伴自驾，时间充裕，可自助游与参团结合。拉萨市区的布达拉宫、大昭寺、小昭寺、罗布林卡、哲蚌寺、色拉寺、八廓街等均可自行游览，无拘无束，心态放松。一定要去玛吉阿米茶楼——当年六世达赖仓央嘉措与情人约会的地方，品味一杯藏式奶茶，见识来自世界各地，不同民族、不同肤色，却同来寻梦的面孔。再汇入八廓街转经的人流，去体味这座宗教圣城的底蕴，去观赏店铺林立、

▲玉树骏马

▲要骑牦牛去拉萨

商幡招展、商品荟萃的八廓街景。

至于后藏日喀则、天湖纳木错、林芝大峡谷、山南桑耶寺乃至珠峰大本营，可寻旅行社，省却问路食宿麻烦。拉萨旅行社众多，价格悬殊，多问几家，心中便有数了。再阅读本书关于拉萨、关于周边地方章节，不妨按图索骥，会加深印象，既开眼界，又增知识，收事半功倍之效，增叩访青藏之趣，岂不乐乎。

卷五 雅安 康定 巴塘 邦达旅游资讯

成都食宿出行皆便，故川藏线从雅安说起。雅安亦为茶马古道起点，穿越横断山脉，进入青藏高原，跨越多道雪山激流，需充分准备。尤其自驾游者，务必用越野车，认真检修，不可马虎。服装药品，宁备勿缺。雅鱼出名，勿忘品尝。从雅安出发，越二郎山、观泸定桥，可下榻康定。康定曾为西昌省会，藏汉杂居，饮食荟萃，《康定情歌》驰名中外，黄昏全城皆跳锅庄，让人陶醉。隔日翻越海拔4300米的折多山口，便真正进入青藏高原。

自新都桥，川藏分南北二线，南线经雅江、理塘、巴塘，北线经炉霍、甘孜、德格，于邦达会和。南北两线各有所长，北线虽需翻越海拔6181米的雀儿山，却能参观历史悠久、规模宏大的德格印经院。如再去色达五明经学院，近万幢红顶木屋如莲花般盛开幽谷，全国万余佛教徒来此学佛念经，尼姑便多达四五千人，身世迥异，各有故事，会留下难忘印象。

若走南线，经雅江、理塘可至巴塘。此地绿野中开，阳光朗耀，市井繁荣，海拔仅2600米，下榻于此能缓解缺氧症状。巴塘曾是清末两任驻藏大臣凤全、

▲ 雅安河谷

▲ 藏族妇女

▲ 旋转的经轮

▲大理古城

▲手工织毯

赵尔丰署衙所在，"巴塘事件"生发之地。可参阅本书卷五相关章节，寻历史遗址，发兴亡感叹。

邦达是南北两线交会处，藏东重镇，至此一路西进，便可直抵拉萨。川藏线虽险，却雄浑壮丽、风光奇异。目下已大部拓宽铺了柏油，沿途县城众多，食宿方便，川菜为主，可调众口。若有条件行走此线，便有了由海拔仅600米的成都平原穿越雪山巨流，进入地球第三极的阅历，有了如同商界政坛一般大起大落的人生体会，会留下毕生难忘的印象与感受。

卷六 大理 腾冲 丽江 中甸旅游资讯

云南旅游资源丰富，民族众多，色彩绚丽，很有特色。滇藏线一般以大理为起点，此亦茶马古道中心。大理古城完整，苍山洱海驰名。家庭旅社众多，食宿方便，价格合理，标间百元左右，淡旺会有浮动。如时间允许且属自驾，一定要去滇西，来回高速，往返两天，可寻访凭吊滇缅公路、松山战场、国殇公墓等抗战遗址。若去松山，可参看本书卷六相关章节，寻护林员杨金满为向导，收事半功倍之效。之后，可下榻有"极边第一城"美誉的腾冲，能凭吊陵园先烈，感受边城情调。

丽江特色鲜明，景点众多，木府土司、茶马古街、纳西歌舞、东巴文字皆名不虚传。小住于此，近览民族风情，品尝风味美食，晚可欣赏纳西古乐。束河古镇亦在近郊。远可至玉龙雪山，一日往返。还可去泸沽湖，欣赏了解宛若仙境的高山湖泊，独特的摩梭文化和最后的母系社会。下榻洛水村，住摩梭木楼，参与

▲泸沽湖畔

▲群山中的藏寨

火把锅庄舞，体味古老民风。

中甸就是现在名声远扬的香格里拉，亦是历史上茶马古道重镇。这儿雪山逶迤，森林茂密，草原丰美，鲜花艳丽，亦农亦牧，有浓郁的藏地风情，深受旅游、采风、摄影者青睐。由滇入藏一般经丽江、中甸、德钦，到达芒康后即与川藏线交会。经左贡、八宿、波密、林芝、工布江达、墨竹工卡至拉萨，完成滇藏线之旅。

云南饮食很有特色，气锅鸡、砂锅鱼、过桥米线、石屏豆腐都名实相副，不妨寻店品尝。进入芒康，路边有位藏族女子开的"口口香"面店，牛骨汤浸料，一口一碗，18元一位管饱。有位骑车进藏的朋友，创造下吃130碗的纪录，可见其香，切勿错过。

卷七　藏地寺院　湖泊　珍稀动物　采风　摄影资讯

藏地不仅指西藏，还包括青海及四川、云南、甘肃部分地区。进入藏区，除一般的旅游观光外，对历史、宗教、民俗、摄影有兴趣者还可有某些专题性的选择。比如藏传佛教的六大寺院哲蚌寺、色拉寺、甘丹寺、扎什伦布寺、拉卜楞寺与塔尔寺，其中前四个在西藏，后两个分别在甘南、青海。可按季节制订计划，逐步参观了解。

哲蚌寺每年雪顿节都举办活动，晒巨型佛，演传统藏戏，拉萨居民倾城出动，妇女们更是盛装前往，有如霓彩飘浮在圣城，极为壮观。可事先做好进藏计划，预订好食宿，虽费心思却能拍摄到信徒如潮、宏大壮阔的场景，也留下毕生难忘的印象。对风光、民俗、珍稀野生动物有兴趣者可选择雪山、湖泊、草原，在藏

▲虔诚的信仰　　▲郎木寺大门

羚羊迁徙时节，在青藏铁路预留的通道守候，能拍摄到成千上万藏羚羊迁徙的壮美场景。林芝一带河谷四月梨花盛开，灿若云霞，能拍下好图片。拍摄民俗则可参与藏族同胞的香巴拉节或赛马会，会取得事半功倍效果。

　　藏区由于宗教信仰和生活习俗，有许多禁忌，在深入藏家或近距离拍摄时需注意。比如家有病人或妇女分娩时忌讳外人入内，有些佛殿经堂禁止妇女进去，残破的经文只能焚烧，灰要撒在干净地方或倒进河里，不要随意跨过扁担或马缰绳，早上忌说死人或鬼，进寺庙拍摄要取得同意。知道这些是对藏族同胞信仰和习俗尊重。在牧区接近帐篷牛羊时要提防藏獒，任何时候，安全第一。

后 记

▲开窗便能看到万众景仰的圣殿

一

2011 年 9 月，在高原灿烂的秋阳中，我第三次来到拉萨。下榻位于布达拉宫东侧不足 200 米的四通宾馆，正是期待中的位置，开启窗户就能看见那万众景仰的圣殿。我把在拉萨的时间暂定为 20 天，这与此行的目的紧密相关，这部《从长安到达萨——唐蕃古道全程探行纪实》文字部分 40 万字已出框架，主要篇章已完成，需交西藏社会科学院副院长、著名藏学家何宗英先生审阅把关并作序。何先生是我 2009 年来拉萨认识的，学识渊博，为人谦和，我就涉及藏学方面的一些问题向他请教，他回答得十分专业透彻，让我受益匪浅。

之后，我们互赠著作，电话联系，何先生愿意审阅拙著并作序，20 天是不能再少的时间。另外，书中还需补充图片，一些没有去过的地方心中总不踏实。比如拉萨河与尼洋河发源的米拉山，我一直怀疑这便是藏学家任乃强主张的康藏地界。还有百年前赵尔丰、陈渠珍驻军之地工布江达，藏军抗英要塞江孜古堡，西藏仅存的帕拉贵族庄园，福康安大败廓尔喀蠹立于扎什伦布寺的功德碑等等。正好利用空档时间前往。还有一个想法是如果时间允许，就在拉萨完成这篇后记，对于这部《从长安到拉萨》的书稿来讲，也含有某种象征性的意义。

二

其实，这部《从长安到拉萨——唐蕃古道全程探行纪实》与已经出版的《从长安到罗马——汉唐丝绸之路全程探行纪实》应该说是孪生姐妹篇。当然，想法

▶《从长安到罗马》隆重首发

不是最初就有，而是逐步形成。从 20 世纪 90 年代初，我舍文学而习文史，历时 10 年踏访蜀道，完成《山河岁月》《中国蜀道》之后，很自然地开始丝绸之路的踏访，先后 20 次西行，一段段地考察从长安到罗马的丝绸古道。最初，是把唐蕃古道也包含其中的，因有专家认为，唐蕃古道从长安到拉萨，之后又延伸至尼泊尔与印度，这条沟通中外的商贸大道，应视为丝绸之路的组成部分，亦被部分学人称为丝绸南路或西南丝绸之路。

1997 年 7 月，丝路探访践行，前后 20 天去了甘肃、青海、宁夏，返回后首次写作一组关于丝路的 6 篇作品，其中就有收入本书的《如镜湖泊·转瞬四季》《草原·帐篷·孩子》等。之后，多次西行，其中也包括了沿青藏线、川藏线、滇藏线的行走与探索，在没有去拉萨与日喀则、前藏与后藏，深入西藏腹地之前（第一次去拉萨为 2004 年），已经写了不少关于藏地的篇章，甚而应广州出版社之邀，编出过一本《行走在青藏的边缘》，后因计划调整，这套丛书没有出版。但却促使我及时写下了深入藏地的印象、感受，否则时过境迁，有些篇章可能永远不会再写。

2006 年，出版文集时，丝路卷六卷中就含有一卷《唐蕃古道》。2008 年，应三秦出版社之邀，我编出两本各约 12 万字的《秦蜀古道》《唐蕃古道》加盟陕西历史文化百部丛书。这时，我已经意识到唐蕃古道是一个蕴含深厚的大课题，值得下功夫去挖掘、去钻研。这样决定之后，我断然把《从长安到罗马》中关于唐蕃古道的部分全部抽取出来。当时《从长安到罗马》已列入陕西重点作品，需

要全力以赴做好，唐蕃古道就暂时放下了

三

转瞬之间，三年过去，《从长安到拉萨——唐蕃古道全程探行纪实》也正式提上我的创作日程。首先，《从长安到罗马——汉唐丝绸之路全程探行纪实》已经尘埃落定，全书上下两卷，由 50 万文字与近 500 幅图片、5 卷 100 章构成，太白文艺出版社 2011 年元月出版。应该说这部作品在我的写作生涯占有比较重要的位置，历时之长，费劲之大，感悟之多，让人铭心。至于社会反响，这里仅援引新华社西安 6 月 26 日一则电讯：陕西省作协副主席、著名作家王蓬的力作《从长安到罗马——汉唐丝绸之路全程探行纪实》在入选省重点精品图书和国家"十二五"重点规划图书之后，又获殊荣，入选 2011"经典国际出版工程"。这是由国家新闻出版广电总局组织专家严格评审而入选的。今年全国共申报 297 部作品，入选 47 部。《从长安到罗马——汉唐丝绸之路全程探行纪实》是陕西唯一入选作品。入选作品将由国家资助组织专家翻译向海外推荐。

这就不仅为写作姐妹篇《从长安到拉萨——唐蕃古道全程探行纪实》积累了经验，提供了范例，还树立了必要的信心。《从长安到罗马》写作原则是"以史学的视角看丝路，以文学的笔法写历史"，《从长安到拉萨》很自然地成为"以史学的视角看西藏，以文学的笔法写雪域"。这并非形式上简单的继承，而是决定着如何布局，如何谋篇，如何表现，一句话——"怎么写？"同样是以古道贯通全篇，以地理分界各自成卷，再把影响历史进程的重大事件，富于传奇色彩的历史人物，曾经活跃又消失的部落，一度辉煌又毁灭的遗址乃至于土司制度、母系遗风、藏羌走廊、川藏边情、宗教演变、民族起源……尽可能编织进去，尽可能天衣无缝，浑然一体，不露破绽。这些目标，要做到还得集中时间，集中精力，下一番大功夫。

四

机遇在 2011 年来临，原因简单，我退休了，有了充分的完全供自己支配的时间。之前，任汉中市文联主席、作协主席长达 15 年之久，不是如省作协副主席那样的兼职，是实际主持工作。我一个党外人士有如此经历，也算罕见。这首先得感谢汉中历届党政领导的信赖与支持，使我能在任期内尽职：购置文联办公楼层及车辆；组建协会，出版丛书；倡导为左翼戏剧先驱，抗战时写出《放下你的鞭子》的作者左明修葺陵地，为国画大师方济众故居立碑；策划金贤文学奖，鼓励文艺新人。再就是，作为群团组织，独立单位，日常应对考核检查，下乡扶贫，争取编制，申请经费，迎来送往，协调纷争……当今所有单位都难以避免的行政琐事，文联概莫能免。

值得庆幸的是我始终认为，作家是以作品存在的，并不会因日常行政琐事干扰影响写作。蜀道系列、丝路系列、学人传记系列相继完成。朋友见面，包括领导总问最近写什么，可见在人们心目中，我是作家而非官员。2006年贯彻国家公务员法，文联作为党政群团组织，纳入公务员系列。我坚持走职称，为此向人事局专门打了报告。靠什么安身立命，应自己清楚，与利益无涉，与操守相关。中国"官本位"历史悠久，有广泛基础，任何人的成就价值多以"官位"衡量。"唐宋八大家"中最小也是知州知府，欧阳修、司马光更位居宰相，权倾朝野。寻常百姓眼中，县长远比专家威风。

中国据说列入事业编制的约有3000万人，多为知识阶层，按晋升职称取酬。多年来人们以为正高职称便到顶级，其实不是，"正高"还分四级，国家1956年曾给教授定级，在《新文学史料》中看到回忆文章写到大作家茅盾可评一级教授，也可按文化部长定级。中断半个世纪，2007年中央下文启动，职称共分13个档次，教授为1—4档，副教授为5—7档。历时4年，尘埃落定，接到省委组织部与省人社厅文件，我被评为"一级文学创作二级岗位"（即二级教授）。同一份文件二级岗位的还有史学泰斗张岂之、国学大师霍松林、国画大家刘文西，陕西文学界仅陈忠实与我两个人（贾平凹为公务员正厅）。与这些大家同榜，我诚惶诚恐，我认为他们都应该是一级，可文件规定两院院士参评一级。参评二级的标准是在正高工作岗位15年且现在三级岗位，符合下列条件之一者。我1994年评上正高，至今已18年，文件要求的条件一项，我有两项：享受国务院特殊津贴专家（1993年），陕西省有突出贡献专家（2005年），所以顺利通过。对此，我十分知足，也很看重。因为这是国家和社会对一个从事文学创作40年、诚实劳动者的公允评价。

按说，2008年底，我已年满60，我也当众宣布到站退休。只因群团换届，又拖两年，直到2011年4月底才完成换届，我一身轻松回家。离岗的最初一个星期，竟然收到296条短信或电话，有各界朋友，亦有党政官员。欣慰之余，5月4日，便迫不及待在窗桌前摊开了大稿本。坦诚地说，我至今不会电脑打字，仅学会处理照片。写作仍是手工劳动，用一种八开的大稿纸，翻过来在背面中间写字，两边修改，几十年已成习惯，要改也难。我很注重写作环境，当年在农村的小书屋

▶ 1980年陕西作家群：左起京夫、路遥、蒋金彦、徐岳、邹志安、陈忠实、王蓬、贾平凹、王晓新

曾让陈忠实羡慕不已。现在条件好，我居汉中城南政府小区，窗外便为汉中飞机场，视野开阔，可远眺汉水。可惜，今年也开始修建楼宇，幸亏不是高层，还不太影响视野。书桌置于阳台，一边为书架一边为鱼缸花架，桌上则置奇石与全套茶具。写蜀道时，书架全部为蜀道参考书籍；写丝路时，则更换为与丝路相关参考。《从长安到罗马》交到出版社之后，又全部更换为与藏地相关书籍，任乃强、柳陞祺、何宗英、索甲仁波切等藏学家的文集与著作看一眼便让人心动；房间悬挂上唐卡、牛角、哈达……营造出浓郁的藏地气氛，形成足够的气场。一切皆为迎接一次新的挑战。

五

首先是阅读，其实，这项工作从 2008 年就断断续续开始。2009 年 5 月又专程去拉萨补充，拍摄图片，购回一箱藏学书籍，大致清楚了一些关键性问题，比如青藏高原的形成，藏族的起源，与历代中央政府的关系，达赖、班禅两大活佛形成的渊源，转世的由来，金瓶掣签在历史上起到的关键作用等等。至于整部作品的结构谋篇，由于有《从长安到罗马》可资借鉴，省去了不少烦恼。甚至于已谋划出若干篇"旅途小憩"。顺便说一下，一些朋友阅读《从长安到罗马》，对正文中插进的"旅途小憩"颇感兴趣，三五百字加上相关图片，轻松活泼，生动耐读，问及怎么想起这么做的。其实不是我的发明。中国旅游出版社出版《中国蜀道》时，责编王建华曾提议，可插一些小文章专门写正文中没有的小场景、小情趣，既是对正文的补充，亦是对读者审美情趣的调整。但当时书已发稿，来不

▶《中国的西北角》在西安隆重签售

及了，于是就在《从长安到罗马》中实施，当然也会用在《从长安到拉萨》中。可以说这时《从长安到拉萨》已是胸有成竹，呼之欲出。

需要说说西安出版社，《从长安到拉萨》与他们紧密相关。在写作《从长安到罗马》的同时，我还选编了一部传记文学集。这也是20多年的积累，最早的《台儿庄敢死队队长沉浮录》写于1987年，最晚的《破译"天书"——记著名西夏学专家李范文》完成则为2009年，我从发表出版过的17部中篇人物传记中选了与学人相关的10部，另外的就篇幅和规模还不能称为中篇传记，多为万字上下，所以归为"人物写真"。这20篇作品的传主大多为学人或与文化艺术相关，旨在表现这批学人在不同历史时期，不同工作岗位，为中国西部经济与文化发展所做的贡献，书名定为《中国的西北角——多位学人生涯的探寻与展示》。这批人物中有开发西部的先驱安汉，修筑西汉公路保护石门石刻的工程师张佐周，章草大师王世镗，国画大家方济众，左翼戏剧先驱左明，茶叶专家蔡如桂，再就是王汶石、路遥、陈忠实、查舜等学人大家。为这批大写的人树文字丰碑的社会意义是不言而喻的。宋代关学大师张载有名言：为天地立心，为生民立命，为往圣继绝学，为万世开太平。先贤倡导的责任与担当，不敢自我标榜，但应努力。

这部50多万字上下两卷的作品能够顺利在西安出版社出版，要特别感谢西安出版社张军孝先生。他毕业于陕西师范大学政教系，对历史人物素感兴趣，曾对陕西辛亥革命以来百位人物做过研究并出版专著。他以学人眼光对《中国的西北角》表示支持，安排资深编辑李宗保先生为责编，使作品顺利出版，并组织在西安嘉汇汉唐书城隆重签售。多家媒体曾予报道，这里只引用《文化艺术报》总编辑陈若星女士的一段评述："灯下细读《中国的西北角》，感涕连连，唏嘘不已！

你读还是不读，巨著就在那里，然感动永恒，它源于事迹的永恒，创造者的永恒，发现者的永恒，书写者的永恒，出版者的永恒，下期辟两个专版隆重向读者推介。"陈若星女士恢复高考后第二年考入西北大学历史系，又曾去美国留学4年，有学人素质，亦有实干的经验，她目下主持4种报刊，其《文化艺术报》发行35万份。她把旗下报刊都办得生机勃勃，好评如潮。这里特别要感谢的是《文化艺术报》曾全文连载拙著《中国蜀道》，目下又正连载《从长安到罗马——汉唐丝绸之路全程探行纪实》。

出版优秀作品是出版社与作家的共同目标，也是合作的基础。《中国的西北角——多位学人生涯的探寻与展示》的出版为《从长安到拉萨——唐蕃古道全程探行纪实》打好基础。 社长张军孝先生诚恳表示：你只需要全力写好作品，其余事情我们来做。

六

所以，我必须写好这部作品。

每个人都有自己的写作习惯，我注重"蓄势"，实地踏访，阅读史料，访问大家，拍摄图片，甚至许多人物、场景已在心中呼之欲出时，才伏案工作。先列提纲，写上大稿本，反复修改，再请人打印，许多年一成不变。但这次有所改变，因为有了充分的时间，这部书稿文字40万字，图片400幅，已经写出的文稿约10万字，还需补充30万字，图片虽系多年积累，但也需挑选与补充。计划6个月完成。我视结构作品如同建筑房屋，需四梁八柱支撑，重要篇章被我视为"梁柱"，往往拼足力气，全力以赴，反复修改，直到意尽词拙。在"梁柱"之间，则营构一些轻松篇章，宛如险山之野花，流水之落英，让读者在沉重之后获得轻松。我也想把这次写作搞得轻松，安排了个时间表。

每日清晨7时起床，不是写作而是去锻炼，南行不足一公里便是飞机场。《汉中文史资料》中说，这是抗战后期修建的西部最大的飞机场，占地6000亩，美国重型轰炸机B－29曾由此起飞，轰炸当时敌占区武汉的军事目标。中华人民共和国成立后停用，四周被几个村落占为耕地，仅存一条1800米跑道，支线飞机时开时停。机场没有封闭，正好为群众晨练提供了场地。我来回步行，再沿跑道走个来回，约5公里，一个小时，风雨无阻。雨天最好，空无一人，独自打伞，眼前笔直的跑道，四周空旷的视野，思绪清晰，正好把当天要写的篇章过滤一遍。

　　返回后吃早餐、喝茶，再伏案工作。上午4个小时，少则千字，顺手也曾达到3000字。一口气三个月，检阅成果，"四梁八柱"主要篇章皆已完成，唯差"川藏线风景""滇藏线风情"需完全新写的两卷，暂且放下。累了，需要休息。一方面手写的稿子需请人打印，一方面正好用这个空当探访黄河源。

七

　　探访黄河源，并非心血来潮，而是蓄谋已久。黄河源头鄂陵湖古称柏海，是唐蕃古道重要驿站，亦是松赞干布迎接文成公主并举办盛大婚礼之地，留有迎亲滩、多卡寺等多处遗迹。作为唐蕃古道全程探行的纪实之作，我不想留下空白。再是，我也有种河源情结，多年来在蜀道与丝路的探访之中，曾先后寻叩过汉水、褒水、嘉陵江、白龙江等江河源头，但这些都无法和母亲河黄河源头相比。2004年，我曾探访黄河首曲玛曲，那壮阔神奇的万千气象曾给我留下至深印象。探访黄河源，往返10天，安全顺利，到了现场，拍了图片，又写出专章《探访黄河源》，这里不再重复。唯感不能忘怀的是，站在海拔近5000米的牛头碑下，俯瞰鄂陵湖、扎陵湖，两湖皆广漠无边，壮阔如海，前不见古人，后不见来者，一时间，嗓子眼发酸，眼眶充盈尽是泪水。

　　回顾从事创作40年，前20年文学，后20年文史，10年踏访蜀道，10年20次西行。古人教导读万卷书，行万里路，非访民间疾苦无以充实胸臆，非登临名山大川无以恢宏气概，我深以为然。更深知自己非聪颖之辈，唯勤能补拙。回顾40年来，无一日不读，无一日不写，与创作相关的日记一天不差，每年注定从有象征意义的元旦开始。当初学习创作，尚在农村务农，没有任何背景，更无名人可交，作品能够在《人民文学》《人民日报》《延河》《北京文学》《天津文学》《上海文学》等国内知名报刊发表，全靠反复修改，万字小说能够背过。有幸的是经历了新时期文学的萌动、崛起、辉煌到平静的整个过程，而没有被淘汰。

更值得庆幸的是兴趣成为职业，能够让自己安身立命。也许，还有空间有待攀登。不止一位朋友说："你咋不写个《白鹿原》，得个大奖多好。"是啊，但凡写作的人无不想写部好作品。除了陈忠实，别人并没有写出《白鹿原》，全国近万名中国作协会员，肯定都写出过属于自己的作品，但显赫如《白鹿原》者则为少数。其中除了作家阅历、修养和功底外，还有社会、时代、供需等客观因素乃至文明传承规律的制约，因为辽阔无垠的俄罗斯也诞生不了或不需要10个托尔斯泰。

八

第三次来拉萨的日子紧张、充实又饶有兴趣。在把作品交给何宗英先生审阅的空当，我去了日喀则和林芝，参观了江孜古堡和帕拉庄园，寻访到了清乾隆时大败廓尔喀的功德古碑，去了米拉山口和西原的家乡，陈渠珍进军的鲁郎古镇，甚尔还领略了雅鲁藏布江大峡谷的雄奇和海拔7782米的南迦巴瓦雪峰的壮美。待我返回拉萨，正好接到了何宗英先生约谈的电话。

在拉萨期间，我与何宗英先生有过三次长谈，每次都超过三个小时。

作品他已认真读过，并把不确之处一一用红笔划出，比如文中表述的"西藏噶厦政府"，便只能写为西藏地方政府，"噶厦"只代表四名俗官，而西藏地方政府由僧官和俗官组成。西藏许多方志办都搞错，何先生曾专门讲课纠正。还有十三世达赖在罗布林卡圆寂，而非布达拉宫；时间应以公历为准，免与藏历混淆；文中尽量不提"佛国"而说"佛界"……先生的仔细、认真、渊博让我受益并感动。

交谈中，我更多是就西藏近代许多问题向他请教，话题广泛而随意：晚清治藏的得失，驻藏大臣的优劣，赵尔丰与陈渠珍，任乃强和朱绣，18军进藏与昌都战役，近代西藏经历的种种风险，英军的两次入侵，荣赫鹏与古柏特，宗教在平衡人的心理、调理人的心性中所起的积极作用与负面影响，1959年平叛与拉萨3·14事件，帕拉庄园与帕拉家族，近代藏学的研究和拓展……伴着击节与叹息，回顾或展望，先生又找出几种新出的藏学书籍赠送我。有两次都是下午6时前往，拉萨偏西，8时才吃晚餐，我邀请先生小酌，边吃边谈，先生连连摆手，既不喝

作者访问天藏寺活佛

酒又不吃肉，只好作罢。晚 10 时告辞，才匆匆寻小店吃晚餐充饥，心中却无比充实。

九

　　鉴于这部作品由 42 万字和 430 余幅图片共同构成，有必要说到图片。有人讲现在是读图时代，并把原因归结为生活节奏加快，读书时间缺失，人们心性浮躁。这看似有道理却趋于表象。在我看来，书籍图文并茂，是出版业的进步，是与时俱进替读者着想的表现。图片对于文字，尤其内容涉及文史至少有三方面的作用：一是对文字的有力补充。有些历史人物，纵有生花妙笔，也难描述清楚，比如慈禧太后、李鸿章、光绪皇帝、珍妃……一张张发黄的照片上人物的神情、眉眼、服饰、环境透露着那难以捉摸的内心世界，复杂多面的民族性格，传递给我们的是整个末代王朝的背影。信息太多，太过丰厚，一下就把我们带进那个早已逝去的时代。二是对作品真实性的有力佐证。作者会用文字和图片共同讲述"史实"、论证观点，不至于天马行空，凭空编造。图片无形中起着制约作用，尽可能接近事情真相。再就是作者要亲临现场，拍摄照片。比如本书这样的行走纪实类作品，能增进作品的现场感，让读者也有亲临现场之感。当然，图片也会让读者获得审美上的愉悦，因为每张照片都在静默中向所有的读者敞开，读者则会因不同的年龄和文化背景获取无比丰富的信息，这些都是文字不易达到的效果。因此，我对图片和文字同样重视。

　　我从踏访蜀道和丝路起就重视对图片的拍摄，至少有 20 年历史，但我从不以摄影家自居，也不用摄影家的标准要求自己，因为目的不同，理由如上阐述。

依据写作蜀道与丝路的经验，每1000字配一幅图片比较合适，因为会有新的场景或人物出现。这些图片基本按文字顺序排列，力争使每个重要事件、人物与驿站都有现场图片，并尽量争取用自己拍摄的图片。但就这本书来讲并没有完全做到，在430余幅图片中，有380幅系自己拍摄，其余的是历史图片，比如十三世达赖，九世班禅，晚清驻藏大臣吴忠信、赵尔丰等，其他的文物图片及地图为西藏博物馆提供，这里表示衷心感谢！

✛

国家领导人倡导"一路一带建设"以作为国家经济发展战略。文章合为时而作，这个"时"是时代的需求，是社会的趋势，更是读者的要求。

太白文艺出版社社长党靖先生素具情怀和眼光，作为从业多年的资深出版家，深谙作家与读者的关系，出版社则为其间的桥梁与纽带。他率先建议我把《从长安到罗马》《从长安到拉萨》再加上蜀道作品组合成一套丝路系列。由于这几套作品原由几家出版，牵扯到版权时效，党靖先生亲自出面协调，使这套丝路系列作品有了纠错修订的机会。

最后，要特别感谢太白文艺出版社社长党靖先生与责任编辑马凤霞女士，正是他们的真诚支持与有力配合使这套丝路系列作品顺利出版并与读者见面。

2016 年 8 月于汉水之畔无为居

主要参考书目

《史记》，（汉）司马迁著，国际文化出版公司，1991年

《新唐书》，（宋）欧阳修著，延边人民出版社，1996年

《旧唐书》，（后晋）刘昫著，延边人民出版社，1996年

《全唐文》，（清）董浩选编，上海古籍出版社，1990年

《全唐诗》，竞鸿等编，吉林文史出版社，1994年

《资治通鉴》，司马光著，岳麓书社，1989年

《任乃强藏学文集》三卷本，任乃强著，中国藏学出版社，2009年

《西藏地方史通述》上下卷，罗广武、何宗英编著，西藏人民出版社，2007年

▲坐拥书城

《柳陞祺藏学文集》上下卷，柳陞祺著，中国藏学出版社，2002 年

《艽野尘梦》，陈渠珍著，西藏人民出版社，2009 年

《羌戎考察记》，庄学本著，四川民族出版社，2007 年

《1939：走进西康》，孙明经、张明著，山东画报出版社，2003 年

《青藏高原古代文明》，汤惠生著，三秦出版社，2003 年

《甘青藏边区考察记》，马鹤天著，甘肃人民出版社，2002 年

《中英西藏交涉与川藏边情》，冯明殊著，中国藏学出版社，2007 年

《长水粹编》，谭其骧著，河北教育出版社，2000 年

《万古江河》，许倬云著，上海文艺出版社，2000 年

《喇嘛王国的覆灭》，〔美〕梅·戈尔斯坦著，杜永彬译，中国藏学出版社，2005 年

《鞑靼西藏旅行记》，〔法〕左伯察著，耿昇译，中国藏学出版社，2006 年

《青康藏区的冒险生涯》，〔美〕福格森著，张文武译，西藏人民出版社，2003 年

《藏边人家》，〔美〕巴伯著·尼姆里·阿吉滋著，西藏人民出版社，2001 年

《西藏生死书》，索甲仁波切著，浙江大学出版社，2011 年

《刺刀指向拉萨》，〔英〕彼德·费莱明著，向红笳译，西藏人民出版社，1997 年

《西藏风物志》，顾笃庆等编写，西藏人民出版社，1999 年

《圣城拉萨》，〔英〕斯潘塞·查普曼著，向红笳译，2006 年

480

▲作者与藏族学者格桑曲吉

《西藏与西藏人》，沈宗濂、柳陞祺著，柳晓青译，中国藏学出版社，2006年

《首批进军西藏的女兵们》，西藏党史研究室编，西藏人民出版社，2001年

《西藏的女儿》，卢小飞主编，中国藏学出版社，2011年

《走出雪域》，王璐著，青海人民出版社，2007年

《马可·波罗行记》，冯承钧译，上海书店出版社，2001年

《水经注》白话全插图本，北魏·郦道元著，易洪川、李伟译，重庆出版社2008年

《入藏四年》，〔印度〕艾哈默德·辛哈著，兰州大学出版社，2010年

《西藏的寺与僧》，柳陞祺著，中国藏学出版社，2010年

《伸向雪域的魔爪——从波格尔使藏到英国第一次侵藏战争》，苏发祥著，中国藏学出版社，2002年

《阴谋与阳谋——实录近代美国对藏政策》，张植荣、魏云鹏著，中国藏学出版社，2002年

《西宁历史与文化》，芈一之主编，辽宁人民出版社，2005年

《宁海纪行》，周希武著，甘肃人民出版社，2002年

《青海的寺院》，谢佐等编，青海省文物管理处，1998年

《见证百年西藏》，张晓明编著，五洲传播出版社，2004年

《雪域西藏风情录》，廖东凡著，西藏人民出版社，1998年

《青海文史资料选辑》8辑，青海省政协编选

《西藏文史资料选辑》10辑，西藏自治区政协编选

《西藏贵族世家》，次仁央宗，中国藏学出版社，2006年

《西藏是我家》，扎西次仁，中国藏学出版社，2006年

《甘南史话》，石为怀主编，甘肃文出版社，2007年

《无父无夫的国度》，周华山著，光明日报出版社，2001年

《六世达赖仓央嘉措》，高平著，中国藏学出版社，2007年

《女儿国诞生的活佛》，马继典、罗桑益世著，云南民族出版社，2006年

《马步芳家族的兴衰》，杨效平著，青海人民出版社，2007年

《西藏一年》，书云著，北京出版社，2009年

《目击雪域瞬间》，陈宗烈文图，中国藏学出版社，2005年

《达赖喇嘛传》，牙含章著，人民出版社，1984年

《班禅额尔德尼传》，牙含章著，西藏人民出版社，1987年

《藏事纪要初稿》，石青阳著，西藏藏文古籍出版社，2010年

《西藏交涉纪要》，陆兴祺著，西藏藏文古籍出版社，2010年

《西藏六十年大事记》，朱绣著，西藏藏文古籍出版社，2010年

《历辈班禅额尔德尼》，苏发祥主编，青海人民出版社，2009年

《西藏地方近代史》，许广智主编，西藏人民出版社，2007年

《西藏自治区概况》，《西藏自治区概况》编写组，西藏人民出版社，1984年

《藏史论考》，周伟洲著，兰州大学出版社，2010年

《中部西藏与蒙古人》，〔意〕伯戴克著，兰州大学出版社，2010年

《唐代经营西北研究》，王永兴著，兰州大学出版社，2010年

《云南风物志》，余嘉华编著，云南教育出版社，2003年

《马帮文化》，王明达、张锡禄著，云南人民出版社，2008年

《纳西族简史》，《纳西纳简史》编写组，民族出版社，2008年

《世界屋脊的崛起》，郑锡澜著，西藏人民出版社，1983年

《自然科学发展简史》，潘永祥主编，北京大学出版社，1984年

《青藏高原形成演化与发展》，孙鸿烈、郑度主编，广东科技出版社，1998年

《西藏古近代交通史》，西藏自治区交通厅，人民交通出版社，2001年

《藏族史要》，王辅仁、索文清著，西川民族出版社，1981年

《中国通史西藏—松石宝串》，恰白·次旦平措等，西藏藏文古籍出版社，2004年

《康藏史地大纲》，任乃强著，中国藏学出版社，2002年出版

《阳光与荒原的诱惑》，巴荒著，中国人民大学出版社，2004年

《走婚的人们》，宋北麟著，团结出版社，2002年

《素描西藏》，张晓明著，鹭江出版社，2004年

《走过西藏》，马丽华著，作家出版社，1994年

《推龙德庆县·藏族卷》，张江华、李坚尚编著，民族出版社，2003年

《河山集》，史念海著，陕西师范大学出版社，2006年

《腾冲史话》，谢本书著，云南人民出版社，2002年

《中国历史地理概述》，邹逸麟编著，上海教育出版社，2005年

《云南马帮马锅头口述历史》，马存兆编著，云南大学出版社，2007年

《佛教史》，杜继文主编，江苏人民出版社，2006年

《何正璜文集》，陕西历史博物馆编，陕西人民出版社，2006年

《中国封建王朝兴亡史》8卷，周远廉主编，广西人民出版社，1996年

《唐太宗与贞观盛世》，杨希文、刘思怡著，西安出版社，2009年

《十四世达赖喇嘛人和事》，历声等著，世界知识出版社，2011年

482

《我的西藏故事》，廖东凡著，中国藏学出版社，2007年

《大香格里拉洋人秘史》，史幼波著，重庆出版社，2007年

《成吉思汗》，〔法〕勒内·格鲁塞著，国际文化出版公司，2004年

《西行日记》，陈万里著，甘肃人民出版社，2002年

《西北考查日记》，顾颉刚著，甘肃人民出版社，2002年

《荷戈纪程》，林则徐著，甘肃人民出版社，2002年

《抚新日记》，袁大化著，甘肃人民出版社，2002年

《湟中行记》，（清）阔普通武著，甘肃人民出版社，2002年

《皋兰载笔》，陈奕禧著，甘肃人民出版社，2002年

《草原丝绸之路与中亚文明》，张志尧主编，新疆美术摄影出版社，1994年

《最后的驿道》，周勇著，民族出版社，2004年

《游陇丛记》，程先甲著，甘肃人民出版社，2002年

《辛卯侍行记》，陶保廉著，甘肃人民出版社，2002年